河朔贞刚

——北方民族政权下的文学与文化

郭万金 主编

2014年·北京

图书在版编目(CIP)数据

河朔贞刚:北方民族政权下的文学与文化/郭万金主编.—北京:商务印书馆,2014
ISBN 978-7-100-10329-9

I.①河… II.①郭… III.①古代民族—政权—关系—古代文学史—研究—中国②古代民族—政权—关系—文化史—研究—中国 IV.①I209.2②K220.3

中国版本图书馆 CIP 数据核字(2013)第 238718 号

本书获得
山西省特色重点学科建设项目:山西非遗文化内涵研究与数字化保护工程支持
山西省高等学校优秀青年学术带头人项目支持
山西省中青年学术拔尖创新人才项目支持
教育部新世纪人才项目支持
山西大学出版基金支持

所有权利保留。
未经许可,不得以任何方式使用。

河朔贞刚
北方民族政权下的文学与文化
郭万金 主编

商务印书馆出版
(北京王府井大街36号 邮政编码100710)
商务印书馆发行
三河市尚艺印装有限公司印刷
ISBN 978-7-100-10329-9

2014年1月第1版　开本 710×1000　1/16
2014年1月第1次印刷　印张 26
定价:78.00元

顾　问：牛贵琥　田同旭
　　　　刘毓庆　李　豫
　　　　杨　镰　段友文
　　　　姚奠中　聂鸿音
主　编：郭万金
副主编：蔺文龙　郭　鹏
编　委：（以姓氏笔画为序）
　　　　李雪梅　张建伟
　　　　尚丽新　郑　伟
　　　　贾秀云　顾文若

民族融合与文化多元的历史走向
——以山西为例
（代序）

姚奠中

中国民族为一大混合种，殆属事实。春秋时各国之戎狄杂处，即其实证。且今数千年之后，各地仍多保有不同之言语、风俗、习惯，亦足为证。后人以为皇帝以来，即有大一统之国家者，殊未是。然如尧之"分命羲和"等至四方，则决为可能之事。盖众族之中，文化较高者，自可向外发展，各族亦可与之相通，而不必如后世之统一也。至舜、禹之平水土，当为渐趋统一之一大助力。盖洪水之害，各族皆罹之。舜禹成此大功，遂俨然视各族为一家。于是巡狩（巡狩，不能谓为"巡守所"）自此始，命牧自此始。九州之画至此始。各族之朝贡，自此始。禹会诸侯于涂山，执玉帛者万国。诸侯者，诸族之长，愿与禹联合者也。至此始有统一国家之规模。至后世史官记实事。则更直视之为一矣。由今《尚书》寻之，其迹至著。

中国是多民族的国家，而汉族本身也是多民族的融合体。由于三晋地处华北，历代与北方强族为邻，因之在民族融合中，起着熔炉作用。历代的北方强族：周有猃狁，秦汉有匈奴，魏晋北朝有鲜卑、柔然，五代宋有契丹、女真，最后有蒙古、满州。他们多以游牧、狩猎为生，而以掳掠人口、牲畜、财物为生产手段之一，因而从荒漠的北地向富庶的南方进攻，乃其必然；而中原对他们的抵御以至讨伐，也是事有必至。南侵北伐，史不绝书，三晋首当其冲，长城就是见证。而总趋势却是各族先后南下，包括自愿内附和武力进占。这期间有几件事值得提出：一事，春秋末晋悼公采纳魏绛的"和戎"政策，把过去的用武力对付周围戎狄的办法变成和平共处，以民族平等思想，代替了民族歧视。这是民族关系史上了不起的创举。二事，战国后期，赵武灵王进行的"胡服骑射"，吸收胡人（当时指林胡、楼烦）的长处，改革自己的短处。从此中原各国都跟着以骑兵代替战车,提高了战斗力。"胡服"是为了便骑,但也改进了中原服制。这是公开向异民族学习的的好例。三事,汉光武接受南匈奴投降,把他们八部四五万人安置在北地、朔方、五原、云中、定襄、雁门、代等郡。后四郡全在山西。南匈奴与汉人杂处,受免纳赋税的优待,进行农牧生产;也助汉守边,防北匈奴南下。出现了"边城晏毕,牛羊布野"的和平景象。开创了与降人和平共处的局面。四事,东汉末,南匈奴人口繁衍已达数十万。曹操进一步把他们迁入内地,分居于兹氏(汾阳)、祁县、蒲子(隰县)、新兴(忻县)、大陵(文水),而右贤王居平阳(临汾),加快了他们的汉化速度,促进了民族融合。同时北匈奴分裂,又有二十万人南来投汉,进入云中等四郡。五事,"五胡十六国"的混乱期间,首先是匈奴族刘渊,在左国城(离石)起兵建立汉国,其后定都平阳。其子刘聪、族侄刘曜灭晋,改称赵。接着羯(匈奴的一支)人石勒,据平阳建立后赵(后迁襄国)。石勒曾明令不许胡、汉互歧视。当时匈奴汉化程度很高,其下层生产生活已和汉人一致;其上层,像刘渊父子,不但早改汉姓,而且能读汉人经典,甚至能诗能赋,和汉士族无别。他们是五胡中最早取得中原政权的。六事,在"十六国"混战、最后由鲜卑拓跋氏统一建立北魏的过程中,魏道武帝、太武帝、孝文帝,都曾大力推动了汉化工作,从姓氏、语言文字、国家制度以至风俗习惯,都进行了改革。道武帝灭北凉后,还曾把太行山以东各族杂夷三十六万、百工技巧十余万迁往平城(大同),以充实首都畿内(今雁北地区)。这种移民,当然给民族融合提供了便利。总的看来,尽管在长期混战中,各族劳动人民所遭受的屠戮、灾难极其严酷,但民族融合的影响,却也有好的一面。那就是:匈奴、鲜卑等族的贪残凶暴削弱了,文明文化提高了,从落后的奴隶制跨入较进步的封建时代。土著汉人原有的文明文化虽受到了摧残,但凝固的社会、安土重迁的保守意识,受到了极大冲击。民风民俗夹杂了胡风,特别是增强了强悍尚武精神。

以文学而论,在对中国几千年的文学史研究上,有两个时期比较冷落:一个是北朝,一个是辽、金、元。北朝的北魏、北周、北齐,和南朝的宋、齐、梁、陈时代相当。北朝共195年,南朝只169年。北朝占领着淮河以北以及漠北、东北的广大地区,时间又近200年之久,尽管中原文化随着晋室的南迁在南中国得到巨大发展,但北朝那样既久且大的政权,又占有中原地区,它的文化、文学,是绝对不容忽视的,而过去却被忽视了,至少是重视不够的。

辽代立国和北宋相当,还早几十年;金代立国与南宋相当,元代则统一了全国。辽代领地虽也辽阔,但只占到中原边沿,在文化上受到客观条件的限制;金代统治地区,略与北魏相当,前后达120年之久,其文化、文学直接承受唐、五代、北宋而有所发展。这本应予以重视,而过去研究的却很不够;元代由于戏曲的全盛,研究的人较多,而传统文学的研究却只像蜻蜓点水。

在这方面,过去的历史家,比较公正。在所谓"正史"的"二十四史"中,既有南朝的宋、齐、梁、陈等书,同时也有北朝的《魏书》、《周书》、《齐书》;既有《南史》,也有《北史》;既有包括北宋、南宋的《宋史》,也有独立的《辽史》、《金史》。这是科学的、历史的态度。而在今天文学史研究上,却远远不能如此。现实的情况是:一般文学史,大多对北朝很少谈,除概说外,重点只谈一谈由南入北的庾子山等人和《梁鼓角横吹曲》中的一些北方歌辞而已。

其实,佛教从东汉传入中国后,到魏晋南北朝而大盛,三晋地区最为显著。"八国之乱"、"十六国之乱",各族人民被屠杀的动辄数十万,被迫流亡、迁移的,也动辄数十万。他们在黑暗重压下,挣扎在苦难的深渊中,朝不保夕。而各族上层人物,也在争夺残杀中,少有宁日。这就为宗教流行打开了广阔的道路。统治者想靠宗教转祸为福,转危为安,并妄想长命富贵;劳动人民则想从宗教麻醉中,得到空幻的安慰。特别是"因果报应"一类宣传,把人生的安富尊荣、屈辱卑贱的原因,归之于前世;而把今天的向往又期之于来生。这就是佛教流行的社会基础。三晋地区,佛教首先盛行于北魏。这时有同年生的两个著名僧人。一个叫法显(334—420),一个叫慧远(334—416)。法显是平阳(临汾)人,他是第一个去"西天"(印度)取经的人,比玄奘早二百六十年。他在佛徒中,聪明正直,品行端正,受到人们尊敬。他看到当时佛门严重的腐败现象,发愿到天竺去求戒律。他经西域到中亚,到中天竺,遍历印度各地;他苦学梵文,把许多印度口传的经典,都记录下来,再转译为汉文,对保存古代文化典籍功绩不小。他以65岁的高龄徒步西行,经30多国,最后附商船由海上归来到山东登陆,前后14年。79岁了,还不断译著。艰苦卓绝,令人钦敬。他的《佛国记》,记述了佛教历史和中印间的交通史料,千百年来为世界学术界所重视,曾被译为多国文字。只有玄奘的《大唐西域记》,可与比拟。

对辽金,也只用极少篇幅概括地谈谈概况。如果说有例外的话,那就是在辽金元三代中,只有元好问一人为总代表。所以摆在我们面前的,是补上文学史研究上的空缺,而金元时代,则不妨以元好问为研究的第一步。在被忽视了的时代里,元好问之所以还能在一般文学史上占一席地位,是由他在诗、词、文等多方面不可磨灭的光辉成就所决定的。

从金元到清末,对元好问的评价,一直是很高的。郝经说他的诗"上薄风雅,中规李杜,粹然一出于正","歌谣跌宕,挟幽并之气"(《遗山先生墓铭》)。《金史·文艺传》说他"为文有绳尺,备众体。其诗奇崛而绝雕刿,巧缛而谢绮丽"。徐世隆说他"诗祖李杜,律切情深,而有豪放迈往之气;文宗韩欧,正大明达而无奇纤晦涩之语;乐府清雄顿挫,闲婉浏亮,体制最备。又能用俗为雅,变故作新,得前辈不传之妙"(《遗山先生集序》)。赵翼说他的诗"专以精思锐笔清炼而出,故其廉悍沉挚处,较胜于苏、陆。盖生长云朔,其天禀本多英健豪杰之气,又值金源亡国,以宗社丘墟之感,发为慷慨悲歌,有不求工而自工者","苏、陆古体诗,行墨间,尚多排偶。……遗山则专以单行,绝无偶句,构思窅渺,十步九折,愈折而意愈深,味愈隽,虽苏、陆亦不及也。七言律则更沉挚悲凉,自成声调,唐以来律诗可歌可泣者,少陵十数联外,绝无嗣响,遗山则往往有之"(并《瓯北诗话》)。以上是评论元好问的诗文,主要是诗的代表论点。还有对他的诗词,主要是词的评论,也同样值得重视。最早的如南宋张炎,他说:"遗山词,深于用事,精于炼句,风流蕴藉处,不减周、秦。"(《词源》)较晚的如清代刘熙载,他说:"金元遗山诗,兼杜、韩、苏、黄之胜,俨有集大成之意。以词而论,疏快之中,自饶深婉,亦可谓集两宋之大成者矣。"(《艺概》)。又如况周颐,他说:"元遗山丝竹中年,遭遇国变……神州陆沉之痛,铜驼荆棘之伤,往往寄托于词,《鹧鸪天》三十七阕……诸作,蕃艳于外,醇至其内,极往复低徊掩抑零乱之致,而其苦衷之万不得已,大都流于不自知。此等词,宋名家辛稼轩固尝有之,而犹不能若是其多也。遗山之词,亦浑雅,亦博大,有骨干,有气象。"(《蕙风词话》)可谓推崇备至。

元代杂剧盛行,而在山西就出现了解州(今运城)关汉卿①、隩州(今河曲县)白朴、平阳(今临汾)郑光祖、太原乔吉等几大家。而这些杂剧大家,也都是散曲的作者。散曲是在词的基础上发展的一种新体诗。他们在作杂剧之余,又在这种新体诗上做出了成绩。不过散曲和初期的词一样,内容只限于抒

---

① 关汉卿的籍贯,旧有三说。解州说是据《元史类编》、《山西省志》和《解州志》,较其他二说有力。

情而且以艳情为主。因此散曲就只能在狭隘的范围内给诗歌增加一点色彩而已。像关汉卿的《南吕·一枝花·不伏老》散套,既充分体现了散曲空前的艺术魅力,也通过它的艺术塑造把关氏自己的生活、性格、思想、感情表现出来,这是别的诗体很难作到的。白朴曾为元好问所抚养,他善作词,有《天籁集》①,作风受元氏影响,苍凉悲壮,常寓有人生之痛。从"千古神州,一旦陆沉,高岸深谷"(《石州慢》),"可惜一川禾黍,不禁满地螟蝗"(《朝中措》)一类词中,足见他的怀抱。但他的曲,却另一种面目。像"红日晚霞在,秋水共长天一色。塞雁儿呀呀的天外,怎生不捎带个字儿来!"(《德胜乐》)写得何等清新!散曲到了郑光祖、乔吉,又已走向雕琢字句的道路,像乔吉的"风吹丝雨噀窗纱,苔和酥泥葬落花,卷云钩月帘初挂,玉钗香径滑,燕藏春、衔向谁家?"(《水仙子·暮春即事》)可见一斑,这就为后来的散曲开创了秾丽的一派。

由满族建立的中国最后一个封建帝国清代,它的政策和元代不同。元代只收买少数知识分子为它服务,而清代则在大力镇压的同时,又大力怀柔拉拢。尤其康熙、乾隆、嘉庆时期百多年的安定,使文化在它准许的范围内大大发展;而传统文学:古文、诗、词、曲之属,也都很快繁荣起来。问题在于:这种繁荣和明代相似,总不出摹古、复古的范围。在诗方面,他们或"宗宋",或汉魏唐宋都学,出现了大量的假古董,有的提倡"神韵",有的提倡"格调",有的提倡"性灵",理论上各有不同。在词方面,也是或学苏、辛,或学玉田,或学姜、张。重在形似而湮没了性情。需要指出的是:这一时代的山西,仍几乎没以诗词成名的人。但也唯其如此,才使我们看到一些不是诗人的诗,倒还有些朴素真实的特色。头一个是阳曲(今太原市)傅山。他以明代遗民、民族志士、学者、医学家、书法家、画家而作诗,利用固有的诗歌形式,写自己的怀抱。假如说他的"细盏对僧尽,孤云闲自观。饥来催晚食,苦菜绿堆盘"(《红巢》)是表现他的退隐心情和生活的话,那"风雨诗何壮,冈峦气不奴"(《太行霜》),就更表现了他不与现实妥协的硬骨头精神。人和诗都如此。唯一可以成为诗人的是蒲州(今永济县)吴雯。他的《莲洋诗抄》中,好诗不少。像《虞乡口号》二首,写乡土风光风习很亲切,而"云深石磴险,月落草珠明,一失孙阳后,盐车处处程"(《太行山早发》)和《古意》、《宿吴山寺》、《明妃》等诗,都

---

① 《天籁集》是词集,散曲附后,称为《摭遗》。

寄托着不得志的失意之感。其他像蔚州(今灵丘县)魏象枢的《剥榆歌》,静乐李銮宣的《推车谣》《卖子谣》,寿阳祁寯藻的《采棉行》《打粥妇》,都是有所为而作诗的诗。

在民族融和的视野中,以三晋文学、文化为立场,反思、观照北方民族政权下文学、文化的历史走向。我们的尝试,却不是为了排名次、定榜单,仅是为了引起人们对这一领域的重视,并从过去的评论中,汲取一些启示而已。我们需要用新的立场、观点、方法,对这一领域的全部文化、文学遗产,进行深入全面的探索,从而引出其规律性的东西,为新时代的文明建设服务。

目　　录

关于黄帝族的起源迁徙及炎黄之战的研究 ………………………… 刘毓庆 1

中国古代北方民族狼祖神话与中国文学中之狼意象 ……………… 刘毓庆 23

高僧刘萨诃的史实与传说 …………………………………………… 尚丽新 37

刘萨诃信仰解读 ……………………………………………………… 尚丽新 52

庾信入北的实际情况与其作品的关系 ……………………………… 牛贵琥 66

论北周时庾信的交往对南北文风融合的表率与策动 ……………… 郭　鹏 79

萧观音与王鼎《焚椒录》 …………………………………………… 李正民 87

略论契丹族女性之参政心态 ………………………………………… 贾秀云 96

金代统一区域文化形成后的诗歌理论 ……………………………… 牛贵琥 103

论金、元两代帝王诗与民族文化融合 ……………………………… 田同旭 112

略论金代山西文学 …………………………………………………… 李正民 126

试论金代"国朝文派"的发展演变 ………………………………… 李正民 134

论元好问对传统价值体系的冲决与开拓 …………………………… 李正民 150

试论佛教对元好问的影响 ……………………………… 李正民 牛贵琥 158

金代士人的遭遇与元好问的悲剧意识 ……………………………… 贾秀云 171

元好问佚诗考 …………………………………………… 张建伟 吴晓红 181

金代小说举隅 ………………………………………………………… 牛贵琥 192

从李献能交游论其在金末文坛中的作用 …………………………… 顾文若 201

东平王公渊家族与金元学风的变迁 ………………………………… 张建伟 210

西夏水利制度 ………………………………………………………… 聂鸿音 217

《孔子和坛记》的西夏译本 ………………………………………… 聂鸿音 226

元代文化生态平议 …………………………………… 郭万金 238
元诗叙事纪实特征研究 ………………………………… 杨　镰 250
元佚诗研究 ……………………………………………… 杨　镰 265
张可久行年汇考 ………………………………………… 杨　镰 283
元代文赋"祖骚宗汉"论 ……………………………… 康金声 298
元曲研究的一个新思路——论草原文化对元曲的影响 ………… 田同旭 308
论古代戏曲的自觉 ……………………………………… 田同旭 317
论元代杂剧四大活动中心的形成与金元时代汉人世侯之关系 … 田同旭 329
清中期文艺学的知识主义倾向 ………………………… 郑　伟 342
清代文臣的身份认同与诗学诠解——以陈廷敬为例 ………… 郭万金 350
清代末期民国初期北京天桥的坤书馆 …………… 李雪梅　李　豫 364
蒙、汉两族交汇区族群认同的多重表达
　　——以漫瀚调为例 ………………………… 段友文　王　旭 370
乾隆帝的汉宋抉择与乾嘉汉学定型之关系 …………… 蔺文龙 387

关于黄帝族的起源迁徙及炎黄之战的研究

刘毓庆

关于中华远古始祖炎帝与黄帝的关系,以及战争冲突问题,相当多的学者据《国语》炎黄为兄弟的记载,推定炎帝与黄帝起源于同一地区。以为黄帝起源于陕西,炎帝理所当然也应该发祥于陕西,认为炎黄之战,是华夏集团内部的冲突。笔者则认为:黄帝与炎帝属于两个不同的民族,炎黄之战是农业民族与游牧民族的一场大冲突。关于这一问题,可通过对上古史料的综合、分析,得出结论。

一、黄帝与少典及北狄

《国语·晋语四》说:

> 昔少典取于有蟜氏,生黄帝、炎帝。黄帝以姬水成,炎帝以姜水成。成而异德,故黄帝为姬,炎帝为姜,二帝用师,以相济也,异德之故也。异姓则异德,异德则异类,异类虽近,男女相及,以生民也。同姓则同德,同德则同心,同心则同志,同志虽远,男女不相及,畏黩故也。

这是关于炎黄关系最为主要的一段记载,其中披露了三个方面的信息:一是炎帝、黄帝国出于一个原始母体;二是在炎、黄之前,还有个少典氏、有蟜氏,他们是炎、黄二族的前身;三是炎帝与黄帝分别崛起于不同的姜水与姬水之域。这三个方面,几乎任何一个方面都可以成为一个研究的课题。关于炎黄兄弟之说,频见于汉以后的记载中,只是在谁为兄谁为弟的问题上,传说各异而已。如《新书·益壤》说:"故黄帝者,炎帝之兄也,炎帝无道,黄帝伐之,涿鹿之野,血流漂杵,诛炎帝而兼其地,天下乃治。"《新书·制不定》说:"炎帝者,黄帝同父母弟也。各有天下之半,黄帝行道而炎帝不听,故战涿鹿之野,血流漂杵。"而今本《竹书纪年》、《稽古录》、《路史》、《资治通鉴外纪》、《皇王大纪》、《绎史世系图》等,皆列炎帝于黄帝之前。《国语》韦昭注说:"贾侍中云:少典,黄帝、炎帝之先。有蟜,诸侯也。炎帝,神农也。虞唐云:少典,黄帝、炎帝之父。昭谓:神农,三皇也,在黄帝前。黄帝灭炎帝,灭其子孙耳,明非神农可知也。言生者,谓二帝本所生出也。《内传》:高阳、高辛氏,各有才子八人,谓其裔子耳。贾君得之。"在这里,韦昭否定了炎黄兄弟说,而认定了他们同出于一个母体的历史。虽有见地,却非定论。问题在于"少典"何指?是国名?还是一原始部落?其地望何在?这应该是解释炎黄起源问题的一个关键。

除《国语》外,少典一名也曾见于其他典籍中。如《大戴礼记·五帝德》曰:"黄帝,少典之子也,曰轩辕。"《大戴礼记·帝系》曰:"少典产轩辕,是为黄帝。"《史记·五帝本纪》云:"黄帝者,少典之子,姓公孙,名曰轩辕。"《史记·秦本纪》曰:"大业取少典之子,曰女华,女华生大费。"关于少典,约有五说:

(一)人名说

《汉书·古今人表》所载有少典之名,而于其下注曰:"炎帝妃,生黄帝。"这条记载大异于诸书所言,把炎帝和黄帝说成了父子关系,想来是有其特别的资料来源的。梁玉绳《人表考》引其子梁耆说云:"以少典为炎帝之妃,以黄帝为炎帝之子,孟坚不宜舛误如此。疑元表大字少典、有蟜并列,而于有蟜注云:少典妃,生炎帝、黄帝。传写讹脱耳。"①关于这个问题,暂不讨论,应注意的是,在这里班固是把少典作为一上古人物来对待的,这应该是当时人们的共识。《史记·五帝本纪》集解引谯周《古史考》,以为少典是有熊国君之名。

(二)国号说

《史记索隐》曰:"少典者,诸侯国号,非人名也。又案《国语》云:'少典娶有蟜氏女,生黄帝、炎帝。'然则炎帝亦少典之子。炎、黄二帝虽则相承,如《帝王代纪》中间凡隔八帝,五百余年,若以少典是其父名,岂黄帝经五百余年而始代炎帝后为天子乎?何其年之长也!又案《秦本纪》云:'颛项氏之裔孙曰

---

① 《二十五史补编》,中华书局1955年版,第245页。

女修,吞玄鸟之卵而生大业。大业娶少典氏而生柏翳'。明少典是国号,非人名也。黄帝即少典氏后代之子孙,贾逵亦谓然,故《左传》'高阳氏有才子八人',亦谓其后代子孙而称为子是也。"《路史·国名记》云:"少典,黄帝父大业少典氏,则其后袭封者有典氏。"梁玉绳《人表考》云:"少典始见《晋语四》,少又作小(《路史·后纪五》)。按《晋语》:少典取于有蟜氏,生黄帝、炎帝。《史五帝纪》:黄帝者,少典之子。《大戴礼·五帝德》少典之子轩辕。《帝系》少典产轩辕。《易系疏》引《世纪》:有蟜氏女为少典妃,生炎帝。《晋语》注:少典,黄帝、炎帝之先。言生者,谓二帝本所生出也。《鲁语》注:黄帝,少典之裔子。《山海经·大荒东经》注:诸言生者,多谓其苗裔,未必是亲所产。又小司马《补三皇纪》注云:皇甫谧以为少典诸侯国号,《五帝纪》索隐云:《秦本纪》颛顼裔孙女修生大业,大业取少典氏,生柏翳。明少典非人名也。然则前之少典氏亦取有蟜,生神农;后之少典氏取有蟜,生黄帝(《御览》七十九引《世纪》言有蟜与少典世婚,故《国语》兼称之是也。《路史·后纪三》谓少典氏取有蟜,生二子,一为黄帝之先,袭少典氏;一为神农。恐非)。"①

(三)日主说

此丁山先生所创。丁山以为,"少典"由"小腆"语根演来。《尚书·大诰》:"越兹蠢殷小腆,诞取纪其叙。"《尚书正义》引郑玄注云:"腆,谓小国也。"王肃注云:"腆主也,殷小主,谓禄父也。"古文宜作"少典",典者,主也,与少典名义正相应。腆字古文,《说文》作�,当是小腆的本字,䏠之为言日主也。由是言之,黄帝之父"少典",不是小主,也不是小国,宜即小的日主。少典生黄帝、炎帝的故事,正是说黄炎二帝都是日神的子孙。②

(四)氏族部落说

河南省考古研究所原所长马世之先生认为,少典与有蟜是中原地区两个著名的氏族部落。少典氏又作小典氏,其上应有大典氏。马世之又引何光岳先生说:从典字看,它与册字形相似,典似乎是以竹册、木牍串在一起的简片,置于祭台上,供祭司、酋长们查看本氏族的人员情况和记载祭神过程。少典有可能是最早发明文字的人。③

---

① 《二十五史补编》,中华书局1955年版,第245页。
② 丁山:《中国古代宗教与神话考》,上海文艺出版社1988年版。
③ 马世之:《试析炎黄文化的发祥地》,《炎黄汇典·文论卷》,第四册,吉林文史出版社2002年版。

（五）少典为氏族说

此是刘起釪先生的卓见。刘起釪先生认为，少典之"典"，是"氏"之音转。有蛴之"蛴"，是"羌"之音转。"少"和"有"只是附加的发音字，和有虞、有夏、句吴、于越的"有"、"句"、"于"一样。少典族即氏族，有蛴族即羌族。少典孕育出黄帝族，有蛴孕育出炎帝族。①

在以上数说中，刘起釪先生之说最为雄辩。他还认为"姬"与"氏"之间，也存在着读音上的联系。② 在《炎黄二帝时代地望考》一文中③，刘起釪先生进一步明确地指出了炎黄出自西北大地氏、羌族的观点。

刘起釪先生的观点有相当的合理性，遗憾的是刘起釪先生虽然找到了"典"与"氏"、"姬"之间的读音联系，却缺少黄帝与氏族历史记述之间联系的证明，尽管也从地理上找到了大量氏人活动之地即黄帝活动之地的证明，但这毕竟无法给出黄帝族与氏族之间的血缘关系。不免使这一创见留下了难以弥合的漏洞。《路史·禅通纪》云："初，少典氏取于有蛴氏，是曰安登，生子二人，一为黄帝之先，袭少典氏；一为神农，是为炎帝。"从这个传说中可以了解到，继承少典氏系统的是黄帝族，炎帝则分裂为别派。若少典果是氏族，则自当与黄帝关系密切。而《山海经·大荒西经》则说："有氏（原讹作"互"）人之国。炎帝之孙名曰灵恝，灵恝生氏人。"不过刘起釪先生的研究却给我们大的启发。我认为，与其说"典"是"氏"之音转，勿宁说是"狄"之音变。这主要有以下四条理由：

1. 典、狄古音相通 "典"古为端母字，"狄"为定母字，皆为舌音、易转。在今方言仍可找到根据。如晋南赵城、汾西等地，狄、典皆读为 die。狄仁杰则曰"die 仁杰"，"字典"称作"字 die"，可证。

2. 更主要的是出自少典的黄帝与狄有血缘联系 段注本《说文》云："狄，北狄，本犬种。"所谓"本犬种"，就是以犬为图腾，犹如南蛮"蛇种"，以蛇为图腾；羌人"羊种"，以羊为图腾。《山海经·大荒北经》云："有人名曰犬戎。黄帝生苗龙，苗龙生融吾，融吾生弄明，弄明生白犬，白犬有牝牡，是为犬戎。"《大荒西经》："西北海之外，赤水之西……有北狄之国。黄帝之孙曰始均，始均生北狄。"这是说黄帝是犬戎、北狄之祖。少典、黄帝与北狄之间的这种血

---

① 刘起釪：《周姬姜与氐羌的渊源关系》，《华夏文明》，第二辑，北京大学出版社 1990 年版。
② 刘起釪：《周姬姜与氐羌的渊源关系》，《华夏文明》，第二辑，北京大学出版社 1990 年版。
③ 刘起釪：《炎黄二帝时代地望考》，《炎黄春秋》（增刊）1994 年第 1 期。

缘联系,似可证明少典与北狄之间的关系。《周礼·职方氏》有"六狄"之称,《礼记·明堂位》有"五狄"之称,《尔雅·释地》有"八狄"之称,五、六、八等,无非言狄种之多、之盛,马长寿先生《北狄与匈奴》一书,以"赤狄、白狄、众狄"括之。窃以为所谓"少典",犹言少狄,可能是众狄中之一,与长狄相对应,犹如赤狄、白狄之相对应。

3. 狄族中有与出自少典氏之黄帝同姓者 《潜夫论·志氏姓》曰:"隗姓赤狄,姮姓白狄,此皆大吉之姓。"汪继培笺曰:"昭十二年《谷梁传》范宁注:鲜虞,姬姓白狄。疏云:《世本》文。此'姮'字疑'姬'之误。秦氏据程本作'婳',以为即《晋语》黄帝十二姓之'酉'。"汪又曰:"孙侍御云:'大吉'疑'太古'。"此言姬为太古之姓。① 余太山《古族新考》曰:"《国语·郑语》:'当成周者……北有卫、燕、狄、鲜虞、潞、洛、泉、徐、蒲。'韦注:'鲜虞,姬姓在狄者也。潞、洛、泉、徐、蒲,皆赤狄,隗姓也。'……《春秋释例·世族谱下》(卷九)称'赤狄子姬姓',知赤狄并非一姓,可以为证。"② 黄帝姬姓,而赤狄、白狄中皆有姬姓。其间血缘联系,更可得证。

4. 黄帝以轩辕名,而狄则以车闻 徐中舒先生有题为《北狄在前殷文化上之贡献》的一篇遗作③,文章认为北狄为车之发明者,其略云:北狄以乘高轮车著名,所谓高轮车,《北史》言其"车轮高大,辐数至多",此必为牛马曳引之两轮大车。此族之乘两轮大车,据今日所知,当中国西周之世,即已有之。铜器《小盂鼎》记周康王伐鬼方而有俘车两之事,车称两,自是两轮大车。此为狄在周初曾有两轮大车之证。至殷商先世相土、王亥以服牛乘马著名,服牛即为牛服车役。殷人之有两轮大车或即自北狄输入。《考工记》言胡人而能为弓车,其所谓胡,当泛指中国北境之外族,必兼古之群狄在内。北狄乘高轮车,实具有极悠远之历史。值得注意的是,黄帝别称轩辕,字皆从车。《绎史》卷五引《古史考》:"黄帝作车,引重致远。少吴時略加牛,禹时奚仲加马。"《释名》曰:"黄帝造车,故号轩辕氏。"(《渊鉴类函》卷三百八十七)如徐说不误,则此似亦可证明黄帝与狄族的关系。

---

① 彭铎:《潜夫论笺校正》,中华书局1985年版。
② 余太山:《古族新考》,中华书局2000年版。
③ 徐中舒:《北狄在前殷文化上之贡献》,《中华文化论坛》2000年第1期;《古今论衡》(台湾)1999年第3期。

有此四证,少典之为狄之异译,黄帝之出于狄族之说,似可成立。关于上古狄族其早先活动的地域,王国维认为,"在汧、陇之间,或更在其西,盖无疑义。"①蒙文通以为,狄即鬼戎,自西而来,由天山而东南下,而进入甘、陕、蒙、晋、冀之域的。② 马长寿认为,赤狄原分布在草原南部,白狄原分布在草原西部。到春秋时期,赤狄已离开草原南部而发展到太行山内,白狄也离开了草原西部而发展到陕北高原。③ 各家之说虽略有出入,但大抵指出了狄族原初之活动范围。由此,基本上可以得出炎黄二族来自西或北的结论。

二、黄帝与有熊、轩辕及昆仑

关于黄帝族团的活动地域,许顺湛在其专著《五帝时代研究》中,有很详细的考证。许顺湛根据文献记载,结合现在地理情况,具体开列出在各省的活动记录地点,结论是,黄帝族活动的地域主要在河南、河北、山东、陕西、甘肃等地。而河南则是黄帝族团的中心。④ 对于这个结论,我们有不同看法。

这里有几个问题需要考虑,如黄帝族属的问题、有熊氏的问题、轩辕称号及轩辕之丘的问题、昆仑的问题、黄帝后裔分布的问题等等,这都是解决黄帝族群早期活动区域的关键性问题。

关于黄帝的族属,我们在前面曾提及他与北狄的关系。郭沫若先生在这方面也曾有过论述,他说:"那些以黄帝为想象祖先的北方氏族部落,原来也是戎人和狄人,后来才融为华夏族。因而黄帝才被奉为华夏族的始祖的。"⑤这是非常有见地的。众所周知,黄帝后裔发展最盛的一支是建立了中国持续时间最长的王朝的姬姓之周,徐中舒先生撰《先秦史论稿》,专辟《周人出于白狄说》一节,认为周人本是白狄的一支,并不是像传说的那样是农业民族。⑥沈长云先生有《周人北来说》一文,也认为周人出自白狄,并追其源自黄帝。⑦

---

① 王国维:《观堂集林》卷十三,中华书局1995年版。
② 蒙文通:《周秦少数民族研究》,《古族甄微》,巴蜀书社1993年版。
③ 马长寿:《北狄与匈奴》,广西师范大学出版社2006年版。
④ 许顺湛:《五帝时代研究·论黄帝》,中州古籍出版社2005年版。
⑤ 郭沫若:《中国史稿》第一册,人民出版社1976年版。
⑥ 徐中舒:《先秦史论稿》,巴蜀书社1992年版。
⑦ 沈长云:《上古史探研》,中华书局2002年版。

这也可从侧面证明黄帝族与北狄的关系。

关于这个问题,还可以从"有熊氏"、"轩辕氏"的称号中获得进一步的证明。黄帝为有熊氏,这就意味着他的起源当在一个适宜于熊大量生产与繁殖的地方。熊是冬眠的动物,是比较适宜在气候较寒冷的地方生长的,故而东北多熊,更北的俄罗斯更是以熊闻名,而黄河流域则为少见。《本草》书中虽有"熊生雍州山谷","今雍洛河东及怀庆卫山中皆有之"的记载,但毕竟数量不多。甲骨文中记载有不少动物,如象、兕、豸等,甚至还有长颈鹿,但不见有"熊"。这也可以说明熊非黄河流域的动物。如果说黄帝生活的时候相当于龙山文化时期的话,那么当时黄河流域的气温比现在要高,分布有很多热带植物。① 熊的生存条件恐怕还不及今日。由此推论,熊的大量活动应该在比山西、陕西更偏北的地方。在古代氏族部落中,与熊发生关系的还有周和夏。周人称梦见熊,是生男的征兆,故孙作云先生以为周人是以熊为图腾的。② 而周人乃黄帝之后,沈长云先生文已明确指出其为北来民族。在夏人的传说中,他们的祖先鲧死后变成了黄熊。《左传·昭公七年》言:"昔尧殛鲧于羽山,其神化为黄熊,以入于羽渊,实为夏郊。"《天问》说:"化为黄熊,巫何活焉?"说的也是鲧的故事。有意思的是,《墨子·尚贤中》说,鲧被杀死的羽山之郊,是一个"热照无有及"的地方,也就是说,是一个终年见不到太阳的地方。结合《山海经·海内经》注引《开筮》"鲧死三年不腐"的传说,这显然所指的就是北极了。北极是一个天然的大冰库,自然尸体不会腐烂了。冬季,太阳始终在地平线以下,自然是"热照无有及"了。诸书皆言,夏人是黄帝的后人,如果我们把鲧化为黄熊、热照无有及与黄帝族的原始图腾——熊联系起来,问题便迎刃而解了。原始人一种普遍的观念,认为人死后灵魂要回到祖先所在的地方,并且会回归图腾。鲧死后变为黄熊,其实就是回归图腾观念的神话表述,而灵魂处于极北之地,说明大北方是他的老家。当然把这个地点定位在北极,可能是神话中推延、嫁接的结果,是由"北方很远的地方"这一概念推延,而后与极北之地北冰洋的传说嫁接产生出来的神话,并不一定是熊氏族真起源于北极。但熊图腾产生在北方,这似乎是可以肯定的。我们从后来活动于北方的阿尔泰语

---

① 竺可桢:《中国近五千年来气候变迁的初步研究》,《竺可桢文集》,科学出版社1979年版。
② 孙作云:《周先祖以熊为图腾考》,《诗经与周代社会研究》,中华书局1966年版。

系的一些民族,如日本阿伊努人、中国东北的鄂伦春族、鄂温克族、赫哲族等对熊的崇拜,也可以得出证明。这些民族几乎都活动在北纬40°以北。再说,黄帝、夏、周,因为离开北部的时间已经很久,因此关于熊的信仰变成了一种遥远的记忆和一种观念,故而在古籍中,多记轩辕黄龙体、轩辕之国人面蛇身等,反而不言黄帝与熊的关系。夏和周更是如此,除了化为黄熊、梦熊的记载外,在其他地方几乎看不到熊的痕迹。

黄帝又号轩辕。古以为轩辕本为车辀,后代指车。其实这些意思都是由后人推衍出来的。前已言及,黄帝族以车著名,故轩辕二字从车。但就"轩辕"的读音来考察,其实乃"合汗"的异译。唐善纯有如下的一段论述:

> 轩,上古读"晓寒"切,音值为 xan;辕,上古读"匣寒"切,音值为 ðan,两个字并在一起,应读为 xanðan。试将这一音值与突厥语 qaan(皇帝)、蒙古语 qagan(可汗)、xagan(皇帝、合汗、匣罕、哈罕)、通古斯语·kān(国王、汗)相对照,可以发现它们完全对应。故"轩辕"者,合汗也,可汗也,汗也,皇帝也。①

我们认为这个观点是能够成立的。这可以进一步证明黄帝与北狄的关系。在古籍中多处记到以轩辕命名的地名,这应当与黄帝族团的活动有关。商人每迁一处,都要立一叫做"亳"的建筑,故后世留下了许多叫亳的地名(山东、河南、陕西、安徽等地皆有)。周人每迁一处,都要立一叫做"京"的建筑,故而有了豳京、周京、丰京、镐京、洛京之称,也有了代表京都之意。想来黄帝族也相类似,故而留下了诸多叫"轩辕"的地方。如《史记·五帝本纪》说:"黄帝居轩辕之丘,而娶于西陵之女,是为嫘祖。"《山海经·西次三经》:"又西四百八十里曰轩辕之丘。"《山海经·北山经》:"又东北二百里曰轩辕之山。"《山海经·海外西经》:"(轩辕之丘)在轩辕国北,其丘方,四蛇相绕。"《山海经·大荒西经》:"射者不敢西向射,畏轩辕之台。"《淮南子·地形训》:"轩辕丘在西方。"《水经注·渭水》:"又西北轩辕谷水注

---

① 唐善纯:《中国的神秘文化》,河海大学出版社1992年版。

之……黄帝生于天水,在上邽城东七十里轩辕谷。"许顺湛根据《史记集解》引皇甫谧说,及《大清一统志》、《新郑县志》等,认定司马迁所言的轩辕丘在河南新郑县。但我们从《山海经》与《淮南子》的记载中却看到,轩辕之丘在西部和北部,并不在居于中州的河南。特别要强调的是,《山海经》是一部没有经过后人系统化处理的古籍,其中关于地理的资料是最古老,也是非常可信的。凡是认真研究过《山海经》地理的人,都会有同样的感觉,绝不可因为书中记载了一些神话传说,就否定它的地理学价值。谭其骧有《论〈五藏山经〉的地域范围》一文①,就充分肯定了它的价值意义。据谭先生研究,《西次三经》所记诸山多在甘肃、宁夏、青海及新疆境内。《西次三经》记轩辕之丘"无草木",这反映的正是宁夏、甘肃一带山的形貌。在该经列于其前后的地名,前有昆仑之丘、流沙、西王母所在的玉山,后有积石之山、长留之山。多数认为在甘肃北部;流沙指大西北甘肃、内蒙、新疆的大沙漠;玉山,《穆天子传》称群玉之山,人多以为在新疆的和田;积石山,在甘肃西宁县东;长留之山,虽不知指何山,但其山之神主管"反景",即回光返照,显然是在极西。由此推论,轩辕之丘亦当在甘肃、青海甚至更北,绝不可能是在河南。郭郛认为指大西北包括公格尔山—慕士塔格山在内的山脉,为帕米尔高原山峰雪岭的东段。② 郭说虽不一定正确,但也可以说明轩辕之丘在大西北,乃是研究者的一个基本共识。

再看轩辕之山。此山被列在了《北次三经》之中。据谭其骧先生研究,《北山经》所记群山,多在山西、河北、内蒙、宁夏境内,而以山西、河北为多。此一经的次序比较零乱,但可以看出山的大致方位。《北次三经》之首是太行山,在轩辕山的前后记有彭毗之山,卫挺生、徐圣谟《山海经今考》认为,即山西陵川县东的三雍山,其山有"肥水出焉",肥水就是《诗经·卫风》中所提到的"肥泉",其源在今山西昔阳县;③ 有泰头之山,山有共水流,注于呼沱河,卫挺生、徐圣谟以为是五台山的北台,谭其骧先生认为山在今繁峙县东。由此推之,轩辕山当在北部而不会在河南。

---

① 谭其骧:《长水粹编》,河北教育出版社2000年版。
② 郭郛:《山海经注证》,中国社会科学出版社2004年版。
③ 转引郭郛:《山海经注证》,中国社会科学出版社2004年版,下引卫、徐说,皆见此书。

《海外西经》与《大荒西经》中的轩辕之国、轩辕之台、轩辕之丘,其方位当与《西山经》中的轩辕之丘相近,丘在国之北。《地形训》说"轩辕丘在西方",与《山海经》所言也正相合。由此看来,轩辕之丘、轩辕之山、轩辕之台,皆在西或北,参之中国古代西与北多混言之的情况,我们可以确定,《山海经》与《史记》所言的轩辕之丘当在大西北,或在大北方。至于《水经注》所言的轩辕谷,其方位明确,在甘肃的天水;还有初唐诗人陈子昂所咏的《轩辕台》,地在今北京市北的平谷县,当皆为黄帝族活动留下的遗迹。另外在河北、山西、河南等地的方志中,还有不少轩辕台、轩辕岗、轩辕山的地名,这些见于记载稍晚,或为后人附会,或为轩辕族遗迹,需根据情况考虑,不可一概而论。

与黄帝关系至为密切的还有昆仑的问题。昆仑频见于《山海经》中,或作"昆仑之丘"、"昆仑之虚"。在《西次三经》、《海内西经》称其为"帝之下都",其附近有"帝之平圃"。这帝就指黄帝。如《穆天子传》卷二曰:"天子升于昆仑之丘,以观黄帝之宫。"《庄子·天地》云:"黄帝游乎赤水之北,登乎昆仑之丘而南望。"《庄子·至乐》云:"支离叔与滑介叔观于冥伯之丘,昆仑之虚,黄帝之所休。"《列子·周穆王》"别日升于昆仑之丘,以观黄帝之宫",张湛注引陆贾《新语》云:"黄帝巡游四海,登昆仑山,起宫望于其上。"昆仑为黄帝的下都,昆仑附近又有黄帝的花园,昆仑显然是黄帝活动的一个重要地方。在中国神话中,昆仑山犹如希腊的奥林匹斯神山,是众神会聚之所,看来与黄帝族早期在这里的活动与传说有关。

关于昆仑的方位,可谓众说纷纭。《晋书·张骏传》言:"凉州刺史酒泉太守马岌上言:酒泉南山即昆仑之体也。周穆王见西王母,乐而忘归,即谓此山。此山有石室玉堂,珠玑镂饰,焕若神宫。"据《水经·河水注》云:"释氏《西域记》曰:阿耨达太山,其上有大渊水,宫殿楼观甚大焉。山,即昆仑山也。《穆天子传》曰:天子升于昆仑,观黄帝之宫,而封丰隆之葬。丰隆,雷公也;黄帝宫,即阿耨达宫也。"毕沅《山海经新校正》以为,山在山西、陕西及甘肃境内。现代学者顾实认为,昆仑指西藏、新疆间的昆仑山脉,即《汉书·西域传》所说的于阗南山。所谓黄帝之宫,当昆仑山脉之北,阿勒腾塔格岭之上。① 徐旭生

---

① 顾实:《穆天子传西征讲疏》,中国书店1990年版。

《读山海经札记》以为,书昆仑之丘,明非山也,当指青海高原;又引唐兰说以为即祁连山。① 今又有学者认为昆仑即燕山。各家虽有不同认识,但有一点是相同的,都认为昆仑在大西北,而且是远在甘肃、青海甚至新疆,说北者则认为在山西北部与蒙古境内。虽然我们仍不能确指昆仑为今之何山,但方位却可以基本清楚。这与以上我们所推定的北狄、轩辕及熊图腾族群活动的方位基本一致。

由此我们可以得出结论,黄帝族团最早活动于大西北与大北方。青海、甘肃、宁夏、内蒙及晋与冀的北部,皆有可能是其活动的范围,绝不在今人所认为的陕西或河南境内。

三、黄帝族的早期活动地望及东迁路线

叶修成、梁葆莉在《黄帝族的发祥地及其时代》一文中,对有关黄帝起源的观点作了归纳,认为黄帝非本土起源者,有巴比伦说、匈牙利及俄罗斯说等;认为本土者,又有东方说(黄河下游说、曲阜说)、南方说(湖南长沙说)、西北说、北来说(燕山以东说、蒙古草原说)、古涿鹿说、新郑说等数种。② 其实远不止此。据笔者所知,还有辽河说(认为黄帝族是从牛河梁、从辽河边走向世界的。红山文化即其代表,其源头是查海文化、兴龙洼文化,更近一点的源头是沈阳新乐遗址)③、彭城说(江苏铜县说)④、岷山之南说⑤、印度大夏西域之间说(太炎先生说)等。仅西北说者,也有新疆说、甘肃说、青海甘肃一带说、陕甘交界说、泾渭流域说等多种不同的意见。如果认真统计起来,恐怕不下二十种意见。这诸多分歧虽然使人不知所从,但也大大地开拓了我们的思路,使我们对问题有了全面了解。

在黄帝起源问题的研究中,最为关键的是《国语·晋语》中关于"黄帝以姬水成,炎帝以姜水成"的那一段记载。姜水与姬水何在?这成为学者们苦

---

① 徐旭生:《中国古史的传说时代》,广西师范大学出版社2003年版。
② 叶修成、梁葆莉:《黄帝族的发祥地及其时代》,《贵州文史丛刊》2006年第2期。
③ 雷广臻:《黄帝从辽河边走向世界》,《理论探讨》2007年第2期。
④ 李永先:《黄帝建都彭城考》,《江海学刊》1990年第5期。
⑤ 陈寄生:《黄帝族望考》,《东方杂志》第40卷第24号。

苦搜寻的两个地方,也成了炎黄研究中的两个难点。关于姬水,前贤争议也颇多。今知者有八种意见:(一)底格里士河说①,(二)大夏河说②,(三)渭水说③,(四)岐水说④,(五)大渡河说⑤,(六)熊水说(在河南新郑)⑥,(七)漆水说⑦,(八)甘肃轩辕谷说。⑧ 考证姬水的所在,是一件非常艰难的事情。文献失载,古今地名巨变,在缺少证据的前提下,仅凭读音或难以凭信的古史传说来推断,所得出的任何结论都只能是一种假说。再则,黄帝与炎帝不同,炎帝是从事农耕的民族,其久处中国,故姜水地名被载于传说作于夏代的《山海经》中(《北次三经》载,太行山系中有鄀水,又名郯水)。而黄帝则属游牧民族,"迁徙往来无常处"(《五帝本纪》语),在不断迁徙中,早已远离了其初发祥的姬水,自然姬水方位难见载记了。因此对于黄帝族的早期活动区域,我们只能从种族来源、生活方式、族类分布上来考虑。

《国语·晋语》云:

> 黄帝之子二十五人,其同姓者二人而已,惟青阳与夷鼓皆为己姓。青阳,方雷氏之甥也。夷鼓,彤鱼氏之甥也。其同生而异姓者,四母之子,别为十二姓。凡黄帝之子二十五宗,其得姓者十四人,为十二姓,姬、酉、祁、已、滕、葴、任、荀、僖、姞、儇、依是也。惟青阳与苍林氏同于黄帝,故皆为姬姓。

这一段记载,是研究黄帝族类的重要资料,从中我们可看出这个群体发展是非常迅猛的。所谓"二十五人",其实就是滋生出来的二十五个氏族群体。所谓"黄帝之子",则表明是从黄帝族群中直接生出的。关于这方面的记载,《史记·三代世表》《大戴礼记·帝系》《世本》《山海经》等书皆有记载,其中保

---

① 徐元诰:《国语集解》,中华书局2002年版。
② 李文实:《西陲古地与羌藏文化》,青海人民出版社2001年版。
③ 刘起釪:《周姬姜与氏羌的渊源关系》,《华夏文明》,北京大学出版社1990年版。
④ 何光岳:《炎黄源流史》,江西教育出版社1992年版。
⑤ 《炎黄汇典·文论编》,吉林文史出版社2002年版。
⑥ 杨亚长:《炎帝、黄帝传说的初步分析与考古学观察》,《炎黄汇典·文论编》,吉林文史出版社2002年版。
⑦ 杨向奎:《宗周社会与礼乐文明》,人民出版社1997年版。
⑧ 赵世超:《炎帝与炎帝传说的南迁》,《陕西师范大学学报》1998年第4期。

存最多,也是未经过后儒系统化整理,应该说可信度最高的是《山海经》。这些书中关于黄帝族类的记载,基本上有两种情况:一类是进入五帝三王系统的,如言颛顼、帝喾、尧、舜、禹及他们的后裔;一类是未进入五帝系统的。进入五帝系统之后的繁衍,有相当多是进入中土之后的发展情况;未进入五帝系统者或未进入五帝系统之前的繁衍,则更多的是停滞于黄帝早期活动区域的存在状态。基于此认识,可将黄帝族类的早期分布情况作一考察研究。

《山海经·大荒东经》云:

> 东海之渚中,有神,人面鸟身,珥两黄蛇,践两黄蛇,名曰禺□。黄帝生禺□,禺□生禺京,禺京处北海,禺□处东海,是为海神。

按:禺京,郭璞注:即禺强也。《山海经·海外北经》曰:"北方禺强,人面鸟身,珥两青蛇,践两青蛇。"郭璞注:"字玄冥,水神也。庄周曰:禺强立于北极。一曰禺京。"吴任臣注:"《太公金匮》:北海神名玄冥。《越绝》云:玄冥治北方,白辩佐之。《五岳真形图》云:北海神名帐余里,又名禺强。江淹《遂古篇》:北极禺强,为常存分。《图赞》曰:禺强水神,面色鱼黑,乘龙践蛇,凌云附翼。灵一玄冥,立于北极。"可知黄帝的这位后人乃是处于极北之地的。又《山海经·大荒北经》云:

> 大荒之中……有人名曰大人,有大人之国,釐姓,黍食,有大青蛇,黄头,食麈。

釐古通僖,《左传·庄公八年》"有宠于僖公",《史记·齐太公世家》"僖公"作"釐公";《左传·僖公二十三年》"僖负羁",《淮南子·道应训》作"釐负羁";《左传·隐公五年》"臧僖伯",《汉书·古今人表》作"臧釐伯";《汉书·高帝纪》"魏安釐王",颜注:"釐读曰僖。"据《国语·晋语》司空季子说黄帝十二姓,僖为其中之一,知大人之国属黄帝族群。而其被列于《山海经·大荒北经》,是因为被当做了北部荒远之地的氏族。大人之国可能即古书中说到的长狄。《史记·孔子世家》说,吴国伐越国,在会稽挖出了巨人骨骸。有人问孔子,孔子回答说这是汪罔氏之君防风氏的,又说"汪罔氏之君守封禺之山,为釐姓。在虞夏商为汪罔,于周为长翟,今谓之大人"。"长翟"即"长狄",翟、狄通。长狄属于北狄的一支,最早活动在草原上,此言黍食,应当是已进入半农耕状态。《山海经·大荒北经》又云:

> 有大泽方千里,群鸟所解。有毛民之国,依姓,食黍,使四鸟。

郭注云:"《穆天子传》曰:北至广原之野,飞鸟所解其羽,乃于此猎鸟兽,绝群,载羽百车。《竹书》亦曰:穆王北征,行流沙千里,积羽千里。皆谓此泽也。"《山海经·海内西经》言:"大泽方百里,群鸟所生及所解,在雁门北。雁门山,雁出其间,在高柳北。"雁门山即今山西北部之雁门山,此是古代游牧民族与农耕民族冲突的分界线。今雁门山北有大片盐碱地,显然原来是一个大泽地。大泽当指这里。毛民当是生活在这里的一个氏族。依姓为黄帝十二姓之一,说明毛民为黄帝族群中成员。《山海经·大荒北经》又曰:

> 有儋耳之国,任姓。禺号子,食谷。

任姓也是黄帝十二姓之一。郭注:"其人耳大下儋,垂在肩上。朱崖儋耳,镂画其耳,亦以放之也。"知儋耳是以大耳为特征的。考古代有南北两儋耳,此处所指是北儋耳。南儋耳出现较晚。《吕氏春秋·任数》云:"西服寿靡,北怀儋耳。"高诱注儋耳曰:"北极之国。"《吕氏春秋·恃君》云:"雁门之北,鹰隼、所鸷、须窥之国,饕餮、穷奇之地,叔逆之所,儋耳之居,多无君。"高注:"北方狄,无君者也。"《淮南子·地形训》言:"夸父、耽耳在其北方。"据此知儋耳为雁门山北的一个氏族,属北狄。与毛民情况略同。《山海经·大荒北经》又曰:

> 又有无肠之国,是任姓。无继子,食鱼。

任姓同前儋耳之国,也当是黄帝族群中成员。"无继子"当是言"无继之子"。《淮南子·地形训》云:"自东北至西北方,有跂踵民、句婴民、深目民、无肠民、柔利民、一目民、无继民。"据此知无肠国、无继民皆属北方氏族,而无肠氏族则出自无继氏族。高诱注云:"无继民,其人盖无嗣也,北方之国。"据郭璞《山海经注》:"继亦当作䏿,谓膊肠也。"《山海经·海外北经》云:"海外自东北陬至西北陬者,无䏿之国,在长股东,为人无䏿。"郭注曰:"音启,或作綮。䏿,肥肠也。其人穴居,食土,无男女,死即埋之,其心不朽,死百二十岁乃复更生。"《说文》无"䏿"字,当作綮或启,所谓"无嗣"、死而复生等,皆是中土人对边远之民不理解而创造出的神话。但无论如何说,无继民、无肠国,都是黄帝族团的人,都是"北方之国"。《山海经·大荒北经》又云:

有人方食鱼,名曰深目民之国。盼姓,食鱼。

郭注:"亦胡类,但眼绝深,黄帝时姓也。"郝懿行《山海经笺疏》曰:"盼,府文切,见《玉篇》。与滕、荀二字形声俱近。《晋语》说黄帝之子十二姓中有滕、荀,疑郭本盼作滕或荀,故注云黄帝时姓也。"按:郝说可从。《路史·国名纪》高阳氏后有目深国,而高阳相传即颛顼,是黄帝之孙。不管《路史》所据为何书,但认其属于黄帝系统这一点则是与郝氏的推断相同。《淮南子·地形训》所列东北到西北方之国中有深目民。同时深目民又见于《山海经·海外北经》中,显然这也是一个北方草原上的氏族。《山海经·海内经》云:

流沙之东,黑水之西,有朝云之国、司彘之国。黄帝妻雷祖生昌意,昌意降处若水,生韩流,韩流擢首谨耳,人面豕喙,麟身渠股豚止……生帝颛顼。

《山海经》中多次提到流沙、黑水,这应该是相邻的两个地方。据《山海经·西山经》的记载,昆仑之丘西三百七十里是"乐游之山",再西水行四百里是"流沙"。而黑水则出昆仑。《禹贡》言:"导弱水至于合黎,余波入于流沙;导黑水至于三危,入于南海。"流沙即今甘肃北的巴丹吉林大沙漠,而黑水即今甘肃北部的黑河。黄帝之孙韩流(一作乾荒,当为传写之讹)所在的司彘之国当在这里。《山海经·大荒西经》云:

西北海之外,赤水之东,有长胫之国,有西周之国,姬姓,食谷。

西周之国一般认为是即文、武建立的西周。但从方位看,此西周之国,在西北海之外,赤水之东,显然不是在岐周或丰、镐之地。赤水在昆仑之丘附近。《淮南子·地形训》:"赤水之东,弱出自穷石。"《山海经·海外南经》曰:"三苗国在赤水东。"《尚书·尧典》曰:"窜三苗于三危。"弱水、三危皆在甘肃北部,这里所说的西周之国,也当在甘肃北部。其为姬姓,自然是黄帝之后。在《穆天子传》卷二提到与周同宗的赤乌氏:

> 天子(昆仑)北升于舂山之上,以望四野,曰:舂山是唯天下之高山也……甲戌至于赤乌之人……赤乌氏先出自周宗。

赤乌氏与周同宗,自然也是黄帝之后,其地理位置也在昆仑西附近。舂山有人说是葱岭,有人说是喀剌昆仑,有人说是祁连山,尽管意见不同,但皆在大西北。

此外,《山海经·大荒西经》言黄帝之孙北狄之国,在"西北海之外,赤水之西";还有黄帝的另一支后裔犬戎,《山海经·海内北经》言"犬封国曰犬戎",都在西或北。这样看来,黄帝的后裔分布于北部者居多。在前已论证黄帝来自北狄,"少典"即"小狄",与"长狄"相应。《国语》言少典取于有蟜生黄帝。《山海经·海内北经》云:"蟜,其为人虎文,胫有腎,在穷奇东。一曰状如人,昆仑虚北所有。"蟜当即《国语·晋语》所说的"有蟜",其地在昆仑北,在穷奇东。《吕氏春秋·恃君》言穷奇在雁门之北。于此言之,有蟜也是雁门北的氏族,故能与小狄通婚而生黄帝族。由此推论,黄帝原本当属于草原民族,其活动地便在今之青海、甘肃、宁夏、内蒙、山西及河北北部广大地区。

现在我们根据掌握的情况,大致可推测出黄帝族迁徙的路线。我们在前文关于黄帝族属及有熊氏、轩辕氏的考证中,就已经明确地谈到,黄帝乃属于北狄,兴起于极北之地。所谓姬水,当就是其兴起地的一条水。随着这个族群的发展强大而逐渐南迁,顺河西走廊即丝绸之路向东,至于昆仑地方,在这里获得了很大的发展,故而留下了丰富的传说。轩辕之丘、轩辕之国、轩辕谷、昆仑之丘等诸多与黄帝相关的传说,都集中在那里。而后进一步向东迁。根据地理形势,东迁有两条路:一条是向南进入陕西境内,而后向东出潼关或函谷关,进入山西、河南境内;另一条是沿黄河北上到内蒙境内,沿阴山之阳向东而至河北部。根据黄帝族群的分布情况,主要集中在北部,因此黄帝族东迁的路线应该是第二条。进入河北北部,越燕山而南下,活动于燕山之阳的广阔平原。然后穿过太行入山西境内,再沿汾河而南,过黄河进入河南境内。则发现在这一条线上有不少以轩辕命名的地名,如河北平谷县城东北七公里有轩辕台,即陈子昂所咏处。《山海经·北次三经》有轩辕山,其地大约在山西北部或河北境内。山西境内霍州市有轩辕台,见于孔尚任的歌咏中;襄汾县亦有轩辕台、轩辕庙,夏县有轩辕堰,皆见于方志。河南阌乡县有轩辕台,济源有轩辕亭,新郑有轩辕丘。值得注意的是,《穆天子传》所言周穆王西游的路线,其出山西境内由东向西进的路线,基本上与我们推测的黄帝东迁的路线相差不多。看来这是古代东西人口流动的一条主线。

四、炎黄之战的性质及战争发生地的考证

炎帝族与黄帝族的战争,是中国历史上第一场大战。关于这场战争,《史记·五帝本纪》有记述,其中披露了四个方面的信息:第一,炎黄之战的起因,是炎帝欲侵凌诸侯,天下不宁,黄帝为了抚万民,安天下,故而起兵,与炎帝战于阪泉之野。第二,战败炎帝之后,蚩尤又在作乱,故而产生了"涿鹿之战"。第三,战败蚩尤之后,接着是征四方之"不顺者",最后建都于涿鹿之阿。第四,黄帝的生活方式是"迁徙往来无常处,以师兵为营卫"。看这位轩辕黄帝,活像是成吉思汗的翻版,东征西战,驰骋于辽阔的大陆上,从未遇到过对手。强劲如炎帝、蚩尤,最终还是被败、被杀。这里涉及到了关于蚩尤的问题暂不论及,主要就炎黄问题来做一讨论。

我们需要明白,历史是胜利者撰写的。炎黄之战后,统治中土的所谓五帝、三王,都出自黄帝系统,因而关于炎黄战争的历史,主要是黄帝族的人传述的,自然要偏向于黄帝。故而把炎帝描写成了一个暴君,而把黄帝则说成是一位替天行道者,把战争的原因说成是由炎帝侵凌诸侯引起的。而且把许多光彩的事情加在黄帝身上,所谓"治五气(金木水火土五行之气。一说指仁、义、礼、智、信),艺五种(种植五谷),抚万民,度四方"等等,所用皆为后世的概念,未必是当时事实。如果我们从炎、黄不同的生活方式上考虑,问题便可迎刃而解。

众说周知,炎帝又名炎帝神农氏,自然是从事农业的群体。而黄帝原属北狄,是来自草原的游牧部族。《史记·五帝本纪》说他"迁徙往来无常处,以师

兵为营卫",即已披露了其游牧的性质。尽管《史记·五帝本纪》在叙述中,特意将此二句放在黄帝四方征战之后,意其之所以"迁徙往来无常处",是因为征战四方,却无法掩盖草原民族那种特有的气势。人们只要看一下十三世纪兴起于草原的蒙古帝国,一切就都明白了。被称作一代天骄的成吉思汗及其继承者,灭金亡宋,占据中原。南征印度、缅甸、越南、爪哇等;北侵俄罗斯,占其全境;西征马札儿(匈牙利)、奥地利、意大利、德意志等;东征高丽、日本。那种驰骋欧亚大陆、所向无敌的架势,不正是黄帝"东至于海,西至于空桐,南至于江,北逐荤粥"的诠释吗?在古代恐怕只有草原民族才会有如此气势。由此我们可看出,炎黄战争的发生,根本不是什么炎帝侵凌诸侯造成的,而是一场草原民族与农耕民族的冲突大战,也正是中国历史上无数次同类战争的最早记述。炎黄战争的结果是草原民族战胜农耕民族,入主中土,由游牧转入安居的农业生活。《风俗通·皇霸篇》言黄帝始制冠冕,垂衣裳,上栋下宇,以避风雨;《尸子》言黄帝作合宫,《礼记外传》言黄帝作明堂享百神,这都有点像对定居生活之始的描述。

在关于黄帝的记载中,有三则与气候相关的传说特别需要注意:一则是《庄子·在宥》,说黄帝统治天下时,"云气不待族而雨,草木不待黄而落"。《庄子》中多寓言,自不可当真,但其中多保存有远古传说,其寓言每在传说的基础上改制而成。庄子在这里言及了黄帝时的气候反常现象,《经典释文》引司马彪曰:"未聚而雨,言泽少;不待黄而落,言杀气。"成玄英以为此数句言"风雨不调,炎凉失节"。庄子之言可能有所夸张,但不排除这确是一个源自远古自然灾害的传说。另一则是关于旱魃的,见于《山海经·大荒北经》,言黄帝女魃,在黄帝蚩尤之战中,"蚩尤请风伯雨师,纵大风雨。黄帝乃下天女曰魃,雨止,遂杀蚩尤,魃不得复上,所居不雨"。还有一则也见于《山海经·大荒北经》,是关于夸父的,言夸父追日,因口渴喝干了黄河的水。又说:"应龙已杀蚩尤,又杀夸父。"

这三则记载,反映着同一个历史,这就是黄帝时出现过的大干旱。"夸父追日"神话,许多专家都曾谈及过其与远古大干旱的关系,而这里又把他的名字与蚩尤放在了一起,说明他与黄帝处于同一个时代,也说明这个时代确实是"气候反常"。特别是黄帝的那位宝贝女儿魃,她的出现,便使人想到了赤地千里的景象。吴任臣注引《玄览》言:旱魃所见之国,赤旱千里。《神异经》亦言魃见则大旱。魃字又作妭,《玉篇》引《文字指归》曰:"女妭,秃无发,所居之处,天不雨也。"神话说"蚩尤请风伯雨师,纵大风雨",又说黄帝调旱魃,似乎这里也披露出了当时南北不同的气候状况。蚩尤所在之地,是大风雨,而旱魃却伴随黄帝族,说明黄帝族当时遇到了赤地千里的草原大干旱。结合《庄子》书所言,看来这是一个风雨不调、炎凉失节的时代,中原地方是"云气不待族而雨",而草原则"天不雨"。

如果此说不谬,那么我们可以推断,黄帝率草原民族南下的一个主要原因,可能与气候变迁有关。根据学者们的研究,往往草原民族大规模南下,都与气候的变迁相联系着。由于气候的变冷变干,处于干旱地区的游牧民族,面临着草原枯竭、水源干涸、生态恶化的严重威胁。为了寻找新的牧区与生存环境,他们不得不向农耕民族发起进攻。[①] 可以说,没有草原民族的一次次内迁,就没有今天占世界人口五分之一的汉族。而华夏族奉为祖先的黄帝,正来自草原。

这里我们需要辨明的是炎帝与黄帝战争的发生地点问题。现在明显出现了两种不同意见,一种认为发生在涿鹿,如贾谊《新书》、《归藏》佚文等记载。《汉书·刑法志》"自黄帝有涿鹿之战以定火灾",颜师古注云:"郑氏曰:涿鹿在彭城南。与炎帝战。炎帝火行,故云火灾。"一种认为在阪泉,如《史记·五帝本纪》、《大戴礼记·五帝德》等。临沂汉简《孙子兵法》亦云:"黄帝南伐赤帝……战于反山之原。"反山当即阪山,亦即所谓的阪泉。同样言黄帝与蚩尤所战之地者,也有阪泉、涿鹿二说。我认为二说中必有一误。传统多以此二地毗连,故不作细别。如《汉书·刑法志》注引李奇曰:"黄帝与炎帝战于阪泉,今言涿鹿,地有二名也。"此处要说明的是,笔者认为炎黄之战地在涿鹿,不在阪泉。《逸周书·尝麦篇》云:

> 昔天之初,□作二后,乃设建典。命赤帝分正二卿,命蚩尤于宇少昊,以临四方,司上天末成之庆。蚩尤乃逐帝,争于涿鹿之河(阿),九隅无遗。赤帝大慑,乃说于黄帝,执蚩尤,杀之于中冀,以甲兵释怒。

这段记载是大有名堂的。因出自黄帝后裔周人之口,故而把炎帝说成是

[①] 王会昌:《2000年来中国北方游牧民族南迁与气候变化》,《地理科学》1996第3期。

一个落难的古帝,而黄帝出兵战蚩尤,乃是为了勤王。但这里披露,赤帝(炎帝)被蚩尤赶到了涿鹿之阿,无处躲逃,才向黄帝求援的。黄帝最后擒杀蚩尤并不在涿鹿,而是在中冀。后人之所以把涿鹿之战认作是蚩尤黄帝之战,看来与这则传说有关。但仔细分析一下,这里似乎有意隐去了炎黄之争的一段历史。此事发生在黄帝战蚩尤之前,炎帝为什么要跑到涿鹿去呢?分明黄帝此时在涿鹿,炎帝已向黄帝投降了。涿鹿本属炎帝的地盘,炎黄之战,炎帝失败,黄帝占有了涿鹿,"邑于涿鹿之阿"。蚩尤不服炎帝决策,起而反抗,炎帝故跑到涿鹿,向黄帝求救,于是有了后来的涿鹿黄帝、蚩尤之战。炎帝、黄帝涿鹿之战在先,黄帝、蚩尤涿鹿之战在后,但黄帝、蚩尤的最后决战则是在蚩尤氏的老家——阪泉,即《逸周书》所谓的中冀。故《焦氏易林》说:"白龙黑虎,起伏暴怒。战于阪泉,蚩尤败走。"也就是说,在涿鹿之野先后进行了两次大战,先是炎帝与黄帝,后是黄帝与蚩尤。后人把阪泉、涿鹿认定为同一地区,便是因为涿鹿之野的两次大战搞混的。

关于涿鹿的地望,今知者有以下七说:(一)涿郡说(今河北涿县),见裴骃《史记集解》引服虔说;(二)涿鹿县说(今河北涿鹿),见裴骃《史记集解》引张晏说;(三)江苏铜山说,见《后汉书·郡国志》注引《世本》;(四)河北磁县说,严文明说[①];(五)河南修武说[②];(六)山西运城说[③];(七)河南巩县说。[④]

以上七说,除河北涿鹿县说外,其余皆不出黄河、淮河流域,即古所谓中土之地。这主要有一种观念在支持着学者做出了这样的选择,传统认为炎帝、黄帝、蚩尤皆相争于黄河流域,而涿鹿远在北鄙边塞,长城脚下,他们怎么有可能跑到那里去决战呢?如钱穆先生说:注家说涿鹿在今察哈尔省之涿鹿县,黄帝岂遽远迹至此?[⑤] 王献唐先生说:《路史》谓涿鹿在幽州怀戎,地有涿鹿山与涿鹿城。怀戎即今怀来,与涿鹿县皆隶察哈尔,远在极北塞外,黄帝绝不至此。[⑥] 吕思勉先生亦言:战场在涿鹿或涿郡,"以古代征战之迹言之,仍嫌太远"。[⑦]

---

① 严文明:《炎黄传说与炎黄文化》和王俊义、黄爱平编:《炎黄文化与民族精神》,中国人民大学出版社1993年版。
② 王献唐:《炎黄氏族文化考》,青岛出版社2006年版。
③ 钱穆:《古史地理论丛》,三联书店2004年版。
④ 杨国勇:《黄炎华夏考》,《山西大学学报》1982第4期。
⑤ 钱穆:《史记地名考》,商务印书馆2001年版。
⑥ 王献唐:《炎黄氏族文化考》,青岛出版社2006年版。
⑦ 吕思勉:《先秦史》,上海古籍出版社2005年版。

杨国勇先生也说：炎帝、黄帝、蚩尤皆在黄河中下游一带,毫无理由都带上大军跋涉千里到荒远的涿鹿去决战。①

这些质疑并非毫无道理,但却无法消减古籍中上谷涿鹿说的绝对优势。因为涿鹿是一个古老的地名,《汉书·地理志》中有明确记载,司马迁也说他曾"北过涿鹿",考察过此地。如果说涿鹿在黄河或淮河流域,司马迁绝对不会用"北过"二字。汉代学者几乎皆以为涿鹿即上谷之涿鹿。服虔虽有涿鹿在涿郡之说,显然那是不明地理,把两个涿字搞混了。《世本》及郑玄虽有涿鹿在彭城之说,但据颜师古说："彭城者,上谷北别有彭城,非宋之彭城也。"(《汉书·刑法志》注)笔者曾亲至涿鹿考察,此地今有黄帝城遗址、黄帝泉、炎帝营,以及桥山、釜山、蚩尤寨、蚩尤泉等诸多传说。毫无疑问,相当多传说皆属后人的附会,但如此密集的传说,说明事出有因。司马迁在过此地时,就听到关于黄帝的诸多传说,说明至晚在汉代,其传说就已很盛。

再说,炎帝、黄帝之战,实是一场农耕民族抗击游牧民族的反击战。战争之所以在北塞长城脚下发生,就是因为长城一线,正是数千年来游牧民族与农耕民族的分界线。燕山山脉是一道天然的屏障,农耕民族借此阻止游牧者入侵。因此历史上无数的民族战争,都在这里发生。而且此地的战争,其胜负往往带有决定性。一旦这道防线被突破,农耕者的立足之地便必失无疑。宋元以来的历史,无不可以为证。正因如此,涿鹿之战进行得非常激烈,史所谓黄帝"三战然后得其志",正反映了这场战争的决定性意义。战争的结果,是炎帝失败投降,成了临时性的傀儡政权,故而有了蚩尤的反叛,有了《逸周书·尝麦篇》中黄帝帮炎帝擒蚩尤的传说。

黄帝族战胜炎帝族后,即进军南下,占据了河北北部平原。《礼记·乐记》云："武王克殷,反商(郑注:反当为及字之误也。及商,谓至纣都也),未及下车,而封黄帝之后于蓟,封帝尧之后于祝。"孔颖达正义解释"蓟"字说："今涿郡蓟县是也,即燕国之都也。孔安国、司马迁及郑玄皆云燕国郡,邵公与周同姓。案:黄帝姓姬,君奭盖其后也。或黄帝之后封蓟者灭绝,而更封燕郡乎？疑不能明也。"蓟即蓟县,汉时蓟县在今北京市的南面,虽然古籍中语焉不详,导致了孔颖达的疑惑,但黄帝之后封蓟,则在古籍中有文字记载。问题是为什

---

① 杨国勇：《黄炎华夏考》,《山西大学学报》1982第4期。

么周武王要封黄帝之后于蓟呢？说明这个地方本来就是黄帝族活动的主要区域。在苗族蚩尤神话的传说中，也说黄龙公（黄帝）住在离海不远的黄河入口处。在周以前，黄河入海口在天津附近。说明苗族的传说与汉文献的记载是相一致的，河北北部平原是黄帝进攻中原的大后方，故黄帝建都的涿鹿、轩辕台所在的平谷、黄帝之后受封的蓟，皆在这里。

中国古代北方民族狼祖神话与中国文学中之狼意象

刘毓庆

从魏晋到元代的一千余年间,先后近二十个来自草原的民族活跃在中国北方的历史舞台上。这些民族后来在与农耕民族无数次的冲突、交会中,大多逐渐融于汉族大家庭,有的则成为中国民族的一分子。而其原初的在特有的地理生态背景与文化背景下所创造出的各具特色的族源神话,则不仅丰富了中国民族文学的宝库,同时为我们研究民族融合历史及融合中的文化选择问题,提供了可靠的依据。本文旨在通过对古代北方民族狼祖神话的考察,研究中国文学中狼意象的变迁,从而对民族文化的审美趋向做出进一步的认识。

北方民族狼祖神话考察

族源神话,似乎是每一个原始民族所必备的知识。活跃于中国古代北方的少数民族,在他们的传说中,往往将自己民族的起源、兴起与某一神秘之兽联系在一起。如拓跋鲜卑族,相传他们的先祖遇难,有一形如马、声如牛的神兽引路,使他们度过了"九难八阻",终而得以兴起。① 这一神兽,就是所谓的"鲜卑郭落",即驯鹿。② 契丹族则传说他们的祖先是一位乘白马的男子和一个驾着青牛车的天女结合生下的。③ 又说其先祖中有一号喎呵者,"戴野猪

---

① 《魏书》卷一《序纪》。
② 杜士铎主编:《北魏史》,山西高校联合出版社,第50页;刘毓庆:《图腾神话与中国传统人生》,人民出版社2002年版。
③ 叶隆礼:《契丹国志》卷首《契丹国初兴本末》云:"古昔相传,有男子乘白马浮土河而下,复有一妇人乘小车驾灰色之牛浮潢河而下,遇于木叶之山,顾合流之水,与为夫妇,此其始祖也。"《辽史》卷三十七《地理志》则曰乘白马者为"神人","驾青牛车"者为"天女"。事又见范镇《东斋记事》卷五、王偁《东都事略》卷一二五、元城北遗民《烬余录》等。

头,披猪皮,居穹庐中,有事则出,退复隐入穹庐如故。后因其妻窃其猪皮,遂失其夫,莫知所如"。① 党项族传说他们的祖先罗都生了马、黑牛等七个儿子,后来有了他们的族。② 而流传最广的则是关于狼图腾的神话。

古代北方对中国历史影响最大的先后有匈奴、突厥与蒙古三大少数民族群体。这三大群体同兴起于大漠,皆以狼为图腾神兽。匈奴从战国晚期即公元前三世纪始见于历史记载,直到五世纪才开始退出历史舞台,先后存在了七个世纪,并于四世纪与五世纪,先后在黄河流域建立了汉、赵(史称前赵)、大夏等政权,对中国历史的影响是不言而喻的。匈奴虽没有留下关于狼祖神话的直接记述,但与匈奴有渊源关系的诸民族传说,却披露了这一信息。四世纪、五世纪活动于大漠的高车部落③,《魏书》本传言:"其先匈奴之甥也",《新唐书》卷二一七《回鹘传》则曰:"回纥,其先匈奴也,俗多乘高轮车,元魏时亦号高车部。"这个部落的祖先相传是一只老狼。《魏书》卷一○三《高车传》曰:

> 俗语云匈奴单于生二女,姿容甚美,国人皆以为神。单于曰:"吾有此二女,安可配人,将以配天。"乃于国北无人之地筑高台,置二女于上,曰:"请天迎之。"经三年,其母欲迎之,单于曰:"不可,未彻之间耳。"复一年,乃有一老狼,昼夜守台嗥呼,因穿台下为空穴,经时不去。其小女曰:"吾父处我于此,欲以与天。而今狼来,或是神物,天使之然。"将下之。其姐大惊曰:"此是畜生,无乃侮父母也!"妹不从,下为狼妻而产子,后遂滋繁成国。故其有好引声长歌,又似狼嗥。

汉代时与匈奴为邻的乌孙国,其国王相传为匈奴养子。《汉书》卷六一《张骞传》曰:

> 乌孙王号昆莫。昆莫父难兜靡,本与大月支俱在祁连敦煌间,小国也。大月支攻杀难兜靡,夺其地,人民亡走匈奴。子昆莫新生,傅父布就翎侯抱亡置草中,为求食,还,见狼乳之,又乌衔肉翔其旁,以为神,遂持归匈奴,单于爱养之。

---

① 《契丹国志》卷首《契丹国初兴本末》。
② 此条资料乃西夏学专家聂鸿音先生提供。
③ 高车又有赤狄、狄历、敕勒、丁零等名,因其人习惯于"乘高车,逐水草",故有高车之名。

这个传说,在《史记·大宛传》中也有简略地记载。在《汉书·西域传》中,乌孙王有名"拊离"者,《北堂书抄》卷十三曹丕引《典论》论汉武帝亦云:"刈单于之旗,探符离之窟。"拊离、符离显系一事。《通典》卷一九七《突厥上》曰:"侍卫之士,谓之附离,夏言亦狼也。"匈奴、乌孙、突厥,同属阿尔泰语系民族,拊离、符离当即突厥语 buri 音译之异。以"狼窟"指匈奴之巢穴,或王以狼名,皆可披露其族与狼之关系。乌孙、高车,一为匈奴养子,一为匈奴之后,加之传为匈奴别部的突厥,皆有狼祖神话,以此推之,匈奴亦当有狼祖神话,只是消失于久远的历史年代之中。①

在隋唐之际,北方最强大的少数民族是突厥族。这是一个强悍的游牧民族群体,自公元五世纪出现于中国记载后,迅速"击茹茹(柔然)灭之,西破挹怛,东走契丹,北方戎狄悉归之。"②公元六世纪中叶,其疆域"东自辽海以西,西至西海(今里海)万里,南自沙漠以北,北至北海(贝加尔湖)五六千里,皆属焉。"③遂而建立了空前规模的游牧汗国,横行大漠四百年。对这个民族,《周书》《北史》《通典》《太平寰宇记》等皆称其为"匈奴之别种"。最值得注意的这是一个自认为狼种的群体。

其族源神话云:突厥者,盖匈奴之别种也,姓阿史那氏,别为部落。后为邻国所破,尽灭其族。有一小儿年且十岁,兵人见其小,不忍杀之,乃刖其足,弃草泽中。有牝狼以肉饲之。及长,与狼合,遂有孕焉。彼王闻此儿尚在,重遣杀之。使者见狼在侧,并欲杀狼,狼遂逃高昌国之北山。山有洞穴,穴内有平壤茂草,周回数百里,四面俱山,狼匿其中,遂生十男。十男长大,外托妻孕,其后各有一姓,阿史那其一也。子孙蕃育,渐至数百家。④《隋书》与《北史》记阿史那氏为君长,皆有"牙门建狼头纛,示不忘其本"之言。狼无疑是突厥族神圣的图腾物,因而突厥诸部落中,对狼至为崇拜,每于旗纛上图以金狼头。⑤ 突厥可汗亦每以狼头纛赐其臣。⑥ 在《周书·突厥传》中记有突厥族源的另一则神话异说:

---

① 王承礼:《辽金契丹女真史译文集》,收蒲田大作"释契丹古传说",吉林文史出版社1990年版,大西正男著有《匈奴社会的图腾》,谓匈奴亦有狼祖鹿祖传说,惜未得见。
② 《隋书》卷八四《突厥传》。
③ 《周书》卷五〇《突厥传》。
④ 《周书》卷五〇《突厥传》。又见于《隋书》卷四八《突厥传》、《北史》卷九九《突厥传》、《通典》卷一九七《突厥上》、《太平寰宇记》卷一九四《突厥上》等。
⑤ 《通典》卷一九七《突厥上》。
⑥ 《旧唐书》卷五五《刘武周传》。

或云:突厥之先,出于索国,在匈奴之北,其部落大人曰阿谤步,兄弟十七人(《北史》卷九九作"七十人"),其一曰伊质泥师都,狼所生也。谤步等性并愚痴,国遂被灭。泥师都既别感异气,能征召风雨,娶二妻,云是夏神、冬神之女也。一孕而生四男:其一变为白鸿;其一国于辅水、剑水之间,号契骨;其一国于处折水;其一居践斯处折施山,即其大儿也。山上仍有阿谤步种类,并多寒露,大儿为出火温养之,咸得全济,遂共奉大儿为主,号突厥,即讷都六设也。讷都六有十妻,所生子皆以母族为姓,阿史那是其小妻之子也。讷都六死,十母子内欲择立一人,乃相率于大树下共为约曰:"向树跳跃,能最高者即推立之。"阿史那年幼而跳最高者,诸子遂奉以为主,号阿贤设。显然这两个不同的族源神话,产生在两个不同时期和地区。前者是以封闭的草原环境及部落战争为背景的,故有"刖足"、"重遣杀之"、"草泽"、"平壤茂草"、"四面俱山"之类的描述,表现出的是一种自然状态的生存方式与原始景状。后者则是走出封闭、以草原地带与山林地带交接地区为生存背景的,同时出现了风雨、夏神、冬神、大树等与四季变化有关的意象,反映了他们对季节变化的关注。而且社会组织及权力机构开始形成,"以母族为姓",反映了母系社会性质;以比赛方式共推新主,体现着原始民主制的确立。但正如《周书》作者所言:"此说虽殊,然终狼种也。"这一点则是不变的。

突厥之后,相继有黠戛斯、回鹘、契丹等族活动于北鄙,随后有蒙古族称雄于大漠,并迅速建立跨越亚洲、欧洲的大帝国政权。《元朝秘史》卷一记述了蒙古族的一则族源神话,其云:

> 当初元朝人的祖,是天生一个苍色的狼,与一个惨白色的鹿相配了,同渡过腾吉思名字的水,来到于斡难名字的河源头,不儿罕名字的山前住著,产了一个人,名字唤作巴塔赤罕……

《新元史》卷一中,用现代人的观念对此作了世俗化的解释:"孛儿帖赤那译义为苍狼,其妻豁阿马兰勒,译义为惨白牝鹿,皆以物为名,世俗附会,乃谓狼妻牝鹿,诬莫甚矣!"道润梯步新译新注《蒙古秘史》,对苍狼白鹿生人之说亦极力否定,认为"其实这不过是传说中的两个人名罢了"[①]。但如果我们从

---

① 《蒙古秘史》,内蒙古人民出版社1978年版,第4页。

人类学的角度,参之高车、乌孙、突厥之传说,就不难发现苍狼、白鹿不过是蒙古早期的图腾而已。在《多桑蒙古史》中,有如下一段记载:"有蒙古人告窝阔台言,前夜伊斯兰教力士捕一狼,而此狼尽害其畜群。窝阔台命以千巴里失购此狼,以羊一群赏来告之蒙古人。人以狼至,命释之。曰:'俾其以所经危险往告同辈,离此他适。'狼甫被释,猎犬群起啮杀之。窝阔台见之忧甚,入帐默久之,然后语左右曰:'我疾日甚,欲放此狼生,冀天或增寿。孰知其难逃命,此事于我非吉兆也。'其后未久,此汗果死。"①成吉思汗的继承者窝阔台把自己的命运与狼的生死联系起来,无疑说明了其潜意识中对狼的认同与崇拜。在《蒙古源流》卷四中,有成吉思汗围猎时降旨不让伤害苍狼与草黄色母鹿的记载。此亦可证明《元朝秘史》对蒙古族图腾神话的记载,是有信仰与传说的根据的。

值得注意的是蒙古神话于苍狼之外,多了一白鹿,这似乎是一个不小的变化,但考鹿之为神物,似乎在匈奴的时代就存在了。在匈奴人的神话中,我们虽然没有发现鹿的踪影,但从出土的匈奴族的大量遗物中,却可以看到一种神秘的人角怪兽形象。这种怪兽显然是在鹿角与其它动物的结合中幻想出来的。齐东方先生在《唐代金银器研究》一书中,就言及在匈奴遗物图案中,"大角怪兽十分流行"的问题。此种怪兽虽不一定是匈奴人的图腾物,但作为一种流行图像,显然与匈奴人的宗教崇拜是有关系的。大西正男谓匈奴亦有狼祖鹿祖传说,似非无据。在突厥人的传说中则有如下的一则神话:

突厥之先曰射摩舍利海神,神在阿史德窟西。射摩有神异,海神女每日暮,以白鹿迎射摩入海,至明送出,经数十年,后部落将大猎,至夜中,海神女谓射摩曰:"明日射猎,尔上代所生之窟,当有金角白鹿出。尔若射中此鹿,毕形与吾来往,或射不中,即缘绝矣。"至明入围,果所生窟中有金角鹿起,射摩遣其左右固其围,将跳出围,遂杀之。射摩怒,遂手斩呵口尔首领,仍誓之曰:"自杀此之后,须人祭天。"即取呵口尔部子孙斩之以祭也。② 在这则神话中,鹿的神性是可想而知的。究其由,鹿的敏捷、善驰、温顺,鹿角的威武,皆可引起草原民族和狩猎民族对它的喜爱与崇敬。故而在匈奴与突厥的信仰与神话中,皆可找到对鹿的崇拜踪迹。所不同的是鹿对于蒙古民族来说,它不是一种

---

① 《多桑蒙古史》,中华书局1963年版,第207—208页。
② 段成式:《酉阳杂俎》前集卷之四《境异》。

单纯的崇拜物,而是图腾。苍狼、白鹿的结合神话,可能孕育着狼图腾群体与鹿图腾群体联姻的历史。

民族文化融合中的"神狼"命运

族源神话大多带有图腾神话的意义。而图腾物不仅仅是一个原始群体的标志,同时也是一个原始群体的审美选择与文化认同,因而它具有象征一个原始群体内在文化精神的意义。草原民族的狼图腾神话,无疑是说明其勇猛、强悍的民族精神。突厥族即视狼为战神①,在突厥民族英雄乌古斯可汗的传说中,是苍狼引导他们战无不胜,一路走向胜利。② 突厥可汗的侍卫之士,以狼为名,也正是取其勇猛之意。著名的突厥文《阙特勤碑》中,也以狼来形容其士兵之猛勇。③ 在阿尔泰语系的哈萨克民族谚语中,狼代表着好汉、勇士。同时在其文物图案中,还有狼身上连着鹰头和鹰翅,扑向狮、虎的形象,以表示对凶悍、勇猛和刚烈的歌颂。④ 在中国古代通俗文学中,少数民族君主往往被自己的拥护者称作"狼主"。《秦并六国平话》卷上"匈奴狼主大怒"云云,《说岳全传》第十回"狼主可将计就计"云云,皆是其例。自称是"土耳其之父"的穆斯塔法·基马尔,在他的拥护者中享有"灰狼"的称号。活动于北美大草原的诸民族,也以狼为英雄的象征。他们自豪地歌唱:"我是一头孤独的狼,我东南西北到处闯荡。"⑤草原民族飘游不定、逐水草而居的游牧生活方式,必然会在部落之间暴发争夺水草的战争,这自然会使他们联想到作为草原之魂的狼的凶猛与不可战胜的力量,遂而产生了对游荡的狼群的敬畏与崇拜,创造出狼图腾的神话。并寻求与图腾人格上的统一,模仿狼的凶猛、强悍与进攻性,创造着他们的生活。

在民族融合过程中,一个新的社会群体的形成,必然存在着对原有多种文化的选择问题。就中国北部民族间的文化融合情况而言,主要有两种选择态度:一种是选择性继承,一种是选择性接纳。在两种不同的选择中,神话中作

---

① 《新唐书》卷二一七《回鹘传》。
② 耿世民译:《乌古斯可汗的传说》,新疆人民出版社1980年版。
③ 突厥文《阙特勤碑》,岑仲勉:《突厥集史》下册,中华书局1958年版,第877页。
④ 毕桪:《哈萨克民间文学概论》,中央民族学院出版社1992年版,第27页。
⑤ 《世界文化象征辞》,湖南文艺出版社1994年版,第495页。

为北方民族始祖的神狼,便出现了两种不同的命运。草原游牧民族间的冲突融合,在文化上主要是选择性继承问题,故而神狼的地位一再地得到强化和加固。匈奴、突厥、蒙古三个游牧集团先后称霸草原,由于以相似的生活方式生活于相同的地理生态背景之下,尽管他们的族源神话故事情节各不相同,而作为其神话核心部分的神狼的地位则始终不变。并且神狼作为一种文化象征,传衍到了近代的北部广大地区的民族之中。如哈萨克族民间盛传《白狼》故事,大意言:一位青年男子与一只白狼相遇,在一座山洞共同生活了四十天,彼此相安无事。后来狼化为美女,做了年轻人的妻子,使年轻人有了许许多多的财富。类似的以狼为主角的故事与传说在哈萨克民间还有不少。① 在今蒙古族民间,流传着狼童的传说,言:一群猎人在克鲁伦河畔狩猎,发现一只母狼带着一个三四岁的男孩奔于荒野。猎人赶走了狼,带回了男孩。男孩懂得各种动物的语言,帮助成吉思汗避过洪水之灾。② 在维吾尔族的民间长诗《安哥南霍》中,神狼博坦友纳,引导维吾尔的先民,走出大山。并在神狼的进劝下,维吾尔一位铁匠先祖戴上了王冠,率十万大军,出山击败了仇敌。维吾尔族人至今视狼为勇敢无畏的象征。生了儿子,往往说生了一只狼。在柯尔克孜族的史诗《玛纳斯》中,也有狼保护玛纳斯及其后代战胜强敌的章节。柯尔克孜族至今还有许多关于狼的信仰。认为狼是圣物,它的肉可以保佑妇女生育,它的拐骨挂在孩子身上,作为护身符,可以保佑平安。塔塔尔族相信狼有非凡的超自然能力,至今乐于珍藏狼的后踝骨。

但在草原民族与农耕民族的冲突、融合中,情况则发生了变化。因为农耕民族文明程度明显高于草原民族,因此这种冲突融合,在很大程度上是农耕民族对草原民族的影响、接纳、消融问题,因而在文化的交汇中,更多地表现为选择性接纳,而不是继承。农耕民族对草原民族文化的影响,主要反映在仍旧滞留在草原民族的历史传说中。《史记》卷一百十《匈奴列传》开首即曰:"匈奴,其先祖夏后氏之苗裔,曰淳维。"《周书》卷一《文帝纪上》鲜卑宇文氏述其世系说:"其先出自炎帝神农氏,为黄帝所灭,子孙遁居朔野。"在《辽史》卷六三《世表》中,又称库莫奚、契丹都是"炎帝之裔",这是见于汉文典籍的早期记载。在后世的传说中,相类似的汉胡同源神话也不在少数。柯尔克孜族的

---

① 毕桪:《哈萨克民间文学概论》,中央民族学院出版社1992年版,第24页。
② 《蒙古文学史》,辽宁民族出版社1994年版,第27页。

《创世的传说》说中"汉人、突厥人、蒙人,分别是努赫的三个儿子的子孙。"① 在东蒙古神话传说中,蒙古人与汉人的女始祖乃是姐妹俩。内蒙额尔古纳旗鄂温克人中传说,人和狐狸结合,生下了十个孩子,这就是汉、蒙古、鄂温克等族的祖先。② 这些传说虽非事实,但体现着中土文化对于四夷的影响,以及边裔民族与中土民族攀亲结好的心愿。顾颉刚先生在论及匈奴"二女在台"与狼交合的神话时,曾认为此乃商族"二女在台"吞卵生契神话之传衍。③ 窃疑即是乌孙、突厥狼乳男婴的神话,也未必不是中土"虎乳男婴"传说之传衍。④ 这种影响,当然也是文化交融的一种形式。

而文化的选择性接纳,则是指草原游牧民族大批南下,部分进入农耕民族生活圈后,农耕民族所持有的一种态度。草原民族进入中土之后,由于生活方式与地理生态环境的巨大变化,其原初所具有的那种凶悍、勇猛、刚烈的精神,也在渐渐丧失。据不完全统计,从汉武帝到唐懿宗不到一千年的时间内,边裔民族如匈奴、羌、氐、鲜卑、高丽、突厥等,迁入内地的人口,最少也有六百八十一点八九万口⑤。这就意味着千年间有如此多的兄弟民族人口融入了汉族大家庭。唐贞观十三年全国人口是一千二百三十五万,而在此前内迁的人口最少也有六百万,如果把如此众多的人口千百年间的蕃衍计算在内,纯粹的汉族血统的人实在所剩无几了,甚至可以说汉族是世界民族中血统最为复杂的民族。但草原民族一旦汉化,便极力忘却其原初的带有野蛮性的狼崇拜,视新生的来自草原的民族为狼。对图腾物情感的变化,即是文化变迁的标志。而农耕民族在接受草原民族融入的现实中,一方面包容、接纳,另一方面则对其文化进行着选择。在这种选择中,神狼遭到了厄运。因为农耕民族更需要的是和风细雨及辛勤耕作,以诚实对待脚下的土地;是建立人与土地的相互依赖关系,建立人与人之间相安无事、和平相处的友好关系,而不是凶悍、勇猛和刚烈。从草原民族的族源神话中,我们知道他们中曾有过对牛、马、鹿、鹰等动物图腾的崇拜。这一切皆可为农耕民族所接受,唯独不能接受的是狼。这一点

---

① 马学良:《中国少数民族文学史》上册,中央民族学院出版社1992年版,第81页。
② 富育光:《萨满教与神话》,辽宁大学出版社1990年版,第225页、第258页。
③ 《史迹俗辨》,上海文艺出版社1997年版,"二女在台"一节。
④ 《左传·宣公四年》:"(斗伯比)淫于䢵子之女,生子文焉。䢵夫人使弃诸梦中。虎乳之……遂使收之。"
⑤ 此数字是根据葛剑雄主编的《中国移民史》的《大事年表》统计的。每户、每帐皆按五口人计。凡言"数千"、"数万"者,"数"皆以"3"代之。因此这是一个最保守的估计数字。

我们从中国文化最大的象征物龙的变化中看得非常清楚。学者们认为龙是古代多种图腾综合、多种文化交融的产物，它突出地体现着中华民族的包容精神与和谐精神。我们从商周青铜器中看到的龙是作匍匐爬行状的蛇身兽首怪物。而经过战国至唐的民族大融合，龙则变成了牛头、猪嘴、马鬃、鹿角、羊须、蛇身、鱼鳞、鹰爪……众多图腾物团结一体、彼此交融的形象。特别值得注意的是，草原民族的另一主要图腾——鹿，其角则高高的树在了龙头上，表现出威武不屈的样子。在秦汉时，龙的头上竖起的还是牛角，而经过"五胡乱华"走向统一的隋唐盛世，牛角却分了叉变成了鹿角，此间的意义自是不言而喻的。① 而狼则被彻底抛弃了。在传统的汉族人中，我们可以找到虎、豹、龙、蛟、雕、兔、鼠之类的名字或绰号，却很难发现以狼命名的。这里抛弃的绝不仅仅是一个名字，而是对一种文化，是对于带有野蛮性的原始生活方式与拼杀、掠夺行为，以及对崇尚凶悍、刚烈的精神的彻底抛弃。

当然，我们对于原始的草原居民的行为表现，不能以现代人的观念去理解。他们对于凶悍、勇猛、刚烈的崇尚，以及他们的带有掠夺性的行为，乃是出于生存的需要。而其对于农耕民族的侵扰，在很大程度上更是生存欲望的驱动。根据学者们的研究，往往草原民族大规模南下，都与气候的变迁相联系着。由于气候的变冷变干，处于干旱地区的游牧民族，面临着草原枯竭、水源干涸、生态恶化的严重威胁。为了寻找新的牧区与生存环境，他们不得不向农耕民族发起进攻。② 日本人类学家梅棹忠夫曾这样描写过干旱对于生存欲的驱动："干旱地带是恶魔之巢……从很早以前起，就有可怖的狂乱的人群从这一干旱地带出发，风暴般地席卷文明世界……游牧民族是这一破坏力的主流，尽管历史提供了其典型，但表现出破坏力的并不仅仅是所谓游牧民。后来，从环绕干旱地带的文明社会本身，也有猛烈的暴力事件发生。北方的匈奴、蒙古、通古斯……都是暴力的源泉。"③ 可以说，没有草原民族的一次次内迁，就没有今天庞大的汉族。草原民族虽然对农耕民族有所伤害，但他们的加入也给中国民族带来了生命力的活力。故而中国古代两个最强盛的王朝——汉朝和唐朝，都出现在民族大融合的高潮之后。

---

① 刘毓庆：《图腾神话与中国传统人生·绪论》，人民出版社2002年版。
② 参见王会昌：《2000年来中国北方游牧民族南迁与气候变化》，《地理科学》1996年第3期。
③ 王子今译：《文明的生态史观》，上海三联书店1984年版，第20页。

中国文学中狼意象意义之变迁

与"狼祖"神话密切相关,狼作为一个神话意象,反复出现在中国文学中。与民族冲突、融合的历史变迁相联系,狼意象有一个由多元象征向单一象征的变化过程。其意义及故事形态的变化,大略可分为隋前、隋唐宋元、明清以降三个不同时期。

第一个时期从先秦到隋以前。这是狼意象的多义并存阶段。在这个时期的文献典籍中,狼意象在更多的情况下是作为恶的象征出现的,但同时也存在着对正面的美好事物的比喻、象征意义。如《礼记·玉藻》云:"君之右虎裘,厥左狼裘。"郑玄注:"卫尊者宜猛也。"这里的狼显然是具有正面意义的,它象征着勇猛和力量。《太平御览》卷二百七十一引《太公六韬》亦曰:"大人之兵,如狼如虎,如雨如风,如雷如电,天下尽惊,然后乃成。"在《诗经》的解释系统中,狼还具有象征圣德的意义。《诗经·狼跋》曰:"狼跋其胡,载疐其尾。公孙硕肤,赤舄几几。"《诗序》曰:"《狼跋》,美周公也。"《毛传》曰:"老狼有胡,进则躐其胡,退则跲其尾,进退有难,而不失其猛。"意为狼喻周公遭流言中伤,"然犹不失其圣,能成就周道"。① 《郑笺》说得更为明确,其云:"喻周公进则躐其胡,犹始欲摄政,四国流言,辟之而居东都也;退则跲其尾,谓后复成王之位,而老,成王又留之,其如是,圣德无玷缺。"我们姑且不管其诗之本义如何,就汉儒对此诗的解释而言,起码说明了一个问题:在汉代及汉以前人的观念中,狼是可以作为正面象征出现的。

比较特殊的是白狼。《竹书纪年》曰:成汤时"有神牵白狼衔钩而入商朝"。郭璞《山海经图赞》曰:"矫矫白狼,有道则游,应符变质,乃衔灵钩。惟德是适,出殷见周。"《艺文类聚》卷九九引《瑞应图》亦曰:"白狼,王者仁德明哲则见。"《宋书》卷二十八《符瑞》云:"白狼,宣王得之而犬戎服。"此皆是把白狼作为一种吉祥物而对待的。《宋书》卷四十六《王懿传》言:王懿与兄睿同起义兵,与慕容垂战,失败后逃跑,路经大泽,会水潦暴涨,不知所往。有一白狼领路,始得免于大难。《魏书》卷二十七《穆崇传》中也说:穆崇为贼所困,匿

---

① 《毛诗正义》卷八。

于大泽,赖有白狼带路,始逃脱贼人的追赶。关于白狼祥瑞的信仰,在唐代史书中还残存着,但是像这样具体的"善行"故事,则不曾见到了。狼意象意义的多重性,正表明着中国文化形成初始的多元形态。

第二个时期为隋唐宋元,这是狼意象意义的净化、稳定阶段。随着中国民族大融合的基本完成,民族文化基本趋于稳定。突厥等族在草原兴起后,开始改变原初草原民族对农耕民族的"向化"之心,他们已很难再群体性地融入汉族中,而是高扬着有狼头标志的旗帜,与农耕民族多次冲突。即如高适《部落曲》所言:"雕戈蒙豹尾,红旆插狼头。"王涯《从军词》所云:"燕颔多奇相,狼头敢犯边。"在此历史的持续中,狼的正面的喻意在汉文化中逐渐消失,而"凶狼贪婪"逐渐凝定成为狼意象意义的基本内核。因而在唐宋诗人的笔下,"狼"成了野蛮凶残、灭绝人性之辈的象征,并且更多情况下是指斥"胡人"。如:

俯视洛阳川,茫茫走胡兵。流血涂野草,豺狼尽冠缨。(李白《古风》)

晋武轻后事,惠皇终已昏。豺狼塞瀍洛,胡羯争乾坤。(高适《登百丈峰》)

身辱家已无,身居豺狼窟。(刘湾《李陵别苏武》)

四海十年不解兵,犬戎也复临咸京……豺狼塞路人断绝,烽火照夜尸纵横。(杜甫《释闷》)

烽火惊戎塞,豺狼犯帝京。(皇甫冉《太常魏博士远出贼庭江外相逢》)

戎羯腥膻岂是人,豺狼喜怒难姑息。(刘商《胡笳十八拍》)

旌旆遍张林岭动,豺狼驱尽塞垣空。(武元衡《幕中诸公有观猎之作因继之》)

烽火连营家万里,漠漠黄沙吹雾。莽关塞,白狼玄兔。如此江山俱破碎,似输棋,局满枰无路。弹血泪,迸如雨。(吴泳《贺新凉送游景仁赴夔漕》)

山之下,江流永;江之外,淮山暝。望中原何处,虎狼犹梗。(吴潜《满江红山绣春台》)

狼吻不甘尝哨衄,马蹄又踏寒滩入。向下洲,一鼓扫群胡,三军力。(李曾伯《满江红得襄阳捷》)

赵魏胡尘千丈黄,遗民膏血饱豺狼。(陆游《题海首座侠客像》)

诗人们对胡人如此的责骂,自然与胡人自认是狼种有些关系。胡人的崇拜与行为,无疑强化着人们的认识。在这个背景之下,汉语中产生了大量带有贬责意义的"胡"族词汇,如胡来、胡闹、胡说、胡干等。同时狼意象凶狼贪婪的意义内核,便成为一个颠扑不破的稳定结构,存在于中国文化之中。

值得注意的是,在胡人狼祖神话的影响之下,中国人的意识中出现了狼人可以互幻的观念。《抱朴子·对俗》曰:"狐狸豺狼,皆寿八百岁。满五百岁,则善变为人形。"《白泽图》言:"百岁狼化女人,名曰知女,状如人,坐道旁,告丈夫曰:我无父母兄弟。丈夫娶为妻,三年而食人。以其名呼之,则逃去。"① 这里所记还只是抽象的知识,而在唐宋志怪小说中则衍生出了人狼幻化的新"神话"。如《广异记》言:

> 唐冀州刺史子,传者忘其姓名。初,其父令之京,求改任。子往未出境,见贵人家宾从众盛。中有一女容色美丽,子悦而问之。其家甚愕,老婢怒云:"汝是何人,辄此狂妄! 我幽州卢长史家娘子,夫主近亡,还京。君非州县之吏,何诘问顿剧?"子乃称:"父见任冀州,欲求姻好。"初甚惊骇,稍稍相许。后数日野合,中路却还。刺史夫妻深念其子,不复诘问,然新妇对答有理,殊不疑之。其来人马且众,举家莫不忻悦。经三十余日,一夕,新妇马相蹋,连使婢等往视,遂自拒户。及晓,刺史家人至子房所,不见奴婢,至枥中,又不见马,心颇疑之,遂白刺史。刺史夫妻遂至房前,呼子不应。令人坏窗门开之,有大白狼冲人走去,其子遇食略尽矣。

在隋之前,我们看到的白狼是一种祥瑞之物。在有关唐代历史的记载中,也隐约可见白狼的祥瑞意味,如《册府元龟》卷二四记贞观盛世符瑞,屡言白狼见。而在此,狼却变成了可幻化成美女祸害良人的妖孽。这个巨大的变化,无疑是民族文化中对狼角色确定的反映。《广异记》又曰:绛州正平县有村间老翁化为老狼,每出伤人,后为其子所杀。又曰:绛州他村有小儿,年二十许,因病后,颇失精神,遂化为狼。窃食村中儿童。② 无论是老狼还是小狼,只要它是以狼的面目出现,就必然是凶恶的,为害于人的。《宣室志》言:太原王含母金氏,本胡人女,老年后化为狼,生麋鹿致于前,立啖而尽。③ 这里特意强调其为胡女,以示胡人狼之本性的难以改变,反映了中原民族对胡人的深刻成

---

① 《天中记》卷六〇引。
② 上三则见《太平广记》卷四四二引《广异记》。
③ 张读:《宣室志》卷八。

见,以及对狼的本性的认识。《稽神录》言:晋州神山县民张某妻,梦与一黄褐衣人交,已而妊娠,生二狼子。① 这里又把狼认作是一种淫荡之物,在"万恶淫为首"的文化意识中,自然是在本来已经十分丑恶的狼形象上,又涂了一层黑墨。《元史·五行志》言:"至正十年,彰德境内狼狈为害,夜如人形,入人家哭,就人怀抱中取小儿食之。"这里的狼在凶残之外,又多了一层狡诈。这样,狼便以凶狠贪婪为内核,淫荡、狡诈、不讲道义为内容,构成了一个标志着罪恶的文化意象,反复出现于中国的诗歌、小说之中。

第三个时期为明清以降,狼意象意义已经完全稳定下来。如果说在唐宋诗词中,狼更多的指喻带有野蛮行为的"胡人"的话,在明清以降的大量的诗词曲作中,"狼"的这一意义指喻倾向则基本消失,如何景明《述怀》:"豺狼满道无行路,戎马他乡有战尘"、郑世天《捉船行》:"里正如狼吏如虎"、郑燮《悍吏》:"豺狼到处无虚过,不断人喉抉人目"、王惟孙《征谷谣》:"恶吏如虎虎拥狼,踞坐上头索酒肉"等,其普遍性的意义是象征凶残暴烈之辈。明清小说对于狼的描写也与唐宋有了较大变化,在唐宋时,狼的故事还十分近于神话,似乎人们确信人狼可以互幻。而在明清以降,这种观念已明显消失,尽管我们在《西游记》、《济公全传》及《阅微草堂笔记》等书中,还可以看到狼化为道人、化为蕃妇之类的故事,但显然这已无法代表人的观念,而只是一种资以消遣的离奇故事而已。更多的作品则是以描述的方式,揭露狼的凶狠贪婪本性,以及其狡诈、凶险的品格。

这里有两种倾向值得注意,一是在大量关于狼的故事中,寄寓了告诫世人的深刻用心。如著名的《中山狼传》,即以一个非常生动的故事,揭露了狼恩将仇报、凶险贪婪的本性,警告世人,不可怜悯狼一样的恶人。《阅微草堂笔记》卷十四云:"有富室偶得二小狼,与家犬杂畜,亦与犬相安。稍长,亦颇驯,竟忘其为狼。一日,主人昼寝厅事,闻群犬呜呜作怒声,惊起周视,无一人。再就枕将寐,犬又如前。乃伪睡以俟,则二狼伺其未觉,将啮其喉,犬阻之不使前也。乃杀而取其革。"作者讲完故事后,感叹道:"狼子野心,信不诬哉!然野心不过遁逸耳,阳为亲昵,而阴怀不测,更不止于野心矣。兽不足道,此人何取而自贻患耶!"《聊斋志异》卷五言:有位叫谢中条的人,三十丧妻,遗有二子一

---

① 徐铉:《稽神录》,中华书局1996年版,第133页。

女。路见一绝色女子,以言相挑,终娶以为妻。原来此女子乃狼所化,趁谢外出,尽食其子女。其最后评曰:"士则无行,报亦惨矣。再娶者,皆引狼入室耳,况将于野合逃窜中求贤妇哉!"其警世之意甚明。二是出现了不少人与狼斗的故事。如《续子不语》卷一《狼军师》、《聊斋志异》卷六《狼》篇等记述的这类故事,表面上它只是一种谈资,实则狼有代表着邪恶势力的意义。人与狼斗获胜的喜悦,则是民族圆满渴望的一种表现形态。在后世的童话作品中,则出现了狼伪装成羊或外婆以为害人类、终为人识破的故事。但无论故事情节怎么变化,狼都是一种罪恶的象征。其间虽然偶尔也有一二则狼知恩图报的故事,但终无法改变狼意象凶险残狠的基本意义。

二十世纪,当西方文化潮水般涌入中国大陆之后,根深蒂固的传统文化受到了前所未有的冲击。在带几分酒神精神的西方文化面前,人们发现中国人的精神中多了几分温柔,少了几许野性。面对富有进攻性的西方文化,中国人温柔敦厚的性格特点与中庸平和的行为规则,似乎无力参与世界性的大竞争。为了矫枉过正,于是在新潮人物中出现了对富有野性的狼的崇拜,产生了以狼头为图案的文化衫与"老狼"、"金狼书屋"之类的名字,在网上出现了"中国狼论坛"、"小狼的家"、"老狼的巢"、"野狼工作室"、"灰狼俱乐部"等形形色色的网站名,舞台上也公然唱起了"我是一匹来自北方的狼"之类的歌曲,童话中也出现了大灰狼与小白兔和平共处的故事。这种种迹象,有可能改变中国文化中狼意象的意义内涵,使之重新恢复其多元象征意义。然而凶狠贪婪作为狼意象的一个基本内核,将会永远封存于中国文化与文学之中。

高僧刘萨诃的史实与传说

尚丽新

四世纪到九世纪是中国佛教大发展的时期,但佛教信仰在民间的传布状况却因材料的匮乏,很难进行深入的研究。刘萨诃[①]虽然是活动于东晋末到南北朝初期的一位稽胡族的游方僧人,但他与东晋南北朝直至敦煌归义军时期佛教在民间的传播却有着极大的关联。

稽胡是魏晋南北朝时期形成的一个部族,主要聚居在今天陕西、山西交界黄河两岸的山地,由当地人、匈奴和西域胡人组合而成。[②] 王琰《冥祥记》中记载了刘萨诃三十一岁暂死后巡游地狱;慧皎《高僧传》又主要叙述了他在江东寻觅、礼拜阿育王塔、阿育王像;道宣的《续高僧传》、《集神州三宝感通录》等著作中,又补记了唐初居住在黄河左右慈、隰、岚、石、丹、延、绥、银八州之地的稽胡族对刘萨诃的崇奉状况,以及刘萨诃西行河西走廊、在凉州番禾郡授记(由此诞生了著名的番禾瑞像)、最终迁化酒泉。二十世纪七十年代,敦煌石窟中与刘萨诃相关的文献(《刘萨诃因缘记》)、文物(从初唐到归义军时期、尤其是曹氏政权时期有关刘萨诃的塑像、壁画、绢画)得到学术界的重视;在这些文献文物中又透露出许多新的信息,诸如和尚西行五天竺、感现佛钵、授记莫高窟、引锡而成宕泉等等。

随着刘萨诃材料的丰富,在刘萨诃的研究中,出现了这样一种努力:通过周密详细的考证,重新整合这些材料,将其中的颠倒错乱恢复一个合理秩序,从而再现刘萨诃的生平事迹。[③] 但是目前拥有的全部的刘萨诃材料都有

[①] 萨诃,又作萨何、萨诃、萨和、屑荷、苏何等,大约是因为稽胡语"蚕茧"音译的缘故,并无固定准确的写法。今从敦煌文献,采用"萨诃"。
[②] 林幹:《稽胡(山胡)略考》,《社会科学战线》1984年第1期,第148—156页。
[③] 最典型的是孙修身:《刘萨诃事迹考》,《1983年全国敦煌学术研讨会论文·石窟艺术论(上)》,甘肃人民出版社1985年版,第272—310页。

一个共同的特点——它们是客观史实与神奇传说的混合物。真的能够将刘萨诃的史实与传说分离吗？真的能够还原这位高僧的生平事迹吗？而这种对史实的钩沉有多大的意义？这始终是值得怀疑的。

那么就让我们做一个尝试，摘取刘萨诃生平事迹中最有争议的三点——籍贯、卒年、是否去过敦煌和印度——来逐一分析其中的史实和传说。

一、刘萨诃和尚的籍贯

各种文献中对刘萨诃籍贯的记载如下表所列：

文 献 名	籍 贯
《法苑珠林》卷八六引《冥祥记》	西河离石
《高僧传》卷一三	并州西河离石
《梁书》、《南史》、《太平广记》卷三七九引《塔寺记》	西河离石县
《集神州三宝感通录》卷上、《法苑珠林》卷三八	并州离石、并州西河
《感通录》卷中、《法苑珠林》卷一三	离石
《感通录》卷下、《法苑珠林》卷三一	慈州
《续高僧传》	文成郡、慈州东南平原
《续传》、《神僧传》①	咸阳东北、三城定阳
《释迦方志》	"家于离石南高平原，今慈州也。"②
思托《大唐传戒师僧名记大和上鉴真传》③	并州
《大和上东征传》	并州西河离石
敦煌本《刘萨诃因缘记》	丹州定阳

由上表可以看出，关于刘萨诃家乡的记载有多种说法。并州西河离石、西河离石、并州离石、西河离石、并州、离石，这些记载实际上都是指离石。离石这个地名比较稳定，就在今天的山西吕梁市一带。唐代的慈州大约在今山西省吉县西北。那么，"三城定阳"、"丹州定阳"为何地呢？

据吴镇烽《陕西地理沿革》，三城故址在今陕西延安南、宜川东北："魏晋时设置，为戍守要地。"④唐前名"定阳"的郡、县有多处，但在三城附近的只有

---

① 《神僧传》卷三《慧达传》乃据道宣《续高僧传》而来。
② (唐)道宣著，范祥雍点校：《释迦方志》，中华书局2000年版，第108页。
③ 参汪向荣所辑思托《鉴真传》的逸文。见汪向荣校注：《唐大和上东征传》，中华书局1979年版，第106页。
④ 吴镇烽：《陕西地理沿革》，陕西人民出版社1981年版，第629页。

一处,即今陕西延安东南固县镇。"今名定阳村,在宜川县西北十五里,属党家湾公社。""东晋时,苻秦复设。义熙六年(410)赫连勃勃遣兵攻取后秦定阳,亦谓此。"① 定阳在北魏发生改变,《魏书·地形志》载北魏太安(455—459)中以定阳县改置定阳郡,延昌二年(513)置东夏州,以定阳郡属焉。《魏书·地形志》又载:太和十五年(491)置北华州,领敷城郡,敷城郡所领三县中有一县为定阳县。可见原定阳县地分属北华州的敷城郡和东夏州的定阳郡。537年,西魏文帝割北华州、东夏州另置汾州。554年,西魏废帝因与河东汾州同名,改为丹州。② 由于文献记载的缺失,至今仍不知道在汾州、丹州时期是否仍有定阳郡(县)一名存在,也不能肯定"丹州定阳"这种说法是否符合历史实际。但可以肯定:定阳旧县——上文的三城定阳,即今陕西延安东南固县镇——是在汾(丹)州的辖区范围内的。③ 所以《因缘记》所言丹州定阳应与三城定阳在同一地理位置。

总之,根据文献记载,关于刘萨诃的籍贯,归纳起来有三种说法④,即:离石说(在今山西吕梁市)、定阳说(在今陕西宜川西北)和慈州说(在今山西吉县)。

(一)离石说

离石说是关于刘萨诃家乡的最早的一种说法。记录这种说法的早期文献有:《冥祥记》、《高僧传》、《塔寺记》、《梁书》、《南史》。虽为最早的一说,但学界颇有异议。饶宗颐认为刘萨诃的家乡应在慈州,离石为慧皎不熟悉北方地理的误记。⑤ 孙修身认为在刘萨诃生存活动的时期,离石已不在西河郡的治中。⑥ 因此解决问题的关键在于落实刘萨诃生存的时代,"并州西河离石"、"西河离石"这样的行政区划存不存在。

---

① 吴镇烽:《陕西地理沿革》,陕西人民出版社1981年版,第645页。
② (唐)李吉甫撰,贺次君点校:《元和郡县志》卷三,中华书局1983年版,第73—74页。
③ 据吴镇烽的考证,西魏大统三年(537)在汾州设立永平县(十三年改名云岩县,也就是宜川),就在定阳旧地。参吴镇烽《陕西地理沿革》(第646页)"云岩县故城":"西魏大统三年(537年)在薛河川设立永平县,十三年改名云岩县,并在县城兼设乐川郡,九年把乐川郡迁到桑枢原。"
④ 孙修身先生在其《刘萨诃和尚事迹考》一文中还提出了一种太原说,此说不成立,系孙修身将《法华传记》卷四所载隋唐时的太原慧达(实应为开达),误为晋时刘萨诃(法名慧达)。
⑤ 饶宗颐:《刘萨诃事迹与瑞像图》,"至于刘萨诃的籍贯,慧皎说他是并州西河离石人。离石唐时属河东道的石州。……在后魏时离石亦称离石镇。慧皎梁人,对北方地理不甚熟悉。"《1987年敦煌石窟研究国际讨论会文集》,辽宁美术出版社1990年版,第336—349页。
⑥ (唐)道宣著,范祥雍点校:《释迦方志》,中华书局2000年版,第108页。

借助谭其骧先生的《历史地图集》,我们将离石一地从西晋到北魏的行政区划列表如下:

朝代	离石
西晋 265—316	并州西河国离石县
前赵 304—329	左城国
后赵 319—351	左城国
前燕 337—370	并州西河离石
后燕 384—407	并州西河离石
前秦 352—394	并州西河离石
北魏 386—534	离石镇

可见,在刘萨诃生存活动的时代,并州西河离石这一地名是存在的。而且,虽然《魏书》的记载给人这样一种印象——离石镇与西河郡虽同属并州,但没有从属关系。不过在魏初,"西河离石"这一地名仍在使用。下举两例以证之。

《魏书》卷三《太宗纪》:"(北魏明元帝永兴二年 410 年)冬十有二月辛巳,诏将军周观率众诣西河离石,镇抚山胡。"

《魏书》卷四《世祖纪》:(太平真君)九年(448 年)二月"遂西幸上党,诛潞叛民二千余家,徙西河离石民五千余家于京师。"

因此,并州西河离石或西河离石,在刘萨诃生存活动年代里仍然存在。至少文献可以证明在北魏初年"西河离石"这种说法还是存在的。南北朝之间的交往是频繁的,我们不应该轻易怀疑南方人关于北方地理的知识。王琰、慧皎距离刘萨诃的去世不到百年,他们比我们更熟悉当时的地理。而且王琰记录《冥祥记》是根据当时流传的故事,不是凭空编造的;慧皎编撰《高僧传》更是参考了许多资料。二书在刘萨诃家乡记载的一致性说明:源自北方的、在齐梁时流行的刘萨诃的籍贯,就是并州西河离石或西河离石。

(二)定阳说

道宣《续高僧传》载刘萨诃为咸阳东北、三城定阳的稽胡;敦煌本《刘萨诃因缘记》云刘氏为丹州定阳人;上文我们已经考定三城定阳与丹州定阳为一地,即在汉代定阳旧县、今陕西延安东南、宜川西北固县镇一带。1979 年在甘肃武威出土了一块天宝年间的石碑,孙修身拟名为《凉州御山石佛瑞像因缘记》[①],碑文云:"延元年丹阳僧刘萨何天生神异,动莫能测,将往天竺观佛遗迹,行至于此,北面顶礼。"此处之"丹阳"与丹州定阳并不矛盾,北周时丹州辖义川、乐川二郡,后改义川郡为丹阳郡。[②]

根据上文的考察结果,三城定阳、丹州定阳、丹阳为一地。三城定阳比丹州定阳出现要早,在刘萨诃生时就有;丹州出现于西魏,丹阳出现于北周。这说明,刘萨诃为河西定阳人的传说起源也很早。而且直到武威石碑刻写的天宝年间仍是北方认可的刘萨诃籍贯说。

丹州为稽胡聚居之地。《元和郡县志》卷三"丹州"引《隋图经》云:"义川本春秋时白翟地,今其俗云丹州白崖,胡头汉舌,其状似胡,其言习中夏。白室即白翟语讹耳,近代号为步落稽,自言白翟后也。"《周书》卷四九《稽胡传》:"居河西者,多恃险不宾。"为什么会出现定阳说?这和刘萨诃的传教活动有关。他曾在定阳一地有过长时间的活动。宋乐史《太平寰宇记》卷三五载刘萨诃曾于云岩坐禅:"云岩县………废可野寺。在县北一十五里。故老相传。刘萨何坐禅处。稽胡呼堡为可野。四面悬绝。惟北面一面。通人焉。"[③]此处之云岩县即在丹州,且在原定阳旧县之地。敦煌本《刘萨诃因缘记》记有驴耳王造像送定阳:"于是驴耳王焚香敬礼千拜,和尚以水洒之,遂复人耳。王乃报恩,造和尚形像送定阳。擎舁之人,若有信心之士,一二人可胜;若无信心,虽百数,终不能举。"此处的"定阳",即是《因缘记》开头所言之"丹州定阳",即今宜川西北。《因缘记》、《太平寰宇记》的记载说明刘萨诃与定阳一地的因缘甚深,他必定有一段时期长期居住活动于定阳。于是定阳籍贯说也就因此而产生。

(三)慈州说

慈州说最为晚出,它是道宣在唐初经过实地调查后得出的结论,诸家多因此而认同慈州说。[④] 但是,值得注意的是,道宣所见稽胡所居的八州之地,对

---

① 孙修身,党寿山:《〈凉州御山石佛瑞像因缘记〉考释》,《敦煌研究》1983年创刊号(总第三期),"延元年丹"为孙修身所补,原碑已缺。孙修身所补之"丹"字未必准确,也有可能是"定"字。但不管是"丹"还是"定",均可视为一地。
② 王仲荦:《北周地理志》,中华书局1980年版,第110—104页。
③ 台湾文海出版社1970年影印本《宋代地理书四种》本。
④ 饶宗颐:《刘萨诃事迹与瑞像图》:"道宣所说,出于实际调查,应该是最可信的。"孙修身:《刘萨诃和尚事迹考》:"这是道宣律师所得的调查结果,是可以信据的记录。"

刘萨诃的崇拜盛况毕竟是唐初的事情，距离刘萨诃活动的时代已经过了二百多年，实际上道宣对自己的调查结果也未能十分肯定，他的著作中是离石说、三城定阳说和慈州说三说并存的。

道宣所说的慈州，是北魏孝文帝所置的定阳郡。① 慈州下辖的文城县是北魏时定阳郡的斤城县②。慈州下辖的吉昌县是北魏时定阳郡下辖的定阳县。定阳郡、县的得名源自当时恰有黄河西边的定阳胡人渡河而来："（吉昌县）本汉北屈县地也，属河东郡。后魏孝文帝（471—499 在位）于今州置定阳郡，并置定阳县③，会有河西定阳胡人渡河居于此，因以为名。十八年，改定阳县为吉昌县。贞观八年改置慈州，县依旧属焉。"④

有趣的是，不仅河东定阳之名源出河西定阳，而且河西的那个定阳就是上文的三城定阳、丹州定阳。河西、河东二定阳同处北纬 36°，隔河相望。由此可以设想：是河西定阳的稽胡人把它们的刘萨诃信仰带到了河东，同时也将刘萨诃的家乡搬到了河东定阳。

综上可知，刘萨诃和尚的籍贯由离石而定阳、由定阳而慈州。其中离石说产生最早，具有史源意义。正如陈祚龙先生所云："参审各书所载，知其原有籍贯，殆不出于东晋元魏间之河汾地域。唯据《高僧传》，则其原有之籍贯，当为目前山西省之离石县所辖的山地。"⑤定阳说应起因于刘萨诃在该地有广泛深入的传教活动。而慈州说则是随着定阳稽胡东渡黄河而来。此后居于黄河两岸的稽胡人不断融和，政局也逐渐趋于稳定；在道宣时代，刘萨诃信仰在稽胡族中达到了一个极盛，遍及黄河两岸的丹、延、绥、银、慈、隰、石、岚八州之地。可见，决定刘萨诃家乡变化的重要因素有两个：一是刘萨诃的传教活动的地域变化，二是稽胡族的迁徙。

刘萨诃的家乡是漂移的，在漂移中刘萨诃故事不断被传播和再创造。刘萨诃家乡的变迁反映的是刘萨诃传说在历史时间和空间上的扩张和变迁，如

---

① 《元和郡县图志》卷一二"慈州"条云："汉北屈县，属河东郡。后魏孝文帝于北屈县南二十一里置定阳郡，即今州理是也。隋开皇元年改定阳为文成郡。贞观八年改为慈州，州内有慈乌戍，因以为名。"参见第 342 页。
② 《元和郡县图志》卷一二"本汉北屈县地，属河东郡。后魏孝文帝于此置斤城县，属定阳郡。隋开皇十六年改斤城县为文城县。"参见第 343 页。
③ 《魏书·地形志》定阳县置于北魏孝文帝延兴四年（474 年）。
④ 《元和郡县志》卷一二，第 342 页。
⑤ 陈祚龙：《刘萨诃研究——敦煌佛教文献解析之一》，《华冈佛学学报》1973 年第三卷，第 54 页。

下表所列：

三说	产生时间	流传地域	相关传说
离石	刘萨诃出生时	北方→江东	冥游，江东礼阿育王塔像
定阳	刘萨诃在定阳传教后	定阳→河西走廊	番禾瑞像、西游五天感佛钵、驴耳王复人耳等
慈州	河西稽胡东渡后	黄河两岸的慈、隰、岚、石、丹、延、绥、银八州之地	八州之地无不崇奉的盛况

值得注意的是，澄清刘萨何的出生地并不重要，因为所有刘萨何故事的价值不在于它们是史实与否，而在于传说的衍变和传说所产生的巨大的影响。探讨刘萨诃籍贯的价值就在于此：在刘萨诃家乡的变迁中，我们看到了一种民间信仰在四世纪到十一世纪数百年来，在江东、秦晋交界和河西走廊三地的绵延递传。

二、刘萨诃和尚的卒年

能够提示刘萨诃卒年的线索的，只有两种记载。一是太延元年（435）番禾授记。二是敦煌本《刘萨诃因缘记》所提到的"以正始九年十月二十六日，却至秦州敷化。返西州，游至酒泉迁化。"

刘萨诃于元魏太武太延元年在番禾望御山授记事，载于道宣的《广弘明集》卷一五、《续高僧传》卷二五、《集神州三宝感通录》卷中（《法苑珠林》卷一三同）、《集神州三宝感通录》卷下（《法苑珠林》卷一三同）、《释迦方志》卷二。《续高僧传》卷二五云此事"见姚道安制像碑"，《集神州三宝感通录》卷中云"备于周释道安碑"。可见道宣关于番禾授记的材料来源是姚道安的制像碑。敦煌本《刘萨诃因缘记》关于番禾授记的记载亦源出道安碑："又道安法师碑记云：魏时刘萨诃，仗锡西游，至番禾望御容谷山遥礼。弟子怪而问曰，和尚受记。后乃瑞像现，果如其言。"此外，天宝年间的武威石碑（孙修身拟名为《凉州御山石佛瑞像因缘记》）所记太延元年授记与道宣相同[①]。总之，姚道安的制像碑、道宣

---

① 孙修身，党寿山：《〈凉州御山石佛瑞像因缘记〉考释》，《敦煌研究》1983年创刊号（总第三期）。

的记载及武威石碑,在刘萨诃太延元年番禾授记一事上没有争议。

《续高僧传》载刘萨诃番禾授记不久后,"行至肃州酒泉县城西七里石涧中死"。《集神州三宝感通录》卷下载:"何于本乡既开佛法,东造丹阳诸塔礼事已讫,西趣凉州番和御谷礼山出像,行出肃州酒泉郭西沙碛而卒。"①据此可知刘萨诃卒年当在 435 年稍后。无怪乎陈祚龙先生惊叹"俗寿竟达九十有二,亦属罕见之'凡夫'也"。

敦煌写本《刘萨诃因缘记》对刘萨诃的卒年还提供了另一个时间座标:"以政始九年十月二十六日,却至秦州敷化。返西州,游至酒泉迁化。"对于这个"政始九年",陈祚龙、饶宗颐、孙修身、魏普贤四家有考。陈祚龙《刘萨诃研究》认为政始应为北魏太武帝的神䴥年号,而神䴥仅四年,故由之下数五年至太延二年(436)。陈祚龙立论的前提是太延元年刘萨诃番禾授记不久后即迁化。但陈祚龙未能解释为何使用"政始"这样一个不存在的年号。饶宗颐《刘萨诃事迹与瑞像图》认为这个"正始",是北魏宣武帝的正始,但宣武帝的正始也只有五年,下数四年至永平五年(512),而毫无疑问刘萨诃的寿命不可能那么长,所以饶宗颐的结论是《刘萨诃因缘记》所言与僧传多处矛盾,不足为信。孙修身《刘萨诃和尚事迹考》一文认为是北燕高云的年号,唯有此正始才有九年,正始九年即 415 年。但北燕的统治区域在今辽宁和河北东北部,迄今为止未见有刘萨诃在这些地域活动的任何材料,出于敦煌的《因缘记》为何要使用一个北燕的年号呢?这显然不合常理。魏普贤《敦煌写本和石窟中的刘萨诃传说》②认为"正始"当是北凉的"玄始",玄始九年为 420 年,这种推论颇为有理,因为《因缘记》应是刘萨诃故事的河西走廊一带的记载,所以使用北凉的年号还是有可能的。而且《太平寰宇记》和乾隆年间的《永昌县志》均载刘萨诃在北凉沮渠时西行。《太平寰宇记》卷一五二"酒泉县"条载:"刘师祠,在县南。姓刘,字萨河。沮渠西求仙,回至此死。骨化为珠、血为丹。门人因立庙于此,令人致心者。谒之往往获珠丹焉。"《永昌县志》风俗之卷三亦云:"刘摩阿,初住云庄寺,北凉时西去,没于酒泉,骨化为珠,血化为丹。"③总之,陈祚龙、

---

① 《大正藏》第 52 册,第 435 页。
② 〔法〕魏普贤:《敦煌写本和石窟中的刘萨诃传说》,《法国学者敦煌学论文选萃》,中华书局 1993 年版,第 430 页。
③ (清)张玿美修、曾均等纂《五凉全志》,《中国方志丛书》之"华北地方",台北成文出版公司影印清乾隆十四年刊本,第 560 号,第 393 页。

饶宗颐、孙修身、魏普贤四家概括起来有两种推算:一是在435年番禾授记之前,二是在435年之后。如在435年之后,一来历史上没有这么个正始九年的年号,二来则不符合刘萨诃的寿命。如在435年之前——孙修身的415年也罢、魏普贤的420年也罢——都根本不符合《因缘记》的叙事顺序。《因缘记》的叙事顺序是:冥游——广寻圣迹——使驴耳王复人耳——番禾授记——西至五天感佛钵——正始九年至秦州敷化、西返酒泉迁化。所以,假定我们肯定刘萨诃435年番禾授记,那就不可能有正始九年之说,即使是唯一合理的魏普贤的推论也是不能成立的。

综上可知,诸家关于正始的解释都有矛盾之处,《因缘记》所提到的这个"政始九年十月二十六日"殊为可疑,它太过具体,甚至具体至某月某日,而这样一个年号却又不存于中国历史上,更何况太延元年、正始九年二说根本就无法统一。① 太延说的可信之处在于文献记载的一致性,但它也有的弱点。一是依太延说来推算刘萨诃的高寿至少有九十二岁,一个九十高龄的老者尚能跋山涉水,即使在今天也是难以想象;二是435年的番禾授记未必确有其事,或者仅是一种传说。授记有两种情况:一是对当时的热点问题作出预测,有可能应验也有可能不应验。例如《冥祥记》所载刘萨诃冥游故事中观音对佛钵和波若定本的授记;二是为一件已经发生的奇异事迹寻找一个预言式的合理解释。虽然不能断定番禾授记属于哪种情况,但不可否认番禾瑞像是在太延元年八十六年之后的正光元年(520)才开始真正发生影响的。慧皎的《高僧传》成书于梁天监十八年(519),于435年番禾授记之事只字未提,从中也可窥见番禾授记一事在南方毫无影响。虽然《因缘记》记事与僧传有多处矛盾,但关于刘萨诃迁化于肃州酒泉的记载却是与道宣所记是相同的。假设番禾授记是为了520年凉州瑞像的出现才产生的传说,那么我们将魏普贤所推论的玄始九年(420)稍后视为和尚的卒年就是合理的,刘萨诃迁化于七十多岁,这是可以说得通的。

所以,合理的解释是:不管是太延说还是正始说,它们都是传说,来源于发生在河西走廊的关于刘萨诃的某种民间传说。无论是在道宣的记载中,还是《因缘记》的记述中,这位高僧的死亡都是被神化了。《续高僧传》卷二五:"达

---

① 史苇湘、孙修身都认为刘萨诃在凉州番禾郡授记之前已到过印度,刘萨诃去印度的时间就是法显《佛国记》中的慧达西行的时间(约400—403或408)。孙修身有二次西行之说,即正始九年(415)在秦州传教完毕后西返,之后在番禾授记,酒泉迁化。魏普贤推测刘萨诃在江东之行后,于玄始九年(420)到达甘肃的张掖,尤其是在凉州的东部地区从事流化事业,之后番禾授记、酒泉迁化。

行至肃州酒泉县城西七里石涧中死。其骨并碎,如葵子大,可穿之。今在城西古寺中塑像手上。"①《集神州三宝感通录》卷下:"行出肃州酒泉郭西沙碛而卒。形骨小细,状如葵子,中皆有孔,可以绳连。故今彼俗有灾障者,就碛觅之,得之凶亡,不得吉丧。有人觅既不得,就左侧观世音像上取之,至夜便失,明旦寻之,还在像手。故土俗以此尚之。"②《因缘记》:"以正始九年十月廿六日,却至秦州敷化。返西州,游至酒泉迁化。于今塔见在,焚身之所,有舍利,至心求者皆得,形色数般。"至后来的《太平寰宇记》、《永昌县志》又演变为"骨化为珠,血化为丹。"

既然刘萨诃的迁化本身就是一个神话,我们又何必去追究充满传说的神秘性的迁化时间呢?

三、刘萨诃与敦煌、印度

刘萨诃曾活动于陇东、河西走廊,并最终迁化于酒泉,那么,他有没去过更西边的敦煌,乃至经敦煌到达五天竺呢?

史苇湘和孙修身二位先生都认为刘萨诃去过敦煌、印度。史苇湘《刘萨诃与敦煌莫高窟》:"刘萨诃来敦煌为莫高窟受记的时间应当在他死于酒泉之前。依照《高僧传》推算,他应生于东晋穆帝永和元年(345),太延元年(435)在陇右、河西一带活动,若436年卒于酒泉,他活了九十二岁。敦煌石窟遗书第2680卷、第3570卷等《因缘记》有'和尚西至五天(竺)曾感佛钵出现'一语,据此,他应当是与法显在(公元)400年同去天竺游历的慧达。《法显传》记载法显留于阗欲观行像,慧达与僧景、道整先去那竭国供养佛影、佛齿及顶骨,后来慧景在弗楼沙国的佛钵寺病了,留道整护理,慧达从那竭国返弗楼沙国,与宝云、僧景遂还秦土。这段材料说明慧达到过天竺,时间虽短,确曾在弗楼沙国的佛钵寺盘桓过。《因缘记》上说和尚游天竺事,从《法显传》得到明证。据此,慧达应在(公元)400年前后为旅行天竺道经敦煌,约在403年回国。他进出阳关正值西凉李暠在敦煌郡建都称国(李暠曾帮助法显西渡流沙),尚未迁都酒泉,所谓'莫高窟亦和尚受记'应在此时。若以366年为创窟

---

① 《大正藏》第50册,第645页。
② 《大正藏》第50册,第435页。

之始,慧达到敦煌时,莫高窟已经创建四十年了。当时岩壁上开窟不多,今日尚存的第268、第272、第275一组洞窟,应是刘萨诃在河西、敦煌活动时期凿成的。"①从史氏的这段论述中可知他所据的材料为《法显传》中慧达西行和《因缘记》中"和尚西至五天(竺)曾感佛钵出现"和"莫高窟亦和尚受记,因成千龛者也。"孙修身大致持与史苇湘相似的观点,但更为详细,孙修身列举了六条理由。② 所据材料也较史苇湘增加了武威石碑所记"刘萨诃天生神异,动莫能测,将往天竺,观佛遗迹,行至于此,北面顶礼。"汪泛舟又据S.4654A《萨诃上人寄锡雁阁留题并序呈献》之"晋左萨诃祥验胡虚兮,杳绝龙盂;孟奋迅赫,瞬夺五印之光"、"属以两重御足,二载安居",印证孙修身推论之合理。③

但饶宗颐认为刘萨诃没有涉足敦煌、印度:"法显于晋安帝隆安五年(401)出发于阗,于元兴元年(402)至弗楼沙国,至是慧达即先还秦土,可知与法显同行的慧达往天竺的时间,应在400—402年之间。若《因缘记》所言,'和尚至五天'一句,乃在他西游番禾郡望御谷山之后。然道宣则说他于'太武大延元年(435)便事西返行及凉州番禾郡',则其西游五天,当在435年以后,显然和《佛国记》的慧达往五天的年代完全不符合。""和尚同名的很多,炳灵寺题记有法显,但不是著《佛国记》的法显,常山道安俗姓卫氏,和上述北周姚姓的道安亦是同名不同人。道宣写的慧达没有片言说他到过天竺,《因缘记》'和尚至五天'一句,必不可信。我敢断定与法显同行的慧达和刘萨诃的慧达只是偶尔同名,如果他真的到了印度,道宣哪有知而不言之理?"④

仅仅因为法名相同、活动于同一时代,就说《法显传》中的慧达就是刘萨诃,未免过于草率。饶宗颐的批驳颇有道理。在饶宗颐的基础上,想对有关记录刘萨诃涉足印度的文献做一个彻底的清理。首先来看敦煌遗书第3570页、第2680页、第3727页中的《因缘记》。

---

① 《文物》1983年第6期,第13页。
② 孙修身:《刘萨诃和尚事迹考》:第一,与法显同时法名慧达者只有刘萨诃一人。第二,敦煌遗书和武石碑中都说和尚曾西去印度。第三,文献记载的刘萨诃事迹在隆安二年中断,应为西行求法所致。第四,《法显传》中法显一行人在弗楼沙供养佛钵,《因缘记》载和尚至五天感佛钵,二者相合。第五,《法显传》中的慧达以参拜佛迹为主,《因缘记》载刘萨诃"广寻圣迹,但是如来诸行处,菩萨行处,悉已到之。"二者相合。第六,《法显传》中的慧达总是探路先行,说明其年龄小于法显;法显坐夏时,慧达先签巡礼,并不严格遵守戒律。这些情况都与刘萨诃相合,参见第293—294页。
③ 参见汪泛舟:《〈萨诃上人寄锡雁阁留题并序呈献〉再校与新论》,《敦煌研究》1997年第1期,第134—140页。
④ 《刘萨诃事迹与瑞像图》。

史苇湘、孙修身都将《因缘记》用作刘萨诃西行敦煌、印度的有力证据。我们应该对《因缘记》作更为深入细致的剖析,包括:第一,《因缘记》所记和尚西游五天竺感现佛钵,以及授记莫高窟二事是否可以作为史实;第二,《因缘记》记事的特点和《因缘记》的性质。

第一,《因缘记》所记和尚西游五天竺感现佛钵,以及授记莫高窟二事是否可以作为史实。

《因缘记》云:"又道安法师碑记云。魏时刘萨诃。仗锡西游。至番禾。望御容谷山遥礼。弟子怪而问曰。和尚受记。后乃瑞像现。果如其言。和尚西至五天。曾感佛钵出现。以正始九年十月二十六日,却至秦州敷化。返西州。游至酒泉迁化。于今塔见在。焚身之所。有舍利。至心求者皆得。形色数般。莫高窟亦和尚受记。因成千龛者也。"

孙修身将番禾瑞像直至"以正始九年十月二十六日却至秦州敷化"都断作道安碑的引文,这无疑是一种臆断。道安碑只记载了番禾瑞像事,此点可从道宣对道安碑的引述中得到证实。道宣共有两处引及道安碑:《续高僧传》卷二五"因之惩革胡性,奉行戒约者殷矣。见姚道安制像碑"。《集神州三宝感通录》卷中"元魏凉州山开出像"条,从刘萨诃番禾授记至周建德年间像首又落,后云"备于周释道安碑"。刘萨诃西游五天、感现佛钵事应不载于道安碑,因为道宣没有引述。四世纪至五世纪初有一个去印度礼拜佛钵的热潮,同时出现了佛钵与中土各种因缘的传闻,还出现了《佛钵经》这样的伪经。佛钵是佛教史上的大事,如道安碑言及佛钵,道宣不会不引述。总之,"和尚西至五天,曾感佛钵出现"是《因缘记》独有的一个情节,并不见于道安碑,也不见于道宣的记载。

这就是说,在关表做过两年实地调查的道宣都不知道刘萨诃去印度礼拜佛钵的事。怎能仅凭《因缘记》的这一句记载,就将之作为一个史实意义上的刘萨诃的"事迹"!假如感现佛钵这个情节是一个传说,很可能是河西走廊、敦煌一带的独有的传说,而且产生的时间比较晚。

至于受记莫高窟,这也是《因缘记》的独有情节,不见于其他记载。它是否能作为刘萨诃去过敦煌的证据呢?可惜它是一条孤证,即使成立,也是在理论上和想象中成立。我猜测它应是敦煌刘萨诃信仰盛行之后方才衍生出的传说,其产生时间应较佛钵传说更晚。

第二,《因缘记》的记事特点和《因缘记》的性质。

史苇湘、孙修身都是首先认定《法显传》中的慧达就是刘萨诃,由此据法显西行时间来定位刘萨诃西至五天的时间,史苇湘推断为400—403年,孙修身推断为399—403年;《法显传》之外,他们都将《因缘记》用作主要的证据。但是,《因缘记》是在番禾瑞像之后记述和尚西至五天、感现佛钵之事的。《因缘记》是按照从生到死的顺序来记叙刘萨诃的生平的,末了的莫高窟授记是补。就此点来说,《因缘记》的作者是遵从了一定的时顺序的。至少冥游、广寻圣迹这样的顺序和《高僧传》是一致的。而且,番禾瑞像之后述西行五天事,与孙修身依据的另一重要证据——武威石碑的叙事顺序是相同的,碑云:"延元年丑阳僧刘萨何,天生神异,动莫能测,将往天竺观佛遗迹,行至于此,北面顶礼。"武威石碑制成于天宝年间,这说明至迟在天宝年间,刘萨诃去五天竺的传说与番禾瑞像的传说已经结合在一起,刘萨诃是在西去五天竺的路上经番禾而授记的传说已经产生了。但是《因缘记》叙事确实有难解之处,不仅是正始九年不可索解,而且按照上文推算的刘萨诃的生年,太延元年时刘萨诃已有九十多岁,如何可能在西行敦煌、印度?又如何可能再回到秦州?再从秦州走过长长的河西走廊呢?

这就是《因缘记》叙事的有序和无序。造成这种混乱的叙事顺序的原因何在呢?其实只要将《因缘记》看作是刘萨诃的传说的整合,问题就很容易解决。《因缘记》中所包括的刘萨诃"事迹"系根据刘萨诃生前直至唐初的各种传说整合而成。《因缘记》遵循的不是刘萨诃生平事迹的发生、发展过程,而是刘萨诃传说的演化过程。所以,西游五天感现佛钵和莫高窟授记都是番禾瑞像之后衍生出的传说。

既然《因缘记》是传说,实在没有必要用传说来考证史实。陈祚龙《刘萨诃研究》点出《因缘记》的价值,确为真知灼见:"只要大家确有兴趣,改行追问'为什么'当年的'知识分子'竟会钞写这样的篇章,以及其它一连串的'为什么',我相信,大家一定可从此'记'之中,找出一些有关的答案。依己所知,此,'记'除可直接用以稽核刘萨诃的'行谊'之外,它还很有助于考究中世中华哲学、文学、佛学、语言学、宗教学、历史学、民俗学、社会学……,各种专门'学术'的演化。"[1]

---

[1] 陈祚龙:《刘萨诃研究》,第36页。

《因缘记》和武威碑之外,在敦煌遗书中还有一些其他材料[①]记载刘萨诃与敦煌、印度的因缘,可惜这些材料都产生在晚唐至北宋的敦煌历史上的归义军时期。作为史实,可信程度不高。反倒不如将它们看作反映归义军时期,刘萨诃信仰在敦煌传播状况的材料。

目前,所有关于刘萨诃与敦煌、印度的材料都是靠不住的,不可以作为实证。仅据现今极其有限的材料,无法确定刘萨诃到过敦煌和印度的。既然在《冥祥记》中就有一个观音授记佛钵的情节,《法显传》又有那么一个慧达去了印度、礼拜了佛钵,后人由此受了启发,将去印度的传说、感现佛钵的故事附会在刘萨诃的身上,这是完全可以理解的。至于和尚授记莫高窟事,又何尝不能解释为后起的传说呢? 不过,在假设和理论上,刘萨诃去过印度、敦煌也可以成立。刘萨诃生活在一个西行求法热潮高涨的时代,西行是僧人的一种理想。

但是,即使刘萨诃去过印度、敦煌,那又怎样呢? 他早年在敦煌、印度的活动并未产生影响。刘萨诃去没去过敦煌、印度,与刘萨诃信仰后来在敦煌的隆盛是两回事,两者之间没有必然的因果关系。如果换一个角度来看,没有必要对刘萨诃去过或没有去过下一个铁定的结论,应该更看重的是刘萨诃信仰在敦煌的传播和影响。尽管文献记载的萨诃西行在时间上都是颠倒错乱,没有必要和理由给这种错乱恢复秩序。

唐代以前没有任何材料与敦煌的刘萨诃信仰有关。[②] 从现存的壁画和造像材料来看,只有一尊彩塑圣容像是初唐时期的,其他都是陷蕃时期和归义军时期的,而归义军时期的最多。在莫高窟八件与番禾瑞像有关的文物中,产生在归义军时期的有五件,初唐时期一件,吐蕃时期二件。可见从陷蕃时期起,番禾瑞像的崇拜在敦煌开始复活,并且在归义军时期达到高潮。这正是因为这一时期的社会、政治环境,很适合信仰番禾瑞像。由于番禾瑞像信仰的隆盛,这一时期又衍生出一些新的传说。敦煌的刘萨诃传说中有无史实,其实已经无从考见。如今知道的只是存留至今的文献和文物,展现给我们的结局。

---

① S.3929V《乾宁三年(896年)沙州龙兴寺上座沙门俗姓马氏香号德胜宕泉创修功德记》、P.3302VB《长兴元年(930)河西都僧统依宕泉建龛一所上梁文》、S.4654A 作于954年的《萨诃上人寄锡雁阁留题并序呈献》、S.3929V 作于曹氏政权统治时的《董保德佛事功德颂》。

② 当然,这种缺失也可以假设成虽然敦煌的刘萨诃崇拜开始得很早,但主要在民间流传,没有进入文人或官方的记载;或者因为是敦煌独有的传说,没有扩展到更广阔的地域范围内。

我更倾向于将刘萨诃在敦煌诸多传说,看作晚唐五代时期番禾瑞像信仰盛行之后刘萨诃信仰在敦煌的复活。

小　结

通过对高僧刘萨诃的籍贯、卒年,以及与敦煌、印度的因缘的考察,可见关于刘萨诃的全部史实,莫过于此:一个活动于四世纪下半叶至五世纪初的游方僧人,在江东、黄河两岸稽胡族的聚居地、河西走廊留下了他的足迹的传说。从一开始,刘萨诃材料就是史实与传说的混合物,几乎所有的刘萨诃材料都体现了这一点。总之,史实的成份少,传说的成份大,而且越到后期,传说的成份越大,甚至仅仅只是传说。

对于高僧刘萨诃,史实的研究并不重要,与其花费力气去勾稽史实,不如将重心放在研究传说的产生、传说的衍变和传说的影响上,从而反思刘萨诃信仰这种民间状态的佛教信仰在4—11世纪历史变迁中对社会、文化、风俗和思想的影响。

有趣的是,假若我们换一个角度,站在刘萨诃信仰盛行时期的佛教信徒的立场上,则上文所甄别的"传说"无疑又是不争之"事实"、"史实"。史实本是传说的基础,但随着传说滋生蔓延,反而遮没了史实。在宗教与历史的对撞和冲击中,宗教以其神化的传说浸入了社会、风俗、思想、文化的深层,一度占上风。宗教的这种力量,是值得深入研究的。

刘萨诃信仰解读

尚丽新

刘萨诃和尚,本是一个湮没在僧传中的南北朝时期的小小高僧,从二十世纪七十年代起,敦煌相关文物和文献的发现,引发了国内外学术界对他的关注。尽管关注的热点聚焦在刘萨诃和敦煌莫高窟的关系上,但在梳理相关材料的过程中,还可以发现一些巨大的隐秘,使这个和尚闪烁出一种卓然不群的光辉。

虽然这位活动在四世纪下半叶到五世纪初的刘萨诃和尚确有其人,但各种文献、文物所反映出的他的"事迹",大多是充满了神秘灵异色彩的不断地增殖繁衍的"传说"的碎片。在这些碎片中,可以隐约看到一个凡夫俗子逐渐被演化成神佛。这个原本目不识丁的稽胡族下级军吏,三十岁时巡游地狱的偶发事件改变了他的人生轨迹,由一个杀生为业的罪人变成了一个精勤福业的游方僧人。① 他去江东寻觅礼拜阿育王塔、阿育王像的传说给江南佛教界留下了深刻的印象,由一个普通僧人而名列宝唱的《名僧传》和慧皎的《高僧传》。同时,随着他在稽胡人聚居地(今天晋陕交界的黄河两岸)的传教事业的发展,主要得益于他那神奇的巫术和预言能力,刘萨诃成为稽胡族的民族神,被视为观音化身、"苏合圣"、"刘师佛"。② 到了六世纪二十年代,在河西走廊的番禾(今甘肃永昌)出现了著名的能预测兴衰治乱的番禾瑞像③,而刘萨诃就是番禾瑞像的预言人,随着番禾瑞像影响的不断增加,刘萨诃的名气也达到顶峰,从而成为北朝直至隋唐西北地区的一个强有影响的神灵。从现今发现的敦煌莫高窟中的相关的资料来看,刘萨诃的神奇传说在敦煌一带不断

---

① 王琰:《冥祥记》,《法苑珠林》卷八六引,载《大正藏》第53册,第919—920页。参见鲁迅《古小说钩沉》,《鲁迅辑录古籍丛编》第一卷,人民文学出版社1999年版,第351—534页。
② 道宣:《续高僧传》卷二五,载《大正藏》第50册,第644—645页。
③ 道宣:《续高僧传》、《集神州三宝感通录》、《道宣律师感通录》等,均载有番禾瑞像事。

衍生,归义军时期又掀起了一个崇拜番禾瑞像和刘萨诃的高潮。

如果仅就神秘灵异这一点,将刘萨诃视为佛图澄、杯度之流的神异僧,那无疑是把问题简单化了。因为除了神秘灵异,他至少还有这样几个值得重视的特点:第一,刘萨诃是由一个稽胡族的凡夫俗子的身份而成佛的,他的民间出身不带有任何异域的、神秘的色彩;第二,刘萨诃传说绵亘在东晋到唐五代漫长的历史时间里,集中在晋、陕交界处黄河两岸的稽胡聚居地和河西走廊一带的多民族聚居地;第三,刘萨诃是一个来自民间的神,虽然受到知识阶层的雅文化和统治阶级的权力文化的不断规约,他的传说总体上仍呈现出一种民间本色。因此,可以说,刘萨诃传说所展示的由凡而圣、不断神化的过程典型地折射出公元四世纪到十世纪民众的佛教信仰。

佛教入华后,与知识阶层的雅文化和统治阶级的权力文化相融合,关于此点,不仅史不绝书,且学术界之研究亦已达到相当的水平;但佛教在民间的传播和发展却是佛教史研究上一个众所周知的缺憾。也许,刘萨诃这个身份、地位都很特殊的"高僧",可以稍稍弥补这一缺憾。基于想通过刘萨诃传说的解读,展现佛教入华后在民间传播的一个侧面,而对民间佛教信仰的原始状况和传播方式做如下探讨。

一、民间造神运动:胡师佛、番禾瑞像

最能引起我们兴趣的是:一个犯了杀生大罪的凡夫是如何成为神佛的?是一种怎样的信仰力量推动当时的民众创造出这样一个神明来呢?而这样一个神明又是如何能长久的存留于民众的信仰之中?

残存的史料表明,作为神的刘萨诃具有两种最重要的身份:一是稽胡族的民族神,二是西北地区的地方神。仅从考察这两种身份入手,对于民间如何创造刘萨诃这一神佛,做一番具体了解。

(一)胡师佛

唐代初期,道宣历游关表,亲自在稽胡聚居的慈、隰、岚、石、丹、延、绥、银八州做考察,看到了刘萨诃以民族神的身份被当地民众崇拜信仰的盛况:"故今彼俗,村村佛堂,无不立像,名'胡师佛'也。"[①]

[①] 《集神州三宝感通录》卷下,《大正藏》第52册,第434—435页。

据《周书·稽胡传》的记载,稽胡族是一个经济、文化上相对落后的民族。其社会组织形式为部落制,且部落之间联系松弛,不可能发展成一个有统一政权的强大民族。其社会经济应为半牧半农。作为稽胡的一员,刘萨诃大约出生在晋穆帝永和元年(345年)稍前,他"目不识字,为人凶顽,勇健多力,乐行猎射"。① 在三十一岁时(那时稽胡处于苻秦统治之下)经历了人生中奇异的转折——因为杀鹿被勾入冥界,在地狱中接受观音的训导、皈依佛法而得以还阳。从后来《冥祥记》、《高僧传》等著述记录或转述这个传说来看,它流传的范围相当广,而且影响也很大。地狱将其极端的恐怖呈现在这些凶顽勇健的稽胡人面前,使这些在战场上无比勇敢的稽胡人恐惧;而观音又为这些犯杀生大戒的人指出一条生路——皈依佛。这个异常完美地将当时流行的地狱信仰和观音信仰结合在一起的冥游事件,不仅改变了刘萨诃的命运,为其日后成佛提供了一个极好的起点。刘萨诃还阳后出家为僧,按照观音训导开始了他的礼拜圣迹的云游生涯。后来他又回到家乡,大约在四世纪末到五世纪初、也就是十六国末期和北魏初期,他在稽胡中展开传教活动。宋乐史《太平寰宇记》卷三五载刘萨诃曾于云岩坐禅:"云岩县……废可野寺,在县北一十五里,故老相传,刘萨何坐禅处。稽胡呼堡为'可野'。四面悬绝,惟北面一面通人焉。"② 抄写于十世纪的敦煌本《因缘记》中,提到和尚为赫连驴耳王治病、使其驴耳复为人耳一事,虽然在十六国之一的赫连夏国的相关史籍上根本找不到这样一位驴耳王,但这个传说的产生必然是因为刘萨诃在夏国传教且有一定的影响。而夏国在地理上与稽胡聚居地是相邻的。以上这些记载表明,刘萨诃生前长时期在稽胡居地及周围地区传教,有了相当的影响。各种记载表明,刘萨诃的晚年应是在西行的漫漫长路上度过的,最后,他生命的终点停止在酒泉。可以想见,西行之路必也是传教之路,因此520年出世的番禾瑞像被归功于刘萨诃太延元年(435年)的预言也就不足为奇。至晚在六世纪初,从稽胡聚居地到河西走廊,刘萨诃已成功地完成了从人到神的转变,并且形成了相当有影响的刘萨诃信仰。我们想知道刘萨诃何以成为稽胡人和西北各民族信仰中极为重要的神明。换句话来说:稽胡与西北各民族出于何种原因创造了胡师佛和番禾瑞像?

---

① 道宣:《续高僧传》卷二五,《大正藏》第50册,第644页。
② 台湾文海出版社1970年影印《宋代地理书四种》本。

在关于刘萨诃所有神异传说中,最有趣的莫过于"苏合圣"了:"昼在高塔,为众说法;夜入茧中,以自沈隐;且从茧出,初不宁舍。故俗名为苏何圣。'苏何'者,稽胡名茧也。以从茧宿,故以名焉。""然今诸原皆立土塔,上施柏刹,系以蚕茧,拟达之止也。"①道宣的这番记载显然表明刘萨诃在稽胡八州之地是备受供奉的蚕神。蚕桑起源于中国,素来农桑并举,蚕桑业一直都是传统农耕社会重要的经济支柱,起着衣被天下的重要作用,由此也不断产生了各式各样的蚕神——官方的、民间的、道教化的乃至佛教化的蚕神。相对而言,唐代以前佛教化蚕神的资料较少,仅刘萨诃"苏合圣"一例。直至沙门智炬(或作慧炬)撰于贞元十七年(801)的《宝林传》中记载了那个著名的受蚕马神话影响,而发展出的马鸣菩萨化蚕的传说。这大约有两方面的原因:一是在佛教传入之前已有官方的、民间的、道教的原有蚕神。二是原有佛教诸神谱系中不仅没有蚕神,而且养蚕、着蚕衣还触犯了佛教的杀生禁忌。但是,为什么能在稽胡居地较早地产生出"苏合圣"这么一个与蚕马之说无关的独特的佛教化的蚕神? 五胡十六国时期,活动在中原历史舞台上的是北方少数民族,他们一般都是不谙耕织的游牧民族,"荒表茹毛饮血之类、鸟宿禽居之徒"取代了"中夏粒食邑居之民、蚕衣儒步之士",往往经济凋敝,民不聊生。这也是元魏入主中原之后,为解决衣食问题将农桑政策放在极为重要的地位的原因。也许就是在那一时期,稽胡充分认识到耕织的重要性,其农业和纺织业有了一定的发展。而对于这个以山居射猎为主的民族而言,起初并未有自己的蚕神,也没有蚕马神话,所以也无需关注新蚕神与旧有蚕神的种种关联。而且,稽胡人的佛教信仰方式粗犷豪放,佛诞日大会,各将酒饼、酣饮戏乐,由此可以推测他们可能没有禁止养蚕取丝那种严格的杀生禁忌。基于上述原因,在稽胡居地,大约在五世纪末,稽胡人掌握了养蚕缫丝技术之后,就产生了他们自己的蚕神——苏合圣。也许只是历史的一个偶然——"萨诃"恰恰是"蚕茧"的意思。据《周书·稽胡传》记载:"其俗土著,亦知种田,地少蚕桑,多麻布。"的确,稽胡居地的自然环境根本不适合种桑养蚕,除了在纬度较低的高原地区可以养蚕之外,大面积的山区是根本不可能养蚕的。那么,苏合圣为什么会得到八州稽胡的共同供奉呢?我猜想苏合圣不仅是蚕神,恐怕也是农神。稽胡人可能

---

① 《集神州三宝感通录》卷下,《大正藏》第52册,第434—435页。

还没有来得及创造出他们复杂的神佛谱系，就以蚕神来代替农神，苏合圣在实际上扮演着耕织之神的角色，庇佑着稽胡人的农业经济。对于居于深山、劫掠为生的稽胡人来说，"苏合圣"之创造，传达出发展民族经济文化以求生存发展的深层的一种民族愿望。

在道宣的记载中，胡师佛的塑像被"每年正月舆巡村落，去住自在，不惟人功。欲往彼村，两人可举，额文则开，颜色和悦，其村一岁死衰则少；不欲去者，十人不移，额文则合，色貌忧惨，其村一岁必有灾障。故俗至今常以为候俗"。"土俗乞愿，萃者不一。"①可见胡师佛的主要功能是满足人们的各种乞愿和预测吉凶。这与刘萨诃后来被视为观音化身是同一个道理。在王琰的《冥祥记》中，刘萨诃冥游故事中有观音训导这样一个情节，罪人刘萨诃正是在接受观音训导后出家为僧、精勤福业的。当然，观音训导这一情节未必是刘萨诃地狱巡游故事的原生情节，它被加入冥游故事反映的是观音信仰的盛行。在刘萨诃生存活动的时期观音信仰的弘传已经遍及南北中国。在那个战乱频仍、朝不保夕的动荡时代里，救苦救难的观音菩萨是最受欢迎的神明。随着观音信仰广泛、全面地深入人心，观音越来越成为一个细致入微地福佑着民众日常生活的方方面面的神。正是因为观音是这样一个亲切而亲近的神，所以就出现了观音被俗化为普通人这一现象，诸如杯度为闻声而至的观音示现，天台宗第二代祖师慧思（515—577）被礼敬为观音化身，梁代异僧宝志被认为是十一面菩萨之化身，梁高祖亦被称为观音等等。刘萨诃也不例外，他很快从冥游故事中那个被观音训导的罪人而摇身变为观音的化身："亦以为观世音者，假形化俗。"又载："行出肃州酒泉郭西沙砾而卒。形骨小细，状如葵子，中皆有孔，可以绳连。故今彼俗有灾障者，就砾觅之，得之凶亡，不得吉丧。有人觅既不得，<u>左侧观音像上取之，至夜便失，明旦寻之，还在像手</u>。"②刘萨诃由一个消极的接受神谕者变为一个能够发出命令的积极的神，外来的观音被置换为本乡本土的刘萨诃，他承担着为所有信众祈福禳灾的神圣而功利的使命。

（二）番禾瑞像

刘萨诃传说和信仰蔓延在稽胡聚居地和西北地区，直至六世纪初河西走

---

① 《集神州三宝感通录》卷下，《大正藏》第52册，第434—435页。
② 同上。

廊中部的番禾瑞像的出现,将刘萨诃信仰推向顶峰。

这尊出现在河西走廊的瑞像,以其能预测兴衰治乱而闻名。实际上在南北朝时具有此种功能的瑞像并不少见,诸如扬都长干寺育王瑞像、襄阳檀溪寺道安造金铜弥勒像、东晋穆帝时荆州城北瑞像、萧齐扶南石像、彭城宋王寺丈八金像、北齐末晋州僧护所造石像、周襄州岘山华严寺卢舍那佛像等。它们反映了一个相同的主题:战乱频仍的乱世之中,对和平治世的渴望。与众不同的,番禾瑞像从北魏末年出世直到唐五代一直在西北地区发生着重大影响,而不像其他瑞像的影响仅限于易代之际。原因很简单,不论是稽胡聚居地、还是西北地区的多民族聚居地,长期以来,民族问题一直是一个最为重要的问题。不同民族之间的战争和矛盾、各民族同中原王朝之间的战争矛盾,以及在这血与火之中的民族融合,这是一幕上演了几百年的历史剧。

拿稽胡来说,经济、文化的落后,并不影响其成为中国历史上相当重要的一个民族。稽胡聚居地大致在今天晋陕交界处的黄河两岸,北起陕西榆林,南至山西吉县。① 这样一个地理位置在当时是边地与统治中心之间的中间地带,有着"外以威怀七狄,内以承卫二京"②的特殊的军事政治作用。这个山居民族不仅"种族繁炽"、"延蔓山谷"③,而且素来强悍勇敢,所谓"稽胡悍果劲健,号为着翅人"。④ 山居、人口众多、强悍勇敢,构成了这一民族长时间存在的原因和理由,从西晋愍帝建兴三年(315)⑤到唐宪宗朝⑥,稽胡在历史舞台上至少活动了五百多年,才彻底完成了民族融合。

由此也就可以理解稽胡人的历史,何以被正史简化为从晋代到唐初绵延不断的、由战争杀戮构成的边患。这就是番禾瑞像虽不出现在稽胡居地、但仍

---

① 林幹:《稽胡(山胡)略考》,《社会科学战线》1984年第1期。
② 《全唐文》卷五七宪宗《授张宏靖太原节度使制》。
③ 《周书·稽胡传》。林幹《稽胡(山胡)略考》一文做过一个统计:"截至公元418年约为30万,截至579年约为69—82万。这些数字,仅为内附、死亡和被杀之数,仅占稽胡人口中很少的一部分,其余绝大部分未见于载籍者尚未计。"
④ 《周书》卷二七《韩果传》。
⑤ 林幹据《晋书》卷一百四《石勒载记》上、卷六七《温峤传》所载,此年春二月晋司空刘琨之右司马温峤西讨山胡事,将稽胡有明确历史记载的时间姑系于此年。参见林幹:《匈奴历史年表》,中华书局1984年版。
⑥ 《全唐文》卷五七,载有宪宗的《授张宏靖太原节度使制》有云"雁塞之上,稽胡杂居"。《通鉴》卷二三七宪宗朝元和元年(806)河东节度使严绶讨杨惠琳,"诏河东、天德军合击惠琳,绶遣牙将阿跌光进及弟光颜将兵赴之,光进本出河曲步落稽,兄弟在河东军皆以勇敢闻"。

选择了稽胡人的神——刘萨诃作为番禾瑞像的预言者的原因,当然这也是刘萨诃这个神长盛不衰的一个最主要的原因。

综上所述,作为稽胡和整个西北地区的一个相当重要的神,在刘萨诃的身上折射出一种混沌的、多元的民间信仰状态。他既是保佑经济的农神,又是关心日常生活的观音的化身,也是在民族矛盾尖锐、世乱人苦之时昭示和平安定的平安神。此点在归义军时期的敦煌刘萨诃信仰复兴时体现得更为具体:刘萨诃成功地预言了莫高窟,成为开窟这种佛事活动的功臣;①他的锡杖划出宕泉,为敦煌带来涓涓流水;②以及战争的停止,国家的富强,政治的清明,家族的安康发达,个人和家人今世的幸福,来世升入天国……纵观刘萨诃信仰的形成过程,可以得出一个结论:刘萨诃这个神之所以被创造出来是基于民众的需求。祈福禳灾的心理祈愿一直是民间各种宗教信仰的主导思潮,魏晋南北朝隋唐时在多民族聚居的西北地区,突出地表现为中止阶级矛盾和民族矛盾引起来的战争和杀戮,发展落后的经济和文化,刘萨诃的价值恰恰集中地体现在这两个方面,因此,这个神不仅被创造出来了,而且能够在漫长的历史时间和广阔的历史空间中发生着持久的影响。

二、刘萨诃信仰的传播方式

随着刘萨诃的成佛成神,也就形成民众对刘萨诃的信仰。因为这种信仰长期存在,它就需要借助一定的形式来存在。或者说,民众在长期信仰的过程中形成了传播和表达信仰的一些稳定的形式。我们通常说内容决定形式,用在佛教传播中可以说信仰状态决定信仰形式和传播方式;但是形式也可以反过来影响内容,而且相对内容而言,形式总是稳定的。所以,通过研究传播方式来研究佛教信仰,在民间的传播是一个好办法。在此我们试图通过刘萨诃信仰的传播方式,来窥探中古时期佛教在民间传播的一些规律性的东西。

(一)传闻

显而易见,从残存的记载来看,构成刘萨诃信仰的是充满神秘灵异色彩,

---

① 敦煌本《刘萨诃因缘记》载:"莫高窟亦和尚受记,因成千龛者也。"
② S.2113V《沙州龙兴寺上座沙门俗姓马氏香号德胜宕泉创修功德记》。

不断地增殖繁衍的"传说"的碎片。如果把这些传说还原到它们产生之初,可以肯定它们就是各种各样的在民间流行的"传闻"。王琰在《冥祥记》中撰写的刘萨诃冥游故事依据的就是民间传闻,当然,魏晋六朝乃至后来所产生的那些被鲁迅先生称之为"释氏辅教之书"的东西,都是知识阶层对民间传闻的记录和整理,知识阶层之所以会对这些传闻表现出异样的兴趣,那是因为在对待地狱、报应、救赎等问题上,他们与民间佛教信仰具有高度的一致性。如果按照记录人来分类,那么今存的刘萨诃传说可以分成三类:

知识阶层的记录:王琰《冥祥记》、宝唱《名僧传》、慧皎《高僧传》、
　　　　道宣《续高僧传》、道世《法苑珠林》等。

权力阶层记录:天宝石碑①

民间的记录:敦煌本《因缘记》

无论知识阶层和权力阶层进行怎样的修改和规约,刘萨诃传说还是显露出民间传闻的本色来。

先是因为传闻的盛行,促成了信仰的形成,而信仰形成之后,又滋生了更多的传闻。当刘萨诃还是一个凡人时,他的各种传闻已风行于世,其中最著名的就是地狱巡游和江东礼拜阿育王塔、像。伴随着他的传教活动,又产生了诸如为驴耳王治病、定阳瑞像、酒泉迁化等传闻。很可能在他生前就已被视为神明,由此产生了"苏合圣"、"胡师佛"、观音菩萨假形化俗等一系列传闻。和尚迁化之后,他已经成为一种信仰符号,所以他的传闻更是不断地滋生蔓延开来。我们并不准备对各阶段的传闻内容进行分析,我们更注重的是传闻的形式。如果你对这些传闻的形式稍加注意的话,就会发现一个有趣的现象:刘萨诃传闻是由一个个彼此无关亦无序的独立故事单元拼凑成的,在某一故事单元里,一方面与佛教的某个重要的信仰、观念及实践紧密相关;另一方面连情节的安排都有固定的模式。可以借用民间故事的母题研究,将佛教传闻的基本信仰单元和情节单元也称作"母题"。以下是对记述刘萨诃传说最为丰富的《冥祥记》和《因缘记》进行母题分析。在下图中圆框表示情节母题,方框表示信仰母题。

---

① 1979年在甘肃武威出土了一块天宝年间的石碑,孙修身拟名为《凉州御山石佛瑞像因缘记》。参见孙修身、党寿山:《〈凉州御山石佛瑞像因缘记〉考释》一文,《敦煌研究》创刊号。

《冥祥记》

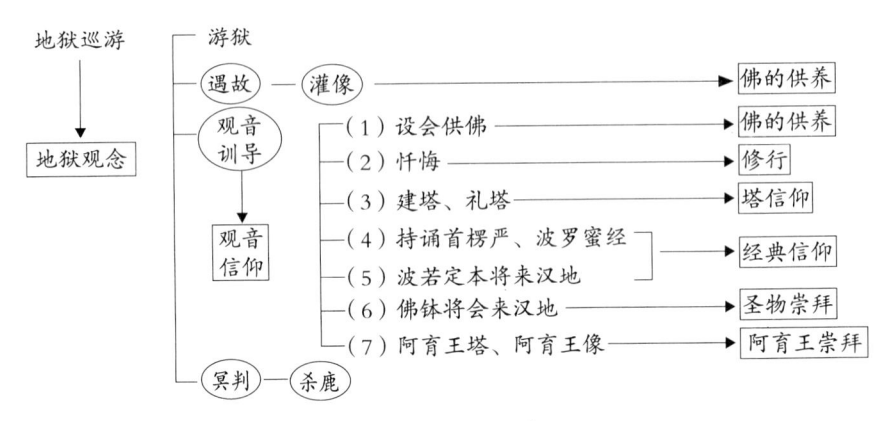

- 地狱巡游 → 地狱观念
- 游狱
- 遇故 — 灌像 → 佛的供养
- 观音训导 → 观音信仰
  - （1）设会供佛 → 佛的供养
  - （2）忏悔 → 修行
  - （3）建塔、礼塔 → 塔信仰
  - （4）持诵首楞严、波罗蜜经 ┐
  - （5）波若定本将来汉地　　┘ → 经典信仰
  - （6）佛钵将会来汉地 → 圣物崇拜
  - （7）阿育王塔、阿育王像 → 阿育王崇拜
- 冥判 — 杀鹿

《因缘记》

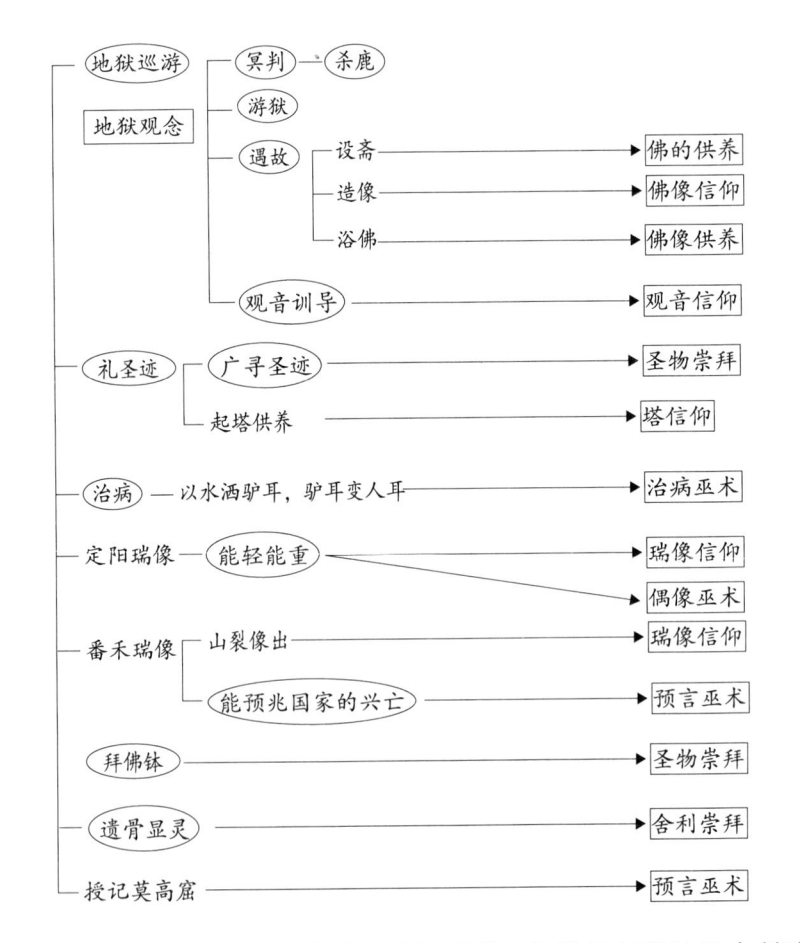

- 地狱观念
  - 地狱巡游
    - 冥判 — 杀鹿
    - 游狱
    - 遇故
      - 设斋 → 佛的供养
      - 造像 → 佛像信仰
      - 浴佛 → 佛像供养
    - 观音训导 → 观音信仰
- 礼圣迹
  - 广寻圣迹 → 圣物崇拜
  - 起塔供养 → 塔信仰
- 治病 — 以水洒驴耳，驴耳变人耳 → 治病巫术
- 定阳瑞像 — 能轻能重 → 瑞像信仰 / 偶像巫术
- 番禾瑞像
  - 山裂像出 → 瑞像信仰
  - 能预兆国家的兴亡 → 预言巫术
- 拜佛钵 → 圣物崇拜
- 遗骨显灵 → 舍利崇拜
- 授记莫高窟 → 预言巫术

通过上面两个图表，比较清楚地了解刘萨诃传说是怎样被组合制造的。

佛教传闻与民间故事的编制有共同之处。民间故事的特性就是把同样的行为赋予不同的人物，一个母题可以被无数遍复制。佛教传闻亦是如此，比如《冥祥记》中的地狱巡游故事，部分瑞像故事中的盗宝情节，许多瑞像都具有预测吉凶的功能。同时，多个母题也可以汇聚到一个故事之中，从而组成一个复杂的故事，使这一故事具有多种功能。刘萨诃冥游故事不仅是一个地狱巡游故事，这个故事中的信仰母题极为丰富，仅观音训导的内容就可以视为魏晋南北朝佛教兴福事业的纲要。佛教故事与民间故事在母题上的亲缘关系很容易理解，佛教入华的初期主要是结合鬼神方术在民间传播，自然会借助民间故事的形式来进行传播。《冥祥记》中刘萨诃冥游故事正是体现了佛教传闻技巧纯熟的制造水平。

这种利用母题制造的佛教传闻，符合民众的接受和审美心理，其价值体现在传教的功能上。透过刘萨诃冥游故事，直接感受到的就是对地狱的恐惧，对观音的感激，以及一定要礼拜佛的圣物圣迹，一定要设斋、灌像等等。这种把基本的观念、信仰和修持条例组合成发生在不同人物的身上的传闻，就取得了化身千亿的效果，成为一种虽最为简易却最为有效的传播方式。

不断衍生的传闻以一种零散的、彼此无关亦无序的状态存在着，当这些口耳相传的传闻被整理记录成文字后（就是佛典翻译文学之外最早的佛教叙事艺术），也呈现出零散的状态，它们通常是在一个信仰主题下记事。诸如释氏辅教之书《冥祥记》、各种观音《应验记》之类。其形式特点是信仰主题单一明确，情节模式固定。这种形式显然是受了佛教传闻的母题结构形式的影响。后来的佛教类书《法苑珠林》也采用了这种母题结构的形式，当然，这里的"母题"与传播民间佛教信仰的传闻"母题"不同，它体现出知识僧侣佛教文化的分类、总结和评价。而僧传也受到传闻的影响，毕竟传闻是僧传的一个非常重要的材料来源，尤其是刘萨诃这样的高僧，他的生平事迹缺乏史实而几乎都是传闻。不过僧传是按照一定的目的和标准来选择传闻。如慧皎《高僧传》选择刘萨诃礼塔拜像之传闻将之归入"兴福"，而道宣《续高僧传》则选择刘萨诃在稽胡和西北地区的巫术行为归之于"感通"。虽然刘萨诃这类高僧使僧传这种文体处于史实与传闻之间的尴尬之中，但在客观上推动了传闻叙事艺术的进一步发展。因为僧传是以人系事，并且是按照时间顺序记事，它把一个高僧的传闻汇聚起来了，从而摆脱了以信仰母题记录传闻的原始状态。

虽然僧传推进了传闻叙事艺术的发展，但它对于民间的佛教叙事艺术之发展却未必有多大影响。它毕竟属于知识阶层的雅文化。民间的佛教叙事艺术是在讲唱艺术的推动下发展起来的。这将是下文所要讨论的一个问题。

（二）讲唱

可以想见，佛教传播在很大程度就是凭借口耳相传的各种传闻在民间发生影响的，知识阶层和权力阶层介入传闻的整理解读之后，使民间传闻受到雅文化与权力文化的规约由社会的下层进入了上层；而传闻在民间依然沿着自己的轨道运行，一方面是传闻与信仰地相互促进；另一方面是传闻与其它传播方式相结合以发挥更大的影响。

传闻之外，佛教信仰在民间的传播方式最重要的还有音乐和美术。先来看音乐。从佛教入华之初，以音声传教的形式也随之入华。在慧皎《高僧传》中，专列"唱导"一科，所谓"唱导者，盖以宣唱法理，开导众心也。"唱导师会根据不同的听众来决定宣唱的内容，"若为悠悠凡庶，则须指事造形、直谈闻见；若为山民野处，则须近局言辞，陈斥罪目。凡此变态，与事而兴。"可见当宣唱的对象是民众时，宣唱的内容就多是民间传闻了。较之单纯的传闻，唱导更具有非凡的艺术感染力，"谈无常则令心形战栗，语地狱则使怖泪交零。"[①]由此也就广为民众接受并深受民众喜爱。在现存于敦煌遗书中的俗讲、变文中我们看到了佛教民间讲唱艺术的成熟形态。值得庆幸的是，敦煌本《因缘记》的存在，为我们提供了寻绎刘萨诃传闻被采入讲唱因缘的线索。

《因缘记》篇一共六百多字，大致依时间顺序排列了地狱巡游、朝圣、治病、番禾瑞像等传闻，从其颠倒错乱的叙事顺序、极度简略的叙事风格、朴实无华的叙事语言来看，这不会出自上层知识分子之手，而是民间文人对民间传说的记录和整理。《因缘记》从形式上看不出任何讲唱的痕迹，似乎很难将之归为宣传佛教的说唱伎艺"说因缘"的底本。但它又为什么被称为"因缘记"呢？周绍良先生对此作出了一个大胆的假设："可见为讲说之用，否则不必标明为'因缘记'，亦不必另行录出，只据书宣讲即可。故此等因缘记可见为说因缘

[①] 《高僧传》卷一三，《大正藏》第50册，第417页、第418页。

之底本。"①拿另一类讲唱文学变文来说,散文形式的变文也有,如 P. 2721V《舜子至孝变文》和 P. 3645《刘家太子变》。荒见泰史对此做过专门的研究。他通过对比《舜子至孝变文》与 P. 2621《(拟)孝子传》,认为《舜子至孝变文》是从不同渠道的文本上摘录、拼接,然后稍作加工而成。至于《刘家太子变》其拼凑抄写方式类似于《(拟)孝子传》、《句道兴本搜神记》等敦煌类书。荒见泰史的结论是:"这些写本或摘录经典,或转抄类书,并且舍弃了说教色彩浓厚之处,使之更通俗化。抄录故事的目的或是为了讲唱搜集整理素材,或用于讲唱时作为纲要底本,或为参考笔记之用。"②那么,再回头来看《刘萨诃因缘记》,它排列民间流传的各种刘萨诃传闻,记事极为简略,在六百多字的篇幅中,冥游就占了四百多字,占去了三分之二的篇幅,其他情节都极为简单,蜻蜓点水式的一掠而过。与其说它是一个故事,不如说它更像一个故事的提纲。但这个故事提纲任意一条的背后都有一些内容丰富、情节曲折的传闻,毫无疑问这些传闻是敦煌民众极为熟悉的,此点可以在莫高窟七十二窟南壁所绘的"刘萨诃与凉州圣容佛瑞像史迹变"③那幅大型壁画上得到印证。因此,我们认为《因缘记》是讲唱因缘文的蓝本,极有可能是为了讲唱搜集整理素材。如果《因缘记》得到进一步的加工整理,把那些民众所熟知的丰富曲折的传闻故事用文字表述出来,那就是一篇粗具规模的白话小说。

从上文对《因缘记》的分析中,可以看到民间传闻与讲唱艺术相结合,成为一种更有效的传播方式。同时,讲唱这种传播方式又促进了民间叙事文学的发展,使之成为白话小说的源头之一。

(三)造像与壁画

造像这种表达和寄托信仰的方式是随着佛教信仰的入华而传入的,汉末已有佛像地制作和供养。当然,只有信仰某一神明才会为之造像。据目前所掌握的材料来看,关于刘萨诃的最早造像是定阳瑞像。《因缘记》在记载刘萨

---

① "此等因缘"指《佛图澄和尚因缘记》、《刘萨诃和尚因缘记》、《隋净影寺沙门慧远和尚因缘记》、《灵州史和尚因缘记》等,参见周绍良:《唐代的变文及其它》,载《敦煌文学刍议及其它》,台北新文丰出版股份有限公司1992年版,第85页。

② 〔日〕荒见泰史:《敦煌变文研究概述以及新观点》,《华林》第三卷,中华书局2003年版,第387—408页。

③ 霍熙亮的拟题,参霍氏《莫高窟第七十二窟及其南壁刘萨诃与凉州圣容瑞像史迹变》一文,载《文物》1993年第2期。

诃为驴耳王治病之后,王造了一尊和尚的塑像送到定阳以表感激,定阳正是刘萨诃家乡。该像能轻能重,"擎舁之人,若有信心之士,一二人可胜;若无信心,虽百数,终不能举。"这与道宣看到的正月里舆巡村落的胡师佛塑像是一致的:"去住自在,不惟人功。"刘萨诃造像的出现是刘萨诃信仰形成的一个标志。随着番禾瑞像的出世,刘萨诃信仰在民间达到一个新高峰,加之权力阶层从中明确地引申出"惩革胡性"①、"革顽嚚"②的主题,从而对其大力倡扬,如隋炀帝"令模写传形",③番禾瑞像由是得以化身千亿。今天,在四川的安岳石窟④和敦煌莫高窟,仍然保留有番禾瑞像的塑像。我们认为,造像不仅是寄托、表达信仰的方式,同时也是传播信仰的方式;而且相对传闻和讲唱,造像这种传播方式更为直接和稳定。

在佛教入华之前传统的祭祀、信仰方式中,图画形象比雕塑形象更为普遍,故而在造像艺术发展的同时,图画艺术也是齐头并进的。将塑像之神变为画像之神,不仅成本大大降低,而且由于携带方便等优点传播起来也更为便利。图画艺术的优越性当然不只体现在这一个方面,更重要的是,它比雕塑艺术有着更大的容量——它能容纳故事,它可以表现情节。莫高窟七十二窟南壁的"刘萨诃与凉州圣容佛瑞像史迹变"的大型壁画保留了大量的刘萨诃传说⑤,较之以文字形式保留刘萨诃传说最多的《因缘记》毫不逊色,二者堪称刘萨诃研究材料中的双璧。除七十二窟的大型壁画之外,九十八窟、六十一窟、⑥以及斯坦因《千佛图录》⑦中的绢画里均有关于刘萨诃和番禾瑞像的故事画。

抛开这些故事画的文物价值,从传播方式这一角度来重新审视它们的功能和价值,就会发现这是一个值得深入研究的议题。创造这些故事画的依据

---

① 《续高僧传》卷二五,载《大正藏》第 50 册,第 645 页。
② 天宝年间的《凉州御山石佛瑞像因缘记》所载。
③ 《续高僧传》卷二五,载《大正藏》第 50 册,第 645 页。
④ 曾德仁《四川安岳石窟的年代与分期》一文中指出在安岳石窟中亦存有一尊盛唐时期的番禾瑞像的造像,这是首次在河西走廊和敦煌之外的地方发现的以番禾瑞像为题材的造像,载《四川文物》2001 年第 2 期。
⑤ 包括猎师逐鹿、释迦说法大会、刘萨诃坐禅、婆罗门修圣容像、蕃人放火烧寺、蕃人修寺、蕃人盗宝等众多传说。
⑥ 所绘为猎师李师仁逐鹿,见化寺、佛、僧及山裂像出的故事画。
⑦ 斯坦因《千佛图录》之十三是一幅关于番禾瑞像故事的绢画,包括刘萨诃礼拜番禾瑞像、七里涧佛头初现、安装佛头等情节。参孙修身:《斯坦因〈千佛图录〉图版十三内容考释》,载《西北史地》1984 年第 3 期。

是传闻,或者说以图画的形式来展现传闻,创作动机也是显而易见的——以一种形象的视觉艺术来打动信众的心、使信仰深入灵魂。而且,在具体的使用上,故事画常常与讲唱艺术相配合,例如变文与变相之结合。至此,在传闻、讲唱与壁画三者之间找到一个交集,也就是文学、音乐、美术三者的交集。这三种传播方式在相互配合、相互促进之中共同发展。

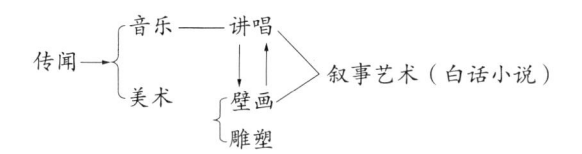

$$
传闻 \rightarrow \begin{cases} 音乐 \\ 美术 \end{cases} \begin{matrix} \longrightarrow 讲唱 \\ \downarrow \\ 壁画 \\ 雕塑 \end{matrix} \rightarrow 叙事艺术(白话小说)
$$

总之,借助"母题"这种民间故事的结构和传播方式,刘萨诃传闻组合了晋唐之间佛教中流行的众多观念、信仰和实践,使之在传播中呈现出多重功能。这种母题众多、灵验备出的传闻故事,引起了知识阶层和权力阶层的重视而被载入史册;同时,在民间流传的过程中,传闻与音乐和美术相结合,不仅使刘萨诃信仰获得了持久的生命力,同时也促进了民间叙事文学、讲唱艺术和绘画艺术的发展。

庾信入北的实际情况与其作品的关系

牛贵琥

对于庾信这位集六朝之大成的伟大作家的评价,长期以来众说纷纭、莫衷一是。唐人崔涂《读庾信集》说:"四朝十帝尽风流,建业长安两醉游。唯有一篇杨柳曲,江南江北为君愁。"而同是唐人的孙元晏则云:"苦心辞赋向谁谈,沦落周朝志岂甘。可惜多才庾开府,一生惆怅忆江南。"李商隐说"可怜庾信寻荒径,犹得三朝托后车",黄承吉则说"羁臣到死愁难尽","肠断江南日几回"。贬之者认为他出仕北朝对梁王室不忠,于大节有亏。褒之者认为他对梁王室有情且一直怀念故国。褒之者认为他的作品"篇篇有哀"。贬之者认为他无耻颂周,《哀江南赋》也应是假惺惺的自我表白。这两种截然相反、针锋相对的观点,至今余波未平。因此,亟待对其作出正确而客观地评价。

这种令人困惑的现象的产生,是由于庾信的行为和作品所表现出的复杂性和矛盾现象所造成。庾信这个南朝的臣子出仕北朝异族的文人,既受到过梁帝父子的宠幸,也得到过北周王朝的重视,更重要的是他既写过伤悼梁亡的诗赋,也写过歌颂北朝朝廷的作品。所以对庾信表现出喜好或憎恶之情的人都有自以为坚实的依据,其观点之难以统一也在所必然。但笔者认为,古今的论者都忽略了一个重要的问题,那就是庾信在北朝有不同的处境,即说他不同内容的作品创作于不同的环境之中。因此,我们极有必要对庾信在北朝的实际情况和其作品的写作年代作一番考查。

一

谈到庾信在北朝的经历。人们都是依据《周书·庾信传》的记载:

> 梁元帝承制,除御史中丞。及即位,转右卫将军,封武康县侯,加散骑

常侍,来聘于我。属大军南讨,遂留长安。江陵平,拜使持节、抚军将军、右金紫光禄大夫、大都督,寻进车骑大将军、仪同三司。孝闵帝践阼,封临清县子,邑五百户,除司水下大夫,出为弘农郡守。迁骠骑大将军、开府仪同三司、司宪中大夫。进爵义城县侯,俄拜洛州刺史……寻征为司宗中大夫。世宗、高祖并雅好文学,信特蒙恩礼。至于赵、滕诸王,周旋款至,有若布衣之交。群公碑志,多相请托。唯王褒颇与信相埒,自余文人莫有逮者。信虽位望通显,常有乡关之思,乃作《哀江南赋》以寄其意……大象初,以疾去职,卒,隋文帝深悼之。赠本官,加荆淮二州刺史。

滕王宇文逌在所作的《庾信集序》中,叙及庾信的仕历,则重点点出弘农郡守、司宪中大夫、洛州刺史、司宗中大夫四项,并说其刚入北就"戎号光隆,比仪台弦;高官美宦,有逾旧国","降在季世,秩居上品,爵为五等,荣贵两朝。"

如果仅从表面看,人们也很容易认为庾信在北朝的确"位望通显"。但实际上,对于这些史书中笼统概括的叙述是要具体分析的。这是由于,不仅庾信在北朝的时间有二十八年之久,存在着一个是否一直"通显"的问题,而且,就是这些"高官美宦"也需要认真考查。

比如说,《周书》云,庾信刚至北朝就"拜使持节、抚军将军、右金紫光禄大夫、大都督,寻进车骑大将军、仪同三司",这些看起来地位很高,实际上都是些空官衔。按《北史》卷三〇所载,抚军将军、右金紫光禄大夫、大都督,相当于户二万以上州刺史、京兆尹,属于八命。车骑大将军、仪同三司相当于雍州牧,属于九命。据《隋书·百官志》载,北周时下大夫属于四命,诸子六命,中大夫五命。而庾信一直到周闵帝践阼才"封临清县子,邑五百户,除司水下大夫",即庾信在江陵平后就有了相当于八命、九命的官衔,而直到周闵帝元年才正式授给属于四命的官职,终其一生最高也只是司宗中大夫,仅是五命,何以名实相差如此之大呢?《历代职官表·简释》:"开府仪同三司者谓与三司体制待遇相同,亦有官属,乃大臣之加衔,其本身必另有其他职务。"庾信正是于江陵平后没有授给其他职务,直到周闵帝时才授司水下大夫,可见所谓大都督、车骑大将军、仪同三司者都是毫无权利的空头衔。所以,滕王宇文逌所说庾信初入北就"高官美宦,有逾旧国"并不符合实际。

再从经济收益上看,庾信在北朝的生活也很困难。事实上,这是从梁入北的文士的共同情况,并非庾信一人如此。从《隋书·庾季才传》、《周书·王褒传》等传记,就可知他们这些人士基本上是靠统治者赏赐来生活的。庾信的作品中有大量《谢赵王赉丝布等启》、《谢赵王赉米启》、《谢滕王赉猪启》等等回信,就是这种情况的反映。如他在《谢赵王赉犀带等启》中说:"奉教垂赉犀装带、钱十贯。"连十贯钱都要人送,其生活之拮据可想而知。当然,南朝文士一贯是善于用典和夸张,但是须知他在《谢明皇帝赐丝布等启》中说过:"某比年以来,殊有缺乏"的话。这既不是用典,也不是夸张,当是实际情况。而且作于周武帝天和年间的《就蒲州使君乞酒》一诗还有"愿持河朔饮,分劝东陵侯"之句。东陵侯即秦之邵平,秦破,种瓜青门外。庾信用来比喻他们这些在北朝的南朝人士,说明其生活困难并非仅是初入北之时。

《隋书·百官志》载后周:"其制禄秩,下士一百二十五石,中士已上,至于上大夫,各倍之。"又"凡颁禄,视年之上下",上年颁其正,中年颁其半,下年颁其一,无年不颁禄。吕思勉在《两晋南北朝史》中说:"盖行政经费,本在禄俸之外,而服官者当任职之时,随身衣食,悉仰于官,古人亦视为成法,则无禄者亦不过无所得耳,原不至不能自给。此凶荒之所由可绝禄也。"可见不担任实际官职便没有享有俸禄的机会,这便是庾信生活拮据的原因。又《周书·萧圆肃传》云:"以圆肃有归款之勋,别赐食思君县五百户,收其租赋。"《周书·萧撝传》:"又以撝有归款之功,别赐食多陵县五百户,收其租赋。"《周书》于这两传特别点出"收其租赋",说明和其他人只是荣典的所封之邑不同。也说明庾信所封"临清县子、邑五百户"并没有多少实际利益。庾信的生活怎么能不困难,又怎么不发出"从官非官,归田不田"[①]的感叹呢?

由此可知,在北周只有担任具体官职才能有实际的利益。那么庾信担任具体官职有多长时间呢?时间并不算长,而且集中在他的晚年。这同样不是庾信一个人如此,北周的统治者对于由南入北的梁代旧臣虽然表面上很客气,实际上总抱有"非我族类其心必异"的想法。除非经过时间的流逝冲淡了这种排斥心理,也就是说经过考验期后,才会授以显职、加以信任。这段时间一般约有十年左右。比如萧撝是入北十年后才任上州刺史、萧圆肃是十一年、王褒是十年后才任内史中大夫,十八年后才重用,二十二年后才任宜州刺史。萧

---

① 《伤心赋》,《庾子山集注》,中华书局1980年版,第55—67页。

世怡从齐来降,三年后授蔡州刺史,是时间最短的一个。最长的则是萧大圆,他任滕王友是入北二十一年后,出任西河郡守是隋开皇初,这时距他入北已经二十七个年头了。庾信的情况也是一样。他于554年,即梁元帝承圣三年四月来到北朝,所担任过的较重要的官职有弘农郡守、司宪中大夫、洛州刺史、司宗中大夫。据鲁同群在《庾信入北仕历及其主要作品的写作年代》一文中的考证,庾信任弘农郡守是在入北十年之后,即564年,而且所任时间很短。任司宪中大夫是在入北二十一年以后,即575年底。任洛州刺史是在入北二十二年以后,即576年。任司宗中大夫是在入北二十四年以后,即578年。大象初,即579年,他便以疾去职。① 庾信任洛州刺史和王褒任宜州刺史是同一年,庾信为北周王公大臣写墓志及墓碑也是从他任弘农郡守后才开始的。(庾信在北朝所写最早墓碑《慕容公神道碑》,墓志《乌石兰氏墓志》是565年)他的这几项官职的任命和北周几次放免江陵俘虏变为奴婢的人士在时间上互相关联,(北周放免江陵俘虏为奴婢有565年、572年、578年数次。见《周书》)其中的意味很值得玩味。所以说笼统地认为庾信"位望通显"是缺乏分析的。

由上可知,庾信在北朝担任重要官职的时间是564年、575年、576年、577年、578年这五年时间。即庾信在入北后的十年中没有担任什么重要官职,没有受到北周统治者的信任和重用(事实上他真正通显只能从575年任司宪中大夫算起。因为他任弘农郡守时间太短,正如他在《五张寺经藏碑》中所说的"墨灶未黔,孔席无暖"。所以他在《正旦上司宪府》一诗中所云:"孟门久失路,扶摇忽上抟。栖乌还得府,弃马复归栏",乃是实际情况的写照)。在564年至575年之间,他是断断续续服务于各个军幕之中。那么,生活上的拮据、社会地位上的反差、环境的巨大变化,就要使他产生失落感,不由得要怀念梁帝的知遇之情和在梁的愉悦生活,进而对梁代的灭亡进行探讨,对自身的价值进行思考。而随着时间的流逝,庾信一步步受到统治者的重视,在思想上也就与北朝统治者逐渐认同。这种情况是研究庾信及其作品所不能不考虑的。

二

关于庾信在北朝创作的作品,除了有确切年代可考的以外,(鲁同群在

---

① 《文史》第19辑。

《庾信入北仕历及其作品的写作年代》的第一部分曾一一列出)需要考证的主要作品有《拟咏怀二十七首》、《哀江南赋》、《三月三日华林园马射赋》。现讨论如下:

第一,《拟咏怀二十七首》这一组诗的写作年代,鲁同群在《庾信入北仕历及其作品的写作年代》一文中,认为作于庾信任弘农郡守时。理由是其第二十六首"关门临白狄,城影入黄河"二句。作者引倪璠注中《左传》杜注:"白狄,狄别种也。故西河郡有白部胡。"又引《通鉴》卷二〇胡注:"班志:魏地,其界自高陵以东,尽河东河内。"又引《读史方舆集散要》卷一:"河东,今山西平阳府安邑,故魏都也。"于是认为安邑与陕县接界,"关门临白狄"与陕县的地理位置正合,所以《拟咏怀二十七首》作于任弘农郡守时。按:此论不能成立。因为,其一:《拟咏怀二十七首》是一组诗,不一定作于一年之内。其二:诗中言及黄河、关门,不一定非要任弘农郡守才能写。王褒的《渡河北》云:"常山临代郡,亭障绕黄河。"可是他并没有任弘农郡或黄河边的郡守便是证明。何况《拟咏怀二十七首》的第二十二首云"日色临平乐,风光满上兰。"岂不是还可以说《拟咏怀二十七首》作于长安吗?可见不可据一地名便下结论,还要全面分析。其三:是从鲁文所引《左传》杜注来看,西河郡也从来不能解到河东去。战国时魏的西河郡约今陕西华阴以北、黄龙以南、洛川以东、黄河以西的地区。汉代的西河郡则是约在今山西石楼以北、河曲以南、吕梁山、芦芽山以西,包括陕西宜川以北到内蒙准格尔旗一带的地区。《读史方舆纪要·州域形势·汉》中也是这样讲的。怎么能因为西河和河东都是魏地就说西河是河东呢?鲁文所引《通鉴》胡注所引班固《汉书·地理志》的一段话是解释魏地的范围,并不是解释西河郡。而且奇怪的是《通鉴》卷二〇也并没有这一段胡注,有的倒是元封元年十月"北历上郡、西河、五原"下胡注:"元朔四年置西河郡,其地自汾、石州北至塞下。"石州即今山西离石,汾州即今山西汾阳。这是和河东风马牛不相及的。由此可知,鲁文的证据不能成立,《拟咏怀二十七首》自然不能定为作于庾信任弘农郡守的时候。

那么,《拟咏怀二十七首》是作于何时呢?应该与《和张侍中述怀》、《枯树赋》、《小园赋》、《奉和永丰殿下言志十首》同作于初入北的三年中,即554年至557年。因为:《和张侍中述怀》云:"阳穷乃悔吝,世季诚屯剥。"倪注云:"言梁运之将终也。"最后"何时得云雨,复见翔寥廓。"倪注云:"言何时梁运复兴，得遂其冲霄之志也。"可知本诗写于这一时期。据《朝野佥载》所言庾信初入北将《枯树赋》示北方文士，可知本赋写于初入北时。《奉和永丰殿下言志十首》中的第七首云："汉阳嗟欲尽，咎繇惧忽诸。"以《左传》中"汉阳诸姬，楚实尽之"以及"六"国和"蓼"国破灭，臧文仲说："皋陶庭坚，不祀忽诸"的话来表示他担忧梁王室的灭亡，说明只能作于陈代梁、杀梁敬帝之前。而《拟咏怀二十七首》，则有第二十一首和《枯树赋》的内容相同，第十二、十三、十五、二十三、二十七首是写江陵之战和伤悼梁元帝，第二十首有"拥节时驱传，乘亭不据鞍"的话，说明是江陵之败亡前后，才到北朝不久时所写。最重要的还在于《拟咏怀二十七首》中的"畴昔国士遇，生平知己恩。直言珠可吐，宁知炭欲吞"（其六）、"惟忠且惟孝，为子复为臣"（其五）和《和张侍中述怀》中的"畴昔逢知己，生平荷恩渥。故组竟无闻，程婴空寂寞"完全一致；"倡家遭强聘，质子值仍留"（其三）、"雪泣悲去鲁，凄然忆相韩"（其四）、"枯木期填海，青山望断河"（其七）、"昔尝游令尹，今时事客卿"（其九）和《和张侍中述怀》的"张翰不归吴，陆机犹在洛"、"大夫唯闵周，君子常思亳"完全相似；"涸鲋常思水，惊飞每失林"（其一）、"无闷无不闷，有待何可待。昏昏如坐雾，漫漫似行海"（其二十四）、"其觉乃于于，其忧惟悄悄"（其十九）和《和张侍中述怀》的"道险卧辘轳，身危累素壳。飘流从木梗，风卷随秋箨"、"惟有丘明耻，无复荣期乐"也完全相同。都充满了对梁之灭亡的伤悼和对目前处境难以忍受的烦燥、忧虑、不安的情绪，一点也不象《拟连珠》、《哀江南赋》那样有痛定思痛的分析和探讨。所以说，庾信的《拟咏怀二十七首》，只能是他初入北朝这一时期所写的一组作品集。《小园赋》的内容和《拟咏怀二十七首》中的第十六首相同，而且其"问葛洪之药性，访京房之卜林"与《和张侍中述怀》的"时占季主卮，乍贩韩康药"也相同。赋中写自己"有数亩敝庐，寂寞人外"、"焦麦两瓮，寒菜一畦。风骚骚而树急，天惨惨而云低"的处境，和《和张侍中述怀》中的"寂寞共羁旅，萧条同负郭。农谈止谷稼，野膳惟藜藿"、"冬严日不暖，岁晚风多朔"、"渭滨观坐钓，谷口看秋获"、"汉阳钱遂尽，长安米空索"，以及《奉和永丰殿下言志十首》中的最后两首所写的处境一样。可见也是写于这一时期。

第二，关于《哀江南赋》的写作年代，有庾信入北后早期和晚期两说。陈寅恪在《读哀江南赋》中论本赋作于578年庾信66岁之时，也即他去世的前三年。其主要论点是根据赋中"天道周星，物极不反"、"零落将尽，灵光岿然"

而来。他认为岁星一周之后是天和元年,而其时王褒尚在,不能说灵光独存。所以只能是作于岁星再周之后。然而此说有两点不妥。其一,赋中说"余烈祖于西晋,始流播于东川。洎余身而七叶,又遭时而北迁。提挈老幼,关河累年。死生契阔,不可问天。况复零落将尽,灵光岿然。"一直说的是自己家中之事,所以"灵光"独存也是指家里的人大多零落,惟己独存。(正如《伤心赋》中所写那样)"零落将尽"中不应包括王褒。其二,《北史·庾季才传》:"常吉日良辰与琅琊王褒、彭城刘珉,河东裴政及宗人信等为文酒之会。"庾信在北朋友甚多,即使王褒去世,颜子仪、庾季才等人尚在,也称不得"灵光"独存。鲁同群在《庾信入北经历及其主要作品的写作年代》中则论本赋写于557年,即庾信出使北朝三年之后。他认为赋中的"三年囚于别馆"是指自己从出使西魏被留至作赋之时,已被'囚于别馆'三年。这一点也不能成立。因为庾信在《哀江南赋》序中言"信年始二毛,即逢丧乱,藐是流离,至于暮齿",于是"追为此赋,聊以记言"。"三年囚于别馆"只不过是他在赋中追记的经历之一,不能认为这是写赋的截止日期。鲁文还认为《哀江南赋》中没有梁敬帝被害和557年以后的事,所以应作于敬帝被害之前。这一点也很牵强。《哀江南赋》序中说的清楚,本赋内容是"悲身世"、"念王室",着力在总结梁亡的教训。不可能也不必要事事都写。庾信的父亲庾肩吾死于庾信在江陵之时,但"悲身世"的本赋中就没有提到,便是证明。更何况赋中明明写了陈之代梁:"有妫之后,将育于姜,输我神器,居为让王"呢?

笔者认为《哀江南赋》的创作年代既不是他入北的早期也不是晚期,而应是中期。解决这个问题不能根据只言片语,应综合考查。

《哀江南赋》序中说:"天道周星,物极不反。"倪璠注:"《左氏传》曰:十二年,是谓一终,一星终也。杜注:岁星十二岁而一周天……岁星,天之贵神,所在必昌……是周星之时,物极必反也。梁元帝江陵败后,竟不能复,故下云但有身世王室之悲也。"江陵败亡是梁元帝承圣三年(554年),一周星十二年后即566年。作者在此是叙事实,不是写赋的时间,但总给我们一个启示,《哀江南赋》创作年代的上限应不早于566年。

天道观,古人大都有。庾信赋中还说:"天意人事,可以凄惨伤心者矣!""生死契阔,不可问天。"《小园赋》:"嗟天造兮昧昧,"所以其"天道周星"不是随便说说而已。《哀江南赋》最后一段说:"幕府大将军之爱客,丞相平津侯之待士。"丞相是指谁呢？《周书·晋荡公护传》："自太祖为丞相，立左右十二军，总属相府。太祖崩后，皆受护处分，凡所征发，非护书不行。"所以"丞相"应指宇文护。滕王逌在《庾信集序》中说："晋国公（宇文护）庙期受托，为世贤辅。见信孝情毁至，每日悯嗟。尝语人曰：'庾信，南人羁士，至孝天然。居丧过礼，殆将灭性。寡人一见，遂不忍看。其至德如此，被知亦如此。'"也指明了庾信和宇文护的关系。宇文护是572年被诛，因此，《哀江南赋》应作于572年以前。

通过以上所述，可以把《哀江南赋》的写作年代大致限定在566年至572年之间。

在此基础上，还可以继续深入探讨。《哀江南赋》中说："日穷于纪，岁将复始；逼迫危虑，端忧暮齿。践长乐之神皋，望宣平之贵里。渭水贯于天门，骊山回于地市。"说明此赋写于十二月，地点在长安。其时作者处于一个逼迫危虑的环境。也就是说庾信不在长安时不可能创作是赋；没有激发其创作的诱因，庾信处在顺境时也不可能创作是赋。只有在他孤苦无聊之时，才可能创作这篇总结梁亡历史、悲叹身世的大作品。据此，可以排除566年、569年、570年、571年这几个年份。

569年，即周武帝天和四年。二月，武帝在大德殿集百僚、道士、沙门讨论释老义，庾信作有《奉和阐弘二教应诏》诗。五月，武帝制《象经》成，集百僚讲说，庾信作有《象经赋》、《进象经赋表》。四月，庾信代陕西总管作《移齐河阳执事文》、十一月，复作《又移齐河阳执事文》。从他受信任的环境和时间来看，《哀江南赋》不可能作于是年。

570年和571年，即天和五年与六年，也不可能。庾信作有《同卢记室从军行》诗。卢记室即卢恺。《隋书·卢恺传》言"周齐王宪引为记室……从宪伐齐，恺说柏杜镇下之。"据《周书·齐炀王宪传》，齐王宪和北齐作战是从天和四年九月继续到天和六年。这首诗既说是同卢记室从军，可知庾信和卢恺并从军行。庾信集中还有代齐王作的《齐王进白兔表》，中有"臣受服元戎，用绥边鄙，辕门所届，始次熊山。""臣之龚行，实从陕略。"说明此表作于齐王东伐之时，庾信跟随齐王在其幕下，是以这两年也不可能创作《哀江南赋》。

566年，也即天和元年，也不可能。因为《周书·武帝纪》载这年十月甲子"初造山云舞，以备六代之乐。"武帝之《山云舞》，其辞多出于庾信之手。庾信集中《圆丘》、《方泽》、《五帝》等歌辞都采入《隋书·音乐志》。以其正从事创作朝廷乐歌的工作看,不可能在是年年底创作《哀江南赋》。

现在,《哀江南赋》的写作年代就只能是567年至568年了。事实也正如此。因为其一,567年,即天和二年。闰六月,《周书·武帝纪》载"陈湘州刺史华皎率众来附,遣襄州总管卫国公直率柱国绥德公通、大将军田弘、权景宜、元定等,将兵援之,因而南伐。"《资治通鉴》卷一百七十记陈宣帝太建元年(569)十二月"自华皎之乱,与周人绝。至是周遣御正大夫杜杲来聘,请复旧好。"567年至569年周陈关系破裂,庾信之所以在赋中骂陈霸先为"无赖之子弟"、"输我神器,居为让王",正说明此赋作于周陈交恶的这一时期。其二,卫国公直南伐之时,庾信写有《送卫王南征》诗。(卫王是建德三年进爵为王。但赵王也是同年为王,而保定中赵王出任益州刺史时,庾信《送赵王峡中军》、《上益州上柱国赵王二首》称赵王,故这时也可称卫王)庾信还有《卫王赠桑落酒奉答》一诗,其中有"高阳今日晚,应有接篱斜"之句。据倪注,高阳池在襄阳。可见庾信一直和卫王的关系很密切。庾信的佚文又有《襄州凤林寺碑》。根据《同卢记室从军》、《侍从徐国公殿下军行》诸诗,他常在幕府及564年,他在宇文护的幕府来看,这一年他也可能在卫王襄阳府任职。这样《哀江南赋》的"幕府大将军之爱客。丞相平京侯之待士"的大将军就好理解了。《周书·庾信传》:"世宗、高祖并雅好文学,信特蒙恩礼。至于滕赵诸王,周旋款至,有若布衣之交。"世宗即周明帝,魏恭帝三年,曾授大将军。高祖即周武帝,周孝闵帝时也曾拜大将军。但庾信如把皇帝称为大将军显然不伦不类。北周诸王中和庾信有密切关系的是滕王、赵王、卫王,或互赠以诗,或送遗礼品。但赵王没有授过大将军,滕王是天和末才拜大将军,只有卫王直是武成初拜为大将军,保定初又进位柱国,(即柱国大将军)故赋中大将军只能指卫王。这就是"幕府大将军之爱客,丞相平津侯之待士"的特殊环境。因为庾信这一时期正是在宇文护和卫王之幕下。还有,卫王南伐失败,归罪于后梁柱国殷亮。《资治通鉴》卷一百七十:"梁主知非其罪,然不敢违,遂诛之。"这更易激发庾信"以鹑首而赐秦,天何为此醉"对萧詧把襄阳送给西魏造成亡国的愤慨。那么《哀江南赋》究竟写于567年和568年的那一年呢?还是以568年为合适。因为卫王直567年的南伐之役,是与陈将吴明彻、淳于量战于沌口而败,逃到江陵。据《周书·文闵明武宣诸子传》载"直坐免官"。《陈书·废帝纪》载光大二年

(368年)正月才给吴明彻进号镇南大将军,淳于量为侍中、开府仪同三司。《资治通鉴》卷一百七十又记吴明彻568年乘沌口之胜攻江陵。故知此战并非567年九月结束,庾信也不具备长期孤苦无聊的心境。而568年则除了三月二十日,周太傅郑国公夫人郑氏薨,庾信作墓志铭外,据现有材料,庾信没有任何活动。其原因也很可能是因卫王免官而长年闲居在家。这符合赋中所说"逼迫危虑,端忧暮齿"的处境。也只有在这样的情况下,他才"岂知灞陵夜猎,犹是故时将军;咸阳布衣,非独思归王子",特别怀念在梁时的显要地位,慨叹如今不过是咸阳一布衣而已。

是以,《哀江南赋》应作与江陵败亡十四年后的568年,即周武帝天和三年十二月,这年庾信五十六岁,正好与"信年始二毛,即逢丧乱,藐是流离,至于暮齿"的情况相一致。

第三,《三月三日华林园马射赋》。关于本赋的写作年代,倪璠以赋中之"岁次昭阳"句,引《史记》索引"昭阳,辛也。"认为岁阳为辛,"子山入魏而后,两历辛年,武帝保定元年为辛巳,天和六年为辛卯",应作于这两年中之一年。鲁同群在《庾信入北仕历及其主要作品的写作年代》中据天和六年春有战事而保定元年则无,于是定于保定元年。其实这都是不对的。《尔雅·释天》云:"太岁在癸曰昭阳。"庾信在赋中又言"其日上巳,其时少阳"。周武帝建德二年为癸巳,而这年的三月三日于干支为己巳,和赋所言相同。天和六年和保定元年的三月三日均非巳日,自然不应是本赋的写作年代。而保定三年虽然是癸未年,但其三月三日是丁卯,而且是年"三月乙丑朔,日有蚀之。"[①]似不应为瑞。所以本赋的写作年代只能是建德二年,也即573年。

三

至此,可将庾信在北的实际情况和其所创作的作品结合起来进行考查。

庾信554年春(四月)出使西魏被留,同年十一月江陵就为西魏攻破,梁元帝被杀。一直到557年,西魏禅于北周,同年十月陈霸先也代梁自立,他才被周闵帝任命为司水下大夫。在这初入北的三年中,庾信经历了一生的重大转折,

---

① 《周书·武帝纪》。

度过了"三年囚于别馆"的生活。国破家亡的重大打击,使他写下了《和张侍中述怀》、《枯树赋》、《奉和永丰殿下言志十首》、《拟咏怀二十七首》等一系列为人们所常称道的作品,充满了对梁王室的伤悼、对自身处境的忧虑和不安。

从557年到563年这一时期。庾信除了557年曾任司水下大夫外,就是于560年和王褒、萧撝等一齐成为麟趾殿学士,此外再不见有什么活动。不过,他们是和被称作卑鄙之徒的人一齐做麟趾殿学士的,就连北周的于翼都看不惯,对周明帝说"恐非尚贤贵爵之义"。① 可见庾信他们自己作为梁之公卿多么感到失面子和难堪。所以他在《预麟趾殿校书和刘仪同》一诗的最后说:"连云虽有阁,终欲想江湖",表现出面子上虽不得不感恩却内心极不情愿的心态。而庾信的《拟连珠四十四首》即作于这一时期。这不只是由于其第二十七首有"盖闻五十之年,壮情久歇"的话,(562年庾信五十岁)还在于其"今之学也,未能见贤。是以扶风之高风,无故弃麦;中牟之宁越,徒劳不眠"(第三十)说自己文籍满腹,不值一钱;"盖闻明镜蒸食,未为得所;干将补履,尤可伤嗟。是以气足凌云,不应止为武骑;才堪王佐,不宜直放长沙"(第三十五)言自己在北周不得其所。以及"势之所归,威之所假,必能系风捕影,暴虎冯河"(第三十六)叹人随时重轻,惟有得势假威才有作为,都和这一时期他的心态相一致。另外,558年萧永卒,庾信写了《思旧铭》,562年周弘正与陈顼回南,庾信作了《别周尚书弘正》等诗。

564年到568年这一时期。庾信于564年担任弘农郡守时间不久就去宇文护幕府服务。因为他在《陕州弘农郡五张寺经藏碑》中说过"天子命我,试守此邦,墨灶未黔,孔席无暖,才临都尉之境,即有楼船之役。既而南风不竞,北道言旋,幕府既开,邦君且止。乡俗耆老,依然此别"的话。当时是晋荡公宇文护伐齐,所以他只能入其幕府之下。(见鲁同群《庾信入北仕历及其主要作品的写作年代》)此外就是566年,庾信参与制作北周的六代之乐。567年北周的襄州总管卫国公宇文直率兵南伐,庾信有送其南征之诗,可能在其幕府服务。同年宇文直南伐失败被免官,其僚属自然也都遣散,所以庾信568年没有任何活动一直闲居在家。在这种情况下,他才又特别感到落寞,慨叹如今不过是咸阳的一布衣。庾信的《哀江南赋》正好作于这一年。他以悲哀为主的

---

① 《周书·于翼传》。

作品也就在这年划了一个重重的句号。

569年至575年这一时期。庾信569年在长安作《象戏赋》、《进象经赋表》、《奉和阐弘二教应诏》等作品,以后便是在齐王宇文宪幕府服务直到571年。这从他为齐王所写的文件等作品可知(据《周书·齐炀王传》,齐王宪和北齐作战是从天和四年继续到天和六年即571年)。这时庾信入北时间已久,思想也逐渐平和,统治者和他的关系也渐亲密,北方和江南也产生了很大变化。因此,庾信的作品中歌颂北周统治者的作品也就多起来。而且这种歌颂并不全是应酬的违心之词,而是表现出了诚恳的、和在南颂梁一样的感情。例如572年,周武帝建德元年所作的《喜晴应诏敕自疏韵》中"有庆兆民同,论年天子万"即是。而能表现其歌颂技巧的著名的《三月三日华林园马射赋》就作于建德二年,即573年。这也并非偶然。

575年至581年。庾信已成了北周统治集团中的一分子,先后任司宪中大夫、洛州刺史、司宗中大夫。随着年纪的增大,他感情也更是平淡。对于返南已不抱希望,过去的一切变得那么遥远,社会的动乱、政治的变化也激不起他思想上的浪花。他所写的也都是《贺平邺都表》、《奉报寄洛州》、《同州还》一类歌颂的和应酬的文字。所以说他在580年所作的《吴明彻墓志》中没事人一样叙述陈之代梁,把他以前在《哀江南赋》中骂为"无赖之子弟"的陈霸先说成"自梁受终,齐卿得政,礼乐征伐,咸归舜后。是以威加四海,德教诸侯,萧索烟云,光华日月"。他在二十多年前的《寄王琳》中写道:"独下千行泪,开君万里书",对这位忠于梁的志士表达了深厚的感情,而在这时叙及王琳时却写成"淮南望廷尉之囚,合肥称将军之寇,莫不失穴惊巢,沉水陷火",称之为"囚""寇"。这都是容易理解的。更不用说他在《贺传位于皇太子表》中把这位古今少有的荒唐皇帝周宣帝说成"惟圣作圣,惟亲尊亲,降意于与能,鸣谦于神器",对其以二十一岁的年龄便传位给儿子自称天元皇帝的举动,鼓吹为"运独见之明,行非常之事,先天不违,后天而奉",并认为自己是"生预尧年,时逢舜日"了。也就是这一年(大象元年,579年)他因疾去职,三年后死去,这时已是隋文帝的时代。

由上所叙,可以看出庾信的作品和他在北朝的处境两者若合符契。这就说明了一个很浅显的道理,即社会存在决定社会意识。所以说论者往往不顾庾信的具体情况,一见到他有伤故国的作品便说他在北朝"篇篇有哀",一见到他有颂周之辞便说他是忠于北朝,连那些伤故国的作品也被看成蒙面而谈"以自文"。这都不能对真正认识庾信有什么帮助,都是简单化的思维方法。其实,庾信在北不完全是"到死愁难尽",他的作品并不"篇篇有哀"。其以悲哀为主的作品集中在他入北的前期,大约十四年之中。除了一些应酬的书信之类外,他真正颂周的作品则写作于其后期。这虽然正如鲁迅先生所言"北朝的墓志,官位升进,往往详细写着,再仔细一看,他已经经历过两三个朝代了,但当时似乎并不为奇。"[①]有着当时社会观念的影响,但主要还在于其在北朝的地位起了变化。所以说,庾信的怀念旧国的作品固然是情真意切,在文学史上有不可磨灭的贡献,但也不可忽视其《三月三日华林园马射赋》一类作品的重要价值。总之,结合庾信的具体处境实事求是地分析其人生和作品,就不会有矛盾和难解之处了。

---

① 《魏晋风度及文章与药及酒之关系》,《鲁迅全集》第三册,1980年版,第516页。

论北周时庾信的交往对
南北文风融合的表率与策动

郭 鹏

北周政权在汉化过程中开始时,是按照苏绰文学改革的路线来进行的,但随着南北交往的日益频繁和深化,苏绰以复兴汉民族固有文化为方向的汉化策略,便似显得远略有馀而实践性不足。对此,《周书·王褒庾信传论》曾论曰:"周氏创业,运属陵夷。纂遗文于既丧,聘奇士如弗及。是以苏亮、苏绰、卢柔、唐瑾、元伟、李昶之徒,咸奋鳞翼,自致青紫。然绰建言务存质朴,遂糠秕魏晋,宪章虞夏。虽属词有师古之美,矫枉非适时之用,故莫能常行焉。"[1]不能适应时代的需求,使人们"莫能常行",便是指出了苏绰文学改革中实行的包括文学改革思想的"六条诏书",在当时实践性方面的欠缺。江陵之役后,南方文人大批入北,苏绰这种具有复古色彩的文化建设策略,虽使这批文人有着心理上的认同,可以在一定程度抵消他们依附异族政权时产生的芥蒂、隔阂和愧怍,但"糠秕魏晋"的思想政策却会否定这些文人习以为常的文学习惯甚至文学素养,难以调动他们的积极性并发挥才干,以效力于新的民族融合政权。因此,时代需要一种对北周固有文士和新归附的南方文士来讲,都能接受且能裨益于北周政治文化建设的新文化和文学的发展策略。苏绰文学改革本身就反映了全面南朝化的汉化策略,是生长于关陇等北方地区的文人所不愿采用的。而且单向度全面学习南朝文风则意味着北方文士会在南方文士的涌入中"逊位"于彼。同时"糠秕魏晋"的"原教旨主义"式的师古化汉化策略,又会使南方文士愧怍消沉,无以展示才华来效命新朝。因此,在新的历史条件下需要在苏绰文学改革的基础上就如何吸纳、使用南方文士做出策略性的调

---

[1] 本文引文没有标注出处者,皆引自《周书》。

整——这便是庾信入北时的基本历史文化状况。而事实上,庾信在北方的存在和文学活动,也成了在新的历史条件下实施和示范新的文化策略和表率。由此观之,庾信在长安与周室贵族赵王、滕王的文学交往与文学活动,便担当了策动和示范这种融合的历史任务。他们以一流文人和贵戚身份组成,消弭了南北和民族差异的文学群体,并以高水平的文学创作及相应的文学思想表现融合的成果,这在中国文学史中是最早的且具有代表性的汉族与少数民族文人,进行文学交流并趋于认同和融合的案例。在他们彼此交往的过程中,互相切磋,共同提高。庾信改变了自己,赵王、滕王获得了很高的文学教益,共同实践了既不保守,也不南朝化的折衷式的文学融合路线,从而具有表率性地开辟了隋唐文学的新时代。

西魏废帝三年,亦即西魏孝恭帝拓跋廓元年(554),梁元帝萧绎的江陵政权覆灭,当时正出使长安的庾信被留,时年四十二岁。不论庾信是否情愿,他事实上已经开始了在北方长达二十七年的仕履及文学生涯。《周书·庾信传》云:"(徐)摛子陵及(庾)信,并为(东宫)抄撰学士,父子在东宫,出入禁闼,恩礼莫与比隆。既有盛才,文并绮艳,故世号'徐庾体'焉。当时后进,竞相模范,每有一文,京师莫不传诵。……聘于东魏,文章辞令,盛为邺下所称。"可见在入西魏前,庾信在南方和北方(东魏)都已极有文名。其入北后,"世祖(周明帝宇文毓)、高祖(周武帝宇文邕)并雅好文学,信特蒙恩礼。至于赵、滕诸王,周旋款至,有若布衣之交,群公碑志,多相请托,唯王褒颇与相埒,自馀文人,莫有逮者。"两位皇帝的赏识,贵族公卿的结交,使庾信的文学才能在北方依然具有极大的施展机会,加之接触北地风物,并深有家国之思,其文风丕变,便在这种蒙恩与交往的氛围中展开了。

像庾信一样由南入北的文人在当时是很多的,《周书·王褒传》载,江陵之役后"(王)褒与王克、刘毅、宗懔、殷不害等数十人,俱至长安。太祖喜曰:'昔平吴之利,二陆而已。今定楚之功,群贤毕至。可谓过之矣。'"除了这些文人以外,入北的还有:颜之仪、萧撝、萧大圆、姚最、柳虬、明克让、鲍宏、庾季才、姚僧垣等。北来文人加入西魏——北周的文化政治舞台,很大程度上改变了其原有的人才构成比例,同时也使该政权具备了一定的学术文化实力。如何用好这些人并充分发挥其才干,使其既不影响关陇集团的政治力量,又能才有所用,进而对汉族文人产生好的影响,便是一个紧迫而又重要的问题。于是,在明帝宇文毓即位之初,便"集公卿已下有文学者八十余人于麟趾殿,刊校经史,又捃采众书,自羲农以来,讫于魏末,叙为《世谱》,凡五百卷。"这项学术工程的参加者,大都是包括王褒、庾信在内的由南入北的文人,上引诸人,基本上都有麟趾殿校书的经历。在这些文人中,庾信名望最高。①

庾信作为文人,除本身具有极高的文学才华外,其声誉的取得与最高统治者的推许有莫大关系。他在梁时即与太子萧纲过从甚密,是宫体及"徐庾体"的主力成员。入北后,除周文帝宇文泰外,周明帝宇文毓也对他颇为赏识。宇文毓本人喜爱文学,也有相当的文学素养,"幼而好学,博览群书,善属文,词彩温丽……所著文集十卷。"但其作品大都不存,逯钦立《先秦汉魏晋南北朝诗》之《北周诗》卷一仅录其《旧宫诗》一首,感情深挚,笔力沉厚,大不同于南人制作。武帝宇文邕于戎马征战之中,也颇重视文学,他对南来文士大力举用,便进一步形成了右文重教的风气。在这种氛围中,由皇室贵戚赵王、滕王与杰出文士组成的文人群体便会彰显出巨大的号召力和表率作用。

赵王宇文招是周文帝宇文泰第七子。《周书》本传谓其"幼聪颖,博涉群书,好属文,学庾信体,词多轻艳"。他还多有诗文创作,庾信说他"风流盛儒雅。泉涌富文词"。②《周书》本传提到他"所著文集十卷,行于世。"如此看来,宇文招是既爱好文学又多有创作,喜爱庾信文风,并学习其体制风格,故有"轻艳"之讥。今仅存其《从军行》诗一首,其云:"辽东烽火照甘泉,蓟北亭障接燕然。水冻菖蒲未生节,关寒榆荚不成钱。"③虽是残句,但却笔力不凡,格调苍劲。其文则有骈文的藻饰和用典之习,这当为与庾信的文学交往中沾溉的风气,当然,这也是骈文本身的文体要求。

滕王宇文逌是文帝宇文泰第十三子,"少好经史,解属文","所著文章,颇行于世"。但在权力斗争中和赵王一起于大象二年(580)被杨坚杀害。作为和庾信"布衣之交"的文学俦侣,赵王、滕王仰慕庾信深厚的文学素养和精湛的文学表达技巧,努力向他学习,以求提高自己的文学水平;但他们又具有少数民族的特性,他们均长于武功,具有少数民族将领的卓越军事才干,这是一般南方文士

---

① 《庾信集序》有云:"江陵名士,唯信而已。"谓入北文士中最受周文帝宇文泰赏识的就是庾信。
② 庾信:《上益州上柱国赵王诗二首》其一,载逯钦立辑:《北周诗》卷二,《先秦两汉魏晋南北朝诗》,中华书局1983年,第2356页。
③ 载逯钦立辑:《先秦汉魏晋南北朝诗》的《北周诗》卷一,《先秦两汉魏晋南北朝诗》中华书局1983年版,第2344页。

所欠缺的。史载赵王曾"与齐王讨稽胡,招(即宇文招)擒贼帅刘没铎,斩之,胡寇平";滕王也参与了征讨稽胡的战争,并"破其渠帅穆友等,斩首八千级"。这种上马可战,下马修文的秉性和才干,必定会对庾信产生极大的影响。再者,二王与庾信为忘年交,他们都是武帝宇文邕之弟,武帝卒时年三十六,是年(578)庾信已六十六岁,因此,他们的年龄相距在三十岁以上。年轻人的朝气与北方少数民族固有的彪悍骁勇气质亦当对庾信极有影响,这应是促使其文风转变并臻于"老更成"和"凌云健笔意纵横"①的一个重要因素。在庾信与赵王、滕王的表率和宣示下,"由是朝廷之人,闾阎之士,莫不忘味于遗韵,眩精于末光,犹丘陵之仰嵩岱,川流之宗溟渤";"才子词人,莫不师教,王公名贵,尽为虚襟"②,产生了巨大的文学辐射力。庾信的改变和成就,以及赵王、滕王的躬身实践,使南北文风的融合在新的多民族政权的政治文化生态中得以初步实现,创辟一条既不保守也不偏执的预示分裂时代文学终结的新道路。

从庾信的文学创作看,反映他和赵王交往的很多,计有《上益州上柱国赵王诗二首》、《奉报赵王出师在道赐诗》、《和赵王送峡中军诗》、《奉和赵王途中五韵诗》(或疑为王褒诗)、《奉和赵王游仙诗》、《奉和赵王隐士诗》③、《奉和赵王美人春日诗》、《奉和赵王春日诗》、《北园新斋成应赵王教诗》、《奉报赵王惠酒诗》、《奉和赵王喜雨诗》、《奉和赵王西京路春旦诗》④、《和赵王看伎诗》、《正旦蒙赵王赉酒诗》、《奉和赵王诗》、《和赵王看妓诗》。⑤ 从以上庾信诗来看,全是和赵王的诗,虽是赠和,但反映了他们文学交流的深密。第赵王原作已经不存,但从庾信和诗的名目看,数量应该很多。这便是他们之间的文学交流,对于赵王来讲,作为向庾信学习的晚辈后进,必能从庾信的和诗中学到相关的经验和技巧;而庾信也会从赵王的作品中,获得自己未必熟悉的文学质素。这种文学交流,尤其是存在着南北和民族差异的文学交流一定不会是单向的传授,而是双向的师授,是趋同存异和共同进步。这种交流,既使赵王得到提高,也使庾信实现他实质性的诗风淬炼,而臻于"老更成"的诗学境界。

---

① 郭绍虞集解:《杜甫戏为六绝句》,人民文学出版社1976年版,第11页。
② 滕王宇文逌:《庾信集序》,严可均:《全后周文》卷四,《全上古三代秦汉三国六朝文》,中华书局1958年影印本,第3902页。
③ 逯钦立辑《北周诗》卷二,严可均:《先秦两汉魏晋南北朝诗》,中华书局1983年版。
④ 《北周诗》卷三,严可均:《先秦两汉魏晋南北朝诗》,中华书局1983年版。
⑤ 《北周诗》卷四,严可均:《先秦两汉魏晋南北朝诗》,中华书局1983年版。

再看庾信与赵王交往的文章,据严可均《全后周文》卷十,庾信写给赵王的计有:《谢赵王赍丝布等启》、《谢赵王赍丝布启》、《谢赵王赍白罗袍袴启》、《谢赵王赍犀带等启》、《谢赵王赍米启》、《谢赵王赍干鱼启》、《谢赵王赍雉启》、《谢赵王赍马并缴启》、《谢赵王示新诗启》、《赵国公集序》。庾信写与滕王的诗似无,但写给滕王的文章今存四篇:《谢滕王赍巾启》、《谢滕王赍马启》、《谢滕王赍猪启》、《谢滕王集序启》。通过这些文章来看,庾信与赵王、滕王的交往既频繁又深密,既有文学交流,又有日常生活物资的馈遗。他们之间消弭了身份和民族界限的兄弟般的"布衣之交",是维系其文学活动的情感纽带。荀子云:"学莫便乎近其人"。① 在彼此的文学交流中,因情谊深挚而砥砺切磋,互相影响,成了当时文学现象中不可忽视的一股力量。

根据现存文献,赵王、滕王对庾信的文学才能是极为了解的。滕王曾编辑整理了庾信的诗文集,并为其作序。在序文中详细分析了庾信各体文学的成就,并将庾信与这些文体的典范作家做比较,做出很高的评价:"妙善文词,尤工诗赋,穷缘情之绮靡,尽体物之浏亮。诔夺安仁之美,碑有伯喈之情;箴似杨雄,书同阮籍。"②序文还指出庾信勤学不已,涉猎广泛,足为学者楷模。我们从滕王此序中,亦约略可见他的文学素养,也可由此测度庾信对他的提点和指导。滕王在述列庾信的知识谱系时,安知自己和乃兄赵王不是按这个谱系进学修业的呢?滕王还提到自己与庾信的关系是"风期款密,情均缟纻,契比金兰"③,庾信将自己的诗文作品交于一个比自己年轻三十多岁的年轻人去整理编辑,若不是出于对这种友谊的信任,是不可能的。这也说明,他们之间没有什么北方皇族与南冠楚囚的区别,也没有什么汉族正统文人与文化后进民族的差池,而是堪比金兰、情均缟纻的淳真友谊。所可"贻范搢绅"④的不仅是庾信的文学才华,而是一种消泯了民族差异的共同性,构建民族融合的新文学的努力和精神。所以,他们之间的友谊与交流,便少了先前某些文人群体在进行文学活动时所带有的炫才与竞争意味,而充满砥砺切磋与互助共进的意义。

---

① 《荀子·劝学》。
② 滕王宇文逌:《庾信集序》,严可均:《全后周文》卷四,《全上古三代秦汉三国六朝文》,中华书局 1958 年影印本,第 3902 页。
③ 滕王宇文逌:《庾信集序》,严可均:《全后周文》卷四,《全上古三代秦汉三国六朝文》,中华书局 1958 年影印本,第 3902 页。
④ 滕王宇文逌:《庾信集序》,严可均:《全后周文》卷四,《全上古三代秦汉三国六朝文》,中华书局 1958 年影印本,第 3902 页。

这在我国古代少数民族与汉族进行文学交流的历史上,堪称佳话。

再看庾信写给赵王的《谢赵王示新诗启》:"某启:郑睿至,奉手教数纸,并示新诗。八体六文,足惊毫翰;四始六义,实动性灵。落落词高,飘飘意远。文异水而涌泉,笔非秋而垂露。藏之山岩,可使云雾郁起;济之江浦,必当蛟龙绕舡。首夏清和,圣躬怡裕。琉璃彤管,鹊顾莺回;婉转绿沉,猿惊雁落。下风顿首,以日为年。犍为舍人,实有诚愿;碧鸡主簿,无由遂心。寂寞荆扉,疏芜兰径。骖驾来梁,未期卜日;遣骑到邺,希垂枉道。"①既对赵王新诗多所披扬,又情至款切,意味深长。不能把庾信对赵王的夸赞仅仅看做是客套。其中诚有鼓励和夸赞的语气,但却是长辈诗人对后进学者的一种期许、鼓励和肯定。其中提到"四始六义",这本是儒家诗教术语,庾信专门拈出,并配合"实动性灵"一同表述,用以肯定赵王新诗,那么,赵王新诗当大不同于南方做派了。而庾信如此表述,也反映了庾信对故主萧纲、萧绎文学思想的反拨②。

相较而言,庾信的文学思想在其《赵国公集序》中就表现得更为鲜明了。该序云:"柱国赵国公③,发言为论,下笔成章,逸态横生,新情淡起,风雨争飞,鱼龙各变。方之珪璧,涂山之会万重;譬似云霞,赤城之岩千丈。文参历象,即入《天官》之书;韵涉丝桐,咸归《总章》之观。论其壮也,则鹏起半天;语其细也;则鹪巢蚊睫。岂直熊熊旦上,增城报日月之光;焱焱宵飞,南斗触蛟龙之气。昔者屈原、宋玉,始于哀怨之深;苏武、李陵,生于别离之世。自魏建安之末,晋太康以来,雕虫篆刻,其体三变,人人自谓握灵蛇之珠,抱荆山之玉矣。公斟酌《雅》、《颂》,谐和律吕,若使言乖节目,则曲台不顾;声止操缦,则成均无取。遂使栋梁文囿,冠冕词林,《大雅》扶轮,小山承盖。"④其中,庾信评价宇文招作品的"论其壮也,则鹏起半天;语其细也,则鹪巢蚊睫"

---

① 严可均:《全后周文》卷十,《全上古三代秦汉三国六朝文》,中华书局1958年影印本,第3933页。

② 萧纲、萧绎并未论及"四始六义",倒有许多与儒家诗教扞格之处。萧纲在《诫当阳公大心书》中明示:"立身之道与文章异,立身先须谨重,文章且须放荡";(《全梁文》卷十一) 在其《与湘东王书》中对思想正统的裴子野表示不满,并对诗文创作中师法儒家经典的做法进行批评。(《梁书》本传) 而萧绎则在其《金楼子·立言》中说:"至如文者,惟须绮縠纷披,宫徵靡曼,唇吻遒会,情灵摇荡。"(知不足斋本《金楼子》卷四) 并未论及诗文创作应有儒家思想的介入。联系萧纲等交游公子以及庾信前期进行的"徐庾体"的文学实践活动,这里庾信专就"四始六义"发论,正可看出其文学思想的改变。而"动性灵"云者,也反映了他源自南朝的对文学抒情功能的重视,这与刘勰、钟嵘等人是一致的。

③ 赵国公亦即赵王宇文招,于周武帝建德三年(574)进爵为王。

④ 严可均:《全后周文》卷十,《全上古三代秦汉三国六朝文》,中华书局1958年影印本,第3934页。

云者,指出其文学做到了"壮"与"细"的统一,这实则是南北文风相互融合的最佳表述。"壮"者,北方粗犷豪放之气;"细"者,南朝柔婉细腻之风。二者在宇文招的创作中统一在一起,诚是南北文风融合的成果。而庾信之作,亦何尝不是如此呢?其"凌云健笔"的风格,本自不生于南朝,而是他接触北方人文风物之后形成的新特点新风格。此外,庾信将屈原、宋玉的"哀怨",苏武、李陵的"别离"和"建安之末"与"太康以来"的"雕虫篆刻"串在一起,成为"三变",实是对西晋以后南方文风的批判。这种观点,与檀道鸾《续晋阳秋》、沈约《宋书·谢灵运传论》和钟嵘《诗品序》的观点是相同的。这种观点的提出,在他参与"徐庾体"的文学实践时,是不会提出的。促使其文学思想转变的,便是包括了赵王、滕王在内的北方人文风物和他去国离家的悲慨情怀。

同样,庾信称赞赵王能够"斟酌《雅》、《颂》,谐和律吕",也反映了他在文学思想上对儒家的认可。这与北周经苏绰文学改革后,儒家居于正统地位的思想界状况有关。周武帝经过组织辩论,听从卫元嵩的建议,并毁佛、道,选择儒家思想作为治国纲领。这也是促使庾信文学思想发生转变的重要因素。此外,他对宇文招的创作既能细致入微地守明律度,又不失于过分拘谨的做法表示肯定,并认为其作既有《雅》、《颂》之庄重,又有《楚辞》之深情,这些都反映了庾信文学思想的转变,也是融合南北文风的文学思想的一种表述。

就庾信而言,在他与赵王、滕王的文学交往中,接触到了北方人的习性品格,这有助于他汲取北方的人文质素,完成自己诗风的转变。王国维在《屈子文学之精神》一文中,对南北文学的融合做出详尽论析,可用以分析庾信与赵王、滕王间文学交往的意义。王国维云:"由此观之,北方人之感情,诗歌的也,以不得想象力之助,故其所作,遂止于小篇。南方人之想象,亦诗歌的也,以无深邃之感情之后援,故其想象,亦散漫而无所丽,是以无纯粹之诗歌。而大诗歌之出,必俟北方人之感情与南方人之想象合而为一,即必须通过南北之骑驿而后可,斯即屈子其人也。"[1]庾信为南人,他也如王国维所说,有着丰富的想象力和高超的文学技能。但入北前,是不曾有"深邃之感情"的。入北后,接触到北地人文风物,尤其是赵王、滕王,他们北方人特有的"坚忍之志"和"强毅之气"[2]便对庾信产生了影响,加之其故园难回,暮年飘零,遂有

---

[1] 《王国维文集》第一卷,中国文史出版社1997年版,第32页。
[2] 《王国维文集》第一卷,中国文史出版社1997年版,第31页。

"深邃之感情"。同样,赵王、滕王也在庾信那里着自己所欠缺的想象力和文学技能。他们共同提高,完成了南北诗风的融合。王国维曾感慨:"观后世诗人,若渊明,若子美,无非受北方学派之影响者。岂独一屈子哉!岂独一屈子哉!"①而庾信和赵王、滕王,难道不也是如此吗?他们与屈原、陶潜一样,昭示着中国文学发展在文风融合方面的重要规律,此外,还多了一层民族和睦和文学互助的意义。

前文曾经提到,滕王曾将庾信入北后的诗文作品编纂成集,这对于保存庾信诗文并扩大其影响助益甚多,庾信亦曾作文表示感谢。② 庾信与赵王、滕王的文学交流,便是如此,他们互相赠和,又写定序文,都洋溢着深厚的情谊。但就在滕王作《庾信集序》的第二年,赵王、滕王就与几乎所有周室贵族一起,为外戚杨坚所害,荼毒之烈,可谓空前。庾信也很快逝去,这一文学群体的活动宣告终结。作为具有独特身份的忘年师友,他们组合形成的这一文学群体,在当时和后来都产生了很大的影响,彰示着民族融合和南北融合的可能,召唤着能够创造出亲和所有社会成员的新时代、新文学。魏徵在初唐写成的《隋书·文学传序》有云:"然(南北)彼此好尚,互有异同。江左宫商发越,贵于清绮;河朔词义贞刚,重乎气质。气质则理胜其词,清绮则文过其意。理深者便于时用,文华者宜于咏歌。此南北词人得失之大较也。若能掇彼清音,简兹累句,各去所短,合其两长,则文质彬彬,尽善尽美矣。"便在理论上明确主张"各去所短,合其两长",融合南北文风了。随即,标志这种融合得以全面实现的唐代文学,终于出现在中国文学的舞台上。而这种理论和实践上的成就,与庾信、赵王、滕王之间的文学交往和表率作用是深有关联的。人们总是重视庾信本人的后期变化,却忽略了庾信和赵王、滕王之间的文学交往给这种变化带来的助力,也忽略了这样一个文学群体所发挥出的表率作用。③

---

① 《王国维文集》第一卷,中国文史出版社1997年版,第32页。
② 《谢滕王集序启》,《全后周文》卷十。
③ 当时还有以庾季才为核心的文士群体。据《北史·庾季才传》,"季才局量宽宏,术业优博,笃于信义,志好宾游。常吉日良辰,与琅邪王褒、彭城刘毅、河东裴政及宗人信等为文酒会。次有刘臻、明克让、柳辩之徒,虽后进,亦申游矣。"该"文酒会"虽然亦有王褒、庾信等知名文士的参与,但从组成上看,却绝大部分是由南入北的文人,也无异族成员,这同庾信与赵王、滕王组成的文学群体,在南北融合和民族融合的意义上是不同的。

萧观音与王鼎《焚椒录》

李正民

《焚椒录》是一篇罕见的辽代笔记小说,具有重要的文学价值和史学价值。小说作者王鼎,字虚中,涿州人,辽道宗清宁五年擢进士第。咸雍、太康之际为翰林学士,方侍禁近,适逢萧观音(1040—1075,辽道宗懿德皇后)之死。《焚椒录序》云:当时南北面官,悉以异说互为证足,遂使萧氏蒙被淫丑,不可湔浣。而王鼎妻之乳母,有女蒙哥,为耶律乙辛宠婢,故知乙辛奸构、陷害萧后之详情。同时,司徒萧惟信又向王鼎讲述了事件的始末,二人"相与执手,叹其冤诬,至于涕泫泫下也"。其后,王鼎因醉与客忤,怨道宗不知己,被告发,遭杖鲸之刑,罢官,流徙镇州,"去乡数千里,视日如岁。触景兴怀,旧感来集,乃直书其事,用为俟后之良史"。时为辽道宗大安五年(1089)春三月。

《辽史·王鼎传》载:"当代典章多出其手。上书言治道十事,帝以鼎达政体,事多咨访。正直、不阿人,有过必面诋之。寿隆(当系"大安"之误)初,升观书殿学士。"《萧惟信传》载:惟信曾任北院枢密副使,加太子太傅、南院枢密使、南府宰相兼契丹行宫都布置,"乙辛潜废太子,中外知其冤,无敢言者。惟信数争不得,复告老,守司徒,卒"。《焚椒录》又载,当乙辛、张孝杰毒刑拷打赵惟一,逼其诬服与萧后私通后,"狱成,将奏。枢密使萧惟信驰语乙、孝杰曰:'懿德贤明端重,化行宫帐,且诞育储君,为国大本,此天下母也!而可以叛家仇婢一语动摇之乎?公等身为大臣。方当烛照奸宄,洗雪冤诬,烹灭此辈,以报国家,以正国体。奈何欣然以为得其情也?公等幸更为思之!'不听,遂县狱上之。"

这说明:王鼎、蒙哥、萧惟信都是萧观音冤案的知情人。王鼎、萧观音为人正直不阿。蒙哥与王鼎关系密切。因此,其一,《焚椒录》所叙萧观音事翔实可信。其二,王鼎十分同情萧观音,且有同病相怜的遭遇。故怀着为萧后洗刷冤诬的激情来写作,目的是供史官采录,为萧后平反昭雪。

由以上第一点,使《焚椒录》具有重要史料价值,使人们得以了解萧观音冤案始末。由第二点和《焚椒录》全文照录之萧观音的诗词、疏谏,使《焚椒录》具有笔记小说的文学性质,使人们得以全面地评价萧观音的文学成就。本文即拟就以上两点略加探讨。

一、萧观音冤案是宋代以前最荒唐的文字狱

关于萧观音(懿德皇后)的死因,《焚椒录》云:"鼎观懿德之变,固皆成于乙辛(耶律乙辛,时任南院枢密使)。然其始也,由于伶官得入宫帐。其次则叛家之婢(指单登)得近左右,此祸之所由生也。第乙辛凶惨无匹,固无论;而孝杰(张孝杰,时为参知政事)以儒业起家,必明于大义者,使如惟信(枢密使萧惟信)直言,毅然诤之,后必不死;后不死则太子可保无恙,而上亦何惭于少恩骨肉哉!乃亦昧心同声,自保禄位,卒使母后储君与诸老成,一旦皆死于非辜,此史册所书未有之祸也!二人者可谓罪通于天者乎!然懿德所以取祸者有三:好音乐与能诗善书耳。假令不作《回心院》,则《十香词》安得诬出后手乎?至于怀古一诗,则天实之,而月食飞练先命之矣!"(括号中文字为引者所加)。

王鼎认为,萧观音之死,有四方面的原因:(一)始于伶官得入宫帐,叛家婢得近左右。(二)成于耶律乙辛之凶残无匹,张孝杰之昧心同声,自保禄位。(三)萧观音好音乐与能诗善书。(四)天实为之。

第一点,指伶官赵惟一能奏演萧观音所作《回心院》词,而诸伶无一能者,萧后尝召惟一奏演。《回心院》词乃萧后被辽道宗"心颇厌远"之后所作,故使被之管弦,以寓望幸之意。所谓"叛家婢得近左右",指皇太叔重元叛乱,事败,其家婢女单登收为宫婢,善筝及琵琶,每于赵惟一争能,怨萧后不知己。萧后召登对弹,登远不及,愧耻而退。道宗常召登弹筝,萧后谏曰:"此叛家婢,女中独无豫让乎?安得轻近御前!"于是遣单登到外院当值。单登深为怨嫉。

第二点,耶律乙辛为魏王、北院枢密使,因讨平重元之叛有功,加守太师,诏四方有军旅,许以使宜行事。威权震灼,倾功一时。《辽史》本传称其"势震中外,门下馈赂不绝,凡阿顺者蒙荐擢,忠直者被斥逐殆尽"。然唯萧后家不肯相下,乙辛每为怏怏。萧后子濬册为皇太子后,乙辛益复嫉妒有蓄奸,图谋

陷害萧后。太康元年,皇太子始预朝政,法度修明,乙辛不得逞谋。时单登妹清子,嫁为教坊朱顶鹤妻,方为耶律乙辛所昵。登每向清子诬萧后与赵惟一私通,故乙辛俱知之,欲乘此害后。更命他人作十香淫词,中有"解带色已战,触手心愈忙,哪识罗裙内,消魂别有香"之句,使单登骗萧后说,此词是宋国皇后所作,求萧后手书一遍,就成为"双绝"了。萧后手书此词后,他们即诬为萧后作以赐赵惟一者。萧后书毕,又于纸尾书己所作怀古诗一首。乙辛遂命单登与朱顶鹤告状,由自己密奏道宗。道宗大怒,使参知政事张孝杰与乙辛穷治之。乙辛以毒刑逼供,赵竟诬服。道宗曾指萧后所作怀古诗问张孝杰说:"此是皇后骂飞燕也,为何更作十香词?"孝杰对曰:"此正是皇后怀赵惟一耳!"道宗问何以见之,孝杰曰:"'宫中只数赵家妆,惟有知情一片月',是二句中包含赵惟一三字也。"道宗遂命即日族诛赵惟一,并令萧后自尽。

第三点,近乎吹求,不足深辩。第四点所谓"天实为之",指萧后所作怀古诗,确含"赵惟一"三字。"月食、飞练"之"先命",是说萧后母临产时,梦月坠复东升,光辉灿烂,忽为天狗所食,惊寤而生观音,时为重熙九年五月五日。其父萧惠认为,梦兆是此女必大贵而不得善终,且五日生女,古人所忌,命已定矣。所谓"飞练",是说道宗清宁元年十二月,萧观音册封为皇后,方出阁升坐,扇开帘卷,忽有白练一段,自空吹自后褥位前,上有'三十六'三字。后问:'此何也?'左右曰:'此天书,……'"。而萧后终以白练自经,时年三十六岁。

萧后怀古诗中含"赵惟一"三字,纯属偶然,不必置辩。至于月食、飞练事,乃辗转传闻之小说家言,亦可不论。萧后冤案的根本原因在于失宠和道宗的"性忌"。

笔者认为,萧后之死,因系单登、耶律乙辛、张孝杰造成,而其根本原因,则始于道宗对萧后之"心颇远厌"和道宗之"性忌",故乙辛等奸构顺利得逞。而"心颇厌远"的原因,又在于萧后"慕唐徐贤妃之行,每于当御之夕,进谏得失",劝道宗以"穆王远驾,周德用衰;太康佚豫,夏社几屋"为前车之鉴,"尊老氏驰骋之戒"。此正萧后之德也,何罪之有?萧后既失宠,道宗必移宠于别院,故咸雍之末,遂希幸御,难得一见,此隔阂所由生也。单登得萧后手书后,曾对清子说:"老婢淫案已得,况可汗性忌,早晚见其白练挂粉胫也!"道宗既远萧后而宠他人,又性忌,必疑后怨己,故防闲之心生。所以乙辛、张孝杰等精心创作的诬状,能使道宗深信不疑。其次,萧后遣叛家婢单登外值而招其怨恨,以致陷害,起因也完全是为了保证道宗的安全。故萧观音之死,乃政治悲剧而非爱情悲剧。

再次,萧氏本为才女,《辽史·萧后传》称:"姿容冠绝,工诗,善谈论,自制歌词,尤善琵琶……好音乐。"既被道宗疏远,作《回心院》词,而伶人中只有赵惟一能演奏,可谓深得后心,故萧后赏识赵之才。她与赵的关系,充其量为知音而已。萧后又重《十香词》之才而忽略其鄙下之趣,故"读而喜之,即为手书一纸"。然于纸尾复书已所作怀古诗云:"宫中只数赵家妆,败雨残云误汉王。惟有知情一片月,曾窥飞燕入昭阳。"是以已作之"骂飞燕"诗为结,亦可谓卒章显其志之意,故此举也未可厚非。

最后,张孝杰以萧后怀古诗中含有"赵惟一"三字为据,证明萧后与赵私通,遂使道宗下定处死萧后的决心,此乃辽代特大文字狱,也在中国历史上,足以使明、清两代制造文字狱的宿儒们愧对前贤。

《焚椒录》西园归老跋曰:"余读《焚椒录》,乃知元人修史之谬也。"他举出萧后的谏猎疏和单登乞萧后手书"十香淫词",以及张孝杰于道宗前曲证《怀古诗》之事,而《辽史》皆失载。此外,《辽史·王鼎传》称:"寿隆(1095年改元)初,升观书殿学士。但《焚椒录序》末署"大安五年(1089)春三月,前观书殿学士臣王鼎谨序。"《焚椒录》题下亦署"大辽观书殿淡士臣王鼎谨述",显然,《辽史》本传所载"寿隆初",系"大安初"之误。至于《焚椒录序》末署"前观书殿学士",乃是因为大安五年三月之前,王鼎已被"夺官、流镇州"了。

二、萧观音的文学成就

《焚椒录》载萧观音诗四首(五律一首、七绝二首、骚体诗一首),词十首、疏奏一篇。这是萧观音传世的全部创作,也是最早、最可靠的记载,弥足珍贵。本文即据此务加分析。

清宁二年八月,道宗猎秋山,萧后从行。至伏虎林,命后赋诗,后应声曰:

威风万里压南邦,东去能翻鸭绿江。灵怪大千俱破胆,哪敢猛虎不投降。

这是一首口占七绝,即是应制,又是应景,更主要的是歌颂了辽国及道宗的声威。末句"哪敢猛虎不投降",又与地名"伏虎林"贴合,堪称工巧。前两句由出猎阵营之壮励,写到辽国南征东扩之雄心和气势,可谓题旨重大,又切合皇后身份。第三句所谓"灵怪大千",囊括了野兽及"南邦"、东邻之"敌";而"破胆"之前,着一"俱"字,有力地托出了辽国无坚不摧、所向披靡的"威风万里"。故道宗听罢此诗,不禁大喜,对随臣说:"皇后可谓女中才子!"随口吟出完全符合规律的七绝,亦可见萧观音的诗才和素养。

清宁三年秋,道宗作《君臣同志华夷同风》诗,萧后应制属和曰:

虞庭开盛轨,王会合奇琛。到处承天意,皆同捧日心。文章能鹿蠡,声教薄鸡林。大字看交泰,应知无古今。

前一首七绝歌颂了辽国的开功,这一首五律歌颂了辽国的文治,诗人盛赞王朝承天永业之际,表现出经纶天地、股肱八方的雄才传略,襟怀阔大,颇具阳刚之美。诗律畅适,文词曲雅,开合对仗,总揽分承,无不得心应手,表现出纯熟的诗意和较高的造诣,首联以舜、周盛世喻辽。颔联承道宗之"君臣同志"并加以明确化,即"承天意"、"捧日心",一致拥戴国君。颔联承道宗之"华夷同风",而以具体实例证之,极言文治教化之影响;这与"同风"具有本质意义上的一致,足见萧后对"风教"的理解十分深刻。这一联可谓工对,而其中"鹿蠡"对"鸡林"又成为工中之巧。尾联在引《易经》,赞时运亨通,亦可见诗人之博学。

萧后生皇子濬后,曾向道宗上谏猎疏云:

"妾闻穆王远驾,周德用衰;太康佚豫,夏社几屋,此游畋之往戒,帝王炎龟鉴也。顷见驾幸秋山,不头六御,特以单骑从禽,深入不测,此虽威神所届,万灵自为拥护;倘有绝群之兽,果如东方所言,则沟中之豕,必败简子之驾矣!妾虽愚窃为社稷忧之。帷陛下尊老氏驰骋之戒,用汉文吉行之旨,不以其言为牝鸡之晨而纳之"。

上此疏的原因是:"国俗君臣尚猎,……(道宗)往往以国服先驱,所乘马号飞电,瞬息百里,常驰入深林邃谷,扈从求之不得。后患之。"《辽史·道宗本纪》载道宗在位四十六年,其远游出猎竟多达二百多次,年均四、五次,为史所罕见。而在都城附近的"常所幸围场"打猎,更不计其数。

当道宗对萧后"心颇厌远,故咸雍之末,遂希幸御"后,萧后曾作《回心院》词十首,"被之管弦,以寓望幸之意"。此词诸古文学选本多有刊载,作为辽代文学作品的压卷之作。全词以扫殿、拂床、换枕、铺被、装帐、迭茵、展席、剔灯、爇炉、张筝十种生活细节为题起兴,回思往昔,诚盼道宗回心转意,思义深长,情思绵绵,极为动人。第一首以环境描写表现孤寂冷落的遭际:"游丝络网尘作堆,积岁青苔厚阶面",可见失宠已久。第二首紧承前词,写"凭梦借高唐",其思君盼君之真情更为具体悲怆。第三首写香枕"一半无云锦",是因为"秋来转展多,更有双双泪痕渗",怨而不怒,凄婉欲绝。第四首写铺被时"羞杀鸳鸯对",睹物思人,以反衬手法突出题旨,增强感染力。第五首中"解却四角夜光珠,不教照见愁模样",第六首中"只愿身当出(白?)玉体,不愿伊当薄命人",第八首中"偏是君来生彩晕,对妾故作青荧荧",第九首中"若道妾身多秽贱,自沾御香香彻肤"等句,被"西园归老"赞为"皆为唐人遗意,恐有宋英神之际诸大家,无此匹对也。"① 特别是第八首:"剔银灯,须知一样明。偏是君来生彩晕,对妾故作青荧荧。剔银灯,待君行。"以"情"与"理"的矛盾结构全词,极为精巧。银灯"生彩晕"和"故作青荧荧",不仅是一般的对比、拟人,而是移情人物,又以物传情,极富个性特征,故有永恒的艺术魅力。第十首:"张鸣筝,恰恰语娇莺。一从弹作房中曲,常和窗前风雨声。张鸣筝,待君听。"是《回心院》词的最后一首,严整地回应了了第一首的环境描写,使十首词成为结构完美、主题集中的组诗。虽只寥寥二十八字,但内容丰富,层层深人地切人题旨。头两句不仅写弹筝技艺之高超,更重要的是表现了昔日两情缠绵的莺声燕语,可谓一笔并写两面,而又有明暗、主次之分。《焚椒录》载萧观音"弹筝、琵琶尤为当时第一。由是爱幸遂倾后宫。"然则"一从弹作房中曲,常和窗前风雨声",既与第一首之"网络尘作堆"、"青苔厚阶面"相应,又与"恰恰语娇莺"之往事构成强烈的对比。"络网"、"青苔"写深殿之荒凉孤寂,是静态描写,"风雨"则写深殿居室之惨淡悲凄,是动态描写。有声有色。静中生动,不禁回忆昔日的盛况;动中生静,又衬托出今日的孤凄。"恰恰语娇莺"与"窗前风雨

---

① 《焚椒录》,附"西园归老"跋。

声"的对比,形象地展示了道宗的移情别院给萧后造成的精神痛苦。十首词的中心是一个"愁"字,其原因是"孤闷",表现是展转难眠,双泪长流,"耿耿青灯背壁影,萧萧暮雨打窗声"(白居易《上阳白发人》),故每首词的结构都归结到"待君",可谓一唱三叹,情深意切了。而其风格则深合传统儒教"怨而不怒"、"乐而不淫"、"哀而为伤"的诗家三昧,足见萧观音对诗学的浸染之深。清人徐釚在《词苑丛谈》中论《回心院》词说:"怨而不怒,深得词家含蓄之意。斯时柳七之调尚未行于北国,故萧词大有唐人遗意也。"吴梅认为:"山川灵秀之气,独钟于萧观音。"

《回心院》词被之管弦,当更其动人。然史书并未提及道宗是否"回心",可见他对萧后"厌远"之深。这就难怪奸人的阴谋那样轻易地得逞了。

萧观音在"十香淫词"后所题的七绝《怀古诗》(见前引),其意旨、格调、神韵、手法,确实可与唐人怀古诗比美,尤其深得刘禹锡咏怀登临诗之妙谛,如"淮水东边旧时月,夜深还过女墙来"(刘禹锡《石头城》)与"惟有知情一片月,曾窥飞燕入昭阳",极为神似。而"败雨残云误汉王"之句,议论果决,态度明断,又具杜牧咏史之特长。不料诗中偏偏含有"赵惟一"三字,被张孝杰揭出,竟成为致死萧观音的最后一击。难道真如毛晋所说"凡古来才貌女子,多不克令终"①么?

我们认为,指出诗中含有"赵惟一"三字,正是张孝杰等陷害萧后的证据,试想:若萧后果真有意在诗中写出赵惟一之姓名,并赠给赵,以示对他的想念,此举必定要作得万分隐密,怎会公然手书,赠给曾被她斥逐的"叛家婢"呢?可见萧后此诗纯属"骂飞燕也",故"擅圣藻"的道宗看后,也一语揭示出了题旨。只有蓄谋陷害萧后的耶律乙辛、张孝杰之流,才念念不忘地把萧后与赵惟一生拉硬扯在一起,在萧诗中寻求与赵的关系,千载以下,我们耳畔似乎还回想着他们在诗中发现"赵惟一"三字时大喜过望的奸笑声。

当道宗决定"赦后自尽","后乞更面可汗,一言而死。不许!"说"不许"的人,当然是"穷治"此案的乙辛、孝杰了。这就灭绝人性地斩断了萧后鸣冤的最后一线希望。于是,"后乃望帝所而拜,作《绝命词》","遂闭宫以白练自经。"其词曰:

---

① 《焚椒录》,附毛晋跋。

> 嗟薄命兮多幸，忝作俪兮皇家。承昊穹兮下覆，近日月兮分华。
> 托后钧兮凝位，忽前星兮启耀。虽蚌累兮黄床，庶无罪兮宗庙。
> 欲贯鱼兮上进，乘阳德兮天飞。岂祸生兮无朕，蒙秽恶兮宫闱。
> 将剖心兮自陈，冀回照兮白日，宁庶女兮多惭，遏飞霜兮下击。
> 顾子女兮哀顿，对左右兮摧伤。共西曜兮将坠，忽吾去兮椒房。
> 呼天地兮惨悴，恨今古兮安极！知吾生兮必死，又焉爱兮旦夕。

这是一首骚体诗，分六章、三段；二章一韵，两章一段。结构严整，层次井然，可见作者面对死神的从容之态和深厚的诗艺素养。头两章写有幸为皇后，严谨自律，无愧于宗庙。中间两章写正欲有所作为，突遭小人迫害，祸起无征，沉冤莫白。末两章写子女与左右哀摧伤，爱莫能助，遂从容就死。第三章"欲贯鱼兮上进，乘阳德兮天飞"，写自己欲佐道宗，励精图治的壮志雄心，也就不言而喻地表明了乙辛等人构陷忠良的祸国罪恶。第五章侧面描写子女与左右的表现，反衬出自己的飞来奇冤；萧后于椒房自尽，故王鼎以《椒录》为题。第六章呼天地、恨今古，可谓"精骛八极"，心游宇宙。"惨悴"二字，极为精辟传情，高度浓缩地呈现出作者即将蒙冤而死的心态和形象，孕含了人们对生的留恋和死的悲哀的共同感情。而最后两句"知吾生兮必死，又焉爱兮旦夕"，极富理性，这乃是"已造妇人之极"的萧观音之个性的集中概括。她当年能仓促应变、一举平叛，如今又从容赴死，正体现了泰山崩于前而色不变的英雄本色。

三、"十香淫词"应是张孝杰所做

由此，则进一步怀疑害死萧观音的杀手"十香淫词"，很可能是张孝杰的创作。其理由有三：一是，耶律乙辛陷害皇后，事关重大，只能与极少数死党计议。二是，参与此事的单登、清子、朱顶鹤、张孝杰四人中，只有张孝杰具有写出"十香淫词"的"水平"。乙辛"更命他人作十香淫词"之"他人"，舍张其谁？若然，则张孝杰意趣和生活之淫滥，亦可想可知。还有，耶律乙辛得萧观音手书"十香淫词"后，遂"构词，登与朱顶鹤赴北院陈首，这"陈首"之"构词"，创作得合情合理，煞有介事，细节描写真实可信，恐怕除了进士出身的张孝杰以外,其他几个是想不出来,也写不出来的。《辽史》本传载:"孝杰久在相位,贪货无厌时,与亲戚会饮,尝曰:'无百万两黄金,不足为宰相家'"宜乎其昧心媚权贵、阿附乙辛了。我们若说萧观音死于张孝杰之手,当不为苛论吧。

祝注先在《辽代契丹族的诗人和诗作》一文中,认为:萧观音的作品"代表了辽代诗坛的一个高峰","品评辽代文坛,萧观音的文学成就就当是独占鳌头。"[①]诚为确论。如果我们再把目光放远一点,是否可以说,萧观音是我国少数民族女作家中最杰出的诗人呢?是否可以说,萧观音是中国文学史上可与蔡琰、李清照、陈端生并驾齐驱的四位成就最高的妇女文学家呢?

[①] 《中南民族学院学报》1987年第2期。《中国大百科全书·中国文学》卷于这代作家中只收萧观音一人。

略论契丹族女性之参政心态

贾秀云

翻开《辽史》和《契丹国志》就会发现：辽国从建国到灭亡共214年，历史并不算太长，但辽国政坛上却出现了一群奇女子，如萧观音、萧瑟瑟、萧燕燕等，她们性格坚强，谋略过人，做事果断，以后妃的身份接近或处在辽国政治权力的中心，为辽国的发展做出了巨大的贡献。她们的出现成了辽国政坛上的奇观。这样一群奇女子，她们的情感、她们的心态是什么样的呢？是什么样的力量促使她们与男子一起投入到轰轰烈烈的事业中呢？她们已经远离我们，只留下了抹不去的历史功绩，今天的人们似乎无法看到她们当时的心态。但是，她们中的个体——萧观音、萧瑟瑟却为我们留下了一些文学作品，在这些作品中，我们不仅可以看到作者当时的情感与心态，同时我们还可以窥见契丹族女性共同的情感与心态。

一、契丹族女性心态分析

契丹女性怀着自信的心态出现在辽国的政坛上

萧观音是辽国政坛上一位具有传奇色彩的人物，她"姿容冠绝，工诗，善谈论。自制歌词，尤善琵琶。"[1]以出众的才华被封为皇后。萧观音又是辽代杰出的女诗人，她留下的作品具有很高的艺术成就，内涵也相当丰富。一次萧观音随道宗狩猎，作《伏虎林应制》诗："威风万里压南邦，东去能翻鸭绿江。灵怪大千俱破胆，那叫猛虎不投降。"[2]这首诗是在颂扬辽国的威势，但诗中透出的豪迈和自信，正是作者此时心态的反映。在《应属和道宗君臣同志华夷

---

[1] 《辽史》卷七十一。
[2] 阎参梧、康金声：《全辽金诗》，山西古籍出版社1999年版。以下诗句皆以此本为准。

同风诗》中,她为辽国描绘了一幅美好的蓝图:"虞廷开盛轨,王会合齐琛。到处承天意,皆同捧日心。文章通蠡谷,声教薄鸡林。大寓看交泰,应知无古今。"在这一蓝图中,不仅仅是武力征服后的天下一统,还有教化下的隆盛开明。从字里行间还可以明显地感到作者的那一份自信与骄傲,这是她豪迈的情怀,是她充分地肯定了自己的才情气质之后,所产生的雄心壮志。当时,萧观音是怀着自信的心态出现在辽国政坛上的。

辽太祖的述律皇后是一个很有才干又行事果断的女中英杰,也对自我价值有着充分的肯定,《契丹国志》卷十三记载:"后有母有姑,皆踞榻受其拜,(皇后)曰:'吾惟拜天,不拜人也。'"①对生养自己的母亲,述律皇后也不愿下拜,在她的心中,自己是至高无上的,她唯一屈从的是皇天,这也说明她对自己的价值有着充分的肯定,她觉得自己傲然屹立于天地之间,没有人能居于她之上。述律皇后凭着她的雄才大略,积极参与国事,辽太祖"行兵御众,后尝与谋","太祖尝渡碛击党项,黄头、臭泊二室韦乘虚袭之。后知,勒兵以待,奋击,大破之,名震诸夷。"②在以后的国家大事中,述律都表现出了她非凡的智谋和胆识。

实现自身价值是契丹女性的最高追求

契丹女子以自信的姿态出现在辽国的政坛上,她们对自己的才情有着充分的认识和肯定,她们总是寻找着机会发挥自己的才干,从而实现自己的人生价值。在她们心中,实现自己的人生价值是她们的最高理想,为了这一理想,她们可以献出自己的生命。

萧观音的"总领朝政"限制了耶律乙辛的权势,于是,耶律乙辛就设置圈套陷害她。萧观音蒙受了不白之冤,她满腔愤怒却又无可奈何地走向死亡。她为后人留下《绝命词》一首:"嗟薄祜兮多幸,差作丽兮皇家。承昊穹兮下覆,近日月兮分华。侘后钧兮凝位,忽前星兮启耀。欲贯鱼兮上进,乘阳德兮天飞。"这首词是她对自己人生的总结,她为自己能够进入皇家感到很幸运,因为皇家给了她施展才能的很好的机会。在死亡面前,她没有后悔她所作的一切。可见,在萧观音的心中,肯定自我、实现自我的愿望是多么强烈,几乎是她生命的全部!

契丹族另一位女诗人——天祚文妃萧瑟瑟,"工文墨,善歌诗",③她为我

---

① 《契丹国志》卷十三。
② 《辽史》,卷七十一。
③ 《契丹国志》卷十三。

们留下的诗篇仅有两首。其一为:"忽嗟塞上兮暗红尘,忽伤多难兮畏夷人。不如塞奸邪之路兮,选取贤臣。直须卧薪尝胆兮,激壮士之捐身。可以朝清漠北兮,夕枕燕云。"当时辽国受到女真族的侵扰,"而天祚醉心畋游,不以为意,一时忠臣多所疏斥,时(文妃)作歌诗以讽谏……"①萧瑟瑟仅仅是一位妃子,她没有皇后的尊位,随时都可能被废掉。但在国家危难之时,她挺身而出,冒死进谏。《咏史诗》:"丞相来朝兮剑佩鸣,千官侧目兮寂无声。养成外患兮嗟何及,祸尽忠臣兮罚不明。亲戚并居兮藩屏位,私门潜畜兮爪牙兵。可怜往代兮秦天子,犹向宫中兮望太平。"这首诗叙说的是秦国的历史,讽刺的是当时朝廷中的奸臣当道。诗作笔锋犀利,不仅会得罪权贵,而且会得罪皇上。但面对辽国的危机,萧瑟瑟没有顾及许多,在她心目中,生命的意义就在于实现自身的价值,只要能够用自己的力量使国家重振雄风,她愿意付出任何代价。最后,萧瑟瑟被权臣萧奉先诬陷,皇上赐她自尽。她与萧观音一样,把自己的生命献给了辽国的大业。

耶律常哥,是太师适鲁之妹,"能诗文,不苟作。读通历,见前人得失,历能品藻。"②曾作文议论时政:"君以民为体,民以君为心。人主当任忠贤,人臣当去比周,则政化平,阴阳顺。欲怀远,则崇恩尚德;欲强国,则轻徭薄赋……"③文中是针对辽国当时的情况提出的治国之策,立足高远,切中时弊,显示了一个政治家的胸怀和谋略。她虽与辽国的政坛几乎没有什么关系,但当她看到了辽国政治和习俗的弊端时,就不顾自己的身份地位,把自己的主张表达给皇帝,她要用自己的才能为辽国的兴盛做出一份贡献。

辽国的另一位女子萧燕燕——辽景宗的皇后,据《契丹国志》记载,景宗幼年遭遇火神淀之乱,身体病弱,即位之后,国事皆由萧燕燕决断。她"神机智略,善驭左右,大臣多得其死力",④景宗崩后,萧燕燕携幼帝,不断征伐,使辽的国势大振。《辽史》云:"后明达治道,闻善必从,故群臣咸竭其忠。习知军政,澶渊之役,亲御戎车,指麾三军,赏罚信明,将士用命。圣宗称辽盛主,后教训为多。"⑤

---

① 《契丹国志》卷十三。
② 《辽史》卷一百七。
③ 《辽史》卷一百七。
④ 《契丹国志》卷十三。
⑤ 《辽史》卷七十一。

辽兴宗的仁懿皇后,其子道宗即位,被尊为太后。她得知重元及其子将要谋反后,告诉皇帝辽道宗。"帝疑之,太后曰:'此社稷大事,宜早为计。'帝始戒严。及战,太后亲督卫士,破逆党。"①正是太后的谋略和胆识帮助皇帝扫平了叛军,巩固了统治。

辽世宗的怀节皇后:"在蓐,察割作乱,弑太后及帝。后乘步辇,直诣察割,请毕收殓。明日遇害。"②在察割叛乱中,皇后本来幸免于难,但她自己直接去面见叛军首领,去斥责他们的无耻与残暴,用自己的生命表现出了一种凛然正气。

这一个个契丹族的女子,临危不惧,用她们的才智和生命维护着辽国的大业。她们的行为与萧观音、萧瑟瑟何等相似!同是契丹族的女子,具有着相同的行为,她们应该有着相似的心态,所以,这些女子虽然没有为我们留下文学作品,人们无法知道她们的思想和情感,更无法知道她们的心理状态,但从萧观音、萧瑟瑟的作品中,可以看到她们的心态。

二、契丹族女性心态形成的原因

生存方式和生活环境决定了女子的责任感

契丹族是一个游牧民族,放牧狩猎是普通人的主要生活内容,女子们骑马射猎,驰骋草原,她们的劳动几乎与男子没有什么区别。这样的生活锻炼了女子的体力,使得她们在力量上与男子相差不多,在骑马射箭的技术上也不亚于男子,她们不仅可以放牧打猎,甚至可以与男子一样冲锋陷阵,与敌交战。《辽史》云:"辽以鞍马为家,后妃往往长于射御,军旅田猎,未尝不从。如应天之奋击室韦,承天之御戎澶渊,仁懿之亲破重元,古所未有,亦其俗也。"③"(辽兴宗重熙十年九月)庚申,皇太后(钦哀皇后)射获熊。"④"(辽道宗咸雍元年)秋七月,丙子,以皇太后(仁懿皇后)射获熊,赏赉百官有差。"⑤"(辽道宗咸雍元年冬十月)乙亥,皇太后(仁懿皇后)射获虎,大宴群臣,令各赋诗。"⑥史书

---

① 《辽史》卷七十一,第1204页。
② 《辽史》卷七十一,第1201页。
③ 《辽史》卷七十一。
④ 《辽史》卷十九。
⑤ 《辽史》卷二十二。
⑥ 《辽史》卷二十二。

对这些事例是作为吉兆来记载的,但这些事件本身也说明:骑马打猎是契丹族后妃们喜爱的活动,太后打猎虽然有兵士们的帮助,但她们自己骑马射箭的能力也是很强的。"(辽圣宗统和十二年)八月庚辰朔,诏皇太妃领西北路乌古等步兵及永兴宫分军,抚定西边。"①"(辽圣宗统和十五年三月)甲午,皇太妃献西边捷。"②史书上记载了许多后妃领兵打仗的事例,这充分说明了契丹族女子在力量、骑射技术、作战能力等方面都不亚于男子,她们可以在山野中驰骋围猎,追射野兽,也可以在战场上指挥部队、与敌拼杀。

较高的社会地位给她们参政提供了机会

契丹族女子的社会地位相对比较高,这一点我们从一些相关资料中可以看出来。在《辽史·志》中有契丹族的仪礼的记载,其中有"柴册仪":"择吉日。前期,置柴册殿及坛,坛之制,厚积薪,以木为三级坛,置其上。席百尺毡,龙文方茵。又置再生母后搜索之室。皇帝入再生室,行再生仪毕,八部之叟前导后扈,左右扶翼皇帝册殿之东北隅。拜日毕。乘马,选外戚之老者御。皇帝疾驰,仆,御者、从者以毡覆之。皇帝诣高阜地,大臣、诸部帅列仪仗,遥望以拜。"③接着皇帝谦让,臣子宣誓,然后拜先帝、祭诸神、读册文等。柴册仪其实是皇帝的角色转换仪式,也是皇帝树立权威的过程,在这一仪式中,他拜祖祭神,接受册封,君臣宣誓,正式由一个皇子转变成了一个皇帝。这一仪式是再生仪和册封仪的结合体,仪式一开始,皇帝先行再生礼。再生礼的进行过程是母亲生子过程的象征性重复,在这一过程中,母后是无比尊贵的,是母亲把生命带给了儿子,同时把富贵和尊位带给了他。再生仪把母亲的伟大形象地演示了出来。在辽国,几乎每一个皇帝在即位不久都要举行柴册仪,再生仪也在柴册仪中一次次地重复,在这样的重复中辽代的皇帝对自己的母亲都非常尊重,他们不仅尊重自己的母亲,也尊重她们的权力。

《辽史》记载:"阻午可汗制柴册、再生仪",④从柴册仪的过程来看,这是一种原始的仪式在皇室的延续。在原始社会人们对自然科学知之甚少,对人体科学更是一无所知。他们看到女性的生殖,使一个个新的生命降临人世,从

---

① 《辽史》卷十三。
② 《辽史》卷十三。
③ 《辽史》卷四十九。
④ 《辽史》卷四十九。

而使人类社会延续不断,在男性的眼里女性非常了不起,于是产生了对女性生殖的崇拜。这几乎是世界各民族都经历过的原始崇拜心理。在我国辽宁喀左县东山嘴一处大型石砌祭坛遗址中发现了两件孕妇雕像,据专家考证这是母系氏族时代的作品,从孕妇骄傲的神情我们可以知道,这是当时人们对生殖崇拜的形象表达。在契丹族的发展过程中,同样经历过了生殖崇拜的时期,再生礼是生殖过程的象征性重复,是人们对生殖崇拜心理的一种表达方式,这种仪式只可能出现在人们对生殖非常崇拜的时期。史书上说"阻午可汗制柴册、再生仪",应该是不准确的,他不可能创造这种仪式,他只可能把这种仪式引入皇室,重新修改规范,成为新皇帝即位后必须进行的仪式。

在人类社会的发展中,人对自身的认识不断深入,对女性生殖崇拜的心理逐渐丧失。在契丹族的皇室却保留下了再生仪式,这虽然只是生殖崇拜的遗存,但这也说明在这个民族女性的地位相对比较高,因为在这样的仪式中,再生母后尊贵无比,如果她们在社会上的地位不高,男子们不会容忍这样的仪式存在的。从史书的记载中我们可以看到,太后们在新皇帝行柴册仪之后还要单行再生礼,她们这样做是为了进一步提高自己的地位,加强自己的权力。辽圣宗时,皇太后(睿智皇后)就多次行再生礼:"(统和元年秋七月)辛酉,皇太后行再生礼。"[①]"(统和二年)秋七月癸丑,皇太后行再生礼。"[②]"(统和四年九月)甲午,皇太后行再生礼。……(冬十月)丁丑,皇太后复行再生礼,为帝祭神祈福。"[③]圣宗皇帝十二岁即位,皇太后"奉遗诏摄政",太后频频行再生礼,不仅仅是为皇帝祈福,更多的是要通过这样的仪式,让年幼的皇帝一次次地感受母亲的伟大,同时进一步提高自己的地位,加强自己的统治。从皇太后对这一仪式的利用中,我们可以知道这一仪式的存在不仅是反映了女子的社会地位,同时也对保证女子较高的社会地位具有积极的意义。

相对滞后的文化还没有对女性形成压制

在中原地区,文化相对其他地区要先进得多,早在春秋战国时期,就出现了"百家争鸣"的局面,孔子、孟子所创立的儒家理论经过其弟子的发展,被历代统治者所接受。孔子说"唯女子与小人为难养也",使得儒家理论从一开始

---

① 《辽史》卷十。
② 《辽史》卷十。
③ 《辽史》卷十。

就对女子持一种蔑视的态度,汉代董仲舒等人又在此基础上制定出了"三纲""五常",彻底把女子置于男子的统治之下。正是这个理论把我国汉族女性变成了男性的附庸,女子们的激情在重重的礼仪纲常中消失殆尽,她们没有了生活的激情,更没有了参与的意识,在沉默中承受苦难,在苦难中走完自己的一生。这种情况一直持续到新中国成立。契丹族的情况就与汉族不同,他们是一个游牧民族,自身的文化发展相对滞后,还没有形成自己的统治理论,虽然在与汉族的交流中,开始接受汉族的先进文化,但是文化的渗透并不是很容易的事情,汉文化还没有对他们产生重要的影响,女子更没有因此受到压迫。同时,契丹族人的生活习惯也使得他们不可能像汉族人一样把女子局限在家中,他们没有"男耕女织"的分工,女子们与男子一样的骑马射猎,驰骋草原。与男子几乎相同的劳动,以及在草原上形成的坚强性格,使得契丹族女子不可能成为男子的附庸。她们与生俱来的激情,还没有受到什么压抑,对自己身边的事情都有着强烈的参与意识。所以,契丹族虽然是以男权为中心,但女子依然拥有重要的社会地位。

游牧民族的生活方式和生活环境使契丹族女子有着与男子几乎相同的骑射技术、力量意志、胸怀胆略,她们积极参与一切可能参与的活动,努力实现自身的价值。契丹族女性较高的社会地位,又为女子们参与各种活动提供了可能。进入皇室的女子,她们同样有着实现自身价值的强烈愿望,积极参与国家大事,为辽国的发展壮大贡献着自己的聪明才智,尽管一些时候,她们要为自己的参政行为,不惜付出惨重的代价。在契丹族女子的身上有一种生活的激情,她们的人生是充满活力的人生,她们在奋斗中享受着幸福的愉快,在奋斗中创造着辽代的文明。在辽代短短的历史中,政坛上出现了一个个飒爽英姿的女子,这是契丹女子的骄傲,也是所有女子的骄傲。

金代统一区域文化形成后的诗歌理论

牛贵琥

金代系统的诗歌理论是伴随着统一的区域文化的形成而产生的。金太祖至海陵王时期,活跃于文坛的是借才异代的人士,文学创作和理论缺乏特色。大定、明昌时期,受科举影响,诗歌理论可用"以炼格、炼意、炼句、炼字为法"来概括。① 以金章宗泰和四年开始祭三皇五帝四王为标志,金代"典章文物粲然成一代治规",②各民族经过长期的冲突和融合形成统一的有自身特色的区域文化,此后才出现了周昂、赵秉文、元好问、王若虚等文学之士,纷纷阐述文学主张的局面,其中诗歌理论最有系统并表现出共同的特点。关注这种共同点,解读其内涵,探讨与金代特殊的统一的区域文化的关系,对于理解金代文学乃至中国诗歌发展史,都有着重要的意义。

一

金代统一区域文化形成后产生的诗歌理论,可以概括为"雅""诚""琢"。其中古雅是优秀作品的标准,以诚为本是写作的出发点,追琢功夫则是写作技巧。三者组成一个完整的互为因果的体系。虽然不同的论者会各有侧重,但从总体看,可以这样概括,尤以元好问体现得较为全面。

首先看雅。和唐代以来的优秀作家一样,金代人士强调风雅传统。例如:元好问在《赠答杨焕然》中说:"诗亡又已久,雅道不复陈",在《别李周卿》中说:"风雅久不作,日觉元气死。"赵秉文在《答李天英书》中也提出"以俗为雅"。他们推崇自然明快、重实而不重华都建立在这个基础之上。这也是金

---

① 《金石萃编》卷一百五十七《移剌霖骊山有感》跋,中国书店1985年版,第9页。
② 《金史》卷十二。

代"南渡后,文风一变,文多学奇古,诗多学风雅,由赵闲闲、李屏山倡之"①的风尚的反映。

然而元好问等人的风雅并不是如唐人"正声何微茫,哀怨起骚人"②、"近风骚""出群雄"③一样,突破"发乎情,止乎礼义"的传统藩篱,而是以古雅为风雅之标准。元好问不仅在《论诗三十首》中说过"古雅难将子美亲",还在《东坡诗雅引》中讲述"五言以来,六朝之谢、陶,唐之陈子昂、韦应物、柳子厚最为近风雅,自余多以杂体为之,诗之亡久矣"之后,又说:"夫诗至于子瞻而且有不能近古之恨,后人无所望矣",将近风雅界定为近古;在《别覃怀幕府诸君二首》中云:"承平故事嗟犹在,雅咏风流岂易忘",将雅咏界定为承平社会的反映;在《感兴四首》中云:"好句端如绿绮琴,静中窥见古人心",以古人之心为好句的标准。至于赵秉文,则从其《答李天英书》中:"愿足下以古人之心为心,不愿足下受之天而不受之人,如世轻薄子也",便可知他所言之雅只能是古人之雅。

以古雅为雅的结果,使得元好问等人的风雅理论在"转益多师"上下功夫。元氏自己就颇为自负地在《病中感寓》中讲:"读书略破五千卷,下笔须论二百年。"《杜诗学引》中更是指出:"及读之熟,求之深,含咀之久,则九经、百氏、古人之精华所以膏润其笔端者,犹可仿佛其余韵也。夫金屑丹砂、芝术参桂,识者例能指名之;至于合而为剂,其君臣佐使之互用,甘苦酸咸之相入,有不可复以金屑丹砂、芝术参桂而名之者矣。故谓杜诗为无一字无来处亦可也,谓不从古人中来亦可也。"总之,古雅既是元好问评价优秀作品的标准,也是金代文士的共同追求。周昂诗宗杜甫,提倡文以意为主,而方法则同样是在古人中找出路;赵秉文以学书类比,要李天英遍学古人;李纯甫推崇刘汲"学乐天而酷似之",④都是如此。

其次看诚。元好问在《杨叔能小亨集引》中提出知本说,这个本就是诚。他说:"唐诗所以绝出于三百篇之后者,知本焉尔矣。何谓本,诚是也。""故由心而诚,由诚而言,由言而诗也,三者相为一。情动于中而形于言,言发乎迩而见乎远。同声相应,同气相求,虽小夫贱妇、孤臣孽子之感讽,皆可以厚人伦、美教化,无他道也。故曰不诚无物。"这个观点也可以概括为"以诚为本",在

---

① 《归潜志》卷八。
② 李白:《古风》,《李太白集》卷二。
③ 杜甫:《戏为六绝句》,《杜诗镜铨》卷九。
④ 《中州集》卷二。

金代文学家中占着主导地位。元好问《论诗三十首》中说"穷庐一曲本天然"、"心声只要传心了"。赵秉文《竹溪先生文集引》中说："文以意为主,辞以达意而已。古之文不尚虚饰,因事遣词,形吾心之所欲言者耳。"河汾诸老之一的房皞也讲："况兼诗是穷人物,好句多生感慨中",①都可以视作这一观点的不同表述。

然而元好问的以诚为本,并不纯是"在心为志,发言为诗"、"情动于中而形于言"的翻版。他好像也意识到好的作品一定是以诚为本,而以诚为本的未必是好作品这一问题,于是由儒学的传统出发,把由诚而作的作品限制在"温柔敦厚"的范围之中,作为创作者效法的标准。他在《杨叔能小亨集引》中接着讲："唐人之诗,其知本乎? 何温柔敦厚、蔼然仁义之言之多也! 幽忧憔悴,寒饥困悫,一寓于诗,而其厄穷而不悯,遗佚而不怨者,故在也。至于伤谗疾恶,不平之气不能自掩,责之愈深,其旨愈婉;怨之愈深,其辞愈缓。优柔餍饫,使人涵泳于先王之泽,情性之外,不知有文字。幸矣,学者之得唐人为指归也。"在《陶然集诗序》中更是将历史上普通人士之所以能创作出成功作品的原因归之为先王之泽的产物,认为《诗经》中的一些篇章"皆以小夫贱妇满心而发,肆口而成,见取于采诗之官,而圣人删诗,亦不敢尽废",在于"盖秦以前民俗醇厚,去先王之泽未远。质胜则野,故肆口成文,不害为合理。使今世小夫贱妇满心而发,肆口而成,适足以污简牍,尚可辱采诗官之求取耶?"这种观点并不是孤立的,比如王若虚虽然也说"古之诗人,虽趣尚不同,体制不一,要皆出于自得",却又不满意柳宗元"放逐既久,憔悴无聊,不胜愤激,故触物遇事,辄弄翰以自托",还认为《辨伏神》、《憎王孙》、《骂尸虫》等文"徒费雕镂,不作可也",《捕蛇者说》"恶语多而和气少"。②

再来看琢。"追琢功夫"也即写作技巧,是元好问在为杨鹏的诗集《陶然集》所作的序中提出来的。他赞叹杨鹏"立之之卓,钻之之坚,得之之难,积之之多",针对有些人认为杨鹏"追琢功夫太过"的批评作了解释。不过他认为之所以要有"追琢功夫",其原因是当今去古已远,前人成功作品之积累使后世之人难以为继;其目标是"复古"、"合规矩準绳"、"追配古人";其方法是苦吟多学;其极致是"情性之外不知有文字"的化境。他讲："故文字以来,诗为难。魏晋以

---

① 《河汾诸老诗集》卷五。
② 胡传志、李定乾校注:《滹南遗老集》,辽海出版社2006年版,第477页、第404页。

来,复古为难。唐以来,合规矩准绳尤难。夫因事以陈辞,辞不迫切而意独至,初不为难,后世以不得不难为难耳。古律、歌行、篇章、操引、吟咏、讴谣,词调、怨叹,诗之目既广,而诗评、诗品、诗说、诗式,亦不可胜读。"并以杜甫"语不惊人死不休"、薛能"好句似仙堪换骨,陈言如贼莫经心"等人的论点为例,说明"今就子美而下论之,后世果以诗为专门之学,求追配古人,欲不死生于诗,其可已乎?"他的这些理论,杜仁杰在《遗山集后序》中有较详细的发挥。李俊民把诗的本质解释为"咏情性"、"写物状",要"夺造化"、"寓高兴"、"涤烦虑"、"畅幽怀",却又认为所要写的景,所抒的情都是古人已讲完了的,再"言之则赘",①也是同样的观点。

二

很明显,这种理论具有浓重的复古倾向。如果深入探讨,会感到这种倾向影响了"雅"、"诚"、"琢"互为因果的三者之间的互相促进和完善。比如:应该是雅的标准决定创作者必然要以诚为本进行创作,而琢是促进雅的目标的实施。道理在于:如果离开本色就要俗,自然谈不上雅;仅仅诚未必是文学,还需要正确的表现手段,避免粗俗。这才是"雅"、"诚"、"琢"三者之间理想的关系。然而金代产生于统一区域文化形成后的诗歌理论中的雅是古雅,诚是古人的"温柔敦厚",琢是为"追配古人"。按这种标准,创作者不可能真正以诚去创作,雅反而限制了诚。由这种部分的诚出发不可能写出真正雅的作品,只能是在合乎古雅的规范上下功夫,而且有可能离现实生活越来越远。②

还有,这种在儒家传统的先王之教的基础上架构起来的理论,却将汉儒以十分委婉的方式揭露和批评统治者的"主文而谲谏"、"言之者无罪,闻之者足以戒"抛弃掉,强调的是"厚人伦,美教化"的"温柔敦厚",那么"厄穷而不悯,遗佚而不怨"、"责之愈深,其旨愈婉。怨之愈深,其辞愈缓",岂不是要影响到作者"幽忧憔悴,寒饥困惫,一寓于诗"、"伤谗疾恶不平之气不能自掸"的充分

---

① 李俊民:《锦堂赋诗序》,阎凤梧:《全辽金文》,山西古籍出版社2002年版,第2522页。
② 郭绍虞先生所说:"离现实愈远,而和艺术标准反显得更为接近了。"就是这个道理。见郭绍虞:《元好问论诗三十首小笺》,人民文学出版社1998年版,第90页。

表达？他们都推崇陶渊明和唐人的真淳自然，但在古雅的标准下、在温柔敦厚的范围里，则很难做到真正的自然。元好问提出："情知春草池塘句，不到柴烟粪火边"，①但排除了柴、烟、粪、火，也可能使所反映的社会生活狭窄了。

还可以指出这种理论自身的矛盾冲突之处。比如：金代后期的文士大多反对江西诗派。元好问就自诩"北人不食江西唾"、"未作江西社里人"，②然而他在《杜诗学引》中认为：杜诗之妙在于学至于无学，不仅是排比声律而更重要的是融铸学问，"故谓杜诗为无一字无来处亦可也，谓不从古人中来亦可也"。江西诗派要找出来出处，元好问认为不必去找，但双方都认为有来处，这岂不与杜甫之本质有了一定的距离，反而接近于江西派的理论了吗？再如：元好问在《论诗三十首》中提倡"心声只要传心了"，在《继愚轩和党承旨雪诗四首》中称"茹噎当快吐，聊此宽吾胸"，那么他在《杨叔能小亨集引》所列出的要求于诗的十数条标准中的"无怨怼"、"无为黥卒醉横"等就难以成立。因为，既然"情动于中而形于言"，那么受到委屈的"怨怼"、醉人之"横"，也是诚的表现。事实上不仅唐人，就是诗三百也不全是儒者所解释的温柔敦厚之作。如果"以诚为本"进行创作，就不可能只是写体现先王之泽的哪一类愈婉愈缓的作品。至于只有先王时代的人们，可以"由心而诚，由诚而言，由言而诗"，后人则不可以的论点，更是在实质上否定了以诚为本，他在《论诗三十首》中，主张的"眼处心生句自神"、"虎生风"、"英雄气"、"慷慨"、"壮怀"的深刻度和广泛度都要大打折扣。如果和同时期南宋的文论家相比较，就会使人感到金代诗歌理论复古保守有余而缺乏新的开拓。

三

然而，有这么多的人士持有相同的观念，并且孕育出伟大的诗人元好问，就说明金代的诗歌理论自有其合理性。任何理论都是时代的产物，如果结合金代统一的区域文化来考察，我们就会发现这种诗歌理论，体现的是中国古代北方非汉族政权建立后的普遍规律。

---

① 元好问：《论诗三首》，姚奠中主编：《元好问全集》卷十四，山西古籍出版社2004年版，第348页。
② 元好问：《自题中州集后五首》、《论诗三十首》，姚奠中主编：《元好问全集》卷十三、卷十一，山西古籍出版社2004年版，第321页、第270页。

在我国历史上,北方的少数民族占领了中原之后,都有将多民族的、多元的文化,通过长时期冲突、交融,最终整合为统一的区域文化的过程。北朝和金代就是如此。人们往往将这个过程称之为接受汉化。这当然不错,但是我们要注意的是:北方少数民族割据政权下的汉化,和南方传统的汉族政权下的文化有所区别,只能看作区域文化。这就在于,除了各民族的融合必然要保留诸如北方民族的刚强特质之外,北方的割据政权为了增强民族的自信、统一各民族的行动,以证明自己政权的合法性来与南方的汉族政权争一日之长,更加注重传统意识。他们都强调自己的政权是居于华夏文明的产生和传承之地中原,更强调这块大地长期形成的、为人们公认的传统,即三皇五帝、周公、孔子之道,来作为中华文明合法继承者的依据。比如:北魏政权鼓吹的是"伊洛中区,均天下所据,陛下制御华夏,辑平九服,苍生闻此,应当大庆","高祖迁鼎成周,永兹八百,偃武修文,宪章斯改,实所谓加五帝、登三王,民无德而名焉。"①金章宗于泰和四年二月始祭三皇、五帝、四王,并应尚书省之奏加上夏太康、殷太甲、太戊、武丁、周成王、康王、宣王、汉高祖、文、景、武、宣、光武、明帝、章帝,唐高祖、文皇一十七君,"诏刺史,州郡无宣圣庙学者并增修之。"②金章宗和金宣宗反复令官员讨论金朝之德运是应承继唐统还是应承继辽、宋统,也是以汉文化为标准来为政权确立正统的地位。③

这种强调正统的目的,使北方非汉族的割据政权下的学术带有浓厚的复古特征。就是说他们比南方的汉族政权,更加关注"论事辨物,当取正于经典之真文,援证定疑,必有验于周、孔之遗训"。④例如南北朝的经学就"好尚互有不同",北朝遵守汉代的旧注,南朝则以采用魏晋以来的新注为主。⑤同样,南宋之学术和金代也不同。南宋尊朱熹之理学,《论语集注》、《孟子集注》列入学官成为法定读本。金代"《易》则用王弼、韩康伯注,《书》用孔安国注,《诗》用毛苌注、郑玄笺,《春秋左氏传》用杜预注,《礼记》用孔颖达疏,《周礼》用郑玄注、贾公彦疏,《论语》用何晏集注、邢昺疏,《孟子》用赵歧注、孙奭疏……"⑥金代统一的区域文化形成之后,文士对于儒学表现了极大的关注。

---

① 《魏书》卷十九、卷六十四。
② 《金史》卷十二。
③ 刘扬忠:《论金代文学中所表现的"中国"意识和华夏正统观念》,《吉林大学学报》2005年第5期。
④ 《魏书》卷九十。
⑤ 《北史》卷八十一。
⑥ 《金史》卷五十一。

例如：赵秉文对伊洛之学做了系统阐述，写有《原教》、《性道教说》、《中说》、《诚说》、《庸说》、《和说》等一组论文；王若虚也写了《五经辨惑》、《论语辨惑》、《孟子辨惑》等书。然而王若虚是"颇讥宋儒经学以旁牵远引为夸，而史学以探赜幽隐为功"，①多是一些琐碎的考证；赵秉文则所论的道统并没有超过二程的范围，核心是仁义，理论基础是中庸，修养的途径是诚而已。相对于南宋的大理学家朱熹、陆九渊，以及永嘉学派叶适等人各自严密庞大的思想体系，金代的学术似乎只是满足于对前人的简单重复。人们往往将这种情况归之为北方落后于南方，或者认为南北得不到交流。这当然有些道理，但不容忽视的是：南方原汉族政权下的学术，必然要在原有的基础上继续发展，通过百家争鸣的方式精细化、系统化；北方非汉族政权下的学术，出于实际的目的而重视原则性，避免精细化所带来的歧义和偏执影响到贯彻和实行。因此，不能简单地将北方的学术视之为落后，也不可以说南方的学术便是北方的下一个阶段。

北方非汉族割据政权下产生的文学理论，必然要体现出同样的特色。西魏的宇文泰命苏绰仿大诰为文体，以极端复古的形式推行于朝廷，目的在于"克捐厥华"，"一乎三代之彝典，归于道德仁义，用保我祖宗之丕命"。② 隋代统一南北之前，李谔《上高祖书》反对江左齐、梁"竞一韵之奇，争一字之巧。连篇累牍，不出月露之形，积案盈篇，唯是风云之状"，主张"钻研坟集，弃绝华绮，择先王之令典，行大道于兹世"。③ 金代以"古雅"、"温柔敦厚"、"追配古人"为特征的诗歌理论也与之一致。我们可以感受到，金代诗歌理论所阐述的是上古以孔子为代表的观点，而对汉代以后所衍生出来的众多观念则很少涉及。"温柔敦厚"便是"《诗三百》一言以蔽之，曰：思无邪"、"乐而不淫，哀而不伤"④的诗教传统。推崇"古雅"，认为去先王之泽未远的小夫贱妇可以肆口作诗，而后来的人们则不可以；可在孔子的"乐则韶舞，放郑声"、"郑声淫"、"恶郑声之乱雅乐也"⑤，以及《左传》襄公二十九年季札观周乐"其周德

---

① 元好问：《内翰王公墓表》，姚奠中主编：《元好问全集》卷十九，山西古籍出版社2004年版，第443页。
② 《周书》卷二十三。
③ 《隋书》卷六十六。
④ 《论语·为政》、《八佾》。
⑤ 《论语·卫灵公》、《阳货》。

之衰乎？犹有先王之遗风焉"中找到源头。提倡自然明快、重实而不重华，是孔子"辞达而已矣"①的体现。至于赵秉文《答李天英书》所讲的"明王道、辅教化"，元好问《杨叔能小亨集引》所讲的"厚人伦，美教化"，杨云翼《闲闲老人滏水文集引》所讲的"学以儒为正，不纯乎儒非学也。文以理为正，不根于理非文也。自魏晋而下，为学者不究孔孟之旨而溺于异端，不本于仁义之说而尚夸辞，君子病诸"，都是孔子"兴于诗，立于礼"，兴、观、群、怨，"迩之事父，远之事君"②体系的反映。其整体上的复古色彩、缺少独创，则以与孔子"述而不作，信而好古"③的理念相一致。金代人士是那么充满自信，将这称之为"正脉"、"正体"、"雅道"④并努力实践。决寿老讲："古人文莹理，后人但工文。文工理愈暗，纸札何纷纷。君看六艺学，天葩吐奇芬。诗书分体制，礼乐造乾坤"。⑤ 郭邦彦则将《楚辞》以降的诗歌一概抹倒，独尊《毛诗》："遍读萧氏选，不见真性情。怨刺杂讥骂，名曰离骚经。""至今三百篇，殷殷金石声"。⑥ 杨振也是对其儿子杨奂说："必欲学诗，不当从毛诗读耶？……所谓读毛诗者，喻如瓜果菜茹，欲儿辈就地头买之耳"。⑦ 元好问《自题中州集后五首》所言："若从华实评诗品，未便吴侬得锦袍"是目标也是实际情况。

因此，正如北朝的苏绰、李谔的文学理论被后人批评为混淆了文学与非文学的界限，抹煞了六朝文学在艺术技巧方面的成就那样，金代的诗歌理论也会使后人产生诸如上文所提出的各种质疑。对其进行研究和评判是十分必要的，其理论和创作存在着不一致的情况也是事实，然而不能忽视的是：第一，这种将文学和政治、伦理、道德、文化、教育紧密联系在一起的诗歌理论，适合于金代统一的区域文化形成之后的需要，在各民族的融合和建立一致的社会规范中发挥了积极的作用。第二，这种复古理论有其局限，但也有利于破除宋以后诗歌理论中的神秘性、形式主义、精细繁琐等诸多束缚，原则性的阐述为作

---

① 《论语·卫灵公》。
② 《论语·阳货》。
③ 《论语·述而》。
④ 如元好问《赠答杨焕然》中说："诗亡又已久，雅道不复陈"、《论诗三十首》中说："正体无人与细论"、《答潞人李唐佐赠诗》中说："文章有圣处，正脉要人传"。见姚奠中主编：《元好问全集》，山西古籍出版社2004年版，第26页、第268页、第150页。
⑤ 决寿老：《客有求观予孝经者，感而赋诗》，元好问：《中州集》卷九。
⑥ 郭邦彦：《读毛诗》，元好问：《中州集》卷七。
⑦ 元好问：《杨府君墓碑铭》，姚奠中主编：《元好问全集》卷二十二，山西古籍出版社2004年版，第506页。

家留下开拓的空间。第三,这种复古理论实际上体现的是对华夏文明的自信,以及对建立社会新秩序的向往。金代朝廷大权基本上在武夫胡沙虎、高琪这一类人手中,文士在朝廷不能充分发挥作用,就连赵秉文这样的文士也要受杖,于是这种理论表达着文士们的追求和意愿,使之具有生机和活力。于是,就像初唐王通等人受苏绰、李谔的文学理论影响一样,元代的诗人也是沿着金人的传统"宗唐得古",在又一次南北政权统一之后,带来文学和文化的空前繁荣。

论金、元两代帝王诗与民族文化融合

田同旭

十至十三世纪,女真、蒙古民族相继在中原建立了金、元政权,跨入了封建文明。在推行汉法的过程中,金、元两代帝王以草原民族的审美观念,审视中原文化,创造了一批富有时代特色与民族风格的诗歌。这是中华民族文化史上一个值得关注的文学现象,其艺术成就的高下,直接反映出金、元两代帝王对待中原文化的不同态度,也表现了中原文化对金元民族发生的深远影响。

一、金代帝王诗歌成就高于元代帝王

金王朝先后历九帝,其中三帝一太子有诗歌传世,共存诗十八首。据阎凤梧、康金声主编《全辽金诗》计:海陵王完颜亮存《题西湖图》等诗五首,《题扇》等残诗二首。金世宗完颜雍存《本朝乐曲》诗一首。世宗朝宣孝太子完颜允恭存《风筝》等诗二首。金章宗完颜璟存《宫中绝句》等诗七首,《送张建致仕归》残诗一首。

元王朝历十二帝,其中三帝一太子有诗歌传世,共存诗十首。计《御选元诗》卷一存元世祖忽必烈《陟玩春山纪兴》诗一首,元文宗图帖睦尔《登金山》等诗四首。《蒭胜野闻》存元顺帝妥灌帖睦尔《答明主》诗一首,明人徐《榕阴新检》又存顺帝《御制诗》二首。叶子奇《草木子》卷四存元顺帝残诗一首,又存顺帝朝太子爱猷识理达腊存《新月诗》一首。

金、元两代帝王诗相比,金代帝王诗不仅数量超过元代帝王,成就也远在元代帝王之上。清人赵翼认为包括帝王诗歌在内的"金元一代文物,上掩辽而下轶元。"[①]历代评论金诗,无不论及海陵王,而历代评论元诗,元代帝王却

---

① 王树民:《廿二史劄记校证》,中华书局1984年版,第623页。

不足挂齿。金王朝不过据有北半中国之汉地,元王朝则统治着全部中国之汉地。元代帝王学习中原文化的条件要优于金代帝王,何以元代帝王诗歌成就不如金代帝王呢?这无疑是个值得探讨的文化现象。

二、富有民族特色又日益淡化的金代帝王诗

金之海陵王无疑是古代文学史上的优秀诗人,也是金代首开诗歌风气的一代帝王。海陵王对中国历史做出过积极贡献,他是金代以"中原天子"自任的第一位帝王,因慕中原的繁荣与文明,将京师迁入燕京(今北京),把女真民族带入中原社会,促进了女真民族和汉民族的融合。他又是金代首开诗歌风气的一代帝王,诗风独擅,有游牧民族刚烈粗率的气势,又有汉高、魏武志在四海的余风,还有一种独特的倔强逼人的桀骜之气。海陵王存诗五首,为歧王时,曾有《题扇》诗句:"大柄若在手,清风满天下。"大约他踌躇满志,却壮志难酬,遂每每见景生情,抒发心志,窥视大位有点迫不及待。如其《见几间有岩桂植瓶中索笔赋》诗云:"绿叶枝头金缕装,秋深自有别般香。一朝扬汝天下名,也学君王著赭黄。"《以事出使道驿有竹辄咏之》也表现同样的心情:"孤驿潇潇竹一丛,不同凡卉媚东风。我心正与君相似,只待云梢拂碧空。"尤其是《书壁咏怀》诗云:

蛟龙潜匿隐沧波,且与虾蟆做混和。等待一朝头角就,摇撼霹雳震山河。

诗如其人,形神兼具,自比沧波潜龙,瓶中岩桂,孤驿潇竹。写出了海陵王壮志难酬的处境,不甘人下的性格,发泄他一旦龙角长就,秋桂赭黄,孤竹入云,便要摇撼山河,香满天下,横扫碧云,统一南北的雄心。宋人岳珂《桯史》卷八评海陵王:"颇知书,好为诗词,语出辄倔强,憨憨有不为人下之意。""味其词旨,已多圭角,盖其蓄已不小也。"①几首诗都是即景即情之作,写诗也有点迫不及待,不暇深思提炼,出语粗俗直率,毫无忌讳掩饰。然而造境超逸,笔力雄健,大气恢宏,雄心毕现,俚语豪情,咄咄逼人,把女真人的民族性格、民族

---

① (宋)岳珂:《桯史》,江苏广陵古籍刻印社影印《笔记小说大观》本,第328页。

精神展示得一览无余,充满帝王气象。

海陵王另有《题西湖图》诗,据岳珂《桯史》记:正隆五年(1160)海陵王"及得志,将图南牧",派使入宋,"使图临安之城邑,及吴山西湖之胜以归。即进绘事,大喜,瞷然有垂涎杭越之意。亟命撒坐间软屏,更设所献,而以吴山绝顶,貌己之状,策马而立,题其上"云云:①

万里车书尽混同,江南岂有别疆封。提兵百万西湖上,立马吴山第一峰。

诗罢之后的正隆六年(1161),海陵王提兵南征,直至维扬,渡江受挫,被部从所杀。金人刘祁《归潜志》评此诗"其意气亦不浅"②。岳珂《桯史》又记:"观其所存,寓一二于十百,其桀骜之气,已溢于言表。"③《金史·耨碗温敦思忠传》言海陵王早有统一天下,继承中原正统之志,他认为:"自古帝王混一天下,然后可为正统。"④《金史·张仲轲传》记海陵王与张仲轲议《汉书》时有言:"汉之封疆不过七八千里,今吾国幅员万里,可谓大矣。"张曰:"本朝封疆虽大,而天下有四主,南有宋,东有高丽,西有夏。若能一,乃为大耳。"海陵王遂决意南征而云:"朕举兵灭宋,远不过二三年,然后讨平高丽夏国。一统之后,论功迁秩,分赏将士,彼必忘劳矣。"⑤史学界对海陵王多有非议,其实海陵王对促进草原民族与中原民族的融合,是做出过积极贡献的,其立志统一中国,结束天下分裂,无论如何都应值得肯定。《题西湖图》,便是海陵王欲学秦始皇"书同文,车同轨",欲学宋太祖"卧榻之侧岂可许他人酣睡"的心理展示。全诗挥笔万里,横空出世,生动传神地传达出这位大金帝王统一天下的勃勃雄心,其立意之高,气魄之大,在整个古代帝王诗中,也可称为佳作。

金世宗即位倡导风雅,有《本朝乐曲》传世。《金史·乐志》记:金朝教坊"有本国旧音,世宗尝写其意,度为雅曲。"世宗曾令教坊频繁演奏此曲。大定十三年(1173),"上御睿思殿,命歌者歌女直词,顾谓皇太子曰:'朕思先朝所行之事,未尝暂忘。故时听此词,亦欲令汝辈知女直淳质之风,至于文字语言,

---

① (宋)岳珂:《桯史》,江苏广陵古籍刻印社影印《笔记小说大观》本,第328页。
② (金)刘祁:《归潜志》,中华书局1983年版,第3页。
③ (宋)岳珂:《桯史》,江苏广陵古籍刻印社影印《笔记小说大观》本,第328页。
④ 《金史》,上海古籍出版社影印武英殿《二十五史》本,第197页。
⑤ 《金史》,上海古籍出版社影印武英殿《二十五史》本,第298页。

或不通晓,是忘本也"①。大定二十五年(1185),世宗幸上都会宁府(今黑龙江省尔滨市东南),亲率宗室同歌此曲。全诗先忆女真先祖创业艰难,又述世宗继位国家昌盛,遂"乃眷上都,兴帝之第"。结果来到女真兴盛旧地一看:"风物减耗,殆非昔时。于乡于里,皆非初始。"然而世宗认为:"虽非初始,朕自乐此。虽非昔时,朕无异视"云云。全诗"道祖宗创业艰难,及所以继述之意"②,直承《诗经》三颂风气,可称为女真史诗。《本朝乐曲》用女真"本国旧音"写成,又"命歌者歌女直词",世宗又言皇太子等辈对女真"文字语言,或不通晓,是忘本"云云,此诗曲辞当用女真语,译作汉诗,依然本色自然,情感淳质,保留着女真民族不尚铅华的原始旧风,很有民族特色。并透露出皇太子等辈,受中原社会风气影响,已不通晓女真语,渐失女真民族淳质本色,说明女真民族此时已经汉化。

金世宗所云已不通晓女真语言的皇太子,便是金章宗。金代帝王中章宗存诗最多,艺术也最成熟,受中原文化影响最明显,汉文化修养也最深厚。作为女真帝王,他的诗有自家风格。如其《云龙川泰和殿五月牡丹》诗云:

洛阳谷雨叶千红,岭外朱明玉一枝。地力发生虽有异,天公造物本无私。

借节气之差而言理,颇有宋诗言理奥旨。前二句借景起兴,景中已含理趣;后二句直接明理,语浅理奥。章宗以为中原与岭外节气有异,但两地百花一样开放。寓意女真与中原文化相殊,但女真也会像中原一样,走向文明的,很有理趣,传达的是中原与岭外两个民族一体一气的一统思想,不失帝王气象。章宗另有《宫中绝句》诗,金人刘祁《归潜志》也认为"真帝王诗也"③,诗云:

五云金碧拱朝霞,楼外峥嵘帝子家。三十六宫帘尽卷,东风无处不扬花。

章宗自诩自夸,逞尽风雅,天下太平,正好逸乐,完全是个守成帝王形象,已无女真君主立马横刀的进取精神,难怪乃父指责他忘记了祖宗创业之艰难,不知女

---

① 《金史》,上海古籍出版社影印武英殿《二十五史》本,第95页。
② 《金史》,上海古籍出版社影印武英殿《二十五史》本,第95页。
③ (金)刘祁:《归潜志》,中华书局1983年版,第3页。

真淳质之旧风。同是大金帝王,其与海陵王、金世宗相比,诗风二致,气势不劲,香软清雅,已失女真民族刚健粗犷、纯朴质直之风气。不过,金章宗并未完全忘本女真的民族习俗,其有《仰山》诗云:"金色界中兜率景,碧莲花里梵王宫。鹤惊清露三更月,虎啸疏林万壑风。"依然保留着女真民族崇尚佛道的社会风尚。

前述可以看出,金代帝王都有良好的汉文化修养,学习中原文化已经成为女真民族的自觉意识,他们的诗歌创作已经走向了艺术的成熟。由于受中原文化影响过深,他们的诗歌虽然也表现女真的民族习俗、民族性格,但民族精神、民族文化日渐淡化,渐失女真帝王的豪气与女真民族刚健淳质的遗风。

三、艺术成熟却殊少民族特色的元代帝王诗

元世祖是蒙古英主,他冲破蒙古贵族守旧势力的极力阻挠,接受身边汉儒以汉法治国的建议,按照中原社会封建制度,建年号"中统",立国号"大元";并将京师从漠北移入长城之内的大都,把蒙古民族融入到中华民族大家庭中,促进了蒙古民族与中原民族的融合;又统一了中国,结束了中国自晚唐五代以来四百余年的分裂战乱,对中国历史发展做出了巨大贡献。《元史·世祖纪》:"帝在潜邸,思大有为于天下,延藩府旧臣及四方文学之士,问以治道"[①]。元世祖是在中原汉儒的辅佐下即帝位并统一中国的,认识到中原文化对于治理天下的重要性,故能以积极开明的态度推行汉法,并染指中原诗歌。如其《陟玩春山纪兴》诗云:

> 时膺韶景陟兰峰,不惮跻攀谒粹容。花色映霞祥彩混,炉烟拂雾瑞光重。语霭琼干岩边竹,风袭琴声岭际松。净刹玉毫瞻礼罢,回程仙鹤驭苍龙。

诗写登临拜佛之事,反映蒙古民族崇尚佛教的风俗。此诗质朴粗豪,大概是首汉译蒙语诗。"花色"二句对仗工整,"混""重"二字用的嫌拙,说明这位蒙古帝王汉文化修养不高,诗歌艺术差强。不过,尾句很是不凡,忽然提升全诗境界,有龙飞九五,叱咤风云的帝王豪气。

元代帝王中,文宗存诗最多,皆为其在潜邸时作。元世祖之后,元朝宫廷

---

① 《元史》,上海古籍出版社影印武英殿《二十五史》本1986年版,第13页。

内乱纷起,新皇多以逆乱谋弑即位。文宗为武宗次子,仁宗时不被大用;又被英宗远徙海南,后居建康(金江苏南京);泰定帝循例赴上都,为防不测,欲将文宗迁江陵(今属湖北省)。文宗志在魏阙,由于政局动荡,不得不韬光养晦,常常游赏山水,以避锋芒。陈焯《宋元诗会》卷六六:"上神智天畀,怡情词翰。喜登临,居建康潜邸时,常屏从官,独造锺山冶亭,吟赏竟日"①。文宗登临钟山之作不传,仅见《登金山》诗云:

巍然块石数枝松,尽日游览有客从。自是擎天真柱石,不同平地小山峰。东连舟楫西津渡,南望楼台北固锺。我欲倚栏吹铁笛,恐惊潭底久潜龙。

诗中的潜龙先指其他窥视帝位者,透露了元宫政治的险恶,同时又是自比,由于政治的险恶,他不得不蛰伏不伸,以待惊蛰,表现一种不敢张扬的帝王之气。颔联较有气势,有超逸不凡的豪气。三年后的致和元年(1328),泰定帝崩于上都,留居大都的权臣燕帖木尔迎元文宗入大都即位,文宗写了《自建康之京都途中偶作》诗云:

穿了氈衫便著鞭,一钩残月柳梢边。二三点露滴如雨,五七个星犹在天。犬吠竹篱人过语,鸡鸣茅店客惊眠。须臾捧出扶桑日,七十二峰都在前。

写出元星夜兼程赶赴大都的急切心理。尾联非常传神,把一位将登大位,接受群臣山呼的帝王形象,呼之而出。陈衍《元诗纪事》卷一引《居易录》:"'两三条电欲为雨,四五个星犹在天。'乃五代卢延逊《山寺》诗,剿取之"②。同时,"犬吠"句化用唐人韦应物《逢雪宿芙蓉主人》之"柴门闻犬吠,风雪夜归人"句意,"鸡鸣"句化用温庭筠《商山早行》之"鸡声茅店月,人迹板桥霜"句意,可见文宗对唐诗有较深的造诣。诗学鲍照诗歌"十数体"之艺术,只是数目排列不若历代十数诗严密,说明文宗诗歌艺术还欠纯熟。顺帝朝太子爱猷识理达腊也有一首潜邸之作《新月诗》,表现与文宗不同的心理。诗云:

---

① (清)陈焯:《宋元诗会》,上海古籍出版社影印《四库全书》本1987年版,第241页。
② 陈衍:《辽诗纪事》,中华书局1983年版,第1页。

昨夜严陵失钓钩,何人移上碧云头！虽然未得团圆相,也有清光遍九州。

元人叶子奇《草木子》评其"真储君之诗也"①,爱猷识理达腊曾以太子名分任中书令、枢密使,权欲极炽,曾几度逼宫未果。前二句以钓钩鹅毛月寓指自己太子身份,后二句是其主持军国大政的自炫,传达出爱猷识理达腊渴望早正大位的急切心理。文宗在潜邸,虽窥视帝位,但名分未定,遂有"勉从潭底暂屈身"的委婉;爱猷识理达腊储君名分已定,窥视帝位便很张扬率真。全诗构思精巧,以钓钩喻一弯新月,又以新月比拟自己太子身分,喻中有比,造境新奇,是元代帝王诗中上品之作。

元顺宗有三首诗传世,《御制诗》二首表彰民间孝子,反映元代帝王对中原传统道德的推崇与弘扬。元顺帝对中国历史做出过积极贡献,他曾将元世祖所颁《大元通制》修订为《至正条格》颁行天下,又主张将辽金置于中国正统,完成了《宋史》、《辽史》、《金史》的撰修。顺帝有《答明主》一诗,颇具史料价值。诗云:

　　金陵使者过江来,漠漠风烟一道开。王气有时还自息,皇恩无处不周回。莫言率土皆王化,且喜江南有俊才。归去丁宁频属付,春风先到凤凰台。

陈衍《元诗纪事》引《蒭胜野闻》记:"元军既遁,留守开平,犹有觊觎之志。太祖遣使驰书,明示祸福,因答诗云云"②。明太祖见诗知元顺帝野心不灭,便派军北伐,元军从此无力南图。此诗可以视为国书,外交辞令,不卑不亢。表面上顺意明太祖,同时又嘱告明太祖:王气有盛有息,莫过早以为率滨王土,春风也会来到草原。全诗言婉意刚,透露出顺宗以待时机卷土重来的企念。

元代帝王诗总体艺术比较成熟,但距完颜亮之高度甚遥。元代帝王诗或直或曲的都表现有帝王之气象,却很少张扬之势,亦少反映蒙古之民族习俗之作,诗风平直,过于温和而文质彬彬,其与蒙古民族刚健强悍的民族性格大不相合,殊少独特的民族风格和鲜明的民族特色。

---

① (元)叶子奇:《草木子》,中华书局1983年版,第75页。
② 陈衍:《辽诗纪事》,中华书局1983年版,第2页。

四、崇尚中原文化使金代诸帝多有较高汉文化修养

从总体诗歌艺术成就来看,金代帝王诗歌艺术较为成熟又有鲜明特色,元代帝王诗歌艺术较为成熟但无明显特色;同时,金之海陵王是中国文学史上引人关注的优秀诗人,元代帝王却无人踵武增华。元代帝王的诗歌成就不如金代帝王的根本原因,在于金元帝王对待中原文化的不同态度。

《金史·文艺传序》:"金用武得国,无以异于辽,而一代制作能自树立唐宋之间,有非辽世所及,以文不以武也。"①赵翼《廿二史劄记》卷二八《金代文物远胜辽元》文中亦云:

> 盖自太祖起事,即谓诏令宜选善属文者为之,令所在访求博学雄文之士,敦遣赴阙(《本纪》)。又以女直无字,令希尹仿汉人楷字,因契丹字形,合本国语,制女直字颁行之(《希尹传》)。是太祖已留心于文事。及破辽,获契丹、汉人通汉语,于是诸王子皆学之。……熙宗谒孔子庙,追悔少时游佚,自是读《尚书》、《论语》、《五代史》及《辽史》,或夜以继日。海陵王尝使画工密图杭州湖山,亲题诗其上,有"立马吴山第一峰"之句(皆《本纪》)。其中秋待月赋《鹊桥仙词》,尤奇横可喜(见《桯史》)。又尝令郑子聃、杨伯仁、张汝霖等与进士杂试,亲阅卷,子聃第一(《子聃传》)。是并能较文艺之工拙。……世宗尝自撰本曲,道祖宗创业之艰难,幸上京时,为宗室父老歌之。其在燕京,亦尝修赏牡丹故事,晋王允猷赋诗,和者十五人。显宗在储位,尤好文学,与诸儒讲论,乙夜忘倦,今所传《赐右相石琚生日诗》,可略见一斑。迨章宗以诗文著称,密国公璹以书画传世,则濡染以深,固无足异矣。惟帝王宗亲,性皆与文事相浃,是以朝野习尚,遂成风会。金源一代文物,上掩辽而下轶元,非偶然也。②

以文不以武,大力推行汉法,说明金代帝王对中原文化的崇尚。金王朝立国之初,一方面推行汉法,同时也很注意保持女真文化。自熙宗即位,女真文化受

---

① 《金史》,上海古籍出版社影印武英殿《二十五史》本1986年版,第291页。
② 王树民:《廿二史劄记校证》,中华书局1984年版,第623页。

到挑战。宋人宇文懋昭《大金国志》卷十二:"熙宗自为童时,聪明绝伦。适诸父南征中原,得燕人韩昉及中原儒士教之,遂能赋诗染翰,雅歌儒服,分茶焚香,弈棋象戏,尽失女真故态。"女真旧臣视其"宛如一汉户少年子也",而熙宗则视女真旧臣是"无知夷狄"①。熙宗完全是站在中原传统观念立场上,评价女真旧臣的。可见,学习中原文化已成为女真民族自觉的意识。《金史·熙宗纪》:皇统元年(1141),熙宗祭孔罢,谓属臣曰:"朕幼年游侠,不知志学,岁月逾迈,深以为悔。孔子虽无位,其道可尊,使万世景仰。大凡为善,不可不勉。自是颇读《尚书》、《论语》,及《五代》、《辽史》诸书,或以夜继焉。"熙宗曾"宴群臣于瑶池殿,适宗弼遣使奏捷,侍臣多进诗称贺。帝览之曰:太平之世,当尚文物,自古致治,皆由是也"②,金王朝自熙宗始,开始全面推行汉化。

　　海陵王在位,女真民族学习中原文化之风日益兴盛。天德三年(1151),海陵王下令开设国子学,并规定以儒家经典、诸子、史传为内容,教育女真弟子学习中原文化。海陵王还对金代科举进行改革。《金史·选举志》:天德三年(1151),"并南北选为一,罢经义、策试两科,专以词赋取士"③。海陵王常常亲自为科举赐题。岳柯《桯史》卷一:海陵王"一日而获三十六熊。廷试多士,遂以命题,盖用唐体。(施)宜生奏曰:圣天子讲武功,云屯八百万骑,日射三十六熊。亮览而喜,擢为第一"④。海陵王迁都主要为了方便对宋作战,倾慕中原文明也是个重要原因。《大金国志》卷十二:海陵王"密有迁都意也。帝嗜习经史,一阅终身不忘。见江南衣冠文物朝仪位署而慕之,下诏以求直言"⑤。海陵王迁都很彻底,连女真祖陵宗庙也迁入关内,使女真民族更有条件直接接受中原文化的影响。

　　金王朝至世宗、章宗,女真民族实际已经汉化,金世宗作《本朝乐曲》,其目的便在于警示属臣不可忘女真民族淳质旧风。《金史·世宗纪》:大定十一年(1181),世宗教育太子:"汝辈自幼惟习汉人风俗,不知女直纯实之风。""女直旧风最为纯直,虽不知书,然其祭天地,敬亲戚,尊耆老,接宾客,信朋

---

① 杨自强:《绝域雄风——辽金史随笔》,浙江文艺出版社2000年版,第81页。
② 《金史》,上海古籍出版社影印武英殿《二十五史》本,第14页。
③ 《金史》,上海古籍出版社影印武英殿《二十五史》本,第120页。
④ (宋)岳珂:《桯史》,江苏广陵古籍刻印社影印《笔记小说大观》本,第308页。
⑤ (宋)宇文懋昭:《大金国志》,上海古籍出版社影印《四库全书》本,第903页。

友,礼意款曲,皆出自然,其善与古书所载无异。汝辈当习学之,旧风不可忘也。"①同时,世宗又主张女真君臣按中原道德规范自己的行为。大定二十三年(1183),世宗令"译经所进所译《易》、《书》、《论语》、《孟子》、《老子》、《扬子》、《文子》、《中子》、《刘子》及《新唐书》。上谓宰臣曰:朕所以令译五经者,正欲女直人知仁义道德之所在耳"②。世宗本人是个深受汉化熏陶的帝王,岂能阻止女真民族的日益汉化呢?金章宗比乃父走的更远,他曾下令女真与汉族通婚,使草原民族与汉民族日益融合。《大金国志》卷二一:"章宗性好儒术,即位数年后,兴建太学,儒风盛行。"对中原文化的崇尚,使章宗具备了深厚的汉文化修养,对中原诗歌尤其嗜好,"读经论道,吟哦自适。群臣中有诗文稍工者,必籍记名姓,擢居要地,庶几文物彬彬矣。"③金代帝王诗歌成就之所以高于元帝,与其有意识学习中原文化,皆具备较高汉文化修养,有直接的原因。

五、不愿放弃草原文化使元代诸帝多不习汉文

元代帝王的诗歌创作,始于元世祖。世祖即位前后,曾以积极的态度对待中原文化。元人苏天爵《元文类》卷四十一:"世祖之在潜邸,尽收金亡诸儒学士及一时豪杰知经术者而顾问。"④元人陶宗仪《南村辍耕录》:世祖曾问侍臣:"三教何者为贵?对曰:释如黄金,道如白璧,儒如五谷。上曰:若然,则儒贱耶?对曰:黄金白璧,无亦何妨?五谷于世,岂可一日阙耶?上大悦。"⑤世祖遂在燕京建宣圣庙,加封孔子,制定祭孔之礼;并在大都立国子学,教授蒙汉子弟习儒家经典;又令从臣秃忽鲁等辑录《诗经》、《论语》、《孟子》、《春秋》、《贞观政要》、《资治通鉴》等中原经典,以备御览。元仁宗对中原文化非常倾慕。《元史·仁宗纪》:仁宗通晓儒术,曾曰:"明心见性,佛教为深;修身治国,儒道为切。""儒者可尚,以能维持三纲五常之道也。""朕所愿者,安百姓以图至治,然匪用儒士,何以致此?设科取士,庶几得真儒之用,而治道可兴矣。"⑥元仁

---

① 《金史》,上海古籍出版社影印武英殿《二十五史》本,第23页。
② 《金史》,上海古籍出版社影印武英殿《二十五史》本,第26页。
③ (宋)宇文懋昭:《大金国志》,上海古籍出版社影印《四库全书》本,第950页。
④ (元)苏天爵:《元文类》,上海古籍出版社1993年版,第508页。
⑤ (元)陶宗仪:《南村辍耕录》,中华书局1959年版,第57页。
⑥ 《元史》,上海古籍出版社影印武英殿《二十五史》本,第73页。

宗因此不顾蒙古贵族守旧势力反对,起用儒臣,于延祐二年(1315)正式恢复了中断近八十年的科举考试。

然而,元世祖并非如金代帝王那样全面接受中原文化。比如金、元两代民族文字的制定,金令儒臣完颜希尹仿汉字楷书制定了女真字,元世祖却请西僧八思巴仿藏文制定蒙古新字;他拒绝儒臣频频建议而坚持不开科举,又推行四等人制排斥汉人云云。《元史·礼乐志》记:"元之有国,肇兴朔漠,朝会燕飨之乐,多从本俗。"即使至元八年(1271)刘秉忠、许衡为蒙元制定了正式的朝仪,元世祖在正式场合,皆用中原封建"朝会之仪,而大飨宗亲,赐宴大臣,犹用本俗之礼"①,分说明元世祖对待中原文化持有保留态度。同时,历代元帝推崇中原文化,常常遭遇蒙古贵族守旧势力的反对阻挠。蒙古国旧都位于漠北和林(今蒙古哈尔和林),元世祖在漠南开平金莲川开藩府,又在开平登基,后移都大都。蒙古贵族守旧势力对元世祖建都汉地尊用汉法极力反对。《元史·高智辉传》:"西北藩王遣使入朝,谓本朝旧俗与汉法异,今留汉地建都邑城廓,仪文制度遵用汉法,其故何如?"②尤其是武宗、仁宗、英宗、泰定帝、文宗、顺帝六朝权臣伯颜,对汉人更是极为仇视。《元史·顺宗纪》:顺宗至元元年(1335),伯颜请"诏罢科举"长达六年,重新断绝了汉人由科举入仕的道路。至元三年(1337)又"禁汉人、南人不得习学蒙古、色目文字",至"请杀张、王、刘、李五姓汉人,帝不从③。"伯颜对待中原文化态度在蒙古贵族守旧势力中是有代表性的,使历代元帝在推行中原文化时不能背离蒙古民族的"祖宗之法"太远,常常摇摆于草原文化与中原文化之间,两种文化在元代始终呈现着时即时离、貌合神离的态势,造成了历代元帝多不懂汉文。清人《廿二史劄记》卷三十《元诸帝多不习汉文》中指出:

> 元起朔方,本有语无字。太祖以来,但借用畏吾字以通文檄。世祖启用西僧八思巴造蒙古字,然于汉文则未习也。《元史》本纪:至元二十三年,翰林承旨撒里蛮言,国史院纂修《太祖》、累朝《实录》,请先以畏吾字翻译进读,再付纂定。元贞二年,兀都带等进所译《太宗》、《宪宗》、《世祖

---

① 《元史》,上海古籍出版社影印武英殿《二十五史》本,第194页。
② 《元史》,上海古籍出版社影印武英殿《二十五史》本,第357页。
③ 《元史》,上海古籍出版社影印武英殿《二十五史》本,第109页。

实录》,是皆以国书进呈也。其散见于其他传者:世祖问徐世隆以尧、舜、禹、汤为君之道,世隆取书传以对,帝喜曰:"汝为朕直解进读。"书成,令翰林承旨安藏译写以进。曹元用奉旨译唐《贞观政要》为国语。元明善奉武宗诏,节《尚书》经文,译其关于政事者,乃举文升同译,每进一篇,帝必称善。虞集在经筵,取经史中有益于治道者,用国语、汉书两进读,译润之际,务为明白,数日乃成一篇。马祖常亦译《皇图大训》以进(皆见各本传)。是凡进呈文字必皆译以国书,可知诸帝皆不习汉文也。……以后如仁宗,最能亲儒重道,然有人进《大学衍义》者,命詹事王约等节而译之,则其于汉文盖亦不甚深贯。……不惟帝王、不习汉文,即大臣中习汉文者亦少也①。

元代帝王对待中原文化的如此态度,使他们不可能具备良好的汉文化修养,不能像金代帝王那样"赋诗染翰,雅歌儒服",或者以辞赋取士云云。元代帝王能够写出如此艺术成熟的诗歌,已经实属难为,其诗歌成就不能高于金代帝王,也是自然而然之事。

六、金、元两代帝王诗是胡汉民族文化融合的艺术结晶

无论成就高下,金、元两代帝王的诗歌创作,都是中华民族文学史上一个值得关注的文化现象。金、元两代皆为起自朔漠的游牧渔猎民族,其社会形态与民族文化都非常落后。受先进的中原文化影响,他们从建立民族文字开始起步,努力学习提高汉文化修养,创作出一批艺术成熟且富有民族特色的诗歌,成为金、元民族走出愚昧、走向文明的文化标志之一。同时,金、元两代帝王诗歌皆程度不同地反映了各自的民族习俗、民族性格,集中表现了各自的民族精神、民族文化,保存着较多的草原旧俗和原始遗风,有着诸多的社会文化价值。按"中国失礼,求之四夷"的传统观念,金、元帝王的诗歌,不仅为我们研究金、元时代草原民族的社会形态,文化习俗,道德风尚,提供了较多的文化

---

① 王树民:《廿二史劄记校证》,中华书局1984年版,第687页。

信息,而且对当今研究整个中华民族遥远的过去,也可提供了新的研究思路。再者,金、元现两代帝王诗歌有一个鲜明的共同特点,皆表现出强烈的追求统一的思想倾向。反对分裂,要求统一,是中华民族的优秀传统。金元时代,华夏神州正处于五代十国、宋辽金夏,以及宋金西夏等政权相互割据之四百余年的分裂动乱时期。结束分裂,实现统一,这是中国历史发展的必然趋势,也是金、元时代各民族共同的愿望。金、元两代帝王诗歌中的统一思想,正是中华民族传统思想的继承和发扬,是金、元民族顺应历史潮流,自觉承担历史使命的集中体现,至今具有深远而进步的社会意义。

尤其重要的是,金、元两代帝王带着草原文化进入中原,以草原民族的审美观念审视中原文化,以中原传统诗歌形式,表现草原民族的社会习俗与道德风尚,深刻反映了草原文化对中原文化的冲击,更表现了中原文化对草原民族发生的巨大影响。金、元两代帝王诗歌是中原文化与草原文化相互冲撞融合的艺术结晶。它有力的说明,历史悠久,博大精深的中原文化,具有宽广的胸怀和无限的包容,有着吸收和同化不同文化的气魄和能力。同时也说明:不无哪个民族,只要能够善于学习和吸收不同民族的文化,为一个民族的传统文化注入新的血液,才能不断地促进自己民族的进步,创造一种新的文化新的艺术。金、元两代帝王诗中刚健雄壮豪迈向上的独特诗风,虽然尚有粗俗拙野的艺术不足。但是对于历史悠久的中原诗歌来说,它不仅是股新的诗风,更是一种昂扬向上、生机勃勃的新文化,给传统的中原诗歌带来了新的活力,有利于中原传统诗歌吸收新的艺术,促使中原民族接受所谓野蛮却是新兴文化的洗礼,不断摒弃中原文化中由于传承日久,沉淀过多的文化糟粕和保守的道德观念,学习他们刚健雄壮,豪迈向上,积极进取,生气勃勃的民族精神,不断推动中原社会的进步。

七、一个值得认真反思的深刻问题

金、元两代帝王诗歌艺术成就的不同,还引出一个让我们必须清醒反思的深刻问题。金、代两代帝王诗歌艺术成就较高,说明金、代两代帝王对中原文化的崇尚倾慕,积极主动的接受了中原文化的影响,使之具备了良好的汉文化修养,写出艺术成熟并富有民族特色诗歌,它是草原文化与中原文化高度融合的艺术体现。值得反思的是:其结果,女真民族汉化严重而被中原文化所同化,其民族则融合消失在中华民族的大家庭中,失去了民族的独立性,今天只能在富有民族风格特色的金代帝王诗各种历史文献中,去追寻曾经辉煌的女真文化和民族。元代帝王诗歌艺术成就逊于金代帝王,说明元代帝王对中原文化既推崇又很多保留,他们曾经积极接受中原文化的影响,促使蒙古民族走向进步与文明,但他们不愿放弃蒙古民族的独立性,不愿坐视也没有放弃草原文化而被中原文化所同化。他们的汉文化修养较差,诗歌写得也无鲜明特色,但他们坚持维护了草原文化和蒙古民族的独立性,使蒙古民族至今仍屹立在世界民族之林。这种文化奇观,在当今世界各民族文化空前交流的大文化潮流中,对我们重新认识中国传统文化和各种外来文化的交流,既促进中华民族文化的发展和社会的进步,又能够坚持维护中华民族文化的先进性和独立性,都有值得人们认真探讨和清醒反思的深远的文化价值。

略论金代山西文学

李正民

在山西诗歌史上,金代(1115—1234)是最辉煌的时期,《中州集》所收二百五十五位诗词作家中,山西人竟占三分之二。金诗的发展可分为四个阶段:一是从金太祖到海陵朝(1115—1161),为"借才异代"的时期;二是世宗、章宗两朝(1162—1213),是金诗成熟、形成"国朝文派"的时期;三是从"贞祐南渡"(1214)到金亡(1234),为金诗的繁荣期;四是从金亡至元好问逝世(1257),为金诗的高潮期。虽然金王朝已灭亡,但不少诗人正进入创作的高潮,元好问在金亡后生活了二十三年,登上金元诗坛的顶峰,"河汾诸老"等金代遗民诗人,也在此期间创作了可歌可泣的佳作,他们对元代文学产生了深远的影响。

一、金初"借才"期

清人庄仲方在《金文雅》序中说:"太宗入宋汴州,取经籍图书,宋宇文虚中、张斛、蔡松年、高士谈辈先后归之,而文字煨兴,然借才异代也。"这段话是对当时南北文化交融、金初由朴陋而逐渐文明的简洁概括。其中"借才异代"一语,准确精当。所谓"借",生动地反映了女真族统治者对汉族先进文化的仰慕和主动吸收,客观地再现了不同民族文化并存、交融的实况。这一时期被"借"的山西之才士,由辽入金的主要为虞仲文(1069—1123),武州宁远(今山西朔州)人。由宋入金的有一位著名诗人姚孝锡(1099—1181),他虽是江苏丰县人,但从二十九岁直至八十三岁逝世,五十余年定居于山西五台。他的《睡起》诗云:"旧事老年多记忆,故园归梦正悠扬。"仍念念不忘地吟唱着故国之思。《中州集》收其诗三十二首,实为金初山西诗坛一大家。此外还有山西夏县人司马朴及腾茂实、朱弁,这三人都是由宋使金被留在山西的。腾茂实、朱弁非山西籍,但在山西生活和创作多年。还有一位山西代县人何宏中

(1097—1159),原为宋军将领,被金人俘获后抗节不降,囚于狱中。后被保释出狱,当了道士。他被擒后曾作《述怀》诗云:"马革盛尸每恨迟,西山饿踣更何辞。姓名不到中兴历,付与皇天后土知。"以表达宁死不降的志节。

跨越第一、第二两个时期的著名山西诗人,成就较高、影响较大的是李晏、刘汲和郝俣。李晏(1123—1197),泽州高平(今山西高平市)人,其诗词流露出对仕宦生涯的厌倦和世事兴亡、人生无常的感慨。他的[回文菩萨蛮]词,饶有情趣,表现了成熟的诗艺,但也同样寄托着知己寥落之叹。刘汲(1151年前后)是应州浑源(今山西浑源县)人,出身于文学世家。他的父亲刘撝为当时的诗学宗师,金初词赋状元。当时的文坛领袖李纯甫称刘汲之诗"质而不野,清而不寒,简而有理,淡而有味,盖学乐天而酷似之"(《中州集》卷二引)。太原诗人郝俣的五言咏物诗和七律,意象高洁,物我交融,寄托着自己不慕荣利的恬淡情怀。

这一时期山西诗人有二十余人。

二、文学成熟期

这个时期是形成金诗独特个性和风貌的关键时期。元好问在《中州集》卷一《蔡珪传》中指出:"国初文士如宇文大学、蔡丞相、吴深州之等,不可不谓之豪杰之士,然皆宋儒,难以国朝文派论之。故断自正甫为正传之宗,党竹溪次之,礼部闲闲公又次之。自萧户部真卿倡此论,天下迄今无异议云。"这段话至为重要,它揭示了金代文学发展的主脉和各阶段的代表人物。由此可以理出这样一条线索:蔡珪——党怀英——赵秉文——萧贡——李纯甫——元好问。最能代表国朝文派初期特色的是蔡珪的《野鹰来》:"南山有奇鹰,置穴千仞山。网罗虽欲施,藤石不可攀。鹰朝飞,耸肩下视平芜低,健狐跃兔藏何迟;鹰暮来,腹肉一饱精神开,招呼不上刘表台。锦衣少年莫留意,饥饱不能随尔辈。"张晶在《辽金诗史》中分析说:野鹰的意象有很深的象征意义,充分展示了诗人的主观世界。野鹰志向高远,勇猛矫厉,个性倔强,不慕荣利,不受豢养羁勒,这些都是诗人胸襟志趣的投射。在野鹰意象中,有一股雄悍朴野之气,诗的句式参差变化适宜于表现诗人那种慷慨豪宕的气质,语言风格质朴而又峭健。① 甚是。我们再看萧贡诗中的"瘦马"意象:"瘦马虽瘦骨骼奇,古人

---

① 张晶:《辽金诗史》,东北师范大学出版社1994年版。

相马遗毛皮,千金一顾会有期。"(《君马白》);"狂草"意象:"追慕古人得高趣,别出新意成一家。"(《米元章大字卷》),确实与"野鹰"意象一脉相通。而"追慕古人得高趣,别出新意成一家",更是"国朝文派"得以形成的精辟概括。所谓"别出新意",主要由于女真族"戆朴勇鸷"的民族气质和北方的自然环境、人文历史的影响所造成;而所谓"追慕古人"则主要在于从统治者到士大夫文人的继承汉族先进文化传统的强烈意识的驱动。

与"野鹰"意象恰成对比的,是北宋文人笔下的"野雁"意象:"野雁见人时,未起意先改。君从何处观,得此无人态?"(苏轼题野雁诗),一见人就"未起意先改",野雁怯懦的本性暴露无遗。更可悲的是,画雁者已近,野雁却全无察觉。若非画雁而是捕雁,后果将如何?如果我们由鹰与雁的意象对比联想到金灭北宋,将不会是十分牵强的吧!在由此联想到元好问的《雁丘词》,是否会"别有一番滋味在心头"呢?

清人顾奎光在《金诗选》的自序中指出:"金诗雄健而踔厉,清刚而激越悲凉","以苍莽沉郁慷壮之思,救宋季靡曼絮弱之病,固亦未可少也。"这是很深刻的见解,不仅概括了国朝文派的特征,而且以文学史家的眼光揭示了国朝文派在中国诗史的意义和地位。国朝文派的代表诗人中,还有河东(今山西永济市一带)人王庭筠(1151—1202)。① 王字子端,自号黄华山主。金毓黼先生认为:"金源一代文学之彦,以黄华山主王子瑞为巨擘,诗文书画并称卓绝。"(转引自《辽金诗史》)王庭筠《河阴道中》诗写山西山阴县农村景物,反映了"世宗、章宗之际,府库充实,天下富庶"之一斑。

三、文学繁荣期

这个时期是金王朝由衰至亡的历史阶段。然而由于战乱巨变的刺激,诗人们的创作却呈现出繁荣的景象,反映现实生活和人民痛苦的作品成为主流。这时期著名的诗人十余人中,山西诗人就有八人,即杨云翼、雷渊、刘从益、赵元、李献能、元好问、李汾、李献甫。杨云翼是平顶乐平(今山西昔阳县)人,与赵秉文代掌文柄二十年。其诗近于唐人,助长了南渡诗坛的学唐之风。雷渊

---

① 刘熙载:《艺概·词曲概》,上海古籍出版社1978年版。

(1184—1231),字希颜,是应州浑源人,金代宗诗派的代表诗人。他的抒情之作写救国救民的宏伟抱负;咏物诗则是其傲岸性格的绝妙写照;怀友的诗篇,反映了仗义重情、肝胆相照的品格。元好问盛赞雷渊为"中朝第一人"。并州诗人李汾,元好问称其诗"磊落清壮,有幽并豪侠慷慨歌谣之气"。李汾的《古月一篇为裕之赋》,想象奇特浪漫,意境宏阔,其抒情主人公的形象与李白十分相近。山西定襄县的盲诗人赵元,其突出贡献在于以乐府歌行真实地反映了战乱带给人民的痛苦,可与杜甫的"三吏"、"三别"相媲美,具有诗史的意义,《修城去》、《邻妇哭》等,一向被人称道。

金宣宗南渡黄河迁都汴京后的诗坛,宗宋学黄诗派的领袖人物为李纯甫。其《灞陵风雪》诗云:"蹇驴驮着尽诗仙,管是襄阳孟浩然。官家放归殊不恶,蹇驴大胜扬州鹤。莫爱东华门外软红尘,席帽乌靴老却人。"其中的"蹇驴"意象正是"野鹰"、"瘦马"意象的延展和演变。蹇驴与诗仙是二位一体的形象。它比野鹜少了孤鹜之气势和野逸情调,却更加质实,又多了一份自傲和自豪,甚至胜过了空灵的扬州鹤,更不用说肥马轻裘老死红尘的凡夫俗子了。著名诗人赵沨因有"好景落谁诗句里,蹇驴驮我画图间"的名句,故"世号赵蹇驴"(《归潜志》卷八)。"蹇驴"似乎已成为国朝文派在南渡诗坛上的新形象,诗人们自诩为"衣上征尘杂酒痕,远游无处不消魂"的骑在驴背上的诗仙。至于元好问笔下"峻似吕梁千仞,壮似钱塘八月"的黄河形象,已不仅是金诗,而是整个北方文学雄健奔放精神和品格的象征。

四、创作高潮期

元好问是跨越金代诗史第三、第四时期的光辉代表和领袖。他一生的经历和创作可分为三个大的时期:二十岁之前,是学业准备时期。二十一—四十三岁,是深造、应举、为官、交友和创作的第一个高潮期。四十四—六十八岁逝世,是创作的第二个高潮期,也是为促进社会进步、保存中原文化和金代文献作出重大历史贡献的时期。这个时期的创作和政治文化活动,奠定了元好问作为文化巨人的历史地位。他二十八岁时以诗文见礼部尚书赵秉文,赵秉文对元好问的《箕山》、《元鲁县琴台》等诗极为赞赏,认为在杜甫以后,尚未见过这么好的诗。于是元好问名震京师,被人目为"元才子"。元好问在这一年写的《论诗三十首》,奠定了他在我国文学批评史上的重要地位。元好问在其后为官期间和金亡前后所写的"丧乱诗",如"高原水出山河改,战地风来草木腥"(《壬辰十二月车驾东狩即事》)等,蒿目时艰,深刻地反映了当时的社会现实和人民疾苦,慷慨悲歌,真挚动人,代表了他诗歌创作的最高成就,确实可以与杜甫在安史之乱期间所写的诗歌媲美。而在其批判力度上,比杜甫有过之而无不及。1233年元好问四十四岁时,在朝中任左司都司。这时,金哀宗已经出逃,汴京危在旦夕。元好问在生死存亡之际,向蒙古中书令耶律楚材进言,写了《寄中书耶律公书》。这一惊世骇俗之举,是他力图保护中原文化的一大贡献,他推荐了著名文士五十四人,请求保护。不久,这些文士果然大多被任用,促进了蒙古贵族文明化,保存和传扬了中原先进文化,在忽必烈时代以儒学治国中发挥了重大作用。金亡后的二十余年,元好问长期奔波于鲁、豫、冀、晋之间。其目的主要有二:一是鼓吹儒学,二是搜集编撰金史的资料。金亡前后,元好问编撰了《壬辰杂编》、《金源君臣言行录》、《续夷坚志》,并编辑了金诗选集《中州集》。又在家乡构筑野史亭,以编撰《金史》为己任。他还写了大量的碑志、序引。元好问这一时期的政治文化活动,有一种矛盾的现象:他积极推荐鼓励其友人、门生担任蒙古政府的官职,并结交一些权贵,而自己却坚持不出仕。继任其父耶律楚材为蒙古中书令的耶律铸曾多次写信并派人招致元好问,元好问回信说:"备悉盛意。未几张伯宁来,招致殷重,甚非衰谬之所堪任……复有来命,断不敢往。"这是什么原因呢?笔者认为,元好问鼓励儒者作官,是为了行儒道;而他自己辞官不就,则是为了尊儒道。道尊则易行,道行则益尊。

元好问的学术思想、文学主张、诗文创作均深受赵秉文影响。元好问论赵秉文诗说:"五言沉郁顿挫学阮嗣宗,真淳简澹学陶渊明;七言长诗笔势纵放,不拘一律;律诗壮丽,小诗精绝"(《中州集》卷三赵秉文传)。如果将律诗之"壮丽"改为"悲壮",这些评论简直可以说是夫子自道。但元好问也学苏、黄,对李纯甫十分尊重,与雷渊、李汾更是莫逆之交。故其诗能兼唐、宋之长。元好问对自己的诗词成就极为自信,自许为李白、杜甫一流,而在秦观、晁补之、贺铸、晏几道诸人之上。其《天涯山》云:"诗狂他日笑遗山,饭颗不妨嘲杜甫。"《游泰山》云:"徂徕山头唤李白,吾欲从此观蓬莱。"《遗山自题乐府引》云:"客有谓予者云:'……且问遗山得意时,自视秦、晁、贺、晏诸人为何如?'

予大笑,拊客背云:'哪知许事?且啖蛤蜊。'客亦笑而去。""哪知许事,且啖蛤蜊"语出《南史·王融传》,原作"不知许事,且食蛤蜊"表示不屑之意。这种态度确实大幅度地超越了儒家传统的温良恭俭让的藩篱,正是多民族融合的"中州万古英雄气"孕育的结果,无怪乎他敢于以"诗中疏凿手"自任,宣称"未便吴侬得锦袍了"(元好问《自题中州集后五首》之一)。至于他在中国文学批评史上的地位和他对于形成"河汾诗派"领袖的作用,则是李白、杜甫也是不能比拟的。元氏的《论诗三十首》,承杜甫《戏为六绝句》之后,辩证清浊,扬正斥伪,对于提倡风雅正体,批判衰靡诗风,纠正江西诗派的流弊都有着重要意义,并影响到元明诗坛的宗唐之风。元好问在史学方面的贡献,包括他开创断代诗史新体例《中州集》的功绩,在史学界也早有定评。

元好问的散曲创作对于元散曲有开创和示范作用。他的辞赋和散文,也被后人视作学习的榜样。元代著名的文人学士,出于元好问门下的就有白朴、王恽、阎复、郝经等数十人。

与元好问同一时期,创作活动时间更长的是泽州晋城(今山西晋城市)的著名学者、独树一帜的文学家李俊民。就诗文成就而言,他仅次于元好问,且自具特色。在金诗发展的第三、四时期,元好问和李俊民是两座挺拔的高峰。李俊民(1176—1260),字用章,号鹤鸣老人。承安五年(1200)经义状元,授应奉翰林文字。不久弃官教书,隐于嵩山。刘瀛评其诗云:"先生诗格律清新似东坡,句法奇杰似山谷。集句圆转,脉络贯穿,半山老人之体也。雄篇巨章,奔腾放逸,昌黎公之亚也。"(引自顾嗣立《元诗选》甲集)可见他也是兼学唐宋的。李俊民诗的风格清新奇崛,多幽忧激烈之音,系念宗邦,寄怀深远。其特色在于痛定思痛。立足点较高,识见独特,立意新警。如《郭显道美人图》结句说:"却怜当时毛延寿,故写巫山女粗丑。"一反历来对毛延寿的指责,说毛延寿是故意把昭君画丑的,为的是使君王免于耽溺女色,贻误国事。这真是发前人所未发。这种说法并无根据,但表现了李俊民的良苦用心,富有针砭时政的现实意义。

活跃在金诗发展的第四阶段的遗民诗人最突出的是山西的"河汾诸老"。他们生活在山西南部黄河、汾水之间,又都受元好问的深刻影响,是元好问周围托月的群星。平阳(今山西临汾市)诗人房祺编辑了《河汾诸老诗集》。这8位河汾诸老是麻革(永济人)、张宇(临汾人)、陈赓、陈庾兄弟(临猗人)、房皡(临汾人)、段克己、段成己兄弟(稷山人)、曹之谦(应县人)。他们继承了赵秉文、元好问宗唐学唐的主张,与当时其他诗人相呼应、承前启后,为开创元诗复倡唐音之风气、推动元诗创作的全面繁荣作出了贡献。元初学者王恽说:金末元初"斯文命脉主盟而不绝者,赖(河汾)遗老数公而已"。河汾诸老今存诗达547首,真实地反映了当时的时代特征、社会矛盾和文人心态,画出了一副色彩斑驳的末世景观。

金代山西诗人多兼写词,著名的有王庭筠、王予可(吉县)、王特起(原平)、李俊民、元好问和段克己、段成己、折元礼(忻州)等。

元好问的词也是金元两代成就最高的,刘熙载评为"集两宋之大成"①。我们看他的《水调歌头·赋三门津》"黄河九天上,人鬼瞰重关……直下洗尘寰"的气势,"万象入横溃,依旧一峰闲"的坦荡,比苏词"大江东去"实有所超越。遗山之《雁丘词》、《双蕖怨》,凄婉欲绝,极尽缠绵,可与李清照[凤凰台上忆吹箫]相媲美,而深曲过之。更难能可贵的是,遗山之婉约词虽深曲缠绵却毫不纤弱,可谓"深婉之中,自饶疏快",这正是金词、北词的特质,难怪金庸先生在《神雕侠侣》中吟唱《雁丘词》,令人回肠荡气,也使此词风靡天下,更加深入人心。

五、散文、小说、辞赋、散曲、诸宫调

金代的山西散文作家,仍以元好问、李俊民称首,其次为刘祁。杨云翼、王庭筠、雷渊、陈规、段成己、麻革等也有少量篇章传世。元好问的散文今存二十六卷,可谓众体悉备,兼学韩、欧,正大明达,平易自然,无奇纤晦涩之语,艺术风格雄健清新。李俊民的散文结构严谨,层次明晰,很讲究章法。浑源刘祁的《归潜志》,为《金史》多所取材。《四库全书总目提要》说:谈金代遗事者,以《归潜志》与元好问《壬辰杂编》为最。《壬辰杂编》已佚,则《归潜志》尤足珍贵。刘祁的散文足以名家,近于苏轼散文的清新磊落。如《游西山记》叙事流畅,写景善于捕捉特色,形象生动逼真,境界奇丽,是不可多得的佳作。

元好问的志怪小说集《续夷坚志》是迄今所知唯一的金代小说集,在我国

---

① 刘熙载:《艺概·词曲概》,上海古籍出版社1978年版。

小说由雅趋俗的发展史上有承前启后的贡献,其成就超过了洪迈《夷坚志》等宋人志怪。金代山西作家的赋,只有元好问的四篇和李俊民的二篇传世。

朱权《太和正音谱》称"元遗山之词如穷崖孤松",陶宗仪《南村辍耕录》说元好问所制曲已被市井歌妓传唱,对元散曲的兴盛有开创和示范作用。山西高平县诗词作家赵可(？—1189)有在考场戏书小词一首云:"赵可可,肚里文章可可。三场捱了两场过,只有这番解火。恰如合眼跳黄河,知他是过也不过？试官道王业艰难,好交你知我。"无论从风格情调还是从语言用字上看,都具有民间散曲特色,是研究早期散曲的珍贵资料。

金代的民间说唱文学诸宫调,在我国文学史上有重要地位。今存完整的诸宫调只有董解元《西厢记诸宫调》一种,对王实甫的《西厢记》杂剧有直接的决定性的影响。一说董解元名朗,是山西侯马人。① 另有残本《刘知远诸宫调》,为山西平阳(今临汾市)平水版。而诸宫调的首创艺人孔三传,就是河东泽州(今山西晋城市)人。

研究金代山西文学,还有一个突出的现象值得注意,即文学世家甚多。元好问曾说:"士之有所立,必藉国家教养、父兄渊源、师友讲习,三者备而后可。"(《中州集》卷十辛愿传)信哉斯言。如浑源刘㧑、刘汲、刘从益、刘祁、刘郁、雷思、雷渊、雷膺、忻州元德明、元好古、元好问、元严,永济李献诚、李献卿、李献能、李献甫,稷山段克己、段成己,临猗陈赓、陈庾。涉及到其他朝代的还有著名的闻喜裴家、太原王家、榆次常家、阳城陈家、洪洞董家等等。深入研究这一现象,具有重要的文化史意义。

金代山西数以百计的文学家,在特定历史阶段游牧文明与农业文明的冲突、互补、交融的进程中,为建构多元一体的中华文化大厦做出了独特的贡献。

---

① 李正民:《董西厢作者籍贯探讨》,晋阳学刊1991年第1期。

试论金代"国朝文派"的发展演变

李正民

元好问在《闲闲公墓铭》中,曾概括地论述了由唐末五代至辽宋金的"文之废兴"。他指出:

> 唐文三变,至于五季,衰陋极矣。由五季而为辽宋,由辽宋而为国朝,文之废兴可考也。宋有古文,有辞赋,有经解,柳、穆、欧、苏诸人,斩伐俗学,力百而功倍。起天圣迄元祐,而后唐文振;然似是而非、空虚而无用者,又复见于宣政之季矣。辽则以科举为儒学之极致,假贷剽窃,牵合补缀,视五季又下衰。唐文奄奄如败北之气,没世不复,亦无以议为也。国初因辽宋之旧,以词赋经义取士,预此选者,选曹以为贵科,荣路所在,人争走之。传注则金陵之余波,声律则刘郑之末光,固已占高爵而钓厚禄。至于经为通儒,文为名家,良未暇也。及翰林蔡公伯正甫,出于太学大丞相之家学,接见于宇文济阳、吴深州之风流,唐宋文派乃得正传,然后诸儒从而和之。盖自宋以后百年,辽以来三百年,若党承旨世杰、王内翰子端、周三司德卿、杨礼部之美、王延州从之、李右司之纯、雷御史希颜,不可不谓之豪杰之士;若夫不汩于利禄,不溺于流俗,慨然以仁义道德性命祸福之学自任,沉潜乎六经,从容乎百家,幼而壮、壮而老,怡然涣然之死而后已者,惟我闲闲公一人。①

这里应特别注意的是,文中堂而皇之地声称:至蔡珪出,"唐宋文派乃得正传",这无异于对偏安的南宋政权以当头棒喝,体现了金代文人继承中华文化正统的强烈愿望和自尊自信。这正是国朝文派得以形成并取得高度成就的巨大内驱力。在《中州集》卷一《蔡珪传》中,元好问又指出:

---

① 《金文最》,中华书局1990年版,第1351页。

> 国初文士如宇文大学、蔡丞相、吴深州之等,不可不谓之豪杰之士,然皆宋儒,难以国朝文派论之。故断自正甫为正传之宗,党竹溪次之,礼部闲闲公又次之。自萧户部真卿倡此论,天下迄今无异议云。①

与《闲闲公墓铭》中的提法相比较,可以发现前后有微妙的变化,《墓铭》中认为:蔡珪继承宋儒,"唐宋文派乃得正传",承认金承北宋;《蔡珪传》中则云:吴激等皆宋儒,难以国朝文派论之,故断自蔡珪为正传之宗,已与"宋儒"划清了界限。

看萧贡、元好问所崇尚的国朝文派正传代表人物的作品,以及萧贡、元好问两人的作品,还可归纳出国朝文派"正传"的更为重要的内涵,即不仅是在金朝成长起来的文人,且必须是符合儒家文学观念的文人。"正传之宗"蔡珪的作品,"森森凡例本六经";赵秉文为党怀英所写的碑文中认为:先秦古文,汉之文章,韩愈、欧阳修之文,皆文章之正也,而党怀英则首得"古人之正脉";至于赵秉文本人,则正如杨云翼所说:"学以儒为正,不纯乎儒非学也……今礼部赵公实为斯文主盟,(其文)粹然仁义之言也。盖其学一归孔孟,而异端不杂焉"(《闲闲老人滏水集序》),可见,"国朝文派"之正传的更重要的标准,是能否继承儒家正统文化。所以,像李纯甫这样影响深远的文坛巨子,由于力主尊佛老,只能是国朝文派之"别传"。

但只具备以上两方面,"国朝文派"充其量也只能成为唐宋文派之余绪,不足以自树一帜。于是,周昂强调"文以意为主":"文章以意为主,以字语为役。主强而役弱,则无令不从。今人往往骄其所役,至跋扈难制,甚者反役其主。虽极辞语之工,而岂文之正哉?"(《中州集·周昂传》)。李纯甫《故人外传》称:周昂"以孝友闻,又善名节,蔼然仁义人也。学术醇正,文笔高雅,以杜子美、韩退之为法。"可见,周昂是主张在继承汉文化传统的大氛围内,力求出以新意;若仅在辞语方面雕琢,也非文之正。而萧贡所谓"追慕古人得高趣,别出新意成一家"(《米元章大字卷》),正与周昂的主张不谋而合。"文以意为主",即以国朝文人之个性、情感、意志、性情为主,而以汉语言文字为役。具备了以上三要素,再加以"国家教养,父兄渊源,师友讲习",自己则"真积力

---

① 《中州集》,中华书局1959年版,第33页。

久",有因有创,才形成了如张晶所说:金代诗歌自己的风骨、神韵、面目,诗的内在气质——国朝味。

"国朝文派"与金初的"借才异代"联系起来,正可看出金代文坛由"借"到"创"的发展趋势。

"国朝文派"即"我朝文派",这种指称其实含有一种"爱朝主义"精神。萧贡、元好问强调"国朝文派"之"正传",表现了他们对金代文学的热爱和自豪感,对金代文学自立于文学史、与两宋文学并列的追求,以及对金代文学特质的清醒认识和自觉传承。这一文派的创作,虽然仍以诗词为主,但其特征也表现在散文、小说、辞赋、散曲和诸宫调等各个方面。而且随着国势的兴衰,民族交融的进程和作家个性师承等的不同,国朝文派也在发展、演变。关于国朝文派的特质,张晶已有精辟的论述①。本文则主要以"国朝文派"代表诗人的作品作为切入点,试图探讨它发展演变的特征及其规律性。

一

先看"国朝文派"中汉族作家和他们的诗作。国朝文派"正传之宗"蔡珪的《野鹰来》,极具典型性:

> 南山有奇鹰,置穴千仞山。网罗虽欲施,藤石不可攀。鹰朝飞,耸肩下视平芜低,健狐跃兔藏何迟。鹰暮来,腹肉一饱精神开,招呼不上刘表台。锦衣少年莫留意,饥饱不能随尔辈。

正如张晶所分析:"野鹰志向高远,非凡鸟可比。它勇猛矫厉,俯视平芜,凌然超越。它个性倔强,不慕荣利,不吃'嗟来之食',不受豪族豢养、羁勒,这些都是诗人意趣的投射","诗的句式参差变化,表现了诗人慷慨豪宕的气质。""野鹰"意象有很深的象征意义,其中充溢着雄悍朴野之气,带有一种原生态的生命强力,显示着与宋儒之诗迥然不同的风貌。从这首诗中我们可以感受到少数民族那种血气方刚的力量与桀骜不驯的性格。同时,汉族作家写出这样雄

---

① 张晶:《国朝文派:金诗的整体特征》,载李正民、董国炎主编:《辽金元文学研究》,文化艺术出版社1999年版。

健矫厉的诗,当与少数民族精神和文化传统的影响有关,也是北方地域历史文化蕴育的结果。同类的作品还有《医巫闾》:

> 幽州北镇高且雄,倚天万仞蟠天东。祖龙力驱不肯去,至今鞭血余殷红。崩崖岸谷森云树,萧寺门横入山路。谁道营丘笔有神,只得峰峦两三处。……

景色壮丽雄奇,气势磅礴,想出天外,显示了国朝文派独具的特色。

蔡珪以博学名世,其诗风格也是多样的。今存之五十余首诗中,有《太白捉月图》,有《读戎昱诗有作二首》,有《司空表圣祠三首》,有《雪拟坡公韵》。五言诗中有"扇底无残暑,西风日夕佳"之近陶者,也有"小渡一声橹,断霞千点鸦"之近王、孟者,还有"山阴未办羲之集,沂上聊从点也归"之近山谷者,甚至还有宫体诗《画眉曲七首》。郝经在《书蔡正甫集后》称蔡珪为"森森凡例本六经,贯穿百代恢规模","不肯蹈袭抵自作,建瓴一派雄燕都"(《郝文忠公集》卷九),再次肯定了这位"正传之宗"的历史地位。同时又说:"煎胶续弦复一韩,高古劲欲摩欧苏",强调其"雄劲"的特征,确立了国朝文派的独具个性。

"党怀英文似欧公,不为尖新奇险之语,诗似陶谢,奄有魏晋"(《中州集·党怀英传》),已透露出不满足于苏黄而欲上溯魏晋的复古倾向。他有一首《君锡生子四月八日》诗,赞左君锡之子云:

> 天马驹,海鹤子,气骨初成便超异,簫云冲霄从此始。

"天马"和"海鹤"在"气骨初成"时便显露其卓异不凡之处,具有凌云的壮志。与蔡珪笔下的野鹰相比,海鹤子孤高远飞,天马驹躞云行空,颇具清高优雅之态,而少了勇悍朴野之气,传达出国朝文派逐渐汉化的信息。

稍后,被元好问称为"敦庞——古儒"、"人亡典刑在"、"至今诵其诗,喜色为津津"(《萧斋》)的萧贡,其《君马白》一诗中出现了"瘦马"意象:

> 我马瘦,君马肥,我马尫羸君马飞。雕鞍宝校锦障泥,向风振迅长鸣嘶。一朝计落路傍儿,铜鬲为樵薪为衣。瘦马虽瘦骨骼奇,古人相马

遗毛皮,千金一顾会有期。

君马虽肥,但终有被人烹食的一天;"我马"虽瘦,但志在千里,必逢伯乐。瘦马之外形虽尚无优雅风度,然内心充满执着与坚定,骨奇志远,令人联想起李贺《马诗》中的奇句:"向前敲瘦骨,犹自带铜声"。这正是诗人心理的投射。随着各民族之间的文化交流融合与情感渗透,少数民族豪宕的精神特质渐渐浸染了汉民族的朴实气质,"笑云冲霄"的野鹰、海鹤渐渐收起了高傲的双翅,英武神俊之气有所弱化,于是产生了"瘦马"意象。

金宣宗时礼部尚书、文坛盟主赵秉文有一首《雏鹰》诗:

> 皋落秋风暮,深崖得尔雏。他时万里翼,天末片云孤。何处三窟兔,古城千岁狐。伫翻壮士臂,飞血洒平芜。

历史以永不停歇的脚步向前行进,民族的融合进一步加深。曾几何时,"招呼不上刘表台"的野鹰之子,竟驯立于壮士臂上。虽然它依旧雄强矫健,但它已经不再在天地间自由地翱翔,而沦落为贵族炫耀身份的标志和捕猎的工具了。由"野鹰"到其后代"雏鹰"的延续,绝妙地象征着汉文化传统在金朝作家作品中的逐步渗透和显现。

再看李纯甫的《灞陵风雪》诗:

> 君不见浣花老人醉归图,熊儿捉辔骥子扶。又不见玉川先生一绝句,健倒莓苔三四五。蹇驴驮着尽诗仙,短策长鞭似有缘。政在灞陵风雪里,管是襄阳孟浩然。官家放归殊不恶,蹇驴大胜扬州鹤。莫爱东华门外软红尘,席帽乌靴老却人。

"蹇驴驮着尽诗仙,短策长鞭似有缘","瘦马"逐渐蹇顿,终于变成了"蹇驴"。它比"野鹰"少了孤鹜之气,比"瘦马"少了野逸情调,但却更加质实,甚至胜过了空灵的扬州鹤。事实上驴是劳动工具,它没有丝毫的自由和尊严可言,拉磨、拉车、驮货……稍不听话便被人"短策长鞭"的一番教训。虽然李纯甫的诗风以狠重奇险、峥嵘怒张为主导倾向,往往透露出北方士人豪犷超迈、刚直任气的性格特征,但这首诗中的"蹇驴"意象,却分明透露出国朝文派的进一步汉化,即少数民族倔强个性的弱化和循规蹈矩的加强。孟浩然、李贺之后,诗人和驴已结下不解之缘,以至陆游说:"衣上征尘杂酒痕,远游无处不消魂。此身合是诗人未?细雨骑驴入剑门。"刘祁《归潜志》载:赵渢曾有诗云:"好景落谁诗句里,蹇驴驮我画图间",故"世号赵蹇驴"。① "蹇驴"和"诗仙"已成为二位一体的高雅荣誉称号。赵秉文也有诗云:"诗句功夫驴背上"(《春山诗意图》),它再一次证明了汉族文化的融汇潜能。襄阳孟浩然成为金代文人心目中的偶像和诗仙,这似乎已是历史的必然。

金末诗人李俊民,史称其传二程理学,诗学苏、黄。"类多幽忧激烈之音,系念宗邦,寄怀深远,不独以清新奇崛为工。文格冲淡和平,具有高致"(《四库提要》)。其词运用典故得心应手,常参以议论,但却能与词境浑然交融,已有集大成气象。至于河汾诸老,虽先后生活在女真族和蒙古族的统治下,然而他们的诗歌,却"有深而冲淡如陶、柳者,有豪放如李翰林、刘宾客者,有轻俗近雅如元、白者,有属对切当如许浑者,有骚雅奥义、古风大章浸入于杜草堂之域者"②,受赵秉文、元好问复古学唐的主张影响之深,一至于此。

蔡珪等国朝文派早期的汉族作家,在女真族政权统治下与少数民族文人和平共处,切磋文艺,故其作品自难免濡染少数民族的精神特质和朴野气息。然而随着时间的推移,从"野鹰"、"海鹤子"、"雏鹰"、"瘦马"直到"蹇驴",野性的光芒层层褪尽,驯顺之态层层剥现。汉民族用柔弱如水、无孔不入的传统文化,渐渐消融了少数民族刚烈似火的气势,国朝文派的汉化过程,就在这水与火矛盾统一的运动中完成,并且积淀于文学意象之中。

二

再看"国朝文派"的少数民族作家和他们的诗词。

女真族早期的《巫歌》唱道:"取尔一角指天,一角指地之牛,无名之马,向之则华面,背之则白尾,横视之则有左右翼者……"这是巫师在被杀者家中所唱的诅祝歌词。唱完诅歌后,"既而以刃画地,劫取畜产财物而还"。是为女

---

① 刘祁:《归潜志》,中华书局1983年版,第86页。
② 房祺:《河汾诸老诗序》,《河汾诸老诗集》,山西古籍出版社1996年版。

真"国俗"。而被杀者"一经诅咒,家道辄败"。十一世纪初,女真族"尚未有文字,无官府,不知岁月晦朔。"(《金史·世纪》)女真族昭祖石鲁"将定法制,诸父国人不悦,已执昭祖,将杀之。谢里忽亟往,弯弓注矢,射于众中,众乃散去,昭祖得免",①此不难看出其原始的社会形态、雄悍的本质特征和粗陋的文化基础。

然而一个世纪之后,女真族建国称金,灭北宋,入主中原,在广大的北方与汉族杂处。在物质、制度、精神等文化的各个层面,基本完成了由"拿来主义"到融汇生成的历史演进的初级阶段,由游牧文明进入农业文明。至金海陵王完颜亮(1122—1161)的诗词创作,已具有国朝文派早期鲜明的特色。完颜亮英鸷强悍、矫异不群、雄心勃勃,志在一统天下。试看其《南征至维扬望江左》一诗:

> 万里车书尽会同,江南岂有别疆封? 屯兵百万西湖上,立马吴山第一峰。

淋漓尽致地表现了诗人的性格特征、民族禀赋与政治抱负,一种豪荡凌厉之气跃然纸上。其《书壁述怀》诗曰:"蛟龙潜匿隐沧波,且与虾蟆作混合。等待一朝头角就,撼摇霹雳震山河。"蛟龙沉潜,混同鱼虾,颇有一种英雄失路的况味,而一旦头角长成,必将飞腾九天。诗人自比为不可一世的蛟龙,毫不掩饰自己的凌云壮志,确实具有一种非凡的气概和雄犷粗戾的霸气。

再看其[鹊桥仙]词:

> 停杯不举,停歌不发,等候银蟾出海。不知何处片云来,做许大,通天障碍。虬髯捻断,星眸睁裂,唯恨剑锋不快。一挥截断紫云腰,仔细看,嫦娥体态。

这首词描写的是等待月出时的那种焦急暴躁的心情。全词洗尽铅华,不避俚俗,写出了与汉族文人迥然不同的赳赳武夫待月的特定心态,从中透射出词人那种蛮横强悍的豪霸之气。挥剑断云,强行逼视嫦娥体态,这种野蛮的大不敬的构想,是传统的汉族文人绝难梦见的。然而正是少数民族这类刀与火的铁

---

① 《金史》卷六十五《谢里忽传》。

血放歌,给衰萎的汉族传统文学注入了强大的生命力,使其返老还童。

完颜亮诗词的豪霸之气,与其帝王身份是颇为吻合的,也是正处于上升阶段的女真族民族性格和文化心理的形象反映。其创作与女真族早期《巫歌》相比,简直有一个跨时代的飞跃。平心而论,完颜亮应当与蔡珪并列为金代国朝文派的"正传之宗"。但由于政治方面的原因①,再加上萧贡和元好问的潜意识中,仍以汉族文化为正统,故对完颜亮诗词讳莫如深。今天,我们应还他一个公道。

《归潜志》卷十载:完颜亮当政时,赵可赴试,御题为《王业艰难赋》。试毕,赵可于席屋上戏书小词云:"赵可可,肚里文章可可。三场捱了两场过,只有这番解火。恰如合眼跳黄河,知他是过也不过。试官道王业艰难,好交你知我。"恰巧完颜亮至文明殿,见之,"使左右趣录以来,有旨谕考官:此人中否当奏之。已而中选,不然亦有异恩矣"。赵可这首小词情感真挚,质朴通俗,平易自然,充满自负和自信,正与完颜亮的气质相通,无怪乎他一眼看中。这首词也可看作国朝文派早期的代表性作品。赵可诗今存五首,其七律《来远驿雪夕》云:"春来天气不全好";七律《谒先主庙》颔联云:"乘时不作池中物,得士能令鼎足均",也分明表现出国朝文派早期之生硬浅俗。

鲜卑族诗人元好问之父元德明,有《楸树》一诗云:"道边楸树老龙形,社酒浇来渐有灵。只恐等闲风雨夜,怒随雷电上青冥。"语言质朴,气骨苍劲,意境雄奇,体现了诗人不甘平凡、希望有朝一日能够出人头地的愿望。与完颜亮之作相比,雄悍朴野之色有所减退,壮美风格中揉入了儒雅之底蕴。

完颜璹(1172—1232)为金世宗之孙,越王永功之子。他的《北郊晚步》一诗云:

> 陂水荷凋晚,茅檐燕去凉。远林明落景,平麓淡秋光。群牧归村巷,孤禽立野航。自谙闲散乐,园囿意犹长。

在秋郊美丽的晚景中,透露出一种萧散、闲舒、淡远的气息。

---

① 完颜亮率军侵南宋时,完颜雍自立为帝,是为金世宗。完颜亮被部将所杀。故世宗、章宗、宣宗朝皆言亮恶。然《大金国志》称:海陵王完颜亮于府库资财无所爱,且知书,吟咏冠绝当时。宣宗朝左丞贾益谦亦谓史载海陵之罪百无一真。

完颜璹比较全面地接受了儒、佛、道三教文化的濡染,"资雅重,薄于世味,好贤乐善。"与当时著名文人交往甚密,精研诗学,兼擅书画。故其诗颇有王孟诗派之遗韵。

再看其词。朝中措云:

> 襄阳古道灞陵桥,诗兴与秋高。千古风流人物,一时多少雄豪。　霜清玉塞,云飞陇首,枫落江皋。梦到凤凰台上,山围故国周遭。

作家俯仰今古,精骛八极,凝聚了内涵丰富的人世、人生沧桑感。

[沁园春]云:

> 壮岁耽书,黄卷青灯,留连寸阴。到中年赢得,清贫更甚,苍颜明镜,白发盈簪。衲被蒙头,草鞋着脚,风雨潇潇秋意深。凄凉否?瓶中匮粟,指下忘琴。　一篇梁父高吟,看谷变陵迁古又今。便离骚经了,灵光赋就,行歌白雪,愈少知音。试问先生,如何即是,布袖长垂不上襟。掀髯笑,一杯有味,万事无心。

似曾相识的知识分子安贫乐道的传统情调,圆熟的填词艺术。若将此词杂入《全宋词》中,君能摘出否?

完颜璹的诗词很注重意境,有情蕴景中、情景交融、意在言外的特色。他似已谙熟汉末古诗、王孟山水田园诗以及宋词名家着景炼意的笔法,并能巧妙地运用于自己的创作中。无怪乎其《自题写真》说:"只缘苦爱东坡老,人道前身赵德麟。"以宋帝宗室、苏轼的至交自比。完颜终于成为一位成熟杰出的文学大家,正是少数民族吸收融汇汉文化的绝好例证。

与元好问同时的女真诗人术虎遂,为纳邻猛安,曾受学于辛愿,并与王郁、刘祁等交善。刘祁称其刻苦为诗,以吟咏为事,其七律甚有唐人风致。如《书怀》云:"关中客子去迟迟,飘泊炎荒两鬓丝。三楚楼台淹此日,五陵鞍马想当时。春风草长淮阳路,落日云埋汉帝祠。回首故乡何处是,北山天际绿参差。"确实萦回着杜诗的遗响。

比术虎遂小十岁的世袭谋克乌林答爽,则"诗风清丽俊拔似李贺"(《归潜志》卷三)。如赋古尺云:"背逐一道十三虹,赤鬣金鳞何夭矫。翻思昨夜雷霆怒,只恐乘云上天去。"可证刘祁所言不虚。

完颜璹和术虎遂等诗人成长的社会文化环境,正是金人艳称的"大定明昌五十年"(1161—1208)。《金史·乐志上》说:"金初得宋,始有金石之乐,然而未尽其美也。及乎大定明昌之际,日修月葺,粲然大备。……有散乐,有渤海乐,有本国旧乐。""乐"不仅具有歌舞的娱人功能,更重要的是风俗和情感的潜移默化,它在各民族由冲突到融合的过程中起着难以觉察而又不可抗拒的作用,如水滴石穿一样。"乐"在制度层面,则表现为"有意味的形式"——"礼",即具有特定文化内涵的有序的宗教教化仪式。由"得宋"之乐,到"日修月葺,粲然大备",正是不同民族文化由移植到认同再到整合重塑的历史规律的形象反映。

立足于这样一个文明化的阶梯,完颜璹和术虎遂等少数民族优秀诗人的出现,就决不是偶然的。

国朝文派发展的最高阶段,崛起了一座高峰——汉化程度极高的鲜卑族诗人元好问。元好问明确地称本朝作家作品为"国朝文派",而他本人的创作,正是国朝文派的最杰出代表。试看其两首纪乱诗:

惨淡龙蛇日斗争,干戈直欲尽生灵。高原水出山河改,战地风来草木腥。精卫有冤填瀚海,包胥无泪哭秦庭。并州豪杰今谁在,莫拟分军下井陉。

——《壬辰十二月车驾东狩后即事》五首其二

百二关河草不横,十年戎马暗秦京。岐阳西望无来信,陇水东流闻哭声。野蔓有情萦战骨,残阳何意照空城!从谁细向苍苍问,争遣蚩尤作五兵。

——《岐阳三首》

二

元好问纪乱诗的成就,正如张晶先生所说:"气魄宏大,境界雄浑,悲壮慷慨的感情渗透在苍莽雄阔的意境之中。从来没有谁把如此雄浑苍莽的意境与如此悲怆浓烈的情感融合得如此浑然一体","所以能够产生震撼人心而又大气包举的悲剧审美效应。"①元好问纪乱诗的审美特征,当然绝非格调低沉的悲哀、悲凉,也不是纯然阳刚之美的悲壮、悲愤;而是一种哲人和诗人在沧桑巨变之际迸发的灵魂交响,是血泪呼喊、现实浓缩、历史反思、诗家熔炼的新合金。是悲壮、悲愤、悲思、悲痛、悲怆、悲凉、悲苦、悲伤之集大成。从来没有谁把内涵如此丰富之"悲",融铸得如此浑然一体,如此完美绝伦。

赵翼以"沉挚悲凉"概括遗山七律的特点,并认为"唐以来律诗之可歌可泣者,少陵十数联外,绝无嗣响;遗山则往往有之……。感时触事,声泪俱下,千载后犹使读者低徊不能置",②确为有见。若立足于国朝文派来分析,元好问与杜甫相比,除了共同受北国历史地域文化的哺育之外,主要有五点特征:一是少数民族的血统和人文环境的影响,增加了其诗的力度;二是国破家亡的巨变深痛,充溢了其诗的悲愤内涵;三是北宋苏黄等诗人的影响,有助于其诗的清雄、精炼;四是元好问自觉地学习继承风雅传统、建安风骨、陶谢之真淳清新和以杜甫为代表的唐诗,使其诗雅正淳厚;五是元好问清醒地认识到"情知春草池塘句,不到柴烟粪火边",对南方诗歌之"清华"十分向往,故不满足于"若从华实评诗品,未便吴侬得锦袍",而以追索"乾坤清气"的"万古骚人"自命。具有如此深广的时空视野和"真积力久"的修炼,再加上前述主客观条件,才铸就了遗山诗的大器晚成。

刘熙载《艺概·词曲概》指出:"金元遗山诗兼杜韩苏黄之胜,俨有集大成之意。以词而论,疏放之中,自饶深婉,亦可谓集两宋之大成者矣。"③我们看他的《水调歌头·赋三门津》:

> 黄河九天上,人鬼瞰重关。长风怒卷高浪,飞洒日光寒。峻似吕梁千仞,壮似钱塘八月,直下洗尘寰。万象入横溃,依旧一峰闲。　仰危巢,双鹄过,杳难攀。人间此险何用?万古秘神奸。不用燃犀下照,未必佽飞强射,有力障狂澜。唤取骑鲸客,挝鼓过银山。

---

① 张晶:《鲜卑诗人元好问的诗歌成就及其北方文化基质》,《民族文学研究》1992年第3期。
② 赵翼:《瓯北诗话》,人民文学出版社1963年版,第117页。
③ 刘熙载:《艺概》,上海古籍出版社1978年版,第113页。

把黄河中流砥柱北三门峡的孤险雄壮、河水波浪滔天的壮丽奇美写得恢宏阔大、飞扬磅礴,寄寓了元好问蓬勃奋发而又从容坦荡的精神追求。这首写黄河的[水调歌头],与苏轼写长江的[念奴娇],可称为豪放词的南北绝唱。二者相较,元词缺乏苏词那种深沉的历史感,也没有人生如梦、壮志难酬的惆怅与无奈;但其"直下洗尘寰"的力度和骑鲸挝鼓过银山的精神风貌则高于苏词。

再看其情词:

> 恨人间、情是何物,直教生死相许?天南地北双飞客,老翅几回寒暑!欢乐趣,离别苦,是中更有痴儿女。君应有语,渺万里层云,千山暮雪,只影为谁去? 横汾路,寂寞当年箫鼓,荒烟依旧平楚。招魂楚些何嗟及,山鬼自啼风雨。天也妒,未信与、莺儿燕子俱黄土。千秋万古,为留待骚人、狂歌痛饮,来访雁丘处。
>
> ——《摸鱼儿·雁丘词》

词前小序说:捕雁者杀一雁,其脱网者悲鸣不去,竟自投于地而死。"予因买得之,葬之汾水之上,累石为识,号曰雁丘",并作了《雁丘词》,其后又有所改定。这说明大雁的殉情之举震撼了元好问的心灵,他联想到人间生死不渝的"痴儿女"之爱情,对殉情之雁油然而生敬意,于是买而葬之,并以词寄慨。若干年后,他又对此词有所改定,则说明这首词在他心目中一直享有重要地位。论者多把此词作为元好问婉约词的代表作,盛赞他豪放、婉约兼备的大家风格。我认为更可贵的是此词所展现的元好问的情感世界。如果再结合他的[双蕖怨](问莲根有丝多少)、[江梅引](墙头红杏粉光匀)、他悼念亡妻的[三奠子](怅韶华流转)、他的《续小娘歌》和三十余首杏花诗,人们看到的是多么深情重义、多么丰富细腻、多么高尚清灵的精神世界和审美情趣啊!没有悲天悯人的博大胸怀,没有激情敏感的诗人气质,没有厚积薄发的历史文化积淀,绝对写不出这样的作品。

蔡厚示曾评价元好问为"八百年中第一人"[①],如果这一评价是以我国诗

---

① 福建省社会科学院文学研究所蔡厚示研究员,于山西忻州市"1990年元好问诞辰八百周年国际学术研讨会"上提出此观点,获得与会专家的赞同。

学传统为标准,则并不过分。苏轼之后,宋代诗坛上影响最大的是江西诗派和陆游。江西诗派的创作倾向是吟咏书斋生活、推敲文字技巧;陆游则致力于北伐中原的慷慨高歌,无意细论诗艺。辛弃疾、姜夔之后,南宋词坛学辛者不免粗豪,学姜者琢字拘律。① 在这样趋于衰落的诗学背景下,元好问以唐人为旨归、力倡杜甫"别裁伪体亲风雅"的诗论,可与苏轼、辛弃疾、陆游、姜夔比美的大气磅礴、风格多样的创作实绩,确实起到了挽狂澜于既倒的示范作用,为元、明、清三代的诗学发展指明了康庄大道。

元好问作为中国古代诗歌史上卓越的少数民族诗人,其文学创作中显示出来的,已不再是单向汉化的过程,而是汉、胡文化交融美化的结果。融汇汉文化传统与北方少数民族文化传统于一炉的元好问诗词,奠定了金代国朝文派在我国文学史上的独特地位。

三

1206年,宋伐金,金反攻。金人刘昂作[上平西]词。中云:"天兵小试,百蹄一饮楚江干。捷书飞上九重天,春满长安。舜山川,周礼乐,唐日月,汉衣冠。洗五州、妖气关山。"理直气壮地以中华正统自居,并欲以此名分统一全国。正是由于金人有如此强烈的独承正统的自觉性,经过几代人的呕心沥血,才谱就了国朝文派在中华文化史上不可或缺的光辉一页。

国朝文派的发展演变,虽以胡、化汉化的此消彼长为基本标志,但其风格并不单调。《归潜志》载赵秉文服膺蔡珪、党怀英,而不满于王庭筠诗文之"尖新";他倡导诗学风雅,兼法唐人李杜诸公,故元好问等争以唐人为法。李纯甫则只称赏王庭筠,认为王诗出于苏轼、黄庭坚。雷渊深受黄庭坚、李纯甫影响,文多学奇古,不作浅弱语。再看王若虚的《论诗》,特别推重白居易、苏轼,而抨击黄庭坚不遗余力,并对王庭筠之轻视白诗大加讥讽。李经则因专学李贺,而被赵秉文批评为诗有"枭音"。② 由此可以窥见,国朝文派中有学唐与学宋之别;学唐者中又有学李杜与学白居易、学李贺之别;学宋者中又有学苏与

---

① 参见袁行霈:《中国文学史》卷三,高等教育出版社2000年版,第97页、第175页。
② 赵秉文:《答李天英书》,转引自《宋金元文论选》,人民文学出版社1984年版,第441页。

学黄之别。其风格流派还是相当多样的。

综上所述,国朝文派的发展演变大致可以分为三个阶段:

第一阶段是国朝文派的形成时期。这一阶段的主要作家有蔡珪、完颜亮、党怀英、刘汲等。他们的创作,摆脱了前代文人的创作模式,开创了新的北国雄健诗风,初步形成了"国朝文派"。他们的作品中大多含有一种质朴的生命强力,具有与宋儒之诗大不相同的雄悍、勇倔之气,体现着少数民族的精神特质。

第二阶段是国朝文派的繁荣时期。这一阶段出现了大批优秀作家,如萧贡、王庭筠、赵秉文、周昂、杨云翼、李纯甫、雷渊、赵沨等。他们的作品在保留少数民族雄健粗犷的精神特质的基础上,注意向先进的汉文化学习,更多地吸收了汉文化的精髓,显现出越来越明显的汉化痕迹。

第三阶段是国朝文派成熟并且逐渐达到顶峰的高潮时期。这一阶段的代表作家有完颜璹、麻九畴、李汾、元好问、辛愿、河汾诸老等。他们的特点是对汉文化进行过认真系统的学习,比较全面地接受了汉文化的濡染。其作品更多地体现了与前辈作家不大一致的汉民族精神特质,具有更多风雅敦厚之貌,而少了些豪率任气之风。元好问"以唐人为旨归"的诗学主张及其创作,最具典型性。

纵观"国朝文派"的发展演变,不难看出它是一个由俗趋雅的过程。李纯甫序刘汲《西岩集》,称其诗"质而不野,清而不寒,简而有理,澹而有味"。[①]由"质、清、简、澹"到"不野、不寒、有理、有味",形象地描述出国朝文派由俗趋雅的早期演化之迹。但从中国文学审美趣味发展的大势来看,宋金时期正是由雅趋俗大趋势的重要开端,这是金代国朝文派的大文化背景。而国朝文派各阶段代表作家作品和作品中文学意象的发展变化,却在由雅趋俗大趋势中呈现出一种由俗趋雅的态势,形成了中国文学在这一特定时期的奇丽景观。文化大背景的"雅、俗"与国朝文派的"雅、俗",又有大同中的小异:前者的"雅"为贵族文言文学,具有"阳春白雪"式的审美趣味;前者的"俗"为中下层文人和民间艺人创作的白话文学,具有"下里巴人"式的审美趣味。后者的"雅"与前者的"雅"方向趋同,但质量不纯,尚有先天之"俗"的印记,即少数

---

① 《中州集·刘汲传》,中华书局1959年版,第78页。

民族气质的影响;后者的"俗"并不以作者的身份和用语为标志,主要指的是较多反映女真等少数民族天然、朴野、雄放气质的文学作品。

元好问在编定《中州集》后,曾经自豪地说:"北人不拾江西唾,未要曾郎借齿牙"(《自题中州集后五首》之二)。说明他已明确地体认到国朝文派的特征,其成就超过了江西诗派。赵与时《宾退录》云:"曾端伯有《百家诗选》","去取殊未精当,前辈多议之。……南丰《兵间》、《论交》、《黄金》、《颜杨》诸篇,及苏黄门四字诗,无一在选中者,而反录'都都平丈我'之句。"①所谓"都都平丈我",《宾退录》解释说:"世传俚语,谓假儒不识字者,以《论语》授徒,读'郁郁乎文哉'作'都都平丈我'"。曾慥《百家诗选》即选入曹元宠之《题梁仲叔所藏陈坦画村教学》诗:"此老方扪虱,众雏亦附火。想见文字间,都都平丈我。"曾慥之诗选既有此病,而元好问则力主诗学古雅,国朝文派发展的态势已是由俗至雅,故"未要曾郎借齿牙"就是理所当然的了。

在金代国朝文派由俗趋雅这一发展流程中,包含着十分复杂的情况。诸如:(一)对国朝文派"正传之宗"的承续、分流和扬弃。(二)国朝文派"别传"之统系及其与正传之互斥、互补。(三)少数民族作家与汉族作家之间的互相影响,胡化倾向的弱化与汉化倾向的强化同步兼容,但"俗"的特质并未泯灭;如王若虚强调学习白居易,元好问、刘祁重视民间歌谣。(四)诗文理论对创作风气的影响。(五)同一流派中又有不同的师从,如河汾诸老之诗。(六)同一师承中又有不同的取舍。(七)兼学诸家而又有所辨析。(八)儒佛道思想对文学的影响,尤以赵秉文、李纯甫为典型。(九)宋金文学的交流和互润。如李纯甫"晚甚爱杨万里诗,曰'活泼剌底,人难及也'"②。以上种种,尚须进一步深入探讨。

然而,中国文学由雅趋俗发展的大趋势是不可逆转的,故元好问高度汉化的诗文、小说中不能不受俗文学的影响,在文言中夹用白话,③在诗词中夹用俗语、俗字,并创作散曲,对俗文学和民间艺人表现了一定程度的尊重。而《董解元西厢记》的出现,则绝妙地标志着雅——俗大主线(《莺莺传》——

---

① 赵与时《宾退录》,上海古籍出版社1983年版,第77页。
② 《归潜志》,中华书局1983年版,第87页。
③ 参见李正民:《〈续夷坚志〉评注》,山西古籍出版社1999年版,第9页。

《董西厢》),与俗——雅支线(金代俗曲——《董西厢》)的交汇点和长篇叙事文学的光辉开端。①

总之,中国文学大方向的由雅至俗的下降趋势,与金代国朝文派小方向的由俗至雅的上升趋势,在金与南宋灭亡之后,于元代文学中汇合、交融,呈现出俗雅并进、而以俗文学为主流的局面,从而奠定了明、清两代文学发展的基本格局。

---

① 参见李正民:《董西厢的体裁及其民间文艺特色》,《中华戏曲》第29辑。

论元好问对传统价值体系的冲决与开拓

李正民

元好问在《虚名》一诗中说："虚名不直一钱轻,唤得呶呶百谤生。可惜客儿头上发,也随青草斗输赢。"①

清乾隆帝爱新觉罗弘历在《御批通鉴辑览》中说："元好问于金亡之后,以史事为己任,托文词以自盖其不死之羞,实堪鄙弃。"②1997年,香港学者方满锦说："金亡前后,元好问的名节表现相当失败。金亡前,他参与撰写颂德碑为金守城降将崔立歌功颂德,继而上书蒙相耶律楚材,推荐本国人才。金亡后,他又攀附蒙古权贵,及于晚年觐见忽必烈。这四件事均直接影响他的名节,而令其终身受谤。……故就名节而言,元氏一无是处。"③元好问由于金亡不死,实践了那几件惊世骇俗的壮举,不仅在当时即受到"百谤",而且在五百年后的乾隆朝、直到二十世纪末仍受抨击。可见,他对传统价值体系地冲决与开拓所生成的冲击波,影响是何等深远!

一、别开生面的第四种选择

金亡蒙兴之际,作为金朝史官的元好问,如果遵循传统的价值体系,可以有两种选择:(一)为金君死节;(二)隐居终老。如果背叛传统,则可以出仕新朝。但他却创造性地实现了第四种选择:不死、不隐、不仕,但却积极从事社会文化活动。这一创举,实在是对传统价值观念地挑战。

---

① 《元好问全集》,山西古籍出版社2004年版,第342页。
② 乾隆:《御批通鉴辑览》宋理宗绍定五年、金天兴元年。
③ 方满锦:《元好问之名节研究》,香港天工书局1997年版,第191—196页。

二、以仁为归的生死观

　　这种挑战,当然首先集中于生死观。孔子说杀身成仁,孟子说舍生取义,认为仁义高于生命。后世之"小儒规规焉以君臣之义无所逃于天地之间"(黄宗羲《原君》语)君死则以身殉,即为仁义之忠臣,反之则为失节。而元好问则认为:"死生之际大矣!可以死,可以无死。一失其当,不以之伤勇,则以之害仁。然自召忽、管仲折衷于圣人之手,斯不必置论。……夫惟志士仁人知所以自守也。不汩于利义之辨,不乖于去就之理。端本既立,确乎不拔;静以养勇,刚以作强。其视横逆之来,曾虚舟飘瓦之不若;控搏之变,如寒暑旦暮之有常。心为权衡,自量轻重,知有泰山之死,而不知有鸿毛之生。结缨之礼不至,无取于海隅之伏剑;漆身之志既笃,不屑于督亢之献图。孰先孰后,必有能次第之者。语有之:'君子无终食之间违仁,造次必于是,颠沛必于是。'信斯言也!匹夫为谅,自经于沟渎,其可与求仁而得仁者一概论乎?"①这段话有三层意思:一是说可以死而不死则伤勇,可以不死而死则害仁;并以召忽死、管仲不死为例,指出孔子以管仲为仁,是无可争议的。二是说志士仁人知所以自守,即"心为权衡,自量轻重",在生死之际有自己独立的选择,不受外界干扰;并以漆身饮炭的豫让为例。第三层再引孔子语,说匹夫守小节小信,自经于沟渎,实不可取;而君子则于造次、颠沛之时,无终食之间违仁,求仁而得仁。

　　在《论语·卫灵公篇》中:"子曰:志士仁人,无求生以害仁,有杀身以成仁。"②显然,是"求生"还是"杀身"?一以"仁"为标准。元好问以"志士仁人"自许,为"成仁"可以杀身,即他所谓"诚能安社稷、救生灵,死而可也";③若"害仁",则不应"求生"。而元好问恰恰是"求生"而"辅仁",这是对传统生死观的新开拓。更有意义的是,元好问提出"心为权衡,自量轻重",即根据现实事变,充分发挥主体意识的判断,而不囿于传统价值体系。这种个性精神的觉醒,是元好问突破传统观念的内驱力。元好问引召忽、管仲为例,说明在他心目中,隐然以"相桓公,霸诸侯,一匡天下,民到于今受其赐"、被孔子赞为"如

---

① 《元好问全集》,山西古籍出版社2004年版,第570页。
② 《论语译注》,中华书局1980年版,第163页。
③ 《金史·完颜奴申传》。

其仁、如其仁"的管仲为楷模①。而在事实上,元好问以一介儒生,在历史条件所允许的范围内,已经最大可能地作出了力所能及的奋斗和贡献,"虽溘死道边无恨"②。

元好问所谓"一失其当"之"当",即适合当时具体形势、具体事件的最佳选择,是属于哲学范畴的"度"的概念。元好问六十岁时所体认到的这一创见,是他凝聚了生活经验、审时度势、深思熟虑的思想结晶,是指导他生存和奋斗的精神武器,也是留给后人的宝贵财富。

三、以事功为重的忠义观

郝经在《遗山先生墓铭》中说:元好问"每以著作自任,以金源氏有天下,典章法度几及汉唐,国亡史兴,已所当为。……先生曰:'不可遂令一代之美泯而无闻。'乃为《中州集》百余卷,又为《金源君臣言行录》。往来四方,采摭遗逸。有所得,辄以寸纸细字亲为记录,虽甚醉不忘。于是杂录近世事至百余万言,捆束委积,塞屋数楹,名之曰'野史亭'。书未就而卒。呜呼,先生可谓忠矣!"③

郝经所谓元好问之"忠",已不再是仅仅忠于一人一姓之忠君,而是忠于一国一代。但事实上,元好问还不仅是忠于一国一代。

全祖望曾经批评元好问说:"遗山又致书耶律中令,荐上故国之臣四十余人,劝其引进。是非可以已而不已者耶?"④确实,元好问给耶律楚材上书,决非非写不可;而这种"境外之交"必遭非议,也是他意料中事。那么,他为什么还要断然上书呢?可惜全祖望并未深究。

其后,王国维在《耶律文正公年谱·余记》中说:"元遗山以金源遗臣,金亡后上耶律中书,荐士至数十人,昔人恒以为诟病。然观其书则云:'以阁下之力使脱指使之辱,息奔走之役,聚养之,分处之。学馆之奉不必尽具,镞粥足以糊口,布絮足以蔽体,无甚大费'云云。盖此数十人中皆蒙古之'驱口'也。不但求免为民而必聚养之、分处之者,则金亡之后,河朔为墟,即使免驱为良,

---

① 《论语译注》,中华书局1980年版,第151页。
② 元好问:《与枢判白兄书》,《元好问全集》,山西古籍出版社2004年版,第806页。
③ 《陵川集》,山西古籍出版社2006年版,第1229页。
④ 全祖望《鲒埼亭集》外编卷三十一《跋遗山集》。

亦无所得食,终必馁死故也。遗山之书,诚仁人之用心。是知论人者不可不论其世也。"①

王国维所谓"仁人之用心",亦即范仲淹在《岳阳楼记》中所求之"古仁人之心":"不以物喜,不以己悲","先天下之忧而忧,后天下之乐而乐"。②

元好问若为君死节则为小忠小义。而为了存史兴文济众生,苦心孤诣,奔走呼号,结交蒙古权贵,北觐忽必烈,将个人"名节"置之不顾,"立心于毁誉失真之后而无所恤,横身于利害相磨之场而莫之避"③则为大忠大义。

元好问致书耶律楚材的前一年,赵秉文、完颜良佐、商衡、完颜㻞、李汾、王渥、赵思文、李献能、麻九畴、王郁死。当年正月崔立叛降,杀二相,元好问险遭不测,蒲察琦死。二月,聂元吉死,四月,梁王、荆王及族属被杀,两宫北迁。这一系列血与火的刺激,严酷的生存环境,当是激发元好问致书耶律楚材的重要原因。再者,与元好问同岁的耶律楚材以"礼乐中原"自任,经力谏废屠城之制,并指名理索处于围城中的赵秉文、孔元措等二十七位名士文人北归。二人可谓志同道合,为一时俊杰。故致书之举,决非一时冲动所为。

在给耶律楚材上书的前几个月,即1232年12月,元好问写有《壬辰十二月车驾东狩后即事五首》,其三说:"郁郁围城度两年,愁肠饥火日相煎"。④ 究其实,"日相煎"的岂止是"愁肠饥火"? 更令他痛苦思考的是:在国君出逃、金朝大势已去的情势下,自己何去何从的生死抉择。经过复杂的思想斗争,他坚定地认识到"沧海横流要此身!"(其五)。他不仅要倡儒道以救生灵,还要修金史,编诗集、彰节烈以祭亡灵。于是,四个月后,1233年4月22日,他断然地写了《寄中书耶律公书》。确如方满锦指出的那样,他这封上书包含着"荐人自荐的居心"。⑤ 1235年,他得知国史的下落后,即建野史亭,作《南冠录》,奔走四方,采集金源君臣遗言往行,以编修金史自任。其后,"元人纂修《金史》,多本遗山所著,故于三史中独称完善"。⑥

元好问向耶律楚材推荐的五十四位"天民之秀",据姚从吾考证,参加新朝建设者有十二人,协助忽必烈建立元朝、并参加安定中原与统一中国有表现者

---

① 《王国维遗书》第十一册,上海古籍书店1983年版。
② 《范文正公集》卷七。
③ 元好问:《写真自赞》,《元好问全集》,山西古籍出版社2004年版,第800页。
④ 《元好问全集》,山西古籍出版社2004年版,第182页。
⑤ 方满锦:《元好问之名节研究》,香港天工书局1997年版,第95页。
⑥ 《四库全书·遗山集提要》。

为二十三人,未仕元朝而有贡献的学者十人。以上三类共四十五人,占元好问推荐总数的百分之八十三点三。这数十位文化精英合力推进了蒙古新朝的文明化。其历史功绩,当如何评价呢?

四、以民为贵的道统观

"民为贵,社稷次之,君为轻。是故得乎丘民而为天子"(《孟子·尽心下》);"三代之得天下也,以仁;其失天下也,以不仁"(《孟子·离娄上》);"天听自我民听,天视自我民视"(《尚书·秦誓》);"仁者爱人"(《论语·颜渊篇》);"仁民而爱物"(《孟子·尽心上》);"天之爱民甚矣"(《左传》襄公十四年);"天地之性人为贵"(《孝经·圣治章》)。

这些光辉论断,正是原始儒家之道。但经韩非和汉儒的改造后,却被颠倒过来,成为"君为贵,社稷次之,民为轻。"所以韩愈说:"博爱之谓仁,行而宜之谓义,由是而之焉之谓道。"而这仁义之道,"尧以是传之舜,舜以是传之禹,禹以是传之汤,汤以是传之文武周公,文武周公传之孔子,孔子传之孟轲。轲之死,不得其传焉。"[①]韩愈本人"抗颜而为师",正因欲传此道。

元好问深刻地理解道统之传。他说:"道之传,可一人而足;所以宏之,则非一人之功也。唐昌黎公、宋欧阳公身为大儒,系道之废兴,亦有皇甫、张、曾、苏诸人辅翼之"。他认为在韩愈、欧阳修之后,"不溺于时俗,不汩于利禄,慨然以道德仁义性命祸福之学自任。沉潜乎六经,从容乎百家,幼而壮、壮而老,怡然涣然,之死而后已者,惟我闲闲公一人。"但是,"绍圣学之绝业,行世俗所背驰之域"的礼部尚书、翰林侍讲学士赵秉文,"乃无一人推尊之"、"而不知贵其道"。元好问在慨叹之余,又颇为自信地说:"然则若公者,其亦有所待乎?"[②]

元好问为座主、恩师赵秉文写这篇墓铭,时为1232年,正是金王朝危急存亡之秋。几个月后的1233年4月,元好问便写了《寄中书耶律公书》。显然,元好问是以赵秉文为承继孔子、孟轲、韩愈、欧阳修道统的金代盟主,而欲宏

---

① 《四部精要》第18册,《韩昌黎集》卷十一,上海古籍出版社1993年版。
② 本段引文均见《闲闲公墓铭》,《元好问全集》,山西古籍出版社2004年版,第400页。

道,则非一人之功。所谓"有所待",即以自己为宏道的继承人。于是,元好问"横身于利害相磨之场",特立独行,实践着"博爱之谓仁,行而宜之谓义"的仁义之道,突破了"三纲"、节烈、华夷之辨等传统价值体系的樊笼。

早在二十七岁时,元好问写的《箕山》诗云:"干戈几蛮触,宇宙日流血……古人不可作,百念肺肝热。"①其忧国忧民之心感动了礼部尚书赵秉文。其后战乱更加残烈,"惨淡龙蛇日斗争,干戈直欲尽生灵。"他深切地体认到"呼天天不闻,感讽复何补?"②必须采取切实的具体行动,以挽狂澜于既倒。于是,"壬子",元好问与张德辉北觐,奉启请忽必烈为儒教大宗师。"王悦而受之。继启累朝有旨蠲免儒户兵赋,乞令有司遵行,王为降旨。仍命公提举真定学校。"③张德辉乃元好问寄耶律楚材书中推荐的"天民之秀"五十四人之一。"壬子"即1252年。1251年,忽必烈被宪宗蒙哥属以漠南汉地军国重事;第二年,元好问即以六十三岁的高龄,拖着患有"足瘘症"的病体,跋涉数百里,北觐忽必烈。试问,元好问内心果然以忽必烈为大儒乎?盖不如是则不能免儒户兵赋也!不如是则道不行也!但当继任耶律楚材为中书令的耶律成仲几次写信并派人隆重召致元好问时,元好问却坚辞不仕。于是其道益尊。道尊则易行,道行则益尊。免兵赋后,得以保护的全国儒户对文化建设有多大贡献?以儒家仁义之道治理中原,又有多少人受益?确实难以估量。而元好问的这一番拼搏,其意义也就不言而喻了。

同年,元好问向耶律楚材推荐的高鸣应蒙廷召北上,元好问即鼓励他说:"主好善而忘势,士见义而得为"。④曾任金监察御史的张特立,被忽必烈赐号为"中庸先生",且名其读书之堂为"丽泽"。元好问作诗《贺中庸老再被恩纶》曰:"万古千秋丽泽堂,紫泥恩诏姓名香。治朝例有高年敬,神理终归晚节昌。"⑤显然,元好问在这里所用的"善"、"势"、"义""晚节"之概念,其价值内函已与传统观念截然不同。

但是,元好问内心深处的矛盾斗争并未消歇。就在他给耶律楚材上书后

---

① 《元好问全集》,山西古籍出版社2004年版,第6页。
② 元好问:《雁门道中书所见》,《元好问全集》,山西古籍出版社2004年版,第49页。
③ 《元朝名臣事略》卷十,《宣慰使张公》。
④ 元好问:《送高雄飞序》,《元好问全集》,山西古籍出版社2004年版,第778页。
⑤ 《元好问全集》,山西古籍出版社2004年版,第241页。

二年,他曾写诗道:"静言寻祸本,正坐一出妄。青山不能隐,俯首入羁鞅。巢倾卵随覆,身在颜亦强。空悲龙髯绝,永负鱼腹葬。置锥良有余,终身志惩创!"①他自悔没有早些退隐山林,他更因未能象屈原那样殉君殉国而感到内疚。诚如刘泽同志所说:"忠这个伦理观念,在他急剧而痛苦的思想发展变化过程中,经历了忠于国君、忠于国家、忠于人民、忠于中原传统文化这样几个层次。而他的思想在每上升到一个新的层次时,传统的忠君爱国观念,总要从心理深层中翻浮起来。"②

《左传》中已引《前志》"圣达节、次守节、下失节"的三级论人的名言,③而元好问由"守节"上升到"达节"之圣的境界,确实经过了炼狱般地痛苦煎熬。如果不再继承董仲舒的衣钵,就应当承认元好问是一位封建文人中的达节之士。

元好问逝世后三年,他的学生、忽必烈的重臣郝经,终于概括出了"能行中国之道,则中国之主也"的中国历史通论。④

结　语

南宋端明殿学士家铉翁曾经评价元好问说:"生于中原,而视九洲四海之人物,犹吾同国之人;生于数十百年后,而视数十百年前人物,犹吾生并世之人……余于是知元子胸怀卓荦,过人远甚。彼小智自私者,同室藩篱,一家尔汝,视元子之宏度伟识,溟涬下风矣。呜呼,若元子者,可谓天下士矣!数百载以下,必有谓余言为善者。"⑤然而他的论断并未获得广泛的认同。

1988年,降大任在《元遗山新论》一书中沉痛地说:"一个人有功于世,却不被世人理解,固属不幸;在其去世之后,犹受种种訾议,则尤其不幸;倘至数百年后的今天,其历史功绩仍未获得公正评断,可谓大不幸。"⑥他的书就是要为大不幸者元好问洗刷沉冤。

遗憾的是,从降大任"洗刷沉冤"至今,又过了二十年,元好问之"沉冤",仍未被学界公认。推其原因,盖缘衡量事件之价值观不同。

---

① 《学东坡移居八首》之五,《元好问全集》,山西古籍出版社2004年版,第29页。
② 《元好问在癸巳之变中的思想转折》,见《元好问研究文集》山西人民出版社1987年版。
③ 《春秋左传注》成公十五年,中华书局1981年版,第873页。
④ 郝经:《与宋国两淮制置使书》,《陵川集》,山西古籍出版社2006年版,第1341页。
⑤ 家铉翁:《题中州诗集后》,《中州集》,中华书局1959年版,第572页。
⑥ 降大任:《元遗山新论》,北岳文艺出版社1988年版,正文第1页。

时代发展到二十一世纪,中国已是有自己特色的社会主义社会。相对于封建社会的价值体系,我们当然建构了新的价值观。这种新价值观的生成,必然导源于对传统价值体系的冲决与开拓。而元好问,正是一位冲决传统价值体系的先驱斗士。因此,他受到维护传统价值体系的人们的反对与抨击,正是理所当然的。这是元好问的光荣,是他对新价值体系的构建所作出的牺牲与奉献。在纪念元好问逝世七百五十周年的今天,人们应当感谢他、尊重他,还他以革新先驱者的称号。

在判断一种文明的价值时,首先不是看其属于哪一个国家、哪一个民族、哪一种宗教、哪一种意识形态,而是看它的作用和功能,看它对社会生产力的发展,对历史的进步,对广大民众的利益,是起正面效应还是负面效应。在十三世纪的北中国,相对于草原文化来讲,孔孟仁义之道及其"汉法",即是促进人类文明化的先进文化。

如果我们承认,军事上的征服者,最终都成为文化上的被征服者,是具有历史规律性的现象,那么,主动积极地维护、弘扬、发展先进文化的人物,便是历史的功臣。元好问,就是其中的一位杰出代表。

试论佛教对元好问的影响

李正民　牛贵琥

元好问在金元之际一系列惊世骇俗之举，奠定了他远高于文坛盟主的精神领袖和文化巨人的历史地位。对于这种行为的动因，学者们从时代社会因素、民族冲突与交融，以及历史地域文化的积淀等方面进行了有益的探讨，不乏真知灼见。笔者认为，佛教对元好问潜移默化的影响，也是重要原因之一。本文拟就此略陈己见，以求教于方家。

杨国勇在《元好问对中国宗教史的贡献》一文中，曾统计元好问著作中涉及到僧尼一百二十五人，寺院庵阁一百五十四个，以及若干佛教宗派如禅宗、华严宗、律宗、藏传佛教等。对于金太宗与金朝佛教的再兴、金世宗遵用"出家礼"葬母后等《金史》之缺略，亦有所弥补。该文还记载了一些寺院改律为禅、一些枝派的消长、寺院的慈善事业等。① 如果我们再研究一下元好问诗文中的佛心禅意，就更可体会到佛教与元好问关系之密切。

本文认为：佛教与元好问的关系，至大至要者为对元好问思想的影响，并进而促进了金元之际中原社会的文明化和元好问诗论诗艺的成熟。

一、对生命价值的珍惜与关爱

蒙古灭金的战争中，"凡城邑以兵得者悉坑之"，"尸积数十万，磔首于城，殆于城等"，"倾城十万户，屠灭无移时"，"两河山东数千里，人民杀戮殆尽"，"其存者以户口计，千百不一余"。金泰和七年（1207），金朝人口有四千五百万，到蒙古太宗窝阔台汗七年（1235）"籍民"时，人口只有四百七十余万。② 二

---

① 《中国史研究》1995年第1期。
② 转引自狄宝心：《金元之际文坛领袖元好问对中原传统文化的维护整合》，《民族文学研究》1999年第2期。

十余年的战乱中,北方人口锐减了近百分之九十。这种空前酷烈的浩劫,使元好问"呼天天不闻,感讽复何补"①,刺激他将目光更多地投向了佛教。

在《龙门川大清安禅寺碑》一文中,元好问指出"古之任天下之重者,匹夫匹妇有不被尧舜之泽者,若己推而内之沟中。……至于瞿昙氏之说,又有甚焉者。一人之身,以三世之身为身;一心所念,以万生所念为念。至于沙河法界,虽仇敌怨恶,品汇殊绝,悉以大悲智而饶益之。道量宏阔,愿力坚固,力虽不足,而心则百之。有为烦恼贼所挠者,我愿为法城堑;有为险恶道所梗者,我愿为究竟伴;有为长夜暗所闇者,我愿为光明炬;有为生死海所溺者,我愿为大法船。若大导师大医王,微利可施,无念不在。世谛中容有同异,其恻隐之实,亦不可诬也。"元好问认识到,弘扬人性的恻隐之心,是儒家与佛家相通之基础。而佛家以身饲虎、割肉贸鸽的极端壮举,正是矫枉过正地示范舍己利他的精神。

梁启超在《论佛教与群治之联系》一文中,曾概括佛教之信仰为:智信、兼善、入世、无量、平等、自力。其中尤以平等、兼善意义更为重大。禅宗六祖慧能说:"无边众生誓愿度。"《梵网经》甚至说:"一切男子是我父,一切女子是我母。"②元好问在特殊的历史条件下,承扬了佛教的众生平等、舍己利他的救世精神,而非佛理佛法。正是金元之际血与火的洗礼,使元好问体会佛教的精髓,促使他的思想有了质的飞跃,深刻认识到宗教的巨大社会功能:"天以神道设教,以弭勇斗嗜杀者之心。"③在《临海弋公阡表》中,元好问写道:"壬辰,河南破,……所俘悉坑之,里社为空"。

在《龙山赵氏新茔之碑》中,又深致感叹:"呜呼!兵祸惨矣!自五季以来,明德雅望之后,重侯累府之族,糜灭所存,曾不能十之一。然且狼狈于道路,汩没于奴隶,寒饥不能自存者,不可胜数也。"(上册627页)在《续夷坚志·张丞相孝纯》中再记录:"国兵围太原,守逾年,人相食几尽。"(下册第939页)所以元好问赞严实:郡王破水栅,驱老幼数万欲屠之,公解之,释不诛。破濮州,复有水栅之议,公为言:"百姓未尝敌我,岂可与兵人并戮之?"濮人免者

---

① 《雁门道中书所见》,《元好问全集》(上),山西古籍出版社2004年版。下引元好问作品者,凡不注出处,皆出自本书。
② 以上引文均见《佛教与中国文化》,上海书店1987年版。
③ 《元好问全集》(上),山西古籍出版社2004年版。

又数万。灵璧一县,当废者五万人,公所以救之者百方,故皆全济。公命作糜粥,盛置道旁,人得恣食之,所活又不知几何人矣!严实谢世之日,"远近悲悼,境内之人野哭巷祭,旬月不能罢。古之所谓爱如父母,敬如神明者,于公见之。"(上册第550页)严实曾"落魄里巷间,屡以事被系",先降蒙,继降宋,又降蒙。若以儒道衡之,乃无气节之小人。然而元好问于天下大乱、生民涂炭之时,能够冲决传统的贞节观念,以大慈悲心肠,歌颂其救民活命之功,实为难能。这一点当是受到佛教普度众生、爱惜生命之旨的影响。

在《恒州刺史马君神道碑》中,元好问记载:"太宗尝出猎,恍惚间见金人挟日而行,心悸不定,莫敢仰视,因罢猎而还。敕以所见者物色访求。或言上所见殆佛陀变现,而辽东无塔庙,尊像不可得,唯回鹘人梵呗之所有之。因取画像进之,真与上所见者合。上欢喜赞叹,为作福田以应之。凡种人之在臧获者,贷为平民,赐钱币纵遣之。"按之《金史》,有天会元年(1123)十一月己卯下诏:"诏女真人,先有附于辽、今复虏获者,悉从其所欲居而复之。其奴婢部曲,昔虽逃背,今能复归者,并听为民。"十二月辛巳,"蠲民间贷息。"天会二年正月戊午,又下诏曰:"先帝以同姓之人有自鬻及典质其身者,命官为赎。今闻尚有未复者,其悉阅赎之。"这几项较大规模的"种福田"、行善政之举,正是金太宗皈依佛法的结果。

金世宗除建佛寺、尊礼和尚外,还规定有三件事不许臣谏,其中之一就是"饭僧"。① 但金章宗却曾对佛教有所限制,其原因主要是认为僧徒不拜父母双亲,违背了儒家的孝道。《金史·章宗一》载:"闻道士、女冠、僧尼不拜二亲,是为子而忘其生,傲亲徇于末。"鉴于此,元好问特地赞扬一位"孝僧"法云,为法云写了墓铭:"南阳灵山僧法云,往在乡里时已弃家为佛子。遭岁饥,乃能为父母挽车,就食千里。母亡,庐墓旁三年,号哭无时。父殁亦然。山之人谓之'坟云',旌其孝也。"元好问认为:法云"孝其亲者乃如此!然则学佛教亦何必皆弃父而逃亡,然后为出家邪?"这真是不拘形迹的知本之论。

由此,元好问甚至感叹:"以力言者,佛为大,国次之。"他在《竹林禅院记》中说:"佛之徒则不然,以为佛功德海大矣,非尽大地为塔庙,则不足以报称。故诞幻之所骇,坚苦之所动,冥报之所詟,后福之所徼,意有所向,群起而赴之。

---

① 《大金诏令释注》,黑龙江人民出版社1993年版。

富者以资,工者以巧,壮者以力。咄嗟顾盼,化草莱为金碧。"之所以有如此之信仰,正是由于事佛者戒妄杀,重惜物命,以宽厚从事,深得民心。

这是对善者而言。对于恶者而言,"丧乱以来,天纲弛而地维绝,人心所存,难有逃祸徼福者在耳。惟逃祸徼福者在,故凶悍毒诈有时而熄。"若无宗教之信仰,"彼将荡然无所畏忌,血囊仰射,又何难焉?"这正是宗教在当时的积极作用。元好问在严酷现实生活中体悟出的对宗教的新认识,是促使他的思想发生质变的内驱力。

在《少林药局记》中,元好问还盛赞少林药局"取世所必用、疗疾之功博者百余方以为药,使病者自择",且"不许出子钱致赢余"之济世功德。

元好问在金亡前夕向耶律楚材上书推荐五十四位名士,希望这位蒙古中书令使他们"脱指使之辱,息奔走之役"而"聚养之,分处之"。元好问大力称扬一些戒杀保民的蒙古权贵。元好问与张德辉谒见忽必烈,请张德辉为儒教大宗师,并免儒户兵赋,忽必烈悦而准之。这一系列惊世骇俗之举,当然是源于儒家仁民爱物思想的浸染。如元好问之师郝天挺教诲元好问说:"学者贵其有受学之器,器者何? 慈与孝也。"郝天挺在贞祐南渡迁都之际还曾给范元质写信,"乞诏沿河诸津,聚公私船,宽其限约,昼夜放渡。以渡人多寡第其功过,以救遗民,结人心"①。其言传身教,对元好问影响甚深。但元好问受佛教众生平等、济世救人宗旨的影响,也是不可忽视的事实,所以才能对儒家传统的忠、节、夷夏大防等观念有所突破。

在元好问于1252年觐见忽必烈之后,忽必烈于1257年为京兆、河南之贫民代赏财赋。1259年攻宋,又"戒诸将毋妄杀","淮民被俘者众,悉纵之"。1260年,"泽州潞州旱,民饥,敕赈之"。以梵僧八合思八为帝师,授以玉印,统释教。1261年,"诏减免民间差发","转米万石赈饥民","赈和林饥民","禁以俘掠妇女为娼","赈桓州饥民","河南民王氏妻一产三男,命有司量给赡养","太阴犯昴,诏免今年赋税"②。尽管这一系列善政落实时会打折扣,但大大地遏制了蒙古贵族嗜杀的行为,则是确凿的历史事实。因此,1261年,北方人口已达七百余万人③,与1235年的四百七十余万人相比,二十余年间,增加

---

① 《全辽金文》,山西古籍出版社2001年版。
② 《元史·世祖纪》。
③ 《元史·世祖纪》:"中统二年,户一百四十一万八千四百九十有九。"以每户五口人计算,则为七百余万人。

了二百余万人。

对元世祖忽必烈影响更大的两位人物,一是耶律楚材,一是刘秉忠。耶律楚材为蒙古中书令,笃信佛法。其《寄赵元帅书》云:"若夫吾夫子之道治天下,老子之道养性,释氏之道修心,此古今之通义也。"刘秉忠出家为僧,名子聪(聪上人)。忽必烈即位前召见海云禅师,刘同往。刘通儒释道三教及诸术,论天下事如指掌,大蒙宠信。耶律楚材与刘秉忠都力谏废屠城暴制,全活不可胜计。楚材为元好问志同道合之挚友,元好问向耶律楚材推荐的五十四位名士,大多被重用,在整顿社会秩序、恢复生产、重兴教育中发挥了重要作用。刘秉忠则是元好问十分赏识的后辈,刘对元也非常仰慕。

我们可以说,蒙古贵族的文明化,中原农业生产的恢复和人口的增长,是儒家仁政爱民思想和佛家普度众生宗旨相结合、并对蒙古最高统治者发生决定性影响,"以儒治国,以佛治心"的结果。

二、对生命意义的体悟与发挥

元好问在《威德院功德记》一文中,对佛教兴盛的原因作了深刻地探讨。他指出:"浮屠氏之入中国千百年,其间才废而旋兴、稍微而更炽者,岂无由而然? ……唯其死生一节,强不可夺;小大一志,牢不可破。故无幽而不穷,无高而不登,无坚而不攻。虽时有龃龉,要其终则莫不沛然如湍流之破堤防,一放而莫之御也。"他将佛教昌炽之内因归结为僧众强不可夺之节、牢不可破之志,即坚定不移的信念。这是十分精辟的见解。

再对照一下元好问本人对生死的看法:"死生之际大矣!可以死,可以无死。一失其当,不以之伤勇,则以之害仁。……至于忠臣之于国,义士之于知己,均为一死,而中有大不相侔者,盖不可不辨也! ……夫唯志士仁人知所以自守也,不汩于义利之辨,不乖于去就之理。端本既立,确乎不拔,静以养勇,刚以作强。其视横逆之来,曾虚舟飘瓦之不若;控抟之变,如寒暑旦暮之有常。心为权衡,自量轻重,知有泰山之死,而不知有鸿毛之生。结缨之礼不至,无取于海隅之伏剑;漆身之志既笃,不屑于督亢之献图。孰先孰后,必有能次第之者!《语》有之:君子无终食之间违仁,造次必于是,颠沛必于是。信斯言也!匹夫为谅,自经于沟渎,其可与求仁而得仁者一概论乎?"

这一段话是理解元好问金亡不死的关钥。元好问认为：可以死而不死，则伤勇；可以不死而死，则害仁。他遵循孔子颠沛造次也必不可违仁的教诲，忍辱负重，为"克己复礼，天下归仁"而奔走呼号，"虽溘死道边无恨"。这种精神和目标，与佛徒济世救人之志节是一脉相通的。

上引碑文写于1249年。早在1233年正月，元好问已经向参知政事完颜奴申提出"全两宫与皇族"之策。奴申等曰："唯有一死。"元好问说："死不难，诚能安社稷、救生灵，死而可也。如其不然，徒欲一身饱五十红衲军，亦谓之死耶？"① 明确地将"安社稷、救生灵"置于个人命运之上。同年四月，又写了《寄中书耶律公书》，请求保护中原著名文士。金亡之后，已无所谓"安社稷"可言，元好问即把"救生灵"作为自己生存奋斗的最高目标，鞠躬尽瘁，死而后已。

为实现这一目标，他就必须说服蒙古统治者信儒道、修佛心、行仁政，就必须与蒙古权贵交结以至朝见最高元首。而这种行为则是与"忠君、守节"的传统道德不相容的。故元好问不仅受人谤议，而且他自己的内心也是异常矛盾痛苦的。在《聂孝女墓铭》中，元好问特地记录了金亡时"死而可书者"十余人，"铭以表之，并志予愧。"在《学东坡移居八首》之五中，又写道："空悲龙髯绝，永负鱼腹葬。置锥良有余，终身志惩创。"他不遗余力地表彰为金廷死节的忠臣义士，称赞被元蒙兵俘获后投井自杀的刑部尚书冯延登"身已灭兮名益光"，盛赞守城不屈、城陷触墙而死的潞州录事毛伯朋"千年华衮取美称"，认为被元蒙兵俘获后自刭而死的左右司员外郎商衡是"海内茂异"、"麟凤"，将被蒙军俘获后绝食而死的耶律贞比喻为中流砥柱，为之写墓志铭"为金石无穷之传"。对于完颜良佐之死节，更是大书特书。如此等等，不一而足。

但是，元好问在《聂元吉墓志铭》中，对于聂元吉被崔立党羽刺伤后坚持不治而死的结局，并不赞同："惜其有志于世，世亦望焉，而卒之无所就也"，"悲夫！抱一概之操，泯泯默默，少不能俟天之定也。"在《龙虎卫上将军耶律公墓志铭》中，写耶律善才宁死不入蒙军，投水而亡。感叹"朝贤多嗟惜之。"

那么，究竟在什么情况下死，值得赞美；在什么情况下死，又令人惋惜呢？从以上几例看，元好问是认为已无可作为时，应当舍生取义；仍有希望"救生灵"时，杀身并非"成仁"，不可取。

---

① 《金史·完颜奴申传》。

元好问金亡不死，正是属于后一种情况。他所谓"死生之际大矣"，大就大在生命的意义，如有希望"救生灵"，决不可一死了之。对于元好问来讲，他不仅要倡儒道、赞佛心以救生灵，而且要修金史、编诗集、彰节烈以祭亡灵。试问，与这几件大事相比，一个人的死不是比鸿毛还轻吗？然而，高处不胜寒，元好问苦心孤诣的隐衷有些人难以理解。在《答中书令成仲书》中，元好问说自己与先后任蒙古中书令的耶律楚材、耶律铸之交往，被"悠悠者百谤百骂，嬉笑姗侮，上累祖祢，下辱子孙。与渠辈无血仇，无骨恨，而乃树立党与，撰造事端，欲使之即日灰灭"。在《与枢判白兄书》中，又说：妒者甚至"数处传某下世，已有作祭文挽辞者"。在《秋夜》诗中写道："九死余生气息存，萧条门巷似荒村。春雷谩说惊坏户，皎日何曾入覆盆？济水有情添别泪，吴云无梦寄归魂。百年世事兼身事，尊酒何人与细论。"不难想象，元好问为了救生灵、祭亡灵之奔走呼号，在当时蒙受了多少误解与屈辱，顶住了多大的舆论压力。在《写真自赞》中，他极为自信地说自己"立心于毁誉失真之后而无所恤，横身于利害相磨之场而莫之避"，仍要亲去蒙古顺天府路万户张柔处，查阅金实录，"披节每朝终始及大政事、大善恶系兴废存亡者为一书，大安及正大事则略补之。此书成，虽溘死道边无恨矣！"郝经《遗山先生墓铭》也说："（元好问）往来四方，采摭遗逸。有所得，辄以寸纸细字亲为记录，虽甚醉不忘。于是杂录近世事至百余万言。捆束委积，塞屋数楹，名之曰'野史亭'。书未就而卒。呜呼！先生可谓忠矣。"

究竟是什么力量使元好问如此坚强？除了儒家传统思想的忠君爱民之心外，便是佛教的影响。在《威德院功德记》中，元好问已对佛徒之"死生一节，强不可夺；小大一志，牢不可破，故无幽而不穷，无高而不登，无坚而不攻"深表敬仰，事实上这已成为支持元好问救生灵、存金史的精神力量。1247年，在他五十八岁时所写的《锬谷圣灯》中，再一次感悟到"佛作缘"对自己的启示："昨朝黄华瀑流神所怜，今朝佛门佛灯佛作缘。纷纷世议何足道，尽付马耳春风前。"亲眼目睹"华丽清圆、飞行起伏"的众多佛灯，使元好问认为是自己的"心光"与佛灯的"毫相""有真遇"，于是更加坚信自己的社会活动是积善积德之举，前途光明。而对那些"纷纷世议"，则不屑一顾。

于是，元好问终于成为一位"视九州四海之人物，犹吾同国之人"的"胸怀卓荦、过人远甚"的"天下士"。

三、对好佛诸家的推崇与传承

影响元好问思想与创作的第一人,是其父元德明。1233 年,元好问被羁管于聊城,"残息奄奄,朝夕待尽"之时,"诚惧微言将绝,谨以古律诗四十首,附之中州集之癸册,庶几来者知百余年间,作诗如先人,而人或未之见。"足见好问对其父诗之尊崇。哀宗时权参知政事杨慥撰《元德明墓铭》云:其为人诚实乐易,洞见肺腑。布衣蔬食处之自若。居东山福田精舍十五年,以诗文为业。世俗鄙事,终其身不挂口。其诗清美圆熟,不事雕饰。由此可见元德明之品性行止,已与佛徒相近。他与秀容籍的恩禅师相交甚契,有《莲叶观音禅师所藏同路宣叔赋》云:"瑞相分明一叶中,华严性海共圆通,补陀自有丹青变,画史区区可得工。"《寒食再游福田寺》云:"春山寂寂掩禅扉,复岭盘盘入翠微。布袜青鞋供胜践,粥鱼斋鼓荐玄机。"《七夕》云:"天河唯有鹊桥通,万劫欢缘一瞬中。"《山中秋夕》云:"黄卷存馀习,青灯共晚凉。"《山园梨叶有青红相半者戏作一诗》云:"霜轻霜重偶然中,一叶虽殊万叶同。不信世间闲草木,解随儿女作青红。"①此类富有禅意禅味之诗,深受元好问珍重,颠沛流离之中,未尝须臾忘怀。不难推想它对元好问的影响之深。

第二位对元好问影响极大者,为金宣宗时礼部尚书赵秉文。1217 年,元好问二十八岁时赴汴京,以诗文见赵,极受赏识,赞元好问之《箕山》、《元鲁县琴台》等诗为"少陵以来无此作也!"于是元好问名震京师,被人目为元才子。此后元与赵秉文结下了不解之缘。32 岁时登进士第,即出赵门下。元好问诗文中言及赵秉文处举不胜举,赵亦有多篇诗文书赠元好问。《归潜志》云:"赵闲闲本喜佛学……为(佛、老)二家所作文,并其葛藤诗句更作一编,号《闲闲外集》,以书与少林寺长老英粹中,使刊之。""又深戒杀生,中年断荤腥。尝曰:吾生前是一僧。"②

其次则为李纯甫。元好问《嵩和尚颂序》云:"余住来南都侍闲闲公、礼部杨公、屏山李先生燕谈。"李纯甫"与禅僧、士子游,惟以文酒为事,啸歌袒裼,出礼法外","晚自类其文,凡性理及关佛老二家者,号内稿",又解楞严、金刚

---

① 《中州集》(下),中华书局 1959 年版。
② 《归潜志》,中华书局 1983 年版。

经、老子、庄子,又有《中庸集解》、《鸣道集解》,号为中国心学西方文教"。李纯甫《重修面壁庵记》云:"学至佛则无可学者,乃知佛即圣人……吾佛大慈,皆如实语,发精微之义于明白处,索玄妙之理于委曲中。"①又云:"吾生前一僧,岂敢不学佛?"《佛祖历代通载》卷二十记李纯甫言曰:"大乘菩萨救世救人之精神……广博之大愿救度一切世界,一切众生。""佛说轮回,爱为根本。"②其《鸣道集说序》又指出:"浮屠之书从西方来……与吾古圣人之心魄然而合。"③元好问所身体力行者,正是这种援佛入儒的精神。他赋《李屏山挽章二首》,中云:"谈麈风流二十年,空门名理孔门禅。"确为李纯甫之写真。

在诗禅关系方面,对元好问影响更为密切者,是与元好问相交甚深的几位诗僧。

英禅师(木庵)

英禅师先后为龙门宝应寺、嵩山少林寺僧,有《木庵集》。元好问为其作序称:英禅师早年即被时人"以诗僧目之",又与辛愿、赵元、刘昂霄、元好问相切磋,"诗道益进"。"才品高,真积力久","有《山堂夜岑寂》及《梅花》等篇传之京师。闲闲赵公、内相杨公、屏山李公及雷、李、刘、王诸公,相与推激,至以不见颜色为恨"。英禅师"思与神遇,故能游戏翰墨道场而透脱丛林窠臼,于蔬笋中别为无味之味。皎然所谓性情之外不知有文字者,盖有望焉。""予尝以诗寄之云:爱君《山堂》句,深靖如幽兰。爱君《梅花》咏,入手如弹丸。诗僧第一代,无愧百年间。"赵秉文曾为英禅师作疏云:"书如东晋名流,诗有晚唐风骨。"元好问认为这两句即是《木庵集》极为概括的序言。

元好问与英禅师"兄弟论交四十年",其《寄英禅师》诗说:"我本宝应僧,一念堕儒冠";"前时得君诗,失喜忘朝餐";"思君复思君,恨不生羽翰。何时溪上石,清坐两蒲团。"对英禅师之诗如此喜爱,对其人如此思念,竟萌生出家为僧、与之朝夕相处的念头。

汴禅师

汴禅师为河南龙兴寺僧。元好问与之交往30余年,"每相遇,辄挥毫赋

---

① 《全辽金文》,山西古籍出版社2001年版。
② 转引自《佛教与中国文化》。
③ 《全辽金文》,山西古籍出版社2001年版。

诗。"元诗有《汴禅师自斫普照瓦为砚,以诗见饷,为和二首》,中云:"有刀堪切玉,是镜不名砖。佛荫沦空劫,书林结后缘。禅河一勺水,更拟就师传。"又《赠汴禅师》云:"道重疑高謇,禅枯耐寂寥。"当朝廷"汰逐释老家甚急"之时,元好问不避风险,《寄汴禅师》诗云:"斋粥空疏想君瘦,冠巾收敛定谁公?"可见二人交情之深厚。

相禅师

相禅师曾住嵩山少林寺,后住清凉。著有文集《归乐》、《退休》、《清凉》。元好问曾说:"予居嵩前,往来清凉,如吾家别业。"元好问《清凉相禅师墓铭》云:"予爱其文颇能道所欲言,诗则清而圆,有晚唐以来风调。其深入理窟,七纵八横,则又于近世诗僧不多见也。""尝同游兰若峰,道中谈避寇时事,师以为凡出身以对世者,能外生死,然后能有所立。生死虽大事,视之要如翻覆手然,则坎止流行,无不可者。此须从静功中来,念念不置,境当自熟耳。""予尝论:师之为人,款曲周密而疾恶太甚。人有不合理者,必大数之,怫然之气不能自掩。平居教学者:禅道微矣,非专一而静,则决不可入。世间学谩费日力耳!及自为诗,则言语动作,一切以寓之,至食顷不能忘。此为不可晓者。"又说:"清凉诗最圆,往往似方干。"可见这位相禅师于世事难以忘怀,虽习禅静且以教人,然其诗却富于现实内容,而艺术上又颇为圆熟。这对元好问有直接的影响。

俊书记

俊(隽)书记为相禅师之徒,为嵩山侍者。元好问有《答俊书记学诗》云:"诗为禅客添花锦,禅是诗家切玉刀。心地待渠明白了,百篇吾不惜眉毛。"

聪上人

聪上人即刘秉忠(1216—1274),因从释氏,名子聪,人称聪公和尚。元好问有《答聪上人书》云:"得春后手书,副以《宝刀》新什。反复熟读,且喜且叹","乃今得方外三四友如上人者,其自幸宜如何哉!上人天资高,内学富,其笔势纵横,固已出时人睚眦之外。惟前辈诸公论议,或未饱闻而餍道之耳。古人有言:'不见异人,必得异书',可为万世学者指南,可终身守之。此仆平生所得者,敢以相告。《锦机》已成,第无人写洁本。年间得断手,即当相付。"

元好问给聪上人的这封复书,正是《答俊书记学诗》中所说的"不惜眉毛"之言。"不惜眉毛"乃禅家语,据吕微《中国佛学源流略讲》,禅家认为泄露秘密就会得麻疯病,眉毛脱落,故"不惜眉毛"有不惜代价、不顾一切的意思。元好问于前辈禅僧得闻诗道,又以"平生所得"之《锦机》,倾囊相授于后辈禅僧,正是佛家舍己度人之本色。

四、对诗禅关系的阐解与实践

诗与禅之关系,在元好问著作中,主要涉及到以下几点:一是,诗与禅皆以诚为本。二是,"静虑",诗与禅一以贯之。三是,从渐修到顿悟。四是,诗家圣处与禅家圣处。五是,诗为禅客添花锦,禅是诗家切玉刀。

先说第五点。对于《答俊书记学诗》中此二句,后人有不同的理解。程亚林有《〈答俊书记学诗〉钱说献疑》一文,对钱锺书在《谈艺录》中解释此二句之说提出异议①,其论甚详,我很赞同。元好问原诗四句,我的理解是:"诗为禅客添花之锦,禅是诗家切玉之刀。待我悟彻诗禅关系,讲给你听不惜眉毛。"所谓"心地待渠明白了",即"待渠心地明白了","渠"为"它",即"心地",乃元好问之"心地",故解为"待我悟彻"云云。再通俗一点说,前二句意为:禅僧学诗,如锦上添花,使其不只是孤寂枯淡;诗人学禅,如掌握利器,能使困惑迎刃而解。元好问对诗禅关系的这一高度形象的概括,在今天看来,仍然是正确的。

再谈第四点。元好问《陶然集诗序》云:"诗家所以异于方外者,渠辈谈道不在文字,不离文字;诗家圣处不离文字,不在文字,唐贤所谓性情之外不知有文字云耳。"所谓方外谈道,当然包括诗僧谈禅,所谓"不在文字,不离文字",即谈禅不靠文字(不立文字),聊借文字而已。所谓"诗家圣处不离文字,不在文字",即写诗要靠文字,但不局限于文字,有言外之意。这的确是对诗禅关系、诗家与禅客之别的精辟见解,对唐代诗僧皎然的诗论有所发挥。

关于第三点,元好问曾指出:"方外之学有'为道日损'之说,又有'学至于无学'之说。诗家亦有之。子美夔州以后,乐天香山以后,东坡海南以后,皆

---

① 《武汉大学学报》1989 年第 6 期。

不烦绳削而自合,非技进于道者能之乎?所谓"技进于道",正是元好问借庄子之言对学诗参禅由渐修到顿悟之共同规律的极好概括。《锦机引》强调"熟参",是渐修的过程。其《感兴四首》之三:"廓达灵光见太初,眼中无复野狐书。诗家关捩知多少,一钥拈来便有馀。"则是顿悟的境界。这与严羽以禅喻诗的"妙语"说不谋而合。

"以诚为本"是元好问文学理论的核心,见之于《杨叔能小亨集引》、《内相文献杨公碑铭》、《资善大夫武宁军节度使夹谷公神道碑铭》、《扁鹊庙记》、《长庆泉新庙记》、《诗文自警》、《继愚轩和党承旨雪诗四首》、《论诗三首》等诗文中。如"天即神,神即人,人即天,名三而诚则一"、"圣人之道无它,至诚而已"等等,可谓一以贯之。学者们于此问题多有论述,不赘。而佛教谓"诚信"为"真言至诚之信心",乃习禅入悟之前提也。

所谓"静虑"一词,即"禅"(禅那)之汉译。《慧苑音义上》曰:"禅那,此云静虑,谓静心思虑也。""禅心,即寂定之心也。"禅宗"其法唯静坐默念,发明佛心,凝功夫而已。""其禅那之体为寂静而亦具审虑之用,故曰静虑"。《俱舍论》二十八曰:"依何义故立静虑名?由是寂静能审虑故。审虑即是实了知义。"①

这种寂静审虑的过程对于诗歌创作的必要性,已不必言说。

元好问创作的近2000首诗歌中,有不少具有禅意禅味者。如:

"死去生来不一身,定知谁妄复谁真?邯郸今日题诗客,犹是黄粱梦里人。"(《过邯郸四绝》之四)

"诗印高提教外禅,几人针芥得心传?并州未是风流域,五百年中一乐天。"(《感兴四首》之二)

"廓达灵光见太初,眼中无复野狐书。诗家关捩知多少,一钥拈来便有余。"(《感兴四首》之三)

"晕碧裁红点缀匀,一回拈出一回新。鸳鸯绣了从教看,莫把金针度与人。"(《论诗三首》之三)

"市井公卿万不同,依然见解一儿童。张颠草圣雄千古,却在孙娘剑

---

① 以上引文均见丁福保:《佛学大辞典》,上海书店1991年版。

器中。"(《自题写真》之四)

"诗笔看君有悟门,春风过水略无痕。庵名未便遮藏得,拙里原来大巧存。"(《周才卿拙庵》)

诸如此类,不能不说是受到禅宗、禅僧之浸润的结果。《般若论》云:"一切法中,命宝第一。"在"干戈直欲尽生灵"之际,元好问珍惜"命宝","沧海流要此身",不仅大有益于当时的生灵,而且为后人留下宝贵的精神财富。

金代士人的遭遇与元好问的悲剧意识

贾秀云

元好问是金代末期文坛盟主,他的创作代表了金代末期文学的最高成就,受到了后人的高度评价。他又保存了金代诗人的大量资料,他的《中州集》是学者们关注的重要文献资料。他在围城中及其之后的活动,一直是学术界研究的热点。但是对他灵魂深处痛苦的剖析,及对他心灵轨迹的追寻,这类研究还不深入。把他的心灵痛苦与金代士人群体的遭遇,以及他金亡后的活动结合起来的研究,还没有看到。本文以金代士人的遭遇为切入点,剖析元好问心灵痛苦的根源,在追寻他的心灵轨迹的同时揭示他在金亡后行为的动因。

一、士风的勃兴骤止

金代从立国到灭亡仅一百多年,在这短短的时间内,金代文化从创造文字开始,经过跨越式的发展,在金代中后期出现了繁荣的景象。作为文化繁荣的一个重要标志,士人群体在金代的政治和社会生活中起着越来越重要的作用。家铉翁《题中州诗集后》:"世之治也,三光五岳之气,钟而为一代人物。"士人是金代社会中一个最活跃的群体,他们上达天子左右,朝野台阁;中至将军幕府,官员私邸;下到偏远乡村,林泉深处。在金代社会生活的各个角落,到处活跃着他们的身影。由于金代统治者对中原文化的仰慕,他们采取了一系列推进文化建设的政策,在这样的政策下,金代的士人群体迅速壮大。他们有着强烈的相互交流的意识,在社会上形成了大大小小不同的士人群体。这些士人以结交名士为荣,他们在一起游历山水,饮酒赋诗,高歌纵论。各个层面的士人形成了纵向和横向的交流态势,他们也就成为金代社会中流动性最大的一个群体。在帝王官宦面前他们出谋划策,慷慨纵论;在百姓村民之间,他们扶危济困,启蒙教化,他们又是金代社会颇具影响力的一个群体。元好问的文章,特别是他的碑记铭文为我们勾勒了士人群体的生活图画。细读他的文章,我们面前出现了一群鲜活的形象。

《希颜墓铭》:南渡以来,天下称宏杰之士三人:曰高廷玉献臣、李纯甫之纯、雷渊希颜。献臣雅以奇节自负,名士喜从之游,有"衣冠龙门"之目。……北方兵动,之纯从军还,知大事已去,无复仕进意,荡然放于酒,未尝一日不饮,亦未尝一饮不醉,谈笑此世,若不足玩者。……凡此三人者,行辈相及,交甚欢,气质亦略相同。而希颜以名义自检,强行而必致之,则与二子为绝异也。盖自近朝,士大夫始知有经济之学。一时有重名者非不多,而独以献臣为称首。献臣之后,士论在之纯。之纯之后在希颜,希颜死,遂有"人物渺然"之叹。三人者皆无所遇合,独于希颜尤嗟惜之云。(《元好问全集》卷二十一)

《奉直赵君墓碣铭》:予尝爱予同年进士通许赵君仕不近名、隐不违俗,蔼然有古人之风。故尝求其渊源,得汴人之贤者四人焉:曰王碉逸宾、王世赏彦功、游总宗之、学易高先生仲震正之。明昌中,故相马吉甫判开封,逸宾、彦功、宗之俱以德行、才能荐于朝。逸宾鹿邑簿,就请致仕;彦功以亲老调巩州教官;宗之让不受。三人者,趣向不同,而时人皆以高士目之。高出于世家而能以清介自守,死心于六艺之学,隐居嵩山二十年,人望之以为神仙。盖逸宾则君之所师尊,而高则其交久而敬者也。惟汴梁,圣贤所宅,典章法度之所在,流风善政之所从出。兴廉举孝,养士太学,熏浓涵浸,作成人物之日久矣。虽其细民,溺于宣政侈靡之习而不能返,至于学士大夫,通经学古,安贫乐道,怀先王之泽而不为风俗之所夺移者,故未绝也。(《元好问全集》卷二十二)

《内相文献杨公神道碑铭》:自孔子考四科,及中人下上之次,故孟轲氏于乐正子,亦有二之中、四之下之说。盖人之品不齐,而论人之目亦不一。有一乡之士,有一国之士,有天下之士,有一代之士。分限所在,不能以强人,而人亦不能躐等而取之也。维金朝大定已还,文治既洽,教育亦至,名氏之旧与乡里之彦,率由科举之选。父兄之渊源,师友之讲习,义理益明,利禄益轻,一变五代、辽季衰陋之俗。迄贞祐南渡,名卿材大夫布满台阁。若胥莘公和之之通明,张左相信甫之朴直,张太保敬甫、两赵礼部周臣、庭玉、冯亳州叔献、王延州从之、李都司之纯之儒学,王尚书充之、李都运有之、两杨户部正夫、叔玉、李坊州执刚之吏能,张大理晋卿之平恕,商右司平叔之雅量,许司课道真、陈留副正

叔之直言极谏,康司农伯禄、雷御史希颜之刚棱疾恶,累叶得人,于兹为盛。(《元好问全集》卷十八)

在《中州集》和元好问的碑记铭文中,还给我们描绘了许多士人个体的风采。其中有仪态丰美、潇洒自如的翩翩君子,淡泊名利的山野隐士,乱世中活着的黎民,救苍生的豪侠之士,忠言直谏、对抗权贵的耿介之士,等等。在这些文章中,我们看到了一个个士人的生活和交游情况,也看到了他们的迷人风采,同时感到了他们身上的勃勃生机。我们还可以看出,金代中后期士人的生活内容比较丰富,交游活动比较频繁,他们已经成为金代社会生活中最活跃的一个群体。

就在士人们尽情挥洒他们的才能与风姿的时候,金代社会却走到了它的尽头。文人的灾难也随之而来。在《中州集》小传中记载了二百五十一人的生平情况,其中在金亡前后死于战乱、迫害、疾病等非正常情况的士人就有五十多人,在这五十多人中,直接死于战争及与战争相关的情况占了绝大多数。这些士人在人生最美好的阶段却生命枯竭,他们还没有把自己美好的风采全部展示给世人就匆匆离去。侥幸保全生命的士人,在战争的阴霾中再也无法自在、潇洒,他们必须为生命担忧,为养家愁苦,儒雅的身影也消失在茫茫凄苦的人群中。至此,金代社会一幕多姿多彩的士人生活剧嘎然而止,匆匆拉上了帷幕。

二、痛苦的营救

元好问是金代后期的重要文人,他处在士人交往的中心位置。在他的身边,一个个鲜活的生命瞬间凋零,一个个友人离自己远去,他陷入了恐惧、痛苦、孤寂之中。《四哀诗·李长源》:"同甲四人三横殒,此身虽在亦堪惊。"(《元好问全集》卷九)在这里真实地写出了他看到好友纷纷离去时心理感受,他首先感到的是生命的脆弱,本能地产生了对死亡的恐惧,害怕死神突然间降临在自己面前,害怕更多的士人在战争中丧生。在十月的汴京围城中,瘟疫与饥饿夺去了无数人的生命。按照蒙古惯例,久攻不下之城,城破之日,必屠之。汴京也在屠城之列。汴京是士人的聚集之地,汴京屠城将意味着金代士人中的精英将丧失殆尽,数千年的文化传承将在此出现断裂。在死亡的震撼中,元好问已经跨越了仕与隐的"小我"的矛盾痛苦,开始为士人群体的安危和人类的文明成果的存亡而担忧。他没有在忧伤中坐以待毙,而是积极地寻找拯救士人生命的途径。此时只有蒙古国统治集团内部的人物才能够有效地保护士人的生命,于是,他置自己的名节于不顾,求助于蒙古国中书令耶律楚材。他在《癸巳岁寄中书耶律公书》中这样写道:

> 百年以来,教育讲习非不至,而其所成就者无几。丧乱以来,三四十人而止矣。夫生之难,成之又难。乃今不死于兵,不死于寒饿,造物者挈而授之维新之朝,其亦有意乎?无意乎?诚以阁下之力,使脱指使之辱,息奔走之役,聚养之,分处之。学馆之奉不必尽具,饘粥足以糊口,布絮足以蔽体,无甚大费,然施之诸家,固以骨而肉之矣。他日阁下求百执事之人,随左右而取之,衣冠礼乐,纪纲文章,尽在于是,将不能少助阁下萧、曹、丙、魏、房、杜、姚、宋之功乎?假而不为世用,此诸人者,可以立言,可以立节,不能泯泯默默、以与草木同腐。其所以报阁下终始生成之赐者,宜如何哉?阁下主盟吾道,且乐得贤才而教育之。一言之利,一引手之劳,宜不为诸生惜也。冒渎台严,不胜惶恐之至。某再拜。

在这里元好问用谨慎的语气,极言人才之难得,救护人才之容易,留下人才之必要。他从儒道之兴、国家之倡的角度来说服耶律楚材,但他的主要目的还是挽救士人的生命。这些人并非都是元好问的亲朋故旧,但他们都是当时士人中的精英。在这封书信中我们可以看到,元好问求助的语气是那样的谨小慎微,这对于一个心高气傲的名士而言,需要忍受多么大的内心痛苦啊!为了士人群体免受更多的灾难,元好问忍受着心灵的巨痛去尽力营救。关于元好问的这封书信的历史意义,已有学者充分论述。但有一点还需强调,这封书信保护的不单是列出的五十四人的生命,而是整个士人群体的生命,它不仅使蒙古统治者上层注意到士人的生命问题,也让他们开始关注士人们的生存状况,对元代士人生存状况的好转具有重要意义。从另一方面说,元好问不顾自己的名节,为自己所属的社会群体或者说为自己民族争取利益的行为,不难让人想起杜甫的诗句:"安得广厦千万间,大庇天下寒士俱欢颜!吾庐独破受冻死亦足!"他的行为和境界与杜甫何等相似!

三、悲伤的祭奠

金亡前后,大量士人死亡,元好问在悲痛中发出了"人物渺然"的慨叹。《存殁》:"两都秋色皆乔木,一代名家不数人"(《元好问全集》卷十)《杨之美尚书挽章》:"冠盖龙门此日空,人知麟出道将穷"(《元好问全集》卷八)《超然王翁哀挽》:"吴陈诸老今谁在,灭没归鸿是蓟门"(《元好问全集》卷十)《刘丈仲通哀挽》:"四叶名家今日尽,百年潜德几人知"(《元好问全集》卷八)一个个优秀人物的的远去,引起元好问不尽的悲伤。在金亡之后,士人们没有了生命的忧虑,浓郁的悲剧意识包围着他,他首先感到的是整个士人群体的悲剧。一群仪态俊美、风度翩翩、品德高尚、学识渊博、才能出众的士人,是社会人群中的精英,他们的仪态和品格是人类文明的结晶。在元好问的眼中,他们是美的化身。美好的东西被摧毁,这是一幕震撼人心的悲剧!而这幕悲剧将在历史的长河中湮没。元好问为自己的群体悲痛,他要让后人看到这个时代士人的风采,也要后人看到这群士人被毁灭的悲剧。

《中州集》是元好问在围城中就已经酝酿,金亡后多方收集资料,倾尽全力编纂而成的诗集,目的是"以诗存史"。《中州集》的价值表现在两方面,一方面保存了金代的大量诗歌;另一方面就是留下了金代诗人的大量资料。而元好问所说的"史"就是金代士人活动的历史。《北归经朝歌感寓三首》之二:"书生不见千年后,枉为君王泣玉杯"(《元好问全集》卷十二)。他不愿意让这个时代的优秀人物随着金代的灭亡而湮没,他要让他们的风采留给后人看。在小传中他不仅真实地记录人物的大致经历,还记录人物的情趣、品格,小传中不时用"名流"、"高士"、"古贤士之风"等词语来评价人物,对人物的赞美之情溢于言表。小传中也明显表现出了作者的悲剧意识。《中州集·作家小传》关于张瓒的小传是这样的:"瓒字器之,河中人。才气超迈,时辈少见其比。年未二十,以乡试魁陕西、河东。不幸早逝。张吉甫吊之云:'惜哉器之真丈夫,少年读遍天下书,一事不成死于途。苗而不秀有矣夫!秀而不实有矣夫!'其为名流所嗟惜如此。"这里虽然引用的是张吉甫对优秀人物过早离世的嗟叹,这又何尝不是元好问对张瓒这类人物"苗而不秀"、"秀而不实",生命过早凋零、陨落的悲叹!

在元好问的诗歌中,挽诗有四十八首,祭奠的人物三十余人。这些人物多是他的友人,感情都比较深厚,所以诗境苍凉,诗情悲慨。诗歌中对人物的品格、才识都极尽赞美之辞。在赞美之中透出来的是美的东西没有充分展示的叹息。《希颜挽诗五首》之二:"山立扬休七尺身,紫髯落落照青春。从教不入麒麟画,犹是中朝第一人。"(《元好问全集》卷十一)《过诗人李长源故居》:"千丈气豪天也妒,七言诗好世空传。"(《元好问全集》卷九)《李屏山挽章二首》之一:"中州豪杰今谁在?拟唤巫阳起醉魂。"(《元好问全集》卷八)《挽雁门刘克明》:"诗骨翛然野鹤孤,两年清坐记围炉。"(《元好问全集》卷十)

在金亡后,元好问写了大量的碑记铭文。这些碑记铭文读起来有明显的松散之感,作者在记述人物生平的过程中,注意描述人物的仪态、情致、品格等,用大量篇幅写人物的交游情况,从而涉及到人物交往的群体或个体。有些关于士人群体的情况叙述过多,行文显得不太紧促。在这里,可以看到作者的明显用意,他是要借碑记铭文更多地留下士人的生活情况和个性风采。

《费县令郭明府墓碑》:洛西山水佳胜,衣冠之士多寓于此。公与贾吏部损之、赵邠州庆之、刘文学元鼎、李泽州温甫、刘内翰光甫、名流陈寿卿、薛曼卿、申伯胜、和献之诸人,徜徉泉石间,日有诗酒之乐(《元好问全集》卷二十八)。

《广威将军郭君墓表》:君天禀浑厚,有潜人淳笃之风。自持者甚廉,而施予无少厌。议狱余二十年,仁心为质,所以致忠爱者无不尽。……居伊山既久,先以酒交于屏山李先生之纯、许司谏道真。归老此州,与马倅之良、赵宰寿卿日相追从,徜徉山水间。云屏泛舟,见于图画,其为名流所重如此(《元好问全集》卷二十八)。

《朝散大夫同知东平府事胡公神道碑》:公美丰仪,善谈论,临事刚严,人莫敢犯。至于推诚接物,则慈祥恺悌,惟恐不及。(《元好问全集》卷第十七)

《内翰冯公神道碑铭》:进通议大夫一官致仕,径归嵩山。爱龙潭山水,有终焉之志。结茅并玉峰下,旁有长松十余,名之曰"松庵",因以为号。自少日留意摄生,俯仰诎信,通夕不少倦,是以神明不衰。饮食起居,处丰俭之间。台阁旧游、门生故吏问遗山中者不绝。非若一节之士逃匿于空虚之境,以憔悴枯槁而为高也。明窗棐几,危坐终日,琴尊砚席,萧然无尘埃。客至废书,清谈雅论,俗事不挂口。或与之徜徉泉石间,饮酒赋诗,悠然自得。尝画《管幼安濯足图》以寄意,其趣尚略可见也。所酿酒名"松醪",东坡所谓"叹幽姿之独高"

者,惟公能尽之(《元好问全集》卷十九)。

在碑文中,作者利用这种文体篇幅较长的优势,描绘出了士人的生活图画,勾勒出了他们的翩翩风姿,也表现出了他们高尚的品格、非凡的才学和过人的胆略。每一篇碑文是一个人物的生平事迹,把所有的碑文组合起来观察,我们看到的是那个时代的士人群像。就是这样的一群优秀的人物,由于末世的忧伤,残酷的杀戮,悲壮的殉节等原因,在金亡前后大量死亡。元好问在展示这些生命之美的同时,也为他们的毁灭唱出了悲愤的祭歌。碑文中的铭文是元好问情感的集中爆发。

《寄庵先生墓碑》:嗟维先生,其畀也全。材不一能,我则百焉。量测则闳,筹计则贤。药石可以活国,舟楫可以济川。抱利器而莫之试,竟匡坐而穷年。一室图书,我歌我弦。处顺安常,无憾下泉。伐石西山,表先生之阡。孰能为世砥柱,如是之卓然?(《元好问全集》卷十七)

《平章政事寿国张文贞公神道碑》:皇天生之,曷不成之?孝孙受之,曷不究之?(《元好问全集》卷十六)

《顺安县令赵公墓碑》:受质坚白无磷缁,持心权衡平设施,古难其人公如斯。行可士矩政吏师,百未一试遽夺之,彼器耋老谁所资?碑石有铭无愧辞,纲罗放失会有时,幽光发越兮神匪私(《元好问全集》卷二十)。

《内相文献杨公神道碑铭》:如公岂无匡复姿,天废商久实为之。孺子可教犹帝师,惜哉不遭隆准时。东隅之日今崦嵫,顾瞻乔木为赘咨。岘山堕泪方在兹,零落何必西州诗?(《元好问全集》卷十八)

《国子祭酒权刑部尚书内翰冯君神道碑》:日吉兮时良,郁佳城兮君所藏。仁者之勇兮决以刚,身已灭兮名益光。何以命之兮北方之强,天厚之报兮复且昌,世侯伯兮岁蒸尝。横溪兮洋洋,植丰碑兮墓旁。魂归来兮安故乡,滞淫盗墟兮亦何望(《元好问全集》卷十九)?

在铭文中,作者多次用到"抱利器而莫之试"、"百未一试"等相类似的句子,足可见作者对优秀人物过早离世的惋惜之情。"何以命之兮北方之强","皇天生之,曷不成之?"是他对皇天的责问。在痛苦中元好问没有因为这些美好生命的毁灭而斥责外族入侵者,他把原因归于天意。其中一个重要原因是,碑记铭文多写于金亡后,他不能直接抨击入侵者。同时也说明,此时的元好问又完成了一次情感和心理上的跨越,他已经跨越了民族感情,认同了异族的统治。他把士人悲剧的发生归于天意,他悲愤地责问于天:为什么要匆匆夺走这些美好的生命?既然赋予他们非凡的才能,为什么不给他们成就事业的机会?为什么让北方的民族如此强大,以致他们能够侵入他国并任意屠杀?这悲愤的责问固然有元好问本身宿命观的体现,但如果完全是宿命的体现,那他就不会有悲愤的情绪了。我们可以理解为他对时代悲剧的不解,但这里更多的是他悲愤情绪的发泄。

四、情感由悲慨到苍凉

元好问强烈的悲剧意识使他在金亡后陷入了深沉的痛苦之中。国家的灭亡、百姓的灾难、文化的破坏与士人的悲剧交织于一体,使他悲愤、痛苦,而自身所具有的幽并慷慨之气裹挟着他的痛苦,灌注在他的诗歌中。后人多用"悲慨"来概括他此时的诗风。

金亡前后,元好问的诗风发生了巨大的变化,他多选用七言律诗来表现低回沉郁的情感,七言律诗凝练的字句可以表现丰富的内容,严格的对仗更易于表现情境的反差,也更易于形成情感的旋涡。为了表现自己痛苦的心境和强烈的情感,元好问多选用七言律诗。他为友人写的四十八首挽诗中有三十三首用七言律诗,十五首用七言绝句。赵翼《瓯北诗话·元遗山诗》:"七言律则沉挚悲凉,自成声调。唐以来律诗之可歌可泣者,少陵十数联外,绝无嗣响,遗山则往往有之。如车驾遁入归德之'白骨又多兵死鬼,青山原有地行仙'、'蛟龙岂是池中物,虮虱空悲地上臣';《出京》之'只知灞上真儿戏,谁谓神州竟陆沉';《送徐威卿》之'荡荡青天非向日,萧萧春色是他乡';《镇州》之'只知终老归唐土,忽漫相看是楚囚。日月尽随天北转,古今谁见海西流';《还冠氏》之'千里关河高骨马,四更风雪短檠灯';《座主闲闲公讳日》之'赠官不暇如平日,草诏空传似奉天'。此等感时伤事,声泪俱下,千载后犹使读者低徊不能置。盖事关国家,尤易感人。惜此等杰作,集中亦不多见耳。"①

在赵翼所选的悲慨的感时伤事之作中,士人的悲剧也表现得非常明显。"白骨又多兵死鬼,青山原有地行仙"这是围城中元好问随驾东狩的诗作。地

---

① 赵翼:《瓯北诗话》,人民文学出版社1963年版。

上是累累白骨,空中飘荡的是战死士兵的幽魂。回想以前,此地绿水青山,一群群风度翩翩、超凡脱俗的士人在此交游、相聚。两幅图画形成强烈对比,造成诗歌中情感的激荡,表现出了作者的悲愤之情。"蛟龙岂是池中物,虮虱空悲地上臣"蛟龙已困居城池,无有腾飞之势;臣子就象虮虱一样卑微,他们无法掌握自己的命运,随时都可能在无声无息中死亡。诗句真实地写出了困居城中的君臣的处境。城中的臣子——一群优秀的士人,他们却处在这样的境况中,这怎能不让人悲伤!

随着时间的推移,剧烈的痛苦已沉聚在元好问的心底,痛苦已不表现在慷慨的情绪之中,而是在凄然的诗境中表现出一种沉郁的悲伤。《太原》:"南渡衣冠几人在,西山薇蕨此生休"(《元好问全集》卷九),《别覃怀幕府诸君二首》之二:"承平故事嗟犹在,雅咏风流岂易忘"(《元好问全集》卷九),《望崧少二首》:"饮鹤池边万木稠,养龙崖上五峰秋。藤垂绝壁云添润,涧落哀湍雪共流。田父占年惊玉蓏,诗仙留迹叹崑丘。西风落日山阳道,空对红尘忆旧游。"(《元好问全集》卷九)《题李庭训所藏雅集图二首》之一:"衣冠忽见明昌笔,更觉升平是梦中",之二:"谁画风流王李郝,大河南望泪如川"(《元好问全集》卷十二)。

元好问笔下凄然诗境的营造,与他当时的处境和心理感受有着密切的关系。况周颐《惠风词话》:"充类言之:坡公不过逐臣,遗山则遗臣孤臣也。"[①]况周颐在元好问的词作中读出了一种孤独感,这种孤独感一方面来自于他知心友人的离去;另一方面来自于元好问超人的境界。家铉翁《题中州诗集后》:"夫生于中原而视九州四海之人物犹吾同国之人。片言一善,残编佚诗,搜访惟恐其不能尽。余于是知元子胸怀卓荦,过人甚远。彼小智自私者,同室樊篱,一家尔汝,视元子之宏度伟识,溟涬下风矣。呜呼!若元子者,可谓天下士矣!数百载之下必有谓余言为然者。"家铉翁是从《中州集》的编撰中看到了元好问包容的胸怀和远大的见识,认为他是"天下士",这真是独到的眼光!在金亡前后,元好问在士人的灾难面前,已经跳出了自我的矛盾和痛苦,达到了群体的和民族的境界。在中原文化遭到严重的破坏,急待挽救和重建的时候,他又跨越了民族间的鸿沟,达到了大民族的境界。他胸怀宽阔,目光远大,远远超越了他同时代的士人。正因如此,他也感到了"高处不胜寒",很少有人能达到他的境界,他的行为也没有人能够真正理解。他上书耶律楚材请求

---

① 况周颐:《惠风词话》卷三,《惠风词话·人间词话》,人民文学出版社1960年版。

保护中原士人之精英被视为卑屈；他为耶律履、耶律善材、耶律辩材这样的优秀士人写墓志铭被视为阿谀；他为促使忽必烈保护中原文化奉之为"儒教大宗师"招来众人责骂。他的境界远高于同时代的人，他内心的孤独感就尤为强烈。内心的孤独，使他更多地思念当年知心的友人，所以，在他后来的诗歌中，对士人群体遭遇的悲愤之情渐渐变为对友人深深的思念，在诗歌中营造的多是一种苍凉的诗境。《太原》："南渡衣冠几人在，西山薇蕨此生休"（卷九），作者想起当年南渡的友人，他们曾经相约，战乱平息后一起隐居山林，诗酒为乐，但现在这些友人却所剩无几。今昔对比，凄凉悲伤，不由使作者潸然泪下。《别覃怀幕府诸君二首》之二："承平故事嗟犹在，雅咏风流岂易忘"（卷九），在与幸存的友人离别时，当年仪态俊美，儒雅风流的友人们浮现眼前，他们曾经一起赋诗酬唱，饮酒高论，欢声笑语中有才智的闪光，严谨交谈中有学问的切磋。这一切已经远去，留给作者的只有孤独和悲凉。《望崧少二首》之二："饮鹤池边万木稠，养龙崖上五峰秋。藤垂绝壁云添润，涧落哀湍雪共流。田父占年惊玉筛，诗仙留迹叹崑丘。西风落日山阳道，空对红尘忆旧游。"（卷九）"饮鹤池"、"养龙崖"都是元好问曾经与朋友的游玩之地，这些美丽的景物和士人的活动已成了回忆，夕阳残照中，寂寞山道上，只留下作者的悲叹之声。《题李庭训所藏雅集图二首》之一："衣冠忽见明昌笔，更觉升平是梦中"，之二："谁画风流王李郝，大河南望泪如川"（《元好问全集》卷十二），都是对当年风流人物的怀念，在诗中我们感到的不是强烈的悲愤，而是凄凉中透出沉郁的悲伤。

　　元好问生活在金末元初，他亲历了这场惨烈的朝代更替的过程，他也亲眼目睹了中原文明的大破坏。他处在金代士人群体之中，身边的士人们的遭遇深深刺痛了他的心灵，但他没有被痛苦所击倒，在悲伤和孤独中，用笔留下了士人群体的风流儒雅，也把这些优秀人物的毁灭展示给世人。他有普通士人的痛苦，又有超越时人的眼光，他让他的群体在中国士人的活动史上留下了重重的一笔。在阅读元好问的作品时，人们都会感到其中弥漫着悲伤和痛苦。他因自己和亲人的不幸、自己群体的遭遇、国家的灭亡、百姓的苦难、文化的破坏等等原因而痛苦，但除了他自身和亲人的不幸外，士人群体的遭遇是他感到最受刺激的事情，也是最让他痛苦的事情。我们只有揭开他内心的这一层痛苦，才能真正地理解元好问作品的深厚内蕴，才能理解他在金亡前后的种种行为。

元好问佚诗考

张建伟　吴晓红

　　元好问集经过古人编订、今人整理，成为金人文集中较为完备的一种，其中最重要的成果是《元好问全集》，新编《全金诗》、《全辽金诗》所收元好问诗也值得重视。然而，尽管有学者不断考证，去伪存真，这些书中的元好问诗歌仍然存在误收的情况，有八首误收诗需要辨析。另一方面，随着石刻文献等新材料的不断发现，以及对《诗渊》、《永乐大典》和地方志的充分利用，尚可以从中辑得元好问佚诗。因此，随着金代文学的研究不断深入，对元好问集的总结、修订和重新整理，就成为目前值得关注的一项工作。

　　现存元好问集比较重要的有《遗山先生文集》四十卷，四部丛刊初编集部缩印乌程蒋氏密韵楼藏明弘治刊本，之后清康熙华希闵本和四库全书本，均据弘治本。该书卷一《杂诗四首》（"相士如相马"）为误收，实为宋人汪藻《咏古四首》，见其《浮溪集》卷二十九。①《遗山诗集》有曹益甫元世祖至元庚午本（1270）二十卷，收诗一千三百六十一首，比弘治本多出诗八十一首，明代末期汲古阁本即是翻刻此本，该本除了误收汪藻《咏古四首》外，卷十四《春日寓兴》（"雨过横塘水满堤"）是误收曾巩《城南二首》之一，见其《元丰类稿》卷八。②清施国祁注《元遗山诗集笺注》（麦朝枢校点，人民文学出版社1958年版），以清康熙庚寅（1710）华希闵本为底本，从曹益甫至元庚午本增补八十一首诗，并从刘祁《归潜志》卷十四增补《归潜堂》诗（"南山老桂几枝分"）。道光三十年（1850）张穆刊本《元遗山先生集》除了诗文四十卷外，有附录一卷，补载一卷，年谱三种四卷，新乐府四卷，续夷坚志四卷，赵培因考证三卷，张穆也增补了这八十一首诗，并新补《过阳泉冯使君墓》（即《挽冯节副》）。光绪

---

① 参见钱钟书：《谈艺录》"金诗与江西派"条，中华书局1984年版，第158页。
② 赵廷鹏：《〈元遗山诗集〉未收和误收的诗》已有考证，见《晋阳学刊》1987年第6期。

七年(1881)方戊昌所刻读书山房本,重刊张穆本又有所增订,但也混入了他人之作,包括《夏日》及李俊民的诗四首。①

赵廷鹏是较早为元好问诗辑佚的学者,他发表于《晋阳学刊》1987年第6期的《〈元遗山诗集〉未收和误收的诗》,为《元遗山诗集》增补十九首诗,其中,从遗山文集增补《侯相国所藏云溪图》、《口号三首》,从明成化《山西通志》卷十六辑录《三岗四镇》、《金凤井》,从光绪本《陵川县新志》辑录《西溪二仙庙留题》②,从雍正《重续定襄县志》辑录《圣皋危楼》、《神山古刹》、《横山寺》,从明本《方城县志》和嘉靖《南阳府志》辑录《方城八景》,从《御定历代题画诗类》辑录《题吴彩鸾诗韵图》。这为后来编纂的《元好问全集》、《全金诗》、《全辽金诗》提供了帮助。姚奠中主编的《元好问全集》收录元氏作品最全、研究资料最丰富,该书以读书山房本为底本,以张穆刊本等版本校勘,初版于1990年,删节误收的汪藻、曾巩、李俊民诗,在施国祁、张穆、赵廷鹏等人的基础上,增补《赠祖唐臣》和《游济源》。薛瑞兆、郭明志二位编纂的《全金诗》,元好问部分是以四部丛刊本《遗山先生文集》为底本,除了将前人辑佚的作品增补外,另外从雍正十二年《山西通志》卷二二四辑录《雁门关外》、从卷二二六辑录《过故关》。阎凤梧、康金声二位先生主编的《全辽金诗》元好问部分以读书山房本《元遗山先生集》为底本,又新增补了七首诗。包括从《元遗山先生集》卷三十八增补《超然堂铭诗》、《老人星赞》,从卷四十增补《祭飞蝗诗》,从民国二十三年《冠县志》卷九辑录《别冠氏诸人诗戊戌秋八月初二日》、《送郑户曹赋席上果得榧字》,从民国二十年《郏县志》卷十一辑录《赠苍谷子》和《逢郏王子》。2004年,《元好问全集》有李正民的增订本,对作品、校勘记、附录资料等进行增补修订,增补的诗与《全辽金诗》元好问部分完全相同。

一

对于编纂别集、总集来说,总是责全求备,这样就不可避免地产生误收、张

---

① 赵廷鹏:《〈元遗山诗集〉未收和误收的诗》一文,将读书山房本《元遗山先生诗集》中误收的四首诗加以辨析,证明它们应归属于李俊民。

② 此诗赵先生辑自光绪本《陵川县新志》,未录诗后的跋,今从陵川石刻补出,"春服既成,同冠者五六人重谒二仙庙。沐浴乎溪谷之上,风凉于舞雩之下。看千嵓之竞秀,增两目之双明,志飘飘然而足知所之。虽骖鸾跨鹤,游三岛者,盖不似于此矣。乱联数字,以书于壁。时泰和乙丑清明前三日,忻州元好问题。"

冠李戴等问题，历代别集、总集或多或少都存在这一问题，《元好问全集》、《全金诗》、《全辽金诗》也不例外。① 下面先对历代元好问集和金元总集中的元好问诗增补和误收的情况作一考辨。

张穆刊本增补元好问佚诗《过阳泉冯使君墓》，据他在《元遗山先生集》序中讲，此诗补自阳泉冯氏旧茔香亭石柱之石刻。② 笔者从地方志中检得此诗，诗题作《挽冯节副》，载于清赖昌祺、张彬等纂修《平定州志》卷十三《艺文》：

> 一笛悠然此地闻，住山还忆大冯君。已看引水浇灵药，更约筑亭留野云。前日褰衣哭蟠腹，今年宿草即荒坟。东邻谁举游巘例，秋菊寒泉尚可分。

诗末有跋："此遗山先生挽冯大来节副诗也。真迹旧藏故侯聂帅家，双钩。一本付节副二孙敬、敏，俾刻石大来墓侧。元贞元年四月上休日里闬晚进王构识。"③王构为元初人，光绪《平定州志》卷十三收录其《聂谷道中吊冯大来》二首七绝，这首《挽冯节副》肯定为元好问所作。《全金诗》据康熙《定襄县志》卷八收录此诗，今查雍正增补康熙《定襄县志》卷八无此诗，《全金诗》的出处可能有误。

读书山房本《元遗山先生全集》卷七增补的《夏日》（"经月始一出"）是误收之作，此诗实为元柳贯《初夏斋中杂题》其四，见其《待制集》卷四，《御选宋金元明四朝诗·御选元诗》卷三十七、《元诗选》初集丁集亦作柳贯。《御定佩文斋咏物诗选》卷二十六误作元好问，读书山房本据佩文斋误收，《元好问全集》、《全金诗》、《全辽金诗》均误收了此诗。

赵廷鹏对辑录的每首元好问佚诗都作了考证，这些考证大体是可信的。当然，赵廷鹏也有两首诗存在误收的情况，《横山寺》辑自雍正《重续定襄县

---

① 关于《全金诗》、《全辽金诗》的得失，可参考杨镰：《金诗文献管窥》，《中国诗学》第十一辑，人民文学出版社2006年版。
② 赵廷鹏：《〈元遗山诗集〉未收和误收的诗》，据金大定以来《冯氏家谱》与元大德三年（1299）《围岭老茔墓志》，冯大来为冯泰亨，此诗刻于香亭，末尾署曰："己亥秋八月十有四日，自太原道往山阳，留宿于此东山。元好问裕之题。"见《晋阳学刊》1987年第6期。
③ 清赖昌祺、张彬等纂修：《平定州志》卷十三艺文，光绪八年（1882）刻本，《中国地方志集成·山西府县志辑》第21册，凤凰出版社2005年版，第469页。

志》,全诗如下:

> 浮屠百尺耸亭亭,落日鸦啼野蔓青。故国尽消龙虎气,横山犹带凤凰形。金根辇路迎禅驾,玉树歌台语梵林。惟有滹沱河上月,年年随雁过寒汀。

元人陈孚有《凤凰山》,见其《陈刚中诗集》卷一:

> 浮屠百尺耸亭亭,落日鸦啼野蔓青。故国尽销熊虎气,荒山空带凤凰形。金根辇路迎禅驾,玉树歌台语梵铃。惟有钱塘江上月,年年随雁过寒汀。

二诗语句略有不同,但基本上可以肯定为同一首诗。赵廷鹏所见雍正增补《定襄县志》卷八艺文志作元好问《横山寺》,雍正十二年(1734)《山西通志》卷二百二十四相同。然而,《元音》卷一、明宋公傅所编《元诗体要》卷十、曹学佺所编《石仓历代诗选》卷二百三十二、清顾嗣立所编《元诗选》二集丙集都把此诗归入元人陈孚诗集中,应为陈孚所作,县志改窜误载,导致赵廷鹏将其列入元好问名下,其后《全金诗》、《全辽金诗》、《元好问全集》据康熙《定襄县志》卷八误收为元氏诗作。

《题吴彩鸾诗韵图》实为元道士马臻《题吴彩鸾书韵图》,见其《霞外诗集》卷七。《御定历代题画诗类》卷六十一误作元好问,文字略有不同,赵文据此误收,《全金诗》、《全辽金诗》、《元好问全集》踵之。

姚奠中先生主编的《元好问全集》增补了《赠祖唐臣》、《游济源》两首佚诗。《游济源》("地古灵多足胜游")出自雍正十三年(1735)《河南通志》卷七十四,《全辽金诗》收录,出处同。① 据缪钺《元遗山年谱汇纂》,元好问于蒙古太宗十年(1238)到济源,次年发济源,元氏有《发济源》、《入济源寓舍戊戌八月二十二日》等诗,《游济源》当为元好问的作品。《赠祖唐臣》据中国社会科学院历史研究所藏《遗山集》清初抄本增补,此诗又见于汲古阁本《遗山诗集》

---

① 《全金诗》据雍正《定襄县志》卷七四收录,笔者所见雍正《定襄县志》共八卷,《全金诗》出处可能有误。

卷九，施国祁注《元遗山诗集笺注》卷七从曹益甫至元庚午本增补，无疑为元好问所作，为读书山房本漏收。

《全金诗》增补了《雁门关外》和《过故关》。《雁门关外》（"四海于今正一家"），出自雍正十二年《山西通志》卷二百二十四，题目作《过雁门关》。据缪钺《元遗山年谱汇纂》，元好问曾于蒙古乃马真后二年（1243）自秀容至燕京，路经雁门关，他还于蒙古定宗二年（1247）游三泉，三泉在雁门，《过雁门关》为元好问佚诗。《过故关》为金人李献可《召还过故关山》，见《中州集》卷八，雍正十二年《山西通志》卷二百二十四误作元好问，《全金诗》[①]、《全辽金诗》误收，《全辽金诗》出处误作卷二六六。

《全辽金诗》元好问部分增补了七首佚诗，《超然堂铭诗》、《老人星赞》出自《元遗山先生集》卷三十八，《超然堂铭》、《老人星赞》、《祭飞蝗诗》出自卷四十，本为《祭飞蝗文》。从文学体裁的划分来说，铭、赞、祭文一般归入文类，但是，前代编辑的总集将铭、赞等归入诗类的情况也是有的。[②]

《全辽金诗》辑自地方志的《别冠氏诸人诗戊戌秋八月初二日》、《送郑户曹赋席上果得榿字》、《赠苍谷子》和《逢郑王子》均为误收。《别冠氏诸人诗戊戌秋八月初二日》和《送郑户曹赋席上果得榿字》二诗，《全辽金诗》据民国二十三年（实为民国补刊清道光本）《冠县志》卷九《艺文志》收。这两首诗为苏轼所作，《别冠氏诸人诗戊戌秋八月初二日》诗题见《遗山先生文集》卷九，是一首七律，而诗句（"隆准飞上天"）见清王文诰辑注、孔凡礼点校《苏轼诗集》卷十六，题作《送郑户曹》，一作《又送郑户曹》，全诗如下：

> 水绕彭城楼，山围戏马台。古来豪杰地，千岁有余哀。隆准飞上天，重瞳亦成灰。白门下吕布，大星陨临淮。尚想刘德舆，置酒此徘徊。尔来苦寂寞，废圃多苍苔。河从百步响，山到九里回。山水自相激，夜声转风雷。荡荡清河壖，黄楼我所开。秋月堕城角，春风摇酒杯。迟君为坐客，新诗出琼瑰。楼成君已去，人事固多乖。他年君倦游，白首赋归来。登楼一长啸，使君安在哉。

[①] 《全金诗》元好问部分还有一首诗重收，卷一百二十七据康熙《定襄县志》卷八收录的《圣阜山》，与卷一百二十五《东山四首》之四相同。

[②] 比如，历代总集《先秦汉魏晋南北朝诗》、《全唐诗》不收铭、赞等类体裁，但《全宋诗》收。

《全辽金诗》所收诗句缺前四句。《送郑户曹赋席上果得榧字》("彼美玉山果")见《苏轼诗集》卷十六,诗题作《送郑户曹赋席上果得榧子》。民国补刊道光本《冠县志》卷九诗题"榧字"误,当作"榧子"。二诗被《全辽金诗》误收的原因在于,民国补刊本《冠县志》卷九页数错乱,导致苏轼与元好问的诗割裂拼凑,混在一起。

《赠苍谷子》("玄云翳白日")和《逢郏王子》("相思汝水月")二诗,《全辽金诗》从民国二十年(实为清咸丰九年修,民国二十一年重印本)《郏县志》卷十一收入。这两首诗为明人李梦阳所作,分别见《空同集》卷十与卷二十六。二诗在《郏县志》卷十一,位于元好问诗之后,未署名①,《全辽金诗》据此误收。

二

由于不断有新材料发现,元好问诗尚有增补的余地,笔者新从地方志中辑得佚诗三首,现作一考辨。清代马家鼎修、张嘉言纂,光绪八年(1882)《寿阳县志》卷十二《艺文志》有诗《次韩昌黎壁间韵》,署名"西堂好问",全诗如下:

> 五云回首忆长安,孤客萧萧向夕寒。幽梦断肠人不见,天涯明月自团团。(原注:西堂,元好问别号)②

韩愈有《夕次寿阳驿题吴郎中诗后》:"风光欲动别长安,春半边城特地寒。不见园花兼巷柳,马头惟有月团团。"③据光绪《寿阳县志》卷十二,此诗为韩愈使镇州安抚王廷凑兵变,过寿阳而作的,宋哲宗元祐八年(1093)宣议郎知县孟天常刻石。元好问此诗是次韩愈诗韵。光绪《寿阳县志》卷十三杂志载元好问"常往来平定、寿阳间,有次韵韩昌黎诗、宿张靖田家诗、暂往西张诗及新修寿阳学记"。④《宿张靖田家地属寿阳》见于《遗山先生文集》卷二,《十一月五

---

① 民国重印咸丰《郏县志》所收《赠苍谷子》,"玄云翳白日",玄字作元,避玄烨讳。
② (清)马家鼎修、张嘉言纂:光绪《寿阳县志》卷十二《艺文志》,台北成文出版社1976年版,第856页。
③ 诗题或作《寿阳驿题绝句》,《韩昌黎全集》,中国书店1991年据1935年世界书局本影印,第168页。光绪《寿阳县志》卷十二诗题作《夕次寿阳驿》,"春半边城特地寒","春半"作"及到"。
④ 光绪《寿阳县志》卷十三《杂志》,第955—956页。

日暂往西张》见于卷十,《寿阳县学记》见于卷三十二。《次韩昌黎壁间韵》当为元好问所作,而且从诗末的注释得知,元好问尚有"西堂"这一别号。

明代查志隆《岱史》卷十五录有署名元好问的《送天倪子归布山》:

> 太白诗笔布山头,布袜青鞋欠一游。拟欲高人参药镜,却嫌凡骨比丹丘。云间茅屋鸡犬静,物外烟霞风露秋。后日天门重登览,蜕仙岩下幸迟留。(原注:天倪即张志纯,布山即布金山,在泰山西南。……)①

张志纯,初名志伟,号天倪子,赐号崇真保德大师,泰安阜上人。年十二出家为道士,隐居布山中,蒙古时期提点泰安州教门事,忽必烈中统四年(1263),被委派提举修饰东岳庙事②,与元好问、徐世隆、杜仁杰等有交往。③ 布山,即布金山,《重修泰安县志》卷二《舆地志·山水》"布金山"条曰:"唐李白送王山人归布山、元好问送天倪子归布山,皆此。"④"太白诗笔布山头"指李白诗《赠别王山人归布山》。蜕仙岩,《重修泰安县志》卷三《舆地志·古迹》曰:"蜕仙岩,在遥观洞南。明代汪子卿志云,翰林王从之跏趺化此。"⑤翰林王从之即王若虚,《金史》卷一百二十六《文艺传》记载王若虚晚年游泰山,称之为"仙府",于泰山之大石上瞑目而逝。据缪钺《元遗山年谱汇纂》,元好问于蒙古太宗八年(1236),偕赵天锡往泰安会行台严实,诗当作于这一年。

清代李鸿章等修、黄彭年等纂,光绪十年《畿辅通志》卷六十三《舆地略》载有元好问的一首佚诗,无题,全诗如下:

> 海山晓日到禅林,阶下长松扫白云。安得同僧共此话,鸟啼花落日相闻。⑥

---

① (明)查志隆《岱史》卷十五,《续修四库全书》第 722 册,第 550 页。孟昭章等纂修,民国十八年铅本《重修泰安县志》卷十二艺文志亦收此诗,与台北学生书局 1968 年版文字相同。
② 参见杜仁杰:《泰安阜上张氏先茔记》,元李道谦《甘水仙源录》卷八,《道藏》第十九册,文物出版社等 1992 年影印本。
③ 《元诗选》二集乙集徐世隆有三首诗与天倪子有关。《元诗选》癸集壬上选天倪子诗二首,并有其小传。
④ 《重修泰安县志》卷二《舆地志》,第 203 页。
⑤ 《重修泰安县志》卷二《舆地志》,第 311 页。(清)郭元釪编:《御定全金诗增补中州集》卷十九,王若虚《緱山庙》诗末注:"《五岳记》王从之隐居泰山,跏趺而化,人称其地曰蜕仙岩"。
⑥ (清)李鸿章等修、黄彭年等纂纂,光绪《畿辅通志》卷六十三《舆地略》,《续修四库全书》第六三一册,上海古籍出版社 2002 年版,第 396 页。

海山位于获鹿县东五里,据缪钺《元遗山年谱汇纂》,元好问于蒙古宪宗四年(1254)游获鹿龙泉寺,六年(1256)在获鹿县,七年(1257)卒于获鹿寓舍。诗当作于这一时期。

三

《诗渊》和《永乐大典》收录有元好问诗,其中有六首不见于《遗山先生文集》,但是,经过考订,笔者发现这些诗有的张冠李戴,有的尚存疑问。

《诗渊》成书于明代初年,可能与《永乐大典》同时或稍晚些,作为一部百科全书式的类书,它保存了从魏晋到明代初年这一段时间内大量散佚的作品,其中宋代、金代、元代的诗歌最多。现存《诗渊》虽非足本,但也可以作为辑佚的渊薮。① 《诗渊》收录元好问三首,《西楼曲》出自元好问集,《衢州歌》、《湘江曲》不见于元好问集,但都不可信。《衢州歌》:

清湖渡了洪桥渡,落星冈过铁炉冈。一渡一渡水流急,一冈一冈泥阪长。②

《湘江曲》:

二妃泪洒湘竹斑,湘江沉沉凝晓烟。月照古祠江水边,商般来往烧纸钱。桂花滴露江云寒,竹间一声啼断猿。③

赵永源《〈元好问全集〉补遗三则》对《诗渊》所收元好问这两首作了考辨,他认为,元好问行踪未至浙江,《衢州歌》非元氏所作。但是比较了《湘江曲》与元氏的《湘夫人咏》、《湘中咏》,认为题材、语气、情调皆极相似,确认出自元氏手笔,当予增补。④ 笔者以为,赵永源对《衢州歌》的判断可信,诗中的

---

① 关于《诗渊》的价值,可参考孔凡礼先生《诗渊》前言,书目文献出版社1984年版。
② 《诗渊》第三册,书目文献出版社1984年版,第1940页。
③ 《诗渊》第三册,书目文献出版社1984年版,第2144页。"二妃泪洒相竹斑"之相,《天下同文集》作湘,"商般",《天下同文集》作商船,当是《诗渊》抄错。
④ 《文教资料》1994年第5期。《元好问全集》(增订本)下册,将赵文列入附录,山西古籍出版社2004年版,第1489—1491页。

"落星冈"在金陵(今南京),也非元好问行踪所及。但《湘江曲》并非元氏所作,而是另有其人。文渊阁四库全书本元周南瑞编《天下同文集》卷四十六收有《湘江曲》,作者为杨学文,《湘江曲》又见于《元诗选》癸集壬集,为元代僧人希陵的作品。案:民国罗振玉编雪堂丛刻(1915年上虞罗氏排印本),收有周南瑞编《天下同文前甲集》五十卷,该版本卷四十六《湘江曲》为希陵之作,四库全书本作杨学文的作品为误抄。① 总之,《诗渊》所收元好问这两首诗,后者为误抄他人之作,前者亦非元氏所作。可见《诗渊》虽然照抄原文,保存了很多作品,但也存在误抄的情况,使用时还是应该持慎重态度。

《永乐大典》为明代解缙等奉敕编,作为规模空前的类书,是明代以前文献之宝藏。全书正本毁于明代亡,副本至清代咸丰时渐散失,大部分毁于八国联军入京,中华书局从各图书馆和私人收藏中收集残本七百九十七卷,1986年影印出版。现存《永乐大典》所收元好问诗达一百三十余首,其中卷一四三八〇收录的四首诗不见于元好问集,但是这四首诗都存在疑问。其一为《寄钱塘曹士开》:

凌晨仰双雁,接翼东南飞。望入空蒙中,意满江之湄。佳人云水远,行子霜露凄。以君缱绻情,牵我迢递思。拊膺忆游行,仿佛此良时。秋峰启寒碧,夕渚含凉飔。扬镳耀芳甸,荡桨凌清漪。新声激皓齿,繁响厉朱丝。燕赏信娱人,明德亦所敦。曜灵迅颓景,惊飙挟游尘。悠悠念远道,眷眷怀苦辛。愿言各自爱,皓首期相亲。②

考元人曹伯启,字士开,济宁砀山(兖州府)人,据《元史》卷一百七十六本传,他生于蒙古宪宗五年(1255),卒于元顺帝元统元年(1333),生活的年代比元好问(1190—1257)靠后,而且与钱塘曹士开籍贯不同,不知是否为一人。元仁宗延祐五年(1318)曹伯启曾奉旨至江浙议盐法,后为官浙西廉访使,也可称之为"钱塘曹士开"。因此,这首诗中的钱塘曹士开或者另有其人,或者此诗是他人写给曹伯启的诗,《永乐大典》误抄入元好问名下。

其二为《寄士开》:

---

① 此条资料承蒙杨镰提示,特此志谢。
② 《永乐大典》第七册,中华书局1986年版,第6259页。以下三首诗出处相同。

> 一别两年里,漂摇无处家。风烟低草树,雨露入桑麻。水缩江乡阔,云深天路赊。君逢应不识,颔颏鬓生华。

此诗题目中的"士开",可能也是指曹士开。

其三为《寄曹克明》:

> 风雨钱塘夜,从君借榻眠。相看成万里,此意又三年。眉宇何时见,文章到处传。自知无世用,淮海已归田。

考元人曹鉴字克明,宛平人。据《元史》卷一百八十六本传,生于元世祖至元八年(1271)卒于元顺帝至元元年(1335),也晚于元好问,不知与诗中的曹克明是否为一人。元好问一生未至浙江,而此诗有"风雨钱塘夜"之句,与元好问行踪不符。而曹克明多年在江浙为官,他于元英宗至治二年(1322)曾官江浙行省左右司员外郎、元文宗天历元年(1328)任江浙财赋府副总管,由此证明《寄曹克明》中的曹克明很可能指曹鉴,此诗非元好问所作。

其四为《寄成都李仲渊》:

> 一自秋风马首西,修名高与暮云齐。天连蜀道鹰能到,月落禁林乌欲栖。文字苦辛应白发,相思劳梦问青泥。君如知我今何似,客气年来寸寸低。

考元人李源道,字仲渊,清顾嗣立《元诗选》三集己集曰:"源道字仲渊,号冲斋,关中人。宦学三川,历四川行省员外郎,与弟叔行乐成都风土,卜居蚕茨,买田百余亩,因所居植竹十万个,覆以白茅,颜曰'万竹亭'。"① 元人元明善《万竹亭记》详细记载了此事,杨载有《寄题成都万竹轩为李仲渊作》。② 据虞集《道园学古录》卷六《送李仲渊云南廉访使序》,李仲渊于延祐五年(1318)六月,由翰林直学士除云南肃政廉访使。这首诗与前面寄曹士开、曹克明的诗情况类似,很可能《寄成都李仲渊》就是指李源道。《永乐大典》所收这四首署名

---

① (清)顾嗣立:《元诗选》三集,中华书局1987年版,第287页。
② (元)明善:《万竹亭记》,(元)苏天爵:《国朝文类》卷二十九,四部丛刊本;杨载:《寄题成都万竹轩为李仲渊作》,《扬仲弘集》卷六,文渊阁四库全书本。

元好问的诗都存在疑问,在没有找到确切的证据之前,不能归入元好问名下。

综上所述,赵廷鹏《〈元遗山诗集〉未收和误收的诗》一文,为《元好问全集》、《全金诗》、《全辽金诗》等书,对元好问佚诗的增补打下了基础,但是赵文、《元好问全集》、《全金诗》、《全辽金诗》的辑佚存在误收的情况。《诗渊》所录元好问的两首集外诗非元氏所作,《永乐大典》所收四首元好问佚诗也存在疑问。地方志中的三首元氏佚诗比较可靠,希望在元好问集修订或金诗文献整理时能够予以增补。

金代小说举隅

牛贵琥

从史料中可知金代小说十分发达。① 然而缺乏文本的证明,一直制约着研究工作的进展。本文将文献中的一些金代小说资料简述如下。

一、《南烬纪闻》、《窃愤录》、《靖康蒙尘录》

1127年,即金太宗天会五年,宋徽宗、宋钦宗被金人俘获北迁。对于他们的俘虏生涯,金、宋人士都有所关注和记载。宋人有曹勋的《北狩见闻录》、蔡鞗的《北狩行录》、无名氏的《呻吟语》。金人有王成棣的《青宫译语》、李天民所辑的《南征录汇》。这些基本是纪实之作,篇幅不大,也较简略,而黄冀之的《南烬纪闻》、伪托辛弃疾所撰的《窃愤录》以及不著撰人姓名的《靖康蒙尘录》,则可看作是金人以二帝在北为题材根据传闻所演绎之小说。② 三书之中,《靖康蒙尘录》从靖康元年开始,记至二帝入北,朱皇后、郑太后死,金朝廷许葬郑太后和朱皇后于五国城为止。《窃愤录》接着从二帝在五国城,一老叟自称是京师人与上皇说话开始,记至徽宗去世、钦宗和辽末帝耶律延禧正隆六年死于击球场的马足之下为止。书后附《阿计替本末》,云:"阜昌七年春,阿计替以其所书上皇、少帝、郑朱二后生死事属予曰:'秘之。'盖予与阿计替姻连也。"又云:"今因朝廷议以河为界,有张氏者欲南归,乃书其本末以予之,令持以南渡,其遗稿残文已悉焚之,不存其迹矣。阿计替本姓朱氏,名得成,棣州人,今现为滑州宣德使云。"《南烬纪闻》则合二书之内容为一。书前有作者黄

---

① 《金史》列传第六十七记张仲轲"市井无赖,说传奇小说,杂以俳优诙谐语为业。海陵引之左右,以资戏笑"。列传第四十二记宣宗时"贾耐儿者,本岐路小说人,俚语恢嘲以取衣食"。
② 《南烬纪闻》、《窃愤录》,江苏广陵古籍刻印社1983年版,笔记小说大观本第六册、第八册。《靖康蒙尘录》见四库存目丛书史部,第44册。

冀之所撰之序,自署作于阜昌丁巳十一月初三日。书后亦附《阿计替本末》。阜昌丁巳即阜昌七年、金太宗天会十四年(1136),宋徽宗之死在天会十三年四月,金议以河为界将河南地予宋是天眷元年(1138),可见书中所叙至金海陵王末年时的事情,为黄冀之以后的人士所续。又可知书初传至江南为天眷元年,传者既为张氏,则和辛弃疾无关,之所以托名辛弃疾,是因为后来书中写至海陵王末年,正是辛弃疾南渡之时的缘故。以后的《大宋宣和遗事》中有关二帝在北之事也抄录以上三书的内容,只是加了一些说话所用的诗歌,其中就有金人毛麾的诗。

不过,这些作品因与史实不合多为后人所诟病。如周密《齐东野语》卷十八云:"靖康之祸,大率与开运之事同。一时纪载杂书极多,而最无忌惮者,莫若所谓《南烬纪闻》。其说谓出帝之事,欧公本之王淑之私史。……然考之五代新旧史,初无是说。安知非托子虚以欺世哉?其妄可见矣。"又指出其谬误:"《南烬》言二帝初迁安肃军,又迁西江州,又迁五国城,去燕凡三千八百余里,去黄龙府二千一百里,其地乃李陵战败之所。后又迁西均从州,乃契丹之移州。今以当时他书考之,其地里远近皆大缪不经,其妄亦可知。且谓此书乃阿计替手录所申金国之文,后得之金国贵人者。又云阿计替者,本河北棣州人,陷金。自东都失守,金人即使之随二帝入燕,又使同至五国城,故首尾备知其详。及考其所载,则无非二帝胸臆不可言之事。不知阿计替何从知之,且金人之情多疑,所至必易主者守之,亦安肯使南人终始追随乎?且阿计替于二帝,初无一日之恩,何苦毅然历险阻,犯嫌疑,极力保护而不舍去?且二帝方在危亡哀痛之秋,何暇父子赋诗为乐?阿计替又何暇笔之书乎?此其缪妄,固不待考而后见也。"他认为:"意者,为此书之人,必宣政间不得志小人造为凌辱猥嫚之事而甘心焉。此禽兽之所不忍为,尚忍言之哉!余惧夫好奇之士不求端本而轻信其言,故书以祛后世之惑云。"上海进步书局印行之《南烬纪闻》书前提要也云:"核之正史,殊为失实。……夫二帝举族北辕,其受辱固不待言。然金开国之初,具有规模,绎利亦何至面人之祖,淫其女孙,致后帝等不敢开目耶?是必不得志于君父者,撰此以泄忿耳。"周密等人之所论是有道理的。然而,我们如果摆脱史实考证的束缚,从文学的角度来考察,则可知它们本不是严肃的记实之作,而是根据民间不同的传闻加以想象写出来的作品。正如《大宋宣和遗事》中,宋江三十六人的故事一样。周密所指出的地理之不合及

"二帝胸臆不可言之事,不知阿计替何以知之"、"阿计替又何暇笔之",正好可以成为《南烬纪闻》等书是属于小说一类作品的佐证。① 事实上只要我们承认《大宋宣和遗事》是小说,其所采用的《南烬纪闻》等书,属于小说就应不成问题。

考《南烬纪闻》等书,以阿计替为贯穿全书的主要线索,这个人物并非子虚乌有。据李天民《南征录汇》所言,靖康二年二帝与宗室妃后等是分五次北迁的。王成棣《青宫译语》记:"天会五年三月二十八日午国相左副元帅、皇子右副元帅命成棣随珍珠大王、千户国禄、千户阿替纪押宋韦妃、邢妃、朱妃,富金、嬛嬛两帝姬。"三月二十四日"随王及阿计替押韦妃等策马行",可见阿替纪(《南烬记闻》作"阿计替")的确曾押徽宗的韦妃和钦宗的朱皇后等人至燕,又至上京。而且《南烬纪闻》等书所记北迁的一些内容,在《青宫译语》中也有反映。如:"初二日早行,途次朱妃便旋,国禄逼之。又乘间欲登朱后车,王弟鞭之。""北万户盖天大王迎候,见国禄与嬛嬛帝姬同马,杀国禄弃尸于河,欲掣嬛嬛去。""邢妃以盖天相逼,欲自尽。"珍珠大王"乞富金帝姬为妾",还有"二王以朱妃、朱慎妃工吟咏,使唱新歌"等等。这些都是《南烬纪闻》、《靖康蒙尘录》着意刻画的细节。如"其掌行千户,自言姓幽西,名骨碌都,尝以言戏朱后,复恣无理。途次,朱后下畦间便溺,骨碌都从后执其手曰:'能从我否?'朱泣下,战栗不能言,随亦病作,难以乘骑。骨碌都乃掖后,同载马上而行"。只不过国禄为骨碌都,欲自杀者亦为朱后,杀骨碌都、使朱后歌、淫帝姬者为绎利。就是《阿计替传本末》中以通俗小说惯用的语言"每醉必御妇人,自夜至晓,未尝少歇,妇人不胜其苦",叙为其弟陆笃诜所杀的尚孚皂之事,李天民所辑《南征录汇》中也有记载:"守城千户陆笃先杀其兄尚孚皂。尚守南熏门,踞大宅,淫及陆所掠女。陆杀兄遁。宗姬宗妇十七人在所掠中,遂归寨。"所以说《南烬纪闻》、《靖康蒙尘录》所写北迁之过程,基本上依据阿替纪这一路的情况,不过为了突出二帝受辱的主题,将数路并作一路来写。至于《窃愤录》和《南烬纪闻》后半部所写二帝囚北之情况,则阿计替只是起串联故事的作用。其中写到二帝迁至安肃军,"独有一阿计替者,绎利命之监守二

---

① 《齐东野语》说:"二帝方在危亡哀痛之秋,何暇父子赋诗为乐",也不符合事实。《北狩行录》中就言徽宗天资好学,在北曾以衣易书、和诸王赋诗属对,伤时感事之诗歌作了千有余首,在沂王赵桴讦告之后全部烧毁。商务印书馆1959年版,第8页。

帝,至今不离左右,时为帝洗濯,但言语难辨,十晓一二而已",就漏出有关阿计替前后不一致的马脚。这一部分有三种内容。一是有关北方的奇闻异事,如野鸡二十余啄一蛇首两歧的死蛇,筠从州祭土地神用人和牛、所产之禾稻坚硬如麦、男女合婚各自为配偶等等。二是有关宋宗室之遭际,如钦慈皇后族孙女为人吹笛乞食、成了婢女的相王之幼女歌《小镇西》词等等。这在宇文虚中、吴激等人笔下都有描述,为金人耳熟能详。最主要的是描写徽、钦二帝的悲惨生涯,其中大多是想象不经之词。如:徽宗死后以大木架起以火焚之,焦烂将半,曳弃于可作油之坑中。钦宗发现自己留在汴京的儿子流落为贱隶。作者让钦宗看见金人挖掘辽陵还不算,又让钦宗和同被囚禁的辽天祚帝住在了一起,互诉苦极,甚至还能附耳密语。史载天祚帝皇统五年就葬于广宁府间阳县,钦宗死于正隆元年,作者却让两人于正隆六年一同死于海陵王击球的马足之下。虽然有些荒诞,但写作目的就是要控诉金军之残暴,唤起南宋王朝的耻辱感。黄冀之在《南烬纪闻》的序言中讲得清楚:"但愿此书南播,使宋之子孙,目其事,动其心,卧薪尝胆,誓灭凶丑,雪冤涤耻,廓清中原。使吾父子,复视汉官威仪,不终沦于左衽也。"《阿计替本末》也讲:"万一此文逮江南,使中原可复,腥膻可除,而欲求其实,当以此进。"书中详细描写了宋钦宗皇后及宗室妇女之被辱,金人对二帝之虐待,还让做了金国皇帝之妃子的赵妃临死时讲:"汝本北方极小胡奴,侵凌上国,南灭汴宋,北灭契丹,不行仁义,专务杀伐。今我祖父来此受苦,你他日亦当如是遭人夷灭也。"这些话正是中原遗民的心里话。书中还特别详尽地写到宋高宗的母亲韦妃,给金国盖天大王做了妻室并生一子。这当然不是历史的真实,但作者就是要以此来鞭挞宋高宗为了一己之私利,弃二帝和民族之辱于不顾的可耻行为。所以说《齐东野语》将此书的作者认定为宣政间不得志之小人是错误的,作者所攻击的不是二帝,而是弃中原的宋高宗。

《南烬纪闻》等书之所以是金人之作,其证有三。(一)有书前黄冀之作于阜昌七年的序言及所附《阿计替本末》可证。(二)书中在宋高宗称帝十数年之后还称其为康王。(三)《南烬纪闻》等书中二帝北迁之内容,如前所说与金人王成棣《青宫译语》相合,而宋人所记北狩的内容反而全没有。如曹勋《北狩见闻录》记:"燕王以途中乏食毙,时殡以马槽,犹露双足,就寨外焚化。……徽庙伏其骨哀甚,曰:'吾行且相及。'时执兵虏人亦皆泣下。"蔡鞗《北狩行录》记沂王赵柽、驸马都尉刘文彦首告太上谋反金国等。还有《南烬纪闻》等三书对韦妃在北和归南详尽描写，而南方所传的韦氏之事却丝毫也没有反映。比如周密《齐东野语》卷十三记韦氏归南时，钦宗仰卧于车前，哭求："幸语丞相归我，处我一郡足矣。"田汝成《西湖游览志余》卷二记钦宗挽韦氏之车轮泣求，韦氏与之誓曰："吾此归苟不迎若者，有瞽吾目。"归见高宗殊无迎复意，后为之怃然，两目俱盲。有道士应募入疗，金针一拨，左翳脱然。后大喜请疗其右，报当不赀。道士笑曰："后以一目视足矣，以一目存誓可也。"这些都可证明《南烬纪闻》等书只能是金中原人士之所作。

不过，现在的《南烬纪闻》等书则是传入南方后，经过后人累层式改定后的本子。比如《窃愤录》叙及平水镇僧人之语时，云："又论二十余事，皆金国中贵与南北臣僚，皆帝之所亲识者，当日亦有可书，以其非所录之本意，故删之。"这便是对其删改的证据。还有，二帝在北的生活本不可能象起居注一样有详细的年月日记载，就是随从徽宗的曹勋、蔡鞗在其所记中，也是除了从汴京启程的一段和重要的事件外，大多只叙事而不记年月日。然而《南烬纪闻》等书对各个事件都标出详细的年月甚至日，却绝大多数是错误的。这些应是南宋人所加。证据在于黄冀之序后有"钦宗靖康二年丁未，即高宗建炎元年，至辛亥又改元绍兴"这一段注文。《靖康蒙尘录》之后还附有《建炎复辟录》，但却不是建炎复辟的内容，而是以南宋高宗的纪年提要式提示《南烬纪闻》等书中的事件。如"绍兴二年郑氏崩，二帝移居五国城"、"五年移居筠从州。六年上皇崩，同年移少帝往源昌州"等。这说明在《南烬纪闻》等书传到南方后，为了讲的方便及增加可信度，做了为这些故事加上具体年月的工作。是以现存《南烬纪闻》等书中，有很多地方注明"即绍兴某年"的字样。这些纪年有两个版本。《靖康蒙尘录》和《窃愤录》《大宋宣和遗事》用金太祖天辅的年号，将靖康元年记为天辅九年，依次记到天辅十七年金熙宗改元天眷，再记至天眷十六年海陵王改元贞元，最后记到正隆六年。《南烬纪闻》则是用金太宗天会的年号，将靖康元年记为天会九年，依次记到天会十七年改元天眷，以下则同于上三书。实际情况是：金太祖天辅七年去世，金太宗即位改元天会，天会四年才是宋钦宗靖康元年。金熙宗于天会十六年改元天眷，天眷三年改元皇统，皇统九年改元天德，天德五年改元贞元，贞元四年改元正隆。《南烬纪闻》等书只有海陵王的最后几年年代准确，说明这些纪年只能是后来所加。虽然历代人士将其斥之为"年月皆舛错不合,作伪之尤甚者也。"①但由其年月的详尽却如此随意,反而使我们认识到这些书的性质和流传轨迹。

总之,《南烬纪闻》等书,有写作之主旨、复杂的情节、贯串始终的线索、心理的活动和细节描写,还有古代小说常用的套路,如:神僧解因果,言徽宗前身是玉堂天子,因不听玉皇说法,故谪人间;钦宗是天罗王,不久亦归天上,最终不免马足之报。所以说《南烬纪闻》等书是有意为之的小说。作者为金代中原下层人士,这从其有关生活细节的描写来自普通人的体验可知。现在所传的本子经过南宋以降说话人一类人员改动。《金史》卷九载金章宗明昌二年禁伶人不得以历代帝王为戏,也许与此有关,因为《癸辛杂识》续集卷下云章宗之母为宋徽宗某公主之女,故其嗜好、书札悉效宣和。金章宗禁戏历代帝王实主要是禁言徽宗。

二、《金史》海陵王荒淫事

金海陵王完颜亮在历史上以荒淫而著名,实际上他的恶行有很大成分是被演绎和夸大的。如他将已诛杀的女真贵族的妇女纳入后宫多为后人所诟病,赵翼在《廿二史劄记》卷二十八就说:"海陵荒淫,最为丑秽,身为帝王,采取美艳,何求不得,乃专于宗族亲戚中恣为奸乱,甚至杀其父杀其夫而纳之,此千古所未有也。"实际上这正是女真族的风俗。《金史》列传第二:"旧俗,妇女寡居,宗族接续之。"《金史》列传第八:金熙宗杀胙王常胜,纳其妻宫中,并将以为皇后。《金史》列传第十一:宗干纳宗雄妻。《金史》列传第二十二:耨碗温敦思忠构杀赟谟,遂纳其妻曹氏。完颜亮之所以采取女真民族为防止宗族财产流失的旧俗,自然还包含着为了防止组成反抗自己的政治势力的目的。元好问在《东平贾氏千秋录后记》中记贾益谦之言:"我闻海陵被弑,大定三十年,禁近能暴海陵蛰恶者,得美仕。史臣因诬其淫毒骜狠,遗笑无穷。自今观之,百可一信耶?"这些附会之词当时载在《海陵庶人实录》,《金史》的编纂者也对此不满,在列传第四十四曾评论道:"夫正隆之恶,暴其大者斯亦足矣。中冓之丑史不绝书,诚如益谦所言,则史亦可为取富贵之道乎?

---

① 《四库全书总目·靖康蒙尘录提要》。

嘻,其甚矣。"但是《金史》列传第一中却也采录了这类金代人有意为之的相当于小说的内容。

《醒世恒言》中有《金海陵纵欲亡身》一篇小说。题目是纵欲亡身,其实亡身之因只有最后草草写的几百字,大量内容是写和亡身无关的纵欲。其中许多文字照抄《金史》,另外加一些小说中的套话。比如《金史》列传第一:"贵妃定哥,姓唐括氏。有容色。崇义节度使乌带之妻。海陵旧尝有私,侍婢贵哥与知之。乌带在镇,每遇元会生辰,使家奴葛鲁、葛温诣阙上寿,定哥亦使贵哥候问海陵及两宫太后起居。海陵因贵哥传语定哥曰:'自古天子亦有两后者,能杀汝夫以从我乎?'贵哥归,具以海陵言告定哥。定哥曰:'少时丑恶,事已可耻。今儿女已成立,岂可为此。'海陵闻之,使谓定哥:'汝不忍杀汝夫,我将族灭汝家。'定哥大恐,乃以子乌荅补为辞,曰:'彼常侍其父,不得便。'海陵即召乌荅补为符宝祗候。定哥曰:'事不可止矣。'因乌带醉酒,令葛温、葛鲁缢杀乌带,天德四年七月也。海陵闻乌带死,诈为哀伤。已葬乌带,即纳定哥宫中为娘子。贞元元年,封为贵妃,大爱幸,许以为后。每同辇游瑶池,诸妃步从之。海陵嬖宠愈多,定哥希得见。一日独居楼上,海陵与他妃同辇从楼下过,定哥望见,号呼求去,诅骂海陵,海陵阳为不闻而去。"这一段就为《金海陵纵欲亡身》所抄,只是将"旧尝有私"加以《水浒传》、《金瓶梅》一类明人小说中的套路描写。至于以下这一类型的内容:"海陵使习捻夫稍喝押护卫直宿,莎里古真夫撒速近侍局直宿。谓撒速曰:'尔妻年少,遇尔直宿,不可令宿于家,常令宿于妃位。'每召入,必亲伺候廊下,立久,则坐于高师姑膝上。高师姑曰:'天子何劳苦如此。'海陵曰:'我固以天子为易得耳。此等期会难得,乃可贵也。'每于卧内遍设地衣,倮逐以为戏。莎里古真在外为淫泆。海陵闻之大怒,谓莎里古真曰:'尔爱贵官,有贵如天子者乎。尔爱人才,有才兼文武似我者乎。尔爱娱乐,有丰富伟岸过于我者乎。'怒甚,气咽不能言。少顷,乃抚慰之曰:'无谓我闻知,便尔惭恶。遇燕会,当行立自如,无为众所测度也,恐致非笑。'后亦屡召入焉。""定哥既怨海陵疏己,欲复与乞儿通。有比丘尼三人出入宫中,定哥使比丘尼向乞儿索所遗衣服以调之。乞儿识其意,笑曰:'妃今日富贵忘我耶。'定哥欲以计纳乞儿宫中,恐阍者索之,乃令侍儿以大簏盛亵衣其中,遣人载之入宫。阍者索之,见簏中皆亵衣,固已悔惧。定哥使人诘责阍者曰:'我,天子妃。亲体之衣,尔故玩视,何也? 我且奏之。'阍者惶恐曰:'死罪。请后不敢。'定哥乃使人以篚盛乞儿载入宫中,阍者果不敢复索。乞儿入宫十余日,使衣妇人衣,杂诸宫婢,抵暮遣出。"这些极类似于宋代小说中的有关细节描写,也被《金海陵纵欲亡身》所照录。另外如:"常令教坊番直禁中,每幸妇人,必使奏乐,撤其帷帐,或使人说淫秽语于其前。""海陵召文至便殿,使石哥秽谈戏文以为笑。"还有《张仲轲传》中的一些文字,则都是如《隋炀帝逸游召谴》一类小说中常见的内容。由此可以窥见金代小说的状况,对于文学史的研究来说有着重要价值。①

金代通俗小说是很发达的。比如《金文最》卷八十五所载失名僧人所撰《潍县龙泉院碑》,在严肃的碑文之中就有许多通俗小说的文字:"修文人面带颜回,习武者身同子路。长寿老彭祖相挨,富贵人石崇可比。宏释教者,看《涅槃》、《华经》;敬儒典者,读《周易》、《礼记》。个个聪明辨利,也是宿世修来;人人具足端严,皆属前生福德。""福资皇上以无疆,德被幽明皆有赖。"《金文最》卷一百一十五的《请净因堂头禅师琮公疏》、《请秀公和尚住持大觉禅院疏》、《请秀公长老住持洞林大觉禅院疏》也是如此。从这些语言运用的纯熟程度,又结合张仲轲善讲传奇小说而被完颜亮重用来看,就可以知道通俗小说的影响如何之大。

三、文言志怪小说

言及金代的文言志怪小说,人们一般都讲元好问的《续夷坚志》。实则金代文献中还有好多同样的作品。比如:

金世宗大定二十二年程道济所撰《素问玄机原病式序》,其中叙医生刘完素于医道探索难解之际,二道士授美酒一小盏,从此大有开悟,和古代扁鹊的故事很相似。文见《金文最》卷三十七。

金章宗明昌五年秦知常撰《申先生上升记》,记潞城申羊位解形而去,棺里只余只履、薄衾、棕扇等事。文见光绪十年《潞城县志》卷三。

金章宗泰和二年韩士倩撰《复建显圣王灵应碑》,记山西阳城北崦山白龙庙有大蛇显身并能应人之求降雨事。文见雍正十三年《泽州府志》卷二十。

---

① 郑振铎在《京本通俗小说》中说:"且就金史诸传与金主亮荒淫话本,仔细对照观之,皆可见话本实为全袭金史而加以廓大的描状者。"《西谛书话》,三联书店1983年版,第141页。

金章宗泰和三年吕卿云撰《蓟州葛山重修龙福院碑》，文中记有夜中虿所化女子向智嘉禅师作礼，并说因听所诵圣教解脱苦恼，将令左右五里永绝虿毒，以此报德的故事。文见《日下旧闻考》卷一百十七。

金章宗泰和八年安英撰《重修公主圣母庙碑记》，记蝗灾来至邻邦，县僚率父老祷于是庙，于是群鸟数万翱翔来往，如垂天之云，博噬蝗属，使不能西进，日夜梭巡，三日方霁，禾稼无纤毫之损的故事。文见民国二十三年《灵石县志》卷十一。

金宣宗贞祐二年国俪所撰《圣水岩玉虚观记》，记王处一运锤三击便击断数丈巨石及以瓢酒饮数百人之神通。文见《八琼室金石补正》卷一百二十八。

金宣宗兴定三年乡贡进士李希白撰《创建黑水山神庙记》，记蒙古军侵犯中原，林州一郡分置山寨，各据险要，保护黎元。北黑水一寨在敌至时，悬石墜顶，声若震雷，使敌弃甲曳兵而走，此寨人畜不伤。因山神之佑而立庙祭祀。文见民国二十一年《林县志》卷十四。

这些故事都有细节描写和奇特的情节，可作为与《续夷坚志》一样的文言小说来研读。

从李献能交游论其在金末文坛中的作用

顾文若

金代后期,在以赵秉文、李纯甫为领袖的金代文人核心群体之中,包含有许多交汇、重叠的文人创作群体。他们在不断唱和酬答活动中,密切了联系,切磋了诗艺,获得了精神上的满足与提升,提高了社会地位并扩大了影响,在这种频繁的学习和交流中,为文学创作的繁荣、文学观点的碰撞争鸣,提供了良好的契机。这正是南渡后金朝诗学为胜的原因之一。李献能在这个文人圈子中是一位比较活跃的人物,探讨他的交游及其在金末文坛中的作用,有助于我们对金末文学生态的认识。

李献能生于明昌三年(1192),字钦叔,河中人。先祖曾以武功闻名,外祖父刘仲尹为当时名士。李献能与其堂兄弟李献卿、李献诚、李献甫先后及第,在当时被传为佳话。[1]

金代诗人多参与科举。考察金代文坛的生态不能不考虑到科举制度与文学家的关系,比如,国朝文派的代表蔡珪、党怀英及文坛领袖赵秉文都是进士出身,并且赵秉文还多次主持科举。李献能就是在一次省试中被赵秉文看中脱颖而出的。

贞祐三年(1215),李献能参加省试,考取第一名。又中宏词,授应奉翰林文字。当时因他中省元还曾掀起过一场不小的波澜,《金史·赵秉文传》云:

> 贞祐初,秉文为省试,得李献能赋,虽格律稍疏而词藻颇丽,擢为第一。举人遂大喧噪,诉于台省,以为赵公大坏文格,且作诗谤之,久之方息。俄而献能复中宏词,入翰林,而秉文竟以是得罪。[2]

---

[1] 刘祁:《归潜志》,中华书局2007年版,第16—17页。
[2] 脱脱:《金史》,中华书局1959年版,第2421页。

李献能这次所经历的省试风波,是有其发生的历史背景的。金代取得政权后沿袭辽宋之传统开始科举取士,世宗、章宗朝对科举的重视程度超过前代,这种重视文化的措施促进了金朝文明的进步,元好问《内相文献公神道碑铭》云:"维金朝大定以还,文治既洽,教育亦至,名氏之旧与乡里之彦,率由科举之选,父兄之渊源,师友之讲习,义理益明,利禄益轻,一变五代、辽季衰陋之俗。迄贞祐南渡,名卿材大夫布满台阁。"①但随着时间的推移,科举对文学的阻碍也渐渐显露出来。《金史·赵秉文传》记载:

> 金自泰和、大安以来,科举之文其弊益甚。盖有司惟守格法,所取之卑陋陈腐,苟合程度而已,稍涉奇峭,即遭绌落,于是文风大衰。②

刘祁《归潜志》记载:

> 金朝取士,止以词赋为重,故士人往往不暇读书为他文。尝闻先进故老见子弟辈读苏、黄诗,辄怒斥,故学子止工于律、赋,问之他文则懵然不知。间有登第后始读书为文者,诸名士是也。南渡以来,士人多为古学,以著文作诗相高。然旧日专为科举之学者疾之为仇雠,若分为两途,互相诋讥。其作诗文者目举子为科举之学,为科举之学者指文士为任子弟,笑其不工科举。殊不知国家初设科举用四篇文字,本取全才,盖赋以择制诰之才;诗以取风骚之旨,策以究经济之业;论以考识鉴之方。四者俱工,其人材为何如也?而学者不如,狃于习俗,止力为律、赋,至于诗、策、论俱不留心,其弊基于为有司者止考赋,而不究诗、策、论也。③

1214年,金宣宗南渡之后,杨云翼、赵秉文递掌礼部大权,他们对文风的改革和对科举诗文的新要求,遭到了守旧人物和举子们的切齿痛恨。李献能是这次革新的受益者,而且他也继承其座主赵秉文的主张,并且贯彻到其对人才的选拔之中。正大元年(1224)李献能为省试主考官。当时,考官们发现了一份不拘格式、别开生面的考卷。李献能看过后非常欣赏,定为词赋第一,拆

---

① 姚奠中主编,李正民增订:《元好问全集》,山西古籍出版社2004年版,第420页。
② 脱脱:《金史》,中华书局1959年版,第2421页。
③ 刘祁:《归潜志》,中华书局2007年版,第80页。

封后才知道是河南五十岁的考生史学优。此事又一次使落地举子哗然。但李献能坚持认为对于博学高才之人不可以常格来要求。一直闹到殿试过后,经另一批人阅卷,史学优仍然被正式录取为进士,这场风波才慢慢平息。①

虽然一些像赵秉文、李献能这样头脑较为清醒的文士,发现了文风不正的问题并极力扭转,但金代朝野都沉迷于科举的环境之中,不可能有真正的改革,加上由于科举命题作文的形式及必须有固定格式的要求,必然使文坛充斥科举味道十足的作品。即便是文学上的领军人物也都是适合写应制诗文的人士,李献能入翰林后,在翰林下笔成文,非常称职。赵秉文、李纯甫曾夸他为"天生今世翰苑才"。②李献能其实也未能免俗。

金代后期,文风的转变的促成者除赵秉文之外,还有李纯甫。在反对虚浮方面,赵秉文、李纯甫的态度是一致的,但二人的在学术思想上是有分歧的,"赵秉文主张儒释道合一,而以儒为主;李纯甫主张儒释道合一,而归宿于佛"。③ 不同的学术思想使二人的文学理论和创作也走出了两条不同的路子,并在文坛形成了写实平易与尚奇的文学流派。二人为扩大新文风的阵营,都注意接引后学,《归潜志》卷八记载:

> 李屏山雅喜奖拔后进,每得一人诗文有可称,必延誉于人。至于赵所成立者甚少,唯主贡举时,得李钦叔献能,后尝以文章荐麻知己九畴入仕,至今士论止归屏山也。④

刘祁对赵秉文有误会。其实,赵秉文奖掖后进也是不遗余力的,赵秉文、李献能的文学思想虽然不同,但他们的私交是很好的,在创作思想与创作作风格上李献能更接近赵秉文一路。

李献能不但受赵秉文李纯甫欣赏,与新崛起的文坛盟主元好问也相知颇深。

元好问于贞祐四年(1216)也就是李献能中进士的第二年在文坛一举成

---

① 刘祁:《归潜志》,中华书局2007年版,第109页。
② 刘祁:《归潜志》,中华书局2007年版,第17页。
③ 詹杭伦:《金代文学思想史》,成都科技大学出版社1990年版,第160页。
④ 刘祁:《归潜志》,中华书局2007年版,第87页。

名。《金史》列传第六十四本传云:"下太行,渡大河,为《箕山》、《琴台》等诗。礼部赵秉文见之,以为近代无此作也。于是名震京师。"①元好问的诗以其浑融深厚的风格,为大定、明昌以来颓靡不振的诗坛带来一股新鲜的空气,为文坛改革派赵秉文、李献能所欣赏赞叹。

李献能于兴定元年(1217)结识元好问,俩人很快就成为志趣相投的密友。在元好问诗词中有近二十首是与李献能唱和时写的。

兴定四年六月,李献能与元好问、雷渊同游玉华谷,分韵赋诗,过少姨庙,壁间得古仙人词,三人谱词中语为赋。② 三人之雅集,是在元好问名震京师之后,中进士之前的事,反映了供职翰林的李献能、当时名士雷渊对他的推崇。

兴定五年(1221)元好问应试及第,李献能与赵秉文、杨云翼力为推荐。这年,赵秉文以礼部尚书身份"知贡举"作"读卷官",因与元好问同场考试的卢元应制诗出了"重用韵"的差错,却被录为进士,又引起轩然大波,导致撤职降级的处分。赵秉文被"降两阶",以"礼部尚书"的名义罢官"致仕",而且,此事还牵连到元好问。由于赵秉文对他"力为挽之,奖借过称",引起了宰相师仲安的"不平",就在朝官中散布流言,说赵秉文与杨云翼、雷渊、李献能等人是"元氏党人"。③ 在这种情况下,对自己的"座主"赵秉文所受到的处分又有点罚不当罪,自己也受到无妄之冤,元好问断然"不就选",拂袖而去。

三年后的正大元年(1224)元好问应词科试优等,献能诵其卷于赵秉文,《赵闲闲真赞》记载赵秉文对元好问程文《秦王破窦建德降王世充露布》非常欣赏,而且又勾起三年前的旧事,对坐在旁边的右司谏陈规说:"人言我党元子,诚党之邪?"④毫不避讳他对元好问的欣赏。虽然被污蔑为"同党",但也说明共同的文学思想和志趣,已经把他们这些人连结在一起了。

元光元年(1222)春,李献能、元好问、辛愿在孟津相会,辛愿做了短暂停留后就离去了。⑤ 李献能在这里大约逗留一年半时间,离别时,元好问写了《送钦叔内翰并寄刘达卿郎中白文举编修五首》表达了对他浓厚的情谊,其中第四首云:

---

① 脱脱:《金史》,中华书局1959年版,第2742页。
② 元好问:《中州集》,中华书局1959年版,第329页。
③ 姚奠中主编,李正民增订:《元好问全集》,山西古籍出版社2004年版,第798—799页。
④ 姚奠中主编,李正民增订:《元好问全集》,山西古籍出版社2004年版,第798页。
⑤ 元好问:《中州集》,中华书局1959年版,第486页。

君性我所谙,我心君所知。凡我之所短,君亦时有之。谋事恨太锐,临断恨太迟。持论恨太高,徇俗恨太卑。人道自近始,贫富理不齐。君自不得饱,欲疗何人饥。乞酰乞诸邻,圣哲有明讥。被发救乡人,智者所不为。且如与人交,交有非所宜。白黑不复择,豁豁倾心脾。泛爱岂不可,后悔终自贻。又如与人言,宁复无失辞。刺口论成败,白眼谈歌诗。世故觳黄闲,能不发其机。闻君作损斋,似觉豪华非。惩忿与窒欲,百年有良规。与子各努力,岁晚以为期。①

李献能为人很真诚,无防人之心,元好问警戒他不要被别有用心的人所利用。如果不是密友,是不会说出此番肺腑之言的。总之,二人性格十分相似,成为两人友谊的基础。

元光二年(1223)元兵徇同州,又攻打凤翔,李献能避兵华山,大约此后又回到京城,依旧为翰林。元好问有诗《闻钦叔在华下》②,又有《念奴娇·钦叔钦用避兵太华绝顶,以书见招,因为赋此》③。正大七年(1230),李献能在河中,元好问写词《江城子·梦德新丈因及钦叔旧游》④怀念他。天兴元年,赵伟军变,李献能遇害。噩耗传来,元好问十分悲痛,写下了《四哀诗·李钦叔》:"赤县神州坐陆沉,金汤非粟祸侵寻。当官避事平生耻,视死如归社稷心,文采是人知子重,交朋无我与君深。悲来不待山阳笛,一忆同衾泪满襟。"⑤诗中对李献能的人格做了高度评价,体现出诗人与李献能的深笃情谊。

李献能不但受赵秉文、李纯甫欣赏,与新崛起的文坛盟主元好问相知颇深,并且在他们周围也围绕着一批文人,互相唱和,在金末文坛成为一道最突出的风景。

兴定元年(1217),李献能在京师,曾问学于当时名士冯璧。此外,他还曾从学于刘祖谦。在问学过程中结实了雷渊、王渥等人。《中州集》刘祖谦小传云:"一时名士,如雷御史渊、李内翰献能、王右司渥,皆游其门。"⑥

---

① 姚奠中主编,李正民增订:《元好问全集》,山西古籍出版社2004年版,第15页。
② 姚奠中主编,李正民增订:《元好问全集》,山西古籍出版社2004年版,第64页。
③ 姚奠中主编,李正民增订:《元好问全集》,山西古籍出版社2004年版,第985页。
④ 姚奠中主编,李正民增订:《元好问全集》,山西古籍出版社2004年版,第1049页。
⑤ 姚奠中主编,李正民增订:《元好问全集》,山西古籍出版社2004年版,第201页。
⑥ 元好问:《中州集》,中华书局1959年版,第259页。

而元好问、雷渊、王渥、冀禹锡、麻九畴、刘光甫也是这个圈子中的人物,他们交游唱和,情意相投,《中州集》卷六《冀禹锡传》曰:在京师时,希颜、仲泽、钦叔、京父,相得甚欢。升堂拜亲,有昆弟之义。而不肖徒以文字之故,得幸诸公间。①《归潜志》卷二《麻九畴知己》云:"与张伯玉、宋飞卿、雷希颜、李钦叔及余先子善。"②

除了文学创作上互相交流唱和外,在学术思想上,他们也展开辩论,李献能、刘从益、李献卿、刘光甫就曾与李纯甫辩论儒佛异同之事:

> 屏山平日喜佛学……大为诸儒所攻。兴定间,再入翰林,时赵闲闲为翰长,余先子为御史,李钦止、钦叔、刘光甫俱在朝,每相见,辄谈儒佛异同,相与折难。③

李献能的性格和为人决定了他在文人圈中是一个小核心,是后起才士喜欢归附的人物。元好问《中州集》卷六说:

> 钦叔资禀明敏,博闻强记,辈流中少见其比。为人诚实乐易,洞见肺腑,世间狡狯变诈,纤悉无不知,然羞之不道也。与人交,不立崖岸,杯酒相然诺,赴难解纷,不自顾藉。虽小书生以爱兄之道来,亦殷勤接纳,倾筐倒庋,无复余地,时辈以此归之。④

例如,从李献能存世不多的作品中,有数首都与王郁有关,可见其交往之密切。王郁(1204—1233),字飞伯,曾以诗名震动京师,但以后两次科举俱落第,后死于乱兵之手。《归潜志》记载:

> 李钦叔过钧台,得其所著《伤鲁麟》《导怀》等赋,并《杨孝童碑》《王梦详哀词》,大惊,誊书,遍荐于诸公,先生之名始满天下。⑤

---

① 元好问:《中州集》,中华书局1959年版,第332页。
② 刘祁:《归潜志》,中华书局2007年版,第14页。
③ 刘祁:《归潜志》,中华书局2007年版,第105页。
④ 刘祁:《归潜志》,中华书局2007年版,第105页。
⑤ 刘祁:《归潜志》,中华书局2007年版,第23页。

关于李献能奖拔后进,对杨鹏及王良臣所谓欣赏也是例子:

> 贞祐南渡后,诗学为胜。…,其死于诗者,汝海杨飞卿一人而已。李内翰钦叔工篇翰,而飞卿从之游。初得"树古叶黄早,僧闲头白迟"之句,大为钦叔所推激。从是游道日广,而学亦大进。①

《中州集》卷五《王良臣小传》云:

> 作诗以敏捷称,又于内典有所得,入翰林,与李钦叔善。从军南征,钦亦预行。道中酬唱甚多,有诗云:"荞麦芊芊蜜脾香,禾穗累累鹕眼黄。一缕晚烟吹不去,为谁着意护秋霜"。钦叔爱之。②

金代后期文坛有几次著名的文人雅集,如元光二年(1223)夏,文士们聚集河南叶县作"昆阳怀古诗",表达了他们对时局的忧虑,刘从益、元好问、李汾、李献能、史学、刘从益都有作品。事见《归潜志》卷九:

> 余先子翰林令叶时,同郝坊州仲纯赋《昆阳怀古诗》,诸公多继作。……史学优、李钦叔、白文举皆有诗,余亦作一古诗也。③

还有一件在金代文坛影响深远的雅事是燕子图组诗的写作。李献能也有题诗。④ 他们的诗歌都突出了情与恩义,这是金代文坛的新动向。⑤

李献能的诗作存二十一首,其中比较好的是《荥阳古城登览寄裕之》、《赠王飞伯杂言》、《郏城秋夜怀李仁卿》。但从总体上看李献能的文学创作是平庸的,这和金文学创作的总体水平不高有关。原因在于金代作家没有将鲜活的社会生活和人间百态纳入自己的视野,没有将自己的生命融进诗歌之中。李献能与其弟李献甫死得都很壮烈,但写诗却只在技巧层面下工

---

① 姚奠中主编,李正民增订:《元好问全集》,山西古籍出版社2004年版,第770页。
② 元好问:《中州集》,中华书局1959年版,第250页。
③ 刘祁:《归潜志》,中华书局2007年版,第92页。
④ 元好问:《中州集》,中华书局1959年版,第243页。
⑤ 牛贵琥:《金代文学综论》,《国学新声》(第二辑),山西出版集团2009年版。

夫，没有歌颂反映时代的英烈和苦难。如果了解了蒙军的暴行及许多殉国壮举之后，我们会感到金代的诗坛与时代是不相匹配的。

李献能是科举选拔上来的，他和赵秉文一起为扭转当时文风起了一定作用，但从文学创作的角度看，极端功利的科举对文学的发展只能起到阻碍的作用，金代后期的这种状况尤为明显。金代文人在朝廷上的地位也比较低，与政权的疏离导致文人士大夫对女真政权感情的淡漠，反映在文学创作中，就是写了大量游览、宴集、隐逸和赠答内容的作品，这与文人地位低下导致其缺乏政治敏感性和责任感有极大的关系。

李献能在金代后期文坛声誉较高，原因有以下几点：出身文学世家，一家四兄弟先后及第；他曾经历了两次省试风波，与金后期两代文坛领袖赵秉文、元好问交往密切，在文人圈中有一定的影响；加之他是个大孝子①，名声很好；他还喜欢奖掖后进，年轻才子喜欢归附。

据笔者观察，在金代文人圈中，多数文人都个性极强。只要浏览《中州集》、《归潜志》等书，就能看到很多有关记载：

> 李翰林纯甫……使酒玩世，人忤其意，辄谩骂之。②
> 麻九畴知几……性隘狭，交游少不惬意，辄怒去，盖处士之刚者也。③
> 李汾长源……为人尚气，跌宕不羁。颇褊躁，触之辄怒，以是多为人所恶。④
> 雷翰林渊……善饮啖，然未尝见大醉。酒间论事，口吃而甚辩，出奇无穷，此真豪士也。⑤

可以说，当时活跃在文坛的多数作家都是极富个性的人物。元好问曾在《闲闲公墓铭》中总结道："盖自宋以后百年，辽以来三百年，若党承旨世杰、王内翰子端、周三司德卿、杨礼部之美、王延州从之、李右司之纯、雷御史希颜，不

---

① 脱脱：《金史》，中华书局1959年版，第2737页。
② 刘祁：《归潜志》，中华书局2007年版，第7页。
③ 刘祁：《归潜志》，中华书局2007年版，第14页。
④ 刘祁：《归潜志》，中华书局2007年版，第19页。
⑤ 刘祁：《归潜志》，中华书局2007年版，第10—11页。

可不谓之豪杰之士。"①而在金末大量豪杰式作家中,李献能是少数例外中的人物。他们中有了温文尔雅、诚实乐易的李献能,必然在交往中少了摩擦,多了一份融通和谐。在金代后期文人集团中,李献能团结了绝大多数的文人,成为文人之间的一个纽带,他不拘一格,提携有才华的后起之辈,使之脱颖而出,为金朝挖掘、培养造就人才起了不可替代的作用。

---

① 姚奠中主编,李正民增订:《元好问全集》,山西古籍出版社2004年版,第400页。

东平王公渊家族与金元学风的变迁

张建伟

陈寅恪先生说过:"盖自汉代学校制度废弛,博士传授之风气止息之后,学术中心移于家族,而家族复限于地域,故魏、晋、南北朝之学术、宗教皆与家族、地域两点不可分离。"①陈寅恪虽然说的是魏晋南北朝,但也适用于唐以后。东平的王公渊家族就是一个典型事例,他们在元代的崛起既是家传学术的表现,也和东平的文化环境有关,东平乃至全国学风的变化也影响到这一家族。

东平王公渊家族在金、元时代是代代仕宦的文化世家,出现了王公渊、王构、王士熙等重要人物,他们既在政治上有所成就,又以文学、书法显名。但是学术界对这一家族的研究尚不多见,只有杨镰《元诗史》对王士熙的诗歌有所论述。那么,在金、元时代,王氏如何适应蒙元入主中原这一历史变革,保持家族兴旺发展呢?本文对此将作探讨。

一、王公渊家族世系考

先对东平王公渊家族成员作一考述。

王公渊(1198—1281),字润甫(或作明甫),是东平王氏家族一个关键人物,生于金章宗承安三年(1198),在金代的经历无考,他对家族的贡献是在金末蒙古时期。在蒙古人消灭金朝的过程中,北方陷入战乱之中,许多家族面临着生存考验。当时,王公渊兄弟四人讨论南逃避难,只有王公渊坚持留守宗庙。

《元史》卷一六四《王构传》记载:遭金末之乱,其兄三人挈家南奔,公渊独誓死守坟墓,伏草莽中,诸兄呼之不出,号恸而去,卒得存其家,而三兄不知所终。南逃的三位兄长不知下落,而留守的王公渊一家存活了下来。② 王公渊

---

① 《陈寅恪集·隋唐制度渊源略论稿》,三联书店2001年版,第20页。
② 胡祗遹《王忠武墓碑铭》、民国《东平县志》卷十一《人物志》等资料对此事也有记载。

的目标不仅是保全家族,而且要发展壮大。东平当时在汉人世侯严实的统治之下,是北方的乐土之一,吸引了大批士人前来投奔。王公渊也于此时出仕,被严实任命为忠武校尉,从事戎幕十多年。安定后他归田隐居,自号凤山逸叟,卒于元世祖至元十八年。

王公渊生有三子①,长子王桢,为山东滨盐司勾判官;次子王桓,为朝列大夫尚书户部侍郎;三子王构最为显达。王构(1245—1310),字肯堂,自号安野②,又号瓠山③。弱冠以词赋中选,为东平行台掌书记。至元十一年(1274),授翰林国史院编修官。宋亡,王构与李槃同被旨,至杭取三馆图籍、太常天章礼器仪仗,归于京师,并荐拔时之名士。十三年秋还,迁应奉翰林文字,升修撰。历任吏部、礼部郎中、淮东提刑按察副使、治书侍御史、侍讲学士等职。成宗立,由侍讲为学士,纂修世祖实录,书成,参议中书省事。武宗即位,以纂修国史,拜翰林学士承旨。卒年六十三。赠大司徒、鲁国公④,谥文肃。有文集三十卷⑤,已佚,《修辞鉴衡》二卷,今存。生平见袁桷《翰林学士承旨赠大司徒鲁国王文肃公墓志铭》(《清容居士集》卷二十九)、《元史》卷一六四。

王构生三子,士熙、士点、士然。王士熙(?—1342),字继学,曾拜蜀郡邓文原为师,博学工文,声名日振。元英宗至治初为翰林待制,升中书省参知政事,泰定四年(1327)官中书参政,文宗即位,被流远州,次年还乡。顺帝时起为江东廉访使,后至元二年(1336)官南台侍御史,至正二年(1342)迁南台御史中丞,卒。有《江亭集》。

王士点(?—1359),字继志,元文宗至顺元年(1330)为通事舍人,历翰林修撰,累官淮西宪佥,升四川行省郎中,改四川廉访副使。至正十九年(1359),刘福通将李喜喜自秦入蜀,士点战败被擒,不食而死。士点著有《禁扁》五卷,与商企翁合编《秘书监志》十一卷。《禁扁》详载历代宫殿门观池馆苑籞等名,有文渊阁四库全书本。《秘书监志》记载至元以来秘书省建置沿革典章故事。欧阳玄《禁扁序》说他曾撰侍仪仪注若干卷,今不存。王士然生平不显。

---

① 王恽:《秋涧集》卷十八,《题凤山逸叟王明甫八秩手卷》自注说王公渊有二子,误。
② 程钜夫:《王肯堂遂慵轩说》,《雪楼集》卷二十三。
③ 袁桷:《清容居士集》卷四十三《祭王瓠山承旨》,姚燧《牧庵集》卷二十九《奉议大夫广州治中阎君墓志铭》。
④ 陶宗仪:《书史会要》等资料作赵国公。
⑤ 袁桷:《翰林承旨王公请谥事状》,《清容居士集》卷三十二。

据元人胡祗遹《王忠武墓碑铭》,王公渊有孙二人,为士焕、士燫,不知出于王桢还是王桓。王士焕生平资料缺乏,王士燫字继元,元成宗大德六年(1302)为秘书监知事。①

二、东平王氏的家族传统

东平王公渊家族在元代世代为官,而且政绩卓著。其中王构最为突出,他抑制豪强,体恤民情,任吏部、礼部郎中时,"审囚河南,多所平反"。参议中书省事时,"南士有陈利便请搜括田赋者,执政欲从之。(王)构与平章何荣祖共言其不可,辨之甚力,得不行"。王构为济南路总管时也多善政,"诸王从者怙势行州县,民莫敢忤视,(王)构闻诸朝,徙之北境。学田为牧地所侵者,理而归之。官贷民粟,岁饥而责偿不已,(王)构请输以明年"②。

王公渊家族能够做到在金、元代历代仕宦,主要在于家族自身的选择与努力。王公渊的祖上在金代就是仕宦之家,据胡祗遹《王忠武墓碑铭》,王公渊是秦将王翦的后裔,世为潍之北海人,七世祖徙居东平。袁桷《翰林学士承旨赠大司徒鲁国王文肃公墓志铭》说王构的祖上由琅琊居东平,自八世祖为宋司农卿,为官于郓而定居。二者所载略有不同,但并不矛盾,结合起来可以大致考定东平王氏的来源。所谓王翦的后裔,由于年代久远,难以确考。琅琊王氏是六朝时的世家大族,王公渊的七世祖,即王构的八世祖在宋代为官于郓而迁居。以下几代世系缺载,至王公渊的曾祖父王尚智,金初登进士第,官朝散大夫。祖父王瑀,海陵王正隆五年(1160)登进士第,官奉训大夫。父亲王铎,官忠显校尉。王公渊家族在金代主要是通过科举考试获得功名,尽管他和父亲王铎都任武职,但是并未放弃这种家族传统。王公渊晚年隐居,每日督促僮仆耕种,教子读书,经常告诫儿子说:"自汝远祖令公儒素超宗,登仕版者代不乏人。箕裘之业不可废也。"③王公渊的子孙没有辜负他的教诲,王构"肄业郡学,试词赋入等"④。通过太保刘秉忠等人引荐,被辟为权国史院编修官,由此

---

① 王士点、商正:《秘书监志》卷九。
② 《元史》卷一百六十四。
③ 胡祗遹:《王忠武墓碑铭》,《紫山大全集》卷十六。
④ 袁桷:《翰林承旨王公请谥事状》。

入仕。

　　金代科举重词赋而轻经义。词赋之学,正是王公渊家族由金朝代代相传的家学。金代后期,文人只重科举考试而忽视诗文,史载"金自泰和、大安以来,科举之文其弊益甚。盖有司惟守格法,所取之文卑陋陈腐,苟合程度而已,稍涉奇峭,即遭绌落,于是文风大衰"①。但是从王构来看,他并非只会应试之学,而是"学问该博,文章典雅"②,他有文集三十卷,并编《修辞鉴衡》二卷,上卷论诗,下卷论文,都是采自宋人诗话及文集,收入《四库全书》诗文评类。

　　王构与他的子辈除了政事之外,还以文学显名。王构的文集已经散佚,《御选元诗》录其诗一首,即《淤泥寺》。李修生主编的《全元文》收其文章二十九篇,多是诏、制、册文等应用文字,包括《兴师征江南谕行省官军诏》、《世祖皇帝谥册文》等朝廷重要文件。王氏家族文学成就最突出的是王士熙。王士熙的诗文集《江亭集》不传,他的诗文主要保存在总集之中。顾嗣立《元诗选》二集收入王士熙诗一百一十六首,《全元文》收入王士熙文十六篇。王士熙是至治、泰定间活跃的馆阁诗人,与袁桷、马祖常等人唱和,顾嗣立认为:"继学为诗,长于乐府歌行,与袁伯庸、虞伯生、揭曼硕、宋诚夫辈唱和馆阁,雕章丽句,脍炙人口。如杜、王、岑、贾之在唐,杨、刘、钱、李之在宋。论者以为有元盛世之音也。"③但是王士熙四方仕宦与流放天涯的经历,也使他某种程度上超越了馆阁文臣④。王士熙的七言绝句中有两类题材值得重视,一类是上京纪行诗,另外一类是宫词。上京即上都,在金朝时属桓州,元世祖忽必烈在此营建城郭,名为上都。每年四月到九月,元朝皇帝都要到此巡幸,朝臣扈从。以塞上草原开平地区建立的上京为歌咏内容,是元诗乃至整个中国诗史上一个非常独特的现象。⑤ 王士熙《上京次伯庸学士韵二首》、《上京次李学士韵四首》等即属上京纪行诗,所写内容包括对元朝大一统的歌颂、北地风光与风俗等。他的宫词有《李宫人琵琶引九首》等,描写宫女的宫廷生活。此外,王士熙的《行路难二首》其一曰:"朝朝日日有人行,歇棹停鞯惊险恶。饥虎坐啸哀猨啼,林深雾重风又凄。胃衣绊足竹刺短,潜形射影沙虫低。""翻手覆手由人

---

① 《金史》卷一百一十《赵秉文传》。
② 《元史》卷一百六十四。
③ 顾嗣立:《元诗选》二集戊集,中华书局1987年版。
④ 参见杨镰:《元诗史》第三卷第五章"文臣之诗",人民文学出版社2003年版。
⑤ 参见李军:《论元代的上京纪行诗》,《民族文学研究》2005年第2期。

心。"此诗虽然不能确考作于何时,但从内容上抒写仕途险恶看,应该是后期。泰定帝死后,王士熙曾经卷入了帝位争夺,并且站到了失败的一方。因此在元文宗即位前后,他遭到囚禁、抄家、流放,这些诗句就是他官场大起大落、九死一生的真实反映。① 王士熙弟王士点亦能诗,《元诗选》二集戊集收入其《题四爱堂四首》,歌咏兰、莲、菊、梅四物,反映的是自己高洁独立的精神追求。他还有一篇文存世,为《孙母荆氏贞节门铭》,歌颂女子的节义操守。

除了文学之外,王士熙还擅长书法,陶宗仪《书史会要》卷七说他:"书法亦清润完整。"王士熙还作有《题兰亭定武本》一诗,叙写《兰亭序》的石刻。实际上,书法也是王公渊家族的传统。王公渊"尤嗜古文篆隶,遂极其趣。"②王士熙弟王士点也被收入《书史会要》卷七,陶宗仪评论说他"善大字,亦能篆。"

三、王氏家族与东平学风的转变

王公渊家族长于词章之学,并以此代代出仕,与东平在蒙元时期安定的环境和繁荣的文化密不可分,而东平学风的转化也影响到这一家族。严实原为金东平行台部将,被怀疑后降宋,后投蒙古,成为专制一方的世侯,他去世后子严忠济袭职。严氏父子统治东平的半个世纪,采取了许多恢复生产的措施,吸纳贤士,修建学校,培养人才,使得东平社会秩序稳定,文化繁荣。③ 严氏父子先后聘请元好问、徐世隆、王磐等名士任教师授课,讲授的内容多与金代的进士之学有关,在这些金代词赋进士和文章名家的讲授下,元初出自东平府学的人才自然以属文撰赋为本业,王构就是其中之一,他的老师李谦也以能赋出名。④

从学术上看,聚集于此的文人形成了以金源遗风为主要特征的东平学派,日本学者安部健夫先生称之为"词章派"。⑤ 但是,随着蒙古人灭宋统一全国,

---

① 王士熙还是元曲家,名列《录鬼簿》"方今名公"条。
② (元)胡祗遹:《王忠武墓碑铭》。
③ 参见陈高华:《大蒙古国时期的东平严氏》,《元史论丛》第六辑,中国社会科学出版社1997年版。
④ 参见《元史》卷一百六十《阎复传》、元好问《东平府新学记》(《遗山集》卷三十二)等。
⑤ 〔日〕安部健夫:《元代的知识分子和科举》,《日本学者研究中国史论著选译》第5卷,中华书局1993年版。另见〔日〕安部健夫(遗作),孙耀译:《东平、真定等处的学风》,《晋阳学刊》1986年第2期。

理学北传，东平学派与北方新兴的理学派发生摩擦，最终东平学风发生转化，理学占据主导地位。特别是延祐开科，理学成为元代官学，东平人士适应并推动了这一历史进程。① 这种学术风气的变化对王公渊家族产生了影响。

王构自称"本儒家"②，他早年承继了家传的词赋之学，并由此入仕。但他同时以学问该博出名，做官以后他主要表现在博学与文章方面。王构任太常少卿时，还定亲享太庙仪注。史称"（王）构历事三朝，练习台阁典故，凡祖宗谥册册文皆所撰定，朝廷每有大议，必咨访焉。"③他还参与撰写了世祖实录。袁桷《翰林承旨王公请谥事状》记载，王构"自为编修时已预撰先贤文懿，尊酒叙纶，咸有据依。欲辑为台阁旧闻而事莫遂。"说明王构继承了家传的词赋之学，却并不被其束缚，而是知识广博、多才多能，这也是他出仕蒙元政绩突出的原因所在。《元史》本传记载："宋亡，（王）构与李槃同被旨，至杭取三馆图籍、太常天章礼器仪仗，归于京师。"这样就避免这些文化载体在战乱中毁灭，保存了文化。同时，王构"凡所荐拔，皆时之名士"。这些名士的姓名史籍无载，从今存元人文集中可以考察出王构与程钜夫、袁桷、吴澄、何中、王旭、张伯淳、王奕、赵克敬等人有交往，其中吴澄、程钜夫、袁桷等人都是理学传人，均收入《宋元学案》，王构也受到了一些理学的影响。从王构撰写的多篇修建文庙、学校、书院的文章也可看出一些端倪，《新河县重建学校记》认为学校是正教之源，《锦江书院记》明确说："东辟祠堂，饷飨饗享朱子，配真文忠公。"④

除了服膺理学，王构与佛道人士也多有来往，他撰有《重修昭觉寺记》、《玄祯观至德真人记》等，袁桷《翰林承旨王公请谥事状》说："世祖诏大臣议道藏可焚弃者，公与议，完救之。"

王构为李谦弟子，继承其为文作赋之能，被收入清人冯云濠、王梓材编著的《宋元学案补遗》卷二野斋门人。⑤ 王构之子王士熙发扬了家族的文学传统，王士点则承继了王构的博物之学，二人都收入《宋元学案补遗》卷二王氏家学。王士熙被认为是邓文原最显名的弟子之一，"最以古文著名"。⑥ 欧阳

---

① 参见林威：《从东平学风的转向看元代理学的官学化》，《东岳论丛》2004年第3期。
② 袁桷：《翰林承旨王公请谥事状》。
③ 《元史》卷一百六十四。
④ 《全元文》卷四百五十。
⑤ 其中还列有王氏门人袁桷、贾钧。
⑥ 冯云濠、王梓材：《宋元学案补遗》卷二，《丛书集成续编》第248册，第127页。

玄《禁扁序》说:"继志蚤弃举业,慨然有志著述。"将其比之于宋代的虞栢心、王应麟等人。王士点不事科举而专心著述的原因在于,在王构的影响下,"继志兄弟见闻异于常人,又以强记博学称于时。"①这种家学传统与元代科举内容颇一致。

元代科举分左右榜,右榜为蒙古、色目人,左榜为汉人、南人。汉人、南人试三场,第一场明经经疑二问,经义一道,第二场古赋诏诰章表内科一道,第三场试策一道。② 明经经疑、经义考试内容为四书五经,尤其是以朱熹注释的《四书章句集注》为准。这和金代科举考试的内容大相径庭,尽管王构子孙生活的时期,正值元代延祐开科之时,但是他们秉承的家学是博物与文学,自然与科举龃龉不合。③ 王士点甚至放弃举业而专心著书。这也是王氏子孙在后代湮没无闻的原因之一。

王公渊家族的第四代,也就是王士熙的子辈在文献中缺乏记载,在元末战乱中,随着王士熙、士点的去世,家族逐渐衰落了。④ 这一家族的兴起繁荣正好伴随着金、元这两个时代少数民族政权的始终。

综上所述,东平王公渊家族能在金元时期世代仕宦,并卓有政绩,得益于其极强的适应力。王氏在金代出过两位进士,这种词赋之学的家族传统,帮助王构在蒙元时期中选入仕。东平学风由词赋向理学转化也影响到了王氏家族,他们保持了家族博物与文学的传统,同时吸纳理学,但并不适应元代以经义考试为主的科举。这也是王氏家族衰落的原因之一。

---

① (元)虞集《禁扁序》,《道园学古录》卷六。
② 《元史》卷八十一《选举志》。
③ 王构官至翰林学士承旨,卒后赠大司徒、鲁国公。王士熙、王士点可能由恩荫入仕。
④ 王士熙、王士点身后没有碑传传世,也说明其子孙不显。

西夏水利制度

聂鸿音

一

今宁夏银川平原的水利建设肇兴于汉代,经唐代的大力发展,到西夏立国时已初具规模,形成了以汉延、唐徕两条古渠为主干的农田灌溉网,为该地区农业的发展提供了关键的保障。

汉延渠又称汉源渠,简称汉渠;唐徕渠又称唐来渠、唐梁渠,简称唐渠。《嘉靖宁夏新志》卷一载:"汉渠自峡口之东凿引河流,绕城东逶迤而北,余波仍入于河,延袤二百五十里,其支流陡口大小三百六十九处。唐渠自汉渠口之西凿引河流,绕城西逶迤而北,余波亦入于河,延袤四百里,其支流陡口大小八百八处。"[1]这虽然是经元代郭守敬主持修浚之后的情况,但对照《续通典》关于至元二年(1265)二渠长度的记载[2],我们估计西夏时代二渠的概貌当不致距此过远。汉延渠和唐徕渠是当年在黄河边开通的两条大致平行的人工支流,故道至今尚存,二渠都从峡口(今青铜峡)引黄河水向北,流过银川城郊后重又汇入黄河。西夏法典《天盛律令》卷十五规定"大都督府至定远县沿诸渠干当为渠水巡检、渠主一百五十人"[3],暗示了汉延、唐徕二渠始于当时的大都督府而终于定远县。据鲁人勇等考证,定远县即宋初定远镇,或谓定州[4],故

---

[1] 胡汝砺编,管律重修:《嘉靖宁夏新志》。本文征引据陈明猷校勘本,宁夏人民出版社1982年版,第20页。
[2] 《续通典·食货四》:"至元二年,郭守敬以河渠副使从张文谦行省西夏,视古渠之在中兴者,一名唐来,长四百里,一名汉延,长二百五十里……自兵兴后,皆废坏淤浅。"
[3] 《天盛律令》,《中国珍稀法律典籍集成》甲编第五册,科学出版社1994年版。
[4] 鲁人勇、吴忠礼、徐庄:《宁夏历史地理考》,宁夏人民出版社1993年版,第138页。

地在今宁夏平罗县东南、银川市东北,恰恰是汉延、唐徕二渠的终点,那么,迄今无考的西夏"大都督府"必在汉延、唐徕二渠的起点,即今宁夏青铜峡市附近。

现代宁夏、内蒙古黄灌区的水渠依次分为"干"、"支"、"斗"、"农"、"毛"五等,纵横而成灌溉网络,这种格局在西夏时代已具雏型。

干渠指直接从黄河引水的水渠,又称正渠。《嘉靖宁夏新志》卷四载:1264年秋,"蒙古以中书左丞张文谦行宁夏中兴等路尚书省事……疏兴州古唐来、汉延二渠,及夏、灵、应理、鸣沙四州正渠十"①。关于这十条干渠(正渠)的名称,后代文献记载不但不完全,而且彼此间差异颇大。如《嘉靖宁夏新志》卷首的"国朝混一宁夏境土之图"除汗(汉)延、唐来之外,另标出了位于黄河东南的汉伯②、秦家、金积三渠;《西夏书事》卷二十则记录了灵州一带五条干渠的名字,即秦家渠、汉伯渠、艾山渠、七级渠和特进渠,并附有简要的说明。③《西夏书事》对艾山、七级、特进三渠的描述是从《魏书》和《新唐书》中摘录来的,很难让人相信其为西夏时代的真实情况。考虑到《天盛律令》仅提到了唐徕、汉延而不载其他诸渠,我们只能说西夏天盛年间(1149—1169)银川平原的干渠当不少于两条。两条干渠的名字在《天盛律令》并举时总是唐徕在前而汉延在后,与它们始建的时代不符,这也许反映了唐徕渠在西夏人心目中比汉延渠更显重要,因为前者比后者的渠道里程长得多,灌溉面积也大得多。

支渠指从干渠引水的水渠。《嘉靖宁夏新志》卷四载:1264年秋,疏通"支渠大小共六十八",大约是承上文"正渠十"而言的,若仅有唐徕、汉延两条干渠,依现代水利惯例则不会有如此众多的支渠。《天盛律令》规定"沿唐徕、汉延、新渠、诸大渠等至千步,当明其界","沿唐徕、汉延、新渠、其他大渠等,不许人于沿岸闸口、垫板上无道路处破损缺圮"④,其中"新渠"、"其他大渠"实指支渠。《嘉靖宁夏新志》卷一载"新渠在城南,绕东北而流,唐来之支",证以该书卷首的"国朝混一宁夏境土之图",我们估计"新渠"的名称有可能即是从西夏继承来的。除新渠之外,《嘉靖宁夏新志》卷一还记录了六条支渠的名

---

① 胡汝砺编,管律重修:《嘉靖宁夏新志》,第270—271页。
② 吴天墀:《西夏史稿》增订本,四川人民出版社1982年版,第191页。以汉伯渠为汉延渠又称,误。
③ 吴广成:《西夏书事》,龚世俊等校证本,甘肃文化出版社1995年版,第235页。
④ "新渠"一词未标专名号,且与上文"汉延"连读,误。

字,其中五条引自唐徕渠,一条引自汉延渠:"红花渠抱城南门、东门而流,唐渠之支。良田渠在城西,北流,唐渠之支。满答剌渠在城西北,转流东北,唐渠之支。五道渠在城东,东流,汉渠之支。""西南小渠引唐来渠,飞槽跨濠入新城西南。西北小渠引唐来渠,飞槽跨濠入新城西北。"该书卷首的"国朝混一宁夏境土之图"又标出了唐来渠的另两条支渠——"亦的新渠"和"罗哥渠"。我们目前还无法猜测这八条支渠是否全部为西夏时代遗存,甚至还不能言之有据地判断"满答剌"(﹡mantra)、"亦的"(﹡it)和"罗哥"(﹡loko)的真正语源,但尽管如此,西夏时代的唐徕、汉延两条干渠沿岸开有"新渠"等若干支渠,应该是没有疑问的。

斗渠指从支渠引水的水渠,《天盛律令》称之为"小渠"以别于"大渠"(支渠),规定"沿诸小渠有来往道处,附近家主当指挥建桥而监察之"。依照常理,斗渠的数目应是支渠的数倍乃至十数倍,那么从上引《嘉靖宁夏新志》"支渠大小共六十八"考虑,当时黄河两岸的斗渠总数似可至数百,但若只限于唐徕、汉延二渠流域,则应该在百条左右。有名字的斗渠在史籍中只出现了一次,即《嘉靖宁夏新志》卷一所说的引自支渠红花渠的"东南小渠":"东南小渠引红花渠,飞槽跨濠入旧城内。"当然,我们不知道明代的这条东南小渠是否为西夏原有。

从斗渠引水的农渠和从农渠引水的毛渠数目繁多,故史籍中不见详载。《嘉靖宁夏新志》卷一说汉延渠有"支流陡口大小三百六十九处",唐徕渠有"支流陡口大小八百八处",大约是指支、斗、农、毛诸渠闸口的总数。直接向农田灌水的毛渠在西夏文作"供水细渠",《天盛律令》卷十五:"租户家主沿诸供水细渠田地中灌水时,未毕,此方当好好监察,不许诸人地中放水。"

二

不仅是渠道网络格局,西夏的水渠形制也与现代相仿。①

宁夏、内蒙古黄灌区的水渠是典型的"地上河",开渠时仅在主渠道挖下很浅的一层,而渠壁几乎全部是从水渠两侧十米至百米之内取土堆成的。干

---

① 本文对现代水渠的描述,主要根据作者在内蒙古巴彦淖尔盟磴口县(巴彦高勒)进行的实地考察。磴口至狼山一带曾是西夏领地。

渠的水平面高出地面许多，以下支渠、斗渠等依次降低，至毛渠已与地面相差无几，为农田灌水时只需打开毛渠侧面的出水口，水自然会平稳地流入田中，不需人力提水，所以《天盛律令》中也没有关于提水设施的记载。

两侧渠壁横剖面呈梯形，较大型的水渠一般都是一侧稍宽而一侧窄，稍宽的一侧渠壁顶端同时修成可行车马的大道，这样虽然使道路高出地面许多，行人上下略感不便，但却巧妙地把修渠和筑路两项工程合成了一体，既减少占用耕地的面积，又便于日常的养护和管理。据《天盛律令》卷十五《桥道门》载，当时在唐徕渠、汉延渠及一些"小渠"上都有道路，这些道路无疑都是通过加宽一侧渠壁而修成的，其走向与水渠平行。

桥梁是水渠的另一项附属设施，《天盛律令》卷十五："沿诸渠干有大小桥，不许诸人损之。"参照当今黄灌区的情况，我们估计这里的"大小桥"不是泛称，而是各有所指的——大桥常与水渠的"腰闸"合修，连接左右大道，桥面宽阔坚实，可供载重的车马通行；小桥则一般不在闸上，因而比较简陋，仅供行人及小牲畜过渠之用。从《嘉靖宁夏新志》卷一统计，明代银川附近诸渠上有大桥十五座。其中干渠唐徕渠六座：宁化寨桥、社稷桥、贺兰桥、新立桥、站马桥、天生桥；下属支渠红花渠三座：红花桥、赤栏桥、永通桥；新渠二座：昌宁桥、酒店桥；良田渠二座：吴华桥、郭阳桥。干渠汉延渠二座：官桥、通济桥。桥梁易为水毁，历朝重修当属自然，因此我们不能判断这里有没有西夏旧桥。① 不过考虑到大桥总是位于交通要冲，我们若假定上述桥梁中有一些正当西夏旧址，应该是可以讲得通的。

每条水渠都有若干闸门，用以控制渠水的流量。闸门有"口闸"和"腰闸"两种。口闸为每条渠的始点，提起则渠中送水；腰闸在渠的下游横跨渠上，数量不限，通常与下一级渠的口闸配套。干渠腰闸的前方侧面为支渠口闸，需要往支渠送水时先提起支渠口闸，再适当落下干渠腰闸，使腰闸前的干渠水位提高，则支渠开始送水；②需要支渠停止送水时先提起干渠腰闸，使干渠水位降低，再落下支渠口闸，则支渠送水停止。向斗渠、农渠等送水的方法以此类推。

---

① 其中可以排除的是红花渠上的永通桥。《嘉靖宁夏新志》卷一，收录了一篇明成化末年都御史崔让撰写的《永通桥记》，提到"永通桥不作之于前代，创始于国朝，而又完美于今日"，则该桥当为明代初年所建，与西夏无涉。

② 若干渠至支渠原已形成足够的落差，则干渠此处可以不设腰闸。

理想的水闸应该是以石料垒砌而成,特别是干渠和支渠的闸口,由于水量较大,流速较快,所以非石料恐难经受住长年的冲击。《天盛律令》中不见备石料修渠的规定,可能是因为黄灌区石料来之不易,一旦用于关键的闸口也无需年年维修。事实上,西夏的绝大多数闸口都是用"冬草"和"条椽"为基本建筑材料的。①

西夏规定"条椽"的长度为七尺,尽管《天盛律令》卷十七《度量衡门》正文已全部亡佚,我们无法知道西夏的"尺"和现代长度单位的确切换算关系,但是从经验上看,这个"条椽"不会是当地人今俗称"椽子"的小树干,而极有可能是今俗称"条子"或"荆条"的红柳枝。红柳学名柽柳,是西北地区常见的一种落叶灌木,枝条细长呈红褐色,一丛多达数十枝,种在田边可防风沙,枝条割下来可以编成粗糙的席子状的东西,当地称之为"荆笆",通常用来修建房屋或水闸。《天盛律令》卷十五《灌渠门》规定"京师界沿诸渠干上有某处需椽,则春开渠事兴,于百伕事人做工中当减一伕,变而当纳细椽三百五十根,一根长七尺,当置渠干上",这里的"细椽"只能是指红柳枝条——若是要缴纳三百五十棵幼树,租户是无论如何也负担不起的。

"冬草"至今不详所指。考《天盛律令》卷十五《收纳租门》载"租户家主自己所属地上之冬草、条椽等以外,一项五十亩一块地,麦草七捆,粟草三十捆,捆绳四尺五寸"。这段话提供给我们两条线索:第一,所谓"冬草"不是麦秸和粟秸;第二,"冬草"是像红柳那样长在田边的。从西北农区的情况看,符合这两个条件的只有俗称"白刺"的一种植物。白刺是沙漠常见的落叶灌木,外形与沙棘近似,枝条白色,有坚硬的刺,夏季结黄豆大小的红色果实,味酸。这种植物种在田边可防风沙,冬季储存起来可当柴烧,当地人又用它来修筑水渠垛口,长年不腐。

《天盛律令》的现存部分没有对水闸形制的描述,零星出现的与水闸有关的名词有四五个,如卷十五《地水杂罪门》规定:"沿唐徕、汉延及诸大渠等,不许诸人沿其闸口、垛口、△口②,诸垫版等取土、取柴而抽损之。"其中的"垫版"一词暂以音译,在《天盛律令》卷十五屡见,且多与闸口并提。目前还没有任何资料能显示西夏文"垫版"一词的语义和语源,我们如果据现代黄灌区水闸

---

① 《天盛律令》卷十五,与农田水利制度有关的部分中有《冬草条椽供给门》,正文惜已亡佚。
② 译文中"△"号所代表的西夏字,不能识读。

估计,那么除闸口、垛口之外的建构只有两种,即为减弱闸口水流冲涮而在闸垛两侧渠壁和渠底上铺设的"荆笆",以及在闸口间用以控制水流的闸板,这样,人们就可以假定西夏《天盛律令》中的"闸口"、"垛口"、"垫版"三个词,与现代西北黄灌区的"闸口"、"垛口"、"荆笆或闸板"相当,并构拟出西夏时代水闸的大略形制。

水闸的主体为两个相对的半圆形土台,称为"闸垛",两个闸垛间的入水口称为"闸口",闸口的宽窄视水渠大小可由一米至十几米不等。在两闸垛距离最近处嵌进的支架称为"闸",闸架上可以上下移动以控制水流的厚木板称为"闸板"。以斗渠水闸为例,其修建过程是这样:首先在需要修闸的地方挖下约半米深的方形闸基,宽度要大于斗渠,长度要大于支渠渠壁,在闸基中填入白刺(冬草),用夯尽量夯实。把闸基填满后,在上面压上一两层"荆笆",算是加固了渠底。渠底完成后再修闸垛,在与支渠渠壁衔接的位置上画定两个半圆形,把白刺沿半圆形放在渠底上,白刺上垫以泥土,夯实,再放白刺,再垫泥土,再夯实……这样一层层地加上去,直至闸垛的高度增长到与支渠渠壁相等时为止,中间在适当的地方嵌入闸架和闸板。最后,在紧接闸垛的渠壁上,可以根据需要铺一层或几层荆笆以减弱水流的冲击,整个水闸就算完成了。

三

水利和交通是国家经济的两大命脉。为保证有关设施的正常使用,西夏政府制定了一套无论在当时还是在现代看来都堪称严密的管理制度。

西夏境内的干渠、支渠等大型水渠和与之配套的道路、桥梁,以及渠边的防护林带一律属国家所有,由各转运司实施管理。遇到以下三种情况,转运司必须奏请上级机关审定:第一,每年春季例行的水渠修浚工程开始之前须向中书奏报计划①,并会同有关部门在宰相面前确定具体负责人名单;②第二,在计划外临时抽调民工劳力,须报请中书审批;③第三,每年例行收取水浇地租税

---

① 《天盛律令》卷十五《春开渠事门》:"每年春伕事大兴者,勿过四十日。事兴季节来时当告中书,依所属地沿水渠干应有何事计量,至四十日期间高低当予之期限,令完毕。"

② 《天盛律令》卷十五《催租功罪门》:"每年春开渠大事开始时,有日期,先局分处提议,伕事小监者、诸司及转运司等大人、承旨、阁门、前宫待中及巡检前宫侍人等,于宰相面前定之,当派胜任人。"

③ 《天盛律令》卷十五《收纳租门》:"因官所出为辅役,于租户家主应出笨工,则转运司人不许自意兴工,有言情当告中书,视其状况,笨工役一百以内,计其应兴工,则可兴之。百以上一律奏量实行。"

后，须将账簿报送磨勘司审核。①

从《天盛律令》的现存部分分析，转运司具体负责的事务可以分为两类，即对水浇地税收的管理和对水渠安全的监护。管理水浇地税收的最高机构是京师都转运司，大都督府转运司在其领导下工作。② 每年纳税期至十月底止，此前转运司的任务是和其他政府部门一道催缴租税和登记造册。③ 租户缴纳的地税为实物，其中的"冬草"和"条椽"是修建水闸的基本材料，由大都督府转运司统一收纳储存④，以备来年工程之需。

西北黄灌区水渠的水位高出地面许多，大渠一旦决口，便会给国民生命财产造成重大损失。因此，西夏政府对于水渠的管理都是围绕防止水渠决口这一中心任务来进行的。全部管理工作分送水前的准备和送水期间的监护两个阶段，其间以农历四月中旬正式开闸送水为界。第一阶段在西夏文中称为"开渠"，自每年三月一日始，至四月十日止，共四十天，任务是清理渠底的泥沙、疏通渠道和修缮水闸。转运司在中书的领导下负责安排具体工程，民伕从使用渠水浇地的租户中征调，时间视租户所种田地亩数的多少而长短不等。⑤ 这期间若有人自己开出新地而需要修建小型的新渠时，也由转运司在不破坏原有耕地的原则下审批。⑥ 第二阶段在西夏文中称为"灌渠"，自每年四月中旬始，至入冬结冰时止，共约五个月，任务是监督管理人员依法供水以防水渠决口，一旦发现险情，则视其轻重由下属部门组织人力抢修。

夏、秋两季，具体负责管理水渠的工作人员自上至下依次称为"渠水巡

---

① 《天盛律令》卷十五《收纳租门》："转运司人将簿册、凭据种种于十一月一日至月末一个月期间引送磨勘司不毕，逾期延误时，大人、承旨、都案、案头、司吏等，一律与前述郡县局分大小误期罪状相同。"

② 《天盛律令》卷十五《灌渠门》："大都督府转运司当管催促地水渠干之租，司职事勿管之，一律当依京师都转运司受理事务次第管事。"

③ 《天盛律令》卷十五《催租功罪门》："催促水浇地租法：自鸣沙、大都督、京师界内所属郡、县及转运司大人、承旨等，每年当派一人□□。"按末二字漫漶难识，疑为"监管"之类。

④ 《天盛律令》卷十五《灌渠门》："大都督府转运所属冬草、条椽等，京师租户家主依法当交纳入库。"

⑤ 《天盛律令》卷十五《春开渠事门》："畿内诸租户上，春开渠事大兴者，自一亩至一亩开五日，自十一亩至四十亩十五日，自四十一亩至七十五亩二十日，七十五以上至一百亩三十日，一百亩以上至一顷二十亩三十五日，一顷二十亩以上至一顷五十亩一整幅四十日。当依顷亩数计日，先完毕当先遣之。"

⑥ 《天盛律令》卷十五《灌渠门》："诸人有开新地，须于官私合适处开渠，则当告转运司，须区分其于官私熟地有碍无碍。有碍则不可开渠，无碍则开之。"

检"、"渠主"和"渠头"。① 渠水巡检和渠主大约由政府下级官员兼任,从干渠始点大都督府至终点定远县共设一百五十名,每人分工负责一定长度的渠段,渠头由水渠周围的大户人家轮流派人任职。干渠和支渠每千"步"算作一个责任区,责任区和责任区之间有石桩为界,上面书有负责人的姓名。② 在水渠送水期间,渠头应轮番昼夜在渠上巡视,发现险情及时报告渠主,渠主及时报告渠水巡检,渠水巡检及时报告有关部门组织抢修。如果因未发现或未及时报告险情而致水渠决口,那么,出事地段的渠头要被视为主犯而判处徒刑以至死刑,其上级负责人也要被视为从犯而依次坐罪。③ 除及时报告险情之外,水渠管理人员还必须兼管维护桥梁和道路④,组织租户在渠边营造防护林带⑤,以及拘捕破坏水利设施的人员。⑥

禾苗生长期间需灌水三至四次,每次均须从水渠上游向下游依次灌溉,这是水渠管理的一条铁则。如果反其道而行之,先从下游灌起,在下游的田地灌完后突然落下大渠腰闸改灌上游,则会使水渠上游水位骤涨,甚至会越过渠壁漫出渠外,造成水渠的多处决口,因此,西夏政府对这种不依法灌溉行为的处罚是相当严厉的。不过由于每次灌水的时机都会影响当年的庄稼收成,所以同一水渠诸多租户间"抢水"的争执常不断发生。发生争执时,矛盾自然要集中在掌管各水渠放水的渠头那里,于是人们有的殴打渠头以强迫其先为自家

---

① 《天盛律令》卷十五《灌渠门》:"大都督府至定远县沿诸渠干当为渠水巡检、渠主百五十人,先住中有应分抄亦当分抄,有已过亦当退。其上未足,则不任独诱职中应知地水行时,增足其数。""沿渠干察水应派渠头者,节亲、议判、大小臣僚、租户家主、诸寺庙所属及官农主等水□户,当依次每年轮番派遣,不许不续派人。"

② 《天盛律令》卷十五《灌渠门》:"沿唐徕、汉延、新渠、诸大渠等至千步,当明其界,当置土堆,中立一石,上书监人之名字而埋之,两边附近租户、官私家主地方所应至处当遣。无附近家主者,所见地□处家主中当遣之,令其各自记名,自相为续。"

③ 《天盛律令》卷十五《灌渠门》:"诸沿渠水干察水渠头、渠主、渠水巡检、伏事小监等,于所属地界当沿线巡行,检视渠口等,当小心为之。渠口垫版、闸口等有不牢而需修治处,当依次由局分立即修治坚固。若粗心大意而不细察,有不牢而不告于局分,不为修治之事而渠破水断时,所损失官私家主房舍、地苗、粮食、寺庙、场路及佣草、笨工等一并计价,罪依所定判断。"

④ 《天盛律令》卷十五《桥道门》:"诸大小桥不牢而不修,应建桥而不建,大小道断毁,又毁道为田,道内放水等时,渠水巡检、渠主当指挥,修治建设而正之。"

⑤ 《天盛律令》卷十五《地水杂罪门》:"沿唐徕、汉延诸官渠等租户、官私家主地方所至处,当沿所属渠段植柳、柏、杨、榆及其他种种树,令其成材,与原先所植树木一同监护。""渠水巡检、渠主沿所属渠干不紧紧指挥租户家主,沿官渠不令植树时,渠主十三杖,渠水巡检十杖,并令植树。见诸人伐树而不告时,同样判断。"

⑥ 《天盛律令》卷十五《灌渠门》:"渠水巡检、渠主等当检校,好好审视所属渠干、渠背、土闸、用草等,不许使诸人断抽之。若有断抽者时,当捕而告管事处,罪依律令判断。监者见而放纵时同之。不见者坐庶人十三杖,用草当偿,并好好修治。"

放水;有的贿赂渠头以诱使其为自家放水,即使是节亲、宰相等在国内享有极高威望的人,有时也难免干出这样的事来。详细记载有关法律条文的《天盛律令》之《园地苗圃灌溉法门》今已亡佚,有关的规定在卷十五《灌渠门》中还保留了一条,从中可以看出政府要求水渠管理人员严格掌握闸口,只要闸口被非法打开,渠头就要受到不同程度的处罚:"节亲、宰相及他有位富贵人等若殴打渠头,令其畏势力而不依次放水,渠断破时,所损失畜物、财产、地苗、佣草之数,量其价,与渠头渎职不好好监察,致渠口破水断,依钱数承罪法相同,所损失畜物、财产数当偿二分之一。渠头曰我已取渠口,立即告奏,则勿治罪。若行贿徇情,不告管事处,则当比无理放水者之罪减二等。又诸人予渠头贿赂,未轮至而索水,致渠断时,主罪由渠头承之,未轮至而索水者以从犯法判断。"

最后需要指出的是,这样一套严密的水利管理制度并不全是西夏人的发明,而应该是融进了黄灌区自汉唐以来的大量管理经验,西夏人只不过是将其系统化,又以法律的形式固定下来而已。除敦煌的《开元水部式》残卷之外,我国中古历史文献中涉及水利管理的资料很少,西夏《天盛律令》卷十五正可在一定程度上填补这个空白。

《孔子和坛记》的西夏译本

聂鸿音

二十世纪三十年代,聂历山从科兹洛夫所获的黑水城文献中,发现了一部用西夏文写成的俗文学作品,题为"孔子和坛记",记录的是孔子、子路和一位"老人"之间的问答,老人用道家思想批评了儒家的主张,最终使孔子折服。聂历山正确地指出了这部书并不是西夏人自撰,而是从某部现成的汉文著作译成西夏文的,相应的汉文原本没能保存到今天。① 从那以后,学界再没有得到有关这部著作的任何消息,直到 2000 年,克恰诺夫才公布了全书的照片并进行了详细的研究。他在研究中进一步发现,《孔子和坛记》套用了《庄子·渔父》的叙事线索,两者间有一些相似的情节和思想内涵。② 本文的目的是在前人研究的基础上略作补证,希望能为西夏学和古代河西俗文学的研究提供基础资料。

一

据克恰诺夫介绍,1909 年,《孔子和坛记》出土于内蒙古额济纳旗的黑水城遗址,今藏俄罗斯科学院东方研究所圣彼得堡分所写本部,编号 инв. № 3781。全书一卷,为蝴蝶装写本,首缺,现存部分凡七十二个半叶,纸幅 7.5×13.5 厘米,无边栏,每半叶五行,行八至十字不等。西夏字为楷体,前后两部分并非一人所抄,后一人书法不佳。原件保存不善,入藏后虽经修复,但有几叶的残字难以复原。③ 卷尾最后一行的日期已经缺损,克恰诺夫

---

① Н. А. Невский, "Тангутская письменность и ее фонды", *Труды Института Востоковедения* 17 (1936). 参看 Невский, *Тангутская филология*, Москва: Издательство восточной литературы, 1960. т. 1, с. 87。

② Е. И. Кычанов, *Запись у алтаря о примирении Конфуция*, Москва: Издательская фирма 《Восточная литература》, 2000. с. 28—30。

③ Кычанов, *Запись у алтаря о примирении Конфуция*. с. 10。

据现存的几个字将书的抄写年代考为西夏元德四年(1122),可以信从。

这本书的卷尾保留有完整的书题,西夏字写作"竭睎薐莔戲",折合成汉字是"孔子和坛记"。聂历山和克恰诺夫都把其中的"和"译成了俄文的"和解"(примирении),给人的感觉是孔子和老人在学术主张上的矛盾得到了调和,这可能与书的主旨略有不符。《庄子·渔父》开篇说:

> 孔子游乎缁帷之林,休坐乎杏坛之上。弟子读书,孔子弦歌鼓琴,奏曲未半。
>
> 成玄英疏:
>
> 坛,泽中之高处也。其处多杏,谓之杏坛也。琴者,和也,可以和心养性,故奏之。①

显然,"和"在这里指的是琴,所以西夏书题的实际意思应该是"孔子琴坛记",也就是记录了孔子在杏坛上弹琴时所发生的事情。

在考证《孔子和坛记》汉文原本的成书年代时,克恰诺夫注意到书中提到了楚国诗人屈原,他由此认为汉文原本的出现时间应该晚于屈原在世的公元前三世纪,有可能是汉朝初年。② 在我看来,克恰诺夫显然把《孔子和坛记》汉文原本的成书时间定得过早,这可能是因为他在研究中利用的主要是《庄子》的俄译本而非汉文古书,而事实上西夏译本里已经为我们提供了一些线索,如果将这些线索与古籍中的相应记载对比一下,就可以看出其汉文原本的成书时间不会早于唐代。

《孔子和坛记》中的老人大致相当于《庄子》里的渔父,只是先后以游方道士和渔父两个不同的身份出现,孔子后来似乎明白了其中的奥秘,书的第六十页至六十一页上说:③

> 焊胞练篁蒗疯疯儶论笯妒落,竭睎绕论。

这话的句法有些费解,我把它译作"孔子深悟老人之变化而谓人不知",意

---

① 郭庆藩:《庄子集释》,第4册,中华书局1961年版,第1023页。
② Кычанов, *Запись у алтаря о примирении Конфуция*, с. 36.
③ 本文所用《孔子和坛记》的叶次依克恰诺夫所编。相应的原件照片见 *Запись у алтаря о примирении Конфуция*,第137—138页,下文以此类推。

思是说老人变化了形象,自以为孔子不知道,但孔子却是明白的。由于汉代以前没有出现过《庄子》的注本,所以老人反复变化形象的传说,最有可能来自唐代成玄英的《庄子·渔父》疏:

> 渔父,越相范蠡也;辅佐越王勾践,平吴事讫,乃乘扁舟,游三江五湖,变易姓名,号曰渔父,即屈原所逢者也。既而汎海至齐,号曰鸱夷子;至鲁,号曰白圭先生;至陶,号曰朱公。晦迹韬光,随时变化,仍遗大夫种书云。①

成玄英的解释尽管令人感到多少有些荒诞,但如果这正是老人"变化"的典故出处,那么就可以估计《孔子和坛记》的成书时间,必然晚于成玄英在世的七世纪中叶。②

更晚一些的线索来自《孔子和坛记》西夏译本的第二十三页至二十四页,那里记录了老人对"一切非礼所定"的阐述,其中说道:

> 𗤻𗤻伐订𗆧,混𗤻崇订𗡛。𗆧𗤻攻订覆纠,嘻混𗤻𗤻订𘜶。

这几句话可译作:"鹤不浴自白,乌不染自黑。蛛不教自成网,而燕不招自来。"相应的汉文见于明徐元太《喻林》卷十七引《阴符经注》:

> 乌不染而自黑,鹤不浴而自白,③蛛不教而成网,燕不招而自来。④

尽管《喻林》成书很晚,而且在常见的《阴符经》古注本里并没有相应的内容,但我仍然相信这四句话的严整对应,一定意味着它们有着共同的来源。人们知道,《阴符经注》一般认为是唐代李筌伪托黄帝之名的杜撰,若《喻林》所

---

① 郭庆藩:《庄子集释》第4册,中华书局1961年版,第1024页。
② 成玄英生卒年不详。我们只知道他在唐贞观五年(631)曾被太宗召至京师,加号西华法师。高宗永徽间(650—655)被流放郁州。
③ 西夏人在翻译这两句话时故意把次序颠倒了,这是西夏乃至古代北方少数民族常用的翻译手法,参见聂鸿音:《〈夷坚志〉契丹诵诗新证》,《满语研究》2001年第2期。
④ 另外,《庄子·天运》有"鹄不日浴而白,乌不日黔而黑"两句(郭庆藩:《庄子集释》第2册,第522页),与西夏译本在文字上略有差异,应该不是《孔子和坛记》的真正来源。

引的几句话确实来自《阴符经》的某个中古注本,就可以初步证明《孔子和坛记》的成书时间,必然晚于李筌在世的八世纪中叶。①

相同性质的证据还有《孔子和坛记》第四十八页上对孔子形象的描述:

  订穖缑考,纤毋薂蝴,腔虜毕蜗。

西夏文译成汉语可以是:"身长九尺,腰悬宝剑,垂手过膝"。我们知道,"腰悬宝剑"并不是孔子的实际做派,事实上不但现有的文献都不强调孔子持剑,而且《孔子家语》卷二里还有一段话可以证明他是反对持剑的:

  子路戎服见于孔子,拔剑而舞之,曰:"古之君子以剑自卫乎?"孔子曰:"古之君子忠以为质,仁以为卫,不出环堵之室,而知千里之外。有不善则以忠化之,侵暴则以仁固之。何持剑乎?"②

历史上最著名的孔子佩剑形象见于唐代大画家吴道子的"孔子行教像",这幅名画在曲阜孔庙里以石刻的形式保存到了今天,估计古时曾有众多摹本广为流传。如果认为《孔子和坛记》中的孔子形象正是唐人心目中那种佩剑的样子,那么就同样可以估计该书的写成时间必然晚于吴道子在世的八世纪中叶。③

至此,我们可以相信,《孔子和坛记》的汉文原本应该不会产生于汉代初年,而一定是唐代以后的作品。

二

克恰诺夫明确地告诉我们,尽管《孔子和坛记》和《庄子·渔父》在故事线索上的相似点可以一望而知,但二者之间却几乎没有完全对等的语句。下面看两个勉强可以形成对应的例子,第一例见第十八页至第十九页:

---

① 李筌生卒年不详。据现有材料只能知道他于唐玄宗开元年间至肃宗上元年间(713—761年)在世。
② 《孔子家语》,商务印书馆《四部丛刊》初编缩印江南图书馆藏明覆宋刊本,第25页。
③ 吴道子生卒年不详。一般认为他于686—760年间在世。

胞练蠄掠谋妒:"目祇睎缮芈息積属？索绛息積槊？"蠄掠禍:"哗妒。"[老人谓子路曰:"尔师曾统国乎？曾佐君乎？"子路曰:"不曾。"]

对应《庄子·渔父》:

问曰:"有土之君与？"子贡曰:"非也。""侯王之佐与？"子贡曰:"非也。"①

《孔子和坛记》在这里把《庄子》的问答简化了,同时又把"子贡"换成了"子路"。另一例见第二十二页至第二十三页:

殆筒偆糷,蓰筒蠑簧,褊筒偆总,疤筒偆窨。……糷始偆殆,蓰始偆蠑,褊始偆疤,疤始偆总。[强怒不威,强亲成疏,强哭不哀,强笑不和。……真威不怒,真亲不疏,真哭不笑,真笑不哀。]

对应《庄子·渔父》:

强哭者虽悲不哀,强怒者虽严不威,强亲者虽笑不和。真悲无声而哀,真怒未发而威,真亲未笑而和。②

《庄子》的本意是强调发自内心的真情,比外表装出的神态重要,可是《孔子和坛记》的作者却完全没有理解这段话的实际含义,以致不但把原文妄改成了四言四句,而且把内容也整得面目全非了。

如同残唐五代时期的众多敦煌俗文学作品那样,《孔子和坛记》并不致力于传统经典的诠释,而是借经典之名以行现世说教之实。我们知道,《庄子》在不少章节都提到了孔子师徒,其中不乏针锋相对的论辩,但作者一般都给了孔子以足够的尊重,只是在《盗跖》和《渔父》两篇里,孔子才成了被调侃的对象,而这种调侃恐怕也并非出自纯粹的恶意,因为其中对孔子某些尴尬境况的描述并不见得比《论语》过分。事实上除去极短的时间外,古代王朝对儒、释、

---

① 郭庆藩:《庄子集释》,第4册,中华书局1961年版,第1025页。
② 郭庆藩:《庄子集释》,第4册,中华书局1961年版,第1032页。

道三家,并没有明显抑此扬彼的政策,儒、释两家也未见有主动排挤道家的重大举措,相比之下,反而是道家的气度显得有些狭小。传说出自西晋王浮之手的《老子化胡经》首开道教贬抑佛教的先河①,而与此相应,《孔子和坛记》显然也是唐代以后民间道士贬抑儒学的产物,这种惟我道家独尊的传统观念历经宋代、元代,到近代一直延续不衰。

然而,《孔子和坛记》在批评孔子的主张时并没有援引《庄子》、《列子》等道家经典著作,而是更多地使用了唐代以后中原乃至西北地区流行的俗语,例如"獭依时自祭天,雁依时自至,鱼藏于水,鸟栖于木"之类。② 其中对某些俗语的使用也并非来自经典训诂,而是多少加入了一些非正统的理解。例如,从经学的眼光看"獭依时自祭天"的说法,恐怕应该改作"獭依时自祭鱼",典出《礼记·月令》"獭祭鱼",郑注:"此时鱼肥美,獭将食之,先以祭也。"③"獭祭"本来说的是每年正月间冰河开冻,水獭会把捕到的鱼一条条整齐地摆到岸上,看起来就像用鱼来祭祀一样,未见得跟祭天有什么关系。

在中国历史上,教派之间的相互菲薄和讥讽大都不集中于宗教上层,而仅仅是被下层从业者津津乐道的事情。这些下层从业者多不具有很高的文化水平,不少人甚至连本教门的基本经典都不熟悉,只是怀有某种幼稚的宗教热忱而已。《孔子和坛记》汉文原本的作者恐怕就是这样一位缺乏传统文化素养的普通道士。因此,我们在他的著作中既体会不到《庄子》里面那种纵横宇宙的博大胸怀,也体会不到庄子那种细致入微的睿智目光。庄子是个厌世的哲人,但哲人厌世的前提是对宇宙人间的大彻大悟,而俗人厌世则不过是在历经尘世挫折之后的自我沉沦。毫无疑问,《孔子和坛记》汉文原本的作者属于后一种人,他似乎并没有读过《庄子》全书,至少是连读懂字面都没能做到。例如,在第五十八页至五十九页上,老人对孔子有这样一句教导:

禛昧魏息活申微嘻泪缀蜊,砍漓僐穂?[任公子一钓六鱼,如何不贪?]

---

① 对《老子化胡经》的真伪问题历来存在争议。西晋王浮所撰一卷本《化胡经》久已亡佚,后人增为十卷本。敦煌藏经洞出有唐玄宗时残写本,讲的是老子西入天竺化为佛陀,创立佛教的故事。从写本的现存部分看,存世的《老子化胡经》似非一时一人所作,其最终完成时间应在唐代初期。

② 另外,西夏本第二十三页上说到"月满则亏,日中则移",这则著名的熟语原出《吴越春秋》卷八,商务印书馆《四部丛刊》初编缩印明弘治邝璠刻本,第59页。但我相信《孔子和坛记》里的话,必是来自民间谣谚,并不能说明作者读过《吴越春秋》。

③ 《礼记》,商务印书馆《四部丛刊》初编缩印宋刊本,第46页。

考任公子钓鱼事出自《庄子·外物》：

> 任公子为大钩巨缁，五十犗以为饵，蹲乎会稽，投竿东海，旦旦而钓，期年不得鱼。已而大鱼食之，牵巨钩□，没而下骛，扬而奋鬐，白波若山，海水震荡，声侔鬼神，惮赫千里。任公子得若鱼，离而腊之，自制河以东，苍梧巳北，莫不厌若鱼者。①

《庄子》在这里只是说任公子钓到了一条作为海神化身的大鱼，并没有加以丝毫褒贬，而《孔子和坛记》却认为这是他贪心的表现，尤其让人啼笑皆非的是，书中竟说任公子钓到了"六鱼"——"六"显然是汉字"大"的形讹。

《孔子和坛记》的重点在于批评孔子对"礼"的尊崇，以及为"礼"而奔波的生活态度，可是作者在阐述时并没有体现出对《庄子·渔父》中"法天贵真"这一抽象观念的把握，而是充斥着对寂静修行这一具体行为的褒扬，某些地方甚至还带上佛家的味道。例如，孔子追寻老人来到河边，听到老人唱了一首歌，歌中竟然使用了"稷晾"（欲乐）和"穗殆"（贪嗔）这类佛经独有的术语。②此外，在第二十八页和第三十二页上，还两次出现了"厕襽沟敬"（飞蛾投火）的比喻③，我们知道，这个比喻最初也只是在佛经里才有，例如，元魏般若流支译《正法念处经》卷三十：

> 如飞蛾投火，不见烧害苦。欲乐亦如是，痴人不觉知。若人著欲乐，常为欲所烧。如蛾投灯火，欲火过于此。④

进一步还可以看出，非但这几个词语，老人唱的整首歌在形式和内容上都明显受到了佛偈的影响。这引导我们说，《孔子和坛记》所宣扬的并不纯粹是

---

① 郭庆藩：《庄子集释》，第 4 册，中华书局 1961 年版，第 925 页。
② 原话是"生于欲乐，死于贪嗔"，见《孔子和坛记》第 40 页。"欲乐"的字面意思是"爱欲"，这里的汉译参照了克恰诺夫的意见，参看 Е. И. Кычанов, *Словарь тангутского（Си Ся）языка*, Киото: Университет Киото, 2006, с. 387。
③ 四个西夏字的字面意思是"蝴蝶投灯"，这应该是对"飞蛾投火"的蹩脚翻译。在西夏不可能有这样的比喻，因为蝴蝶是不在晚间出来活动的。
④ 《大正新修大藏经》第 17 册，第 172 页。

道家的哲学思想,而是杂糅了佛、道两家的"出世"观念。这种观念在唐宋西夏时代的佛教和道教信徒中都很盛行,应该看作是佛教和道教世俗化的必然反映。

三

最后,我们根据西夏译文对《孔子和坛记》的汉文原本试做构拟,构拟本的语言不一定与西夏字逐一对应。当然,鉴于今人在翻译西夏文时都不能达到完全自如的程度,我们的构拟也欢迎来自各领域学者的指导与校正。

……交白,①东来行道迟迟,言若大儒,茕茕趋坛。子路见老人远来,谓其欲过孔子面前,扰其弦歌,乃徐徐前逆之,欲老人他往。行近则见道旁有树,树下一大石,老人坐其上,独自歌之,独自舞之,旁若无人。

子路至于树侧,望老人拜手稽首,曰:"老父高年皓首,出游既无子孙相随,又无柱杖之用,奈何去家独行郊野,茕茕而来此耶?尔欲何往?吾师孔子于南方近处鼓琴,尔欲惊扰乎?今老父缘何不听谏言,止其乐歌而独归耶?"

老人闻言,倚于树,默然瞑目,一时若无所闻。子路亢声,老人乃惊,遂瞠目,望子路拱手曰:"将军喏!将军喏!"

子路闻言变色,怒谓老人曰:"昔再三相问不答,此刻方举首,出言不恭,是为戏人。不知我乃文人,颇学礼数耶?谓将军喏者何?"

老人闻言,俯首窃笑,谓子路曰:"此言差矣。我闻'将军'二字者,人岂皆可得而称之?孝顺于家,忠贞于君,通晓兵法,冒死征战,能知胜负,治理国家,有如此谋略,则谓之将军,得将军之名。今尔子路身体勇健,声音刚强,言语风雨磅礴,面如悖逆之色,如此自矜,岂为文人?既见尔言,则尔师亦实不明大道也。吾常见南方文人,不为如此行止。"

---

① 原卷首缺,残存的"交白"二字大约来自《庄子·渔父》的"须眉交白"。由此估计,西夏本缺失的内容可能大致相当于《庄子·渔父》的"孔子游乎缁帷之林,休坐乎杏坛之上。弟子读书,孔子弦歌鼓琴,奏曲未半。有渔父者,下船而来,须眉交白,被发揄袂,行原以上,距陆而止",见郭庆藩:《庄子集释》,第4册,中华书局1961年版,第1023页。

子路闻之南方别有文人,不知老人诳语,乃前行,敬问南方文人行止何如。老人曰:"待吾聊为言之。"

老人曰:"南方之学士,举止平静,言词成句,心怀敬畏,行正自谦。不弄权于上,不侵凌于下,不矜不盗,不以强凌弱,不以智欺愚。复思学业,巧语若拙,不惭衣食粗鄙,惟有多学寡行。思之不虚,言行以真。忠孝谓之珍宝,不需金银;礼信谓之坚强,不逊铠甲。临危不易色,处乱不变心。独处不谓幽深,岂敢忘忧?讽诵经文,身体洁白如玉。行止光辉,其臭如兰,敬颂圣人,谓之人中宝。如此君子者,是为知书。汝奈何欺我,自谓文人?故老夫诳语南方有文人。"子路乃惭。

老人又谓子路曰:"不知尔师何许人?行何礼义?有何德法?"

子路因老人所问,近前赞孔子德行,谓老人曰:"吾师孔子,依礼勘定诗赋格言,读书讲学,以正文武、律法、君臣、父子、长幼之节,以明祭祀天地之法。引三千人游历诸国,始创礼仪,天下盛传。此者,吾师之德行也。"

老人谓子路曰:"尔师曾统国乎?曾佐君乎?"

子路曰:"不曾。"

老人怫然不悦,谓子路曰:"尔师何所为耶?吾闻之,古时人皆忠孝,君行德而庶民治。庶民无德于君,故君不称国之乐,亦不言国之安。律法宽舒,君行公平,百姓万物皆因本性而生,宝谷成熟,不知君威。端坐而民心和合,是以不知其因己之威力。后世君王变其礼法而治人,则坚甲征战以平定天下,故灾难始而争战生矣。汝不知吾辈有四患,故当识之:强怒不威,强亲成疏,强哭不哀,强笑不和。此何也?皆生于己身,非礼之所定。真威不怒,真亲不疏,真哭不笑,真笑不哀。月满则亏,日中则移,池沼水浊,虚空风起,鹤不浴自白,乌不染自黑,蛛不教自成网,而燕不招自来,獭依时自祭天,雁依时自至,鱼藏于水,鸟栖于木,此自定之礼也。吾闻之,人持真修身,则福神自来护持。不实不真,焉能教导于人?今子路汝之师者,不能入于绝圣弃智,隐身不坏也。先王之礼无虚实,不须踵武。舍弃烦恼,诸行不绝不断,修行圣道。求礼义者,时时苦心劳形,如此教人者,若击鼓之声不归。孔子先后遇厄,困苦可解。孔子之行,吾见其非也。"径自离去。

子路随之往,闻老人歌:"倾心竭力者……多言多事者伤身。如为虫豸,自身舍弃,如飞蛾投火,自身灭亡。孔子之行无所用,孔子之礼不当执。净于泉源,水滨……居住。"老人歌毕,遂去。

子路闻歌声愀然,复前行试问,而失其言,乃惭而归,立侍孔子。子路内心不乐,孔子知之。……孔子鼓琴毕,置琴于几,前问子路曰:"因何不乐?"

子路近前曰:"初,汝鼓琴正酣,一老人著长衫短裤,……行道迟迟,如有疯癫,独自歌之,独自舞之,旁若无人。吾恐其伤害夫子,礼之而欲使其去往他方。……复言诳语而伤人。虽不诽谤文业,然出言诋毁夫子,谓夫子若飞蛾投火。因此不乐,再无他言。"

孔子曰:"彼老人别有何道理?复谓我何?悉以告我,吾愿闻之。"

子路一一依老人道来,一若其歌。

孔子怒谓子路曰:"吾今与尔智慧聪明不等,子路曾遇仙人。子路!汝为人朴鄙,一无深义。吾言先祖之语,诸弟子或拒或择,俱弗听。"

子路近前,曰:"未知先祖何如?请复言之。"

孔子曰:"先祖曰,齿坚易折,舌柔得存。敌战之际,时进时退。今子路刚勇,难以指教。既遇仙人,奈何作刚强之语?子路!汝悬利剑于腰间……不能蔽其身,假令锋刀利剑遍身,亦不能免其灾祸。彼老人何往?吾其往求之。"

子路曰:"彼已去四五里之遥,求之可及。"

孔子遂下坛,不及著履,与子路求之。至四五里之遥,一无所见。孔子失声之际,子路曰:"闻一声,与先老人音声俱同。"孔子与子路往至歌声来处,见水畔一船,船内一老人,蓑衣草笠而引船,独自歌之。

孔子行近岸边,闻歌声,愀然伫立良久,不觉泪下,从者见之,亦莫不垂泪。老人歌曰:"悲夫悲夫,愚人愚人。生于欲乐,死于贪嗔。卧时有梦,不成睡眠。举目皆觉名色,移步即触色声。爱欲以缠缚,贪吝而死生,回转四大皆空。饮食肥甘,无益于本。美女不是真善,金玉不足爱惜,生命不足劳苦。真身可灭,美色可衰,肉身可弃,情极倦怠。利害不思量,善恶不分离。人心弥高,道路艰难。光阴倏忽,晷漏不待。君不见地下墓穴中,悉是精巧勇健逍遥娱乐人,一旦而成灰。往昔富贵者,今皆成粪土。其人不在,徒留虚名。如何不修善?如何不心悔?不忘闲静,诸物如萤火,威仪尽丧。厌死者奈何不离死?爱生者奈何不修生?大道不远,在于人身,行止勿离法度,往来不丧真实。天不老,地修习,我自知。天上无忧,随意游乐,所用无不齐备,不须日月,自身有光,人世千年,以为一昼一夜。欲住此中,如往净土水滨。"

老人歌毕,复投桡,俄顷乃去。孔子后呼曰:"老人且住!老人且住!"

老人乘船欲去,闻后方呼声,回首视之,见一丈夫,身长九尺,腰悬宝剑,垂手过膝。老人亢声问曰:"何方丈夫?何方圣贤?亡国之臣耶?抑败军之将耶?欲假吾船求渡乎?抑来求食于我乎?浮生之间有何急难?何故至此?"

孔子近前,谓老人曰:"吾姓孔名丘,十里之外有城,是吾家乡。吾非假船,亦不求食。闻老人金玉之言,劝谏之语,中心乃明。愿下立侍奉,闻真言一句,死亦足矣。"

老人曰:"吾郊野水边闲人耳,眼花背驼,移步岂知礼仪?有人相问,如爱忠言。吾闻此言多矣,而心弗爱也。"

孔子知所闻老人言语深奥,乃近前为之三言两语,以诱老人:"吾人微智短,少时行善,虽学文业,未知正道。常寻名色,不能分辨吉凶,寻得些许仪礼,岂可匹之仙人大道?吾意岂堪言之?今遇圣人,得达圣道。昔游历诸国,说王侯以齐家治国之策,倏忽皓首,一无所成。仔细思量,今已六十九岁有余,惟愿勤学。若今闻汝真言一句,死亦足矣。"

老人曰:"往矣!往矣!吾郊野水边渔人耳,乘舟船游荡江海,扬帆前往山水之间。若问我,则尽知云水源流之浅深,除枕月眠云之外,汝之仁义礼智信俱不知。独自歌之,斟酒于卮,独自饮之,游戏自在,安乐乎云雾间。若我虽执钓丝,则非贪心不足者,虽执雁纶,其后亦求名色。任公子一钓六鱼,如何不贪?许由不求名色,则焉用江边洗耳?屈原不用奇服,则胡为自投水中?吾常哂之。吾罗冠不整者,勿之疑也。头上为云,头下垂白,鬓角成雪,差可拟之爱净之人。若汝学道以求悦,我无能为已。"

孔子深悟老人之变化而谓人不知,意下不悦,近前复请,谓曰:"吾闻之:置珠于海,不可骤获,道在于天,安可即得?此犹荡漾水中而不明所之,故得其真实而诸祸生也。我劳苦羸瘦,亦不得而知。愿闻道,敬惜善语。若闻少许真实,则终身有恃矣。"泣涕顿首。

老人见孔子复请不已,乃笑谓孔子曰:"大道无形,清净所修。在世昌盛,福祉众多。失者,了也;得者,最难。争如自戒,去其色欲?归心则净,身勤则足,心净道得,身怠道失。一旦得道,不事说解,随意变化,自在安行,不须世事。人之求道,与此不同,岂可譬之日光一瞬,骐骥一驱?日月光急,骐骥行骤,人心与此无异。往矣哉!往矣哉!何敢忘忧?扪心自问,心安则所为俱同,明瞭则所至皆道。人之求道,若水中月,水清月现,水浊月藏,心净道得,心迷道失。心净故得自在,逍遥无恐,与天地同寿,返老还童。坐前桑田成海,立观沧海成田。求之外表,寻之内心。"言毕,弃桡而去,顾谓孔子曰:"谨守此!谨守此!"

孔子闻老人言德行之本、修身之根,遂恍然大悟,内心明瞭。执杖行道,至净水滨,赞曰:"天地皆知,无所成之,诗赋合律,亦复如之。行不由道,上下求索,时未之至,天其知之。缘何忘观寂静,不修善道?缘何不净吾身,而寿不永?缘何随意安游,不求日月光辉?缘何不往自在游乐,何为于此?缘何徒游诸国,引三千人?吾其往水上矣。仲由问津不答,奈何不收昔日书卷?我不能默然,而今能为仙人语矣。"

孔子和坛记一卷终。

元代文化生态平议

郭万金

1279年，宋代皇帝赵昺蹈海自尽，极具象征意义的殉国事件标志着汉族帝统的中断，蒙古帝国完成了中国全境的政权统一，构建了一个前所未有的广袤版图。"溥天之下，莫非王土"的统一象征，有着"天命归统"的完整意义，蒙元王朝的全国性政权正是在这层意义上获得了统治的合法性，赢得了传统文化心理的最大认可。"今日能用士而能行中国之道，则中国之主也"，知识精英的文化意识突破了种族观念的篱藩，"中国之道"的推行成为帝国政权之合理性的最佳辩护。然而，知识阶层于治统意义的追寻热情远远大于蒙古君王的关注热忱，对多数元代君王而言，儒者赖以安身立命的"道统"寄托，却只不过是一种可供选择的统治手段，所持了解也极为有限。

> "帝（忽必烈）尝从容问曰：'高丽，小国也，匠工弈技，皆胜汉人，至于儒人，皆通经书，学孔、孟。汉人惟务课赋吟诗，将何用焉！'"①

"从容问曰"的态度中虽包含着一定亲和意味，但心存疑虑的询问中不仅体现出其对汉人文化、儒家思想的陌生。元帝国的"草原本位"始终是最高统治阶层永不褪去的民族特色，蒙俗汉制并行于政事民情间，文化的浸染原在民族间日渐扩大的交往中进行。忽必烈于汉家文化的有限认知与并不十分热衷的接纳态度，使得知识精英的"道统"延续成为游离于治统之外的边缘政术，在这位雄主"祖述变通"的治国理念中，"儒术"不过是突破种族视域可资借鉴的施政思想，并未有丝毫的独尊意味。尽管忽必烈于"汉法"的主观接纳态度

---

① 宋濂：《元史》，中华书局1976年版，第3746页。

算不得由衷,然其具体执政中毕竟呈现出了"效行儒法"的治国思路,正是这"中国之道"的推行才使得异族的统治在社会心理中获得传统认可的据点。然而,忽必烈所祖述的"列圣洪规,前代定制"乃是包括蒙古"国俗"与汉家制度在内的文化遗产,其间,汉代文明于草原文化的同化影响自是不争的事实,然而,游牧文化于农耕文明的撞击亦是不能忽视的历史影响,借助"能行中国之道"的统治者所获得的心理据点,在传统社会中辐射出了异样的光彩。

"礼"的嬗变与文化精神的转向

"国之大事,唯祭与戎。王道可观,在于祭祀",作为"礼"的重要内容与集中展示,祭祀无疑是王道政治最为直观的仪式体现,传统的礼法精神,君王的至尊地位,亦多于"沟通天人"的典礼中获得"奉天承运"的合法意义。在治下汉儒的进谏与熏染下,忽必烈以政治家的敏锐嗅觉,感受到汉人珍视祖先、崇敬天地的文化特质,为博得汉族知识精英及一般百姓的心理认同,忽必烈修建太庙、地坛、社稷坛,以汉礼祭祀,乃至进行一系列颇具规模的尊孔活动。关于帝王谱系的文化建设自然有着"行中国之道"的意味,后代帝王亦大致延续了这些"汉法",然而,形式的设立并不等同于具体的执行,带有政治色彩的典礼行为,亦不同于"有孚顒若"的虔诚祭祀,忽必烈很少亲身参加此类活动,多数情况下,仅是派手下的儒臣代为祭祀,后代帝王亦多为效仿。传统精英观念中的君王被目为受命于天,沟通天人的最高形象,作为礼乐制度的最高执行者,主祭身份乃是其最为凸显的文化特征与社会职守。然而,元代君王于此的态度却并不热衷,泰定四年,御史台臣言:"自世祖迄英宗,咸未亲郊,惟武宗、英宗亲享太庙,陛下宜躬祀郊庙。"制曰:"朕当遵世祖旧典,其命大臣摄行祀事",可知,世祖所行的"摄行祀事"实为元代祭祀活动的常例。《元史·祭祀志》称:

"元之五礼,皆以国俗行之,惟祭祀稍稽诸古。其郊庙之仪,礼官所考日益详慎,而旧礼初未尝废,岂亦所谓不忘其初者欤?然自世祖以来,每难于亲其事。英宗始有意亲郊,而志弗克遂。久之,其礼乃成于文宗。至大间,大臣议立北郊而中辍,遂废不讲。然武宗亲享于庙者三,英宗亲享五。晋王在帝位四年矣,未尝一庙见。文宗以后,乃复亲享。岂以道释祷祠荐禳之盛,竭生民之力以营寺宇者,前代所未有,有所重则有所轻欤。或曰,北陲之俗,敬天而畏鬼,其巫祝每以为能亲见所祭者,而知其喜怒,故天子非有察于幽明之故、礼俗之辨,则未能亲格,岂其然欤?"①

"能亲见所祭者"的巫祝即是游牧民族的萨满,也称"珊蛮","珊蛮者,其幼稚宗教之教师也。兼幻人、解梦人、卜人、星者、医师于一身,此辈自以各有其亲狎之神灵,告彼以过去现在未来之秘密。击鼓诵咒,逐渐激昂,以至迷罔,及神灵之附身也,则舞跃瞑眩,妄言吉凶,人生大事皆询此辈巫师,信之甚切"②。蒙古太祝、蒙古巫祝成为元代祭祀活动中最为活跃的角色,汉人传统观念中不入流品的星占巫卜,竟然部分地承担了"天子之职",其于社会文化心理的撞击可想而知。蒙古"其俗最敬天地,每事必称天",但蒙族的"敬天"并不同于汉家仪典,其所崇拜的"长生天"原是蒙古萨满教中"永恒的天神"。入主中原的蒙古统治者继续甚至是有意保持着自己的民族特征,依照本族的习惯祭祀自然神灵与天地祖先,礼部甚至还明令支持元代不同民族实行各自的礼仪的权利,不必向汉族标准看齐。

"(至正十五年)大斡耳朵儒学教授郑咺建言:'蒙古乃国家本族,宜教之以礼,而犹循本俗,不行三年之丧,又收继庶母、叔婶、兄嫂,恐贻笑后世,必宜改革,绳以礼法。'不报。"③

"不报"二字实已明白无疑地表明了执政当权者保持本族礼俗的基本态度,至于所谓的世人"贻笑"却不是可以让他们引以为戒的因素,对游牧民族而言,礼法制度着实没有农耕文明下那种不可触犯违逆的权威属性,他们自依本族习俗的行事每每在汉家礼法之外。蒙古族俗,贵贱无别,不事揖谦,尊卑不辨,但这些习以为常的蒙族风俗恰是汉家礼法的忌讳所在,礼以别异,等级差序的仪制规定体现了不同阶层的身份地位。社会角色的区别则标志着相应

---

① 宋濂:《元史》,中华书局1976年版,第1779—1780页。
② 多桑著,冯承钧译:《多桑蒙古史》,中华书局1962年版,第30页。
③ 宋濂:《元史》,中华书局1976年版,第921页。

权责义务的确立,然而,在文化心理层面的"礼"并没有世袭的特权,未能履行义务的"无礼"贵族将会受到舆论层面的道德谴责,但草原民族的生活习俗却在诸多礼制层面泯灭了贵贱尊卑的等级差异,即此而言,元代或可称之为传统观念范畴中又一个"礼崩乐坏"的时代,尽管入主的异族统治阶层有着不同程度的汉化,然就其多数而言,就其于本族习俗的有意维持而言,就其于汉族文明的主观向往程度而言,其于农耕社会之礼乐文明的冲击破坏是不言而喻的。更为深刻的是,元朝的大一统,部分推行的"中国之道"已经使其成为社会意识中"天命认可"的合法统治者,异族统治者迥异于中原礼仪的风俗习尚背后所蕴藏的正是游牧民族尚质少文、带有强烈世俗色彩的文化精神,这一精神则凭借这一合法据点在礼法社会中辐射出了巨大的心理能量,挑战、冲击着农耕传统中正统意识、礼义价值、社会信仰。就"礼"而言,等级尊卑的区别已经规定了统治阶层执礼守法的义务,在文化心理中,入主中原的异族统治者,并不同于蜗居边鄙的蛮夷之邦,蒙古统治者既已获得"天命"的合法承认,就应依"礼"行事,履行作为上层统治者的仪式义务,然其所奉行的游牧民族礼俗自不能为农耕社会的礼法制度接纳,而这些"违礼者"却又是合法的统治者,其传统观念、价值判断、意识形态无不造成了巨大的冲击,上层统治者的失礼,意味着君子形象的崩溃,典范作用的失效,上行下效,上层于"礼"的轻蔑,所带来的是"礼"在整个社会中的信仰动摇,延续千年的文明礼教面临着前所未有的冲击与挑战。

"君子以礼饰情",在"礼"的人文诠释中隐然包含着"文质彬彬"的审美理想,而"饰"则可算作由此凸显的文化特色。取法"天道"的"礼",对于"人情"的态度是"治",是节制,却不是"顺"情放纵,礼以饰情的意义亦在于此,堪作"情之章表"的乃是中规中矩的礼制仪式,却非率性肆意的情感流露。"饰"成为士人所以"立于礼"的修身要则。文以饰质,礼以饰情,彬彬而后君子,文质然后圣人,君子人格、内圣理想皆可算作传统文化的核心理念,其所共同具有的"饰"的表征中,自然有着一种举止有度、进退有序的典雅精神。元朝"起自漠北,风俗浑厚质朴",自不以文饰为念,游牧文化中简质尚情正与汉家仪礼的文饰精神相左,入主中原的蒙古统治者则一力维系"国俗旧礼",保持草原本色不失于农耕文明的同化之中。然而,大一统下文化交流自是不可阻挡的历史潮流,声明文物播布熏染下的"华化"固是潮流所趋之大势,然而,需要指出的是,异质文化的交流必然有着双向互动的影响效果,异族的文明撞击——或可称为"华化"之反动——同样应是不容忽视的影响,尤须注意的是,与历代在争战和亲、互市往来、偏安分治中,展开的民族交往相比,一统天下的元朝有着继统而作的天命认可,游牧民族中尚质少文的任情品质,凭借这一特殊文化据点呈现出了强大的文化张力。

精英的沦落与知识的下移

关于"九儒十丐",谢枋得的"滑稽戏言"与郑思肖的遗民心声中不免有胜国遗老的怨气,却已失去了史笔的严肃,所述内容的可信度自然也大打折扣。故而,以文献的眼光而言,"九儒十丐"的说法自不能以信史目之,于文化的视角来看,"九儒十丐"则不失为元代士人所处社会地位一贴切形容。

元代的科举时开时断,更有南北榜的名额限制,但剧减的名额并未给汉人及第者造就便利通达的仕途,汉人授职,"例不过七品官",升迁的机会也极少,"朝为田舍郎,暮登天子堂"早已蜕变为戏文中的理想寄托,"儒人今世不如人",被列为"儒户"的读书人不免沦落下层:元代虽多次下令优免儒户杂役。然在法令松弛的元代,事实上并未能遵命行事,《庙学典礼》即载"儒户亦作投下户,计与民一体科差勾扰","投下"指蒙古诸王、勋臣所属的人户或封地,最先的投下户来自战俘,在军事征服者的眼中,自然有着奴隶的意味,须向朝廷及隶属的领主纳赋服役。从四民之首沦为带有奴隶色彩的投下户,仕进的途径狭隘难通,读书人的唯一实利——蠲免杂役又被撤销。尽管作为民间自由学者的"儒",是中国社会自秦汉以后一特别重要之流品,即蒙古人眼光及其政治设施而言,"彼辈既不能执干戈入行伍,又不能持筹握算为主人殖货财,又不能为医匠打捕,供主人特别之需求,又不能如农民可以纳赋税,故与'丐'同列",①"介乎娼丐间"的尴尬处境所折射出的是知识精英在文化生态之历史变迁中的人文困境。

元代中断的科举尚未重开时,元代士人的仕途选择不过"宿卫、儒、吏"三种,其中得以亲近君王者,实属寥寥,"儒"、"吏"虽算是颇具可行性的入仕途

---

① 钱穆:《国史大纲》,商务印书馆1966年版,第657—658页。

径,但实际的升迁却是极为困难,学优则仕的传统进身路线实已在"儒者无用"的治国观念下中断,《元史》称,"当时仕进有多岐,铨衡无定制",一般学校、荐举之外,"捕盗者以功叙,入粟者以赀进,至工匠皆入班资,而舆隶亦跻流品。诸王、公主,宠以投下,俾之保任。远夷、外徼,授以长官,俾之世袭。凡若此类,殆所谓吏道杂而多端者欤!"①并无一定标准的诠选体制所带来的则是官员组成之身份、修养的驳杂不齐,加之世袭资格的保持,特权势力的干涉等对公平诠选的影响,营私舞弊,托请攀附的官场恶习自然滋生。体制内成员的腐化直接影响制度的执行,1315 年,科举重开,然而,考场中的贪污作弊、欺诈不公除直接导致取士质量的下降,更大大挫伤了士人的仕进热情。有元一代,"秩随科第临时贵"已成为汉族士人心底无限依恋却无法实现的旧梦,百年间,汉族知识精英获据高位者屈指可数,"儒家何如巫、医"的定位实为异族统治集团的普遍观念,"儒以纲常治天下,岂方技所得比"的认识,并非以武力征服天下的统治者所能完全理解接纳的。

制度的嬗变改变了儒士以"学优而仕"为保障的"修齐治平",处于元代文化生态中的知识精英亦不得不面对自身地位的沦落现实,仕途阻塞难通的事实已基本剥夺了知识分子参与政治与上层文化建设的资格,失去身份标志的"读书人",在某种程度上或者还不及原先的"庶民","生员不如百姓,百姓不如祇卒",曾为上层者在沦落之后不免会受到早先"位卑者"的讥嘲,元杂剧中比比皆是的寒儒、腐儒形象中,正纠缠着民众的嘲弄心理和儒士的自嘲心境,"九儒十丐"之后的心态中亦夹缠着这两种嘲讽,自然也有对社会的不满怨愤。然而,"士失所业"终究是不争的事实,"既无进望,又不知适从"正体现了元代士人在失去仕进保障后的不知所措,无根的失落正是一代士人的普遍心境:

"士无入仕之阶,或习刀笔以为吏胥,或执仆役以事官僚,或作技巧贩鬻以为工匠商贾"②。吏胥仆役、工匠商贾,原是为士所不齿的所谓"贱业",然而,在养家糊口的生存压力中,与"执一不通,迂阔寡要"的能力指责中,元代士人开始调整视角,重新进入社会。在"儒冠误身"的现实反思中,知识精英放弃了"学优则仕"传统设计,而失去身份标志的"读书人"亦获得了自由融入庶民群体的便利。士失所业,但所学的知识却不会遗失,相当数量的儒士群体

---

① 宋濂:《元史》,中华书局 1976 年版,第 2016 页。
② 宋濂:《元史》,中华书局 1976 年版,第 2017 页。

在社会身份的角色转换中,继续保持着原有的知识传统,并将自身的知识优势扩散到日益广阔的社会接触中。政府行为的具体执行者获得传统知识的补充,知识精英亦可于施政实践中检验自己的知识,更获得直接面对民众的机会,于政令的宣告、解释、推行中并有知识普及的完成,尽管士人的观念中依然有着对胥吏的鄙薄,而道德规范下的个人修养亦不愿沾染弊端丛生的媮薄吏习,"修齐治平"的人生路线虽因反常的社会条件而扭曲,但传统的教化职能依然可在民间部分地实现,而延祐年间重开的科举,毕竟还是为知识精英提供了仕进的可能,尽管有名额的压缩与科场的不公,但并不排除部分人"学优而仕"的理想实现。

> "我朝上自京师,下至州县,莫不有学,学有生徒,有廪膳,而又表章程朱之学,以为教于天下,则其养与教,岂不超乎唐宋,而追踪三代欤"①,

曾被视作"伪学"的朱子学说,竟然于异族统治之下获得国家的认可,成为普遍的知识权威,于朱子后学自是莫大的鼓励,不免激生出超轶唐、宋时期的情怀。然蒙古统治者于学政建设、文治教化的热情实难与唐、宋时期并论,但军事征服者淡漠的态度——既不十分重视,亦不压制,却给了地方官吏可以自行其事的便利,无论是以儒为吏者,还是因科举获官者,或是作为官僚的仆役,其中的汉族文士有着相当大的比例,再有就是颇具地方影响力的乡间士绅,对这些传统知识熏陶下的群体而言,"道统""学统"的自觉维系,礼义信念的秉持继续,自我价值的体现等历史意识与文化精神的凝聚积淀,使得"立学"以教化成为其引以自任的文化使命,学校之风蔚然称盛。需要指出的是,元代的官学尚有蒙古字学、回回国学、医学、阴阳学等,亦颇具规模,非儒学学校的兴盛再次说明了元代统治者的草原本位政策,及其对知识精英的一般态度,在元代所奉行的多元文化政策及务实少文的风俗习尚中,在他们眼中并无太大实用价值的儒学自然没有特别显著的地位,设立学校的诏令原是因许衡等几位大儒的建议请求而发出的,其目的是为国家培养、储备人才,儒学的提倡自非核心的关注。然而,国家的诏令毕竟在客观上为知识的普及创造了条

---

① 鲁贞:《桐山老农集》,上海古籍出版社四库全书本,第125页。

件,亦为沦落的精英提供了稍具体面的安身之所。同时,元代的私学和书院于学术传统的形成与理学的推广、知识的普及等,均有着极大的推动作用。狭隘的科举途径使得知识资源在通往上层时中途受阻,而民间办学的兴起则为沦落的儒士,提供了向下层散播知识的契机,借助民间的办学力量,许多民众获得了接受知识的机会,而士人亦在维持生计的同时,部分地实现了"教以化之"的传统职能。

元代庙学要求地方官吏在祭孔礼毕之后,"同诸生并民家子弟愿从学者讲议经史,更相授受","庙学"讲经的用意原在"教化可明,人才可冀",许多听众并无身份资格的特别限制,定期举办的庙学成为儒学知识的世俗普及,通过宣讲进入民众生活的道德观念、礼法意识,则在知识的下移中延续着自身的传统。尤应注意的是被誉为"一代农政之善者"的"劝农立社",元制"诸县所属村疃,五十家为一社……社长专以教劝农桑为务……每社立学校一,择通晓经书者为学师,农隙使子弟入学",社学在一定意义上所延续的是古代"乡里之教"的传统,值得注意的是,"劝农"、"务学"的职能规划中更透露出游牧民族务实尚质的文化精神,"教其礼事"已非核心的关注,普通知识的广泛普及对于社会规范的建立、政府法令的推行、乃至农业技能的提高等,无疑有着积极的现实意义。不应忽视的是,随着知识的下移,与一般知识紧密绑缚在一起的道德规范、礼义观念、立身原则、处世智慧等思想资源和文化精神,亦有机地融入于下层民众对文化常识的接纳中,这自然可以看作是教化传统的延续与扩展,而知识精英的普遍信仰、人生准则,亦因进入庶民世界而面临着世俗精神的检验、过滤、改造。

语言的改造与俗文学的激发

"元起朔方,本有语无字。太祖以来,但借用畏吾字以通文檄。世祖始用西僧八思巴造蒙古字,然于汉文则未习也……凡进呈文字必皆译以国书,可知诸帝皆不习汉文也……至朝廷大臣亦多用蒙古勋旧,罕有留意儒学者……是不惟帝王不习汉文,即大臣中习汉文者亦少也"[①]。帝王、大臣尚且如此,普通

---

① 赵翼:《廿二史劄记》下册,中华书局1984年版,第687页。

官员的汉化程度亦可想而知了。《草木子》即载:

"北人不识字,使之为长官或缺正官,要题判署事及写日子,七字钩不从右,七转而从左转,见者为笑。"

元代所推行的民族等级制度,为蒙古、色目提供了仕进、科举等方面的种种优待,遂形成"天下治平之时,台、省、要官皆北人为之,汉人、南人,万中无一二;其得为者,不过州、县卑秩,盖亦仅有而绝无者也"。执掌要职的北人高官因文化水平与语言隔阂的双重制约,故而在政令民情的知晓、处理中,必须借助翻译通事,以便统治。然以元代统治者有限的汉字水平而言,其所能接受理解则多是极为浅显的白话语言,公文往来中蒙汉互译,自须照顾上层统治者的接受能力,通俗易懂。明白如话,方是适合的风格。如《元典章》"和尚犯罪种田"条称:

"释迦牟尼佛道子里,不行经文的,勾当裹不谨慎,别了行的每根底,依体例要了罪过。是那个寺里的和尚呵,只教做那寺里的种田地里者。和尚的勾当里不谨慎,要了肚皮,觍面皮呵,宣政院官并僧官每,不怕那甚么?圣旨。"钦此。

帝王钦旨,大臣奏章,公牍法令中比比皆是的俚语方言自是统治集团民族特色、文化水平的反映,《元典章》"所载皆案牍之文,兼杂方言俗语,浮词妨要者,十之七八,又体例瞀乱,漫无端绪,观省剳中有置簿编写之语,知此乃吏胥钞记之条格,不足以资考证,故初拟缮录,而终存其目焉"①,四库馆臣的存目态度正体现出元代公文的通俗色彩,鄙俚浅显的白话虽然难入饱学之士的法眼,然这些刊布、公行于天下的文书条令却有着改造文字的效用,于社会风尚的转移亦颇具影响。《通制条格》是元仁宗择"耆旧之贤、明练之士,时则若中书右丞相杭平章政事商议中书刘正等,由开创以来政制法程可著为令者,类集折衷,以示所司"②,尽管有"耆旧之贤、明练之士"地参与,但"以示所司"的样

---

① 永瑢:《四库全书总目》,中华书局 1965 年版,第 714 页。
② 富珠哩翀:《大元通制序》,见苏天爵《元文类》,上海古籍出版社四库全书本,第 448 页。

板功能却使得这部元代法令公文的汇编保持着颁布时的原貌,毕竟,润饰后的典雅文言是草原统治者所不喜亦不能接受的。所谓"奏议宜雅,书论宜理"的传统文体规范,已被游牧民族尚质少文的世俗精神所颠覆,"碑以叙德,故文质相半",然元代的许多碑刻则是按蒙古语的结构,以当时的口语、俗语直译作汉文的,自然多以简质为尚,其于文饰则较少考虑,而蒙汉文间这种刻意照顾接受者文化水平的转译,可称一种满是白话色彩的"硬译"。

忽必烈即位曾后命吐蕃僧人八思巴所创制一种"蒙古新字",尽管新的文字并未能取代传统的文字,在元代灭亡之后而随之消亡的一种死文字,然而,"它显示朝廷对一种通用文字,以及对一种反映那个时代的白话文的书面文字的关心,但它是官方设计的而且是从上而下强制推行的。忽必烈希望使用八思巴字鼓励白话文在写作中的普及。通过强调白话文,他表示他无需遵守士大夫管理政府的原则和方法,这些原则和方法需要使用文言文,并且注重历史知识对当代政治决策的作用。因此不应对在宫廷文件之外还使用白话文感到奇怪。白话文渗透到元代文学中,而且白话文和通俗艺术比中国历史上的任何时期都要繁荣"①。从这层意义上讲,这或者算作是白话文运动的首倡了。官方的文字态度所体现的正是国家政策的文化指向,朝廷自上而下的推动,自然有着相当号召力与影响力。通晓蒙族、汉族双语成为颇为可行的进身途径,自然产生了相当数量学习蒙语的汉人,其中即包括着相当数量的儒生。"蒙汉两文并行的当时政治之中,翻译是一个过程,必须考虑到口语的汉文文书。中国的文言文是固定格式的文体,很难直接移译蒙古语那样不同的语言,结果即使移译为文语,也有必要移译为出于中间状态的比较柔和的中国口语"②,平白易晓的文字成为权力阶层中通行的交流手段,更随着典令制度的刊布渗透于平民社会,特殊文化生态下的传统士人顿失所业,流动于两大群体间的知识阶层,于游牧文明的世俗精神与民间社会的一般观念的熏陶濡染之下,部分地放弃了早先的身份标识,将对于传统人生的诠解,投射出一种世俗化的新模式。

"曲为有元一代之文章,雄于诸体,不惟世运有关,抑亦民俗所寓"③,"九

---

① 傅海波等:《剑桥中国辽西夏金元史》,中国社会科学出版社1998年版,第537—538页。
② 吉川幸次郎:《元杂剧研究》,转引自张哲俊《吉川幸次郎研究》,中华书局2004年版,第306页。
③ 姚华:《曲海一勺·述旨》,见吴国钦《元杂剧研究》,湖北教育出版社2003年版,第74页。

儒十丐"的排序虽未可信,但元代僧道的地位却是足令儒生艳羡不已的。"古来佛事之盛,未有如元朝者……自西土延及中夏,务屈法以顺其意,延及数世,浸以成俗,而益至于积重而不可挽"①,释教崇奉的泛滥于儒家学术的播布造成了不小的阻碍,草原贵族于农耕文明本无太多主动接纳的热忱,《庚申外史》称,北元昭宗爱猷识里达腊在做太子时即言"李先生教我儒书许多年,我不省书中何义;西番僧教我佛经,我一夕便晓",就统治者的文化水平而言,早先的佛道二教本通行于民间,较之儒家经籍的典雅文言,其面向大众的教义宣讲显然要更为通俗,更易接受,"今为道家之教者,为宫殿楼观门垣,各务极其宏丽,象设其所事神明而奉祀之,其言曰为天子致福延寿,故法制无所禁,惟其意所欲为"②,元儒虞集的愤懑中正有儒术凋零的慨叹。有元一代,儒家始终未能"独尊",但早先为士人所瞧不起的"百工"却因自身的技术特长而被统治者看重,此升彼降,曾经的地位差异竟也消弭了不少,无论士人是否认同,在权力阶层与庶民社会的普通意识中,儒生已然与工匠同列了。朝廷对工匠的重视,促进了手工业的发展,产品的交换需求亦随之增长,同时,元代辽阔的疆域,发达的海运,色目人的经商意识,以及宋代以来的城市经济等等,均促进着商业的繁荣。商业的发展带来了交流的扩张,"煌煌千贾区,奇货耀出日。方言互欺诳,粉泽变初质"③,元代的商业交流不仅是不同地区间的往来,更有不同民族,乃至不同国家间的贸易,而多种语言文化的交流必然要求一种明白易晓、通俗浅显的文字作为主要传播手段,语言的通俗化亦由此渐为潮流,混迹其间的传统士人,既已失却了身份地位的优越感,传统的典雅精神亦不为庶民社会的世俗观念所接受,受激于所饰角色的社会冷遇,有鉴于释老传道的通俗方式,被迫于生计维持的基本需求,身预其潮的知识精英只好以一种时代选择的通俗文字,重新塑造着自身的历史角色,以一种有别于传统的新模式,延续着自己的文化使命。

失去仕进保障的儒生大抵有着"沈抑下僚,志不得伸"的不平之气,积郁于胸,寓之于声歌,以抒其拂郁感慨,"不平则鸣"传统观念得到了最佳的印证,然"哀而不伤,怨而不怒"的中庸美学却被大大的突破,"虽本才情,务谐俚

---

① 赵翼:《陔余丛考》卷十八,河北人民出版社1990年版,第334—335页。
② 虞集:《道园学古录》,上海古籍出版社四库全书本,第653页。
③ 袁桷:《清容居士集》,上海古籍出版社四库全书本,第216页。

俗"的"蒜酪"风尚,以自然任情为旨归,强烈的世俗精神冲破了"发乎情,止于礼义"传统篱藩,"不拘"、"无忌"的率性挥洒中,毫无掩饰的展示着世俗精神的任情主张。"自然"之品的定位正在意兴所至的性情流露,长期落魄民间、仕进难通的满腹怨诽,一旦喷吐,自非"温柔敦厚"的美学规范可以局限,而元曲的主要受众:权力阶层与庶民社会,其文化精神莫不有着强烈的世俗色彩。创作主体的地位下移,创作动机中的任情倾向,接受群体的世俗特征,加之全社会范围内的白话通行,"文字之自然"固为"必然结果"矣。这些发愤而作的"通俗文学和方言文学"中,别有一脉迥异于精英文化的世俗精神激荡,其于士人的典雅传统自可算作是一种革命。"文学革命,在吾国历史上非创见也。文学革命,至元代而极盛,其时之词也、曲也、剧本也、小说也,皆第一流之文学,而皆以俚语为之;其时吾国真可谓有一种活文学出现。"①儒士的沦落下层知识的普及,游牧民族的蔑视礼法,异质文明激荡下的审美变迁,诸般种种,投诸于时下俚语,造就了一流的"活文学",特定文化生态下,文学革命的激发、蔚然大观,其所蕴含的正是文化精神的世俗化转向。

被胡适视为"极盛"的"文学革命",当然不会在儒学独尊的传统中产生,近百年的异族大一统成为营造这场革命的最佳文化生态,游牧统治者的草原本位思想,传统士人的社会位移,礼法规范的动摇,一般知识的普及,世俗精神获得前所未有的淋漓展现,代以文存,元曲所以标志一代者,乃在其自然文字中所寓之世俗精神、人文情怀、士子心态,所以永不磨灭者,正在此文化生命的勃勃生机。军事征服者的文化被征服,或可称为文化发展的一个必然模式,然而,当异族征服者变为被承认的统治者时,异质文明于固有文化的渗透与撞击同样是不能忽视时代话题,更于人类文明的发展轨迹中,划下了无法回避的历史刻痕。

---

① 胡适:《胡适全集》第28卷,安徽教育出版社2003年版,第337页。

元诗叙事纪实特征研究

杨 镰

纵观二十世纪古代文学学术史,元代文学是显学,元代文学的关注点主要在元曲——杂剧与散曲。

在中国文学史上,元代可以视为里程碑:文学的四种主要体裁:诗歌、散文、戏曲、小说,首次齐聚文坛。这是文学的"大一统"。此前,历朝文学作品主要是诗文。但是一个误区(元代戏曲、小说的出现,使诗文退出文坛前列位置)也因此而生,明代、清代时期普遍忽视元代诗文(特别是诗歌)。

清代初期,康熙皇帝看重金元诗,而江苏文献家顾嗣立创制家门文献工程,以编刊《元诗选》为终生追求,一定程度影响了文学时尚,纪昀(纪晓岚)《阅微草堂笔记》卷六有一则记载:"顾侠君(顾嗣立字侠君)刻《元诗选》成,家有五六岁童子,忽举手指外曰:有衣冠者数百人,望门跪拜。"为此,纪晓岚慨叹"鬼尚好名哉"!《元诗选》三集,编录了三百三十九位元人的近两万首诗篇。即便如此,终于清,"元无诗"仍然为诗人、诗论家所认同。清代,"宗唐"、"宗宋"之争是诗家分野,贯穿一朝学界。元诗,则始终在主流话语之外。

通过二十年持续努力,《全元诗》杀青。元诗在文学以致历史文化之中的位置,始见清晰,而元诗的叙事化与纪实特征,是元代四种文体同居一朝文坛的基础与特点。就文学史而言,历来认为诗文抒情咏物,戏曲、小说叙事纪实。而元处在自诗文引领文坛风气之先,过渡到诗歌、散文、戏曲、小说并立,四种文体互相影响,又形成各自特点。诗文体现出叙事与纪实倾向,戏曲、小说则以抒情咏叹为高潮,文坛则成为社会生活巨大的调色板。

以《全元诗》为最终成果的元诗文献的集成研究,分别从纵向、横向打通了古代文学研究的瓶颈:

元代分体文学总集,增加了份额最大的诗;中国历代诗总集,自先秦两汉、南北朝、隋唐、五代、宋代,过渡到元代、明代、清代。

四种文体齐聚的元代文坛,诗文的抒情与戏曲小说的叙事,互相影响、认同。元诗所体现的叙事化特征不但是诗境的扩展,也是元代文学与历史文化的交汇点。

一

元代,一如唐宋,诗歌仍然是主流文体,四种文学体裁:诗歌、散文、戏曲、小说之中,诗的作者最多、受众最广泛、传世作品最丰富。借助"同题集咏",元诗牵动了社会不同层面人群的关注,叙事纪实,则是诗人跨地域、跨时代、跨题材的共同底色。

至元七年(1270),山东发生了一件不大不小的事件。

至元七年,即南宋咸淳六年,南北依天堑分立。山东,在元疆域内。至元七年冬,滨州籍军士刘平与其妻胡氏携二子出戍枣阳,一天晚上,露宿沙河。一只老虎竟出现在营地,死死咬住在林莽打柴的刘平,拖向灌丛深处。胡氏惊醒,冒死抓住老虎后腿,呼叫七岁儿子取来车上刀,杀死老虎。漏夜扶刘平奔向前方季阳堡驿站,三日之后,刘平不治而亡。季阳赵县令上其事于朝廷,取消刘家的兵役户籍,旌表其闾里。

元朝统一南北之后,上述事件成为影响朝野的"同题集咏",而且并非借助诗社、诗会的提倡。元代前期,有数十首咏胡氏杀虎救夫的诗篇流传,诗篇流传至今的包括王恽、赵孟頫、龚璛、杨载、杨学文、俞德邻、任士林、胡祇遹、徐世隆、贡奎、张之翰、刘敏中、钱霖、叶懋、陈旅、陈镒、刘诜、刘将孙、吴莱、黄镇成、张翥、吴师道、杨维桢、谢应芳、胡奎等元代一线诗人,以及民间"集咏"者。

仅以徐世隆《胡氏杀虎歌》[①]为例:

> 滨州渤海县,兵籍有刘平。其妻曰胡氏,艰险常同经。起赴零阳戍,仍挈两儿行。莫宿沙河岸,忽闻啸风声。一虎蹲其间,视平若孩婴。吞臂曳之去,胡氏跃且惊。走逐十余步,掔足与虎争。急呼儿取刀,屠虎肝肠倾。虎毙平脱口,扶归季阳城。一支骨已碎,三日目乃瞑。夫殁入黄泉,

---

① 《元风雅》卷二十八。

妇哭入青冥。风云变黯淡,禽鸟为悲鸣。帅府取皋比,列状达省庭。庭庭状其义,复户仍免征。旌表见国政,激劝通人情。大哉夫妇恩,直与生死并。死同葬虎腹,生同食虎羹。谁谓荆钗辈,乃有如此英。班班古列女,好事多丹青。宜将杀虎传,题遍家家屏。

刘敏中则以长诗《山东有义妇一首》,歌颂了胡氏杀虎救夫的往事。流传至今的诗篇全部是纪实体叙事诗,"集咏"立意表彰胡氏,叙述事件过程、描绘夫妻生死两重天地,给予南北诗人们发挥才情的契机。

元代前期,以此为主题的绘画成为不同层次、地域文人关注的目标。馆阁文臣贡奎以《题刘氏搏虎图》表彰其事:

北风吹沙塞草萋,沙河道上行人稀。驱车出门赴古戍,牵妻背子情依违。日斜村远倦欲宿,霜露满地沾征衣。车前忽惊猛虎攫,目光射杀寒无威。妻奔掣尾手挟刃,一时性命争毫微。起来魂魄俱已丧,虎虽可搏人难归。皇天茫茫九土厚,悲号洒泪凝寒霏。当时苛政猛于此,丈夫束手堪嘲讥。新图已成谁立传,千年妇节生光辉。

泛览咏胡氏杀虎救夫的诗篇,徐世隆与贡奎两诗的共同点,都以人物遭际为刻画对象,生动逼真,如临现场,终篇则借事抒情,为刘平妻立言。

可以说,元诗探及了生活的一个个角落。通过叙事纪实,借助生动细节,成为社会实录。天灾人祸,是牵动人心的契机。元诗涉及旱涝之灾频繁、出行落宿之难、改善生计之不易,通过把握时代脉搏,致力重现事件过程。在元朝,诗人不仅以诗"言志",还肩负起为社会生活留下真实记录的拾遗补缺之责。杀虎救夫的军属胡氏成为诗篇的女主角,而事件本身的教益因诗人而异。与借咏苛政猛于虎、激励男子、提倡节义……相比,张之翰《题胡氏杀虎图》以"君不见世间妾妇争悍妒,费尽时妆求媚妩。一朝遇难将奈何,当愧兹图汗如雨"作结,固然低调,却更贴近社会。

元代(特别是元初),诗人笔下的自然灾害往往使人读之如身临其境。诗人汪炎昶以《次韵竹米》与《记蝗》①两首五言诗对大德、至大之交的天灾,作

---

① 国家图书馆藏清法氏存素堂钞本《古逸民先生集》卷一。

了令人心动神摧的描写,汪炎昶笔下,天灾是借助人的心理恐惧,重新设置了生活底线。

……在江南,民间预言:时逢丙午、丁未衔接,就会出现饥荒,大德丁未(大德十一年),人们普遍因去年(大德丙午)的天灾心有余悸,竟预防性纷纷进入荒山野岭,以野生苦由竹的竹实("竹米")为粮食,"无老稚毕往,日至数千百人,涉旬乃已",农田因之荒芜,导致极大的倒退。这实际是社会重组之后乡民惶惑无主,无力自保,不得不求助于山林自然的举措。《次韵竹米》诗序明言:"或云方麦熟时,其实正蕃,至是所得才十二三耳。"一年之后,《记蝗》诗序则写道:"至大己酉,江浙大饥,疫死者众。自徽衢以南则稍安,然多艰食。明年夏六月,有蝗自东北蔽天而南,其稍迟回于此者,惟食野草及竹叶粟苗而已,禾黍无大伤也。"蝗灾殃及的只是"野草及竹叶粟苗"!

"天灾集午未,岂意非虚传";"饥疫灾方息,飞蝗又作群"。两首诗都是纪实之作,但反映的是民心向背,意蕴深长:面对江南虚浮社情,面对"北人南来""白雁横空"的灾难性心理恐惧,增加了天灾的摧毁性破坏力。

在这个背景下,持刀杀虎、虎口救夫的军属胡氏才走下画绢,借助诗篇,成为民间偶像。

二

叙事纪实,是元诗特征。借助于诗,许多未能见诸史笔、或者为当权者有意忽略或删除的细节得到恢复,因之为元代历史发展过程留下了生动的印记。

赵孟頫是宋代、元代文化衔接的象征,诗文书画无一不精,其艺文造诣无人能及。言及元代历史文化,言及元代诗文,都是标志性人物。赵孟頫以宋皇族后裔入元,作为"南人",耸动朝野,就其诗篇而言,则绝非浪得浮名。《松雪斋集》与《赵子昂诗集》,都是受到广泛关注的元人别集。赵孟頫诗,以纪实叙事深入一般人难以触及的角落,跨越了文人身份的界栏。

《松雪斋集》卷三,有一首七言长篇《杨天瑞府判平冤诗》。诗云:

> 至元年间岁辛卯,建宁总管有马谋。间因盗起建阳县,欲引镇军肆诛屠。闻民张氏有女子,小名月娘美且姝。思得此女恣淫泆,乃诬张氏

与贼俱。月娘逃匿不可得,旁及邻女遭奸污。既得月娘欲灭口,父母亲戚皆囚俘。一家九人一时毙,痛入骨髓天难呼。其余五人亦濒死,身被榜掠无完肤。人家不幸产尤物,破家灭族真无辜。杨侯天瑞为府判,深疑此事皆虚诞。奋髯仗义以死争,力谓马谋当并按。月娘得脱为良人,待尽残囚出狱犴。沉冤极枉一旦伸,台省交章同论荐。圣神天子甚明察,诏下天门发英断。马谋竟以罪伏诛,行路闻之亦咨叹。邑人为侯生立祠,牲酒缤纷勤荐祼。杨侯平反世希有,宜有升迁示旌劝。政事固因才德美,岁月难将资品算。即今已过二十年,那抛朱绂换青衫。皋夔在位方进贤,请为诵我平冤篇。

杨天瑞府判,不详出处。这首诗正面描写至元二十八年辛卯(1291)的一件灭族冤案,过程详细入微、事件令人发指。但诗的正反"主角"杨天瑞府判、马谋总管(西域人),《元人传记资料索引》均未列入其人其事。建宁方志,也不见有关记载。仅见《元史》卷一七三《崔彧传》有如下文字:

> (至元)二十八年,(崔彧)由中书右丞迁御史中丞……又言:"行御史台言:建宁路总管马谋,因捕盗延及平民,榜掠致死者多。又俘掠人财,迫通处女,受民财积百五十锭。狱未具,会赦。如臣等议,马谋以非罪杀人,不在原例。"

经崔彧上奏,尽管未定案便遇"大赦",马谋借"捕盗"恣意横行,民愤太大,未能幸免。这数十字,为影响一方的惨案,留下了稍纵即逝的掠影。

以赵孟頫《杨天瑞府判平冤诗》为背景,《元史·崔彧传》的案例,才具有了立体感。罪大恶极的建宁总管马谋借"盗起建阳县",肆意为奸,致使一家九人遭灭门之灾,连累五人身陷绝境。经府判杨天瑞越级抗言,申明正义。有《杨天瑞府判平冤诗》,"失落"在正史字里行间的悬疑、敏感、血腥案件,走出了"北人"(蒙古色目人)与"南人"的分野,回归于艰难执法,最终以诗为杨天瑞立传。实际在这一时期这类牵动民心社情的案件并不少见,但如果没有《杨天瑞府判平冤诗》,它的刻酷残忍曲折,它的广泛牵动民心,就缺失了典型意义。没有《杨天瑞府判平冤诗》,社会公正便在强权之下"失语"。

元后期的武夷山隐士杜本则以《题杨府判平反事》云:"建宁杨别驾,直气髯如戟。啁啁起言论,政迹能指画。自云作倅时,马谋乃邦伯。豪黠肆奸贪,民庶多逼迫。传闻张月娘,娇媚色红白。百计欲致之,由祀固无隙。诬以叛逆名,弓兵恣穷索。良贱百余人,悉使置刑辟。杨君视其冤,谓国有三尺。飞章赴省台,陈述为质实。沉抑遂获伸,老幼口啧啧。岂云天网疏,妖狐竟诛殛。"诗篇最后,杜本申述:"马谋何尔愚,祸恶亦深积。不闻丧败者,声色成痁疾。倾国与亡家,覆辙昭往昔。作诗告后来,理欲宜慎择。"

全诗以对人物的绘声绘色起兴,以正义伸张作结。

赵孟頫《杨天瑞府判平冤诗》作于元武宗至大三年(1310),杜本诗作于此后。杜本的警世之论从维持社会稳定出发,有较强的针对性与时代特征。

赵孟頫《松雪斋集》卷三,有一首七言律诗《赠捏古伯》,这首诗的背景则是至元二十八年发生的另一件影响广被的灭门惨案。

有僧有僧住江心,以色杀人凶且淫。贪官苦吏私其金,灭迹钜海无由寻。安知冤魂痛不释,群然号诉众所覩。尽诛凶俦冤始白,谁其白之捏古伯。

据周密《癸辛杂识》别集上"祖杰"章,温州乐清县僧祖杰,是江南释教总统杨琏真伽党羽,称霸于时,住持永嘉名刹江心寺。好色成性,霸占民女,当地里正姓俞,入寺为僧,法名如思。祖杰弄到一个美人,不久美人怀孕了,便令如思(俞里正)长子取其为妻,俞生不堪邻人嘲讥,挈家避居远村——"玉环"地方。祖杰大怒,寻衅滋事。俞家讼于官,上诉到行省,祖杰知道俞生不会善罢甘休,派遣数十仆从,到玉环村将俞家老小都抓起来,用小船载到僻静处,全家溺死水中。温州路下令要巡检司抓捕祖杰及其党羽。巡检司的巡检是色目人,当晚梦见数十人浑身是血向自己泣诉。刚从噩梦中惊醒,温州路抓人的移文就到了,巡检出了一身冷汗,正要出门,祖杰党羽登门来访,要贿赂巡检。党羽拿出美酒,但打开酒瓶,竟然发出如同裂帛般的声音,巡检严词拒绝。来到了江心寺所在村落,却空无一人,为免受连累,邻里都逃个干净,只有一只狗在。士兵准备杀狗充饥,但狗不即不离,居然全无害怕之状,一步步将士兵引到一间破屋前,冲屋子狂吠不止。士兵在屋角的草堆里找到了三个人,还没用刑,三人就招供了灭门罪行。乡民惟恐罪大恶极的祖杰最终漏网,专门将其罪行编写了一部戏文,在民间演出,使其劣迹无人不知。当局感到民愤难平、众口难掩,于是祖杰不明不白地死在狱中。死了刚五天,朝廷赦其罪的公文就到了。据此编撰演出的南戏("永嘉杂剧")《义犬记》,是元代第一部(也是唯一一部)真实事件的"时事剧"。为此,诗文家刘壎特意写出《义犬传》①,关于色目巡检与义犬,有更丰富生动的细节。

综上所述,色目巡检是祖杰杀人灭门案的破获者。但是,文献涉及巡检,仅知是色目人,有了赵孟頫《赠捏古伯》诗,便补充了不应缺失的环节。

至元二十八年发生的两桩恶性案件:马谋闻艳名为攫获张月娘而灭门、祖杰溺死俞氏全家老小,都因女色而生。惯犯积案,肆无忌惮。马谋与祖杰,都挤身朝代的改换,希图建构恐怖血腥的"地狱",如其得逞,将改变社会道德的构成。在极其凶险的恶人面前,诗人没有"失语",赵孟頫则以《杨天瑞府判平冤诗》与《赠捏古伯》为诗从宋至元的过渡,为诗在四体并立的文坛争得了社会瞩目的位置。同时,赵孟頫也为自己赢得"诗人"之誉。

元代另一个影响广泛的冤案,则因元曲家、色目诗人薛昂夫(薛超吾)以诗纪实,最终获得平反。

至元间,河南孟州路达鲁花赤钦察"赋性醇厚,莅事廉能",元成宗大德年间,改任广东道肃政廉访使,纠弹本道达鲁花赤脱欢察儿不法。按察御史受贿,反而断定钦察"言不实"。钦察被栽赃诬陷,愤愤不平,死于任所。按察御史路经驿站,居然白日见到含冤死去的钦察,以至御史"因噤而死"。钦察应是薛昂夫故旧至交,薛昂夫就此冤案写了一首纪实诗,流传颇广。行御史台再次派出御史杜某复核案情,获得了薛昂夫所作申诉冤情之诗,由薛昂夫诗牵引,钦察冤案终于得到平反。

薛昂夫诗集散佚不存,但他的《咏钦察冤事》诗的断句"黄泉未雪监司恨,白日先追御史魂"始终保存在地方志之中。这件事,这首诗,从元前期到元明之际,一直未被遗忘。事后三十多年,危素还特意写入《望番禺赋》序②。

面对冤情,借助诗的纪实,诗人为民众做出申诉。诗与叙事,成为观察元代社会生活的走廊。通过诗篇破解官场冤案、贴近民生,是元代文学与社会的

---

① 《水云村泯稿》卷四。
② 《嘉业堂丛书》本《危太仆文集》卷一。

结系点。袁介的七言长篇《踏灾行》则是元诗叙事纪实的范例。

袁介,字可潜,曾任松江府掾史,"袁白燕"——以《白燕诗》著名的袁凯——之父。作为诗人,袁介只留下了一首诗,即《踏灾行》(又名《踏车行》或《检田吏》),却受到元明笔记与史著《南村辍耕录》、《蓬窗日录》、《松风馀韵》、《艺苑卮言》等一致推重。

《踏灾行》①全篇云:

> 有一老翁如病起,破衲□毯瘦如鬼。晓来扶向官道傍,哀告行人乞钱米。时予奉檄离江城,邂逅一见怜其贫。倒囊赠与五升米,试问何故为穷民。老翁答言听我语,我是东乡李福五。我家无本为经商,只种官田三十亩。延祐七年三月初,卖衣买得犁与锄。朝耕暮耘受辛苦,要还私债输官租。谁知六月至七月,雨水绝无湖又竭。欲求一点半点水,却比农夫眼中血。滔滔黄浦如沟渠,农家争水如争珠。数车相接接不到,稻田一旦成沙涂。官司八月受灾状,我恐征粮吃官棒。相随邻里去告灾,十石官粮望全放。当年隔岸分吉凶,高田尽荒低田丰。县官不见高田旱,将谓亦与低田同。文字下乡如火速,逼我将田都首伏。只因嗔我不肯首,却把我田批作熟。太平九月开早仓,主首贫乏无可偿。男名阿孙女阿惜,逼我嫁卖陪官粮。阿孙卖与运粮户,即目不知在何处。可怜阿惜犹未笄,嫁向湖州山里去。我今年已七十奇,饥无口食寒无衣。东求西乞度残喘,无因早向黄泉归。旋言旋拭腮边泪,我忽惊惭汗沾背。老翁老翁无复言,我是今年检田吏。

《踏灾行》是元仁宗延祐七年(1320)松江一场罕见灾荒——大旱的纪实。无可讳言,在当时,天灾与人祸总是"结伴而行"。被官府逼迫卖儿卖女、无家可归的古稀老人"东乡李福五"与官府,是一场不对称的博弈,县官代表了既得利益者,面对深重冤情与苦海百姓,他们是一面阻断阴阳的坚壁。这首七言古诗,就是穿透坚壁的阳光,是一篇情节纷繁的杂剧底本。

《踏灾行》感染力除了直面现实——不论多残酷,还在于结尾:听完老翁诉

---

① 《南村辍耕录》卷二十三"检田吏"。

说的灾情与苦境,诗人以"我是今年检田吏"作结!作为"检田吏"——观察灾情以便上报的人,敢于宣称这正是自己的职责所在,等于为"东乡李福五"结具了细致入微的申诉状。这个状子不是上呈官府的,而是写给普天下的文人。

三

蒙元大军南下,除了攻城略地,还有三种"紧缺急需"者,在征战过程随见随掠:粮食衣帛,妇女,男丁与男童。三者之间,"排名不分先后"。

第一类,是因为蒙古草原以放牧为主,入冬,粮食、衣帛都来自农耕区域。

第二类,蒙古草原是高寒地带,生育成活率低,特别是某些地方有"溺婴"等习俗,到了成家年龄,男女比例失调,漠北妇女不能满足需要。

第三类,冬天需要放牧牛羊,春秋之间则必须充实经年战争造成的减员。

蒙元大军南下攻城掠地过程劫掠妇女,一直是宋代与元代期间的社会问题,关注到这道感情伤口的,从馆阁文臣,直到草野之士。通过以叙事为表现方式的诗篇,等于撕开了一个久治不愈的创伤,再造了命运的安排。

赵文《何和尚寻母》诗,集中反映了从"失母"到"寻母"的过程。据赵文《何和尚寻母》诗序[①]:

> 何(和尚),上饶人。因丙子乱失母,乃削发为僧,刺血写经,遍天下寻之。至燕,值国方会僧六万三千人。何于会炼臂,有一僧问:"有何愿受此苦?"何俱言所以。僧云:"京兆府金乡县张官人宅问之。"即往询求,乃知俱往吉州仕宦矣。何到吉州太和得知张名守德,为太和尹,乞食至门曰:"我信州人,有母在此。"阍人言母,出,不复认。何言:"我辛酉生,母乙巳生。"具言外氏祖父,母方记忆,相向大哭。盖母由他人三易主矣。张令加冠巾,约为儿,许为娶妇。何曰:"初事佛求母,岂可得母负吾初心?"乃陈省,以母不当掳;张以为买,引法力争之。何曰哭于省前,冀有仁人哀而助之者,后竟得母以归。

何和尚的寻亲经历足以成为叙事文学的典范,何和尚、其母、张守德,都不

---

① 本诗及序,未收入赵文《青山集》,见于雍正《江西通志》卷三十五,及《元诗选》二集《青山稿》。

是战时实施"劫掠"的一方,都是受害人。

战乱中母亲或妻子、女儿为"北军"劫掠,是宋元之际战败一方("国破")的代价:面对"家亡"之灾。至元十三年(1276),何母为北军劫夺,年方15岁的何和尚便成为孤儿。十二年间,他出家为僧,通过"刺血写经"、"炼臂"(赤手在滚油锅捞取物品),终于获知母亲下落。为与母亲同归乡里,何和尚谢绝了母亲目前的丈夫张守德的好意("加冠巾,约为儿,许为娶妇"),到中书省告状,并张状哭诉于通衢。"弃我十二年,人母我独无。天涯尚可寻,地下不可呼。"最终得以携母还乡。何和尚寻母打动了曾经追随文天祥抗元的赵文,为其写出五言长诗《何和尚寻母》,而且成为此后文学作品(特别是小说戏曲)"寻亲"母题的取资库存。

寻母,是流行的公众话题。有关诗篇多不胜数。另有一则相当有名:

至元十三年,岳阳民张琦两岁,母亲就被北兵虏走。成年后,为寻找生母下落,他"三十年不得而不倦,风雨往复,晨昏号呼,鬼神为愁,行路相泣",终于"卒能归其母,使二亲寿终于室家"①。事闻于朝廷,不但旌其门,而且复其家,"又令史官张大其事",自京师到四方,文人为其所作诗文结为若干卷,并画出十二幅连环画,题名《旌孝图集》,由傅若金作《旌孝图集序》。从诗文,到连环画,迈出了一大步。其终点就是戏曲小说了。作为对战乱、离散的屏弃,对相聚、重逢的企盼,尚仲贤杂剧《洞庭湖柳毅传书》只负有"过渡性"的信息传递。上天入地以求索,不惜海枯石烂,则构成李好古《沙门岛张生煮海》扣人心弦的动力。尚仲贤、李好古写的都是不是人间悲欢,向龙宫、龙王"索妻",与"寻母"、"寻女"无疑出自同一母题。

赵孟頫《松雪斋集》卷三有《送高郎仲德往汝州迎母》诗,诗云:

> 高郎八岁失其母,每一言之泪如雨。忽然有信自北来,知道慈亲在临汝。艰难一别四十年,惊喜失声浑欲舞。水行有舟陆有车,襆被即行身欲羽。遥想团栾再拜时,膝下抱持喧笑语。人生天地谁无母,此别真如隔今古。焉知孝感动神明,万里言归复相睹。吴兴山水清且远,指日安舆还乐土。我当理舟楫迎汝,买红缠酒封肥羜。斑衣喜色映庭萱,白

---

① 《傅与砺文集》卷四《旌孝图集序》。

发从教老农圃。

"寻亲",往往是失亲之后的第二次痛苦无比的经历。与赵孟頫同时的文人白珽,以《河南妇》诗反映了另类的"寻亲"事件:①

元兵下江南,河南民妇被虏。其姑与丈夫多年间寻找她的下落,原来居住在湖南。经历随沧桑之变,民妇已嫁于北军某千户,千户饶于财,民妇与其情好甚洽,对找上门来的丈夫与姑子,仿佛从不相识的陌路之人。此时,朝廷有旨:凡妇人被虏,许以银赎救,敢匿者死。千户惧罪,亟遣民妇归。民妇坚决不愿离去。夫姑留在当地以俟,民妇闭其室,不与亲人通话。遂号恸顿绝而去。行未百步,青天无云而雷声大震。回视,民妇已为雷震死。

民妇是战争的受难者,但她出于读者意外的结局,可以品味出被虏为他人之妻的妇女对伦理道德的选择:回到前夫家中,将因其嫁于北军某千户的经历,负谴终生。

……不同结局,反映出当事者的不同取舍。但受难民妇因种种原因不愿与原来亲人重新聚首,在当时绝非特例。元诗借助纪实与叙事,探及了这一具有时代特征的社会实况的隐秘,从不同角度、不同层面,将一个影响几代人的难堪话题,回归到战乱与人性的背景。

四

在《全元诗》卷帙之中,涉及中华民族与世界的联系,有具体、生动的内容。有关诗篇校订了历史的时间表。

元人的印章,一般叫做"元押"。"元押"的印钮与印型,往往是别具一格的艺术品,比如"也里可温"使用的印章,印型是一具精美的十字架。以动物为印钮的,其中一方引起了我注意。印文很常见,但印钮颇奇特,是一个类似鸡的动物:"鸡"挺胸昂首、尾部直竖,在首尾之间,是一个隆起,如同单峰骆驼,腹部为翠羽覆盖。整个"元押"看起来生动奇异,这显然是以一种元人熟悉的动物为雏形设置。

---

① 《河南妇》诗,见《知不足斋丛书》本《湛渊遗稿》三卷(卷中),诗与序,亦见陶宗仪《南村辍耕录》卷二十二《河南妇死》。

正好,编录元诗遇到了一首同样奇异的诗篇,名为《骆驼鸡行》。诗序写道:骆驼鸡"其毛如豕,其形围促而无距,尾亦无翅,足与项如鸡,然其高如鹤,其声未闻。"诗中说:"嗟彼数千里外远来献麟兮凤兮,为中国瑞。"

"骆驼鸡"?难道这个"元押"以"骆驼鸡"为印钮?有了这个形象的物证,所谓"骆驼鸡"是非洲特有的珍奇动物鸵鸟,则无可争议。这小小的印钮与元人舒頔叙事诗《骆驼鸡行》①互为表里,将海上交通探及非洲的过程具体化,重设了人们曾认定的中国与世界大洲、大洋的联系的时间表。

因此可以确知,元代中期鸵鸟就为世人所知,最初来到中国是出自域外国度的贡物。七言歌行《骆驼鸡行》这样形容"骆驼鸡":"铁冠凫啄颈连翠,豕身鸡项足无距。高如海鹤菌蠢而不羽,遐荒僻壤所产亦粒黍。以鸡耶,不能鸣而司晨,以禽耶,何文采羽毛之可取。"

除"骆驼鸡"——鸵鸟,通过诗篇引起朝野举世关注的非洲本土奇兽是斑马。在元代社会生活中,斑马知名较早,民间普遍称做"花驴"。元人曹伯启一组七言绝句名为《海夷贡花驴过兰溪书所见》,一个"贡"字,清楚表明了"花驴"来历。也就是说,在兰溪曹伯启见到海外王国("海夷")向元朝宗主进贡的团队,贡物行列的"花驴"——斑马,吸引了他注意。而他的职责,是保证域外使团顺利通过兰溪北上。

曹伯启(1255—1333),济宁砀山人。延祐六年出任南御史台治书,《海夷贡花驴过兰溪书所见》应写在延祐、至治间,即1320年前后。

涉及"花驴"——斑马,意味深长的还有:元末画家王冕写了一首七言古诗《花驴儿》,诗序则云:"戊寅岁,杭州有回回人牧花驴儿,能解人意,且能省识回回人语言。人多观之,回人以此多获利焉。""戊寅岁",是后至元四年(1338)。"花驴"——斑马彻底改变了"航海梯山事可疑"的肤浅之见,"天地精英及海隅,兽毛文彩号花驴","眼前今日看珍奇",是诗人、画家的真实感受。

元人赵樊川组诗《日本纪行诗》虽然没有流传至今,但张之翰以一组《题赵樊川日本纪行诗卷》,将日本纪行与唐僧玄奘取经印度相比。诗序云:"(日本纪行诗)使人心移神动,如亲在其洪涛绝岛中。然叙事之工,写物之妙,皆从大手中来。苟非名节素重,忠义不屈,其于使远方,历殊俗,将危疑倥偬之不

---

① 《贞素斋家藏集》卷三,清道光二十九年舒正仪校刊本。

暇,又安能出此语耶。"

时人笔下,诗文有关走向海洋、开通海路、往返东南亚、西亚非洲的内容多不胜举。这一过程缺失,元代皇室就不可能坚持到至正二十八年才放弃大都北走。至正二十八年之前一二十年间,没有持续不断的海运,将江南的物资(特别是粮食)运往大都,大都早就是一座"死城"了。

涉及海外世界,珍禽异兽仅是具体的细节,然而它再造了元人的知识结构,开阔了元人的视野。至正年间的一件耸动朝野的大事,是海外贡天马,唤起了人们对"汗血宝马"的记忆。元人有关"天马"诗文,能编成一部专集。保存在宋褧《燕石集》之中的《过海子观浴象》,为皇家园林厩舍居然有了大象的位置而作。陈高诗《题献狻猊图》,记述了来自西域的狻猊(狮子)给世人的穿越历史时空的印象。

除面向海洋,打通海路,中原与岭北、西域的交通也因之成为诗人笔下的常规内容。元明善《度闸行》①写的是贯通南北的大运河中的一次空前大"堵舟"(相当于交通干线"塞车"),诗表现的是交通命脉的拥挤,"万舟昂昂拥不前,我愁度闸如度峡。下闸已开上闸闭,牵舟稍前复留滞。"赵叔英的长诗《运粮行》②是记述运河在元代利用率的实录。大运河带动了南北的交流与沿途的繁荣。自五代时期以来,中原文人就见不到分界处"白沟"以外风光。而元代,不再是分界处、行人可以随意跨越的"白沟",则成"大一统"的标志性话题。"万里封疆到白沟"③的状况,彻底得到改变。滦阳(元上都)秘境成为江南文人的观光之地,天鹅、长十八花、滦阳菊等物产通过诗篇,随之进入中原。

在元人心目中,西域早就不是秘境。耶律楚材、耶律楚铸、丘处机、尹志平、陈义高等人都有自成卷帙的西域诗,无论诗歌史或文化史,这都是前所未见的奇迹。《西域河中十咏》等篇什是纪实的经典。经耶律楚材倡导,中亚出现了华夏诗文的社区,河中府——撒马尔罕成为华夏诗坛的西极。

通过叙事纪实,元诗为元代历史文化充实了丰富生动的细节。

元代,结束了五代、南北宋、辽、金、西夏时期的分立,为明代、清代时期一

---

① 《文翰类选大成》卷九十三。
② 《诗渊》,第126页。
③ 《宋贞士罗沧洲集》卷二,《白沟河乃旧日南北分界之地》。陈孚《陈刚中诗集》卷一《雄州白沟》则云:"辽宋兵戈事已休,昔年曾此割神州。一衣带水残阳外,犹有人言是白沟。"

统,铺平了社会门阶。是由单一的民族文化发展到认同华夏区域文化的重要时期。

元代,据《全元诗》文献普查,有诗篇流传至今的诗人,接近五千二百位,传世诗篇初步统计近十四万首。据元诗文献所作的量化分析,元人曾写作的诗,应是今存诗篇的四五倍。诗人与诗,仍是一朝文学的主要领域。

元人杨瑀《山居新话》记载了这样一件事:

权臣桑哥当国,都省(中书省)设"告状攒箱"。每天中午,省掾清理收状,必须将状子一一分拣宣读。桑哥嫌同僚"张左丞"、"董参政"碍事,指使他人用诗告状。省掾竟当众宣读了"匿名"的告状诗:"老书生、小书生,二书生坏了中书省。不言不语张左丞,铺眉搨眼董参政,也待学魏徵一般样。"中书省设置专人,提倡以诗鸣冤,不管告谁、告得是什么,诗,成为文人宣泄积郁的渠道,成为官府触及时人脉络的脉门。

元代仅存的以人为专题的完整总集《编类运使复斋郭公敏行录》,录有诗人以"民谣"之名纪颂郭郁善政的《昌江百咏》:"辞不尚文,事纪其实,以俟观民风者得焉。"名为"百咏",存诗四十五首,诗后专门写有纪实文字,为其诗张本。"民谣"与纪实叙事衔接,表明当世文人心目之中,诗并非仅为抒发个人情感而作。上述"诗状"与诗人撰写的"民谣",成为元诗纪实叙事的特例。

元诗的叙事纪实特征是元代四种文体互相接近、进一步形成各自特点的基础,而元杂剧则往往以抒情支撑高潮。关汉卿《窦娥冤》窦娥咏唱"有日月朝暮悬,有鬼神掌着生死权"[1],冤情上可干云。《单刀会》关羽高歌"大江东去浪千叠"[2],倾吐了单刀赴会的满怀豪情。

杂剧风行天下,贯通南北,为传统的诗歌提供了新的表现手法与切入社会生活的渠道。

宋元之际诗人汪元量《开平雪霁》,以"伟哉复伟哉,造物真戏剧"作结语。而元馆阁文士程文《赠写真僧镜》[3]则倡言:"视身既非真,写真亦何以。玩世作戏剧,真妄等戏耳。何当写我真,寝貌着冠履。似我固可嘉,不似亦可喜。我诗如写真,送子非溢美。""我诗如写真","真妄等戏耳",则将元诗与杂剧作

---

[1] 第三折《滚绣球》。
[2] 第四折《双调·新水令》。
[3] 《诗渊》,第 387 页。

了类比。

相比之下,刘秉忠对诗与戏曲——抒情与叙事关系,表述深刻具体。通过七言绝句《近诗》,[①]刘秉忠倡言:

> 诗如杂剧要铺陈,远自生疏近自新。本欲出场无好绝,等闲章句笑翻人。

"诗如杂剧要铺陈",便是两种文体的接近与分立过程。"铺陈"——叙事纪实——是诗与戏曲小说的结合部位,不同文体的特点则得到充分表现。

---

① （明）弘治刻本《藏春詩集》卷四。

元佚诗研究

杨 镰

本文拟从文献学角度研究元诗的佚存情况，为此，特意选择了明人潘是仁《宋元六十一家集》、清人顾嗣立所编《元诗选》，以及《四库全书》作为参照。《元诗选》将是研究的主要出发点。作这个界说的必要性在于，迄今为止，就整个元诗史而言，还没有比顾嗣立倾半生之力所作的更丰富、更全面的学术成果出现。相信这一课题对反映元诗学的进展，确属必要。

一

以前曾有这样一种看法，即明代诗选家忽视元诗。其实明代初期的元诗选本，如偶桓《乾坤清气》、许中丽《光岳英华》、宋绪《元诗体要》、孙原理《元音》，持择颇严谨，惟规模及影响均不大。自明中期选风日盛，便有潘是仁《宋元六十一家集》和曹学佺《石仓十二代诗选》问世。后者多达千卷，金元诗有五十卷。而前者则相当特殊，应该作专门的讨论。

潘是仁是新安人。《千顷堂书目》著录其编刊《宋元名家诗选》百卷，万历四十三年（1615）增刊，更名《宋元四十三家集》。天启二年（1622）重修，又增为《宋元六十一家集》。还拟扩编成《宋元七十七家集》，然未见行世。郑振铎在《劫中得书记》中指出："惟潘氏究未脱明人习气，未言各家集所据之本，且每与原集相出入。若陈旅集，此本仅有诗三十七首，实则四库著录之《安雅堂集》，诗凡三百二十八首，此仅十之一耳。疑罕见诸家，仍是从诸选本汇辑录入。潘氏实未睹原本也。"据笔者研究，此书不止是"未脱明人习气"，"罕见诸家"仅据诗选汇辑而成，实则是典型的明人伪书。

首先，它伪题书名，以充秘本。《宋元六十一家集》所收的三十五种元人诗集，其中半数以上是从无其书。如马祖常原有《石田集》十五卷，潘是仁则辑入

《马西如集》三卷;余阙原有《青阳山房集》六卷(别本九卷),潘是仁则辑入《余竹窗集》二卷。而且不论马祖常还是余阙,也从无"西如"、"竹窗"之类的字号或别署。其次,居然整卷编进了别人的作品。如《迺前冈集》三卷,存诗仅十一首。卷二、三各录诗二首,是据《元音》、《文翰类选大成》录入。卷一存诗二题七首,全又见于袁桷《清容居士集》,《次韵元复初春思三首》,见袁集卷五;《送邵元道四首》,见袁集卷四。又如《贯酸斋集》二卷,收诗十三首,上卷七言古诗四首,系出元诗选本;下卷诗九首,但八首亦见袁桷集;《送王继学二首》,见袁集卷十;《观物》,见袁集卷十一;《寄开元奎律师》,见袁集卷十二;《无题次马伯庸韵四首》,见袁集卷十。由于王士熙(继学)、马祖常(伯庸)、奎律师与贯云石(酸斋)从无往还,均是袁桷文友,袁集中唱和之作颇多;而且元人胡助《纯白斋类稿》卷十一有《和袁伯长(桷)送继学伯庸赴上都四首》,所和袁桷之作正是为潘是仁收入《贯酸斋集》的《送王继学二首》,可以确证《贯酸斋集》这八首诗,都是袁桷所作。我们甚至能够证明,潘是仁在做这番手脚时,案头连袁桷的《清容居士集》都没有,所据的"秘本",只是一部《元音》。《元音》卷三共选录了袁桷诗十题十九首,依次即《次韵元复初春思三首》、《送邵元道四首》、《送王继学马伯庸分院上都二首》(潘是仁简作《送王继学二首》)、《观物》、《寄开元奎律师》、《无题次马伯庸韵四首》、《海狗巢石图》、《葛仙翁移居图》、《宫女度曲图》、《次韵王继学竹枝宛转词》。其1、2两题,就是《前冈集》的卷一;3—6四题全编入《贯酸斋集》卷二,不但内容文字,连序次都一模一样。而说它未据《清容居士集》原本的明证是,所谓"送邵元道四首",《清容居士集》卷四原题为《潘孟阳上书不报归里作五咏》,那四首"送邵元道"诗只是"五咏"中的第五、四、三、二咏。就异文而言,《六十一家集》也与《元音》一致,与《清容居士集》不同。说到潘是仁《宋元六十一家集》,有一点值得一提,那就是,顾嗣立以及四库馆臣虽一再引称本集,但《元诗选》竟没从其中取材,《四库全书》则连"存目"也未列入其名。仅曹学佺辑刊《石仓十二代诗选》,曾以其作元诗资料来源。[①] 凭借潘是仁、曹学佺两种明人元诗选本,当然不足以认识有元一代之诗。顾嗣立《元诗选》问世,情况才得到根本改观。

---

① 清人陈焯也曾利用过《宋元六十一家集》,编成其《宋元诗会》一百卷。

顾嗣立(1665—1722)字侠君。长洲(江苏苏州)人。早年就特别留意搜集元人诗集。康熙中,纂御选宋金元明四代诗,曾与其事。康熙三十二年(1693),辑成《元诗选》(又名《元百家诗选》)初集,并于次年由顾氏"秀野草堂"刊行。康熙四十一年、五十九年又刊行了《元诗选》二集、三集。全书共选录三百三十位元代诗人之作,立意欲传一代之诗。①

《元诗选》以初集编辑最工,篇幅也最大。顾氏明言,潘是仁、曹学佺各选元诗数十家,"其间去取多寡不一,而名家巨工每致遗漏。兹集所传,并从全稿录入,不敢止以选本为凭也。"(凡例)据顾氏《寒厅诗话》,其友人金侃"居吴城霜林巷,无子。性好抄书,元人文集抄至百种。余《元诗选》所收,半其藏本也"。近人傅增湘《藏园群书经眼录》著录有金侃所抄"元人小集十二种",至今各大图书馆所藏善本元诗别集,时见金侃抄本,如《金台集》、《张光弼诗集》、《江月松风集》等。笔者曾以北京图书馆藏金侃抄本《金台集》,与《元诗选》初集《金台集》作过比勘,两者不但异文相同,而且连金侃手改的抄错之处,《元诗选》也误当作"校记",一字不易地照录。金侃抄《金台集》以元至正刊本(毛氏汲古阁曾影刊辑入《元人十种诗》)为底本,又据《张光弼诗集》等补抄了一组集外佚诗。而增补的佚诗,《元诗选》本《金台集》也收入了,足证是据金侃抄本选录,来源清楚可信。就文献学而言,《元诗选》更不容忽视。从它成书到乾隆时编《四库全书》,其间仅隔几十年,不少顾嗣立得见的元人诗集竟再无传本,如曹文晦《新山稿》、释宗衍《碧山堂集》等,简直就像动植物物种的灭绝。自从问世,就成为元诗无可替代的权威选本。

但《元诗选》的编刊显然也受到资料、条件等限制。前人曾批评顾氏不应将元好问收入初集。这涉及的只是断代取舍。必须强调指出的是,《元诗选》选录的各家诗集绝不都是"并从全稿录入"的。如麻革《贻溪集》、张宇《石泉集》等,实是据《河汾诸老诗集》所收之作拆开辑成;而顾盟、郑守仁等集则是从《草堂雅集》录出,均并无原本可据。它真正的问题仍在于底本。仅以《酸斋集》为例,略作具体分析。

贯云石原有《酸斋集》行世,但其集久佚。郎瑛在《七修类稿》中说,他家藏有存诗百首的贯云石集。此后再未见有贯集原本的可靠记载。《元诗选》

---

① 《阅微草堂笔记》卷六:"顾侠君刻《元诗选》成,家有五六岁童子,忽举手指外曰:有衣冠者数百人,望门跪拜。"

二集《酸斋集》录诗二十七首,二十五首能查到原始出处,系辑自《皇元风雅》①、《文翰类选大成》、《西湖游览志》等书。仅《当涂郡有脱靴亭以谪仙采石得名乃绘之图而赞以诗》、《山谷守当涂方九日而被谤谪宜州遂作返棹图而系之诗》二首一时不明所据。我们注意到,元代流传有名画《脱靴图》、《返棹图》。据袁桷《清容居士集》卷四十七《书牟端明脱靴图黄鲁直返棹图赞后》、柳贯《柳待制集》卷十八《跋松雪翁重画陵阳牟公所作脱靴返棹二图》、黄溍《黄文献集》卷四《题脱靴返棹二图》等可知:南宋理宗朝端明殿学士牟子才字存叟,因朝政不清,宦官董宋臣干政,作《脱靴》、《返棹》二图,并写下赞语,据以勒石。元人相当推重这两幅画,赵孟頫重画过,牟子才后人还请画工缩制成手卷②。而顾嗣立《元诗选》中收入所谓的贯云石"当涂"、"山谷"二诗,正是牟子才为其《脱靴》、《返棹》二图作的两则赞语。进而得推究顾嗣立怎么竟会弄出这个张冠李戴的错误。蒋一葵《尧山堂外纪》卷七十一"贯云石"条有这样一段文字:"贯酸斋过当涂,作《采石歌》吊李白云(下略)"。在录出该诗之后,就是一条双行夹注:"宋牟存叟端明守当涂,郡圃有脱靴亭,以谪仙采石得名,乃绘之图而赞以诗,曰(下略。此即《元诗选》所录第一首诗)。又,以山谷守当涂,方九日而被谤,谪宜州,遂作《返棹图》,而系之诗,曰(下略。此即《元诗选》所录第二首诗)。"以笔者那部分注文,与上述"当涂"、"山谷"二诗诗题对照,便可一目了然。原来顾嗣立割取双行夹注,作为两则离奇古怪的诗题,于是宋人牟子才的"赞",就进入了《元诗选》二集《酸斋集》。无疑此《酸斋集》并非有原集孤本可据,而是顾嗣立自辑成。像《酸斋集》的情况,《元诗选》中绝非仅见。《元诗选》的症结,仍然是元人诗集原本的佚与存的问题。

二

元代已至近古,或以为诗集应较单纯,只是版本学的考究:善与不善,全与不全的问题。实际上元代诗集情况亦颇复杂。仅以《四库全书》为例,或可见

---

① 有两种元诗选本同名,本文将十二卷本(前后集各六卷)称为《皇元风雅》,将三十卷本称为《元风雅》,以示区别。

② 黄钺:《壹斋诗集》卷二十四,尚有《石刻牟子才高力士脱靴图》诗。知图清代还在。

其一斑。其"集部·别集类"收入黄庚《月屋漫稿》一卷①,相隔八部元集,又收入张观光《屏岩小稿》一卷。四库馆臣曾著意指出,上述两集有一首七律《枕易》重出。但实际情况是,这两部诗集除作者、集名有别外,内容完全相同,从头到尾都是同一部书。再有,曾依次收入了杨维桢的两部诗集《铁崖古乐府》十六卷、《复古诗集》六卷。其实这也是一书两见,所谓《复古诗集》就是《铁崖古乐府》的卷十一至十六(又题作"乐府补")。让人疑惑的是,这种差错怎么可能出现呢!这仅是随手举的两例。我们的研究证明,在没有就元人诗集作精确的文献学考索前,谈不上全面评价元诗。

进而,我们准备分析研究两部佚存情况错综复杂的元诗别集。

元代诗僧释英字实存,有《白云集》三卷传世。《元诗选》初集选《白云集》诗二十三首;并收入《四库全书》。集前有赵孟頫、胡长孺等五序。此前未见有针对本集的辨析,仅余嘉锡《四库提要辨证》提出,《四库全书总目》将释英表字误为存实。但是笔者在披阅元代和明代诗文集过程中,却发现《白云集》与明代初期人张羽《静居集》有着相当奇特的联系。

张羽与高启、杨基、徐贲并称"吴中四士",明代初期诗坛比之"初唐四杰"。而张羽生于元统元年(1333);释英享年八十七岁,当卒于后至元六年(1340)之前,两人完全不可能成为诗友。张羽诗集有两个系统,一是《静居集》六卷,二是《静庵集》四卷。前者是公认的善本,著录于《明史艺文志》、《千顷堂书目》,有明代弘治张习刻本("明初四家集"之一),并收入《四部丛刊续编》。后者有明代万历陈邦瞻刻本,曾编入《四库全书》、《豫章丛书》。比较两者,一般均认定,六卷本为原编全本,四卷本是删并六卷本而成,系明代人"师心自用","变易旧式"(傅增湘跋语)的体现。清代人朱彝尊《明诗综》、陈田《明诗纪事》选评张羽诗,均据《静居集》。而我们比勘的结果竟是,《静居集》存诗七二十五首,九十五首重见于释英《白云集》;而《白云集》存诗一百零一首,除最初三首及接近结尾的三首②,几乎整集与《静居集》共有。当然,真正的问题是,这共有的诗究竟属于谁?如属张羽,那么元代诗坛将不再有释英其人;如属释英,那么明代诗坛将面临重新评价张羽的问题。

---

① 黄庚别有《月屋樵吟》四卷,但与"漫稿"也基本是同一书。
② 这不见于《静居集》的六首诗是:《对山曲》、《秋夜曲》、《陌上桑》、《滕州荆僧正院陪苑刺史王直卿同知诸公宴作》、《言诗寄致□上人》、《书定长老自保铭后》。

据我们研究,《白云集》是真本,而《静居集》是一部伪书。首先,这九十五首两集重见诗所涉及者,除少数无考,都是宋元间人。如释明本(1263—1323)卒于张羽出生前,而重见诗有《送明本上人游方间寄蒋山忠禅师》;①刘铉,字仲鼎,入元于至元二十九年(1292)为徽州紫阳书院山长,大德六年(1302)任浏阳儒学教授,与张羽隔两辈人,可重见诗有《寄刘仲鼎山长》;家铉翁(1213—?)字则堂,是著名宋代遗民,宋亡,拘于元都十九年,元成宗即位始放南还。他是释英诗友,亦绝无与张羽相识的可能,《白云集》卷三有《家则堂大参南归》,诗作于元贞元年(1295),竟也重见于《静居集》卷五,只改题为《喜则堂大参南归》。文及翁生卒年虽不详,却是南宋宝元年(1253)进士,也绝无与张羽唱和的可能,而重见诗中有《古涪文本心》。《白云集》附录有与释英的酬和诗一组,作者是陈麟(石窗)、王泌(商翁)、文本心(及翁)、赵孟若(春冽)、高克恭(彦敬)等八位宋元间人。而重见于《静居集》卷四的《古涪文本心》,正是《白云集》附录的文及翁赠释英诗,"古涪文本心"根本不是诗题,而是作者署名。《静居集》卷四《山阴王商翁》等亦同此。这几首诗虽两集重见,但并未计入九十五首之数,也绝非张羽所能作。然而,重见诗中有没有涉及释英不可能结识的人呢?《静居集》相当常见的与高启、杨基等的酬和,都不在重见诗中。唯一应略作疏解的,是《静居集》卷五《涉世寄道衍》。此道衍只能是明初人姚广孝(1335—1418)。但这首重见诗,不同版本《白云集》均仅题为《涉世》。那首《径山夜坐闻钟》都重见于《静居集》卷四,而在径山闻钟,感悟皈依释门,本是释英生平的重要事件。

所有结论都是一面倒的,但我们的研究并没有结束。首先应该指出,重见诗异文颇耐人寻味。如《白云集》几处"文李心",《静居集》都作"文本心",是;《白云集》卷三《送明李上人游方兼寄蒋山忠禅师》,《静居集》卷四"明李"作"明本",是。问题还不仅于此。相当古怪的是,有不少并非两集重出、仅见于《静居集》的诗,实际应原属《白云集》。《白云集》卷二《山中景》题下只三首诗,《静居集》卷六《山中四景》存诗四首②,三首与《山中景》同,但四首诗分写春、夏、秋、冬四季,显然《静居集》是原貌,而《白云集》刊落一首,那一首

---

① "忠禅师",《静居集》作"申禅师"。
② 题下有原注:"春夏秋冬各一首。"

（秋）虽不见于《白云集》，无疑是释英所作。重见诗有《寄刘仲鼎山长》，但《静居集》卷四又有《送刘仲鼎归杭州》，诗当然也是释英所作，却不见于《白云集》。《静居集》卷四《别英上人》，是写给释英的，但《白云集》附录并无此诗；卷六有《舟中似文性之山长》，性之是文及翁之子文本仁表字，诗亦不见于《白云集》；卷六有《寄陈麟处士》，首句是"先生九里松间住"，九里松是钱塘名胜，在北山（见《西湖游览志》卷十），《白云集》附录有"钱塘陈石窗麟"赠释英诗，此《寄陈麟处士》也应是释英所作。《白云集》虽附录有高克恭（1248—1310）赠释英诗，但今本《白云集》中并无释英酬高氏诗，可是《静居集》卷四居然收入五律《山中答高彦敬》，这类例子还可举出不少。《静居集》编入的释英诗绝不止与今本《白云集》重见的九十五首。进而可以认为，编刊伪书《静居集》所据的《白云集》，版本却远比今本《白云集》好，是内容完备的善本。今本《白云集》均收诗一百零一首，但赵孟頫《白云集》序明言，集中存诗"凡一百五十首"，无疑，今本《白云集》或经后人删削，或系残本。而收诗一百五十首的原本《白云集》，却隐藏在《静居集》中。《静居集》对张羽来说是伪书，对释英《白云集》来说却是优于今本的善本。这是元诗文献学研究奇特的一例。

就张羽诗而言，保存402首诗的《静庵集》四卷反而是可信的原本，论及张羽，只能依据《静庵集》，上述重见诗均不见于《静庵集》。而诗人张羽的真实面貌，应以五七言古诗见长（这也是吴中四士特点），《静居集》卷四所收近百首五律，半数以上（较好的几乎都在其中）又见于《白云集》，实是元人释英所作，足证张羽不以近体称雄。细检前人引称过的张羽诗，如《明诗综》所录《赠琴士》①、《寄天目山雍长老》等，实出《白云集》，作者是释英。《辞海》第2894—2895页"说项"条例句所引张羽诗亦是。至于《静居集》，我以为其刊刻者张习就是作伪者。《静居集》所载弘治四年（1491）张习"后志"明言，因作者未得善终，集无定本。"吴中抄本所谓《静居集》者，什惟（存）二三"。经努力搜求，"文梓垂毕，又得吴兴本。较之虽曰加倍，犹未完备，亦并刊入"。而"吴中抄本"当是《静庵集》四卷的祖本。既然将《静庵集》与《白云集》拼合成《静居集》是张习完成的，而那些作伪必须的"小手术"无疑也是他所为。吴中四士均非善终，高启惨遭腰斩，杨基卒于役所，徐贲瘐死狱中，张羽投江自尽。生前都未能编定

---

① 本诗《白云集》卷一，题作《赠钱琴先生》。《静居集》卷六，题作《赠琴士》。

平生诗稿。这样看来,张习"明初四家集"全有认真校勘的必要。

元诗佚存研究的下一实例,是西域诗人萨都剌的《雁门集》。

萨都剌诗集是流传较广、成就较高、版本较复杂的一种元人别集。元刊本久已不存。清代嘉庆十二年(1807)其后裔萨龙光辑刊的《雁门集》十四卷问世,不但汇录了集外佚诗,作了较详尽的注释,还首次为萨诗编年,书成后被视为定本。十四卷本的问题主要在于编年。但这不在本文讨论范围之内。一般认为,十四卷本已括尽传世萨诗。然而日本1905年刊出《永和本萨天锡逸诗》,存诗一百四十二首,据认为,其中九十二首是十四卷本集外佚诗。山西古籍出版社于1993年据其出版了李佩伦校注本。据校注本《出版前言》,1905年本源于1376年(明洪武九年·日本北朝永和丙辰)日本刻本。

日本逸诗明显特点是,十四卷本集外佚诗三分之二以上是咏物诗。

元人文献中,确有萨都剌写过咏物诗(或称"巧题")的记载。干文传《雁门集序》明言萨氏"又有《巧题》百首,皆七言律,别为一集";孔齐《至正直记》卷一亦云其"善咏物赋诗"。但这两条资料都存在一定问题。干文传与萨都剌非泛泛之交,其序是最早的萨诗专论,故历来受到重视。然而可推究处亦复不少。首先,序自署作于"至正丁丑",至正实无丁丑干支。其次,萨龙光曾指出,干序"叙公历官先后多误"。在言及萨氏先世时,干序云:"自其祖思兰不花,父阿鲁赤,世以膂力起家,累著勋伐,受知于世祖。英宗命仗节钺留镇云代,生君于雁门,故以为雁门人。"据文意,萨都剌当生于元英宗至治年间(1321—1323),这当然是不可能的。真正的疑难还在"逾弱冠,登丁卯进士第"这句。这样推算,其生年与其他史料矛盾。孔齐的记载就更耐人寻味了。《至正直记》原文是:"京口萨都剌,字天锡,本朱氏子,冒为西域回回人。善咏物赋诗,如《镜中灯》云'夜半金星犯太阴',《混堂》云'一笑相过裸形国',《鹤骨笛》云'西风吹下九皋音'之类,颇多工巧。金陵谢宗可效之。然拘于形似,欠作家风韵,且调低,识者不取也。"这实际是全面否定萨都剌,从人品到诗品。论者对冒为西域人一说均未当真,那么所谓写"调低"咏物诗,是否就一定要信从呢?应该指出,萨都剌是元诗热点,也是元诗难点。除生平诸疑问,萨诗混入他人诗集,他人诗混入萨集,都较常见,往往也颇难取舍。

说到谢宗可,确有其《咏物诗》传世。今存的版本是两个系统:一卷,存诗百余首,有《四库全书》本;二卷,存诗四百余首,有清代乾隆冰丝馆刻本。有汪泽民至正十三年(1353)序。序仅称谢为金陵人。《千顷堂书目》卷二十九则说谢为"临川人,一云金陵人"①。此外对谢宗可生平一无所知。《咏物诗》有《芦花被》一题,故可确知其上限。贯云石于延祐初离开大都,返回江南。路经梁山泊见渔翁絮芦花为被,便写诗一首交换。其诗喧传一时,贯氏便以"芦花道人"为号,和(包括追和)者数十家。还画成《芦花被图》,并成为元诗典实。《咏物诗》应作于1315—1350年间。

当然,必须指出,谢宗可与萨都刺的"咏物诗"绝不仅是谁仿效谁的问题。《永和本萨天锡逸诗》校注本的《出版前言》说,谢宗可《咏物诗》"有些与《逸诗》互见,值得推究",并判定"《逸诗》与《咏物诗》互见者,似多应归于萨都刺笔下"。然而逸诗中咏物诗不是"有些",而是绝大多数又见于谢宗可《咏物诗》,区别只是异文的多少。

在元诗别集、总集中,常见以咏物为题的诗篇,而且多是七律。完全被忽略的是,以咏物诗成气候的,除谢宗可,还有何孟舒。两者都是名位不显,生平无考,而后者连集子都早已湮没无存,所作仅靠《诗渊》流传至今。《诗渊》是一部孤本抗行五六百年的奇书,草创应不迟于洪武末年,二十世纪八十年代由书目文献出版社出版了影印本和索引。《诗渊》特殊之处在于,其中录入了数量可观的从不知名的诗人之诗,何孟舒就是其中之一。而署"本何孟舒"的百余首诗,绝大部分是七言咏物诗。"本"是指作者为本朝(即明朝)人。② 虽多方考索,但对他的了解,仍没有超出这四个字。好在何孟舒不同于谢宗可,除咏物诗,还存有几首别的诗。据其《还潜溪故居》(五册三千五百零六页)及《登北山上方境界亭》(五册三千七百八十六页),他似为金华人,与宋濂同里。隐居于江南山水间,曾身经元末战乱③。此何孟舒引起我们特殊注意的却是,他的"咏物诗",与谢宗可《咏物诗》、亦即萨都剌"逸诗"的咏物诗完全是一回事。那时并无"集体项目",这些诗当然只能有一个作者。元人孔齐引过三首萨都剌咏物诗,《混堂》同时收入《诗渊》、《咏物诗》、"逸诗"(误题作《浴

---

① 《千顷堂书目》卷三十一,著录"谢宗可、瞿佑、朱之蕃《咏物诗》六卷"。而《武林往哲遗著》有瞿佑《咏物诗》一卷。
② 《诗渊》所收何孟舒诗,仅一首误注"宋",故《诗渊索引》亦列为宋诗。
③ 金华有北山,宋濂有《题北山纪游卷后》一文,《吴礼部集》卷十二,亦有咏金华北山之作。《黄文献集》卷一、《金华北山纪游》其二《草堂》以"迢迢上方界"起兴。另外,《诗渊》第2册,第943页,有何孟舒诗《和韵答友人》,称颂在战乱中出山的友人"兴刘事业真如禹,佐魏功勋未蔽秦"。

堂》);《鹤骨笛》,这一题目《咏物诗》、《诗渊》、《雁门集》均有,但都不是孔齐所引者。① 然而,颇耐人寻味的是,《咏物诗》与《诗渊》所载《鹤骨笛》却是同一首诗!"逸诗"的六十二首咏物诗,仅七首不见于谢宗可《咏物诗》。而不见于《咏物诗》的《虎顶杯》、《灯花》,却出现在《诗渊》何孟舒名下(二册一千四百零二页、一千三百九十二页)②,题同诗同。

  有关萨氏咏物诗的记载,以郎瑛《七修类稿》卷三十四的那段最值得注意:"《虾蚂》诗,乃元萨天锡作也。萨诗予家所藏可为全矣,亦失此律。"他没有说判定诗为萨作的依据(只云"脍炙人口"),但提供了一个非常关键的信息,他收藏了各种版本的萨集,其中都没有咏物诗《虾蚂》。《雁门集》十四卷本有《虾蚂》,但那正是据《七修类稿》、《尧山堂外纪》的记载补入的,但《诗渊》何孟舒名下、谢宗可《咏物诗》都有这首诗,只不过题作《海蜇》(虾蚂是海蜇别名)。郎瑛实际已指明,录有《虾蚂》诗的就不是萨都剌的诗集。十四卷本所附《雁门集旧本目录》,原亦并无"咏物诗"。

  关于元人咏物诗,我们的研究还很粗浅。目前的结论是:元代诗坛确实流传着以咏物为题的一百首(后扩为数百首)七言律诗,流传过程署名不一。一个明显的例子是,《元音》卷十一有谢宗可《睡燕》、《同根竹》,其后是《碧筒饮》诗,作者是赵君谟,而此《碧筒饮》(不是《碧筒杯》)却同时收入于"逸诗"与谢宗可《咏物诗》。这些"咏物诗"不是萨都剌所作,直到明代中期,各种萨集从未认同并收入这部分咏物诗。由于谢宗可、何孟舒全无时名,当然不可能是诗坛名流萨都剌写了再托名(借名)于他们,只可能是相反。相比之下,谢宗可更"虚化"一些,这批咏物诗是元代、明代时期人何孟舒作于元统、至正间。然而在《雁门集》十四卷本之外,萨都剌有没有佚诗呢?答案是肯定的。《诗渊》、《永乐大典》等书共录有三百余首萨诗,仅以随手翻检所及各举一例:《大典》(精装十册本,下同)八册七千二百九十五页录萨诗《题顺安站曾经御幸》(平地东风草色娇);《诗渊》六册四千三百一十三页录萨诗《送赵万户奉母丧归葬》(虎符尽一佩兼金),都不见于《雁门集》十四卷本。

---

  ① 冯子振:《海粟集》(《元诗选》三集)、曹文晦:《新山稿》(《元诗选》二集)都有《鹤骨笛》,但诗均不同。
  ② 另外五首是《鹤梦》、《佳人手》、《雪米》、《碧筒杯》、《诗战》。而《鹤梦》曾收入《元诗体要》,但归于"无名氏"作。

三

《四库全书》编者对元人别集的搜集、整理、辑佚相当著力,收入的善本甚至孤本,就全书比例而言,也是较高的。但从文献学角度审视,仍存在明显问题。刘秉忠《刘文贞集》三十二卷原本并未失传,《永乐大典》亦录有该书(或误作《刘文真集》),但在访书或从《大典》辑书时,均未着眼于此,仅收入颇常见的《藏春集》六卷。张养浩《张文忠集》二十八卷、刘敏中《刘文简集》二十五卷,原本尚在,四库馆臣却花大力气另辑成《归田类稿》二十二卷(《四库全书总目》著录为二十四卷)、《中庵集》二十卷。最典型的例证是,虞集有《道园学古录》五十卷、《道园类稿》五十卷,后者是虞氏生前编定的最后一部文集,内容优于前者。《四库全书》仅收入前者,致使学界长期将《道园类稿》排除出视野。这些判断的失误直接影响到从《永乐大典》辑佚书时的取舍,不该辑的辑了,该辑反而未辑,可以郭昂《野斋诗集》为证。

郭昂字彦高,号野斋。林州(河南林县)人。《元史》卷一六五有传。未冠长于弓马,"稍通经史,尤工于诗"。至元二年(1265)上书言事,受知于平章廉希宪,授山东统军司知事。在平定南方的征战中,战功卓著,至元二十六年以统军万户镇抚州,改广东宣慰使。卒时享年六十一岁。一生屡受扼挫,并曾含冤系狱。柳贯《柳待制集》卷八《郭昂谥文毅》称他"横槊赋诗,下马草檄"。有《野斋诗集》,但历来未见传本,仅姚燧《牧庵集》卷三有《郭野斋诗集序》。集为郭昂嗣子、杭州路镇守万户郭震辑刊,存诗六百首。由于序是姚燧"游余杭"时所写,故作于元武宗至大四年(1311)。①

《元诗选》二集有郭昂《野斋集》,但那只是顾嗣立据选本自辑,并不表明该集清初尚存。此《野斋集》存诗仅十首,其中七首取自《元风雅》卷十九,而《元风雅》录郭昂诗仅七首,第二——七首则编作《元诗选》一一六首,顺序都一丝不差。惟其一《元诗选》改作其八。由于《野斋集》原本流传不广,亡佚过早,元诗史难为郭昂设一席之地。郭震请姚燧作序时说:自己辑父亲"遗文板之,播晓一世"的隐衷,是欲向世人表白:"吾先人非独功如是,有言又如是。"

---

① 刘致:《牧庵年谱》,元统元年战死的千户郭震(《元史》卷三十八),当是同名者。

郭震的忧虑确有其预见性。

　　郭昂在元代前期诗坛的地位无关本文主旨,但指出这一点仍是必要的。以笔者粗浅考察,元代前期诗人写诗的心境大致可分为四种类型,即应用、言志、消遣、仿古。郭昂无疑是言志派的代表诗人之一。如果《野斋集》真亡佚无存,这个四边形就出现了缺口。而今天重新认识郭昂,只有借助重辑出《野斋诗集》才能作到。郭昂佚诗大量保存在《永乐大典》残帙和《诗渊》等书之中,《永乐大典》、《诗渊》则是当年顾嗣立辑《元诗选》时所未能利用的。笔者注意到一个特殊情况,即《永乐大典》与《诗渊》间有某种颇耐探寻的联系。由于《诗渊》的存在,可以部分挽救因四库馆臣走眼,未能在《大典》完整时辑出《野斋诗集》带来的遗憾。《诗渊索引》列出郭昂诗二百六十多首,还有一些漏编的。再加《大典》、《元风雅》等书收入,今存郭昂诗在四百首左右,大致相当于原本的三分之二,存诗足成一家。《白头行》十五首、《沅州杂诗》二十三首、《狱中偶得》二十七首等,是内涵丰富复杂、真情灌注的组诗。《寄友人》其一云:"壮胆黄金已罄囊,天涯失依漫彷徨。三湘不洗尘埃眼,百炼难柔铁石肠。白发有心清庙宇,青云无路可梯航。世间多少调元手,谁壁余光到草堂。"《登快阁》云:"五溪才定又江西,斜日栏杆少憩时。千古功名身后纸,十年风雪镜中丝。无穷世事谁能了,有限精神我已疲。寄语忘机沙上鸟,莫惊临岸树旌旗。"《九月梨花》、《乐乡站》、《开州卜居》、《屯宿州》等等,都是述怀言志的佳什,明显受到元好问影响。在江湖派、江西派风格之外,为元初诗坛别树一帜。

　　释宗衍《碧山堂集》,是另一个原佚实存的例子。

　　《明史艺文志》和《千顷堂书目》卷二十八都著录有宗衍《碧山堂集》三卷。后者还注云:"字道原,苏州人。危素为集序。"《元诗选》二集有《碧山堂集》,选诗四十四首。但修《四库全书》时,原本《碧山堂集》已不存。未见宗衍碑传传世。释妙声《东皋录》卷中《衍道原送行诗后序》①则云,宗衍享年四十三岁,且小妙声一岁。而妙声生于至大元年(1308),是宗衍生于至大二年,卒于至正十一年(1351),实未入明。《列朝诗集小传》闰集、《明史艺文志》、《千顷堂书目》(列入明释子)均系误收。

　　在披阅《诗渊》时,我们注意到,其中大量收入了署名为"本释道原"的诗。而《诗渊索引》将此道原列入明人,未注字号。那是因为在明人僧传资料中,

---

① 《四库全书》三卷本,别本题为《德藏送行诗后序》。

还没有找到一个相应的、名为"道原"的诗人。而我们以此《诗渊》所收"本释道原"诗，与《元诗选》二集《碧山堂集》所选宗衍诗作了比勘，却证明那实是同一个人。《诗渊》是仅书表字。如《诗渊》五册三一六一页《石湖闲居》二首，《元诗选》同题，但只选录了第二首。宗衍于至正初住石湖楞伽寺，称为"石湖禅师"，诗为宗衍作无疑。四册二七七三页《啄木鸟》，《元诗选》诗同，题作《啄木》；《诗渊》五册三八一一页《雨晴登上方》，《元诗选》诗同，题作《楞伽寺》。而那首传播颇广的古诗《野鸡毛羽好》，则两书均存（《诗渊》见四册二七五一页）。该诗曾选入钱谦益《列朝诗集》、胡文焕《五伦诗选》。可以断言，《诗渊》的"本释道原"，就是元诗人宗衍，《诗渊索引》录出道原诗近一三○首，还有少量漏注的，再加《元诗选》中不重复的，共存诗一七○首左右，基本可以恢复成《碧山堂集》三卷。

本文最后，拟讨论诗人顾逢诗集的佚存。

顾逢字君际，号梅山。吴郡（江苏苏州）人。《吴中人物志》卷九、《宋诗纪事》卷七十九、《元诗选癸集》甲集均有其传略。南宋末举进士不第，宋元之际隐于杭州。入元辟吴县儒学教谕。卒年七十四岁。工诗，人称"顾五言"，自署居室曰"五字田家"①，《癸集》云"有诗集十卷，传日本僧"，但未见著录，也无传本，亦不知集名。仅《癸集》甲集的陈龙②小传中说，陈龙号碧涧，汤益号西楼，高常号竹鹤，顾逢号梅山，同学诗于周弼，人以癯鹤、高楼、梅清、涧幽"为四诗之趣"，同郡陈永辑四人诗为一编，名《苏台四妙集》，集亦未见传。《宋诗纪事》、《元诗选癸集》等总集，存其诗仅数首。而《诗渊》却录存顾逢诗二百五十首以上，而且还录有一组宋元之间人赠顾逢诗，作者有杜汝能（北山）、家性存、徐琰（容斋）、雷膺（苦斋）、杨镇、熊不易、冯去非（深居），还有失注作者的《史云麓席上赠顾梅山》（一册四一七页）。可以肯定，上述赠诗正是顾逢原集的附录，而《诗渊》中的顾逢诗正是据其集分类抄入的，——没有那个总集能选录顾逢这样多的诗。我们提到过，《诗渊》与《永乐大典》有特殊的联系。可是《诗渊》整卷抄入顾逢诗，而《大典》却不见其名。但《大典》中较多地录入了署为"顾世名梅山集"的诗，并归于元诗。在已知文献中，并无顾逢字或号为"世名"的记载。可《永乐大典》所收顾世名诗却与《诗渊》所收顾

---

① 《潜山集》卷四有《为顾美山赋五字田》，"美山"当为"梅山"之误。
② 陈龙，当系陈泷之误。

逢诗重合。如《大典》一册三四四页有《梅山集》的《诗债》,诗又见于《诗渊》六册四二六三页。所以可以肯定,顾逢又叫顾世名,那"传日本僧"的十卷诗集,名叫《梅山集》。① 一般均未注意到,在明人朱存理《珊瑚木难》卷六,曾录出"顾梅山诗"十首,此应即是顾逢《梅山集》的佚诗,只不过被当作零页的书法。《梅山集》原本虽早已亡佚,但据《诗渊》、《大典》及总集等,尚可辑出佚诗约三百首。

四

以上论及的是一组诗集从未见著录,生平亦模糊不清的诗人。至此,元诗文献学研究已踏破《元诗选》和《四库全书》的藩篱。西域文学家是元代文坛上相当活跃的群体,上文涉及了贯云石和萨都刺,这里拟考索两位诗史无名的西域诗人及其诗作佚存。

元史名臣廉希宪是北庭(新疆吉木萨尔)维吾尔人,世祖朝曾任丞相,被称为"廉孟子"。然从未见其有能诗名。但《全金元词》却据《永乐大典》收入廉希宪词〔水调歌头〕《读书岩》,并附按语:"按大典岩字韵引此词作廉文靖公集。又引元明善清河集读书岩记,谓读书岩为故相魏国廉文正公之别业,在京兆樊川少陵原之阳,可证大典作廉文靖公当作廉文正公之误。"但这个判断明显是误读文献所致。今存《永乐大典》残帙录有"廉惇文靖公集"数十条,除诗还有词、文。而且在〔水调歌头〕词后,紧接着是《读书岩晓坐效陶体二首》、《读书岩月夜》等诗,都同出《廉文靖公集》。而元明善《读书岩记》(又见辑本《清河集》)虽以"读书岩者,故相太傅魏国廉文正公之别业也"开篇,可是下文紧接着却说,廉希宪出镇陕西,建读书堂聚书万卷,其子廉惇"宦游二十许年,归视书堂有必葺者。装潢故书而读之,因尊之曰读书岩"。并请画家商琦绘成《读书岩图》,颇知名,"樵夫牧竖亦指之曰:此廉太傅读书堂也"!可见廉希宪建"读书堂",廉惇改名为"读书岩"。刘岳申《申斋集》卷六亦有《读书岩记》,内容与元明善所记相同。可以确证《大典》所引有关读书岩的诗词都是廉惇所作,《廉文靖公集》是廉惇集。廉惇是廉希宪幼子,《元史》无传,据元代

---

① 《诗渊》所录顾逢诗有出《顾君际近集》第6册,第4213页。者,或系《梅山集》子目。《诗渊》的顾逢诗,个别当是《梅山集》附录,如《御览所同顾君际检书》第6册,第4183页。

文献可考出简历：元英宗至治元年(1321)任秘书卿；至治三年为江西行省参政；泰定二年(1325)以陕西行省左丞宣抚四川。卒谥文靖。

仅据《大典》残帙所录《廉文靖公集》，尚不足以谈廉惇之诗。北庭廉氏能诗不见于载籍，仅《诗渊》有"元廉公达"或"廉公心迈"诗，而且达二三百首。廉希宪有六子，按长幼顺序是：廉怡（原名廉孚），字公惠；廉恪；廉恂（密只儿海牙），字公迪；廉忱；廉恒，字公达；廉惇，字公迈。"廉公达"应是廉恒。但《永乐大典》《诗渊》两书所引"廉惇文靖公集""廉公达诗"是同一人所作。《大典》七册六二六八页有"廉惇文靖公集"诗：《寄郑子文》、《子文辈集张仲思家渠两来招走笔为寄》、《寄崔参政郝廉使》，这三首诗分见《诗渊》一册七二一页、六一七页、七四四页（题略作《寄子文辈集张仲思家》），署"廉公达"作。这类例子多不胜举。而且《诗渊》四册二五零六页还有"元廉公达诗"《卧病读书岩闻蝉》。《大典》所引是作者、集名同时注明，并套红标出，数十处均一致，不可能全错。而据我们研究，《诗渊》实是未定稿，执行编辑虽颇认真，但素养不高，错讹几乎页页都有。如引方澄孙诗，时称乌山先生，时称鸟山先生；艾性夫集或叫《孤山晚稿》，或叫《弧山晚稿》。仇远字仁近，《诗渊》录其诗数百首，几乎都作"仇远仁"——肯定是将"仇远仁近"误截末一字所致。经比勘足以证实，此"廉公达"、"廉公心迈"，即是廉惇公迈。廉惇《廉文靖公集》虽从不见于著录，原本早佚，但《永乐大典》及《诗渊》中尚存佚诗三百首左右。既以"文靖"名集，当编刊于廉惇身后。但据《诗渊》六册四二三九页"廉公达"《刻图书诗卷》"读书岩上诗充栋，刻我新章贻后生"句，其生前就曾编刊诗集。现存元人文献竟见不到其集的序跋、评论，这似乎表明《廉文靖公集》主要流传于家族亲友间。

与廉惇相比，鲁山研究难度要大得多。今存《永乐大典》残帙有"元释鲁山集"或"鲁山诗集"。但此集从未见著录，连鲁山到底是谁，也疑秘难明。《盛明百家诗》有《鲁山集》，但作者是明中期释子；《粤西金石略》卷十四录有鲁山诗，但全称"西夏观音奴鲁山"，身份是宪司官吏。我们只能再向《大典》"衍生物"《诗渊》寻求帮助。《诗渊》在"元鲁山"、"元鲁山文"等名下录有数十首诗。按《诗渊》抄写惯例，常省略"集"字，如任士林《松乡文集》，一般亦作"松乡文"。可是，鲁山其人其事却颇难稽考。

《诗渊》有鲁山《寄酸斋贯学士》一册六一〇页、《寄干同知时得韦（原文如此)》一册六二二页、《送新笋干同知》四册二五九六页等诗。贯,指贯云石;干,指干文传。鲁山《墨水行》刊《诗渊》二册一三六三页,并称贯云石为"北庭才子"。这表明或许能从贯氏诗文间接考出鲁山行迹。贯云石《观日行》诗序果然有:"丁巳春三月,余之所谓宝陀山。颠有石曰盘陀,往观之。初疑其大不可量。既归宿作诗,时方夜半。僧鲁山同赋。"①丁巳是延祐四年(1317年),而据贯氏佚文《道隆观记》刊《延祐四明志》卷十八:"延祐第四祀春三月,余游海上。舣舟昌国之倾,搜奇访古,惟以进士□是郡干文传偕余游此。"《至正四明续志》卷二"昌国州·同知"节有干文传,并注:"进士出身,承事郎。延祐四年三月之任,在任六年。有政声。"《大典》与《诗渊》的释鲁山,无疑就是贯云石诗中的鲁山。《诗渊》另见鲁山《还金华黄晋卿诗集》诗六册四二一三页。再查黄溍《黄文献集》卷二,诗题有"至大庚戌正月二十一日,予与儒公禅师谒松瀑真人于龙翔上方,翰林邓先生适至,予为赋诗四韵……"之语②,"松瀑真人"指道士黄石翁,"邓先生"指邓文原,"儒公禅师"是谁呢?吴师道《礼部集》卷八诗题有"至大庚戌,黄君晋卿客杭,与邓善之翰林、黄松瀑尊师、儒鲁山上人会集赋诗"之语,这样,我们终于弄明白,释鲁山以"儒"为姓氏,——这是元西域人华化惯例。马臻《霞外诗集》卷六亦有《松鹤吟寄儒鲁山》。③儒是记音,故又作"岳"或"月"。据元释大䜣《蒲室集》卷十五《鲁山铭》序,岳鲁山是高昌人。后至元五年(1339)掌平江善农提举司,虽身为"贵胄"(色目世臣之后),而"诗礼如素习","其称鲁山为宜"。铭云:"高昌之裔,去鲁万里。孰羡鲁邦,鲁多君子。鲁山维藩,岱岳中起……"至此,不仅辑得鲁山佚诗数十首,还勾勒出任何一种元诗总集从未涉及、谈元诗者从未措意过的诗人鲁山的身世出处。

而诗人释道惠及其《庐山外集》同样为元诗选家完全忽略。

《庐山外集》四卷,国内仅有一部孤本,今存北京大学图书馆。编《元诗选》及《四库全书》时均未及见。善本书目著录为"元释性空撰。元延祐刻本(卷三至四抄配)"。卷首有泰定元年(1324)龙仁夫序;延祐三年(1316)姜肃

---

① 此序的文字和标点各本不同,此据《四库全书》本《皇元风雅》卷一。
② 黄溍另一文集《黄金华集》未收上述长题诗,但"四韵"诗《同儒上人谒黄尊师于龙翔上方修撰邓公适至辄成小诗用纪盛集》则见卷二,此外卷一另有《次韵答儒公上人》诗。
③ 诗亦见《诗渊》第4册,第2771页及《大典》第7册,第6289页。后者将"儒鲁山"误作"儒士鲁山"。

序。存诗399首,多是律绝近体。诗以"唐体"标榜,实是步趋晚唐之作。龙仁夫序亦称作者"甚肖许浑"。除卷二有《悼贯酸斋学士》(贯卒于泰定元年),卷四还有《庚午(1330)旱》等诗,故原本必非延祐所刊。但今存刻本两卷的是元刊,抄配的两卷当补于清末。有线索表明,抄配所据的元刊原本已远藏于日本,目前我们尚未找到作者的生平资料。据集序及集中之诗,可知其名道惠,字性空,是庐山东林寺高僧,出于宋元间名僧祖门门下。约1266—1336年在世。与宋遗民汪元量、元前期名流冯子振、滕宾、吴澄、卢挚等皆有往还。曾与贯云石同游庐山及九华山。诗如《江上闻笛》:"枕边孤笛柳边舟,吹彻梅花尚未休。最苦篷窗遮不断,一声声送五湖愁。"风致颇近唐人,确是元僧诗上乘。

《诗渊》录有"饭牛稿汪济叔"诗百余首。《饭牛稿》不见著录;汪济叔未见传记资料。"饭牛",典出春秋宁戚"饭牛而歌"。《诗渊》第一册,七六五页有《寄呈饭牛翁》诗,未注作者;此诗又见《永乐大典》第七册,第六二九九,署刘白眇[①]作。戴表元《剡源集》卷三十有《汪济秀才饭牛稿》:"冰雪玲珑汪太中[②],吟诗十叶有家风。天寒日暮江东道,逢此颦伸牛口翁。"可知汪济,字济叔,号饭牛翁。江东人。出身于书香门第,宋末为秀才,入元曾多方干谒求仕。诗多苦寒困厄之色,受江湖派影响颇明显。

《诗渊》录"元陆厚"诗近两百首,未注集名及作者字号。作者生平无考。惟《永乐大典》也收入了陆厚诗,但注明出自《幼壮俚语》。据两书中佚诗,可大略考出其年辈。《大典》陆厚诗有泰定丙寅(1326)、己酉(1309)干支,《诗渊》则有癸亥(1323)、乙巳(1305)等干支。《诗渊》第一册,第五十四页有《和贯酸斋逍遥巾诗》,诗当作于延祐、至治间。——贯云石是我们元诗文献学研究的参照坐标。则陆厚生卒年大致相当于1270—1330年,或系宋元易代后寄身道流者。诗亦属江湖派末流。

此文中,我们一再提及皇家编纂的《永乐大典》与村学究草就的《诗渊》之间的令人难解的特殊联系。这里笔者仅就上述两书略作考校,以期尽可能地扩大对元佚诗的了解。认真披阅《诗渊》,就会注意到其中几乎成卷地录入了

[①] "眇",原文不够清晰,待考。
[②] "太中",或是以宋诗人汪藻相喻。汪藻(1079—1154)字彦章,曾任太中大夫,宋人刘一止《苕溪集》卷三十三有《磨勘转左太中大夫制》,制为汪藻作。如是,汪济或是汪藻后人。

许多颇罕见的诗人之作。除论列过的《野斋诗集》、《廉文靖公集》等,如陆厚、赵叔英、汪济叔等,都是名不见诗史的诗人。更有甚者,象《孙氏大全文集》、王炼师《竹林清风集》、《归葬类稿》、《山翁自在吟》,索性连作者是谁都弄不明白,因为上述诗人诗作,不但从未被诗选家、诗论家注意过,在文献中就找不到片言只字的记载。但是《永乐大典》却同将其全数囊括。四库馆臣据《永乐大典》辑成的艾性夫、仇远、张仲深、王沂等诗集,也都可以再据《诗渊》补佚拾遗。一些诗史有名,但诗集不传者,如汪泽民、黄河清等人,就《大典》和《诗渊》亦能大致辑佚成集。可以认为,正是《诗渊》和《大典》把这些诗人引入诗坛,但它们的编纂,客观造成了一批诗集失传,一系列诗人灭迹。

《永乐大典》和《诗渊》编序相近,拟暂以"寄"字作为比较其收录范围的标尺。"寄"字之下,两书所收顾逢(顾世名)《梅山集》和《山翁自在吟》、《廉文靖公集》诗完全重合,而录前者诗达八首。这除表明《大典》与《诗渊》有相近的资料来源,也证实都是整卷编入上述各集。如今两书此有彼无的现象,是《大典》远非完璧,而《诗渊》全稿也并不止现存的二十五册所致。

至此,我们就一批元代诗人诗集的佚存情况,从文献角度进行了研究。作如此繁琐的考证,当然期待它对拓展元诗学视野会略有助益。

元诗本身不能与唐宋诗比肩。在元代文学诸体之中,元曲也比元诗更有特色,成就更引人瞩目。但从诗史角度来说,作为一代之诗,元诗同样有其发生、发展的规律,有其时代赋予的亮点,有其引以为荣的诗人与诗作。就这一意义而言,元诗研究与唐宋诗研究并无不同之处,研究本身也并无高下之分。所以对于元诗来说,不存在值不值得研究的问题,只存在怎么研究的差异。

元代时间跨度短,元诗资料相对集中;而文坛出现的西域作家群体,又是元代独有的现象。这就决定了元诗研究的难度,往往是对诗人时(跨朝代)地(跨区域)错杂缺乏了解所致。因而对元诗作文献学考述,不仅是元诗学的起点,也是其重要组成部分。正因为如此,元佚诗研究一直是依循对其作文献学研究来展开的。希望这一课题探索对元诗文献学的构建有一定意义,对于认识元诗特点也能起到独特的作用。

张可久行年汇考

杨 镰

一

元曲家张可久在元代散曲史的地位无可替代。仅就今存作品占全部元散曲的五分之一份额、份量,整部中国文学史再无其例。然而其一生沉抑下僚,生平事迹"隐而不显"(孙楷第语),传世作品集未见定本,则成为元曲史研究、以致元代文学研究的重要课题。

回顾对张可久的研究史,首先应该提到孙楷第的《元曲家考略》。该书始撰于二十世纪四十年代后期,1953年始由上海的上杂出版社出版单行本,甲稿收有"张小山"。孙楷第考证出张可久于至正初曾任昆山幕僚,修正了卒于泰定、天历间之说。

此后,罗忼烈教授发表了长文《元散曲家张可久》(香港《海洋文艺》1977年第6—7期,收入《两小山斋论文集》),较全面地评述了张可久在元曲史的地位与影响,使刚经历了"文化大革命"的学界耳目一新。

1983—1984年间,笔者撰写了《关于天一阁旧藏小山乐府》一文,发表于《文史》总25辑(中华书局1985年版)。初次依据天一阁旧藏影元钞本《小山乐府》重要的一序五跋,为张可久生平提供了全新资料:生于元世祖至元十七年(1280),卒于元顺帝至正十年(1350)以后,名久可,字可久,号小山。名字所谓"伯远"、"仲远"等异说,均不足为据。

1988年,山西人民出版社出版《中华戏曲》第七辑,刊出宁希元教授《张可久生平事迹考略》。此文拓展元曲史研究视野,用力颇勤,创获亦多。某些结论尚可进一步探讨。

二

元人钟嗣成《录鬼簿》是研究元曲史主要的文献。但该书又以善本异文互见，难定取舍著称。《录鬼簿》几种主要的版本，如明孟称舜《酹江集》本，明天一阁蓝格抄本，明抄《说集》本，清曹寅刊本中的张可久小传，就有名可久、名久可两说。其中名"久可"一说，仅见于明抄《说集》本。

这四种善本《录鬼簿》的张可久小传，一致的内容，即张可久籍贯为"庆元人"。由于从无异说，张可久籍贯为元代庆元路人当无疑问。张可久所写诗词散曲，提及庆元之处很少，而且其事迹"庆元旧志一无可征"。清人袁陶轩指出："盖浮沉下吏，以官为家，故乡不复见其踪迹矣！"（《四明近体乐府》卷七）

除《录鬼簿》各本所载，关于其名字不同提法还有：明人蒋一葵《尧山堂外纪》卷七十一云"张伯远，字可久，号小山"；《四库全书总目》的《张小山小令提要》云"张可久，字仲远，号小山"。仅据以上文献，其名有可久、久可、伯远三说，其字则有可久、小山、仲远三说。

根据对文献的分析考证，得出的结论与上述说法不同：张可久，名久可，字可久，号小山。其主要依据是：元人郑玉《师山集》卷四《修复任公祠记》有"四明张久可可久监税松源，力赞其成"的记述。而天一阁旧藏《小山乐府》最后一则张可久自作的跋，署名为"至正丁亥良月张久可书"。

其实称张可久为张久可由来已久，前引明抄《说集》本《录鬼簿》就是一例，清代黄虞稷《千顷堂书目》卷三十二，著录有"张久可《张小山小令》二卷"。不过，此前研究者一般都认为"久可"是"可久"的笔误。

而天一阁旧藏《小山乐府》最后一则跋，曾被称作是"至正丁亥不署名人跋"（清嘉庆间阮元序刊本《天一阁书目》），但笔者目验原书，并拍下相片，证明它是署了名的，署的正是"张久可"，而且据跋文可确证，此"张久可"即元曲家张可久（《文史》总25辑《关于天一阁旧藏小山乐府》）。只是由于以"可久"字行，其名"久可"不大为人所知而已。此外，朋友间还曾以"髯张"或"张髯"绰号称呼张可久，张雨《贞居集》卷五《次倪元镇赠小山张掾史》有"为爱髯张亦痴绝，簿领尘埃多强颜"之句，张可久散曲中亦可见"笑掀髯，西溪风景近新添"（〔殿前欢〕《西溪道中》）一类词句。

以"小山"为其别号,或谓系因崇敬宋代词人晏几道。但《四明近体乐府》卷七却引《西庐词话》为据,指出:"在(庆元)郡城北隅,倪氏有园亭极盛。伯远(即张可久)以小山自号,当必城北人。"此说晚出,仅备一说而已。

张可久名或字为"伯远"一说虽亦系晚出,但影响颇大。此说首见于明人蒋一葵《尧山堂外纪》。外纪不但在小传中明言"张伯远,字可久",而且还在引出张可久小令〔沉醉东风〕时称"张伯远九月九日见桃花,作小令"云云。朱彝尊《词综》、《御选历代诗余》,袁陶轩《四明近体乐府》,董沛《甬上宋元诗略》,张宗橚《词林纪事》等书均沿此说,但或作"字伯远"。近人任讷辑《小山乐府》时,在"诸家评纪"引蒋一葵说,并加按语:"《元音》有张伯远《饯祝直清》五古一首,不知即小山作否?"蒋一葵此说不足为据。

元代有诗人张立仁,字伯远,号楚间,曾有《张伯远诗集》行于世。元人李存《仲公集》卷二十有《张伯远诗集序》,序中说:

> 仆儿时闻诸父间言伯远能诗,其后侍叔父贵池公诵其《古意》,卒章云"万里有征人,九泉无战国";《钱塘观潮》诗卒章云"死不作子胥,生当随范蠡"。……其仲子昕辑所为诗若干卷,传之四方。……又能旁通阴阳家言,惜乎老死于丘壑而无所遇也。伯远姓张,讳立仁,世为鄱阳诗书家云。

此张伯远,绝非元曲家张可久。

然而,《元音》所收《饯祝直清》五古的作者,即《张伯远诗集》作者。所以也不是元曲家张可久。清代初期顾嗣立辑《元诗选》,号称搜辑元人之诗相当广博,却未收入张伯远集。笔者曾辑出张伯远佚诗十余首,其中包括上述《古意》、《钱塘观潮》、《饯祝直清》,至明中期《张伯远诗集》尚存。清代陈焯辑《宋元诗会》一百卷,卷八十七收入张可久,小传云:"张伯远,字可久,号小山。善制词曲,评者谓其清而且丽……",而收录的诗,却是《饯祝直清》。元人蒋易辑《元风雅》,卷二十八有"张可久",卷三十又列入"张伯远",可见在元代文献中,元曲家张可久,与元诗人张立仁,并未被视为一人。

张可久除有名(或字)伯远说,尚有字仲远一说,但此说仅见《四库全书总目》。有关问题,将在分析张可久集版本时详论之。

应该特别指出，张可久名字除上述异说外，尚有名或字为"大可"或"九可"之说。清代董沛《甬上宋元诗略》卷十四，收有张可久《题赵孟頫饮马图》诗，其小传云："张可久，一名大可。字伯远，号小山。"此诗出于清人高士奇《江村销夏录》卷一。这使人联想到一个相近似的情况。《元诗选癸集》收有张可久之作，其中一首为《题顾仲瑛芝云堂》。该诗录自《四库全书》本《玉山名胜集》卷八，但在《玉山名胜集》，作者却署"张久可"，别本又作"张九可"。而天一阁旧藏《小山乐府》的那则"至正丁亥不署名人跋"的署名，很容易误识为"张大可"。所以，张大可、张九可都应是"张久可"署名的误读。

关于张可久生年，自笔者披露了天一阁旧藏《小山乐府》贯云石序，始得出较可靠的结论。贯序全文如下：

丝竹叶以宫徵，视作诗尤为不易。余寓武林，小山以乐府示余。临风清玩，击节而不自知。何其神也！择矢弩于断枪朽戟之中，拣奇璧于破物乱石之场。抽青配白，奴苏隶黄；文丽而醇，音和而平——治世之音也。谓之"今乐府"，宜哉！

小山以儒家，读书万卷，四十犹未遇。昔饶州布衣姜夔献《饶歌鼓吹曲》，赐免解出身。尝谓史邦卿为句如此，可以骄人矣。小山肯来京师，必遇赏音，不至①老于海东，重为天下后世惜。

延祐己未春，北庭贯云石序。

序为张可久散曲集《今乐府》而作。"延祐己未"，即延祐六年（1319）。序中明言张可久出身于书香门第。"四十犹未遇"，当生于元世祖至元十七年（1280）。即便"四十"是约数，也为推算其生年提供唯一可以凭借的依据。

张可久卒年，目前无法确知。宁希元曾明言："已经确知他卒于至正十四年（1354）。"

但这一结论尚须进一步讨论。

宁希元的依据，是元代画家倪瓒为其《秋林野兴图》所作的题识。宁希元引出的题识是：

---

① "不至"又释作"毋"。但笔者目验原件，注意到在"不"（或作"毋"）字后，有一墨点，当为抄录者抄漏一字的标识，旧抄本常有此例。故似以"不至"为妥。

>   余既与小山作《秋林野兴图》，九月中，小山携以索题。忆八月望日，经锄斋前，木犀盛开，因赋下韵……乙卯①九月四日，云林生倪瓒。
>
>   十二年岁在甲午冬十二月，余旅泊甫里南渚，陆益德自吴淞归，携以相示……余一时戏写此图，距今十有五年矣，对之怅然如隔世也。瓒重题其左而还，十九日。

并进一步加以说明："乙卯，为元顺帝至元五年（一三三九）"，"经锄斋，是倪瓒族祖倪渊的书斋名，在吴兴"，第二段题跋"自当作于可久卒后不久"，"十二年"为"十四年"之误等等。并注明出于郁逢庆《书画题跋记》卷八、李日华《六砚斋二笔》、张泰阶《宝绘录》，由于"各本都有误字"，上述引文是宁先生"据诸本校录"。倪瓒的这两则跋语的确相当重要，所以应作专门的讨论。

首先，我们认为宁希元引文似存在问题。明人作笔记及书画题录等以辗转相抄为习，且常自改引文。以所据的《宝绘录》为例，竟著录了曹不兴、顾恺之、陆探微的名画，而且都来历不明，"所列历代诸家跋语如出一手，亦复可疑也"（《四库全书总目》卷一一四）。依据明人张丑《清河书画舫》卷十一下所录倪瓒此跋，可校出以下关键性的异文。

"乙卯"，张丑作"己卯"，是。乙卯是延祐二年（1315），倪瓒仅十五岁。己卯正是后至元五年（1339）。"十二年"，张丑作"今年"，是。这样就用不着硬将"十二"改作"十四"，也与上下文相符。"距今十有五年矣"，张丑作"距今十有六年矣"，是。按，此跋又见于清人高士奇《江村销夏录》卷一，上述异文分别为"乙卯"，"十年"，"十有六年"。

依据上述跋语，显然不能得出张可久卒于至正十四年甲午之说。此跋并无挽刚去世的友人之意，那种沧桑之感，是因战乱所致。这一点下文还要详论。

至正十一年，刘福通起事反元，至正十二年战火已遍及大江南北。张可久现存作品无一涉及红巾或战事，故当卒于至正十二年前。

三

元代文献中，很少见到有关张可久行迹的记载，仅有的一些，也相当零散。

---

① 此处明显有误，至元五年（1339）是己卯。

我们还应该从张可久本人的作品中去寻觅内证。

仅据张可久词曲题目,可以确知他的足迹遍于江苏省、浙江行省东北各路:常州、平江、松江、嘉兴、湖州、徽州、建德、杭州、绍兴、庆元、台州、婺州、衢州、建宁、处州、温州……。据目前已知文献,他一生中只有两次离开江苏省、浙江省东北,一次是向北,经扬州、镇江,前往高邮;一次是向西,经洞庭湖前往湖南。

上述各地,有的是路经,有的是短暂停留,与其一生关系较大的,主要有平江、杭州、绍兴、衢州、婺州、建德、徽州、昆山。

现依其行年先后,一一考述如下:

(一)元成宗大德年间至元武宗至大年间,客居吴江

张可久小令〔红绣鞋〕有《宁元帅席上》一题,此"宁元帅"当指宁玉。宁玉为孟州河阳人,从元将伯颜攻宋,累升沿海上万户、吴江长桥都元帅(或作浙西道长桥都元帅)、镇国上将军。至元二十三年(1286)谢病家居于吴江,卒于大德六年(1302)。①《蒙兀儿史记》卷九十、《新元史》卷一六五均有其传,元人阎复撰有其神道碑,收入《静轩集》卷五(据《孟县金石志》所载残碑)。张可久散曲有"少年谁识故侯家"、"飞龙闲厩马"之句,当作于宁玉晚年。②

作为张可久于大德年间客居吴江更有力的证据,是〔折桂令〕《疏斋学士自长沙归》。"疏斋学士",指元曲家卢挚。卢挚生卒年不可确知,但应生于1242—1243年前后。据元人吴澄《吴文正公集》卷三《送卢廉使还朝为翰林学士序》,可知卢挚曾"由集贤出持宪湖南,由湖南复入为翰林学士",而吴澄此序写于大德年间。另据《天下同文集》卷二十三所载卢挚《移岭北湖南道肃政廉访司乞致仕牒》,他到长沙任职时"未及六十",即在大德四年(1300)或五年。而张可久〔折桂令〕称卢挚为"学士",又有"夜醉长沙,晓过吴松"之句,则当作于卢挚已卸廉使之任,转赴大都就任翰林学士,因而路经吴江时,也就可以作为大德年间张可久曾客居吴江的确证。

(二)至大、延祐时,主要生活在杭州

元曲家刘致(刘时中)是张可久的诗友,与其唱和之作颇多,而且刘致还

---

① 宁希元论文已指出"宁元帅"指宁玉,但称宁玉为"吴江长桥都元帅、□沿海上万户"。宁文未注所据,然"沿海上万户"之前,有关文献均未缺文。"上万户"是万户的等级。

② "少年"系张可久自谓,是时年仅二十余岁。"故侯"指宁玉。"飞龙"是朝廷养马所。"老骥伏枥"之意。

为张可久的散曲集《吴盐》写过一则跋语。刘致于至治二年(1322)为太常博士,后出为江浙行省都事,所以一般认为张可久与刘致当结识于泰定(1324—1327)年间。实则二人相识要比这早。

张可久曲中涉及刘致的,大都与西湖有关,故二人应相识于此。刘致有〔山坡羊〕曲,题作《侍牧庵先生西湖夜饮》,而其所撰姚燧年谱(附载于《四部丛刊》本《牧庵集》)指明:至大四年(1311)七月至十月,姚燧至杭州居住,而刘致随侍行止。所以张可久与刘致唱和之曲,应该分别作于至大、泰定两个时期。

至大、延祐间张可久曾久居西湖的另一个佐证,就是元曲家贯云石《今乐府序》。

贯云石在元代曲坛以其别号"酸斋"著称,曾于元仁宗皇庆二年(1313)出任翰林学士,任职不久就辞官南返,隐居于西湖以终。贯云石写于延祐六年(1319)的《今乐府序》(即《小山乐府》卷首之序)开篇即云:"余寓武林,小山以乐府示余。"而张可久与贯云石唱和的作品中,除一篇外均与西湖有关。例外的即《次韵酸斋君山行》诗。

贯云石辞官后,曾游历江南名胜,并曾到江西行省首府南昌探亲。宋元间人王炎午《吾汶稿》卷一开篇即是《上贯学士》,其文明言:贯云石来南昌是省亲。贯云石父贯只哥于延祐二年始任江西行省平章政事[①],故此行当在延祐二年以后。其友钱惟善《江月松风集》卷三《酸斋学士挽诗》有"月明采石怀李白,日落长沙吊屈原"之句,似贯云石亦去过长沙。贯云石作有《君山行》诗,因《永乐大典》卷二二六一所引此诗又题作《洞庭》,故此君山当是湖广洞庭之君山。仅据张可久《次韵酸斋君山行》诗,便定为张可久曾与贯云石同游湖南、江西,似嫌证据不足。相反,张可久、贯云石应结识于钱塘。张可久有词〔六州歌头〕《浙江观潮贯学士四万户同集》,而此外所有与贯云石唱和相关之作,均称其为"酸斋"。就惯例而言,这首〔六州歌头〕当是与贯云石初识时所作,两人熟悉后,都以制曲互重,便以"小山"、"酸斋"相称了。

当然,张可久有关西湖之作并非都写于这一时期,此前此后他还多次来过西湖。这里该提一下张可久与元末诗人张仲深的交往。

张仲深,字子渊,是张可久同乡、晚辈,并有《子渊诗集》(修《四库全书》时

---

① 据清人吴廷燮《元行省丞相平章政事年表》。

从《永乐大典》辑出）传世。其中有《题张小山君子亭》诗，此诗又见《诗渊》影印本五册，文字略有异同。该诗首句为"我曾西湖谋卜居"，可证君子亭在西湖。据此诗，将张可久、张仲深交往定为延祐六年以前，则不确。

张仲深生平不详，但与元末诗人廼贤（马易之）是密友，而且年辈相仿。廼贤生于至大二年（1309），张氏应略小于廼贤，延祐六年（1319）年仅约十岁，必无与张可久唱和交往的能。

（三）延祐末年到至治年间，曾任绍兴路路吏

张可久有《客胡使君席上》、《胡容斋使君度上》、《别会稽胡使君》等小令，此胡容斋，即邢台人胡元。胡元曾于元英宗至治元年（1321）任绍兴路总管，泰定年间迁徽州路总管。① 张可久曲中有"锦云乡鉴湖宽似海"一类的句子，则与胡元交往必在绍兴路。而其〔普天乐〕《胡容斋使君席间》，曾以庾亮南楼咏月为典实，指明其时自己身份是胡元属吏，不是客人。而有关文献均称，张可久以路一吏转首领官，路吏是其入仕的起点，那么他在绍兴路应即是路吏。

张可久曾写有〔人月圆〕《开吴淞江遇雪》，宁希元据《元史·河渠志二》考出开浚吴淞江是泰定元年十二月至次年闰正月四日事，故系此曲于泰定元、二年之间。此论甚确。由于张可久有《自会稽迁三衢》曲，可知其下一个作吏的地点是衢州路，而且是在胡元任期之内离开绍兴的。胡元任期，宁希元文定于到至治三年（1323），故判定写此〔人月圆〕时，张可久已在衢州。胡元并非至治三年，而是泰定间才离开绍兴去徽州的，更可能是结束这一为期六十余天的水利施工，才赴三衢。

（四）泰定至至顺三年（1332），在衢州路，似仍为路吏

张可久散曲中曾一再提及两位"使君"，一是赵肃斋，一是卢彦远。而且他们均是衢州路的总管。据明人林应翔等修〔天启〕《衢州府志》卷二，元代历任总管中有赵仲礼，任期为泰定元年至泰定四年。卢景，任期为泰定四年至至顺三年。

---

① 〔弘治〕《徽州府志》卷四、〔万历〕《绍兴府志》卷二十六。

张可久不但写有题为《青霞洞赵肃斋索赋》的小令，还有〔折桂令〕《肃斋赵使君致仕归》。后者有"清献家风"、"播廉声恩在三衢"之句，"清献"指宋代名臣、衢州人赵抃，则此"肃斋"当指衢州路总管赵仲礼。据元人王沂《伊滨集》卷十四《送赵仲礼序》，赵早年与王沂同在史馆，后授经奎章阁，擢礼部主事，再拜南台御史。据元人陈旅《安雅堂集》卷十三《跋赵待制诗》，可知其为蜀人。

赵仲礼致仕后，由卢景接任衢州路总管。卢景（1283—1343），字彦远，淮阳人，是元史名臣卢克柔次子。元人黄溍《黄金华集》卷二十三有其行状。张可久的〔朝天子〕《郊行卢使君索赋》即为卢景作，另外，写有〔金字经〕《寿卢彦远使君》，至顺三年卢景五十岁，此曲当作于此时。

张可久于至顺三年就调离了衢州，其主要依据是：元曲家薛昂夫（即马昂夫、马九皋）于至顺三年冬到衢州任监郡①，薛昂夫是张可久文友，两人关系密切，唱和酬答亦多，但全无在衢州之作。薛昂夫咏烂柯山之曲和者颇多，衢州路吏曹德（字明善）有和曲（见《全元散曲》），但并无张可久和曲。可以认为两人并未在衢州相逢。

（五）元统前后（1333—1334），曾在婺州路任职

元代婺州路的倚郭县是金华，而张可久写有《金华山中》、《金华洞中》等多首散曲，〔满庭芳〕《金华道中》表示出明显的倦仕思隐情愫，可确认他到金华是为生活奔波——作下级官职，并非路经或客居。

（六）后至元年间（1335—1340），任桐庐典史

桐庐，元代属建德路。元人钱惟善《江月松风集》卷七有《送张小山之桐庐典史》，孙楷第先生曾据以作过论证。至正二年时，张可久文友薛昂夫尚在建德路总管任上②，其始任总管，当在后至元年间。张可久赴桐庐应与薛昂夫的任职有关。

（七）至正三年前后到至正八年以后，在徽州监税

前引元人郑玉《师山集》卷四《修复任公祠记》曾提到，在至正八年新安士

---

① 民国《衢县志》卷十六有薛昂夫《郡守题名记》，文中名言"至顺三年冬，余自池阳总管移守是邦"。

② 万历《严州府志》卷十六："李康字宁之，桐庐人。……以古学鸣，元至正二年，郡守马九皋（即薛昂夫）遣使币起，力辞之。"此事又见《元史类编》卷三十六。

绅修复南朝梁郡守任昉祠时,曾得到正在松源监税的张久可可久赞助。这是至正八年张可久在徽州路任税监的确证。笔者在披露天一阁旧藏《小山乐府》跋语时,指出"至正丁亥良月"之跋为张可久自题,跋中有"予何敢望秦太虚!而监处州酒与歙州监税,凄楚萧条(或作散),大略似之"之语,可知在至正七年十月,张可久即已在歙州(新安)监税了。其在歙州监税的上限,宁希元文认为在至正二年,张可久〔折桂令〕曲有《徽州路谯楼落成》。而据元人唐元《筠轩集》卷十《徽州路重建谯楼记》,"至正二年壬午正月,居民弗戒,延烧官寺库藏",而谯楼被火,并着手重建。换句话说,张可久在至正二年或此后不久,即已在徽州路。

(八)至正九年以后,在昆山州任幕僚

孙楷第首次引元人李祁《云阳集》考证了张可久行年。《云阳集》卷四《跋贺元忠遗墨卷后》一文说:

> 卷中所书陈大卿文一篇,全述张小山词。因记余在浙省时,领省檄督事昆山,坐驿舍中。张率数吏来谒,一见问姓名,乃知其为小山也。时年已七十余,匿其年数,为昆山幕僚。遂与坐谈笑。仍数来驿中语,数日乃别。别时复书其新诗十余首来,其词雅正,非近世所传妖淫艳丽之比。故余亦颇惜之。

据此可确知,李祁任职江苏、浙江行省时,张可久已年过古稀,仍为幕僚,而且创作亦颇活跃。然而要确定张可久何时在昆山任职,就必须对上述引文作出疏解。

文中涉及的陈大卿,今已无考。然而贺元忠的经历却颇明晰,《云阳集》卷八就有贺元忠墓志铭。据此铭,贺元忠于至正元年到三年任江浙都府照磨,李祁自言"当君任财赋时,予适预江浙贡举"。李祁是元统元年进士,授翰林应奉,以母老就养江南,改婺源州同知,在婺源时,以预江浙贡举与贺元忠结识。后迁江苏、浙江行省儒学副提举,以丁母忧去职然而李祁何时任副提举,众说不一,其实答案就在《云阳集》中。

《云阳集》卷九《书郝氏紫芝亭卷后》云：

> 至正丁亥，予添司江苏省、浙江省儒学提举，仲举（张翥）奉朝廷命来镂宋金二史于杭，且命儒司官佐董其事，故予得与仲举同砚席起处者半年。后三年，予忧居姑苏，而仲举再奉旨祭神海上……

据此可知，李祁在至正七年到十年为儒学副提举。张可久只能在至正九年到十年这两年内（因八年尚在徽州监税）在昆山幕僚任上与李祁相识。

现存张可久诗中，有题为《题顾仲瑛芝云堂》及《早起口占寄玉山》者。

顾仲瑛，即元人顾德辉（又称顾瑛），号金粟道人，昆山人。其居室玉山草堂与倪瓒清闷阁齐名。据其自制"墓志铭"，其"年逾四十"时，将产业悉付子婿，在旧邸之西，重筑亭园，名为玉山佳处。而"芝云堂"正是玉山佳处的一个景点。顾仲瑛四十岁，是至正九年。而且元人郑元祐《侨吴集》卷十有《芝云堂记》，为芝云堂落成而作，作于"至正己丑九年（1349）秋八月望日"。芝云堂落成后，顾仲瑛多次在此大宴宾客，饮酒赋诗，见《玉山逸稿》卷二及《玉山名胜集》卷八。张可久《题顾仲瑛芝云堂》即为题诗之一。可证至正九年秋，张可久正在昆山任幕僚。

而顾仲瑛自制"墓志铭"又云："至正九年，江浙行省以海宇不宁，又辟贰昆山事，辞不获，仍以侄良佐代任焉。"而顾良佐正与张可久为同衙同僚。所以，张可久的《早起口占寄玉山》诗中说："自怜头颅已脱发，未了案牍犹劳形。""何时解缨灌清冷"，并要企慕"玉山草堂睡未醒"的顾仲瑛。

然而，张可久任职到何时，尚无定论。仅从李祁已知其"匿其年数"来看，时间不可能很长。而且，到至正十二年，浙西已警报频传[①]，而张可久即故于至正十二年前后。

半世纪后，张可久又回到了早年客居的平江路（昆山为其所属一州）。在〔塞鸿秋〕《道情》写道："一身行路难，两鬓秋霜染。老来莫起功名念。"可谓感慨至深。而其〔人月圆〕《客垂虹》又题作《客吴江》，则可与其早年所作相对照："黄花庭院，青灯夜雨，白发秋风。"他很可能就终老于此。

---

① 《侨吴集》卷十，《王氏彝斋记》："至正壬辰（十二年），贼寇浙西……"

《太和正音谱》在"善歌之士"节,记载了一则耐人寻味的轶事:

有善歌者蒋康之,金陵人,歌喉"如玉磬之击明堂,温润可爱"。至正三年春天,他渡江到南康,夜泊彭蠡之南。夜将半,"江风吞波,山月衔帕,四无人语,水声涂涂",蒋康之兴不可遏,扣舷引吭高歌张可久小令〔凭阑人〕《江夜》:

> 江水澄澄江月明,江上何人掬玉筝。隔江和泪听,满江长叹声。

湖上夜泊船的旅人"莫不拥衾而听。推窗出户,是听者杂合于岸。少焉,满江如有长叹之声"。

至正三年春,张可久在徽州监税,不可能亲临这感人至深的场面。那抒写出作者交集百感的满江长叹之声,揉进了听众的叹息,而张可久本人的坎坷生涯,就像没有道别仪式与谢幕的终场,冷落、凄凉,而且毫无起色。

关于张可久生平,有几个异说需略作疏解。

元代徐舫有《清江散人集》,原本久佚,目前只见到《元诗选》所选的十五首诗,其中一首是《张卜山捐俸重修桐君祠》。此"张卜山"会不会是"张小山"之误呢?论者或以为是。当然,张可久在此后力赞修复过新安任昉祠,所谓"捐俸"及诗中的"日静文书暇"也正符合其身份。但别无参证,以暂时排除这条资料为妥。

有的论者曾指出,张可久尚在处州监过酒税。此论当系由误读文献而致误。天一阁旧藏《小山乐府》的张久可跋中有"予何敢望秦太虚,而监处州酒与歙州监税,凄楚萧条,大略似之"之语,但元代无监酒专职,《宋史》卷四四四《秦观传》则云其"绍圣初,坐党籍,……贬监处州酒税","监处州酒"无疑是指秦观。

前此已对宁希元论文所引倪瓒《秋林野兴图》跋的文字作了疏解。宁文对倪瓒跋中"经锄斋"的判定,也须讨论。宁文说:"经锄斋,是倪瓒族祖倪渊的书斋名 在吴兴。"以倪渊为倪瓒族祖,不知何据。《黄金华集》卷三十二、《东维子集》卷二十四,均有倪渊墓志铭,可知其与倪瓒并不同支。倪瓒先人曾"仕西夏,使宋不归"。《东维子集》提到倪渊有书斋名"经锄",但此仅系巧合。经锄斋是倪瓒清闷阁的一处景点,倪瓒还自号"经锄隐者"。元人郯韶有

《寄经锄隐者倪元镇》诗,见《草堂雅集》卷十,并收入《元诗选》二集。此诗曾错编入于元人姚燧《牧庵集》卷三十四,但诗题作《寄耕锄隐者倪元镇》。郯韶另有《倪元镇画》诗,末句是"经锄者谁子,散发奏丝桐"。

天一阁旧藏《小山乐府》张可久自跋,言及《小山乐府》为"任光大"(或作"伍光大")所抄存。宁希元文将"任光大"判为系"倪光大"。大致同时有元人名倪光大。《东维子集》卷四《送江浙都府吏倪光大如京师序》,提到倪为杭州人,"早年读经史,欲由儒进",但未遂其愿,便"试史于江浙都府",至正八年十月"赴京上计钱粮事"。此人经历与张可久有相近处,但似乎处境还不如张可久。而张可久跋以荆公答东坡书相比附,故此"任光大"无疑应是在身份、年辈上优于张可久的友人。如无其他佐证,恐不能断定原跋竟写错挚友姓氏。倪瓒还有个友人叫王光大,在草书中王光大比倪瓒与任更相近。

宁希元论文还确指至正十二年到十四年这两三年间,张可久与马昂夫等隐居西湖,并举〔柳营曲〕《湖上》"舞阑双鹤鸰,饮尽一葫芦。都,分韵赋西湖"为证。

与此相关的历史背景是:

至正十一年五月,刘福通反于颍州。战事很快波及两浙。至正十二年七月,红巾军徐寿辉派部属项普略攻克杭州。不久,元将董传霄从濠州驰援江南,袭陷杭州,项普略、彭莹玉战死(或说逃遁)。杭州几经战火,残伤殆尽。

次年,张士诚起事,据有浙东。

张可久多达百首的写西湖、余杭的作品中,完全见不到上述事件的投影,已知文献也没有马昂夫于至正十二年后还在世的佐证。

四

最后,对张可久集的有关情况略作疏解。

据《录鬼簿》等书,张可久生前编集有词曲集《今乐府》、《吴盐》、《苏堤渔唱》、《新乐府》。张可久集善本之一的《北曲联乐府》四卷,就是上述四集的汇辑重编本。近人任讷又据《北曲联乐府》将四集拆分,复原成各自的体系,题为《小山乐府》[①],收入《散曲丛刊》。

[①] 有论者认为,任讷做法缺乏原始文献支撑。通过与《北曲联乐府》校勘,每首散曲之下所注明的出处可以证实,任讷辑本正是依据于上述四集。

张可久集另一善本,是天一阁旧藏《小山乐府》。该书不但独具贯云石序,刘时中、曹鉴跋,张可久本人题识,还收有上述四集以外的词曲约二百篇。《小山乐府》原本无题,是张可久友人任光大(或即是元曲家任显)汇抄的"纪念册",今题是阮元序刊《天一阁书目》所拟。

除上述两书,最有影响的张可久作品选本,就是明代李开先序刊的《张小山小令》二卷。此后如夏煜选刊六卷本等,均是《张小山小令》衍生本。与《小山乐府》、《北曲联乐府》共同构成了张可久集的三大系统。由于前述两书长期隐而不显,李编小令几乎成了唯一流传的张可久集。

另有署名为"庆元张久可撰"的旧抄本《叶儿乐府》,那只是伪题作者而辑成。孙楷第已论之甚确。①

据近人冯贞群《鄞范氏天一阁书目内编》,宁波天一阁尚藏有一种名为《北曲联珠》五卷的张可久集,系明蓝丝栏钞本。由于书已腐败,1934年范盈藻曾重抄一部,并有马廉(隅卿)朱笔校记。笔者未能目验此书,不知与《北曲联乐府》是否相同。仅从书名、卷数(一个四卷,一个五卷)等判断,两者似应有别。

此外,应该谈谈所谓《包罗天地》。清代考据家钱大昕《元史艺文志》在"子部·小说家类"著录有"张小山等《包罗天地》"。而《包罗天地》一名始见于《录鬼簿》,谓是朱凯所编。钱氏此说何据,尚不清楚,此前仅见明人郎瑛在《七修类稿·续稿》卷五《谜序文》一节中曾云,他得到一本破书,是谜社专辑,名叫《千文虎》,此书之序提到:"夫谜者,隐语也。""四明张小山、太原乔吉、古汴钟继先……荦荦诸公,分类品题,作诗包类,凡若干卷,名曰《包罗天地》。惜乎兵焚之余,板集皆已沦没,无一字可存。"据此可知,所谓《包罗天地》是张可久等人创制的谜语汇编。张可久〔折桂令〕曲就有题为《九月八日谜社会于文昌宫》者,足资参证。

最后,必须就所谓有《四库全书》本《张小山小令》一说,略作分析。

罗忼烈文中曾指明,"在清朝,《四库全书》收了《张小山小令》二卷,是'集部'唯一的散曲别集"。而宁希元则引申为:"清代编纂的《四库全书》,于元代、明代、清代曲家中,独存《张小山小令》一种,可以说是最大的破格。"然

---

① 《戏曲小说书录解题》卷六,人民文学出版社1990年版。

而,《四库全书》中并未收入《张小山小令》,而仅列其名于"集部·词曲类存目"(卷二百)。此误恐系见有《张小山小令》的"四库提要"便下断语所致。

编纂《四库全书存目丛书》是一大出版"工程",讨论"存目"的《张小山小令》到底是什么版本,不为无益。

从书名看,它该是明代李开先所刊二卷本。但"四库提要"所云:张小山名可久,字仲远。其词曲集久而失传,明代初期宋濂得半部,与方孝孺所购抄本参校成二卷之书等说法,不但不是出自李开先所编小令,至今仍就找不到它们的来历。细读"提要",四库馆臣所见之"江苏巡抚采进本"二卷,应是宋濂、方孝孺合编之二卷本,"提要"指明此书"仅就二人所见编次,其实可久所作不止于是也"。显然,存目的《张小山小令》与已知张可久集均不相同,"四库底本"复现之前,很难就其版本作出判断。

元代文赋"祖骚宗汉"论

康金声

一、"祖骚宗汉"的历史原因

在中国文学史上,复古思潮最早出现在诗文领域,自北周苏绰"糠秕魏晋、宪章虞夏"以后,初唐时期陈子昂提倡"汉魏风骨",盛唐时期李白高唱"圣代复元古",杜甫时期要"窃攀屈宋",中唐韩愈表示"非三代两汉之书不敢观",都针对南朝纤丽柔弱的诗文风气及其余波。降及宋明,欧阳修等人的力倡古文,前后"七子"的"文必秦汉,诗必盛唐",则针对西昆派与台阁派的空虚萎弱,也针对理学家的空谈性道。可见,文学史上每次复古思潮的出现,总反映了人们对当时文学状况的不满。"祖骚宗汉"论出现在元前期,应是时人对宋季元初辞赋创作萎苶不振感到失望的表现。同前述一切复古主张实际上是要求改革一样,"祖骚宗汉"实质上也是一个文学革新的口号,它是一个时代的潮流,并不是某一理论家个人的声音。

朱夏在《答程伯大论文》中说:"宋之季年,文章败坏极矣;遗风余习,人人之深,若黑之不可以白。当此之时,非返之则不足追乎古"。① 指出了宋文的阙失,也表明了复古的要求。但宋文如何"败坏",尚未具体说明。戴良在《皇元风雅序》及《夷白斋稿序》中就说得具体,并探究其原因。他认为"宋人积弊"之一是"诗主议论",之二是文章"习于当时之所谓经义者,分裂牵缀,气日以卑 …… 士风颓弊于科举之业"。② 明代吴讷从内容与风格的总体风貌上,概括出宋末文章的弱点是有浓厚的"萎苶之气"。③ 具体到科举所用的律赋,

---

① 《明文海》卷一五一。
② 四库全书本《九灵山房集》。
③ 《文章辨体·古赋·元》。

则徐师曾谓是只重格律和对偶，"情与辞皆置弗论"。① 针对这种情况，元人从理论到实践，一意追蹑古风。如《元史》谓姚燧文章"春容盛大，有西汉风，宋末积弊为之一变"。②《四库全书·石田集提要》称马祖常"其文精赡鸿丽，一洗柔曼卑冗之习"，又引苏天爵《元文类》评语曰："接武隋唐，上追汉魏"。《四库总目提要》评陈旅《安雅堂集》则说："典雅峻洁，必求合于古作者。"杨维桢认为"得古之情性神气，则古之诗在也"。③ 至于辞赋，则其《丽则遗音》已明白宣示，要以屈宋古赋之"丽以则"为标准。胡助《丽则遗音跋》指出杨氏所以用"丽则"名其赋集的用心，"殆伤今之赋之不古"，并说"场屋之士果能仿佛其步趋，吾知斯文之复古矣"。④ 这些材料说明元代人对宋代文、宋代赋的不满和必欲复古以革之的心态。

撰写《古赋辨体》的祝尧认为，古赋之所以可贵，是因为本之于真心，是有为而发的。所以"欲求赋体于古者，必先求之于情"。又说"汉以前之赋出于情，汉以后之赋出于辞"。汉赋"辞虽丽而义可则"，因为它"犹有古诗之义"，汉以下就"一代工于一代，辞愈工则情愈短，情欲短则味愈浅，味愈浅则体愈下"。所以他反对唐赋之俳，也反对宋赋之文。俳赋尚辞而不尚意，无兴起之妙；而文赋又尚理而不尚辞，缺乏动人的情感与应有的文彩，"无咏歌之遗，而于丽乎何有？"所以拯救宋赋弊端的出路只有归返于楚辞体与汉赋体的古赋了。

"祖骚宗汉"论的重情、重"则"与元代古文家的主张是殊途而同归的。古文家对理学家空言性理蠹害文章深表不满，故胡祗遹提出作辞章必须具有真情，谓"痛甚则声哀，情苦则辞深"。⑤ 方回也说文章的关键是要有真情，即所谓"出于天真之自然"，"学问浅深，言语工拙"都在其次。⑥ 刘将孙认为天地间的"至文"必须"发之真"、"遇之神"、"悠然得于心"。⑦ 而郝经则强调"以实为用"，反对"事虚文而弃实用"。⑧ 他们和辞赋理论家都感受到了宋代文风的弊端，救治的主张本质上是一致的。

---

① 《文体明辨·赋》。
② 《元史姚燧传》卷一七四。
③ 《赵氏诗录序》，收《四库全书·东维子集》。
④ 四库全书本《丽则遗音》。
⑤ 《读楚辞杂言》，收四库全书本《紫山大全集》。
⑥ 《赵宾旸诗集序》，收《宛委别藏》本《桐江集》。
⑦ 《彭宏济诗序》，收四库全书本《养吾斋集》。
⑧ 《文弊解》，收《乾坤正气集》本《郝文忠公集》。

元蒙统治者青睐于古赋，自然是觉得古赋对于铨选人才、巩固统治有利，而这正好反衬出律赋、文赋不切实用。早在太宗九年（1237），耶律楚材就建议用论、经义和词赋三科考试取士，至世祖至元初（约1264），又有史天泽、王鹗和许衡等建议实行科举，直到仁宗皇庆二年（1313），才正式决定实施。当时的中书省奏文中有"词赋乃摘章绘句之学，自隋唐以来，取人专尚词赋，故士习浮华……拟将律赋省题诗小义皆不用"等语，仁宗诏命亦曰："试艺则以经术为先，词章次之，浮华过实，朕所不取"，而考试程式规定"古赋诏诰用古体"。① 从蒙古决策者到为之献计的色目、汉族知识分子都不满于律赋的浮华不实，主张罢黜，最后择定古赋为科举的一种形式。这种政治选择同祝尧文学理论取舍裁定的标准与结果惊人地相似，说明"祖骚宗汉"论确实反映了辞赋发展的一种历史趋势。

二、"祖骚宗汉"的创作实践

（一）祖骚之宣泄悲情，但缺少骚赋的悲壮抗争

屈骚是长篇抒情诗，其情具有忠愤耿介、执着于理想、甘为信仰殉身的悲壮崇高色彩。元赋则多写知识分子抱璞悲哭、不满现状、保德自全、待时而动的感情。盖由于元前期废止科举，仁宗延祐开科以后，三年一试，中间又有六年罢科举。每科录取名额仅有五、六十人，最多百人，又分蒙古、色目科与汉人、南人科两榜，前一科受种种优待。在此情况下，多数汉族读书人仕路被堵绝，虽然对"下第举人"给予一些安抚，如用为教授、学正、山长之类低级职员，但又附加许多限制。② 因而自隋唐以来，士子失路之悲于此时最为强烈，于是抒情赋中充满一片哀苦之音，不少作品慨叹理想落空，如王旭《鸣鹤赋》曰：有九皋之灵鸟，乃于焉而抗音……引圆吭以孤唳，吸沉瀣而长吟。气高亮而非怒，声清哀而不淫……愁白云于蕙帐，生悲风于桂林。望瑶池兮天杳杳，思玄圃兮路沉沉。婉转凄恻，有感人心……纵哀鸣之动天，谅谁察乎幽情？鹤之哀鸣实际上是作者不得意心声的宣泄。王旭以文学名天下，但因时未开科举，故一生教授四方，未登仕版。他的《有寄》诗形容自己的坎坷遭遇道："处困不

---

① 《元史》卷八一《选举志》。
② 《元史》卷八一《选举志》。

堪家累重,谋生聊藉主人贤",可见其困顿之状。所作《离忧赋》说:"怀真符而欲献兮,顾君门而踌躇";"明珠秽于泥涂兮,琼芳翳乎萧艾,蛟龙蛰于坎井兮,蛙蚓鸣于江海"。这些描写同《离骚》的扣天阍而不开、"君之门以九重"、薋菉藏室而兰蕙见弃基本相似,愤慨也同样深沉。然而其对不合理社会与不公平遭际的态度却是"悟行藏之有命,宜顺天而委和",认为"身世两忘"远"胜于战蛮触之干戈"。即绝不奋起抗争,宁可处穷而过委命自适的生活。

刘诜的《栖深赋》明谓是"托之乎槐黄(指科举考试)之一言","科目之已远而寄想象乎千年"的作品。作者把自己"十年不第"①乃刻意于诗及古文的遗憾寓写进地在"举子岗"(地名)的隐居生活之中:青山缭屋,古木横天,篱援翳涂,藤茨入橡。内环洗墨之池,外绕种秋之田。竹分径造之所,蔬满日涉之园。春林雨过,花涧流泉。孤莺自啼,时鸟杂喧。清风坠箨,永日闻蝉。焚香起坐,茶味入禅。微凉萧瑟,林木自弦。临清赋诗,脱叶如船。天寒酒熟,梅花入檐。峰雪成画,墙暾献暄。阅大化之迭序,甘穷居以为缘……文公题记,韵士赞篇。风月不待献而弥胜,江山不假饰而增妍。"②如此优美的山水园林和自在生活,充满了田园牧歌式的萧散清闲,使读者回忆起元人散曲里的山林隐逸情调,以及元人山水画中茅斋清樾、烹茗对弈的高雅意趣。它们提供给后人的艺术信息是,元代知识分子在失却功名目标之后移情于山水园林、沉酣在诗情画意中的精神追求,既是饶具艺术性的、高品位的,却也是消极逃避、自我慰安式的。

当然,元赋所抒发的士子之情,也并非完全缐系在科举失路之上,还有宣泄人生失意、慨叹社会不公、人心惟危,以及黑白颠倒、国运艰危等内容,亦多用骚体,然多取"及行迷之未远,还吾返乎故宇"③的消极退隐态度。或者是"不藏珍以取患,不饰身以贾祸","委命而足,顺理而安","任此生而自然"④的顺天委命,还有"逢逆境以顺受"的苟忍。惟恐反抗会"以心而累形",所以宁可委屈良心,"相训而助信",等待"天人之监明"⑤,期求上天主持公道,显得更加软弱可怜。即使对社会黑暗感到愤慨,也不敢断然指斥、誓不共戴,而

---

① 《元史》卷一九〇《刘诜传》。
② 《元史》卷一九〇《刘诜传》。
③ 王沂:《不寐赋》。
④ 谢应芳:《斥鹝赋》。
⑤ 杨维祯:《忧释赋》。

是瞻前顾后,犹豫观望,莫知所从:"我涉大波,孰为箱兮?"① 缺少《离骚》、《九章》那种婞直、嫉恶、挺身斥奸、"九死未悔"的斗争精神。这就使元赋的"祖骚"徒有楚辞的伤悲情绪而无骚辞的悲壮色彩,美学价值落价不少。

(二)祖骚之想象飞升,却倾于归隐去欲

元赋的抒情往往袭用屈骚的升昆仑、登天台、出大荒、蹑太清、追美人等情节,但殊少屈子那种上下求索、追寻理想,不蒙尘滓、不伍邪辟的奋争和孤介,而是营造一种自安自足、逍遥从容的生活境界,不可能焕发出壮丽的人生光辉。

比如王旭,其人家贫力学,侨寓四方,以教授糊口,一生穷困潦倒,抑郁愁烦,因借窒息爱欲、寻求超迈以为解脱,所作《爱河赋》即效屈子之神游仙界情节宣泄苦闷。赋文曰:"升昆仑之玉峰兮,振霞裾与霓裳……吸荠星之逸彩兮,漱皓月之流光"。当此之时,回视人世,则已见"爱河飞尘","欲海涸而生桑",觉得摆脱爱欲、解脱痛苦。赋末之"翻然归来","乐逍遥其未央",实质上表明:放弃了理想,无所追求,即可得到精神解放。

再如王恽,本来仕路通达,并无骚情,却有一篇《茹野菊赋》写病中忌肉食、茹野菊的感受。赋文写吞食野菊之后即心明神虚,进入神游山野的幻境,也仿效屈骚的想象飞升,描写了访栗里、登天台、鼓归枻、追散人、达于隐逸佳境的情形,表达的却是"肉食者"厌足富贵以后,向往恬适高迈江湖生活的逸志闲情,殊无追求功烈、殉身理想的慷慨壮烈,根本没有屈赋那种激励读者的崇高情愫。

其他赋家的思想也基本相似。如吴莱,主要活动在仁宗延祐至文宗至顺年间。时科举方盛,然吴试礼部不第,荐为小史,未行而卒。他曾经"北至燕,东浮于海","好为瑰奇雄伟之观"②,所作《大游赋》虽是送毗陵道士东游的,却也融汇了作者的观感体验和人生态度。赋文悬想高士旷视八区,以飞廉、丰隆前导后拥,升天而大游,除历经五岳等名山而外,又拜会王母、韩众等仙人,还绝大荒、闯阊阖、上天庭、游六合、得大道,表现了尘浊流俗、险恶人世的思想。虽有对于耽溺声色、蜂营蚁聚者的鄙薄厌弃,但主导思想却是消极避世,

---

① 马祖常:《伤己赋》。
② 《渊颖集》胡翰《序》。

绝无屈骚那种恋念故国、难舍旧乡、执着功业的热情。

又如王沂，主要生活在延祐初至至正后期。他在中进士以后曾为县尹、州同知，后入国子院为编修、为博士、为同考官及翰林待制，并曾为礼部尚书，总裁辽代、金代、元代三史的编纂，一生多为文字之职。所作《不寐赋》抒写"岁月徂迈"、"遭迥无成"的苦闷。主人公先欲离俗远遁，然又顾瞻踌躇，终以易卦"同人"的"先号咷而后笑"，以及塞翁失马、安知非福为据，相信度过眼前困难，必有美好结果。故尔"聊肆志以从容"，显得无忧无惧。作品在表现主人公的思想矛盾时，有"歌远游"、"浪沅澧"，以风为御、遨游太清、"美人遥遥"等想象文字，但谋虑的均系个人利害，处世态度也是能忍则忍，苦尽自有甘来。不过是苟安斯世、候时待命、与人和同、明哲保身的人生哲学。可见，元代文赋的祖骚实践只停留在形式包括骚体抒情、浪漫想象等等之上，基本上没有继承屈原的忠直思想和斗争精神。

（三）宗汉赋之颂美皇家而摒绝烦琐的堆砌

众所周知，歌功颂德是汉赋一大特色。这与它作为庙堂文学、负有"光扬大汉"的政教使命是分不开的。元代文赋的情形有别，在元代前期，科举废止，诗赋丧失了猎取功名的作用。元蒙统治者特重佛、道两教和理学的思想控制功效，对于华夏政教传统中通过采诗献赋观民情、通讽谕、正风俗、革弊端等习尚十分陌生，不仅无法为继，而且很少认识。因而诗赋从汉晋以来一直处于朝章国彩的显荣位置上，一下子降落为仅仅是作家抒情写意的一种工具，写赋纯属个人的行为。其时的赋作也就基本没有颂美皇家的内容。如郝经《怒雨赋》，在描写暴疾之雨以后，归结到作者处变不惊、德充自信、无所畏怯的性道修养之上。又如陈栎《黄山堂赋》，由鉴赏黄山美景引出对黄帝时代"太古醇风"的歌颂向往，表达了只有效法黄帝，子万民而任贤能，天下方可大治的政治观点。它如张养浩的《白云楼赋》，由白云楼修建者滕公功业的叙写，引出追怀昔贤的幽思，抒发了凭吊兴废的感情。这些作品都是元赋中的上乘之作，与后期作品中的颂美"大元"的内容迥然不同。

自延祐设科并规定以古赋取士以后，情形就不同了。如李祁的《黄河赋》是元统前应乡试之作，赋文描写了黄河"浩浩荡荡，翩翩绵绵"，"腾绰迅奋，喧虺震掉"的气势以后，歌颂"皇元万国一统，会百川而东朝"，表示要"挹黄河之余波,造明堂而献河清之颂"。罗振文应进士举不第,但所作《禹鼎赋》、《九鼎赋》却由大禹平九州、铸九鼎的史事导入对"大元"承继禹王"圣治"、"圣化"的歌颂,发表了"铸鼎象物,在德不在鼎"的政治见解,向当权者献策。戴时中的《彭蠡赋》曰:"彭蠡之水,润南国分,万世安流,禹之绩分",颂美元朝皇帝"抚运、奄有禹迹",将永远润泽斯民。它如周镗《大别山赋》、陈植《南游会稽赋》、董朝宗《浙江赋》、聂炳《黄河赋》、陈正宗《江汉朝宗赋》等,构思与思想同前述诸作基本相同。

但元代文赋的颂美朝廷又与汉赋有别。首先是题材不同:它很少取汉人常用的京都、宫观、苑囿、田猎、歌舞、饮宴之类的内容,而是注目于雄伟壮丽的自然山川,以山河的雄伟象征大元的气吞日月,无所不包;以征服或疏凿者的伟业象征大元的荡平宇内,弭祸消灾,拯民水火;以江河归海象征四方趋拜朝廷。而赋作者对龙门、会稽、九鼎、江汉朝宗之类题材的偏爱,实与大元朝廷的祭祀对象包括"岳镇海渎"有关。①

其次,是描写方法不同:汉赋描写山水风物往往是东西南北、其上其下全方位介绍,草木土石、鸟兽虫鱼依类陈列,不厌其烦地堆叠铺陈,造成了丰穰、密集、壮丽、宏富的观感与气势,却也显得臃肿而沉闷。元赋不同,它总是抓住描写对象的主要特征,描绘其形象和神气,作为抒情的基础。因此,元赋的描写方法显得轻便灵活、生动传神,价值高于汉赋。

例如,聂炳的《黄河赋》,主旨是颂扬元帝统天继圣、使天下平治、皇图久远、如河之不息。其描写即围绕既定主题顺次展开。它先写黄河源出昆仑、派自于阗、自古流衍浸淫,之后重点描写大禹治水前后的不同状貌:

想夫洪涛一起,海水群飞。盐泽之汇倒流,玉门之云下垂,惊春霆之夜声,烂晴霞之昼披。斯河源之未导,实滥觞之在兹。迨夫高焉而卑,险焉而夷,自积石而发轫,至龙门而载驰,导孟津而底平,经砥石而孔迟。斯河源之既导,俾靡然而东之。穷河源之颠末,常圣功之是思。在形象而经济的对比描写之后,很快拨转笔锋到古代圣人与河水相关的圣治圣化之上,简洁叙说了伏羲河图之瑞启鸿蒙,唐尧虞舜平怀襄而致时雍,大禹疏导河水、建万世永赖之功,甚至衬托上述先圣伟业的汉武帝兴文教、流文声的事迹,也用与黄河有关的宣防瓠

---

① 《元史》卷七十六《祭祀志》。世祖中统祀即以会稽山为南镇,至元二十八年又封会稽山为昭令德顺应王,敕有司岁时与五岳四渎同祀。

子之歌为典型事例,使全篇的典实内容完全集中在赋题之上。最后则以一首颂美元朝的歌词作结,毫无汉大赋那种堆累拖沓、烦冗滞闷之感。

(四)运用汉赋的写作方法,而又有若干创新

元代文赋"祖骚宗汉"的创作并不是在祝尧倡说以后才从头开始的,而是祝尧倡审度金元之际辞赋创作的大势,探究了宋代文赋弊端及元代文赋走向以后,结合朝廷以古赋科举的规定提出的主张,因而是兼具总结性和指导性的创作理论。它对元赋的研究也极富参考价值。

汉代文赋注重咏物显事之赋颂,谓"物以赋显,事以颂宣",目的是要"功绩存乎辞,德音昭乎声"①,即以具有藻彩与声韵的辞赋颂扬帝王的功业与道德。元代文赋的"宗汉"确有师承汉人为赋以颂皇家的一面,如汪克宽的《宣文阁赋》,颂扬元顺帝至元七年建宣文阁,以及兴文教、陈古道、恢圣学、追唐虞的努力,其写法大体是效仿王延寿的《鲁灵光殿赋》,但又有自己的特色。它先写大元盛世以为铺垫,继而铺写建阁的目的、匠人的巧艺、建筑的规模制度、装饰陈设之美。这一切均学《鲁灵光殿赋》而又简约其铺叙。除此而外,它又叙写元皇御阁问道以及听讲之余临眺徙倚的情形,并以汉朝的天禄、石渠、麒麟阁与白虎观,唐朝的凌烟阁与弘文馆等作对比,谓皆不能与宣文阁比隆。这就比《鲁》赋单单从殿体本身作静态描写,仅仅从不同方位或层面作详细铺陈要活泼得多,给人的印象也更为生动和深刻。

讽谕是汉代文赋表述政见、服务教化的重要方法,往往是先行铺陈和颂美将欲讽谏之事,"既乃归之于正",然而因"览者已过",效果有限。元代文赋的"宗汉"亦取此法,但有可贵的革新。

杨维桢《承露盘赋》是批评汉武帝多欲迷信、汉公卿又一味地媚主顺从,因致危国害民的。联系时代背景,可知杨氏亦以之微讽元代帝王应接受汉武帝的教训,莫要沉迷于佛道。史载元成宗大德八年(1304),封张陵三十八代裔孙张与材为"正一教主",与全真教并行于世。大德十一年(1307),又将真大道教九祖张清志召至大都,赐号演教大宗师、凝神冲妙玄应真人。英宗至治元年(1321),以僧法供为释源教主,并授予司徒。明宗天历二年(1329),免

---

① 王延寿:《鲁灵光殿赋》。

僧尼徭役、僧寺田租……这一切与汉武帝封赏文成、五利相比,实有过之而无不及,窃以为《承露盘赋》不会同此等史事无关。赋文以三分之二的篇幅叙写汉武帝乘文治武功之鼎盛造柏梁台,开太液池,立仙人承露盘,迷信神仙方术,必欲求得长生,臣僚则纳忠献寿,一片祝颂。字面上闪耀着祥瑞的神光,实际上影射出一片乌烟瘴气。以致于茂陵秋风,铜仙自吊。在这些暗寓讥讽的描述之后,就出以直接的议论了:明谓汉武帝纵然悔祸却已太晚,汉朝公卿皆为逢迎媚主之徒。最后申说愿望:朝廷应有贤宰刻铭惩戒,接受历史教训。虽然如赋序所说,使用"极其盛而约之以正"的讽谕手法,但没有像汉赋那样以皇上自省自责的婉曲手法假颂致讽,使主旨十分隐晦;而是直接批判并直揭病根,显得痛快淋漓,摒除了汉赋那种嗫嗫嚅嚅、欲言又止的暧昧式讽谕。

设为主客辩难并且抑客申主是汉大赋重要的结构方式。移植这种形式也是元代"宗汉"的一个方面。例如刘因所作《渡江赋》与胡斗元《彭蠡赋》即为典型作品。《渡江赋》设为淮南剑客与燕北处士讨论元军渡江攻宋能否获胜的问题,代表元方的"处士"最终驳倒了"剑客"所述的种种防堵优势,取得胜利。反映了元军灭宋是大势所趋的历史发展方向,当然也为元蒙统治者提供了攻击实施以前应注意解决的诸多问题,是直接为当时的政治军事斗争服务的优秀作品,较之某些汉大赋问难之作的迂阔凿空之谈,有更强的现实针对性和实际指导性。胡斗元《彭蠡赋》的主客问答也借鉴了宋代文赋,它未以问难驳诘结构赋体,却以问答两方承载人们对事物的不同认识,表现两种思想的碰撞。赋文开篇即以形象夸张的文笔描绘彭蠡湖作为吴越巨薮的浩大气势、丰富物产、舟楫之利、四时美景,以及作者神游湖上追寻仙女蛟人、凭吊昔贤遗迹、慨叹人事流转不已等,俨然已成一篇叙事兼咏物的优美文章。在下余有限短章(只占全篇四分之一文字)内,突然拈出一个"同游之客"来与作者讨论废兴认识。他认为时间永恒,天地广远,人生苦短,实难与天地周旋而不磨灭。作者则否定这种看法,认为人可以建功立德(要像大禹平治洪水,不能像"三苗自外尧天"),如此即可与大自然之雄伟融合为一,托于百世。最后以客喜而歌颂大禹功德作结。赋文虚拟的"客"是根据思想内容表达的需要招之即来、挥之即去的人物,显得灵活自如,对作者的观点起了很好的陪衬作用。它避免了汉代大赋虚拟人物的煞有介事、板重呆滞,克服了千篇一律的模拟程式化弊病。就思想境界的提升而言,赋文前半部的描写为其后的兴感和议论作铺垫,提供依据;议论则深化描写的意义,使之焕发出更为明亮的思想光辉。

可谓互相生发,前后辉映,不失为一种匠心独运的革新。

三、"祖骚宗汉"的功过得失

元代文赋"祖骚宗汉"是对宋代以来赋坛状况不满的表现,是在宋代文赋萎苶不振情况下走出创作低谷的一条可行之路。因为以复古行改革是笼盖整个中古时代的重要文学思潮,而且在草原民族入主中原除借鉴汉人的思想文化传统而外别无它途的文化大背景下,实无其它重振辞赋的全新道路。元蒙统治者在徘徊延宕七十六年(从太宗九年始议科举起,至仁宗皇庆二年决定施行)之后决定实行科举时,诏命考试之赋统用古体,也说明了这个问题。

元代文赋"祖骚"的原因是反对律赋的程式限制与文代文赋的空言性理、缺乏辞彩,结果强化了辞赋的抒情性和生动性,这对提升赋作的艺术水平和文学特质起了积极作用。但因元代文赋所抒之情多为文士的失路之悲,间有不满现状、脱俗隐遁之情,均偏于消极逃退,少有屈骚那样的疾邪抗恶、殉身守志、捍卫崇高理想的斗争精神,因而缺乏崇高壮烈、催人奋起的人格力量,美学价值欠高。

元代文赋"宗汉"的一大成效是通过对雄伟壮丽的自然山川的描写歌咏,廓清了宋代文赋的萎苶之气,复兴了古代文赋雄宏豪大的气势;其二是继承并发展了汉代文赋颂美皇家、服务政教的创作宗旨,歌颂了大元一统,华夏清平,具有一定的历史真实和现实精神。可惜一些科场辞赋颂美流于程式,削弱了思想和艺术价值。其三是继承并改造了汉代文赋的讽谕、铺陈和主客辩难等写作方法,克服了汉代文赋表达政见的婉曲诡谲,显得明朗而果决;摒弃了汉代文赋呆板的全方位铺叙,代之以紧扣题旨的重点描写,呈现出形象鲜明、神彩飞动的活泼生气;革新了汉代文赋往往以主客问难为结构程式的单调一律,使虚拟人物随内容表述和情感宣泄的需要应机出现,成为一种灵便而颇具形象性的抒情手段。

总之,"祖骚宗汉"使元代文赋获得较高的文学价值,并基本奠定了明代、清代时期乃至近代辞赋以"古"为主的格局。由于元代文赋的思想境界欠高,又只在楚骚、汉代文赋固有的畛域内作一些挖补修润,缺乏全新的创造,因而没有成就赋史上一座新的高峰。这也就是我们对元代文赋的基本评价。

元曲研究的一个新思路
——论草原文化对元曲的影响

田同旭

元曲创造了古典戏曲的一个辉煌时代，而元曲又繁荣于蒙古民族作为统治民族的特定时代，若把元曲放在体现蒙古民族的民族精神、民族性格的草原文化之背景下重新认识，我们将会得到许多新的启示，为元曲研究开拓一个新的思路。

草原文化对元曲的影响，明代曲论家已多有论述。徐渭《南词叙录》云："今之北曲，盖辽金北鄙杀伐之音，壮伟狠戾，武夫马上之歌，流入中原，遂为民间之日用。宋词既不可披管弦，南人亦遂尚此，上下风靡，浅俗可嗤。"又云："听北曲使人神气鹰扬，毛发洒淅，足以作人勇往之志，信胡人之善鼓怒也，所谓'其声噍杀以立怨'是也。"

王世贞《曲藻》云："曲者，词之变。自金元入主中国，所用胡乐，嘈杂凄紧，缓急之间，词不能按，乃更为新声以媚之。……但大江以北，皆染胡语，时时采入，而沈约四声遂阕其一。"又云："凡曲，北字多而调促，促处见筋；南字少而调缓，缓处见眼。北则辞情多而声情少，南则辞情少而声情多。北力在弦，南力在板，北宜和歌，商宜独奏。北气易粗，南气易弱。"

王骥德《曲律》云："金章宗时，渐更为北词。……入元而益漫衍其制，栉调此声，北曲遂擅盛一代。顾未免滞于弦索，且多染胡语，其声近噍以杀，南人不习也。"又云："曲之有南北，非始今日也。""以辞而论，……南音多艳曲，北俗杂胡戎。以地而论，……南朝之乐，多用吴音；北国之乐，仅袭夷虏。以声而论，……南词主激越，其变也为流丽；北曲主慷慨，其变也为朴实。"

明代曲论家注意到了胡乐在元曲形成发展过程中所起的作用，使得向以行腔靡曼柔婉、不习胡乐的中原俗雅之辈，不得不接受草原民族的杀伐嘈杂之音,以及武夫马上之歌、胡语鼙怒之声、激越苍凉之味,而使胡乐风靡中原为元曲增色。明人所论对后世元曲研究影响很大,至今人们论及元曲音色,仍循明人之论。这就造成一种错觉,似乎草原文化对元曲的影响,仅仅限于胡乐的音乐体系;以往的元曲研究,人们也总是注目于唐代、宋代以来中原文化的影响,注目于元代社会政治经济的作用,恰恰忽视了一个不应忽视的极其重要的因素,即以草原民族之民族精神、民族性格为核心、为灵魂的草原文化对元曲的影响。

历代文学之胜,无不反映历代统治阶级所崇尚的道德风尚和文化传统。汉代之赋,是"汉德须颂"之社会思潮的文学体现。唐代之诗,是国力强盛之盛唐气象的艺术表现。宋代之词,以理入诗,又以诗入词,是理学建立对词的影响,而爱国词日盛,则反映宋代人民对朝廷不能收复北鄙后又偏安江南不思北进的不满。作为一代文学之胜的元曲,当然不能不反映作为统治民族的蒙古民族所崇尚的草原文化,元代胡乐,正是草原文化之重要组成部分,它是草原民族之民族精神、民族性格的结晶。

"民族音乐可以表现民族性格,因为民族风格和调式是由音阶体系构成的,音阶中各音程间的关系,是由于使用者的性格类型及行为模式的特点而构成不同比值的。"① 我国著名音乐家贺汀曾精辟指出:"一切音阶调式都是由不同的民族根据各自的生活习惯、文化传统,长期发展而形成的,具有各自民族特色;……尚有如节奏、音色、乐曲形式结构、力度表现等方面都是与民族传统分不开的。"② 要言之:"艺术离不了人民的习惯、感情以至语言,离不了民族的历史发展。"③ 如此说,音乐是由表现一个民族特色的音阶调式,即音色及通过音色反映其民族精神、民族性格、民族文化、民族传统、民族习惯、民族历史等两方面主要因素组成,它是一个民族的心灵血气与反映其民族心灵血气的声和音之和谐表现。那么胡乐中所表现出的杀伐嘈杂之音、武夫马上之歌、胡语鼙怒之声、激越苍凉之味,就不仅仅是表现草原民族心灵血气的音阶调式之音歌声味,还表现和反映其民族的历史经济、文化传统、道德风尚等马上杀伐、武夫鼙怒之生活内容,尤其是从这种民族生活中结晶出的民族精神和民族性格,

---

① 叶纯之、蒋一民:《音乐美学导论》,北京大学出版社1988年版,第237页。
② 《音乐美学导论·序》,北京大学出版社1988年版,第2页。
③ 毛泽东:《同音乐工作者的谈话》,《马克思主义文艺论著选讲》,中国人民大学出版社1989年版,第595页。

而民族精神、民族性格又是一个民族文化的核心与灵魂,没有这个核心与灵魂,就不会形成各自民族音乐的音阶调式。所以明人所论南北曲音色相异,根本在于中原汉民族和草原少数民族的民族精神、民族性格之文化传统不同。

为什么明代人论及草原文化对元曲的影响时,仅肯定胡乐的音色,而不明指胡乐实际上表现着草原民族精神和民族性格呢?这是明代人的历史局限。

元代罗宗信和虞集为周德清《中原音韵》作序时曾先后盛赞北曲:"国朝混一,北方诸俊新声一作,古未有之,实治世之音也。后之不得其传,不遵其律……""我朝混一以来,朔南暨声教,士大夫歌咏,必求正声,凡所制作,皆足以鸣国家气化之盛,自是北乐府出,一洗东南习俗之陋。"①

明代徐渭则极力诋毁北曲。他先称北曲"浅俗可嗤",又云"南之不如北有宫调,固也。然南有高处,四声是也。北虽合律,而止于三声,非复中原先代之正,周德清区区详定,不过为胡人传谱,乃曰《中原音韵》,夏虫井蛙之见耳。"②再云:"有人酷信北曲,至以伎女南歌为犯禁,愚哉是子!北曲岂诚唐宋名家之遗?不过出于边鄙裔夷之伪造耳。夷狄之音可唱,中国村坊之音独不可唱?原其意,欲强与知音之列,而不探其本,故大言似欺人也。"③

徐渭对胡乐的鄙视,很典型地体现了明人的历史局限,即固守传统,受中原传统观念中夷狄华夏的束缚。夷狄华夏是中原传统观念中与君子小人相提并论的两个大问题,而夷狄华夏尤为重要。顾炎武云:"君臣之分,所安者在身;华夷之防,所系者在天下。"④夷狄,在中原文化的传统观念中,是落后野蛮的。孔夫子云:"夷狄之有君,不如诸夏之亡也。"⑤孟夫子云:"吾闻用夏变夷者,未闻变于夷者。"⑥孔孟都以鄙视口吻而言夷狄。春秋时有人甚至不把夷狄当人视之。《公羊传》桓公十五年记:"皆何以称人?夷狄之也。"后人骂夷狄更是刻薄。鲁迅《病后杂谈之余》引宋代晁说所云:"彼金贼虽非人类,犬家豖亦有掉瓦怖恐之号,顾夷之俱也,宋人竟然不把女真当作人类而呼之为禽

---

① 周德清:《中原音韵·序》,《中国古典戏曲论著集成》一册。
② 徐渭:《南词叙录》,《中国古典戏曲论著集成》三册。
③ 徐渭:《南词叙录》,《中国古典戏曲论著集成》三册。
④ 徐世昌:《清儒学案》卷六。
⑤ 《论语·八佾》。
⑥ 《孟子·藤文公上》。

兽。"金代、元代皆为北方草原少数民族相继入主中原的时代,尽管明人数口同赞元曲创造了一代文学之胜,感叹"今南曲盛行于世,无不人人自谓作者;而不知其去元人远矣。"①

正是夷狄华夏传统观念束缚,使明代人们仅仅肯定胡乐在音色上促进了元曲的繁荣,而不肯明确承认胡乐中所体现的草原民族之民族精神、民族性格,对元曲的更为重要的影响。其实,明人并非无视这一点,其云"马上杀伐、胡语鼓怒、武夫噍杀、壮伟狠戾、浅俗辞情"之所指,也只能理解为明人实际上并未抹杀胡乐之音色表现了草原民族的民族精神、民族性格,也未否认其对元曲的繁荣起到了难以否定的重要作用。

看来,这是后人的愚拙而无视明人的透露,断章取义,一味片面强调仅仅胡乐之音色对元曲发生影响,有意无意地掩盖了草原文化对元曲繁荣所起到重要的影响和作用,使元曲研究至今没能突破夷狄华夏传统观念之束缚而取得新的突破。必须明确的是:草原文化对元曲的影响,不仅仅是音阶调式胡语胡乐,更主要的是民族精神、民族性格。不能以为宋代、元代时期中原文化已经高度文明,草原文化依然野蛮落后,仍然抱着"吾闻用夏变夷者,未闻变于夷者"的传统观念不放。

孰不知,"古往今来,每个民族都在某些方面优于其他民族"②。应当肯定,金代、元代时期女真人蒙古族对古老的中国封建社会在政治经济、思想文化等方面,都不同程度地发生过种种进步影响,而不仅仅是践踏破坏。金代、元代,少数民族入主中原之初,其社会形态刚刚脱离原始社会或奴隶社会而为时不长,蒙古族甚至直到十三世纪初才有初创文字,特别是尚未形成明确的文治观念,未能确立严密的礼法制度而较少伦理道德束缚,和古老的中原封建制度相比,草原民族无疑处于奋发向上的阶段,属于生气勃勃的民族。由于游牧经济的制约,草原民族的牛羊到处徙移、骑兵纵横欧亚,"逐水草而居"的徙移流动的游牧经济之社会形态,犹如流动的水流,决定了草原文化很少沉淀、保守与僵化。

这与传承日久、沉淀日深的中原文化相比,无疑是一种新的文化,它造就

---

① 臧晋叔:《元曲选·序》。
② 马克思:《神圣家族》,《马克思恩格斯全集》二卷,第194页。

了特有的民族精神民族性格,即粗犷豪放、剽悍勇猛、刚毅质朴、爽朗而充满阳刚之气,而元曲就总体风格来说正表现着如此的阳刚之气。草原民族"不耕不种",很少土地的束缚因而性格较为纵放,"专放孳畜"正好驰骋长城内外,他们向恶劣的沙漠戈壁挑战,而追寻水草丰美之地,向野蛮落后的部落经济挑战,而向往精神文化文明的社会,向日趋保守僵化的中原文化挑战,而追求幸福美好理想的光明。挑战中,草原民族始终洋溢着高亢雄浑、刚健向上的英雄主义、乐观主义和理想主义。

挑战实际上成为草原文化之魂,即草原民族的民族精神和民族性格。以民族精神、民族性格为结晶的草原文化,形成了蒙古族文学的民族风格美学传统。诸如蒙古族神话传说英雄史诗中的主人公巴特尔向自然的社会的邪恶势力挑战而表现出的英雄主义;史诗《江格尔》中"无畏的洪古尔英勇战斗","不怕粉身碎骨,不顾皮开肉绽","不惜流尽自己的鲜血,不惜摧残自己的骨骼",最后终于"统一了七十个汗的领土","听不到战鼓鸣响,没有骚乱,处处安康"而表现出的乐观主义;史诗《格斯尔传》中的英雄们引海水灌溉沙漠使戈壁变成良田牧场,勇士们严惩魔王胜利归来阖家团圆,人畜两旺而表现出的理想主义等等,无不体现草原文学壮美阳刚之气及刚健雄浑之美。这种民族风格美学传统,恰与明代人民盛赞元曲之使人神气鹰扬,令人毛发洒淅、作人勇往之志的音阶调式给人的美感相一致,草原文学中的英雄主义、乐观主义、理想主义,又恰与人们所盛赞的元曲家之斗士精神相一致。

相比之下,中原文化则较多保守僵化。中原文化历史悠久、源远流长、根深蒂固,它强固的凝聚力,使中华民族能够几千年自立于世界民族强林。然而也正是它的悠久历史,使中原文化随着封建社会的由盛而衰,便逐步显出它的保守僵化。

在中原文化日益令人压抑的时代,历史上一批批有识之士,则一直在寻找反抗,诸如贾谊、阮籍、陶潜、李白等人。如是观,沉淀极其深厚的中原文化在不断异化着一种越来越强烈的反抗思想。然而这种反抗仅仅囿于中原文化内部,反抗者寻找不到新的文化武器,吸收不到新的文化营养,接受不到新的文化鼓舞,反来反去总是犹如孙行者跳不出如来佛手掌、跳不出中原文化的天罗地网,结果,反抗者到后来总是或者归于失败被迫妥协,或者干脆隐居山林、遁入空门。这种反抗充其量只是对传统道德的不满而想补天,反抗者常常是后来否定自己,元曲家并不完全同于反抗者而带有鲜明的时代特点,他们对元代社会进行了全面的批判,他们是一批具有"反传统的新的思想光芒"的斗士[①],在他们身上体现着中原文化与草原文化之两种不同文化的撞击及融合,诸如蒙元时期的元曲家关汉卿、王实甫,他们基本上属于在中原文化熏陶下隐怀反抗意识的传统文人。由于他们多由金代入元代,较长时间接受了早已风靡中原的草原文化的影响,尽管可能是不自觉的,却在他们的作品中已经体现出了两种文化的撞击及融合。即在中原文化于辽金出现断裂之际,又被蒙古骑兵践踏侵扰涂地之时,金代、元代统治者还未自觉地意识到文治的社会作用,传承日久的中原文化传统道德对人们的思想束缚一度松动,元曲家相对思想解放而空前自由,中原文化中传统的反抗思想和草原文化中倔起的挑战精神,犹如元曲中大量出现的一见钟情之男女,乍相逢即幽会、相冲撞而爆出光彩,两种文化在元曲家身上自觉不自觉地融合统一,终于形成了让历代文人皆望尘莫及、不得不倾倒折腰的斗士精神,并且为元曲之时代精神增添异彩。

元曲家的斗士精神无疑是中原文化和草原文化相互冲撞、相互融合的文化结晶,元曲之"反传统的新的思想光芒"由此而来,这才使元曲以巨大的艺术力量、辉煌的思想成就,成为一代文学之胜并引起文学史上的一个巨变,即向来被正统文人视为浅俗可睹不登大雅之堂的戏曲等俗文学,自元代以后终于取代诗文的正统地位,而成为文学史发展之主流。

两种文化冲撞融合引发文学巨变,文学史上并非仅有元曲。魏晋六朝的民族文化融合,以及佛教文化的传入,曾引起了六朝文学的巨变,唐代儒、道、释三种文化的合流也曾促进了唐代文学的兴盛发展。

引人注意的是,元曲家笔下的反抗者与历代文学中的反抗者相比很难为伍并列,其原因在于元曲家为他们注入了较多的"反传统的新的思想光芒",使他们不仅仅具有中原文化中传统的反抗性格,也更具有草原文化中的挑战精神。诸如《窦娥冤》中的窦娥,骂流氓、骂贪官、骂鬼神、骂天地,她把社会的一切不平都骂遍了,以致临死前还大声呼喊:"我做了个衔冤负屈没头鬼,怎肯便放了你这个好色荒淫漏面贼。窦娥没有求天告地连喊:冤枉!冤枉!"反而咒天骂地发誓死了也不放弃反抗。这种"争到头竞到底"的斗士精神,就不

---

① 《中国文学通史系列·元代文学史》,人民文学出版社1991年版,第62页。

仅仅是对官府的不满而反抗,简直是对整个社会的否定,以及无所畏惧地愤怒挑战。窦娥的形象,我们竟然在唐、宋、明、清时代的反抗作家的笔下难以再找到"这一个"。再如《墙头马上》中的李千金,她在封建家长的责难面前毫不畏忌于礼教纲常,竟然理直气壮地宣布,她与裴少俊的私奔而婚是天赐的姻缘。同样是写。"妾弄青梅凭短墙,君骑白马傍垂柳。墙头马上遥相望,一见知君即断肠"的男女之情①,白居易笔下的私奔女的最后选择是"终知君家不可住,其奈出门无去处"的结局②,反抗礼教的火花终因私奔女的妥协而被传统道德礼教纲常浇灭。元曲家则不论什么礼教纲常,不论什么"聘则为妻奔为妾,不堪主祀奉蘋蘩"③,不仅毫无顾忌地成就了一大批私奔男女的婚姻,还尽情嘲笑封建礼教传统道德的虚伪,为笔下的有情人都安排了一个又一个理想的大团圆结局。

元曲家的斗士精神挑战胆略是空前绝后的。《举案齐眉》中的孟光,自择书生梁鸿为婿而受到封建家长的责难。孟光没有屈从父命,没有妥协于礼教,没有愁眉泪眼,反而在封建家长面前石破天惊地向礼教纲常宣战:如果父母不同意她的自由选择,她就要"学那卓文君拟定嫁相如"。明确大胆向封建道德宣布要私奔,文学史上惟见元曲中的孟光"这一个"。相比《孔雀东南飞》中的男女,仅敢背着家长"低头共耳语"而相约来日相聚。陆游与唐婉反抗礼教比之焦仲卿夫妻要大胆一些,然而他们的重相聚也不敢让家长得知。焦仲卿夫妻与陆游夫妇,都不能与孟光相比,孟光的挑战明显的与中原文化中传统的反抗方式不同。

再如《蝴蝶梦》中的王婆婆,她在公衙大堂上与官府公开讲理,说葛彪之死是咎由自取,法律面前"使不着国戚皇亲玉叶金枝,便是它龙子龙孙也要吃官司,王婆婆的胆略,比之汉代强项令董宣并不逊色,哪里管它什么'刑不上大夫'之传统道德?元曲中的斗士精神不仅仅是反抗不平而更多向不平的挑战因素,诸如《单刀记》中关云长之大无畏勇气,《李逵负荆》中黑旋风之嫉恶如仇性格,《张生煮海》中张生誓把大海煮干的豪情,都可以看出元曲家笔下四溢的"反传统的新的思想光芒"。

---

① 白居易:《井底引银瓶》诗。
② 白居易:《井底引银瓶》诗。
③ 白居易:《井底引银瓶》诗。

这种反传统的新的思想光芒,即元曲中的斗士精神的形成,原因是多方面的,不排除中原文化中传统的反抗精神为它奠定的基础,但无论如何不可排除草原文化中的挑战精神给予它新的影响。

元曲爱情剧中有两个引人注目的关目,即追求爱情自由的青年男女,在一个特定的环境里,突然相逢即一见钟情很快结合,又经周折终于如愿以偿大团圆。一见钟情,首先表现为青年男女由于受传统道德礼教纲常的长期压抑,而产生的不尽春愁和再也不能抑制的感情爆发,表现为青年男女对传统道德礼教纲常摧残美好、扼杀自由束缚人性的不满和反抗。然而我们又注意到,元曲爱情剧中的一见钟情,恰与草原上的男女表达感情的方式相合,他们就是如此大胆地宣泄感情的。茫茫草原,浩翰戈壁人烟罕见,一对男女突然在苍穹下相逢,"婚礼无媒灼"的草原男女①,自然不会放过这难逢之良机美情的。一见钟情与草原婚俗没有在唐诗、宋词、南戏而在元曲中吻合,不会纯属历史的偶然巧合。如果是偶然巧合的话,需要一个特定的环境,那就是中原文化在金代、元代时期出现了断裂,元曲家受草原文化的影响鼓舞,才敢有如此的胆略大胆地描写热情地赞歌一见钟情。

再一个是大团圆,王国维称之为"吾国人之精神"②,即它本身沉淀着中原民族传统的心理。问题在于这种国人之精神,是在哪个时代才发扬光大而引起人们注目又深探地影响了人们的生活的?按照吾国人之精神,《孔雀东南飞》中的男女主人公应当团圆,但那时还没有元曲时代的特定环境,汉乐府作者所能借鉴的,恐怕只能是梦中团圆或死后变为连理化为鸳鸯,于是焦仲卿、刘兰芝也只好"中有双飞鸟,自名为鸳鸯,仰头相向鸣,夜夜达五更"。同样,唐宋文学中的有情男女,极少有如《西厢记》中的崔莺莺、张生那样,迫使老夫人不得不承认他们的事实婚姻,而后又为他们操办喜庆筵席。如此论,大团圆结局不是在中原传统文化高度发展的唐宋文学中,而是在中原文化出现断裂的元曲中大量集中出现,则不能不考虑促进元曲繁荣的特定文化背景,即草原文化在这个时期已风靡中原,关汉卿、王实甫是会受其影响的。同时,大团圆结局所表现出的吾国人之精神,正与草原民族"逐水草而居",追求水草丰美之地所表现出的文化心理和理想主义一致。

---

① 萧大亨:《夷俗记》,转引自马之骕:《中国的婚俗》,岳麓书社1988年版,第231页。
② 王国维:《红楼梦评论》第三章,《红楼梦之美学上之价值》。

可见，没有中原文化、草原文化这两种文化的冲撞和融合，很难形成元曲的斗士精神，元曲也就失去了"反传统的新的思想光芒"。因此，元曲的反传统的新的思想光芒，一方面表现为元曲家对中原文化中消极因素沉淀过多的不满与反抗，他们要求挣脱传统道德伦理纲常的束缚；另一方面又表现为元曲家受草原文化的影响鼓舞而焕发出的一种挑战精神。这种反抗与挑战的结合，构成了元曲的斗士精神，它实际是两种文化的结合。这种结合，在日趋保守令人窒息的中原传统文化中不会自觉产生，相反，传统道德伦理纲常只会腐蚀反抗者的斗志，扼杀挑战者的宣战。"只有野蛮人才能使一个在垂死的文明中挣扎的世界年轻起来。"[①]中原文化传承已经几千年，唐代、宋代以后逐步走向腐朽、走向垂死，它需要补充新的血液、增加新的营养才能发扬光大。于是乎草原骑兵的杀伐之声鼓怒之气武夫之歌嘈杂之音，尤其是草原文化中的英雄主义乐观主义理想主义，以及草原民族之民族精神民族性格结晶出的挑战精神，无疑给中原文化中传统的反抗思想输入了新的血液、补充了新的营养，元曲家乘中原文化出现的断裂之危，在草原文化的影响鼓舞之下，向空前黑暗的蒙元社会、空前残酷的民族压迫进行了空前的反抗与挑战，终于造就了空前的元曲斗士精神，造就了元曲这一代文学之胜，使元曲成为古典戏曲史上一个难以超越极为辉煌的时代。

总之，元曲繁荣的原因固然很多，不排除唐代、宋代以来传统的中原文化对它的影响和促进，但也不可忽视草原文化在其中的重要作用。草原文化对元曲的影响，不仅是胡乐的音阶调式，"听北曲使人神气鹰扬，毛发洒淅，足以作人勇往之志"，不是胡乐的音阶调式所能完全调动起来的，更主要的是胡乐中所体现出的草原文化之魂——北方少数民族之民族精神民族性格的鼓舞和影响。元曲繁荣于蒙古族作为统治民族的时代，蒙古民族所崇尚的草原文化对元曲的影响是必然的。当人们开始以草原文化为参照来重新认识元曲的时候，对于元曲的研究，相信将会有许多新的开拓和进展。

---

① 恩格斯：《家庭、私有制和国家的起源》，《马克思恩格斯选集》四卷，第153页。

论古代戏曲的自觉

田同旭

古代诗文与小说,都经历过从无意识创作到有意识自觉创作的发展过程。作为古代戏曲来说,它是何时走向创作的自觉,又以何种戏曲形式为其艺术标志,这是个很值得探讨,却至今没有引起学界关注的问题。可以借鉴古代诗文与小说的自觉,来探讨古代戏曲的自觉应具备的艺术条件。

古代诗文发展,至魏晋时期进入文学的自觉。鲁迅《魏晋风度及文章与药及酒之关系》云:"曹丕的一个时代,可以说是文学的自觉时代,或如近代所说是为艺术而艺术的一派。"[①]魏晋时期的文学主要是诗赋与文章,故文学的自觉即诗文的自觉。袁行霈《中国文学史》对魏晋文学自觉,概括为三个标志:

其一,"文学从广义的学术中分化出来,成为独立的一个门类。"

其二,"文体辨析是文学自觉的重要标志。"

其三,"对文学的审美特性有了自觉的追求。文学之所以成为文学,离不开审美的特性。""对语言的形式美有了更自觉的追求。"[②]

袁行霈关于魏晋文学自觉的三个标志,说明文学已经走出与经史的浑沌不分,走向了观念与文体的独立,即为文学而文学;文学有自己的审美特性,讲究形式艺术美,即为艺术而艺术。还可做几个方面的补充。首先,从建安文学的成就看,诗文已经具备了自觉承担反映社会现实之历史重任的艺术能力,取得了与经史学术并列的地位。其次,以曹丕《典论》为标志,魏晋文学自觉地建立了文学批评的理论体系,促进了文学的自觉发展。再者,曹丕关于文章为"经国之大业,不朽之盛事"的论述,鼓吹人们重视文学的自身价值,提高了文

---

① 鲁迅:〈魏晋风度及文章与药及酒之关系〉,《鲁迅全集》卷三,人民文学出版社1956年版,第328页。

② 袁行霈:《中国文学史》,高等教育出版社1999年版,第5页。

学的社会地位,势必促使人们重视文学的自觉创作。

古代小说发展,至唐代传奇走向了艺术的成熟与自觉。鲁迅《中国小说史略》云:"小说亦如诗,至唐而一变,虽尚不离于搜奇记逸,然记述宛转,文辞华艳,与六朝之粗陈梗概者较,演进之迹甚明,而尤显者乃在是时则始有意为小说。"①吴志达《中国文言小说史》将唐代小说自觉概括为三个标志:

其一,"就作者来说,到了唐代更自觉的进行小说创作。""他们的创作目的很明确,运用艺术手法很自觉,这在小说史上是一大进步。"

其二,"从作品内容上来看,唐人传奇更切近现实生活,题材也更广泛。""构成唐代社会的百科全书,从各个不同侧面反映了那个时代的精神面貌。"

其三,"从艺术表现技巧来看,唐传奇小说无论是构思布局,人物描写,语言艺术,都达到了一个新的水平。"②

吴志达关于唐代小说自觉的三个标志,说明唐人已开始注意自觉地利用小说反映社会现实,有意识地追求小说的审美特性。还可做几个方面的补充。首先,程国斌《唐五代小说的文化阐释》以为,唐代小说的自觉,"其中一个重要标志就是:唐五代小说逐渐摆脱了作为子史附庸的地位"③,使小说文体走向了独立。其次,从散见于唐人传奇作品中的小说理论来看,唐人小说有非常明确的创作目的和社会责任感,即借助小说进行道德劝惩,政教风化,已经确立了"文以载道"的小说观念。再者,唐代传奇的作者,皆文人士夫,古代小说是在他们的艺术创造中,走向了艺术的成熟和观念的自觉。

借鉴古代诗文与小说的自觉,古代戏曲的自觉也应当具备相应的艺术条件,即曲家自觉地进行戏曲创作,确立明确的创作意图和目的,有意识地进行戏曲理论的探讨与建设,同时,被视为自觉的某种戏曲形式,应对后世戏曲发展有直接的影响等等。古代戏曲在宋代、元代之际正式形成后,先后产生了宋元南戏、元代杂剧、明清传奇、清代花部等不同的戏曲形式。结合古代戏曲的发展对照而论,古代戏曲的自觉,应以元末明初时代之南戏为其艺术标志,始以元代末期南戏《琵琶记》为开创,至明初南戏《伍伦全备记》、《香囊记》而广大,正好出现于南戏重新兴盛后向传奇演变的转型时期。

---

① 鲁迅:《中国小说史略》,人民文学出版社1973年版,第54页。
② 吴志达:《中国文言小说史》,齐鲁书社1994年版,第233页。
③ 程国斌:《唐五代小说的文化阐释》,人民文学出版社2002年版,第1页。

一、古代戏曲的自觉,取决于元末明初之南戏曲家

这些戏曲家有意识地涉足曲坛,为戏曲而戏曲,为艺术而艺术,促使传统的戏曲观念发生重大变化。古代戏曲以宋代南戏为艺术标志,走向了戏曲的成熟。由于朝廷的榜禁,性理学人的封杀,尤其是正统文人对戏曲的鄙视,使南戏长期处于"本无宫调"与"随心令"的"村坊小曲"①之艺术阶段。直至元朝末年,南戏受到元人杂剧的艺术影响,许多文人开始自觉涉足曲坛,产生了《荆钗记》、《白兔记》、《拜月亭记》、《杀狗记》四大南戏,尤其是高明《琵琶记》的问世,使南戏重新走向兴盛,并取代元代杂剧成为古代戏曲发展的主流艺术。受元代末期南戏的影响,明代初期文人曲家也相继有意识地创作了一批南戏,其中尤以邱濬《伍伦全备记》、邵灿《香囊记》最有影响,为南戏向传奇的演变做好了艺术准备,使古代戏曲走向了创作自觉。

元末明初时代之南戏,是古代戏曲发展的重要时期,其传统的戏曲观念,以及戏曲形式等很多方面,都出现了重大变化,并对后世戏曲发生深远影响。在戏曲观念方面,元末明初时代众多文人士大夫自觉抛弃"士夫罕有留意者"②,以及"高尚之士,性理之学,以为得罪于圣门者"③的传统观念,开始有意识地涉足曲坛。高明是江苏、浙江地区名士,至正五年(1345)进士,曾入仕元朝,辞归后致力于《琵琶记》的创作。徐渭《南词叙录》介绍高明作《琵琶记》的原因:"永嘉高经历明,避乱四明之栎社,惜伯喈之被谤,乃作《琵琶记》雪之》。"④邱濬是景泰五年(1454)进士,官至太子太保兼武英殿大学士,又是明代著名理学家,他出于和高明同样的目的而作《伍伦全备记》。邱氏在《副末开场》[临江仙]中声称:"每见世人搬杂剧,无端诬赖前贤。伯喈负屈十朋冤,九原如可作,怒气定冲天。这本《伍伦全备记》,分明假托扬传。一部戏里五伦全,备他时世曲,寓我圣贤言"⑤。

高明不平《赵贞女》中蔡伯喈被谤,邱濬不平《荆钗记》中王十朋被冤,专

---

① 徐渭:《南词叙录》,中国古典戏曲论著集成本,中国戏剧出版社1959年版,第239页。
② 徐渭:《南词叙录》,中国古典戏曲论著集成本,中国戏剧出版社1959年版,第239页。
③ 钟嗣成:《录鬼簿》,中国古典戏曲论著集成本,中国戏剧出版社1959年版,第101页。
④ 徐渭:《南词叙录》,中国古典戏曲论著集成本,中国戏剧出版社1959年版,第239页。
⑤ 邱濬:《伍论全备记》,古本戏曲丛刊影印本,商务印书馆1954年版,第2页。

为翻案而作了《琵琶记》和《伍伦全备记》,诚属自觉而为之,完全是有意识地为戏曲而戏曲。同时《伍伦全备记》本事无考,关目多因袭前人之作。郭英德《明清传奇史》评价其为"中国戏曲史上第一部由文人完全虚构的长篇戏曲作品,无论是故事情节还是人物形象,都纯属捏造,于史无考,表现了明确的虚构意识。"①邱濬在《副末开场》中也承认此剧为"分明假托扬传"之作。邵灿的《香囊记》也属有意识地虚构之作,剧中人物张九成出使金邦,虽然史有其人其事,却并无使金被扣之事,其家庭被难诸事,也属无稽之谈。故此剧大多情节完全出于虚构。邵灿《家门》〔鹧鸪天〕宣称:"今即古,假即真,从教感起座间人。传奇莫作寻常看,识义由来可立身。"②虚构本身就是有意识的创作,所以郭英德认为邱濬、邵灿,都是"以无中生有的虚构故事,来宣扬封建伦理道德思想,这就是邱濬、邵灿(本文作者按:还应包括高明)一派戏剧家的独创,也是他们鲜明的戏剧观"。"这种半虚半实、亦虚亦实的戏剧创作观念,为其后的文人作家所发扬广大,成为明清传奇的一种重要的创作方法。"③邱濬、邵灿皆受高明影响。《赵贞女》之题材虽依托真实的历史人物,但伯喈弃亲背妇、重婚牛府,对于汉代蔡邕来说,实为无稽之事。《琵琶记》分明是高明为着一定创作意图虚构成的一部曲作。高明、邱濬皆以名士名臣身份,染指娼妓优伶才为之的戏曲,又带着非常强烈的社会责任感涉足曲坛,决非无意识而为之。郭英德评价云:"以达官显贵的身份创作戏曲,邱濬是第一人,可谓开一代风气之先。""以理学家的身份创作戏曲,邱濬也是前所未有的。"④元末明初众多名士显贵涉足曲坛,都有着明确的创作意图。高明、邱濬无疑是古代戏曲史上最早意识到戏曲具有感动人心之力的戏曲家。对于戏曲的社会影响,历代朝廷要比曲家清醒敏感而频频禁戏。祝允明《猥谈》云:"余见旧牒,其时有赵闳夫榜禁,颇述名目,如《赵贞女蔡二郎》等。"⑤明太祖也曾于洪武二十二年(1389)诏告天下云:"娼优演剧,除神仙、义夫节妇、孝子顺孙、劝人为善及欢乐太平不禁外,如有亵渎帝王圣贤,法司严拿。"⑥高明、邱濬则从朝廷禁戏中,

---

① 郭英德:《明清传奇史》,江苏古籍出版社1999年版,第80页。
② 邵灿:《香囊记·六十种曲本》,中华书局1958年版,第1页。
③ 郭英德:《明清传奇史》,江苏古籍出版社1999年版,第83页。
④ 郭英德:《明清传奇史》,江苏古籍出版社1999年版,第79页。
⑤ 赵山林:《中国戏曲学通论》,安徽教育出版社1995年版,第231页。
⑥ 王晓传:《元明清三代禁毁小说戏曲史料》,作家出版社1958年版,第12页。

意识到了戏曲的感召之力。高明《琵琶记》之《副末开场》〔水调歌头〕云:"论传奇,乐人易,动人难。知音君子,这般另作眼儿看。"①邱濬《伍伦全备记》之《副末开场》亦云:"经书都是论说道理,不如诗歌吟咏性情,容易感发人心。""近世以来,作成南北戏文,用人搬演,虽非古礼,然人人观看,皆能通晓,尤其感动人心,使人手舞足蹈亦不自觉。"②高明、邱濬意识到了戏曲感动人心之力而自觉涉足曲坛,反映了元末明初文人士夫戏曲观念的变化,其影响所及,使得明清两代著名文人、达官显贵纷纷涉足曲坛,有意识而为戏曲,形成与早期南戏、元代杂剧之作者多以民间艺人、书会才人、下层官吏为主体的完全不同的作家队伍。

二、古代戏曲的自觉,反映社会现实的历史重任又表现为元末明初之南戏曲家涉足曲坛

他们都带着明确的创作目的,即通过戏曲宣扬封建伦理道德,曲以载道,自觉承担反映社会现实的历史重任。高明《琵琶记》之《副末开场》〔水调歌头〕宣称:

> 今来古往,其间故事几多般。少甚佳人才子,也有神仙幽怪,琐碎不堪观。正是不关风化体,纵好也徒然。论传奇,乐人易,动人难。知音君子,这般另作眼儿看。体论插科打诨。也不寻宫数调,只看子孝共妻贤。③

不论《琵琶记》的剧情是否遵循此家门,高明本意旨在宣扬封建道德,创作意图十分明确。邱濬《伍伦全备记》之《副末开场》〔鹧鸪天〕、〔西江月〕亦云:

> 书会谁将杂曲编,南腔北调两皆全。若于伦理无关紧,纵是新奇不足传。风月好,物华鲜,万方人乐太平年。今霄搬演新编记,要使人心忽惕然。

---

① 高明:《琵琶记·六十种曲本》,中华书局1958年版,第1页。
② 邱濬:《伍伦全备记》,古本戏曲丛刊影印本,商务印书馆1954年版,第2页。
③ 高明:《琵琶记·六十种曲本》,中华书局1958年版,第1页。

亦有悲欢离合,始终开阖团圆。白多唱少,非干不会把腔填,要得看的,个个易知易见。不免插科打诨,妆成乔态狂言。戏场无笑不成欢,用此竦人观看。①

继而邱濬又安排了长达七百余字的独白,全是伦理道德和理学教义。全剧结束时,邱濬又不厌其烦地在〔余音〕中说道:

一似庄子的寓言,流传在世人搬演。两仪间禀性人人善,一家里生来个个贤。母能慈爱心不偏,子能孝顺道不愆,臣能尽忠志不迁,妻能守礼不二天。兄弟和乐无间言,朋友患难相后先,妯娌协助相爱怜,师生恩又义所传,伍般伦理件件传。这戏文但凡世上有心人,须听俺谆谆言。②

邵灿忠实追随邱濬,《香囊记》踵武其后,有感于"士无全节","有缺纲常",也以政教风化为宗旨,在剧末云:"忠臣孝子重常纲,慈母贞妻德永藏。兄弟爱慕朋友义,天书旌异有辉光。"③元末明初时代之南戏,形成了以"曲以载道"、"曲以教化"为创作宗旨的政教风化戏曲思潮,开创了把有益风化与感动人心融为一体的审美特性,成为明代、清代传奇共同遵循的戏曲观念。

元末明初时代南戏"曲以载道"、"曲以教化"的戏曲思潮,受到后世频繁的批评,然而却不能否认它的戏曲价值。它们是元末明初时代的社会产物,自觉承担了反映元末明初时代社会思潮的历史重任,高明、邱濬等辈都是带着强烈的社会责任感而涉足曲坛的。《琵琶记》问世于蒙元即将退出中原的特殊时代。自蒙元入主中原,中原传统道德受到冲击而出现长期断裂。有元一代,无数中原汉儒无不以挽救中原传统道德免于毁灭为神圣使命,频频建议蒙元统治者推行汉法。蒙元统治者为了中原的治理,在很多方面接受了中原汉儒的建议,同时又顽固坚持草原的祖宗之法,拒绝在观念形态等方面全面接受汉法,造成了蒙元一代意识形态领域里,始终存在着中原传统文化与草原游牧文化的长期冲突,形成了一个特殊的社会思潮。高明生活于江苏、浙江地区,这

---

① 邱濬:《伍伦全备记》,古本戏曲丛刊影印本,商务印书馆1954年版,第1页。
② 邱濬:《伍伦全备记》,古本戏曲丛刊影印本,商务印书馆1954年版,第39页。
③ 邵灿:《香囊记·六十种曲本》,中华书局1958年版,第132页。

是蒙元占领的最后一块汉地,中原传统文化沉淀极为深厚,高明因此深受中原传统文化的熏陶。《琵琶记》问世后,引起众家评论,明代李贽最具慧眼,他以为高明"必有大不得意于君臣朋友之间者,故借夫妇离合因缘于发其端"①。清代毛声山《第七才子书》云:"吾于传奇取《琵琶记》焉。凡臣之事君,子之事父,妇之事舅姑,以至于夫妇之相规,妻妾之相恤,莫不于斯编备之。"②毛声山以为,《琵琶记》是十全的封建伦理教科书,封建伦理规定的各种人伦关系,其中皆有答案。高明分明是"大不得意"于蒙元入主,造成中原传统道德的礼崩乐坏,纲常不振,遂作《琵琶记》,以强烈的社会责任感,自觉承担起全面恢复中原传统道德的历史使命,旨在进行中原传统文化的重建,使《琵琶记》成为一部有着鲜明时代特色,反映元末特殊社会思潮的曲作。

正因为《琵琶记》承担了如此历史重任,才得到朱元璋的极力赞赏。朱元璋建立明朝时,曾下诏,全面恢复被蒙元践踏而长期断裂的中原汉制汉统。《洪武实录》载:洪武元年(1368),明太祖有感于"初元世祖自朔漠起,尽以胡俗变易中国之旧,甚至易其姓名为胡名,习胡语,俗化既久,恬不知怪。上久厌之,至是悉令复旧,衣冠一如唐制,士民皆以发束顶。其辫发椎髻,胡服胡言胡姓,一切禁止。于是百有余年之胡俗,尽复中国之旧"③。这是中国历史上最大规模的中原传统文化复古重建运动,《琵琶记》自觉不自觉地迎合了朱元璋"尽复中国之旧"的政治需要,才受到极力赞赏。

邱濬对朱元璋"尽复中国之旧"更是深有所悟,他紧步《琵琶记》后尘,"新编出这场戏文,叫作《伍伦全备》。发出性情,生乎义理,盖因人所易晓者,以感动之,搬演出来,使世上为子的看了便孝,为臣的看了便忠;为弟的看了敬其兄,为兄的看了友其弟;为夫妇的看了相和顺,为朋友的看了相敬信;为继母的看了不管前子,为徒弟的看了必念其师;妻妾看了不相嫉妒,奴婢看了不相忌害;善者可以感发人之善心,恶者看了可以惩创人之逸志。劝化世人,使他有则改之,无则加勉。自古以来,转首都是这个样子。虽是一场假托之言,实万世纲常之理。其于出口教人,不为小补云,在于君子有心观看"④。邱氏借助

---

① 蔡毅:《中国古典戏曲序跋汇编》,齐鲁书社1989年版,第652页。
② 侯百朋:《高则诚与琵琶记》,陕西人民出版社1984年版,第43页。
③ 吴毓华:《古代戏曲美学史》,文化艺术出版社1994年版,第95页。
④ 邱濬:《伍伦全备记》,古本戏曲丛刊影印本,商务印书馆1954年版,第2页。

戏曲为朱明文化复古之社会思潮推波助澜,使《琵琶记》开创的伦理教化之戏曲思潮,在明代初期南戏中得到发扬广大,形成"曲以载道"、"曲以教化"的戏曲观念。所以《伍伦全备记》同样是部有着鲜明时代特点,反映明初文化复古之社会思潮,并有深远影响的曲作。明代、清代传奇大多数曲作皆受高明、邱濬影响,无不明确标榜以伦理教化为主旨,即使许多离经叛道,专说风情的淫词艳曲,也要贴上伦理教化的标签,使伦理教化成为明代、清代传奇共同遵循的戏曲观念和创作倾向。

三、古代戏曲的自觉,推动曲作与曲论同步发展

元末明初之南戏曲家,有意识的进行戏曲理论的探讨和建设,开创了戏曲批评的风气,推动了曲作与曲论的共同发展。在元末明初时代之南戏诸多曲作的家门开场中,曲家介绍创作意图时,还不时提出诸多戏曲主张。如《琵琶记》:"不关风化体,纵好也徒然。""论传奇,乐人易,动人难。"如《伍伦全备记》:"若于伦理无关紧,纵是新奇不足传。""今宵搬演新编记,要使人心忽惕然。"如《香囊记》:"传奇莫作寻常看,识义由来可立身"云云。这些戏曲主张都把宣扬封建伦理道德,既作为一部曲作的创作宗旨与基本内容,又作为批评其优劣的艺术标准;同时又明确指出,戏曲创作的目的,是要借助戏曲感化人心,对世人进行封建伦理道德的教化。这是一种典型的儒家艺术论与理学戏曲观。最典型的是邱濬,他有感于"经书都是论说道理,不如诗歌吟咏性情,容易感发人心。"意识到"近世以来,作成南北戏文,用人搬演,虽非古礼,然人人观看,皆能通晓,尤其感动人心,使人手舞足蹈亦不自觉。但他做的多是淫词艳曲,专说风情闺怨,非为不足以感化人心,反被他破坏了风俗。间或有一二件关系风化,亦只是专说一件事,其间不免驳杂不纯。近日才子新编出这场戏文,叫作《伍伦全备》。发出性情,生乎义理,盖因人所易晓者,以感动之,搬演出来,使世上为子的看了便孝……。虽是一场假托之言,实万世纲常之理。"[①]为了达到政教风化的目的,高明、邱濬之辈不顾戏曲的审美特性,使戏曲伦理化,曲论道学化。不论元末明初时代之南戏曲家提出的戏曲主张,多么

---

① 邱濬:《伍伦全备记》,古本戏曲丛刊影印本,商务印书馆1954年版,第2页。

不顾戏曲的审美特性,他们开始有意识地探讨戏曲规律,进行初步的戏曲理论建设,这终究是个良好的开端,在戏曲创作中首开戏曲批评之风气。后来的明代、清代传奇曲家遵循了这一传统,不断地提出各种戏曲主张,推动了古代戏曲理论的发展。戏曲批评的出现,是古代戏曲自觉的重要标志。曲家结合自己的创作实践,针对各种戏曲现象,有的放矢地提出自己的戏曲主张,互相批评借鉴,互相争论进步,势必推动古代戏曲艺术的不断完善发展,并影响众多戏曲家、理论家专门致力于戏曲理论的探讨,写出一批曲论专著,使明代、清代曲论的创作走向了繁荣,形成曲作与曲论相互生发相互促进之势。

四、古代戏曲的自觉,对后世戏曲的启示与影响

元末明初时代之南戏曲家,无不自觉地竭尽才艺,使南戏艺术日臻完美,形成了独特的审美特性,并以规范的戏曲形式,对后世戏曲发生影响。高明、邵灿等文人显贵曲家,皆有较高文学艺术修养,他们竭尽才艺,精心创制,极大地提高了南戏的艺术水平。高明作《琵琶记》,锦心秀口,词藻富丽,令人赞叹。徐渭《南词叙录》云:高明"用清丽之词,一洗作者之陋。于是村坊小曲进而与古法部相参,卓乎不可及已"①。魏良辅《曲律》云:《琵琶记》"自为曲祖,词意高古,音韵精绝,诸词之纲领。"②后世对《琵琶记》大掉书袋,时有微词,但总的评价是赞誉多于诋毁。吕天成《曲品》因此将《琵琶记》列为"神品",称其"可师,可法,不可及也。"③

受高明的影响,《香囊记》对剧中人物不论身份、曲白皆用绮丽典雅之语,典故堆砌,辞赋盈篇。徐复祚《曲论》称其:"纯是措大书袋子语,陈腐臭烂,令人作呕。"④后世对《香囊记》虽然时有肯定,列之为"妙品","是前辈最佳传奇。"⑤但总的评价是诋毁多于赞誉。徐渭《南词叙录》云:"以时文为南曲,元末国初未有也,其弊起于《香囊记》。""宾白亦是文语,又好用故事作对子,最是害事。"⑥不过,《香囊记》却是一部有影响的曲作,受《琵琶记》、《香囊记》影

---

① 徐渭:《南词叙录》,中国古典戏曲论著集成本,中国戏剧出版社 1959 年版,第 239 页。
② 魏良辅:《曲律》,中国古典戏曲论著集成本,中国戏剧出版社 1959 年版,第 6 页。
③ 吕天成:《曲品》,中国古典戏曲论著集成本,中国戏剧出版社 1959 年版,第 210 页。
④ 徐复祚:《曲论》,中国古典戏曲论著集成本,中国戏剧出版社 1959 年版,第 236 页。
⑤ 吕天成:《曲品》,中国古典戏曲论著集成本,中国戏剧出版社 1959 年版,第 228 页。
⑥ 徐渭:《南词叙录》,中国古典戏曲论著集成本,中国戏剧出版社 1959 年版,第 243 页。

响,明代传奇相继出现《玉玦记》、《浣纱记》、《昙花记》、《玉合记》等曲作,形成了文采绮丽派,又称文词派。同时,明代、清代传奇大多曲作,都有绮丽典雅的艺术倾向,即使本色之作,也多典故丽语。追求绮丽典雅,是明代、清代传奇的普遍风气,《香囊记》实开风气之先。故王骥德《曲律》云:"自《香囊记》以儒门手脚为止,遂滥觞而有文词一体。"①

元末明初时代之南戏,经过高明、邱濬等文人曲家的艺术再造,基本形成了成熟的规范严谨的艺术形式。明代、清代传奇的艺术形式,诸如音乐宫调、生旦作场、角色家门、结构出数、语言风格、主题表现等,基本上搬用的都是《琵琶记》所造就的南戏之艺术体例。钱南扬《戏文概论》云:"《琵琶记》的格律,要比过去的戏文整饬完备得多,可以说集格律之大成。所以后世曲谱引证曲文,在数量上《琵琶记》总是占第一位,甚至誉之为词曲之祖。"②"张庚、郭汉城对《琵琶记》以生旦作场而形成的对照式双线结构特别赞赏:"《琵琶记》的另一重要特色,是戏剧结构严谨鲜明,两条线索交错发展,互相对照。""《琵琶记》的戏剧结构,在当时南戏的剧坛上,是独树一帜的。它的布局结构的方法,被后世的传奇作者视为圭臬。"③明代、清代传奇大多曲作,如《牡丹亭》、《长生殿》、《桃花扇》等剧,皆采用生旦排场对照式双线结构,使之成为古代戏曲传统的结构方式。所以古代戏曲基本的艺术模式与传统,更多方面都是南戏奠定的。

总之,作为古代戏曲的自觉,包含着诸多社会的艺术的复杂因素,非四个方面能够概括,然而最主要、最起码的应当具备上述艺术条件,方可称为古代戏曲的自觉。可能引起争议的是,拟以元末明初时代之南戏为古代戏曲的自觉,该如何评价元人杂剧?元代杂剧取得了辉煌成就,早于南戏创造了古代戏曲的繁荣,成为元代文学的光辉代表,元代杂剧何以不被视为古代戏曲的自觉呢?

元代曲家以书会才人为主体,这是一个非常特殊的曲家群体。钟嗣成《录鬼簿·序》称元代曲家为"门第卑微,职位不振,高才大德"之士"④。胡侍

---

① 王骥德:《曲律》,中国古典戏曲论著集成本,中国戏剧出版社1959年版,第122页。
② 钱南扬:《戏文概论》,上海古籍出版社1981年版。
③ 张庚.郭汉城:《中国戏曲通史》,中国戏剧出版社1992年版。
④ 钟嗣成:《录鬼簿》,中国古典戏曲论著集成本,中国戏剧出版社1959年版,第101页。

《真珠船》称元代曲家"每沉抑下僚,志不得伸……。于是以其有用之才,而一寓之乎声歌之末,以纾其怫郁感慨之怀,所谓不得其平而鸣焉者也。"[①]蒙元入主中原,不重文治,文人没有出路。由于生活所迫,大批文人不得不进入瓦舍勾栏,进行戏曲创作,以此来解决生计,借以抒发不平。可见,元曲家涉足曲坛,本非本意,亦非自觉,完全是由于社会所迫不得已而为之的行为,非有意为戏曲,只是时代大潮将他们推入了曲坛。所以,蒙元恢复科举后,元代文人便又纷纷离开曲坛,醉心科举,去作高尚性理之士。

元代曲论主要以钟嗣成《录鬼簿》、周德清《中原音韵》、夏庭芝《青楼集》等最有影响,钟嗣成为戏曲家兼曲论家,周德清、夏庭芝都是曲论家。其他有曲论作品的燕南芝庵、胡紫山、杨维桢等,皆非戏曲作家,元代曲曲论呈现出戏曲家与曲论家分离的现象。同时,从现存元杂剧作品中,难以找到关于戏曲理论的内容。这可以说明,元代曲家还没有戏曲批评的观念,在创作意图方面,不若南戏曲家那样十分明确。元曲家只是自然而然地不平则鸣,反对什么,它们非常明确;主张什么,创作目的何在,他们却较为朦胧。没有明确的创作意图和戏曲目的,没有戏曲批评的自觉意识,没有任何戏曲理论的建树,元代曲家自然难以与元末明初时代之南戏曲家争胜,元代杂剧自然不被称为古代戏曲的自觉。

元代杂剧独具艺术特色,有着诸多艺术优长。然而元代杂剧又有诸多艺术不足,难以与重新崛起的南戏艺术争胜。元代杂剧对后世戏曲的影响,实际上非常有限。元末明初时代之南戏的艺术形式,直接演变发展为明代、清代传奇,继续主流着明、清两代曲坛,成为古代戏曲史上影响最为深远的戏曲艺术,明代、清代传奇的艺术形式,只是对南戏艺术的不断完善发展,其体例没有根本变化。元代杂剧艺术在元代称雄一时,后来演变为明清杂剧,元代杂剧的艺术形式,并没有流传下来,明代、清代杂剧是以变体形式继续流行,保留元代杂剧的艺术形式已经不多,更多地接受了南戏与传奇的艺术影响。明代、清代杂剧也没有取得引人注目的成就,只是作为戏曲支流,在明清两代曲坛细水长流。所以就对后世戏曲发展影响而论,古代戏曲的基本模式和传统,多是由元末明初时代之南戏奠定的,元代杂剧难以与之争胜,才不被称为古

---

① 王文才:《元曲记事》,人民文学出版社1985年版,第5页。

代戏曲的自觉。

不过,元代杂剧终究取得了辉煌的成就,其创作思想艺术成就等诸多方面,都对元代末期南戏重新兴盛,对明清两代戏曲发展繁荣,给予了积极影响。古代诗文在走向自觉之前,曾经有过秦汉诗歌、散文的辉煌;古代小说在走向自觉之前,也曾有过魏晋六朝小说的繁荣。元代杂剧虽然不被称为古代戏曲的自觉,但它为元末明初时代之南戏能够走向古代戏曲的自觉,提供了诸多经验与教训,以及直接的启示与影响。所以元代杂剧是元末明初时代之南戏走向古代戏曲自觉的必要准备。

论元代杂剧四大活动中心的形成与金元时代汉人世侯之关系

田同旭

王国维在《宋元戏曲史》中,曾列专章论述"元剧之时地",试图"由杂剧家之时代爵里,以推元剧创造之时代,及其发达之原因。"[1]然而王国维对这个问题的论述极为简略,实际上未能深入解决元代杂剧之兴盛发达与杂剧家之时代爵里二者之间的关系问题。

元钟嗣成《录鬼簿》卷上记载了蒙元时期五十六位杂剧家的创作情况,其里居分布统计如下:

其一,里居大都者,见有关汉卿、庾吉甫、马致远、王实甫、李仲文、杨显之、纪君祥、费唐臣、费君祥、张国宾、李宽甫、李时中、梁进之、孙仲章、赵明道、李子中、石子章等,另有涿州王伯成,共十八人。

其二,里居平阳者,见有石君宝、于伯渊、狄厚君、孔文卿、赵公辅等,另有绛州李行甫,共六人。

其三,里居真定者,见有白朴、李文蔚、尚仲贤、戴善甫、江泽民、侯正卿、史九散人等,另有保定李好古、彭伯成,共九人。

其四,里居东平者,见有高文秀、张时起、张寿卿、顾仲清等,另有济南武汉成、岳伯川,共六人。

其五,另有十七人里居分别为:太原李寿卿、刘唐卿,西京吴昌龄,大名陈宁甫、李进取,彭德郑廷玉、赵文殷,益都王廷秀,棣州康进之,汴京陆显之、赵天锡,洛阳姚守中,京兆红字李二,宣城赵子祥[2],亳州孟汉卿,女直李直夫,不

---

[1] 王国维:《宋元戏曲史》,东方出版社1996年版。
[2] 赵子祥之里居,《录鬼簿》失载,此据孙楷第《元曲家考略》,上海古籍出版社1981年版。(按:文中所提元杂剧作家之里居,均按曹本《录鬼簿》所载,有争议者不作考论;个别作家里居后人有新说者,根据文章需要而引用,亦不作考论。)

祥花李郎等。

《录鬼簿》卷上记载的五十六位杂剧家,属蒙元时期的作家。蒙元时期是元代杂剧兴起形成的时代,也是元代杂剧兴盛发达的时期。元代杂剧的形成与兴盛,显然应当归功于这五十六位杂剧家的艺术贡献。而我们所注意的是,这五十六位杂剧家,竟有三十九位集中在以大都、平阳、真定、东平为中心的地区进行戏曲活动,从而把元代杂剧推向了兴盛发达。学术界正是依据这一现象,把大都、平阳、真定、东平称为元代杂剧最早流行的四大活动中心。

蒙元统治者进入中原之初,野蛮地摧毁了中原社会的安定与繁荣,使城市变成废墟,人民遭受屠杀,经济遭到破坏,文化受到摧残,政治空前动荡,古代戏曲在中原地区赖以生存的一切社会条件,几乎全部遭到毁灭性的破坏。在这个特定的历史条件下,大都、平阳、真定、东平等地何以能够奇迹般地孕育出元代杂剧这一光辉艺术,并使之兴盛发达呢?这里有一个值得注意的问题,即是蒙元统治者在进入中原之初,为了加强对中原地区的统治,填补他们春去秋来而在中原地区留下的政治空白,曾先后招降了一批汉人世侯,诸如平阳的李守贤、真定的史天泽、保定的张柔、东平的严实云,授他们以显职,委他们以重任,允许他们在自己世袭的领地上,便宜行事。这些汉人世侯,为了自己家族的利益,常常能爱护人民,收留散亡,涵养民力,发展经济,保护文化,繁荣艺术,使得经过蒙元骑兵践踏后一片萧条的中原大地,奇迹般地出现了几块相对安定繁荣的绿洲。元代杂剧四大活动中心之平阳、真定、东平,恰恰属于这些汉人世侯所控制的领地。因此,探讨元代杂剧四大活动中心的形成与金元时代汉人世侯之间的关系,对于进一步认识元代杂剧兴盛发达的原因,有其深远意义。

先看平阳,它与真定、东平,都曾经被学术界视为元代杂剧发祥的摇篮和最早流行的地区。早在宋金时代,以平阳为中心的河东地区已有频繁的戏曲活动。平阳在元代为晋宁路治所,其辖区包括了今日之山西南半部的河东广大地区。北宋时代出现的对元代杂剧形成发生重大影响的诸宫调,其首创者孔三传,"就是河东泽州人,他有可能是在家乡民间艺术培养下成长起来而进入汴京的有成就的艺人"[1]。近年来,平阳地区发现了大量的宋金时代的戏曲

---

[1] 廖奔:《金世宗、章宗时期河东杂剧的兴起》,《中华戏曲》1996年第2期。

文物①，诸如山西万荣桥上村天禧四年《创建后土圣母庙》碑，山西沁县城内元丰元年《威胜军新建荡寇将口口口口关侯庙》碑，山西平顺东和村建中靖国元年《重修圣母庙》碑之三通北宋碑刻，以及山西芮城县博物馆所保存的金代泰和元年《岳庙新修露台记》碑刻等，分别记载了平阳地区于宋金时代修建戏台的情况。又如山西稷山马村、化峪等地一批金代墓室中戏台模型和杂剧砖雕，以及山西侯马金代大安二年董氏墓戏台模型和金院本戏俑等，也证实了宋金时期平阳地区戏曲活动的繁盛。以平阳中心的河东地区戏曲活动的繁盛，与汴京戏曲活动关连极大。早在北宋末年，金兵攻占汴京，曾掳掠包括宋代杂剧艺人在内的大批艺人北上至金国京师，所行路线曾选择河东路，众多艺人在北上途中，纷纷逃亡。"这些散亡的伎艺人流落在河东一带，以后就成为这一地区杂剧及歌舞百戏艺术的主要力量。"②值得注意的是，平阳地区古老的戏曲艺术，虽经金元战火，并未遭受很大的破坏。

蒙元统治者初入中原，多采取春去秋来、不思守土的掳掠政策，直到攻占金朝燕京之后，才逐步改变政策，开始经营所占之地。元太祖二年(1207)，成吉思汗任命木华黎为太师、国王，"建行省于云燕，以图中原"③。蒙元统治者开始经营北方，其中措施之一，是招降金朝降将、汉人世侯。元太祖七年(1212)，金朝威宁防城千户刘伯林降蒙元，成吉思汗问刘"在金国为何官？对曰：都提控。即以原职授之"④。元太祖十三年(1218)，金朝燕京留守、行元帅府事张柔降蒙元，成吉思汗特命"还其旧职，得以便宜行事"⑤。在很长一段时期内，蒙元即是通过这些汉人世侯作为代理人，加强对所占地区控制的。元太祖十四年(1219)，木华黎攻占平阳，以金朝降将、大宁人李守贤为金紫光禄大夫，知平阳府事，兼河东路兵马都总管，授以重权大任。这是蒙元统治者所任命的汉人世侯中首任河东地方官。风闻蒙古骑兵每克一地必掳掠屠城而变色的平阳百姓，得知李守贤为其父母官后，"人皆曰：吾等可恃以生矣"⑥。李守

---

① 下列宋金元戏曲文物，参阅山西师范大学戏曲文物研究所《宋金元戏曲文物图论》，山西人民出版社1987年版。
② 廖奔：《金世宗、章宗时期河东杂剧的兴起》，《中华戏曲》1996年第2期。
③ 苏天爵：《元朝名臣事略·太师鲁国忠武王木黎华》。
④ 《元史·刘伯林传》。
⑤ 《元史·张柔传》。
⑥ 《元史·李守贤传》。

贤权平阳期间,也确实不负民望。元太宗二年(1230),元太宗伐金经平阳,见田野不治,遂问缘故,李守贤对曰:"民贫窭,乏耕具致然。"①元太宗遂诏令:"给牛万头,仍徒关中生口,垦地河东。"②元太宗十三年(1241),"平阳当移粟万石输云中,守贤奏以百姓疲敝不任挽载,帝嘉纳之"③。李守贤权平阳二十余年,注意涵养民力,发展经济,使平阳能够维持安定繁荣的局面,成为蒙元统治者经营河东的巨镇。元太宗八年(1258),耶律楚材奏请"置编修所于燕京,经籍所于平阳,文治兴焉"④,平阳成为当时除大都外,文化最盛之地。

平阳地区的安定与繁荣,使早在宋金时代已经盛行的戏曲艺术,得到保护和发展,为元代杂剧的形成发展提供了适宜的综合社会条件。《中国史研究动态》在报道1986年元史学术讨论会情况时曾指出:"元代杂剧兴旺的历史背景和原因历来有各种说法,这次讨论会上有一位学者提出了新见解。他认为元代杂剧的发源地是以平阳为中心的金河东南路,在金亡到忽必烈即位时,该地区处于相对安定的时期,蒙古国尚未建立严密的统治,为元代杂剧的兴起和自由创作提供了比较合适的历史环境。河东南北路是金末文人最为集中的地区,早期杂剧即出自此地的民间文人之手。"⑤这些民间文人,其中便有以石君宝为代表的平阳作家群,他们为蒙元时期元杂剧在平阳的兴起形成兴盛发达,作出了不朽的艺术贡献。不仅石君宝等人,平阳还出现了郑光祖、张鸣善两位元杂剧作家,他们曾在故乡受到元杂剧的艺术熏陶,于蒙元统一中国后流寓杭州,为后期元杂剧在杭州的兴盛,贡献了自己的艺术才华。还有元代杂剧最权威的代表作家关汉卿,有方家论证,其"祖籍解州,重要的戏剧活动在大都,最后回到(河北安国)伍仁村故里,便终于此"⑥。解州为平阳的属地。很难想象,假如没有关汉卿,元代杂剧还能被称为古代戏曲史上的黄金时期吗! 以平阳为中心的河东地区不仅作家云集,还出现极为繁荣的戏曲活动。多年来,人们在这个地区先后发现了大量的元代戏曲文物⑦,举其要者见有:

---

① 《元史·李守贤传》。
② 《元史·李守贤传》。
③ 《元史·李守贤传》。
④ 《元史·耶律楚材传》。
⑤ 袁泌:《一九八六年国际元史学术讨论会侧记》,《中国史研究动态》1987年第2期。
⑥ 常炎林:《关汉卿故里考察记》,《河北师院学报》,1985年第4期。
⑦ 宋金元戏曲文物,参阅山西师范大学戏曲文物研究所《宋金元戏曲文物图论》,山西人民出版社1987年版。

其一,元世祖中统元年山西运城永乐宫旧址潘德冲石棺戏曲刻线。

其二,元世祖至元十六年山西新绛吴岭庄墓室杂剧砖雕。

其三,元成宗大德五年山西万荣孤山风伯雨师庙戏台石柱刻字:"尧都大行散乐人张德好在此作场,大德五年三月清明施钞十贯"。

其四,元泰定帝泰定元年山西洪洞明应王殿杂剧壁画,上题"大行散乐忠都秀在此作场"。

其五,元泰定帝泰定元年山西翼城乔泽庙戏台。

其六,元顺帝至正四年山西临汾东羊村东岳庙戏台。

这些戏曲文物,有力地证实了元代杂剧在以平阳为中心的河东地区兴盛发达的盛况。同时还可以看出,从元代初至元代末,平阳地区的元代杂剧活动,始终保持着繁盛的势头;而且还出现了以忠都秀、张德好为主要演员的专业戏班,他们走乡入城,频繁地活跃在平阳大地上的神庙中,甚至远赴金陵献艺。① 以石君宝为代表的平阳元代杂剧作家和以忠都秀为代表的元代杂剧艺人,他们共同推动了元代杂剧在平阳地区的兴盛发达。当然,这其中有李守贤的功劳,是他对平阳地区长达二十多年的政治文化保护,为元代杂剧在平阳的发祥流行和兴盛发达,提供了诸多适宜的综合社会条件,才使平阳成为元代杂剧四大活动中心之一。

其次是真定,其为金元时代汉人世侯史天泽的世袭领地。史天泽为河北永清县地方豪强,早在金末,史家为了自保,便拥有一支几万人的私家武装力量。元太宗八年(1236),史天泽父史秉直降归蒙元,其兄史天倪被授为金紫光禄大夫、河北西路兵马都元帅、主真定府事。其兄死后,史天泽袭职,分统真定、河间、大名、东平、济南五路。元世祖中统年间,史天泽又职让史天倪之子史楫、史权,分别被授为真定路总管、同判本道宣抚司事和真定路总管兼府尹。史家权真定五十年期间,真定地区同样保持了相对安定繁荣的局面。早在史天倪权真定时,见蒙元骑兵掳掠不禁,谏于木华黎曰:"今中原粗定,而所过犹纵抄掠,非王者吊民伐罪意也。且王奉天子命,为天下除暴,岂复效其所为乎?"木华黎接受了这一建议,下令:"敢有剽房者,以军法从事。"②蒙元攻占

---

① 夏庭芝:《青楼集》有"平阳奴"条,言其精于绿林杂剧,驰名金陵。
② 《元史·史天倪传》。

真定时,其"主帅忿民之反复,驱万人出,将剿焉",史天泽曰:"是皆吾民,我力不能及,一旦委去,不幸为贼胁制,今杀之何罪?"①遂使真定人民得以幸免。蒙元灭金,史天泽曾将中州十万流亡百姓迁至真定安顿。元人葛逻绿纳新《河朔访古录》卷上言:"大抵真定极为繁丽者,盖国朝与宋约同灭金。蔡城既破,遂以土地归宋,人民则国朝尽迁于北。故汴梁、郑州之人多居真定,于是有故都之遗风焉。"②金朝灭亡后,史天泽归真定,见"政烦赋重,急于星火,以民猝不能办,有司贷贾胡子钱代输,积累倍称,谓之羊羔利。岁月稍集,验籍来征,民至卖田鬻妻子有不能给者。公诣阙奏其事,官为代偿一本息而止;军则中户充籍,其征赋差贫富为定额。诏皆从之,诸路永为定制。"③元太宗十年(1238)河北遭受虫灾,贡赋不减。史天泽"度民不可重困,乃先倾其家资,次及族属及官吏,均配以偿,遂折其卷。"④又见"监郡忙哥撒儿,以国兵奥鲁数万散处州郡间,伐桑蹂稼,生意猝然。公奏太后,悉徙居岭北,由是田里遂有生之乐。迄今真定兵甲民数胜于他郡,由公牧养其根本故也。"⑤社会的安定,经济的发展,促进了真定商业的发达。《河朔访古录》卷上又言:真定南门阳和门内,"左右挟二瓦市,优肆娼门,酒垆茶社,豪商大贾,并集于此。"⑥在金元战乱之际,北方一片萧条,独真定地区一片繁荣景象,这当然不能排除缘于史家对真定的保护与治理。

真定地处燕南赵北,是燕赵文化的结合点,有着丰厚中原文化传统。南宋诗人范成大于乾道六年(1170)出使金朝道经真定,曾感慨而言:"房乐悉变中华,唯真定有京师旧乐工,尚舞〔高平曲破〕。"范成大由此专门写了《真定舞》一诗云:"紫袖当棚雪鬓凋,曾随广乐奏云韶。老来未忍耆婆舞,犹倚黄钟衮六幺。"⑦金朝灭亡后,北方众多名士无所归依,闻知史天泽"好贤乐善,偕来游依。若王滹南、元遗山、李敬斋、白枢判、曹南湖、刘房山、段继昌、徒单侍讲,公为料其生理,宾礼甚厚。暇则与之讲究经史,推明治道。其张颐斋、陈之纲、杨西庵、孙议事、张条山,擢用荐达到光显云"⑧。著名元杂剧大家白朴,便是在

---

① 苏天爵:《元朝名臣事略·丞相史忠武王天泽》,中华书局1996年版。
② 葛逻禄纳新:《河朔访古录》,《四库全书》本,上海古籍出版社1987年版。
③ 苏天爵:《元朝名臣事略·丞相史忠武王天泽》,中华书局1996年版。
④ 苏天爵:《元朝名臣事略·丞相史忠武王天泽》,中华书局1996年版。
⑤ 苏天爵:《元朝名臣事略·丞相史忠武王天泽》,中华书局1996年版。
⑥ 葛逻禄纳新:《河朔访古录》,《四库全书》本,上海古籍出版社1987年版。
⑦ 郭汉城,张庚:《中国戏曲通史》,中国戏剧出版社1992年版。
⑧ 苏天爵:《元朝名臣事略·丞相史忠武王天泽》,中华书局1996年版。

此时随元遗山从汴京流寓东平附近聊城,最终来到真定依附史天泽,遂与父亲白枢判团聚的。众多文人名士的到来,使真定一时成为北方文人荟萃之地。蒙元统治者进入中原,对中原文化曾经给予野蛮地摧残,使大批文人沦为驱口。元代陶宗仪《南村辍耕录》载:"国朝儒者自戊戌选试后,所在不务存恤,往往混为编氓。"①中原文化在北方地区出现了长期的断裂,陷于灭顶之灾。而在真定,大批文人名士和中原文化却得到史天泽很好的保护与保存,这不能不算一件不幸历史中的幸庆之事。史天泽不仅招揽文人名士,还结交许多民间艺人。元代夏庭芝《青楼集》记载了元杂剧艺人天然秀,"姓高氏,行第二,人以小二姐呼之。母刘,尝侍史开府。"②史开府即"开府仪同三司"之史天泽。史天泽又与元杂剧作家白朴、侯克中、李文蔚等过往甚密,他甚至曾举荐白朴出仕蒙元。同时,史天泽又是一位散曲作家,《录鬼簿》卷上列其为"前辈已死名公有乐府行于世者",可惜其散曲作品未能传世。他的次子史樟,即史九散人,也是一位元杂剧作家。史樟曾到过南方进行南戏创作,明清之际张大复《寒山堂曲谱》说南戏《东墙记》即为史樟所作,又与马致远合撰南戏《李勉三负心》。他是元代少有的几位杂剧家兼作南戏的作家,在南方影响甚大。

真定有史天泽这个政治保护伞,才出现了社会安定繁荣的局面,中原文化得到很好的保存,形成了以白朴为代表的元杂剧作家群,推动了元杂剧在真定的兴盛发达,成为元杂剧最早发祥流行的四大活动中心之一。曲学大家吴梅在《中国戏曲概论·元人杂剧》中盛称:"真定一隅,作者至富。《天籁》一集,质有其文,《秋雨梧桐》,实驾碧云黄花之上,盖亲炙遗山謦欬,斯咳唾不同流俗也。文蔚《博鱼》,摹绘市井,声色俱肖,尤非寻常词人所及。尚仲贤《柳毅》、《英布》二剧,状难状之境,亦非《蜃中楼》可比拟。戴善夫《风光好》,俊语翩翩,不亚实甫也"③。

再者是东平。金元之际,中原大地到处萧条,东平也是一片安定繁荣。元遗山在金亡后不久曾数游东平,其《出东平》诗云:"高城回首一长嗟","市声浩浩欲如沸"④,形象地描绘了东平的繁盛热闹。尤其是元世祖至元年间会通

---

① 陶宗仪:《南村辍耕录》,中华书局1997年版。
② 夏庭芝:《青楼集》,中国古典戏曲论著集成(二),中国戏剧出版社1959年版。
③ 吴梅:《吴梅戏曲论文集》,中国戏剧出版社1983年版。
④ 姚奠中:《元好问全集》,山西人民出版社1990年版。

河开凿后,中断百年的大运河恢复通航,东平一带舟楫水运穿梭不断,富商大贾云集不绝。意大利人马可·波罗出大都到达东平,曾惊叹而言:"这是一座雄伟状丽的大城市,商品和制造业十分丰盛。""大河上千帆竞发,舟楫如织,数目之多,简直令人难以置信。""只要观察河上的船舶穿梭似的往返不断,远载着最有价值的商品的船只的数量和吨位,确实就会使人惊讶不已。"①会通河的开凿促进了东平的繁盛,这是不用置疑之事,还应当注意,那就是金元之际,汉人世侯严实父子曾相继统治东平近三十年,才使东平保持了相对的安定和繁荣。

严实为泰安长清人,原为金朝东平行台部将,后叛金归宋,"宋因以公为济南治中","太行以东,皆公所节制矣"②。元太祖十五年(1220)严实知宋不可恃,率所部彰德、大名、磁、洺、恩、博、滑、浚等州户三十万降蒙元。不久,严实又取曹、濮、单三州,攻占东平,便以东平为治所。蒙元统治者授其为金紫光禄大夫,行尚书省事,东平路行军万户,"所统有全魏十分,齐之三,鲁之九"③,辖境极广。严实权东平十五年死去,其子严忠济袭位又十一年,辖境如旧。严实为治理东平,"始于披荆棘,扦豺虎,敝衣粝食,暴露风日。挈沟壑转徙之民,而置之衽席之上,以劝耕稼,以丰委积。公币所积,尽于交聘、燕亨、祭祀、宾客之奉,而未尝私贮之。辟置俊良,汰逐贪墨,颐指所及,竭蹶奉命。不三、四年,由武城而南,新泰而西,行于野则知其为乐岁,出于涂则知其为善俗,观于政则知其为太平官府。""东州既为乐土,四外之人托公为以命者,相踵也。"④元代刘一清《钱塘遗事》记南宋太后等降元北上,经东平,宿严府,有感而言:"此处风俗甚好,商旅辐辏,绢绵价极贱。一路经过,惟此为最。"⑤灭金之役,蒙元相继攻下彰德、濮州,欲屠城,严实谏止曰:"此国家旧民,吾兵力不能及,为所胁从,果何罪耶?""百姓未尝敌我,岂可与兵人并戮之?不若留农种,以给刍秣。"⑥几万生灵遂得幸免。严忠济袭职后,"开府布政,一法其父,养老尊贤,治为诸道第一。"⑦严实父子治理东平期间,特别注重招致儒士,收留乐工,兴建学校,大倡礼乐。史载:"东平庙学故隘陋,改卜高爽地于城东,

---

① 马可·波罗:《马可波罗游记》,福建科技出版社1981年版。
② 苏天爵:《元朝名臣事略·万户严武惠公实》,中华书局1996年版。
③ 苏天爵:《元朝名臣事略·万户严武惠公实》,中华书局1996年版。
④ 苏天爵:《元朝名臣事略·万户严武惠公实》,中华书局1996年版。
⑤ 李修生:《元杂剧史》,江苏古籍出版社1996年版。
⑥ 苏天爵:《元朝名臣事略·万户严武惠公实》,中华书局1996年版。
⑦ 《元史·严忠济传》。

教养诸生,后多显者,幕僚如宋子贞、刘庸、李昶、徐世隆,俱为名臣。"①他们先招宋子贞为幕府,子贞对"金士之流寓者,悉引见周给,且荐用之。拨名儒张特立、刘肃、李昶辈于羁旅,与子同列。四方之士,闻风而至。"②名儒杨奂、商挺、徐世隆、张显卿、王盘等,均于此时投奔东平,"东平一时人物多于他镇。"③严实父子又使"子贞作新庙学,延前进士康晔、王盘为教官,招致生徒几百人,出粟赡之,俾习经艺,每季程式,必亲临之。齐鲁儒风,为之一变。"④蒙元入主中原,曾废止科举约八十年,遂使中原士风大沮。严氏父子却在东平大兴学校,大兴科举。《元史·严复传》云:"严实领东平行台,招诸生肆进士业,迎元好问校试其文,预选者四人,复为首,徐琰、李谦、孟祺次之。"⑤《元史·选举志》亦云:元太宗九年(1237)东平开科举,"得东平杨奂等,凡若干人,皆一时名士"⑥。东平不仅人才多于他镇,还聚集了大批乐工。金亡后,汴京众多乐工多流寓东平。《元史·礼乐记》记元太宗十年(1238),蒙元统治者曾令"亡金知礼乐旧人,可并其家居徙赴东平"⑦。元好问《东平府新学记》亦记元宪宗二年(1252),严忠济在东平设立乐局,"访太常所隶直官歌工,备钟磬之属,岁时阅习,以宿儒府参议宋子贞领之"⑧。东平礼乐大兴,"四方来观者,皆失喜称叹,以为衣冠礼乐尽在是矣"⑨。可见,在蒙元统治者野蛮摧残中原文化之际,中原文化却在东平得到更多的保护。

东平人才、乐工的云集,势必推动艺术的发展。元人燕南芝庵《唱论》云:"凡唱曲有地所,东平唱〔木兰花慢〕,大名唱〔摸鱼子〕,南京唱〔生查子〕,彰德唱〔木斛沙〕,陕西唱〔阳关三叠〕〔黑漆弩〕。"⑩说明东平早已是闻名中原的艺术中心,在唱曲方面形成了显明的地方特色。元初著名的东平曲家杜善夫写有《庄家不识勾栏》套曲,详细而形象生动地描述了东平勾栏中戏曲演出的全过程。元、明两代的间无名氏《王矮虎大闹东平府》第三折也曾描述了东平元宵节

---

① 《元史·严忠济传》。
② 《元史·宋子贞传》。
③ 《元史·宋子贞传》。
④ 《元史·宋子贞传》,影印武英殿《二十五史》本,上海古籍出版社1986年版。
⑤ 《元史·严复传》。
⑥ 《元史·选举志》。
⑦ 《元史·礼乐志》。
⑧ 姚奠中:《元好问全集》,山西人民出版社1990年版。
⑨ 姚奠中:《元好问全集》,山西人民出版社1990年版。
⑩ 燕南芝庵:《唱论》,中国古典戏曲论著集成(一),中国戏剧出版社1959年版。

戏曲演出的热闹场面。剧云:"自家东平府在城社长,时逢稔岁,节遇上元,在城内鼓楼下作了一个元宵社会,数日前出了花招告示。俺这社会,端的有驰名散乐,善舞的歌红,做几段笑乐院本,搬演些节义戏文。更有那鱼跃于渊的筋斗,惊心惊眼的百戏。"①不仅指出北宋时东平城戏曲演出非常繁盛,而且还有艺术水平很高的专业戏班和远近驰名的演员。现存《永乐大典戏文三种》中有《宦门子弟错立身》之剧,也指出剧中女主角"东平散乐王金榜",随戏班冲州撞府,来到洛阳作场演出;《青楼集》又记女艺人聂檀香,"姿色妩媚,歌韵清圆,东平严侯甚爱之。"②它们都说明了东平的戏曲活动,不仅深受本地人的喜欢,还远扬河洛地区。

正是由于严实父子的长期统治,维护了东平地区的安定繁荣,使文化艺术持续发展,以高文秀为代表的元杂剧作家群,才能够在东平崛起,推动元杂剧在东平地区走向兴盛发达,从而跻身元代杂剧四大活动中心的行列。还应当指出的是,大名、彰德、益都、棣州等地,皆为严实父子的属地,在这些地方,也分别出现了陈宁甫与李进取,郑廷玉和赵文殷,以及王廷秀、康进之等元杂剧作家。大名等地之所以能出现一批元代杂剧作家,与严实父子对这些地方的控制也大有关连。

其实,从古代戏曲艺术发展的轨迹看,金代、元代之际元代杂剧最早兴起形成兴盛发达之地,不应当是平阳、真定和东平,而是汴京和燕京。据孟元老《东京梦华录》、耐得翁《都城纪事》记载,早在北宋时期,对古代戏曲的形成发生重大影响的宋大曲、诸宫调、宋杂剧诸艺,在汴京的活动已经十分繁荣,平阳、真定和东平根本无法和它相比。然而经宋金、金元时代两次兵火,大批艺人或随宋室南迁而亡临安,或被金元掳掠北去河朔,或四处流散流落江湖,汴京的社会经济文化艺术遭受了空前的浩劫,使汴京这个最有希望成为古代戏曲发祥之地的中州古都几成瓦砾,艺术荡然无存,失去了它在古代戏曲史上应该得到的荣耀。燕京是北方重镇,金人攻占汴京,掳掠了大批歌舞百戏、伎艺、杂剧艺人北上。"金人将这些伎艺人北掳的第一站是燕山。因女真贵族酋长有很大一批居住在燕山,故而在这里将北掳的汴京人口一半分充赏赐,散入各酋长家。另一半则继续押解北上至金国上京会宁府入朝。"③金海陵王天德四

---

① 郑振铎:《古本戏曲丛刊四集》,商务印书馆1958年版。
② 夏庭芝:《青楼集》,中国古典戏曲论著集成(二),中国戏剧出版社1959年版。
③ 廖奔:《金世宗、章宗时期河东杂剧的兴起》,《中华戏曲》1996年第2期。

年(1152)迁都燕京,燕京成为当时北方的政治、经济、文化、艺术中心而繁华一时。蒙元兴起,曾三次围困燕京,迫使金章宗迁都汴京,燕京的乐工、艺人纷纷出逃。元太祖十年(1215),蒙元攻破燕京,掳掠一番策马而去,金朝辽东安抚使万肃奴竟将燕京付之一炬,燕京的繁荣几被毁灭殆尽。然而,战火还未熄灭,蒙元统治者出于征服中原统一中国的需要,开始经营燕京。元太宗时代,先后在燕京设立征收课税使和编修所;元世祖正式建立元朝不久,即改燕京为大都,立为都城,并进行了长达二十六年的城市重建,大都成为蒙元帝国的政治经济中心,迅速地走向了繁荣。各地艺人纷纷云集而来,各种伎艺,尤其是元代杂剧艺术,也随之进入大都,大都很快又成为北方的文化艺术中心。元世祖时代的黄文仲在《大都赋》中描写大都各种伎艺的繁盛:"复有降蛇搏虎之技,援禽藏马之戏,驱鬼役神之术,谈天论地之艺,皆能以蛊人之心而荡人之魂。"又云:"若夫歌馆吹台,侯园相苑,长袖轻裾,危弦急管,结春柳以牵愁,伫秋月而流盼,临翠池而暑消,褰绣幌而云暖。一笑金千,一饭钱万,此则他方巨贾,远土谒宦,乐以消忧,流而忘返。"① 元代熊自得《析津志·岁纪》记每年二月八日,大都镇国寺起庙会,"寺之两廊买卖,富甚太平,皆南北川广精粗之货,最为富饶。于内商贾开张如锦,咸于是日。南北二城,行院、社直、杂剧毕集。"②《青楼集志》记:"内而京师,外而郡邑,皆有所谓勾栏者,辟优萃而隶乐,观者挥金与之。"③元代杂剧在大都最初的流行时间已不可考,有资料表明,白朴曾于元定宗后海迷失称制二年(1250)赴大都游历,与大都云和署乐工宋奴伯妇王氏,以及勾栏艺人宋寿香相识④,并参予玉京书会的活动;元世祖中统初年,关汉卿与王和卿也已在燕京进行杂剧活动。⑤ 元代、明代之际贾仲明为赵子祥补吊词〔凌波仙〕云:"一时人物出元贞,击壤讴歌贺太平,传奇乐府时新令。锦排场起玉京,《害夫人》、《崔和担生》。白仁甫、关汉卿,《丽情

---

① 周南瑞:《天下同文集》,《四库全书》本,上海古籍出版社1987年版。
② 熊自得:《析津志辑佚》,北京古籍出版社1983年版。
③ 夏庭芝:《青楼集》,中国古典戏曲论著集成(二),中国戏剧出版社1959年版。
④ 白朴:《天籁集》有词[满江红]《庚戌春别燕城》。王文才:《白朴戏曲集校注》附有《白朴年谱》以为庚戌即"蒙古海迷失后称制二年(1250)。"又有词《水龙吟》,小序言此词为云和署乐工宋奴伯妇王氏作。云和署为元代官署名,属教坊司,掌乐。又有词[木兰花慢],小序言此词为燕城乐府宋寿香赋。
⑤ 陶宗仪《南村辍耕录》卷二三《嗓》记:"大名王和卿,滑稽挑达,传播四方。中统初,燕市有一蝴蝶……时有关汉卿者,亦高才风流人也。王常以讥谑加之,关虽极意还答,终不能胜"。

集》天下流行。"①有方家依据这些材料推测,"十三世纪六十年代,这一地区已开始成为元杂剧活动中心之一"②,云集了关汉卿、王实甫、马致远等十八位浩大的元代杂剧作家群,他们分别组织了玉京书会和元贞书会,共同探讨戏曲艺术,进行元代杂剧创作,以供云集于大都的珠帘秀等大批勾栏艺人搬演。元代杂剧虽然没能在大都发祥,却在大都走向了兴盛发达的全盛时期,从而创造了古代戏曲史上元杂剧这一黄金时代。

大都成为蒙元代时期元代杂剧四大活动中心之一,似乎和金元汉人世侯关系不大,应当注意的是,大都重建的工程指挥和组织者是张柔。至元三年(1266),元世祖诏令安肃公张柔与行工部尚书段天等开始大都的重建。《元史·张柔传》记:"至元三年,加荣禄大夫,判行工部事,城大都。"③张柔死后,其子张弘略袭职主持大都的重建。张柔为易州定兴土豪,曾任金朝燕京留守,行元帅府事,归元后为河北东西等路都元帅。元太祖二十二年(1227),张柔移治保定。保定因披兵火荒芜十余年,张柔"乃铲荆榛,立市井,通商贩,招流亡",使保定很快成为"燕南一大都会"。灭金之役,"汴降,诸将争取金缯,公独入史馆,收《金实录》,秘府图书"。又"访求乡曲耆旧,望族十余家",护送北归。并亲自用安车将金末名士王鹗送至保定,加以保护。张柔见羊羔利害民,会同"真定史侯奉乞民用子钱,至倍而止,不能展转滋息。朝廷从之"。他还兴办庙学,"喜宴客,每闲暇,辄与士大夫谈论,终日不倦,岁时赡给,或随其器能任使。"④由于张柔的治理,保定很快恢复了战前的安定繁荣,李好古、彭伯成才有条件在保定进行戏曲活动。同时,孙楷第曾"于苏天爵《滋溪文稿》中,偶发见王德信名,如即曲家王德信,则王实甫乃王结之父。结元名臣也,字仪伯,易州定兴人。"⑤定兴恰为张柔故乡、保定路属地。如果王结之父果然就是曲家王实甫的话,当王实甫从定兴走向大都从事元代杂剧事业时,自然难以忘怀张柔治理下的这块土地养育之恩和艺术培养,才使他创作出天下夺魁的《西厢记》。巧合的是,张柔曾于元宪宗四年(1254)移镇亳州,元代杂剧作家孟汉卿,里居恰在亳州,这恐怕不能说是偶然巧合吧!

---

① 王钢:《录鬼簿三种校订》,中州古籍出版社1991年版。
② 李修生:《元杂剧史》,江苏古籍出版社1996年版。
③ 《元史·张柔传》。
④ 苏天爵:《元朝名臣事略·万户张忠武王柔》,中华书局1996年版。
⑤ 孙楷第:《元曲家考略》,上海古籍出版社1981年版。

总之,元代杂剧四大活动中心的形成,原因是多方面的,但无论如何排除不了李守贤、史天泽、严实父子及张柔等汉人世侯对平阳、真定、东平等地的保护与治理,使得这些地区在金元战乱之际,出现了相对安定繁荣的局面,才使元代杂剧能够在这些地方形成发展,然后汇集到大都,从而把元代杂剧推向兴盛发达的全盛时期。可以设想,假如没有汉人世侯的保护,平阳、真定、东平也许会成为汴京第二;失去了平阳、真定、东平等地的元代杂剧活动,元代杂剧在大都还能走向全盛吗?同时,《录鬼簿》卷上所记载的蒙元时期的五十六元代杂剧作家,除太原李寿卿等十位作家的戏曲活动与汉人世侯无多关系外,其他绝大多数作家多多少少都能找到与汉人世侯的关系。这就更进一步说明金元之际汉人世侯对元代杂剧的发祥流行与兴盛发达,以及元代杂剧四大活动中心的形成,是作出巨大历史贡献的。蒙元统治者入主中原之初,曾把北方分为燕京、宣德、西京、太原、平阳、真定、东平、北京、平州、济南十路,元代杂剧四大活动中心之"燕京、真定、平阳、东平等地便是诸路首府。元代初期杂剧作家大都活跃在这些城市,如果不是在这段特定的历史条件下,脱离开中原地区政治文艺条件,汉人世侯地区对中原文化的保护,恐怕无法解释这一现象"[①]。所以,学术界在探讨元代杂剧四大活动中心形成原因的时候,切不可忽视汉人世侯对元代杂剧的兴盛发达所作出的历史贡献。

[①] 李修生:《元杂剧史》,江苏古籍出版社1996年版。

清中期文艺学的知识主义倾向

郑 伟

清至康熙初年,政局趋于稳定,持续到嘉庆中期,是中国封建时代的最后一个盛世。这个时期的文艺学理论,因为与官方意识形态策略的复杂关系,很难做出性质上的界定。论者常常以其服务于封建教化来估计它的保守性,又或者视为接受朴学影响的产物。这样的观念还需要做出进一步的辨析,才能够明了美学的效应机制实际上发生了变化,以及文艺学与朴学之间平行互动的关系。

一

从文化诗学的角度看,清朝盛世的文艺学从提倡和平温厚、神韵悠远之音,到辨析文辞义例,崇尚质厚细密之美,这种转变十分深刻地折射出官方意识形态策略的自我调整。盖前者适应了清代的盛世气象,或者攫取儒学的名教纲常来巩固王朝统一的思想基础;而后者是以整理国故为契机,将传统文化落实在纯粹的知识层面上,以便借此抽离出士人的批判精神与超越性理想。清代盛世学者大都客观地辨析诗文的文辞义例,力图建立一个完备的、细密的文艺学的阐释体系。虽然也是一片热闹的景象,却很难从话语背后感受某种超越性的精神诉求,甚至不必追问儒家文艺思想在此期的时代进程。这是因为诸家在整理旧物的时候,儒家的美学经验被转换成了知识的要素,从而失掉了表征士人之批判意识与自由人格理想的功能。

起初,清代文人主张性情、世运与学问的融合,那是惩于所谓"清谈误国"的教训,由士人的使命意识从外部施加的规定性,是遗民文人政治立场的话语显现而非真正之学术。[①] 但是时代风气毕竟大变,盛世的文人逐渐放弃了这

---

① 郑伟:《清初诗史观念与民族认同》,《江西社会科学》2013年第5期。

种立法者的冲动,改而平稳地阐释文学的法则与内部原理。《清代文学批评通史》指出:

> 这一时期文学批评的另一个倾向就是注重诗歌、散文、词形式的建设,注重对构成诗文词艺术形式因素的声调格律、章法结构、词体规则的总结。当时大批诗话的出现与此相关,其中大量阐述的是诗法,有些则是专门探讨诗歌声律问题的。……散文理论方面,方苞对写作中的遣词造句、剪裁详略、谋篇布局等问题作了深入细致的研究,他所谓的'义法'就是主张文章要有充实的内容和适当的表现形式,但他大量阐发'义法'的文字都是关于'法'的讨论,即文章的具体做法。这种批评的倾向对后来刘大櫆、姚鼐形成以艺为主要探讨对象的文论特点很有影响,使得桐城派的散文理论主要是总结'法'即艺术的理论。在词学方面,形式的提倡和研究蔚然成风。①

但是对于像叶燮、刘大櫆这样的理论家来说,他们的文法观念显然超出了写作技法的范围,重在揭示"法"的作用机制,综合各方面因素总结文学的基本原理和艺术规律。叶燮在《原诗》中将"在物"的因素分为理、事、情三个方面,将"在我"的因素分为才、胆、识、力四个方面,称"以在我之四,衡在物之三,合而为作者之文章"。刘大櫆《论文偶记》则云:"故义理、书卷、经济者,行文之实;若行文自另是一事。譬如大匠操斤,无土木材料,纵有成风尽垩手段,何处设施?然有土木材料,而不善设施者甚多,终不可为大匠。故文人者,大匠也;神气、音节者,匠人之能事也;义理、书卷、经济者,匠人之材料也。"叶刘二人对历代文学经验的总结,归其一点即是作家如何处理主客观因素之间的关系,亦即写作的"能事"问题。叶燮认为,"故法者,当乎理,确乎事,酌乎情,为三者之平准,而无所自为法也",法为"虚名",只能在理事情之各得其宜处见出。这样又涉及作家的神明尤其"识"的问题,《原诗》称:"人惟中藏无识,则理事情错陈于前,而浑然茫然,是非可否,妍媸黑白,悉眩惑而不能辨,安望其敷而出之为才乎?文章之能事,实始乎此。"因而叶燮所谓"能事",首先在于作家能够

---

① 邬国平、王镇远:《中国文学批评通史》清代卷,上海古籍出版社1996年版,第8页。

正确把握事物的能力,而"法"则是这种能力见之于诗歌表现上的施用。在刘大櫆那里,他将方苞研究儒学之语言组织形式的"义法"论析为"匠人之材料"与"匠人之能事"两个方面,重点探讨"字句""音节""神气"之间的体用关系,将过分注重载道旨趣的文章之学导向对古文艺术规律的探讨上来。

平心而论,这些观念并非独特,而如何评价其融贯旧说的成就或是思想的保守性,也不好论定。但是从知识生产方式的角度来看,却具有十分明确的意义。我们说儒学文论常常要受到士人意识形态等外部因素的影响,而成为一种无法充分表述自身的话语形式。但是在叶燮和刘大櫆这里,他们不只是发展了儒学重视文学技艺的一面,更重要的是在整理旧说的过程中,将儒家的美学经验转换成知识的话语,实则抽离了儒学文论话语背后的社会与人生价值诉求,以一种自律的、针对文学自身阐释需求的文论生产方式替换了他律的、依照某种政治伦理观念进行建构的传统模式。以致于出现这样的情况,清朝盛世的文学理论虽然盛谈"阐道翼教"、"美刺箴诲"的道理,却极少见之于诗文创作上的表现,因为它真正关注的是知识层面上的融会贯通,至于能否收到切实的社会效应则被轻轻地放在一边。

二

典型的清代学术文化就是如此,梁启超说它"厌倦主观的冥想,而倾向于客观的考察"[①],实际上剥夺了士人的思想能力,甚至取消了儒学为封建统治服务的指望。更确切地说,经过了知识主义视野的筛选,儒学的教条得以保留下来,而它的社会实践功能被排斥在外。清朝盛世的文艺学亦如考据学一般,目光所及多是专业领域里的具体问题,鲜能见出士人基于社会反思而来的言说冲动。在乾嘉时期的文艺学格局中,章学诚、姚鼐、翁方纲等人辨析文辞义例,都以文道关系的话语模式对疏于义理的朴学作出批判,又都继承了实证的、专精的乾嘉学术精神。

章学诚在《文史通义》中辟有"诗教"二篇,但是不提"温柔敦厚"的风俗教化与美学追求,却是选择"敷张扬厉"的战国之文作为古今文章升降的枢

---

① 《中国近三百年学术史》,东方出版社 2004 年版,第 1 页。

纽,并由此承接《诗经》之源与后世文体之流。按照章学诚的说法:第一,王官之学衰而诸子百家兴,诸子各得六艺"道体之一端,而后乃能恣肆其说,以成一家之言也",所以"战国之文,其源皆出于六艺"。第二,凡《春秋》之辞命、礼教之用事,"必兼纵横,所以文其质也",至战国"而其辞敷张而扬厉,变其本而加恢奇焉",故曰"战国之文,既源于六艺,又谓多出于《诗》教"。第三,凡后世之文体,如经义、论辨、传记、辞章皆备于战国,然学者误举挚虞《流别》、萧统《文选》为辞章之祖,"亦不知古今流别之义矣"。第四,古无著述之事,文字之道在于政教典章,至孔子而垂训立教,至孟子而其文宏肆,"至战国而著述之事专",而衍为文辞,而后世作者惟以文辞是好,故曰"战国为文章之盛,而衰端亦已兆于战国也"。窃以为,章学诚将战国之文视为古今文运升降的枢纽,乃是由刘勰的《辨骚》思想衍生而来,刘勰意图澄清"屈骚"的辞章学价值,章氏则推及于一般的文史之学。因而其所谓诗教,不单是源自《诗经》的文学修辞传统,更是广义上源自六经的文字书写传统,其精髓只在经世致用,"欲文其言以达旨而已"。章学诚认为战国之文诸体大备,未尝拘于形貌也,凡经义、论辨、传记、辞章等皆是诸子著书传道的手段,但是后人只在诸子著述中发得辞章一体,甚至以"谐韵和声"为判分的依据,误把挚虞《流别》、萧统《文选》认作文章之祖。

《诗教》篇的逻辑大抵如此,其用心显然在于恢复载道用事、即事言理的经书文辞传统。《文史通义·易教下》云,"《易》象通于《诗》之比兴,《易》辞通于《春秋》之例","《易》以天道而切人事,《春秋》以人事而协天道,其义例之见于文辞"。章学诚以为"六经皆史也",其辞、象通于天人之际,其意指关乎政教人事,凡《春秋》之笔削、《周易》之卦爻象与《诗经》之比兴即为史家所宗奉的文辞义例。就学术史的背景而言,章学诚的诗教论,即是一切文字著述的规定性,显然针对"拘于声韵"的辞章之学而发,也是对"朴学残碎"与理学"凭空胸臆"的反驳,事实上也非美刺讽喻的《诗经》汉学精神所能笼络。他要找到一种可以贯通古今的学问之道,通过"辨章学术,考镜源流"发现六艺道体已然蕴含了义理学、考证学与辞章学的阐释需求,三家之间犹如人之肌体的随所施用,"皆道中之一事耳",这样便能够绕过汉宋之争的缠绕,在经世之道的层面上沟通诸学之间的隔阂,也给出了三家文辞之合于道的规定性,以及由此而来的灵活使用。《与朱少白论文》云:"道混沌而难分,故须义理以析之;道恍惚而难凭,故须名数以质之;道隐晦而难显,故须文辞以达之。三者不可有偏废也。义理必须探索,名数必须考订,文辞必须闲习,皆学也。皆求道之资,而非可执一端谓尽道也。"①这样联系道体来讲三家之学的关系,则"比兴之旨,讽喻之义"的辞章、"持之有故而言之成理"的义理之言,以及考订名数的文字,都是明道的手段,旨趣虽一,正不妨异其作用,较之时人划分疆界而又勉强凑合的做法,显得更为宏通。

与乾嘉朴学为难的还有姚鼐的文章学。桐城文论的核心始终是研究儒学义理的话语组织形式,即所谓"义法"论,并且越来越向着重视文辞与学理化的方向发展,至姚鼐始成一精密而博大的学术体系。这种发展与其说是古代文论进化的规律使然,不如更确切地讲,是出于建设专精之学以适应时代精神的需要,因为在姚鼐的时代,言说的合理性总体上取决于它在知识性方面所取得的成就(而不在话语背后之某种思想的正当性),也就意味着那种儒学意识形态话语建构的倾向稀薄了许多。

在今天看来,桐城派之所以能够成为抗衡乾嘉朴学的唯一力量,最重要的原因即是姚鼐按照那个时代的知识生产方式对文章学进行了重构,将其改造成为能够广而兼包义理和考证,狭而探赜古文原理和肌理的既博大且精深的学问。一是如姚鼐在《述庵文抄序》、《复秦小岘书》中所自述的,他要做"合三而一"的大学问,也和章学诚一样反对考据学的偏颇,都认为义理、考证与辞章不过是阐释道体的三种手段而已,断不能脱离传道的旨趣而作出片面的追求。值得注意的是,姚、章二人的"道"论虽然有着重大的区别②,但是他们批判乾嘉朴学在思维模式上都是基于对"道"与"艺"之体用关系的理解,从这种立场出发,则一切学问都被转换成关于"如何表达"的问题,即是将义理、考证与辞章归于"艺"的范畴,一并纳进文章之学的看待范围内。姚鼐在上述两篇文章中,强调三者应着道体的自我阐释需求而随所施用,有时又强调著述者应当灵活地选择适当的表达方式,做到"善用之"、"相济"及"不过",总之,三者虽不可或缺,但是都不具备价值上的优先性。这样的主张,如果仅是着眼于文

---

① 仓修良编注:《文史通义新编新注》,浙江古籍出版社2005年版,第769页。
② 章学诚之所谓"道",始终不离社会人事的一面,是由经史之学提炼出来的治国理政的经验以及历史规律性等等;而姚鼐则偏重于人伦道德、政教原理之类的理念性,这和桐城派的宋学立场是分不开的。

章结构上的考虑,以为三者相当于论点、材料与修辞的关系,又或者认为是体现了三学之间的妥协、平衡及综合,如此都是将姚鼐所谓的"文"理解为狭义的古文,也就难以见出桐城派立论的高度及其重要意义。我们说,姚鼐文章学的价值正在于它拓展了"文"的指涉范围,凡是言而见道的文字都是天底下的大文章,其中就包括那些"训诂明而义理明"的考证之文,事实上打破了"文以载道"的传统观念只赋予古文之正当性的封闭。

姚鼐建设专精之学的第二个层次进到了狭义的文学系统内部,极为细致地辨析古文的艺术原理及其内部肌理,几乎拢括了前代所有的文论知识与言说策略,建立一个精致细密的文章学体系。对此,学者曾反复论及,黄保真等先生所著《中国文学理论史》精辟地指出,"以道为艺之本源为起点,到艺与道合为终点,这就是姚鼐的以道艺观为主干的文学理论体系",具体来说,是将"艺"分为"才"与"法"两对范畴,其中,"才"有得乎阴阳刚柔之"气"者,有见于义理、考证、所历事境之"意"者,而"法"则可析为格、律、声、色之"粗"者与神、理、气、味之"精"者,两对范畴又各自涵盖天道与人力的两个方面,构成一个小的循环,两对范畴之间的交流互动又构成一个大的关系网络。① 钱竞则瞩目于姚鼐文章学中的语言学问题,他注意到"正是由于乾嘉考据学的巨大压力,迫使文章学家不得不认真地思考文艺学中以训诂为中心的语言学、修辞学、音韵学等诸多问题。打个不很恰当的比喻,正是因为乾嘉考据学的推动,才带来了清代学术在语言学上的转向。这种压力和转向也迫使姚鼐这样的桐城文家更多地思考文章学作为文学语言艺术的特征和内在规律"。②综合起来看,姚鼐既是以文道关系的话语模式来批判"朴学残碎"的弊病,将考证纳入文章学的范围之内,同时又坚持古文的独立价值,以知识整理的成绩来证明桐城文论的合理性,在学术的专业化、精深性和广博性方面获取自信的力量。

再看翁方纲的"肌理"说。"肌理"说具有义理、考证与辞章并重的特征,不仅要以求实的精神来弥补"神韵"、"格调"二说的空虚,也是以艺术的精神来救济宋型诗好发议论、略无余韵的弊病。翁方纲认为天下只是一个理,却有不同的表现形式,所以杜诗之理不同于邵雍《击壤集》之理,其云:

---

① 黄保真、蔡锺翔、成复旺:《中国文学理论史》(四),北京出版社1987年版,第291页。
② 钱竞:《乾嘉时期文艺学的格局——考据学的挑战和桐城派的回应》,《文学评论》1999年第3期。

> 理之中通也,而理不外露,故俟读者而后知之云尔。若白沙、定山之为《击壤》派也,则直言理耳,非诗之言理也。故曰:如玉如莹,爰变丹青。此善言文理者也。理者,治玉也,字从玉,从里声。其在于人,则肌理也;其在于乐,则条理也。《易》曰:君子以言有物。理之本也。又曰:言有序。理之经也。天下未有舍理而言文者。①

这段论述的逻辑是从论述理的存在方式问题及于诗歌的语言特性。翁方纲认为理并不是实体的存在,它的化育原理是"中通"事物的各个构成要素,使之成为一个有秩序的结构,因而也就没有"外露"的现成之理,只能在事物要素被有序组织起来的条理上见出。如同玉石有节理,肌肤有纹理,这些都是理的显现印迹,同样的,诗法所成就的"言有序"与细密质厚的风格也便是理的"寓所"了。所以翁方纲又称"义理之理,即文理之理,即肌理之理"②,本是体用不二的,大可不必将"肌理"析为思想内容与艺术形式两截。

问题在于,任何语言本体论的理念总将面临无法言说的尴尬,翁方纲"理寓于迹"的诗歌哲学落实在创作实践上,也还是要被转换成"以迹求理"工具论诉求,也还是要"以学问是否丰富笃实、典故是否确切有据、义理是否清晰深入、文词是否合乎法度,来作为评论诗歌优劣的标准"③,并且和宋人追求"诗文道流"的艺术境界而做成道德语录之韵文的情况相类似,翁方纲崇尚实证的精神而流入了考据诗的写作。也和姚鼐的文章学相似,翁方纲完全是以治学的态度来讨论文学的创作原理及相关问题,专门性地研究儒学义理的诗语组织形式,剖析诗歌的文辞义例,试图逻辑性地建起一个融汇三学、包举神韵与格调的阐释体系。这些都体现了典型的乾嘉学术精神。

三

以上我们讨论了清朝盛世文艺学观念的生成轨迹及诸特性,指出随着清

---

① 《杜诗"熟精〈文选〉理"理字说》,见《复初斋文集》卷十。
② 《志言集序》,引自郭绍虞主编《中国历代文论选》第三册,上海古籍出版社1979年版,第524页。
③ 张少康:《中国文学理论批评史》(下),北京大学出版社2005年版,第358—359页。

初诗史论的遗民情绪逐渐褪去,那种神韵悠远、清真醇厚的美学思想成为盛世文艺学的初期特征。随后,文艺学的发展进入了学术繁荣而思想贫瘠的时代,乾嘉学人几于封闭地讨论文学的自性问题,总结文学原理、艺术规律及行文法则,在学理层面上沟通旧说与新知,将儒家文艺观点作为知识的要素揉进博大精深的体系之中,发展出一种知识主义的品格。其为学术之幸耶,之悲耶? 又该如何理解清代学术的思想失语状态? 余英时先生的"内在理路"说揭示了从"尊德性"向"道问学"演进的学术史意义,但是不足以解释这种演进的动因,因为"尊德性"的空疏也预示着实践哲学的另外一条路向。葛兆光先生则认为:"真正造成清代学术思想失语状态的,除了政治对异端的钳制,还在于皇权对于真理的垄断,'治统'对于'道统'的彻底兼并,以及这种道德制高点和合理性基础被权力占据之后,所造成的士人对于真理诠释权力和对于社会指导权力的丧失。"①可是,"治统"的膨胀无过于汉代,为何汉儒竟能够坚持制衡君权的立场?

在笔者看来,乾嘉统治术的真正秘密乃是攫取了"学"的意识形态效应,确切地讲,是利用了整理国故的社会心理,通过不断满足儒生的"道问学"需求与知识主义趣味,滤掉了经典文化的价值属性,遮蔽了批判的、超越性的看待立场,致使士人的思想能力与道义精神无由生成,也就难以形成有效的社会文化反思,从而从根本上解除了以道制势的威胁。这一点,不很恰当地比喻,有些类似于当代西方科技意识形态的效应机制。当代资本家通过大量运用先进科学技术,不断地制造并满足人们的消费需求,从而不仅抽掉了政治反对派的群众基础,而且剥夺知识分子的批判能力,使其一变而为阐释者的角色(技术专家、行业权威、知识人等),于是出现一个由认同意识占主导的"单向度"社会。而在中国封建时代的最后一个盛世,统治者显然淡化了利用儒学来巩固王朝统一性基础这种传统的策略,改而小心翼翼地对儒学进行无利害化的处理。学者们热衷于"窄而深的研究","愈析而愈密,愈浚而愈深"②,其视野始终难以触及经学的价值层面与社会现实问题,在一片我朝经术昌明的赞许声中而从成为王朝政治格局中的无害的存在。

---

① 葛兆光:《中国思想史》第二卷,复旦大学出版社 2004 年版,第 400 页。
② 梁启超:《清代学术概论》,上海古籍出版社 1998 年版,第 47、28 页。

清代文臣的身份认同与诗学诠解
——以陈廷敬为例

郭万金

陈廷敬是中国历史上一位最有幸而又最不幸的官僚文士。说他最有幸，是因为他是封建时代"学优而仕"路线下的最大成功者，尊为帝师，官拜师文渊阁大学士兼吏部尚书；说他最不幸，是因为他过高的政治声誉和地位掩盖了他的文人才情，尽管所编者按，所著之作多达数十种之多①，但21世纪的今天，竟然很少有人知道他是康熙时代一流诗人和学者中的一员，《皇朝文献通考》称："廷敬遭遇熙时载，和声鸣盛，从容载笔，垂四十年，海内群推燕许大手，实能与王士祯、汪琬并驾齐驱。"②《四库全书总目》亦称其："生平回翔包袱各，遭际昌期，出入禁闼几四十年。值文运昌隆之日，从容载笔，典司文章。虽不似王士祯箪罩群才，广于结纳，而文章宿老，人望所归，燕许大手，海内无异词焉。亦可谓和声鸣盛者矣。"③与王士祯、汪琬、朱彝尊、陈维崧、宋荦置于同等，是以大家相许"④的陈廷敬实当于文学史拥据一席之地。自林传甲先生的《中国文学史》起至今，我国的各类文学史已逾循规蹈矩千部，然而，在"一代有一代文学"的思路与进化论思想所构建的文学史视野中，明清诗歌多处于被冷落的边缘地带，虽当时有燕许之誉的一代文臣陈廷敬，其诗文集也竟尘

---

① 其所著《午亭文编》收入《四库全书》者，为山西巡抚采进本，有诗二十卷、杂著四卷、经解四卷、奏疏序记及各体文共二十卷、《杜律诗话》二卷，又《四库全书总目》称有江苏周厚堉家藏本《午亭集》，凡五十五卷，有"诗三十卷，古乐府及古今体赋一卷，经解十卷，杂著十四卷，盖刻在文编之前，犹未删定之本也"。又《山西通志》卷一百二十二载："晚年手定为五十卷曰《午亭文编》，又《午亭归去集》二卷。"《山西通志》卷二百则称其"手删所著《尊闻堂集》为五十卷，曰《竿亭文编》，他著数十种"。

② 《清朝文献通考》卷二百三十二，浙江古籍出版社1988年版，第6926页。

③ 永瑢：《四库全书总目》卷一七三，中华书局1965年版，第1522页。

④ 袁行云："《清人诗集叙录》，文化艺术出版社1994年版，第395页。

封数世,鲜人问津。① 在"欢愉之词难好,穷苦之辞易工"的审美预设与自古文士少通达的身份定位下,达官重臣之诗文的模式判断通常是:"虽为时人所重,然却经不起时间考验,终被历史淘汰。"位极人臣的陈廷敬自然也被纳入了这一评判体系,未曾细细考察,便已被打入冷宫了。如此的论断显然带有庸俗社会学的挑剔批判,忽视个人身份角度的模式判断虽有着无关痛痒的部分合理性,却无法构建生态盎然的诗史断制,更造成了文化学统的深层断裂。因而,对陈廷敬的重新关注自然于古代文学学科发展有着更进一层的深刻意义。

双重知识谱系下的特殊身份

中华民族的传统思维中历来就没有泾渭分明的学科分类,经史子集的四部分不过是略具轮廓的粗线勾载,于分科细致的现代学科建设裨益并不为多,却奠基了"经禀圣裁,垂型万世"的神圣地位,制"经"者的特殊身份与绝对权威使得经学成为一种以文献研究为主要表现手段的经典阐释学。战国时激烈批判者庄子即言,"圣人之言"不过是"古人之糟粕",而"六经"也不过是"先王这陈迹",以此挑战经典的神圣性,庄子的怀疑批判所针对更多的是泥古繁缛的经学研究模式,但其所揄扬的"得意忘言",从广义的诠释眼光来看,亦或可称之为一种超越文本、语言的阐释学。由于缺乏学理上的逻辑思辨,庄子的批判于经典神圣性的消解终究有限。更重要的是,如果要使一个民族文化精神百代不衰,最好的方式就是确立经典,建立文化学统。作为民族文化精神载体的经典显然有着超越文本的深层意义,而扎根于民族深层心理中的经典诠释中无疑有着文化学统的血脉传承,故而,无论是百家争鸣的分庭抗礼,还是焚书坑儒的极度高压,都不曾中断经典的诠释传统。伴随着汉代的政权建构、朝廷权力的渗透,使得经典在神圣品性之外,又格外增加了统治意识的权威性。"六经",不仅成为儒家伦理秩序、行为规范和价值标准的文本载体,更在薪尽为传的阐释延续中,完成了儒家理念的延伸涵盖,民族文明的精神构建,

---

① 今所见文学史、诗史著作中,谢无量《中国大文学史》第五编"方苞与古文"中称:"当时泽州陈廷敬,亦为古文,苕文甚至重之。廷敬官至大学士。有《午亭文编》。"言及不论,唯严迪昌先生《清诗史》(浙江古籍出版社2002版,第453页)在专论王士祯一章中,有两年提及,但评论不过一句,"沈荃、陈廷敬诗各有风貌,但非渔洋劲敌"。

形成了以经学为基本知识框架的文化学统。如果以现代学术眼光从文化视角来审视经学的话,古典阐释学的定义应该是一种贴切的形容,经学以儒家经典作为诠释的元典文本,在"我注六经"与"六经注我"的定位转换中不断生发新的阐释方法,儒家经典成为中国传统学术的基本知识数据库,更在此诠释体系中规划了学科研究的基本范式,从而构成了文献传播、道德教化、统一价值的知识观。同时,"六经"作为评定标准的最高典范,更辐射于整个传统学术领域,如果以阐释学的视角来考察整传统人文学科的历史变迁的话,经学的视野应已笼罩了整个传统知识谱系。海德格尔曾言,西方哲学是柏拉图的注脚,同样,中国传统学术亦可看做经学的注脚。中国诗学自然也不能摆脱经学的影响。

"夫学者研理于经,可以正天下之是非。征事于史,可以明古今之成败。余皆杂学也。"连可成一家之言的"子书",也被贬为"杂学","文人词翰,所争者名誉而已,与朝廷无预",就更不足称道了。但身列经典的《诗》远非"一种有韵的文学体裁"的简单定义可以限制,"诗"的内涵自然有了超出"无预之词翰"的意义。古人论诗,莫不祖述《诗》三百,相近的血缘,不仅使中国诗歌于传统学术中获得一席之地,亦使得后世诗歌自身发展的历史也具有经典传承的意味,中国诗歌也由之成为中国文学体裁的正宗主流,更演变为古代社会生活中一项重要内容,在"下以风讽上,上以风化下"的教化传统中,承担着沟通上下的重任。同时,上层社会的"赋诗"传统,诗礼观念,在"礼不下庶人"的社会意识中凝结为一种深沉的民族心理链条:"万般皆下品,唯有读书高"——而诗歌则是读书人最佳的身份象征,应运而生的中国诗学作为以诗歌文本为对象的阐释学,自发生伊始,就与《诗》学结伴而行,始终处于经典阐释学的笼罩下,虽可称之为经学之余脉支流,但对象的不同,仍使其拥有自成体系的知识结构,并与经学一同构成了中国文士的两大主要知识谱系。

如同模糊的学科分类,中国士人阶层的身份同样没有清晰的界限,在"学优则仕"的晋身路线下,中国士人通常兼有政府官员,地方绅士、学校教师诸多不同的社会角色,而以吟诗作赋为特征的文人品性更是作为身份象征的标志之一。西方学者"知识官僚"、"学者官僚"的诸多定位,所体现的正是西方学者对士人身份角色、知识背景的关注,而这些恰是在我们以前的研究中所没有予以足够重视的。陈廷敬则是这样一位典型的"知识官僚"。就其一生而言,科举入仕,虽备受恩宠,却也经历了宦海沉浮;位极人臣,士林推重,领馆修书,燕许手笔,这位官僚身上流露出极为浓重的学者气息和文人情怀,这当然与泽被士人的双重知识谱系有关,然而,康熙与他的时代毕竟是中国历史上少有的明君和太平盛世,升平背景下的陈廷敬更有着非同一般的特殊身份。

一、帝师讲官

陈廷敬年长康熙15岁,而自康熙十五年起,陈廷敬便担任经筵讲官,直至病故。清代的经筵讲官多为近臣所充任,但真正曾给皇帝讲学的并不算多,陈廷敬"雅嗜读书,擩哜经史,讲幄初开,首膺物简,日进讲弘德殿中,敷演详恺,析义在文句之外"①,可见,陈廷敬与康熙实有师授之谊。《午亭文编》中对康熙于讲学过程中的提问屡屡称赞,歌美君王的颂声背后所隐藏的正是身为帝师的自豪感。在封建时代,君王贵为天子,为人间至尊,权威无上,可为其师者唯有圣人裁制,垂型万世的儒家经典,而经典阐释的终极意义正是要依赖圣人学说,建立一种天下之道,以作为永恒的伦理法则。经学所载之"道"才是真正的天子之师,讲学于帝王无疑是这一儒家理念的最高体现,陈廷敬"凡入讲幄,开称王道,摒斥异端,诚意端竟委,必期积诚感格而后止"②,帝师身份所实践的正是经学谱系下的道统思想"析义在文句之外"的讲话所体现的正是超越文体诠释的经学立身治世观。

二、科举世家

顺治元年(1644)十月,顺治帝在北京登基大典时,即颁告天下:"文武制举,仍于辰戌丑未年举行会试,子午卯酉年举行乡试。"③次年为乙酉年,清代科举考试如期举行。明清易代,异族入主,明辨夷夏的民族对抗心理成为社会主潮,这项最入士心的政府举措在清弭对立、争取汉族知识分子的同时,更为清代"治统"与"学统"间趋合奠定了坚实的制度基础。陈廷敬家族在明清时期人共有进士九人,举人十人,其中,陈廷敬的旁六世祖陈天佑为嘉靖甲辰科进士、伯父陈昌言为崇祯甲戌科进士,父祖辈余者,虽未能科举及第,但科第之

---

① 石麟:《山西通志》卷一百二十二,四库全书本,第223—224页。
② 姜宸英:《陈大司农寿宴序》,见《姜先生全集》卷十七,清康熙十五年刻本。
③ 赵尔巽:《清史稿》卷四,中华书局1976年版,第90页。

心终不肯灭,可谓科举家世家。对于这样的科举家族,诗礼传家,科第入仕乃是最为头等的大事。明清易代,就表面而言是夷夏之变,但与蒙元不同,清承明帛,几无所改,清朝统治者全面吸收汉文化,优待汉族知识分子,保证他们有稳定的仕进路线,礼葬崇祯,声称自己是驱逐李自成而入主中原的,消减易代的抵触情绪,除留辫以外,清朝廷面对汉文化的亲和力实在将异族文明的冲击力消减了不少。况且,明末清初的陈氏家族多次受到境内外农民起义军的冲击,兼以科第家族对乱民的一贯的轻蔑仇视,陈氏家族对清王朝并无太多的抵触情绪。早在金元时代,身仕外族的晋儒郝经即以"今日能用士而能行中国之道,则中国之主也"①的文化意识突破了种族观念的篱藩,而推行"中国之道"的重要媒介正是"经","诗"学统。科举出身的陈廷敬,入值内阁,辅弼君王,恩宠备至,对家族使命与个人理想均圆满完成的陈廷敬而言,"治统"、"学统"实已合二为一,推扬"中国之道"成为其治国述学、赋诗作文的核心理念。

三、修书纂官

陈廷敬一生曾参与主持编修《康熙字典》、《佩文韵府》、《明史》、《大清一统志》、《三朝国史》、《玉牒》、《大清会典》、《大清律例》、《三朝圣训》、《政治典训》、《平定三逆方略》、《平定朔漠方略》、《古文渊鉴》、《鉴古辑览》等各类图书十余种,举凡类书、字书、史书、志书、政书无不囊括,身为图书总纂,"学问淹洽,文采优长"自是必备条件,然而对于《康熙字典》、《佩文韵府》等这样的大型图书的编纂者而言,裁断识力更是尤为重要的必需素质。有清一代,学术蔚然称盛,实有总结传统学术之势,而旧学传统中宗派林立,汉宋争讼,"夫汉学具有根柢,讲学者以浅陋轻之,不足服汉儒也。宋学具有精微,读书者以空疏薄之,亦不足服宋儒也"②,兼取所长,消融门户偏见;参稽众说,务求公允持平成为领官修书的陈廷敬所必须遵循的原则。作为国家文化工程的官修图书自是润色鸿业、精饰统治为念,作为正统意识的官方体现者,陈廷敬必须兼顾道统、学统,以"道"御"学",以"学"载"道"。

"横经召视草,记事翼鸿毛,礼义传家训,清床授紫毫"③的陈廷敬和传统

---

① 郝经:《与宋国两准制置使书》,见《郝文忠公陵川文集》卷三十七,清嘉庆重刻本。
② 永瑢:《四库全书总目》卷一,中华书局1965年版,第1页。
③ 玄烨:《赐大学士陈廷敬诗》,见《御制文集》第三集卷四十九,四库全书本,第361页。

文士一样,以经学、诗学的双重知识谱系建构自己最为主要的知识背景,"天下所极重而不可窃者二:天子之位也,是谓治统;圣人之教也,是谓道统"①,帝师讲官、科举世家、修书纂官的多重身份则使得这位辅弼大臣必须在道统、学统、治统三者之间完成极好的构架关联,使之成为一个有机的统一体。唯有如此,知识谱系的匕力方可由多重社会身份的和谐认同而得以凸显,由之亦呈现出一派生机益然的诗学机制。

解经赋诗中的儒学实践

陈廷敬的特殊身份使他的儒家知识结构有了用武之地,与村塾教师不同,陈廷面对的是可以直接施政的至尊君玨,常人眼中的迂阔遥远之说,与经筵讲官陈廷敬却是即景贴切的合辙之论。陈廷敬言必三王之治,辞必尧舜禹汤,按照儒学谱系中君王偶像来为康熙塑造帝王模式,希望皇帝修己知人,勤政爱民,力图将康熙纳入儒家视野中的明君图谱。其在《经解·商颂》中称:

> 或问:《诗》周书而存《商颂》,何也?曰:欧阳子有言:"大商祖之德,予纣之不憾,明武王周公之心。"余尝论之,夫谓"大商祖之德"者,商财本以征诛有天下,周之于纣,犹商之于桀,明其德,以见有商祖之德,则实有可以得天下之理,如无其德,则是呻有天下且不可,况敢行放伐之事乎?故谓"大商祖之德"者是也。谓"予纣之不憾,明武王周公之心",其义尚有未尽者。武之革命,顺天应人。圣人者,天人之至公者也,亦安计纣之憾与不憾?而武王周公之心亦何待谆谆焉明于天下后世哉?故谓"予纣之不憾,明武王周公之心者,非也。然则《商颂》之存,果何义欤?曰明统也。周得统于商,明统所以尊周也。鲁亲周后,明统而尊尊亲亲之义备焉。夫是以周书而存《商颂》也。②

宋儒欧阳修于《商颂解》称:"曷谓大商祖之德,曰颂具矣;曷谓予纣之不憾,曰悯废矣;曷谓明武王周公之人心曰,存商矣……圣人之意,虽恶纣之暴而

---

① 王夫之:《读通鉴论》卷十三,见《船山遗书》,北京出版社1999年版,第3008页。
② 陈廷敬:《经解·商颂》,见《午亭文编》卷二十八,四库全书本,第422—423页。

不忘汤之德。故始终不绝其为后焉。"①陈廷敬的诠释与欧阳修并不尽同,二人于"大商祖之德"的赞成中所暗含的正是孟子"纣为独夫"的王道观与仁政思想,更寄托着自己的政治思想,希望执政者能以夏商兴亡为鉴,德治天下。相同的知识谱系使得二人有相似一一般见解,而不同背景下的迥异身份却使二人产生了必然的分歧。宋儒欧阳修沿着德政思路继续进行拓展,以推解圣人之意。而陈廷敬所臣仕的清王朝毕竟是汉族之外的少数民族政权,如果要使这一异族政权获得道统认可,则必须要有学统有论证。身份特殊的陈廷敬所进行的正是这样的论证:"大商祖之德"奠定了"皇天无亲,唯德是辅"的德政思路,陈廷敬随之肯定了武王伐纣的"顺天应人",在否定"悯废"、"明心"说的同时,明确提出"《商颂》之存"的"明统"意义,"周得统于商,明统所以尊周也",而这也是周代的《诗经》仍保留《商颂》的缘故。陈廷敬对"统"的强调,实欲证明清之取代在道统上的合理性。《商颂》虽仅五篇,却有商代史诗之义,而陈廷敬所编纂的《明史》,则具有与《商颂》同样的"明统"意义。"儒者之统,与帝王之统并行天下,而互为兴替。其合也,天下以道而治,道以天子而明"②,无论是经义诠释,还是编纂行为,抑或是奏疏陈辞,陈廷敬一直努力想把康熙塑造成为周武王般的"得统"明君,由之完成治统、道统、学统的三者合一,使其作为知识背景的儒家说得以实践。而陈廷敬的这种儒学初践正与郝经所言的"行中国之道"有异曲同工之妙。

清朝廷明智地放弃了自己的文化主导权,并以一种谦虚而热诚的学习姿态来接受汉文化,康熙诚不失为"能行中国之道"的一代英主。随着"康乾盛世"的开启,治统、道统、学统日趋合一,而陈廷敬的儒学实践更在他的论学赋诗中全面展开。其于《朝会燕飨乐章十四篇序》中称:

> 尝考古乐之备者莫如《诗》。朝会之乐,正大雅之诗是也;燕飨之乐,正小雅之诗是也。汉以来,失雅诗之义。魏得杜夔所传古乐四篇,遂仿《鹿鸣》作《于赫》篇,以礼武帝;仿《驺虞》作《巍巍》篇,以祀文帝;仿《文王》作《洋洋》篇,以礼明帝。则直以雅为颂,且乱以风,又乌能得雅诗正义乎?晋以后,去古虽远,间存雅诗之遗。逮梁武帝,南北郊、明堂、太庙

---

① 欧阳修:《诗解八首·商颂解》,见《欧阳修全集》,中国书店1986年版,第435页。
② 王夫之:《读通鉴论》卷十三,见《船山遗书》,北京出版社1999年版,第3053页。

三朝,悉名为雅,则是颂声亡而正雅之用混也。唐分雅俗二部,然所谓雅者,以别俗之名耳,其初皆俗乐也。宋郊庙之乐曰"安",其义亦犹唐曰"和"、隋曰"夏"也,而朝会燕飨之乐亦以"安"名,词皆短歌,其亦犹有雅诗之遗意者欤? 惟六变之曲,声调靡曼,实皆五字长句也。及乎明之乐,无有足观者矣。我朝郊庙之乐名曰"平"……,虽略仿乎宋,而要皆以雅诗之义为准,至于六变之曲,则概无取焉。①

此段序文堪作一部宫廷礼乐简史读之。陈廷敬于此序中,祖述《诗》雅,考镜源流,辨析颂声,传承之意昭然可见。作为政权意志集中体现的礼乐制度,同时承载着传道述学的文化意义。可以说,精英文化中的礼乐传统本身即有融汇三统的深层意义,而从陈廷敬对礼乐传统的核理亦可见其绍述风雅的传承之志。而其所作《朝会燕飨乐章十四篇》则无疑是其《诗》学认知下的诗学实践,如其中:

《隆平》章:"赫矣天鉴,眷求惟圣,保祐我清,既集有命。假乐太君,天位以正,苾下有容,监于万方。念慈崇功,骏命孔常。"

《庆平》章:"皇覆万宇,品物咸亨。九宾在列,百译输诚。济济卿士,式造在庭。帝仁如天,帝明如日。亲贤任能,爱民育物。礼备乐成,声教四讫。"

《治平》章:"天尽所覆,以昇我清。我德配命,涵濡群生。万国蹈舞,来亨来庭。俣俣傅傅,视彼干戚。天威式临,其仪不忒。"

诗篇一准大雅之声,雍容自得,亦诚如其序中所言,这些诗篇"罔不尽其反复丁宁之意,而不专主乎铺张扬厉之辞",饰美称颂中不失敬天礼德的委婉讽谏。陈廷敬的《朝会燕飨乐章十四篇》兼有直承大雅、宣扬教化的文化意义与践行大典、昭美朝廷的现实功能,较之中国诗史中的一般诗篇更具有儒学治国、礼乐教化的实践色彩。而身为辅弼大臣的陈廷敬,幼年成长濡染于儒学,任讲官则为儒教之传道授学者,宦达后即有"兼济天下"之实践责任。孔子

---

① 陈廷敬:《朝会燕飨乐章十四篇序》,《午亭文编》卷一,四库全书本,第4页。

曰:"兴于诗,立于礼,成于乐",作为构建儒家人生的重要因素,诗、礼、乐对儒生、儒师、儒官三位合一的陈廷敬,同时有着理论指导与人生实践的双重意义。《朝会燕飨乐章十四篇》的创作,是其儒家人生的凝聚体现,亦是其儒学思想的完全实践。特殊身份的要求,使得陈廷敬的诗学构建必须体现正统意志,承传学统,弘扬道统,"古乐之备者,莫如《诗》",依照尊经重古的儒学思路,《诗》三百成为陈廷敬诗学的最高典范,"托志在大雅,讲德观王风。永言播声律,和平民所衷。五统奋逸响,竽瑟难为工。诗亡演别体。绮靡将焉终。我圣放郑声,伟哉删述功。烂然三千篇,磨灭浮烟空。"①不难发现,陈廷敬于三百篇的倾慕向往,更集中于儒学统系的诗教功能,儒家诗教为儒家道统、学统、治统的综合体现,对于身份特殊的陈廷敬而言,诗歌并不仅是如同寻常文士般的文字生活,更具有载德传道、伦理教化、立身治国的学理意义和现初指向,陈氏诗学的终极指向正是经典化思路下的原始诗教的延伸。而其"一饭不忘如杜甫",撰写《杜律诗话》的尊杜行为亦是此思路的延伸。清初,许多一流诗人、堂者都以恢复儒家诗教相号召,更将杜甫确立为诗教的化身②,似二实一的诗坛现象中贯穿着强烈的诗教意识,造就了一代文学主潮,除了自身的诗学实践外,身份特殊的陈廷敬于号召者们大多有提携举荐之功,虽其人恭让,却隐然有引领一代潮流之势,而四库馆臣"文章宿老,人望所归"的燕、许之誉或本于此。

传统诗教以温柔敦厚为旨归,陈廷敬更是以此为准绳,康熙于其诗歌则称:"览《皇清文颖》内,大学士陈廷敬作各体诗,清雅醇厚,非集字累句之初学所能窥也。"封建时代,君王的品评自是诗人的最高荣誉。对于康熙的评价,陈廷敬在《史蕉饮过江诗集序》中曾言:

> 夫诗之为物,发乎情,止乎礼义。其至者,足以动天地而格神祇,穷性命而明道德。虽不能至,然心窃向往焉,岂不亦甚盛矣乎!而终以窘陋少暇,坐荒如此。然二子果天下之贤豪间出者也,桐野久在翰林,而蕉饮改官给事中,掌垣事,今请急将归维扬,示我以前后所为诗。洋洋乎,风人雅颂之遗音矣。其气渊若,本乎性也;其言蔼如,约乎情也。可以字句求,而不可以字句尽也。上尝有是言矣,赐廷敬诗序有曰:清醇雅厚,非积句累

---

① 陈廷敬:《咏古四首》其一,见《午亭文编》卷三,四库全书本,第 30 页。
② 陈居渊:《清代朴学与中国文学》,百花洲文艺出版社 2000 年版,第 72—89 页。

字之学所能窥也。于戏,此风雅之本原,诗人之极致,廷敬何足以当之!其惟吾蕉饮乎!昔周之盛,以文王周公之圣,化行俗美,其时名贤士,庚扬雅颂,播诸朝庙,下至《兔罝》《考盘》之野人逸民,莫不能诗。太史采之,顺其音节,被之管弦,盖诗之为教弘矣。今者运值休明,人思复古,风人之遗,未尝不在《兔罝》《考盘》间也。蕉饮归而涉邃林、探涧谷,与野人、逸民咏吟啸歌,以适其乐。而予且归老于田间,茅檐竹草,以其余日,引觞点笔,遥为属和,用以忘老至之忧,亦以见友朋遭际之隆,皆上之明赐,将永矢勿替焉。而前所云穿性命而达夫人者,于蕉饮乎望之。予老矣,弗能几及已。①

是文虽为陈廷敬为翰林史申义《过江集》所作序言,却饱含着陈廷敬的夫子自道,对康熙称许的谦恭中着实含着几许得意,更有酬谢知音与传承诗统的深意。《序》称:"上遣中使传问:今之诗人孰与尔等比?今或未然,其后可冀有成者为谁?悉以闻。维时以纶音优异,惶恐几不能对。有顷乃言:今之大官才士,皆为所深知,臣皆弗能;如后进之士,臣交游绝少,以今所懂而知音,则翰林史某、周某其人也。"

陈廷敬在为其《午亭文编》所作序中称"新城王阮亨方有高名,吾诗不与之合,王奇吾诗,益因以自负。然卒亦不求与之合。非苟求异,其才质使然也。"其时,王士祯主盟诗坛,汪婉驰骋文场,引领一代潮流,但陈廷敬却不肯与之相合。对于普通翰林史申义,却倍加青睐,在给予极高评价的同时,更向康熙推荐为"可冀有成"者。陈廷敬"不合汪、王"的原因,固然可用"文以气为主,气之清浊有体,不可力强而致"的才质说从文学创作维度做出解释,但晚年陈廷敬却按照自己的诗学思路从更为深刻的近"道"角度做出了新的诠释:"始吾于汪、王,顾颇自得,不欲苟雷同,岂惟才质乎?将以力之所近者,求至于吾道焉已耳。"而其所追求的"吾道"即是其诗学中的最高理念,清醇雅厚是其于文字风格的表面流露,深蕴其后的则是儒家学说在维护正统、承续道统中的完美实践。

述学明道中的实学倾向

《午亭文编》中"小技"一词共出现五次,而之五次无一例外地都是和"文

---

① 陈廷敬:《史蕉饮过江诗集序》,见《午亭文编》卷三十七,四库全书本,第548—549页。

章"连在一起而出现的,如:

> 《祭故汾州府推官窦云明先生文》:"虽文章之小技,拔弩钝乎泥中。"
> 《河间道中》:"文章小技聊为耳,岁月浮生欲奈何。"
> 《五月十二日重游崇效寺寻雪公看花之约后二日阮亭侍郎亦往游焉以五月江深草阁寒为韵赋诗予亦作七首》:"文章小技耳,吾欲观其深。"
> 《论晋中诗人怀天章》:"文章宁小技,矩矱存先民。"

陈廷敬的诗学思想于创新机变并不为长,但其人、其诗、其学却在儒家正统诗教指导上形成了一种实践诗学,极大程度地实现了《诗》学与诗学的重合。上引例证除第5则外,均可称为"文章小技说"。在陈廷敬眼中,那些作为士大夫交际语言与身份象征的一般酬唱诗篇,多是聊以消遣的无用之作,儒家"三不朽"中虽有"立言"之作为"立德"不成、"立功"不得后的补充,但是按照儒家学说,"立言"之作必载道之论,那些唯风花雪月是咏的诗词歌赋是算不得数的。要进入"不朽"的境界,则有进一步有要求。在陈廷敬看来,只有像子夏论诗、朱子述学那样可以明道教化的"立言"行为,才可称得上是真正不朽。陈廷敬的"立言观"所延续的是儒家"载道"思路。文之为用,只缘其可成为圣道的文本载体与体现方式,"立言"的不朽是由于其可以成为"立德"、"立功"的有益裨补。"道沿圣以垂文,圣因文而明道,旁通而无滞,日用而不匮"①,由"载道"观而延伸出的致用思想,同样是儒学文艺观的一个重要组成部分,被认为小技的文章也正是由于它的空言无用。陈廷敬的诗学观可说是儒家人生的全面实践,他的这种务初致用思想不仅体现在一般的诗文创作中,更在其述学思路中得以全面贯彻。

《经学家法论》是陈廷敬论学的一篇重要文章。《清诗纪事初编》卷六称其"集中《经解》四卷,颇涉猎宋儒之学"②。恰可成为此文之注脚。其后,笔锋直指因时文而造成的各种学术弊端。统观陈廷敬文,多为颂圣、揄扬、奖掖之作,批判之作不为多。文字典雅平和,以温柔敦厚为宗,甚少激烈之词,固为诗学风格所限,亦是身份地位使然。而此文章措辞激烈,所批判的对象则是科

---

① 刘勰:《文心雕龙·原道》,人民文学出版社1981年版,第2页。
② 邓之诚:《清诗纪事初编》,上海古籍出版社1984年版,第733页。

举时代的重要教材——"五经大全"及八股体制所形成的治学积习。科举作为输送官员的重要途径,是明清时代引导学风指向的重要因素。虽"八股兴,经亡"的批评自八股问世起就不绝于耳,但学理上的倡导终究无法与实际的功利诱惑相抗衡,八股科举直接导致了学术空疏。科举出身的陈廷敬耳濡目染,自是深知其弊,力欲救之。"科举与为学,截然二事,今人直以科举为学,岂不大错?"清代重臣陈廷敬于明代顾炎武实多赞赏:"遗文编旧录,制述继吾徒。诗乐吴公子,风骚楚大夫。闲情穷海峤,清论满江湖。万里山川路,离情似昔无。"①《经学家法论》的批判正与顾氏"自八股行而古学废,《大全》出而经学废"的抨击相合,而其所提出的应对方法更是对朴学大师顾炎武治学思路的延承:"古欲正经学这失,须革时文之弊。时文之弊革,然后学者可以旁通诸家之说,以求得乎圣人精意之所存,而士不若于无用之空言,国家收实学之效也。"②与遗民顾炎武的学术天下观不同,辅弼近臣陈廷敬的关注自是治国安邦。虽然身份不同,但相同知识谱系下学术关怀却是相同的。有清学术,以朴学著称,作为官方代表的重臣陈廷敬明确倡导实学思路,于当时之学术风气转移不为无力,于乾嘉朴学之兴盛实有先导之功。

"文章之士必以学问为根据,根据既定,文之发现于外者其气象亦自不同。然学问之途千流万派,既有所偏,遂以成习。"③陈廷敬的实学倾向更贯穿于其述学明道、作诗为文之中。作为《康熙字黄》等图书史志的总纂官,陈廷敬明言"小学之功于经书甚",他的编书行为本身就是这一思路的实践体现。在其解经说《诗》中,亦可略见其实据征实的务实学风,如所辨"新宫有诗无诗"条,不失为有报之说。然以陈廷敬之殊殊身份,其实学倾向则于儒家诗教之"明道"体现最为强烈。

顾炎武的"文须有益于天下"观,既为传统"文学有用说"④这一大总结,又为清代务学风之开启。陈廷敬无疑是这种学风的信奉者。于立身即有"与其言而不行,宁行而不言"的信条,论《诗》更是兼及治道,如其于《北门》则称:"夫有道之国。士君子得尽其所学,就使不得志亦不使失其所守,为国而使人

---

① 陈廷敬:在《读顾亭林先生日知录是潘次耕刻于闽中者却赠》,见《午亭文编》卷十七,四库全书本,第 248 页。
② 陈廷敬:《经学家法论》,见《午亭文编》卷三十二,四库全书本,第 472 页。
③ 章宗祥:《清代文学史》,见《中国大文学史》,上海书店 2001 年版,第 811 页。
④ 顾炎武:《日知录集释》卷十九,上海古籍出版社 1985 年版,第 1 页。

既不得志,又不失其守。至苟以容其身。如卫者,欲不亡,得乎?"于《击鼓》称:"夫轻用其力,以土功力役这事不足为劳苦耳,是其情尤足悲也。岂知夫先王之制,五十而罢役,比之六十而还兵者,犹兢兢焉不敢过用其力也。彼州吁残民以逞,乌足以语此。"《诗》三百,是陈廷敬诗学体系中的最高典范,故其说《诗》多持中正之论,恪守诗教正统,其于《君子偕老》条称:"风人主而谲谏,言之无罪,闻之足以戒,莫著于《君子偕老》之诗。此诗唯称述夫人服饰之盛,容貌之尊,以感动其天良,激发其愧耻,而终不斥言其淫乱之事,所谓辞益婉而意益深,是风诗之最善者也。"美刺是儒家诗学的两个基本方向,"主文而谲谏"的刺诗多有激愤之词,与儒家温柔敦百的诗教标准略有不合,陈廷敬眼中的《君中偕老》,正是毫无过激之言的中庸诗篇,由是被视为风诗之最善者。历代学者于风诗最佳者多有议论,所见亦不唯一,多缘立足点不同。而以《君子偕老》为最善的论断实为独创之见,其着眼点即为儒教诗学之中庸标准。

"文之不可绝于天地间者,曰明道也,纪政事也,察民隐也,乐道人之善于也。"陈廷敬在自己的诗歌创作中更是恪守此则,力求有为而作。其称:"窃惟自古帝王有功于天下,其名声彰著于后世者,方想盛焉,是以昭昭然若昨日事也。然而其盛者亦不数数觏矣。"①经筵讲官与辅弼大臣的特殊身份使得颂美盛世成为陈廷敬诗歌的第一要义,仰慕古雅的陈廷敬一再称许"尹吉甫、召穆公辈作为雅诗,传之于今"的文化事业,且今日之陈廷敬于昔日之尹吉甫、召穆公身份接近,承续之意暗蕴其中。观陈廷敬之诗,称美帝王,载述宏业,宣扬德教占了相当比例,这些通常被称作谀美之诗篇于内阁大臣陈廷敬而言,并非常人般无关痛痒的拍马之作,而是一种对盛世明君源自内心的真读歌颂,所实践的正是"明道"、"纪政事"的有益原则。至于所谓"察民隐"之作,虽于集中屡见,但作为总领修书的内阁重臣,真正可与普通百姓直接接触的机会并不为多,所以真正贴近其身份的诗篇并不在此。"乐道人之善"亦为《午亭文编》中的重要组成部分。酬和应对本就是封建官僚的常事,其中自是彼此称美。位居显赫的陈廷敬更常常奖掖后进,举荐贤良,道善之作为数自然不省。略观其作,大体与事实相符,"不虚美"之年堪称可贵。

与"颂美盛世"的创作追求相应,"明道"是陈廷敬为文论学的第一要义。

---

① 陈廷敬:《大驾三临沙漠亲平僭逆武雅表》序,见《午亭文编》卷一,四库全书本,第14页。

其《闻道》诗称:"晚岁得闻道,懒不复吟诗。今兹理药饵,因病多闲时,呻吟秋蝉声,断续春茧丝。知希则我贵,绮丽安足为。古昔贤达士,陶白良可师。以我观二子,犹未掀藩篱。不免文字习,恐为圣者嗤。今人雕虫人,闻此必反訾。而我欲无言,溟蒙顺希夷。"诗中所论竟然略近于老庄的得意忘言了,然其所闻之道却非道家学说,仍为其实践一生的儒家理念。只是当其初学倾向与明道思想相结合时,文字的修辞的功能已被完全地忘却,唯有在文字间所流动的儒学至道才是真实的存在。陈廷敬于述学明道中的实学倾向不仅对乾嘉汉学有着重要的先导意义,同时更为其儒家传统诗教理念下彻底实践注入了生命的活力,忘言之论正是其实学倾向的最高体现与最高境界。

《清诗纪事初编》卷六称:"廷敬与王士禛、汪琬为友,而诗文各不相袭。诗名不及士禛,而工力深厚似过之,文摹欧曾,一变其乡傅山、毕振姬西北之习,同时达官无能及之者。性尚含容,不立异,无与人门户意气之争,故能为人所容。久值南书房,领官修书,始终恩礼不衰,同时达官亦无能及之者。"①两处"无能及之者"当为邓之诚先生对陈廷敬诗品人格的极高评价。陈廷敬一生行文做人大抵准合于儒家道德规范,恪守中庸之道,所述诗学作为其儒家人生实践的折射侧面,更以一种实践的姿态贯穿于其解经赋诗、述学明道中。陈廷敬的特殊身份正可弥补传统经学与诗学间的裂痕,双重知识谱系的最大化叠合所依赖的是一种身份贴切的儒家诗教实践。实践中,陈廷敬其人、其诗、其学的有机整合促成了治统、道统、学统的趋同合一,从而构成了陈廷敬典雅稳重却不乏生机的诗学机制。

---

① 邓之诚:《清诗纪事初编》,上海古籍出版社1984年版,第733页。

清代末期民国初期北京天桥的坤书馆

李雪梅　李　豫

民国初期，华北、东北地区鼓书女艺人进京献艺，在天桥地区创立坤书馆，她们在表演场所、表演方式、表演内容、演员类型诸多方面，对传统大鼓书进行了根本性的调整改革，由此逐渐形成了一种独具特色的坤书馆现象，这一文化现象不仅促进了北京天桥地区大鼓艺术的繁荣，同时也成就了北京的鼓姬艺人。

一

坤书馆在清代末期已经出现，最初被称为"棒子馆儿"、"清茶馆"、"落(lào)子棚"、"落子馆"等。

张次溪的《天桥杂谈》中"落子馆"一节曾谈到：

> 天桥落子馆，在五十年前呼为棒子馆儿，兼带卖清茶（彼时没有落子馆，全叫做清茶馆）。开设在天桥迤北路西五间楼下，颇为一般迷瞪鬼所注意。当时五行八作，以及清代六部书吏人等，无不热烈欢迎，因为该处零打钱，并不售票，所以大家趋之若鹜。虽云书钱随意，有几十吊钱也能挤干，而且并非一定戳活（即点唱）。架不住漫无限制，只要遇见相熟的顾客，唱手能够过去搜腰，不但少给不行，外带着听主儿人人痛快，借着打钱说几句话，何幸如之。弹弦儿者系一念昭（瞽者），又叫做十三恍，最能唱者为杜利顺，余如宛翠玲、刘四喜儿等，皆为个中著名的唱手。《热客后悔词》中有"懒得，懒得入罗帏"一句，即为刘四喜儿信口唱出，后适弹弦杜九，改名杜顺喜，在津沽一带颇负盛名。后来天桥的落子棚，即当年变相的棒子馆，虽无下台搜腰之事，而青年子弟亦多两眼发直。①

---

① 张次溪：《天桥丛谈》，中国人民大学出版社2006年版，第188页、第189页。

这里"五十年前"系此书1951年北京修绠堂书店初版《人民首都的天桥》时书内作者所称,而《天桥丛谈》最早应成书于二十世纪三十年代中期。此书卷前1951年周作人撰序称"大概在十五六年前,张次溪君拿了他的《天桥志》的稿本来给我看,我很是喜欢,怂恿他付印。他要我给他写一篇小序,我也答应了,年月荏苒地过去,这书没有出版"云云,这里的"十五六年前",即指1937年前,以此成稿的时间类推"五十年前",应指十九世纪八九十年代,即清代光绪年间。文中所称"清代六部书吏人等",其时代则指清代末期无疑。

早期的坤书馆之所以被称为"棒子馆儿",是因为清末唱落子的鼓书女艺人多来自东北和华北地区,而华北之山东、河北移民关外者,被东北人称为"棒子",以其闯关东带着包袱也提着一根棒子(一为挑运行李,一为防卫自身)有关。此外,"落子馆"、"坤书馆"内鼓书女艺人所使用的带有东北、华北地方特色的鼓曲板腔种类亦可反证这一史实。

至民国初年,以往天桥的"落子棚"已经明确地称之为"落子馆",但仍留有以往"席棚"的遗风,演唱活动仍然在"席棚"中进行,不过,这时的鼓书艺人则十分引人注目了。

民国三年(1914),湖南龙阳人易顺鼎曾多次来天桥游玩,留下了脍炙人口的《天桥曲》,其序云:

> 天桥数十弓地,而男戏园二、女戏园三、落子馆又三,女落子馆又三。戏资三大枚,茶资仅二枚。园馆以席棚为之,游人如蚁,窭人(贫寒人)居多也。落子馆稍洁,游人亦少,有冯凤喜者,楚楚动人。①

易顺鼎(1858—1920),字实甫,又字仲硕,自署忏绮斋,又自号眉伽,晚号哭庵,湖南龙阳(今汉寿)人,易佩绅之子。曾与袁克文、何震彝、闵尔昌、步章五、梁鸿志、黄秋岳等并称为"寒庐七子"。光绪元年(1875)举人,曾任两湖书院经史讲席,官广西右江道、广东钦廉道等。民国初期,易顺鼎闲居京师,以袁克文引荐,被委任政事堂参事、国务院印铸局帮办。1915年9月,他与湖南绅士上书参事院,拥护帝制,次年,升印铸局代局长、局长。帝制失败后,易顺鼎

---

① 张次溪:《天桥丛谈》,中国人民大学出版社2006年版,第35页、第36页。

仍居京师,出入于舞榭歌台。1920年郁郁而终。有《丁戊之间行卷》《摩围阁诗》《出都诗录》《吴船诗录》等著述传世。

《天桥曲》所作时间,正是易顺鼎在北京居住,"踌躇满志"拥护帝制之时。《天桥曲》序中提到当时的天桥有"落子馆"分男女(系指演员,非指观众),且"园馆"简陋,以"席棚为之",既使这样,仍"游人如蚁"。他赞赏"落子馆""稍洁",较其戏园杂耍而"游人较少",应是"窭人"较少光顾之地。他对"落子馆"感兴趣是因为馆中有"楚楚动人"的鼓书女艺人"冯凤喜"。当时的"落子馆"兼茶馆,茶资仅"两枚",十分便宜,可以一边听落子,一边喝茶。

《天桥曲》序称男演员唱大鼓馆为"落子馆",女演员唱大鼓的馆为"女落子馆",说明当时有两种唱大鼓的茶馆,而"女落子馆"即"坤书馆"。自此以后,由于"女落子馆"逐渐走向繁荣兴盛,男"落子馆"逐渐减少直至消失,故"落子馆"后来就系专指鼓书女艺人说唱的茶馆而言,即便在"坤书馆"这一名称出现后,人们仍将"落子馆"这一前期的俗称保留。而"落子"一词,则成为鼓书女艺人的通称。

二

刘仲孝的《天桥》一书曾谈到"坤书馆"的来历:

> 坤为妇女的代称……唱大鼓者为坤书,演唱之地为坤书馆,又称落子馆。"落子"当是女鼓书艺人的通称。……落子是唱莲花落的……这种曲艺,是从华北、东北一带传入北京的。清末北京东便门外二闸,每当春夏,运粮船络绎不绝,唱落子的女艺人便在船上卖艺,赖以谋生。光绪年间,位于前门外大栅栏西边的石头胡同里有四海升平茶馆,请落子艺人在室内演出,从而开了落子艺人在京师登"大雅之堂"的先河,此乃是北京最早的落子馆。民国三年之后,天桥也有了坤书馆,民国五年坤书馆兴旺起来,从两三家发展为数十家,天桥最早出现的落子馆是常星斋、庆云轩、安乐轩等三四家。每家有六七名坤角儿演唱,故称坤书馆。①

---

① 刘仲孝:《天桥》,北京出版社2005年版,第165页、第166页。

这里是京城"落子馆"最早出现的一个说法,即光绪年间"前门外大栅栏西边的石头胡同里有四海升平茶馆",开了"落子艺人"登京城大雅之堂的先河。

"坤书馆"最初也被称为"书茶馆",据民国时期从事鼓姬艺术的魏喜奎回忆,清末民初的"书茶馆"内,"顶多有一个简陋的小土台,观众席多为茶桌、坐椅,有些人来此,以喝茶为主,听书、听曲、看杂耍反而成为附带的。书茶馆中,还有一种由女演员演出的,叫做坤书馆,俗称为'落子馆'。落子,本是评戏的别称,东北的评戏,俗称'大口落子'。北京、天津所说的落子馆,却和评戏毫无瓜葛,听说这里用的'落子'两个字,是东北话'唠嗑(喀)'的变音。'唠嗑'是闲聊天的意思,意味着这里是闲聊天的场合"。①

由此可知"落子"一词其实是东北话"唠嗑",即"聊天"的变音,因此被京、津一带茶馆借用来称呼"聊天"听曲的场合,这也说明清末在北京天桥地区最早出现的那些"落子馆",应是一边听曲,一边聊天的茶馆。

民国十五年(1926)报纸登载有文章云:

> 昔年女子唱大鼓者甚少,其学多为时调小曲、莲花落等,故此项营业名为"女落子",在三十年前即有之,多在前门大街南头路西,该地名为"切糕屋子",集三五幼女登台听曲,每歌唱一次即下台要钱,并在讨钱时作出种种丑态。除此地之外,如夏季之二闸、什刹海等处亦有之,后来此地成立警察,始将该业取消,而天桥发现几家坤书馆,石头胡同又开设四海升平,此为坤书之缘起。②

此为记者调查女大鼓艺人时,当事人所回忆的有关"落子"、"坤书馆"、"坤书"名称之由来,谈到了在"三十年前"应是光绪年间,在前门地区有三五"幼女登台听曲",唱完一曲(莲花落、时调小曲)即"讨钱",并作出"种种丑态",后警察将该种职业"取消",而这些艺人则去了新开的茶馆和坤书馆继续进行此项说唱活动。

张次溪谈到民国初天桥新世界建成以后,在其五层楼之第三层:"其左端

---

① 魏喜奎:《天桥话旧——书茶馆与坤书馆》,《古都艺海撷英》,燕山出版社1997年版,第578、579页。

② 秋生:《鼓姬之内幕》,《社会日报·副刊》1926年5月。

有亭,夏时售茶,并演露天电影,前为坤书馆,八埠名姬,唱二黄、秦腔者,率集于此馆。"①

新世界是民国二年(1913)由中国人投资,英国人包工建造的五层楼房,既然建成初期就有"坤书馆"的存在,那么,可以说正式名称的"坤书馆"在民国二年已经出现。在"新世界"之三层楼有"坤书馆","坤书馆"有"八埠名姬","八埠名姬"一词,说明坤书馆的鼓书女艺人当时被人们称为"鼓姬","鼓姬"名称应和坤书馆的名称是同时出现的。

由坤书馆鼓姬(特别是名角)演唱的、在当时社会流行度颇高的大鼓书唱词即称"准词",这些"准词"如同时下的流行歌曲,得到广大听众的认可与青睐,风靡一时,由此也催生了"准词"大规模的整理出版现象。鼓姬名角的"准词"在经整理修订,作为图书出版后,通常被称做"改正准词",以示其有别于口头传唱"准词"的随意与不规范性。正如《晚清民国"上海石印鼓词"概念阐释》文中所言:"从文献传播价值说,将本来分散在局部人群视听的俗文学曲艺品种内容,改编为一种遍布国内外的针对所有国民的袖珍案头读物(当时即使没有文化的人,也可以通过别人的阅读来达到欣赏、理解、受教育的目的),为原先的说唱者增加了储备材料,为更多的人群提供了文学鉴赏的作品。这种传播方式和社会经济生活相联系,既促进了鼓词本身演唱形式和内容,以及受众读者群的变化,又促进了原先鼓词代表的民众底层意识思想的流变。"②"准词"的出版,在很大程度上扩展了大鼓曲词的普及面和受众面,同时也极大地提高了坤书馆与鼓姬的知名度。

三

坤书馆的前身"棒子馆儿"、"清茶馆"、"落子棚"、"落子馆"、"书茶馆",在清末光绪年间,已经在天桥及其周边地区出现了,这些名称是东北、华北籍艺人和北京天桥茶馆结合的产物,既留存有他(她)们的籍贯痕迹,也呈现出外地文化走入京城后的一种初期磨合与转型状态。坤书馆的定名,实际上体现了北京市民阶层对这一文化的认可。至民国后,"民主、自由、博爱"的口

---

① 张次溪:《天桥丛谈》,中国人民大学出版社2006年版,第12页。
② 李雪梅,李豫:《晚清民国'上海石印鼓词'概念阐释》,《山西大学学报》2007年第5期。

号,又进一步使原本束缚人身自由的封建关系进一步松弛。随着市民阶层的扩大,来自外埠的移民,本地没有固定收入的旗人及前清遗老遗少,在新式机构里任职的职员等,都成为北京城庞大市民阶层的补充来源,市民阶层的扩大,也催生了坤书馆现象的繁荣。而随着坤书馆的出现,原先鼓书女艺人"落子"的俗称也被授予另一美好名称——"鼓姬",私下里则被称为"大鼓妞儿",更为亲切。

当然,鼓书女艺人的表演场及自身名称的改变,应是在民国初期逐步完成的。"坤书馆"在北京天桥地区的形成与演变,与众多华北、东北鼓书女艺人的进京献艺,以及北京民众对女大鼓这一曲艺形式接受态度的形成与发展有紧密联系;而"鼓姬"名称的出现,既体现出了鼓书女艺人的表演从"走场乞讨卖唱"向"坐场馆舍演唱"这一从艺生存方式的改变,也体现了民国时期进步的时代气息与民众娱乐观念的变化与更新。

蒙、汉两族交汇区族群认同的多重表达
——以漫瀚调为例

段友文　王　旭

漫瀚调是"黄河南边来的汉族农民唱得鄂尔多斯蒙古调"[①]，它以蒙古族短调民歌为"母曲"，糅合晋陕汉族音乐（尤其是民歌）的艺术成分，在长期劳动实践中由蒙汉两族人民共同创造的新型民歌形式，是蒙汉两族音乐文化交融的结晶。漫瀚调产生于内蒙古鄂尔多斯准格尔旗，并逐渐在内蒙古西部地区和晋、陕、冀等周边地区广为流传，它的产生与流传同走西口移民运动有着密切联系。"走西口"习惯上指清代及民国年间山西、陕西两省大批民众向塞外蒙地迁徙，从事农耕与商业经营等活动的移民运动。在漫长的"走西口"生活中，蒙汉两族人民不断适应与磨合，不仅引起了迁入地的社会重构与变迁，形成了农耕与游牧并存的蒙族、汉族交汇区，在文化上也出现了大碰撞、大交流，发生了明显的共铸新质现象，漫瀚调正是"走西口"背景下蒙、汉两族双向吸收融合，共同创造的民间文化，是蒙族、汉族交汇区族群认同、文化认同过程的最好见证。本文在爬梳"走西口"史料，大量收集并认真解读漫瀚调民歌底本的基础上，对蒙汉交汇区的族群认同与文化变迁进行探讨，以期凸显移民环境中族群关系对文化重构的影响。

一、蒙、汉两族交汇区文化生态变迁与漫瀚调的起源

"族群"与"民族"这两个词均来源于西方，1996年美国人类学家郝瑞明

---

① 赵星：《蛮汉调研究》，内蒙古大学出版社2002年版，第5页。

确指出:要具体解释族性,应先区分民族(nation)与族群(ethnic group)。英文 nation 是指有 state(国家)或 government(政府)的一个族群,含有国家和民族的两层意思。而族群本身并不一定含有 state(国家)或 government(政府)的意义,它只是有意识、有认同的群体中的一种。① 可见,西方话语中的民族比族群具有明显政治色彩,族群比民族则具有较为下位的意义。由于我国与欧洲各国历史文化不同,造成这两个词传入我国时概念不清,出现"族群"与"民族"混用的状况。本文探讨的蒙汉两族是区别于"民族"概念的文化亚群体,是具有共同历史记忆和文化认同,并不断流动的族群共同体。另外,从族群角度来看,本文研究的地域范围蒙汉交汇区有三个基本要素,即地域、交往和价值,这三要素构成了漫瀚调产生和发展的文化生态②,为窥视特定地域范围内蒙汉两族人民长期交往过程中,彼此感受价值、获得认同、实现民族融合的内部规律打开一扇窗口。

(一)走西口移民运动与蒙、汉两族交汇区的地域形成

从地域上考察,漫瀚调大致形成于清咸丰初年(1851)前后的准格尔旗,随着走西口移民数量不断增多,分布范围逐渐扩大,漫瀚调成为内蒙古中西部蒙族、汉族两族交汇区民众喜闻乐见的民歌种类。正如一首漫瀚调歌词所唱:"大清朝的圣旨开垦的风,刮来了种地的伙计汉族人。蒙古族的草地汉族的工,同吃一股股泉水好交情。"③可见,研究漫瀚调,首先要从"走西口"开始。

清代初年,山西、陕西等内地汉族农民背井离乡,长途跋涉,不断涌向塞外的鄂尔多斯部、归化城土默特部、察哈尔八旗等长城沿边地区开荒种地,俗称"走西口"。"走西口"较为集中地出现在晋西北的河曲、保德、偏关及陕北的府谷、神木、定边等地,这里是广漠无垠的黄土高原,沟壑纵横、土壤贫瘠、植被稀疏、风沙蔽天,再加上灾害频繁,战乱不断,百姓生活十分艰难。成化十四年(1478)八月,六科给事中张海等上言到:"今年自春徂秋,水旱之灾殆遍天下……陕西、山西皆伤于旱","山西连年荒歉,疫疠流行,死亡无数。"④保德

---

① 〔美〕郝瑞:《民族、族群和族性》,《中国人类学会通信》第 196 期。
② 文化生态指文化产生、发展及流传的生态环境,包括自然生态环境和人文生态环境。
③ 李克仁:《走西口与漫瀚调》,内蒙古人民出版社 2010 年版,第 297 页。
④ 《明世宗实录》卷四十三。

县:"农勤力作而土不肥,泽遇丰年,差足糊口,荒年冬储蔓菁,春以谷糠采茶杂而食之,不至死,犹于明季食干泥者。"①河曲县:"河邑地瘠民贫,力农终岁拮据,仅得一饱,若遇旱年则枵腹而叹。"②晋西北流传的一首民歌:"河曲保德州,十年九不收。男人走口外,女人挖苦菜。"正是当时人们生活的真实写照。

与山陕民不聊生的状况相比,隔黄河、长城相望的塞外蒙地却是另一番景象。内蒙古西南部自古就是一块天然大草原,辽阔广袤,水草肥美,黄河沿线形成了土默特平原、河套平原等大大小小的冲积平原,土壤肥沃,水源充沛,成为与黄河融为一景的富饶牧场。在饱受饥荒之苦的汉族人民眼中,这里不仅自然环境优越,且地广人稀,到处都是适宜耕作而未开垦的处女地,迫于生计压力,明末清初,不断有山陕汉民突破朝廷禁令,来到草原上寻求生路。光绪二十八年(1902),内外交困之下的清政府施行移民实边政策,全面放垦蒙荒,由"封禁"到"开禁"政策的转变,使汉族移民身份合法化,大批山西、陕西汉民踏上"走西口"的征程,并逐渐改变了最初春去秋归、"雁行"、"跑青牛犋"的生活,在蒙地定居落户。《绥远通志稿》载:"于是内地人民之经商懋迁者,务农而春去秋归者,亦皆由流动而渐进为定居,由孤身而渐成为家室……凡经属近诸旗地,已蔚为农牧并管、蒙汉共聚之乡。"③

(二)漫瀚调的起源与蒙、汉两族交汇区族群交往

交往是发生在个体之间、群体之间的一种普遍的人类心理与行为,交往关系是人类社会中最基本的关系,是人类生产和生活的基础,是人类历史的起点。④ 未开垦的内蒙古西南部,占绝对数量的蒙古族是主要的,甚至是单一的交往群体,他们的交往以族群内部交往为主,走西口与蒙族、汉族交汇区的形成,使汉族移民作为新型交往群体兴起,扩大了蒙族原有的交往对象与范围,出现了族群间的交往。蒙族与汉族群交往可粗略分为生产交往与生活交往两种形式,作为新质文化的漫瀚调正是孕育于这两种交往之中。

马克思、恩格斯在《德意志意识形态》所说:"人类社会的历史既是生产的

---

① 王克昌修,殷梦高增订,王秉韬总裁:《保德州志》卷三,风土,成文出版有限公司印行,山西大学图书馆藏。
② 金福增、张兆魁:《河曲县志》卷五《风俗类·民俗》,中国国家数字图书馆存。
③ 傅增湘:《绥远通志稿》,内蒙古自治区图书馆藏。
④ 李静:《民族交往心理的跨文化研究》,中国社会科学出版社2010年版,第189页。

历史,又是交往的历史,首先是生产的历史,而生产的本身又是以个人彼此间的交往为前提的。这种交往的形式又是以生产为前提的。"①汉族移民带着他们擅长的生产方式来到塞外,使蒙地以畜牧业为主的传统生计方式②得以解构,形成了农牧业交错并蓄的新型生计方式。然而,初来乍到的移民既无居所又无耕地,只得给西口外的地主"揽长打短"③或租一片土地进行生产,在很长一段时间内,汉族移民与蒙族住民之间或是雇主与雇工的雇佣关系,或是地主与农民的土地租赁关系。两族最初的生产交往就是在这种关系中展开的,漫瀚调的产生与此也不无关联。二十世纪八十年代初,在关于漫瀚调的调查中,准格尔旗布尔陶亥乡几位八旬老人讲到,早先这里有个蒙族人叫巴拉登,特别爱唱爱热闹,另外有个汉族女人长相好、唱得好,喜欢开玩笑,外号三浪棒。这一男一女经常在一块唱曲儿,蒙的汉的混搅在一起唱,漫瀚调就是他们两个创造的。清代档案中也有关于两人的记载,原来巴拉登是准格尔旗的一个参领,三浪棒原名魏海旺,又叫魏三浪,陕西府谷县人,人称"风流贼"。道光六年(1836),巴拉登强占了达拉特旗蒙古族人在准格尔旗境内的借住地,并将这些土地按二八股租给了魏海旺等十四人。事后被达拉特旗王爷达什多尔济所告发,巴拉登于道光十九年(1839)被革职,魏海旺等十四人被枷号两个月,期满后送回原籍。④虽然关于巴拉登和三浪子唱漫瀚调的事,是人们口耳相传留下的故事,但两人的土地租种关系却有档案记载,将漫瀚调的起源与二人的生产关系相连并非没有道理。

生活交往是比生产交往更为频繁、直接、生动、丰富的族群交往。蒙汉两族杂居共处,生产之余就是生活,小到柴米油盐,大到通婚信仰,都是族群生活交往的有机组成部分,这里权且将研究视角限定在与漫瀚调密切相关的日常娱乐这种交往方式上。"灌一壶壶烧酒炖一锅锅荤,打一黑夜平伙弹一黑夜琴。"歌词中唱得是交汇区蒙、汉两族一同打坐腔的场面。"打坐腔"是内蒙古历代流传的一种演唱方式,闲暇之余,许多蒙民点燃篝火,或豪饮歌舞,或围坐一起打坐腔、唱蒙古曲儿,十分热闹。事实上,山陕汉民对唱歌的喜爱绝不亚

---

① 《德意志意识形态》,收入《马克思恩格斯全集》第三卷,人民出版社1960年版,第24页。
② 生计方式主要包括人类的生产活动及物质文化。
③ "揽长"指打长工,被地主常年雇佣;"打短"即短工,往往是农忙时被雇佣的临时工。
④ 同上,第348—349页。

于蒙民,他们最主要的娱乐方式"丝弦坐唱"与"打坐腔"一样,吹拉弹唱中一首首信天游、一支支山曲儿、一段段二人台淳朴激昂。当两个爱唱的民族相遇,似乎知音相逢,生疏之感荡然无存,生产之余经常凑在一起唱曲娱乐,特别是一些蒙族大户人家办事业[①],常常把玩艺儿班叫到家中演唱,白天在院子里包头化妆演唱,黑夜在屋子里打坐腔,蒙民汉民都来凑热闹,坐的、站的、跪的挤满一屋,奶茶、手扒肉、烧酒摆出来,四胡拉起来,不分男女老少想唱就唱,通宵达旦。长此以往,汉民们很愿学上两句蒙古曲儿,蒙民们也喜欢加上些汉族民歌味儿,逐渐形成了似蒙非蒙,似汉非汉,有蒙有汉,半蒙半汉的独特新质歌种,可见,两族日常娱乐交往,为漫瀚调这朵民族艺术奇葩的产生提供了适宜的土壤。

(三)交往过程中蒙、汉两族的价值体验与族群认同

在族群长期交往过程中,两族人民相互熟悉,感受彼此的存在和价值,原住民渐渐认可移民身份,移民逐步适应迁入地环境,形成生产、生活上相互学习、相互依存的关系,这既是漫瀚调兴起与发展的过程,又是蒙汉两族间实现族群认同的关键环节。

"几个群体的正面联结取决于族群的互补性,并涉及群体的一些独特的文化特征。这种互补可以产生相互依赖或共存。"[②]蒙汉族群的互补性首先体现在农耕经济对游牧经济的互补上。汉族移民带来了先进的生产方式,不仅可以为畜牧业提供干草和饲料,提高其自身的抗灾能力,还使许多牧民放弃游牧,开始耕种,转变为蒙古农民,这种经济上的互补是两族获得价值体验的根本因素。其次,汉族衣食住行等生活方式补充了蒙族原有的单一形态,蒙族特有的草原生活习俗,也丰富和影响着汉族移民的传统生活,如饮食上,汉族的谷物蔬菜与蒙族的牛羊肉、奶制品互为补充,使双方的饮食结构更为健康合理。作为一种艺术形式,漫瀚调也是蒙汉两族交往时互补性与价值体验的例证。从漫瀚调的音乐本体看,汉族移民将蒙古族短调民歌作为母曲,吸收了其定曲定调的特点,蒙族歌手接受了汉族民歌即兴演唱、自由发挥的长处,使这

---

① 当地方言,指办逢年过节、婚丧嫁娶等大事。
② 〔挪威〕弗里德里克·巴斯:《族群与边界》,收入徐杰舜主编:《族群与族群文化》,黑龙江人民出版社2006年版,第50—51页。

种民歌形式突破原有一曲一词的唱法,更灵活自在,贴近生活;从伴奏乐器看,蒙族的四胡加入了汉族的扬琴、笛子,改变了两族原有伴奏乐器的单调性,构成漫瀚调伴奏时必不可少的"全件"。同样,在内容、语言、表演形式等其他方面,蒙汉两族都注意到了对方民歌中"多"、自己民歌中"少"的部分,才会互为借鉴,最终形成不同于本族原有艺术形式,却深得两族喜爱的新型歌种。

价值体验是族群认同产生的前奏和关键,只有建立在大量充分的价值体验的基础之上,两族才能发现对方身上的闪光之处,才能意识到"他"的存在对"我"有益,从而真正产生认同之感,这时,两族之间才出现了实质意义上的社会重构,可以说,族群认同是蒙汉交汇区文化生态变迁的深层要素,也是最彻底的一步。

二、漫瀚调与蒙、汉两族交汇区的物质文化认同

我国学者将族群的特点归结为语言、地域、经济生活、心理因素等方面,这些因素都属于广义的文化范畴,族群认同正是由一系列文化所表现的,其核心即文化认同,可以通过对多样文化认同与重构的研究,来解释蒙汉族群认同。目前,漫瀚调流传的曲调不多,大约五十多首,但由于漫瀚调一曲多词、即兴演唱的特点,歌词浩如烟海,无法统计。本文以《中国民间歌曲集成》(内蒙古卷)和杜荣芳主编的《漫瀚调艺术研究》中收录,以及田野调查中收集到的数十首广为传唱的漫瀚调为文本基础进行了梳理,从物质文化、行为文化和精神文化三方面分析蒙汉交汇区的族群认同。物质文化一般指实在可视的文化形态,是劳动人民在创造和消费物质财富的过程中不断重复的带有模式性的活动及活动过程中与自然物质相结合的产物,包括各类衣、食、住、行、用及劳动工具等物化的文化现象。

(一)"白羊肚手巾"与蒙、汉两族交汇区的服饰文化认同

由于自然环境与生产生活方式的差异,传统上的蒙汉两族拥有本族特有的服饰文化。清朝初年,汉族普通民众的衣服质地多为山西、河北两省的土布,样式一般为"短打扮",即上为衣,下为裤;装饰品较少,普通百姓主要是鲜花和刺绣,也有银质或金质手镯、耳环,但较为少见。相比之下,蒙族衣着似乎

更为"讲究",普通蒙古人穿蒙古袍,以红、绿绸缎作为腰带,头戴皮帽或毡帽,脚穿蒙古靴,腰悬小刀、烟袋等物,系佛像,手持念珠,冬季备有羊皮袄。生活在蒙、汉两族交汇区的蒙汉两族影响日深,在保持本民族原有服饰传统的基础上,出现相互认同、学习、融合的现象。半农半牧区的蒙族人多穿布料长袍,腰系布带,有的甚至穿上了"短打扮","察哈尔、归化城之蒙民,因迩来移民之增进,渐次同化于汉族(指衣着方面——引者注),与内地无异。"①汉族也深受蒙族服饰影响,这里的汉民"棉衣与他处不同,内多絮以羊毛,而少用棉花"②。特别是移民对蒙古贵族珊瑚、玛瑙、珍珠等装饰品的赞美颇多,"镶着珍珠的帽子啊,放着金色的光芒啊,蒙古哥哥呀好人才呀啊。珍珠玛瑙哎,满头红啊呀,进财的妹妹啊,在我这里啊"(《珍珠玛瑙》)。另外,值得一提的是汉族移民服装的色彩搭配。走西口的汉族移民大部分家境贫苦,衣着朴素,色彩也较为单一,"夏天做单衣时穿白布,到换夹衣和棉衣时,就要染成兰色和黑色,少数有钱者染点市布就是很好的衣服了。"③然而,漫瀚调中却有许多关于衣着色彩搭配的内容,"要穿红来一身红,好比那巨合滩挂灯笼,要穿蓝来一身蓝,走起来好比那水推船,要穿白来一身白,就像蝴蝶飞起来,要穿花来一身花,好比那仙女进了家,要穿灰来一身灰,好比一对喜鹊鹊飞"(《小妹妹爱打扮》),歌中出现的白、红、蓝、花、灰等多种颜色,除了对年轻女子婀娜多姿、爱美会美的夸赞,也不乏蒙地自然色彩单调和蒙族服饰喜艳丽、重色彩的审美观的影响。

(二)"荞面圪团山羊肉"与蒙、汉两族交汇区的饮食文化认同

农耕为主的生计方式使汉族以谷米、糜米、莜面、土豆等谷物蔬菜为一日三餐食物,蒙族则在长期游牧生活中形成以牛羊肉、奶制品为主的饮食习惯,蒙汉交汇区两族饮食文化的认同十分明显。受汉族移民影响,蒙汉交汇区副食以蔬菜瓜果为主,如"山药丝丝拌苦菜,朋友出自心里头爱"(《缘分结对倒贴钱》);"山药酸粥辣角角菜,责任制是咱心头爱"(《好政策叫咱猛刨闹》)。

---

① 《内蒙古纪要》(民国五年铅印本),收入《中国地方志民俗资料汇编》(华北卷),书目文献出版社1989年版,第731页。
② 李静:《民族交往心理的跨文化研究》,中国社会科学出版社2010年版,第189页。
③ 贾海山:《萨县的染工业》,中国政治协商会包头市委员会编《包头文史资料选编》第二辑,1980年版。

蒙族的传统美食手扒羊肉和奶茶也深得汉民喜爱,"白格璘璘细瓷碗,白格璘璘热奶茶,双手端给哥哥喝"(《白花姑娘》);"手把羊肉就奶茶,庄户人坐上了'扁蛤蟆'"(《你看咱庄户人有多裹》);"大炖羊肉锅扣锅,相好不过你和我"(《纳森达赖》),可以看出,羊肉、奶茶、奶酪等也经常出现在汉族人的餐桌上。蒙、汉两族交汇区的人们还充分利用丰富的原料,将蒙、汉两族食材进行"混搭",做出许多新美食,"二斤白面哎,三斤羊肉啊,包好扁食啊噢啊,噢么和谁吃。"(《珍珠玛瑙》);"荞面圪团山羊肉,咱二人姻缘天配就"(《韩庆大坝》);"听说哥哥你要来,羊肉哨哨面条条猪肉烩菜,现炸油糕把哥哥你好招待"(《双山梁》)。蒙汉两族在饮食上的认同和吸收使其饮食习惯逐渐趋于一致,饮食结构向着更合理、健康的方向发展。

蒙、汉两族交汇区饮食文化中的酒文化最能体现漫瀚调的艺术特质。蒙古族性格豪放洒脱,他们常常一手羊腿、一手酒杯,点燃篝火,载歌载舞,喝酒是他们释放不羁性情的时刻。在蒙人看来,南边来的汉族人,精耕细作,谨小慎微,但他们未曾想到,这些汉族移民不仅对民歌情有独钟,酒量也不同寻常。移民们带着家乡的"烧酒"来到另一个"酒的故乡",很快陶醉在浓烈的酒香之中:

> 圆瓶瓶烧酒满碟碟菜,感谢亲亲的好招待。
> 香喷喷的烧酒手端起来,我给亲亲你敬一杯。
> 今天来到亲亲的门,我先给你满一盅。
> 烧酒本是五谷精,喝在你肚里暖在你心。
> 烧酒本是五谷水,喝在肚里软腿腿。
> 烧酒本是白龙马,没有三两下对付不了它。(《酒曲儿》)

酒不仅是人们每餐必备的配料,酒量也成为衡量男子胆略气概的标准,"下窑的汉子爱喝酒,八斤八两喝不够,你爱喝酒我给你抬,哥哥醉了才有劲头"(《德胜西》),只有会喝酒的"哥哥"才能拴住"妹妹"的心。即使现在,酒也是汉族移民日常饮食中不可或缺的"一道菜",在包头市附近南海子村田野调查时,我们看到了这样的场景:三个祖籍山西的汉族人围坐一桌吃饭,饭桌上只有两样"菜",羊腿和烧酒。他们兴致勃勃地谈笑,真实豪放,此情此景,正是蒙族人一手羊腿、一手酒杯的真实再现,可见两族饮食文化认同之久之深。

(三)"土木蒙古包"与蒙、汉两族交汇的居住文化认同

"蒙人逐水草而群居,夏趋草木繁盛之水边,冬则避居于高山之阳,因游牧生活之不定,故无固定房屋之建设。"[①]蒙古族传统居室为蒙古包,然而蒙汉交汇区的蒙族人居住文化受汉族影响甚大,漫瀚调中涉及到的几乎都是汉族民居建筑,"新瓦房房向阳坡,瞭不见院墙果树遮,三十六眼窗窗糊斗方,唱曲儿是给你打比方"(《你觉见稀罕海开串》);"亲亲住在圪洞子院,瞭不见亲亲上房片"(《瞭不见亲亲上房片》);"玻璃窗窗纱风门,相交两天朋友能不能"(《朋友好为开口难》);"清早起来又早起,烟洞上冒烟冲天起"(《海莲花》),歌词中唱到的"瓦房"、"窗窗"、"纱风门"、"烟囱"、"院墙"不正是汉族土木(或草泥)平房的样式吗!在依山土质较好的地区,移民们还挖起冬暖夏凉的窑洞,"白泥窑窑顺山山炕,心里头难活抖开唱"(《心里头难活唱两声》)。汉族移民不但建起了房屋院墙,还组成了村落,"沙土院墙抹不住个泥呀,抹不住个泥。一个村村住下我见不上个你,我见不上个你"(《阿拉腾达勒》)。到清末民初,蒙、汉两族交汇区的纯蒙古族村极少,大部分为蒙、汉两族杂居村或汉族移民村,许多蒙民与汉民一样定居下来,居室建筑也不断汉化,不少蒙民建起了汉式平房和院落,有的则吸收汉族民居的部分特点,出现了蒙、汉两族合璧的居住格局,如土木结构的蒙古包,有窗户,室内有土炕;特别是"蒙古世家巨族所居宫室,板升屋数间在后,蒙古包在前,旁有羊库伦,西由佛堂,与板升屋齐",[②]"板升"即汉式土屋,蒙古贵族在认同汉族居住文化的同时在院内仍置有蒙古包,以示并不忘本。

(四)"马驴之辨"与蒙、汉两族交汇区的行旅文化认同

行旅文化是对蒙、汉两族交汇区交通运输文化的变通性称谓,主要包括两

---

① 《蒙旗概观》(民国二十六年石印本),收入《中国地方志民俗资料汇编》(华北卷),书目文献出版社1989年版,第729页。

② 《归绥县志》(民国二十三年铅印本),收入《中国地方志民俗资料汇编》(华北卷),书目文献出版社1989年版,第757页。

族交通运输工具和日常出行地点。每个地区的行旅文化与当地的自然环境和生计方式有密切联系,内蒙古西部不仅有一望无垠的草原,还有伏延千里的沟沟壑壑。由于地域广阔,人们放牧或出行时走的路程很长,只靠双脚是远远不够的,因此,蒙古族人民从小便学会策马驰骋的本领,马儿成为出行时必不可少的代步工具。汉族移民置身于蒙地如此广漠浩瀚的自然环境,逐渐接受了蒙族的通行方式,很多人学会了骑马,"头一道圪梁梁二一道道洼,三一道道圪梁梁双骑上马。白马青鬃四阴阴蹄,马身上的小妹妹多臬气"(《二道圪梁》);"骑马要骑那带驹驹的马,马身上是你的半个家"(《五当沟的马驹》)。蒙族的交通工具"马"得到汉族移民的普遍认同,即使不会骑马,也对骑马的人充满羡慕之情,在移民内心的天枰上,"马"比家乡常用代步工具"驴"要有分量得多,"骑驴"总是无奈之举,"黑枣骝马虽然有呀,妹子也不会骑,还是咱们那大耳朵毛驴将就两天吧"(《将就两天吧》);"骑上那毛驴马呀马跑啦,人家年轻我呀我老啦"(《我老汉和你逗笑笑》)。除了马匹,还有马车、牛车、驴车等运输工具,"花轱辘辘小马车皮呀么皮缰绳,这一遭回婆家呀揪呀揪上心"(《忻州车》),马车是家境富裕者才用的,普通移民则多用牛车,"二饼子牛车七根衬,这一遭走开没远近"(《七根衬》);"二圪饼饼牛车拉白菜,小妹妹坐在车辕外"(《摇山摆》),这是汉族移民在生产、生活中对传统交通运输工具的保留和沿用。

另外,许多蒙、汉两族交汇区地名也出现在漫瀚调中,如《黑召赖》《双山梁》《纳林沟》《巨合滩》《德胜西》《合彦梁》等就是直接以内蒙地名为曲名,还有许多标志性地点在歌词中屡次出现,"大青山的石头乌拉山的水,远路风尘我来眊你"(《北京喇嘛》);"双山梁梁高来纳林川川低,瞭见你家烟洞(呀)瞭呀那瞭不见个你"(《山前山后瞭不见你》),对"大青山"、"乌拉川"、"双山梁"这些标志性地点的认同已经潜移默化融入移民生活之中,成为他们出门常去的地方。这其中不仅有蒙族传统地名,还有许多地名带有明显晋陕汉族特点,如双山梁、薛家湾、刘家塔、王家梁、乔家坡、西营子等;也有许多地名集蒙族、汉族特色于一身,如黑召赖沟、五道敖包、曼赖沟、呼斯沟塔等。

三、漫瀚调与蒙、汉两族交汇区的行为文化认同

行为文化指人的行为模式,包括生产方式、生活方式、社会交往、婚姻生

活、风俗习尚等内容,其主角是人,关注点在于人扮演不同角色时的行为方式,对行为文化的认同,就是对人在生产、生活、交往等一些列活动中行动的认可、学习和吸纳。蒙、汉两族交汇区行为文化的认同发生在许多方面,通过对漫瀚调文本的规整分析发现,两族人民在生产方式、生活方式,以及语言使用中对异族行为的认同最有代表性。

(一)"你耕我牧"与蒙、汉两族交汇区的生产方式认同

农耕与游牧的互补性使这两种生产方式能够并行不悖,形成了农耕与游牧交错带。在长期交往中,汉族以农耕为主的生产方式的先进性很快体现出来,许多蒙族人耳濡目染,并不断向汉族移民学习种植技术,既放牧又耕作,有的甚至放弃游牧专心地当起了蒙古农民,而那部分不愿放弃游牧生活的蒙族人便赶着牛羊离开此地去"后山"①生活。久而久之,蒙、汉两族交汇区虽是蒙、汉两族杂居地区,游牧者却甚少,绝大多数土地成为耕地,"近边诸旗,渐染汉俗……凡设郡县之区,类皆农重于牧,操作亦如汉人,"②漫瀚调中有很多关于农耕的劳动场景,"割一把糜子弯一弯腰,帮助男人劳动好。停住辘辘水道干,劳动人民就得唱动弹"(《大好的日子在后头》);"拔了麦子拢上葱,小妹妹开心一早晨"(《开心的妹妹不叫管》);"黄牛耕来黑牛种黑呀黑牛种,什么人留呀留下打光棍"(《小西召》)。在繁重的劳动中,人们似乎并不觉得苦,有时还把劳动当作男女恋爱的好时机:

男:你拿上镰刀我背上绳,不为割草为相跟。
女:手捏上镰刀腰绾上绳,寻不上亲亲我找上踪。
男:要想你见面早起上身,哥哥担水扑五明。
女:二升升黄米井水水淘,为见面起了个大清早。
男:我拿起担杖又放下桶,小妹妹不来井沿上等。
女:羊群群出坡羊铃铃响,小妹妹等在半路上。
男:我放上羊儿你掏上菜,地头地畔不愁见。
女:你放上羊儿我割上草,梁梁上不好地沟沟好。(《约会》)

---

① 大青山以北,当地人称为"后山"。
② 徐世昌:《东三省政略·蒙务下·纪实业》,吉林文史出版社1989年版,第473页。

哥哥妹妹相跟上,一个山坡上割莜麦,一个沟沟里刨山药;一个扛镰刀前脚走,一个绾着绳后脚追;一个草地上放牛羊,一个地畔里掏野菜……这不仅是你耕我牧劳动场景,更是你情我意的恋爱画面,在劳动中收获着快乐与舒心,以及对现有生活的满足与欣慰。农业依靠土地给人以安定之感,牧业重视游动使人闲适自由,虽然汉族农耕的生产方式在蒙、汉两族交汇区占据了绝对优势,但蒙族的牧业并没有完全销声匿迹,许多汉民种地的同时也养一些牛羊,种植业与畜牧业兼有,且看"漫滩滩羊儿散群群牛,浪花花上溅起那白酥油"(《合彦梁》);"纳林川川纳林川川河水水长,东西沟沟养得好牛羊。纳林川川纳林川川河楞楞长,东西塔塔种得好杂粮"(《纳林河》),这正是蒙、汉两族交汇区农牧业、农牧民融洽并存、和谐共处的真实写照!

(二)"穿针引线"与蒙、汉两族交汇区的生活方式认同

忙完地里,就开始忙家里。事实上生产是生活的一部分,蒙、汉两族交汇区的人们日出而作,一天的生活就此开始。在这里生根落户的汉族移民沿袭着传统男主外女主内的生活方式,男人去地里耕种劳动、挥洒力气,女人在家做饭洗衣、料理家务,特别是农活多得时候,每家的"男劳力"几乎整天在地里忙活,妇女们也没闲着,生火做饭,养猪喂羊不说,还要抽空做针线活。她们个个都是能工巧匠,还暗地里偷偷较劲,比赛谁的手艺好,谁的做工细,谁的花样多,谁的样式新,针线不仅是她们展示心灵手巧的小舞台,更是生活中信手拈来的一部分,成为一种习惯性的生活方式而存在。相比之下,蒙族姑娘似乎更加豁达奔放,她们在马背上长大,从小不善女红、不碰针线,但并不拒绝汉族这种内秀的美,小伙子们也对这些会针线的姑娘格外欣赏,认为她们一定聪明贤惠、持家有道。"沙圪堵纳林走了个遍,人人都说你好针线";"你给我缝上个烟口袋,亲亲不在人情在";"针线细致鞋样新,我名下只数小妹妹亲";"你给哥哥做针线,哥哥给你盖一进院"(《礼物》)。这些质朴的手工针线活常常变为男女青年传递爱情的信物,小伙子们对汉族女子心灵手巧的赞美,以及整个蒙、汉两族交汇区对她们这种生活方式的认同,正是由这一针一线缝制而成的。

姑娘妇女们做针线,小伙老汉们挂烟袋,特别是成家之后,每家的男劳力十之八九都爱抽烟,这也是他们生活中休闲消遣的小爱好。"穿穿戴戴我不爱,你给咱缝上个烟口袋。抽了水烟抽旱烟,针线再好也不给你缝"(《礼

物》)。男人们爱抽烟,女人们似乎并不赞成,试想这样的场景:傍晚,一天农活忙完,吃过晚饭,丈夫妻子坐在炕上,妻子纳鞋底,丈夫抽水烟,昏黄的煤油灯光和袅袅烟雾纠缠,妻子不停地唠叨抽烟伤身,丈夫不断陪着笑脸,央求再缝个烟口袋……这就是蒙、汉两族交汇区人们最真实的生活。其实,生活的内涵包罗万象,对生活的最好诠释就是捕捉那一个个具有代表性的特写镜头。从漫瀚调中,人们看到了蒙、汉两族人民丰富多彩的生活场景,"拉起胡琴哨起梅,咱二人唱曲儿头一回"《咱二人唱曲儿头一回》,这是人们打坐腔娱乐的特写镜头;"正手风箱左手拉,什么人留下个守活寡"(《寻不上好男人守活寡》),这是留守妇女生火做饭,哀叹命运的特写镜头;"黑召赖沟呀栽柳树,布尔陶亥栽到乌拉素"(《黑召赖沟栽柳树》),这是人们栽树绿化,美化生活环境的特写镜头……蒙、汉两族两族在这样日复一日的生活中,用"包容"将一个个特写镜头串联成一部融洽和谐,且永远未完待续的写实影片。

(三)"风搅雪"与蒙、汉两族交汇区的双语现象

"风搅雪"是漫瀚调中最独特的形式,演唱时蒙语、汉语参半,交替使用,人们用大风搅雪来形象地指称这种你中有我,我中有你的演唱方法。如:

> 塔内(她)到了玛内(我)家来,
> 瞎眼的脑亥(狗)咬塔内(她)。
> 玛内(我)抽出八个大烟袋,
> 狠狠打它陶劳盖(头),
> 让你受惊怨玛内(我)。(《阿拉奔花》)

再如:

> 花日太塔日其克(绣花的荷包烟袋),
> 烟花(那)抽子(荷包)妹妹那不会缝,
> 就把你那烂呀那羊皮将就两天吧。(《将就两天吧》)

漫瀚调中这样的例子很多,《珍珠玛瑙》、《达梼朗》、《忽树查干芒赫》、

《十二连成》等不胜枚举。关于"风搅雪"的起源,其实很容易理解,蒙、汉两族两族在日常交往时,为了更好的交流,首先要过语言关,即使没有专门学习对方的语言,在频繁的接触中耳濡目染,或多或少也能学会几句。特别是汉族移民初入蒙地,要想适应蒙地生活,与蒙民融洽相处,必须先听懂他们说什么,因此,在移民早期,汉族人学习蒙语者甚多。随着汉族移民增多和交往的日渐深入,许多蒙人也慢慢学会了汉语,可以说,蒙、汉两族交汇区在一段时期内出现了双语现象,会说汉语、蒙语两种语言的人随处可见。在两族人民一起娱乐、打坐腔的时候,就会如"风搅雪"一样不自觉地将蒙语、汉语混用,既是为了有趣,也是为了考虑两族人民的情感。从语言学角度来看,准格尔旗的方言是"以北方方言晋语系为基本特征的方言。当地所使用的地方语言本身,就显示出民族融合的痕迹。其北部操河套川话;东部沿河讲偏关话;南部长滩等乡为河曲话;乌日图高勒、羊市塔等乡的府谷、神木口音较重。"①可以看出,准格尔旗就是蒙、汉两族两族语言的大熔炉。不仅准格尔旗如此,整个蒙、汉两族交汇区的语言受晋西北、陕北的汉族方言的影响很大,出现了许多蒙、汉两族,晋、陕、蒙三地共有的方言词汇,如毛花眼眼(双眼皮的大眼睛)、屹堵(梁)、屹搅(搅拌)、咋介(咋么了)、不栏(绊)、红火(热闹)、阳婆(太阳)、眊瞭(看望)、孤躁(孤独)、屹墩哈(蹲下)②,另外,人们还创造了一批蒙族、汉族复合词汇,蒙古包、乌泥杆子(蒙古包的椽子)、唐土(尘埃)等,都是两族语言文化认同与融合的"活化石"。

四、漫瀚调与蒙、汉两族交汇区的精神文化认同

精神文化认同指价值取向、思想观念、伦理道德、宗教信仰、文化心理、法律制度等方面的认同,它们不像物质文化认同那样可视可见,而是隐藏在人们的内心深处,需要细细感知。漫瀚调文本中体现的蒙、汉两族交汇区精神文化认同主要表现三个方面。

(一)对历史事件和民族英雄的讴歌

历史是一个族群的古老追忆,每个族群都有属于自己的历史记忆和民族

---

① 《准格尔旗志》,准格尔旗志编纂委员会,内蒙古人民出版社1993版,第548页。
② 李建军:《论漫瀚调的文化交融性》,中央民族大学2006年硕士毕业论文。

英雄。对族群历史的认同是对其历史记忆的"追根",是对其历史人物评断标准的认可,是两族深层融合的结果。随着迁居蒙地的时日增多,汉族移民对这里以往的历史逐渐了解,对他们亲历的事件记忆犹新,在蒙、汉两族交汇区被两族人民广为传唱的历史事件首推《二少爷招兵》,人们常常用唱的方式来追述这段家喻户晓的英雄故事:"沙圪堵点灯杨家湾明,二少爷招兵忽沙沙的人;骑上那枣红马放缰绳,二少爷走过了九省城;骑上那枣红马挎上枪,二少爷的结拜兄弟是冯玉祥;二少爷回乡来新鲜事多,老祖宗的黄马褂褂抛了坡;二少爷本是个开明的人,花钱办学校闹革命;阴风风吹熄一盏灯,二少爷去世人酸心;大雁飞过掉下一根翎,二少爷留下一片好名声。"(《二少爷招兵》)歌中所唱的二少爷是准格尔旗东协理札萨克那森达赖的次子奇子俊,人称二少爷。他生于 1901 年蒙古族上层家庭,自幼受到蒙汉名师指教,蒙汉文化兼通。1923 年,二少爷离开家乡游历祖国各地,结识了国民革命要人于右任、冯玉祥,并与鄂尔多斯"独贵龙"运动的领袖席尼喇嘛交往颇深,接受了许多进步思想。后来,他参加了进步党派"内蒙古人民革命党"的成立大会,被选为中央执行委员。回到家乡后,他建立新军,创办新学,并且胸怀宽广,为人坦荡,深受当地群众拥护,可惜后来被部下刺杀身亡,年仅三十一岁。漫瀚调《二少爷招兵》正是人们为了纪念这位历史英雄而创作的,蒙汉两族人民都广为传唱。虽然二少爷是蒙古贵族后裔,但他似乎不仅是蒙族人的典范,而成为蒙汉两族共同讴歌的历史人物,说明两族对历史和英雄人物的评判标准不局限于族群意识,而在于善良的人性和美德,在于肯定他对整个中华民族历史的推动作用。

(二)对居住地和移民生活的赞美

"漫滩滩羊儿散群群牛,清泉水绕着绿草草流。山崖崖唱来白灵灵叫,红花花站在绿草草里笑。骡驹驹撒欢马驹驹叫,逮不住的羊羔羔四个蹄蹄跳。小树树上挂满香水梨,水池池养着活悠悠的鱼。门前的朝阳阳金朵朵,房背后的海红红紫颗颗。东墙外的苹果红脸脸,西园子的瓜香蜜嘴嘴甜。"(《韩庆大坝》)风吹草低,牛羊满坡;山水环抱,马啼鸟叫;瓜果飘香,鱼儿乱跳;花红柳绿,艳阳高照……如此精妙绝伦的天籁美景,如此怡然自得的淳朴生活,堪与陶渊明笔下的世外桃源相媲美,这是生活在蒙、汉两族交汇区的人们眼中看到的人间天堂。汉族移民从寸草不生、灾乱频繁的不毛之地来到这片旷达的沃土,赞叹之情和满足之感油然而生,他们怀揣着满满自信,预备在"第二故乡"上生息繁衍。蒙族人民对家乡的热爱毋庸置疑,然而,南边来的汉族人却使这片安静的草原有了翻天覆地的变化,使他们重新认识了故乡的魅力。蒙、汉两族对居住地的新貌和新生活饱含赞美之情,"软个溜溜的油糕胡麻油来炸,甜个盈盈的黄河水养呀么养育了咱。一袋一袋的葵花到处卖,金黄金黄的山药蛋,到了这秋天,开上你那二一二,搬上你那小媳妇,倒倒拉拉亲亲热热一路路顺风回呀回了家。"(《夸河套》)"人民喜欢民歌,主要是因为民歌通俗易懂,而民歌的通俗易懂,在很大程度上是与用赋有关。"①赋是源于《诗经》的古老而常见的民歌艺术表现手法,其特点有三:铺而言之、直而言之、叙列言之,概括其要义即赋是对事物直接的铺排性叙述和罗列性描写。②"铺而言之"使感情一以贯之,酣畅淋漓;"直而言之"使表达直抒胸臆,朴实热烈;"叙列言之"使内容紧凑完整,繁而不乱。《夸河套》中大量运用赋的艺术手法进行铺排渲染,使人应接不暇,表达了河套人民秋收时的忙碌和喜悦。满车的收成在乡间小路上唱着歌回家,但这首歌还没唱完,只要你想唱,可以把生活中所有的美好夸赞地淋漓尽致。人们不仅《夸河套》,还《夸准旗》、《夸土左》、《夸土右》、夸整个蒙、汉两族交汇区,在不断地夸赞声背后是人们对居住地和现有生活的高度认同。

(三)对蒙、汉两族友谊和民族团结的颂扬

族群认同程度的深浅很大程度上取决于族群间的心理距离,心理距离大,表现为认同程度低,相互排斥、拒绝,甚至会产生敌意;心理距离小,则表现为认同程度高,乐于接受,态度友好。蒙、汉两族交汇区的人民在长期交往中深切感受到彼此的价值,他们发现两个族群无论在衣食住行,还是生产生活等很多方面都可以互学所长,互补所短,团结合作,融洽共处,因此,两族的心理距离逐渐缩小,最终结下了深厚的友谊。漫瀚调中有很多歌颂两族友谊的例子,"黄河水绕着准格尔旗流,彩虹挂在咱心里头。七彩地毯谁来绣,是蒙汉兄弟两双手。黄河水绕着准格尔旗流,它是蒙汉人民的结亲酒。黄河水绕着准格尔流呀,它是咱蒙汉人民的护心油。吃不愁来穿不愁呀,展垠垠的河套麦穗儿稠"(《黄河水绕着准格尔旗流》);"漫瀚调是一颗混种种瓜,男女老少都爱

---

① 韦桂喜:《赋与民歌》,《大众文艺》2010 年第 7 期。
② 参见薛世昌:《原生态言说与西和乞巧歌的赋比兴研究》,《兰州学刊》2011 年第 4 期。

它。漫瀚调是一朵并蒂蒂花,蒙、汉两族人民的情意浇灌了它"(《阿拉腾达勒》);"松树柏树常青树,咱蒙汉兄弟户挨户。同走一条大路伙吃一井水,蒙汉人民谁也离不开谁。牵牛牛开花拧成一股绳,蒙汉弟兄咱没二心。草原上挑马一搭搭高,咱蒙汉兄弟最相好。"(《蒙汉兄弟户挨户》)。这是两族人民发自肺腑的声音,是他们精神世界中对蒙、汉两族友谊和民族团结的肯定与颂扬。

余 论

面对纷繁复杂的文化现象,郑晓云将人类文化分为四层:(1)精神文化:包括宗教信仰、价值观、审美意识、伦理道德、文化心理、经验等;(2)行为文化:包括人的行为模式、生活方式、生产方式、婚姻、家庭模式及各种风俗习尚、节日等;(3)制度文化:包括政治、经济制度,体制、法律、典章等;(4)物质文化:包括各类形形色色的衣、食、住、行及劳动工具等物化的文化现象。[①] 这四个层次的核心是精神文化,稳定性最高;最外层是物质文化,最易受外界环境的影响而改变。借用这一理论对文化认同加以分析,可将蒙、汉两族交汇区的文化认同分为四个层次,即精神文化认同、行为文化认同、制度文化认同和物质文化认同,其发生的顺序是由最外层(物质文化认同)向核心(精神文化认同)逐步推进的。具体来说,就是从蒙、汉两族物质文化认同开始,进而发展到对制度文化、行为文化的认同,然后逐渐反映到人的精神世界之中,形成精神文化认同。最后,精神文化认同泛化到行为、制度、物质层面,进一步加深了两族在各个层面上的认同程度。因此,蒙、汉两族交汇区的族群认同是以文化认同为核心,分层次、由外到内、螺旋式上升为发生机制的。走西口移民运动不仅是一次大规模的人口流动,还为塞外蒙地带来了丰富多彩的汉族文化,蒙汉两族文化上频繁而直接的碰撞、整合与交融,使两族原有的文化认同发生变化,产生了对异文化在生产、生活、精神等多层次上的选择性认同,这既是两族文化认同体系的扩大与重构,也是蒙、汉两族族群认同各个层面的多重表达。

---

① 郑晓云:《文化认同与文化变迁》,中国社会科学出版社1992年版,第32页。

乾隆帝的汉宋抉择与乾嘉汉学定型之关系

蔺文龙

清代统治者自入关之后,在政治、经济、文化上采取了一系列政策,社会秩序渐趋稳定,为乾嘉时期文化事业的发展奠定了坚实的基础。伴随着清朝社会步入"繁荣",学术风尚也发生了重大变化,由经世致用转向经史考证。乾嘉汉学极盛的局面在乾隆朝形成。

一、顺康雍三朝文化政策的调整与学术风气的变化

清建国之初,为了进一步培养人才,充实官员队伍,同时控制汉人思想,统治者很清楚利用儒家思想作为教化的工具的价值。理学尽管承明末以来空疏虚言之弊病,其式微之势一发不可收拾,民间的反对浪潮更是风起云涌,但清初统治者似乎并未为之动容,依然高举理学大旗。因为理学将五经伦理化、纲常化,通过对五经阐发明确圣人之义,对规范人们的言行,维护刚刚建立的政权,以及等级制序,君臣之礼有重要意义。顺治帝即位之后,曾拜孔庙,崇孔学,行祀孔大典,把尊孔崇儒之事推向高潮。康熙帝即位之后,遵循乃父顺治的遗志,仍奉儒学为宗。"《春秋》、《礼记》,朕在内每日讲阅"[1],他受众多汉族知识分子影响,主张上尊孔孟,下崇理学,并以朱子之学能注释群经,阐发道理,皆明白精确,归于大中至正,隧为立身治国之本。他说:"自汉以来,儒者世出,将圣人经书多般讲解,愈解而愈难解矣。至宋时,朱子辈注四书,发出一定不易之理,故便于后人,认为朱熹属儒学正流。"[2]因为之这些经史书籍,"所

---

[1] 《清实录》,《圣祖实录》卷一百二十六,中华书局1985年版,第336页。
[2] 章梫:《康熙政要》卷十六,《崇儒》,国家图书馆影印本。

重发明心性,裨益政治,必精览详求,始成内圣外王之学"①。为了确立朱子之学统治地位,清政府规定各级学校以四书为必修课程,科举考试必以四书为本,朱子之书成为清代学校教育的内容首选,以至于出现"言不合朱子率鸣鼓而攻之"的局面。② 以张尔岐为首的程朱学派反对明末的空谈,主张躬行实践,表现出注重实学倾向。钱穆称他"深于汉儒之经而不沿训诂,邃于宋儒之理而不袭语录"。更有甚者,为趋于仕途名利之途不得不标榜程朱。朱子之学的地位不断深化,且进一步得到巩固,大有不可动摇之势。

然而,面对理学固有的天然缺陷,空谈误国的深刻教训,以及民间日益高涨的反理浪潮和辨伪思潮,康熙帝也不得不一方面强化朱子的绝对权威,"理学之书,为立身根本,不可不学,不可不行"。另一方面康熙也意识到理学的空言无益。"若以理学自任,必至执滞己见,所累者多。"③于是开始黜虚崇实,提倡经学。他曾言不通《五经》《四书》,如何能讲性理。经学可以正人心,厚风俗。在《日讲易经解义》中更明确表示学习五经的重要意义,云:"帝王立政之要,必本经学。"④在晚年,康熙下诏御纂《书经传说汇纂》、《诗经传说汇纂》、《春秋传说汇纂》和《周易折中》等著书,并对汉学先驱如胡渭、阎若璩等人给予礼遇和褒奖,不能不说是这种风气的使然。雍正时,朝廷政治稳定,经济发展,开始解除对书院教育的禁令。在科举上,将《孝经》列为考试用书,并简化顺治时的《孝经衍义》,并劝导臣下崇尚实政,屏去浮嚣奔竞之习,身践其事。这种自上而下的教谕对于一代学术风气的形成有重要意义。

如果说康雍二朝,统治者表现出对经学的推崇,对汉学家褒扬,就证明他们重视汉学,汉学之势已经一片光明了,那是大错特错了。《钦定书经汇纂》,于《尚书》各篇之下,参酌汉、宋各家之言,虽未显明表现出专守,也未有任何形式的攻驳,然以《书经集传》为主体的体例恰恰说明康熙帝编书原则。他不轻意评论古人,不批评汉学,并不意味着他就主张大兴汉学。钱穆先生云:"顺治、康熙、雍正三代那时侯的人不分汉学、宋学的,而且比较上看重宋学,不过也兼采汉学。"⑤其真实情况是,康熙尊崇朱子,而兼重汉人之义,则完全

---

① 《圣祖实录》卷一二六,第 336 页。
② 朱彝尊:《曝书亭集》卷三十五,《道传录序》,上海涵芬楼影印版,第 435 页。
③ 《清圣祖实录》卷三六六,第 613 页。
④ 《康熙起居注》,五十四十一月十七日,中华书局 1984 年版。
⑤ 钱穆:《经学大要》,兰台出版社 2000 年版,第 571 页。

为其以作君师的皇极观服务的。与之相应的社会上兴起的辨伪、疑古思潮,也并非意在汉宋之辨,而仅在考察文本之真伪,并非攻伐朱子,相反,还刻意回护朱子。

二、乾隆朝文化政策的转向与汉学走向定型

乾隆帝从小接受宋学教育,尤以朱子之学为主要内容,他回顾自己的教育经历时说:"余生九年始读书,十有四岁学属文,今年二十矣。其间朝夕从事者,《四书》、《五经》、《性理》、《纲目》、《大学衍义》、《古文渊鉴》等书。顾资鲁识昧,日取先圣贤所言者以内治其身心,义以身心所得者措之于文,均之有未逮也。"①亲政之初,承乃祖之遗绪,尊奉宋学。他下诏广为刊印《御纂四书》、《朱子全书》、《性理精义》等书,并御纂《礼经》,成《三礼义疏》,加大了经学在科举考试中的比重,以及在日常交往的地位。乾隆元年(1736)御史谢济世恭呈自撰《大学注》、《中庸疏》谢氏主张尊古本而不尊程朱,并请以自著易朱熹章句。诸臣诘责谢氏之举为谬妄无稽,建议"严饬,发还其书"。乾隆帝御批"从之"②。可以说此时的乾隆帝对与程朱立异者是非常不满的。乾隆三年(1738),他为朱熹家庙书匾:"百世经师"。乾隆六年(1741),他在《读朱子全书》中说:"近读文公书,习气从兹扫。""朕自幼读书,研究义理,至今《朱子全书》未尝释手。"③乾隆五年(1740)年,他在批评诸臣漠视宋儒之书后说:"夫治统原于道统,学不正则道不明。有宋周、程、张、朱子于天人性命大本大原之所在,与夫用功节目之详,得孔孟之心传,而于理欲、公私、义利之界辨之至明。循之则为君子,悖之则为小人。为国家者,由之则治,失之则乱。实有裨于化民成俗、修己治人之要,所谓入圣之阶梯、求道之途辙也。学者精察而力行之,则蕴之为德行,学皆实学;行之为事业,治皆实功。此宋儒之书所以有功后学,不可不讲明而切究之也。""朕愿诸臣研精宋儒之书,以上溯六经之阃奥,涵咏从容,优游渐渍,知为灼知,得为实得。明体达用,以为启沃之资;治心

---

① 《清高宗御制诗文集序》,台北故宫博物院1976年版,第1—2页。
② 《高宗实录》(一)卷一一,第351页。
③ 《高宗实录》(二)卷一四六,第1095页。

修身,以端教化之本。将国家收端人正士之用,而儒先性命道德之旨有功于世道人心者,显著于家国天下。朕于诸臣有厚望焉。"①乾隆执政初期,认为宋儒之书所以有功后学,不可不讲明而切究之,且有功于世道人心,显著于国家天下,所以倡导宋儒之学为乾隆首选。

尽管乾隆即位后,也很快意识到经学在治理国学,维系群臣关系时重要作用,但他所重视的只是经学能恢复先王之道,是圣贤垂教之书。乾隆亲政之初年感慨:"两来年诸臣,……未有将宋儒性理诸书切实敷陈",近来"究心理学者盖鲜","居恒肄业,未曾于宋儒之书沈潜往复,体之身心,以求圣贤之道"②。乾隆三年(1738),他训士子留心经学时说:"士人以品行为先,学问以经义为重""学问必有根柢,方为实学";各省学臣当令学子"究心经学,以为明道经世之本"③。十二年,在《重刻十三经序》中说:"此经刻成,津逮既正,于以穷道德之阃奥,嘉与海内学者,笃志研经,敦崇实学,庶几经义明而儒术正,儒术正而人才昌,恢先王之道,以赞治化而宏远猷。"④"《六经》为圣贤垂教之书,字字俱有精义"⑤,"从来经学盛则人才多,人才多则俗化成。稽诸史册,成效昭然。"⑥他强调了经学之盛衰与人才之有无之关系。乾隆一方面提倡导学士留心经学,"夫夫典章制度,汉唐诸诸儒有所传述考据,因不可废"⑦。一方面又极力反对士子借题发挥,干预政事。乾隆八年翰林院因论经史以涉时事,受到乾隆严厉斥责:"朕令翰林科道轮进经史讲解,原以阐发经义,考订史学也。而年来诸臣所进,往往借经史以牵引时事,甚失朕降旨之本意。"⑧借经史论事,本在清初极为普遍,文人士子早已习以为常。然乾隆一反常态,对臣下所为强烈不满,并接二连三地加以训斥,从更深层面表明,乾隆对汉宋儒者借经义以经世思想的愤怒,并极力掐断这一苗头。统治者这一思想的存在,无疑对当时汉宋之学的较量产生深远影响。乾隆初,汉学不受重视也在情理之中。汪中对乾隆亲政之初学界的总体状况有比较清晰的了解,"国初以来,学士陋

---

① 《高宗实录》卷一二八,第875—876页。
② 《高宗实录》卷一二八,第875—876页。
③ 《高宗实录》卷七九,第243—244页。
④ 《高宗实录》卷二八六,第729页。
⑤ 《高宗实录》卷一四三三,第157页。
⑥ 《高宗实录》卷一七,第448页。
⑦ 《高宗实录》卷一二八,第48页。
⑧ 《高宗实录》卷一八四,第324页。

有明之习,潜心大业,通于六艺者数家,故于儒学为盛。迨乾隆初,老师略尽。而处士江慎修崛起于婺源,休宁戴东原继之,经籍之道复明始此。两人自奋于末流,常为乡俗所怪,又孤介少所合,而僻陋,无从得书"①。孙星衍也云:"国朝顾氏炎武、阎若璩虽创通大义,惠氏父子抱残守缺,而向学者尚未盛。"②乾隆即位之初,命合地学习《十三经》《二十一史》,提倡读史,使"鼓箧之儒皆駸駸乎研求古学"。但与清初气势恢宏、波澜壮阔的学术环境相比较,此时的学术界"呈面出一种暂顿寂寥的状态"③。

科举取士标准发生变化,透露出汉学复苏的迹象。科举内容发生变化。乾隆九年(1744),"上谕:今日文风未见振起,且内容专意头场,而不重后场。头场之中,又专意《四书》,而不重经文。自今以后,司文衡者务思设立三场之本意,于经策逐一详加校阅,毋得轩轾其间。若尚积习相沿,倪经九卿磨堪,或科道指参,或被朕查出,将主司与房官从重议处。如此,则数科之后,趋向自定,实学其勉,真才可得,于国家设科取士之事,庶有裨益矣。将此永著为例"。这道上谕突出了经策、经文等实学的重要性,对学风演变起着关键作用。文廷式认为:"乾隆间鸿才硕学,升冕古今,实由上之主持风气也。"④乾隆二十二年(1757),朝廷对乡试、会试进行改革。正在崛起的汉学备受重视,五经文句科目从第三场称至第二场,成为该场核心。就策论而言,文字、音韵、训诂等汉学问题,在乾隆之际成为少省份常考的主题。在会试中,从乾隆中叶以降,汉学问题在策论中也经常出现。汉学侵入策论的深度,从纪昀对其流弊的批评中不难窥知。嘉庆七年(1802),作为会试主考官的纪昀奏称,有的考生不顾题意,只管繁征博引,"如题中有一《尚书》字,则古文若干篇,胪列目录,动辄连篇,而题因未问今古文也。题目有一《春秋》字,则《左传》某字,《公羊》作某,《谷梁》作某,比较点画,亦每累牍,而题固问三传异同也"⑤。由于乾隆十年之后,钦定考官多为汉学家,其所出《四书》题及答题林求不能不沾染汉学精神。

从乾隆中期至嘉庆一朝,汉学达于鼎盛,而程朱理学日渐衰敝。昭梿:

---

① 汪中:《述学别录》,大清故贡生汪君墓志铭,辽宁教育出版社2000年版,第32页。
② 孙星衍:《笥河先生行状》,见朱筠《笥河文集·卷首》,《续修四库全书》1165册,第111页。
③ 漆永祥:《清代考据学》,中国社会科学出版1998年版,第8页。
④ 文廷式:《纯常子枝语》卷七,《续修四库全书》1165册,第104页。
⑤ 纪昀:《壬戌会试当序》,《纪晓岚文集》(一),河北教育出版社1995年版,第151页。

"近日士大夫皆不尚友宋儒,虽江、浙文士之薮,其仕朝者无一人以理学著。""自于、和当权后,朝士习为奔兢,弃置正道。黠者垢詈正人,以文己过;迂者株过考订,訾议宋儒、遂将濂洛、关闽之书,束之高阁,无读之者。"他自己想在书坊中购求几种理学著作,书贾答曰:"近二十余年,坊中久不贮此种书,恐其无人市易,徒伤赀本耳。"① 地方如何呢? 姚鼐说:"吾在此劝诸生看朱子《或问》《语类》,而坊间书贾至无此书。"② 书商不愿刻印、兜售宋儒之书,显系没有读者而无利可图之故。自惠栋、戴震推尊汉儒,诽谤宋儒后,崇汉学者始不过主张门户,继而专以攻宋儒为功,视其为仇敌,唯恐避之不及。

方东树在论及姚门弟子时云:"或牵异说,中道改辕。"③ 据王达敏说,姚门俊少中因受汉学风气影响而中道改辕者,至少有三位:孔广森、张聪咸、马宗琏。三人都是姚鼐从乡试、会试中提拔出来的轻年才俊。但在学术视野开阔之后,他们均为汉学所潜移默化,很快融入汉学潮流,投身于汉学家阵营。孔广森是清代著名的汉学家,在汉学的诸多领域取得优良成果,尤其是对《公羊春秋》的研究更是成就突出。(杨向奎《清儒学案续编》)他是理学家姚鼐在乡试、会试中取中的具有"英异之才"④ 的门生。可见孔广森最初似乎倾心于义理之学。于是姚鼐对他爱之深,期望之殷切。但到京师后,孔广森很快就拜在戴震门下钻研汉学了。张聪咸出游后,以经生自期,不欲仅以辞章见。他见段玉裁始究音韵学,见阮元则热衷考据学。在京师时,与汉学家相质,多有新见。著有《左传杜注辨证》、《音韵辨微》、《汉晋逸史》、《经史质疑录》。马宗琏长游京师,改攻汉学,与邵晋涵、任大椿、王念孙、孙星衍等问难。他精于训诂之学,著有《毛郑诗训诂考证》、《周礼郑注疏证》、《说文字义广疏》、《战国策地理考》。其所著《左传补注》更是蜚声学林。他曾与孙星衍、阮元一起分韵编录经籍。《经籍籑诂》的凡例,即由他与阮元手定。毕沅主修《史籍考》,也延马宗琏任分纂。可见在汉学风气强势之下,不少文士纷纷投身其中,即使背叛师门也再所不惜。乾隆五十一年(1786)年,朱珪曲试江南,以《过位章》命题,凡用汉学大师江永说者乃褒录焉。⑤ 这种汉学内容浸渍科举考中,加深宋学

---

① 昭梿:《啸亭杂录》卷十,中华书局1980年版,第317—318页。
② 姚鼐:《乡党文择雅序》,《惜抱轩文集》卷四,续修四库全书本1453册,第17页。
③ 方东树:《祭姚姬先生文》,《考槃集文录》卷十,续修四库全书本第1497册,第425页。
④ 姚鼐:《与刘海峰先生》,《惜抱先生尺牍》卷一,清咸丰杨氏海源阁刊本,第1—2页。
⑤ 姚鼐:《乡党文择雅序》,《惜抱轩文集》卷四,续修四库全书本第1453册,第29页。

的危机。

  《四库全书》征书以考据和汉学编纂原则的确立,是汉学定型的标志。乾隆帝对经学或汉学的推重,使之迅速走向极盛。乾隆三十八年(1773),诏开四库全书馆,一项浩大的文化工程启动。这一决策,标志着最高统治者的学术风尚,从清初的尊宋移至崇汉;也标志着此前一直活跃于民间的汉学从边缘走向学术舞台的中心,宋学则退归边缘。梁启超说:"四库馆就是汉学家的大本营。"此馆的开设,表明宋汉之争,由"汉学派全占胜利"而告终。以四库全书馆的开设为标志,在学术领域,汉学走向中心。据学者统计,从乾隆十四年(1749)到嘉庆二十四(1819),乾隆帝拢络的汉学精锐就有:卢文弨、王鸣盛、纪昀、王昶、朱筠、钱大昕、毕沅、赵翼、任大椿、邵晋涵、周永年、孔继涵、孔广森、金榜、王念孙、戴震、孙希旦、祁韵士、庄述祖、钱塘、武亿、顾九苞、孙星衍、阮元、洪亮吉、凌廷堪、王引之、郝懿行、胡承珙、马瑞辰、黄承吉、刘逢禄、胡培翚等等,乾嘉时期著名学者几乎囊括殆尽。① 其中朱筠、王昶、纪昀、毕沅、阮元等不仅经学造诣精湛,而且还仕途显达,内辅朝政外督政事,成为推动当时经学研究的领袖人物。《啸亭杂录》记载了乾隆朝文士之盛况:"上特下诏,命大臣荐经术之士,辇至都下,课其学之醇疵。特拜顾栋高为祭酒,陈祖范、吴鼎等皆授司业。又特刊《十三经注疏》颁布学官,命方侍郎苞,任宗臣启运等裒集《三礼》。故一时耆儒凤学,布列朝班,而学始大著,龌龊之儒,自碾足而退矣。"② 而戴震被召四库馆,更彰显汉学时代的到来。戴震断言,乾隆诏举经术之儒,目的是"崇奖实学"。卢文弨论戴震入四库馆的影响说:"东原用荐者,以乡贡士起家,入充校理。命与会试中式者同赴廷时,洊升翰林。天下士闻之,咸喜以为得发抒所学矣。"③ 章学诚认为像戴震、周永年之样的"博洽贯通"之士入馆修书,使"四方才略之士,挟策来京师者,莫不斐然有天禄石渠句坟抉索之思,而投卷于公卿间者,多易其诗赋举子艺业,而为名物考订与夫声音、文字之标。骎骎乎移风俗矣。"④

  汉学之所以在此时能势如破竹,迅速占领学术中心,汉学发展的内在规

---

① 陈居源:《清代朴学与中国文学》,百花洲文艺出版社2000年版,第126—127页。
② 昭梿:《啸亭杂录》卷一,"重经条"条,中华书局1997年版,第15—16页。
③ 戴震:《抱经堂文集》卷六,《戴氏遗书序》,中华书局2006年版,第75页。
④ 章学诚:《章氏遗书》卷十八,《周书昌别传》,北京文物出版社1985年版。

律固然重要,而乾隆皇帝有意疏离宋儒,偏向汉学的心迹也不容忽视。乾隆之初,尊敬宋儒,佩服朱子,一切以朱子之学为准的。他在《跋朱子〈大学章句〉》时说:"非程、朱无以传孔子之道……,尧舜之道不外不乎是,而朱子所以解释此书,又理明词达,得历圣传心之要,尤学者所当体验而服膺也。"①在这一时期,很难找到乾隆批评宋儒的言论。但在四库馆开馆前后,乾隆对宋儒,对朱子态度逐渐发生了变化,一改往日维护,而是直言不讳的批评。《题毛公祠》自注云:"毛《传》《诗序》自汉相传,至唐、宋诸儒俱无异词。惟朱子作《诗经集传》,以为毛苌始引《诗序》入经,齐鲁韩三家之《传》绝,而毛诗孤行,读者相传尊信,无敢尊信,无敢拟议,有所不通,则为之委曲迁就云云。于是别立解说,如《郑风》则自《缁衣》以下,惟六篇与旧廉相仿,余十五篇悉以淫奔斥之。盖泥于'郑声淫'之一语,以致拘而过当,遂与汉、唐诸儒历传旧说显相抵牾,亦不得云有得无失也。"②《毛传》、《诗序》为汉学家所推崇,在汉唐经学中占据重要地位。朱熹主张废《序》,并以"郑声淫"一语,而否定全部《郑诗》,这种武断的作法引发乾隆的强烈不满,继之尖锐的批评,认为他"拘而过当,遂与汉、唐诸儒历传旧说显相抵牾,亦不得云有得无失也"。乾隆对朱子前后迥然不同的态度,从一个侧面反映出其内心对汉学的看法正发生微妙的变化。这种变化也可以从纪昀编纂《四库全书》的原则和引书中可以找到。

纪昀是汉学风气转变的直接推动人物。纪昀从小就尊汉抑宋,他自述"三十年前,讲考证之学,所坐之处,典籍环绕如獭祭。"③喜好"汉唐训诂,而泛滥于史传百家之言",与其从兄"文章必韩欧,学问必宋五子"④异趣。进入四库馆后,他"领修秘籍,复折而讲考证"⑤。余嘉锡说他"自名汉学,深恶性理,遂峻词丑诋,攻击宋儒,而肯细读其书"⑥。纪昀对待汉学的学术态度相当程度上体现了以乾隆为代表清廷此时文化取向。乾隆四十二年,《题朱彝尊〈经

---

① 乾隆:《清高宗御制诗文全集》卷八,台北故宫博物院1976年版,第19—21页。
② 乾隆:《清高宗御制诗文全集》卷二,台北故宫博物院1976年版,第26页。
③ 纪昀:《姑妄听之序》,《纪晓岚文集》(二),河北教育出版社,第375页。
④ 纪昀:《怡轩老人传》,《纪晓岚文集》(一),河北教育出版社,第324页。
⑤ 纪昀:《姑妄听之序》,《纪晓岚文集》(二),河北教育出版社,第375页。
⑥ 余嘉锡:《四为提要辨证序录》,《四库提要辨证》(一),中华书局1980年版,第51页。

义考》》自注云:"自汉迄今,说经诸书,存亡可考,文献足征。编辑之蒐勤,考据之审,网罗之富,实有裨于经学。其义在尊经,不惟汲古之助,并昭示采兹也。"①乾隆不只是高度赞扬了朱氏《经义考》在经学史上的贡献,更主要的是他肯定了汉儒传经之功。乾隆思想的这一变化向学者传递出汉学彰显的信息,纪昀正是敏锐地捕捉到这种变化,并在《四库全书》的编纂中具体实施,并到乾隆帝的默许。郭伯恭在《四库全书纂修考》中总结了编书动机,其中重要的一条是汉学之勃兴。他称:"汉学家由批评经术原文,进而研究字音,于是校勘之学,愈出愈精。彼等既一面研究经史,考订古书,一面复将旧类书中散见之各种书裒辑成帙,各还原本,故辑佚书之风气,披靡一时;此固研究汉学之需要,但亦足证斯时类书已不适用。康熙时代编纂之《图书集成》,虽可谓伴于清初之文化,然却不足以施之于乾隆时代之学风;质言之,乾隆时代,即类书告终之其,而汉学之研究者,乃进于求原书之新时代也。此汉学家之新要求,即间接为编纂《四库全书》之一种原动力。"②四库馆的建立成为汉学兴盛的标志,尊汉抑宋的学要分化,对于经史考据之学繁荣具有推动作用,并一度占据学术的主导地位。钱大昕"将使士皆通经学古,淹长者无不收录,浅陋者不得倖售,远近闻风,争自奋励"③。

三、乾廷与民间的互动促使汉学成熟

清初,政府多次向全国展开征书活动,同时解除民间刻书禁令,书籍流通的速度加快。国家藏书不断增加的同时,允许朝臣借阅宫内藏书,还通过直接赠送和拨款的办法使各地书院图书不断丰富,认为此举有"资髦士稽古之学"④的功效。据张升《明清宫廷藏书研究》一书考证:清乾隆时,修书各馆和个别大臣移取宫中所藏书籍档案是很正常的事情,各藏书处一般都会积极配合。书档用完后,要求及时归还,不能将书带回家,更不能私自收藏。⑤ 逾期,原收藏处就会移文相催。其时,书档管理制度虽较严格,毕竟加快了书籍的流

---

① 乾隆:《清高宗御制诗文全集》卷四三,台北:故宫博物院1976年版,第26页。
② 郭伯恭:《四库全书纂修考》,上海书店1992年影印本,第2页。
③ 钱大昕:《潜研堂文集》卷二三,《〈山东乡试录〉序》,江苏古籍出版1997年版,第352页。
④ 刘锦藻:《清朝文献通考》卷七十一,浙江古籍出版社1988年版,第5515页。
⑤ 张升:《明清宫廷藏书研究》,商务印书馆2006年版,第267—268页。

通,使学者有机会接触皇家藏书,并展开深入研究。有时,甚至把一些内府秘籍、私家珍藏刊刻流通,出现了庞大的私家藏书队伍。据乾隆三十九年(1774)大臣奏曰:"(武英殿)各种书籍俱系原板初印,纸墨较通行本尤善,请照通行书籍之例,予以通行,俾海内有志购书之人,咸得善本。"所谓"通行",其实就是出售图书。武英殿本书籍多为宫廷秘籍,咸为善本,以往很少流向民间。此次履郡王永珹所奏目的是建议将武英殿各种书籍用普通的纸张印刷、装订后在社会上公开出售,以利于书籍流通。① 姚元之《竹叶亭杂记》也有记载。② 清末吴振棫《养古斋余录》记载了当时国家藏书的盛况:"国家文化翔洽,笃学之士,制经纬史,网罗百家。即以吾两浙言,则有若赵氏小山堂、卢氏抱经堂、汪氏振绮堂、吴氏瓶花斋、孙氏寿松堂、郁氏东啸轩、吴氏拜经楼、郑氏二老阁、金氏桐华馆,收藏皆极富。"③这些藏书楼一改明人不轻易示书于人的习惯,而是主动向外开放,"有客借抄者,自置糗糒,具纸笔坐阁中,不限月日,竣事乃云"④。藏书家已经意识到只有把所藏之书或传之于人,或刊刻发行,或公布于众,才能有效地防止文献散佚,所以藏书家与学者,甚至于同行之间的联系更为密切。这就为人们开展学术研究与交流创造了良好的条件。

随着国家藏书的不断丰富和各地藏书楼开放程度的不断加深,一些地方性儒学世家也从这种社会风气中受益,经学研究的气氛更加浓厚。正是这些地方性学术团体的蓬勃发展,才造就了乾嘉学术的繁盛。如吴派惠氏(惠周惕、惠士奇、惠栋),其家祖辈以经义名家,嘉定钱氏(钱大昕、钱大昭、钱塘、钱坫、钱铎、钱侗、钱东壁、钱东塾)也以研究经学见长,还有安徽绩溪胡氏(胡匡衷、胡秉虔、胡培翚)也世传经学,常州臧氏(臧琳、臧庸、臧礼堂)也以经学名世。焦循在当时就指出:"本朝经学盛兴,在前如顾亭林、万充宗、胡朏明、阎潜邱。近世以来,在吴有惠氏之学,在徽有江氏之学、戴氏之学,精之又精,则程易畴名于歙,段若膺名于金坛,王怀祖父子名于高邮,钱竹汀叔侄定。其自名一学,著书授受者不下数十家,均异首补苴拾者之所为,是直当以经学名之。乌得以不典之称之所谓考据者混目于其间乎!"⑤家族中研习经籍人数的多少

---

① 张书才主编:《纂修四库全书档案》,上海古籍出版社1997年版,第206页。
② 姚元之:《竹叶亭杂记》卷四,中华书局1982年版,第95页。
③ 吴振棫:《养古斋余录》卷七,北京古籍出版社1983年版。
④ 程晋芳:《勉行堂文集》卷二,《桂宦藏书序》,续修四库全书1433册,第306页。
⑤ 焦循:《雕菰集》卷十三,《与孙渊如观察论考据著作书》,江氏聚珍藏书,第89—90页。

与家族的声望和地位紧密联系在一起。这种学界与政界的相互推动,使汉学由学术边缘逐渐走向学术中心。清人张鉴说:"乾隆中,大兴朱氏(朱筠)以许郑之学为天下倡,于是士之欲致身通显者,非汉学不足以见重于世。"①洪亮吉则论述了考据学在民间与朝廷互动中对当时社会产生的影响,"乾隆之初,海宇又平已百余年,鸿伟傀特之儒接踵而见,惠征君栋、戴编修震,其学识始足方驾古人。及四库馆开,君与戴君又首膺其选,由徒步入翰林。于是,海内之士知向学者于惠君则读其书,于君与戴君则亲闻绪论,向之空谈性命及从事帖括者,始骎骎然趋实学矣。夫伏而在下,则中以惠君之学识,不过门徒数十人止矣;及达而在上,其单词只义即足以歆动一世之士。则今之经学昌明,上之自圣天子启之,下之即谓出于君与戴君讲明切究之力,无不可也。"②天下学士"竞尊汉儒之学,排击宋儒,几乎南北皆是矣。"③嘉庆季年的江宁,宋儒之书既无人研读,也无书贾发卖。此时汉学者所涉足领域不仅包括语言、文字、音韵、经学、史学、文学等人文社会科学,而且还有数学、天文、地理等自然科学。这是清代在明代王学极盛而衰后,转变习于"束书不观,游谈无根"的学风之后所取得的成就,也是乾隆帝疏离宋儒,提倡汉学思想变化的结果。

---

① 张鉴:《仰萧楼文集·赠何原船序》清光绪六年(1880)刻本。
② 洪亮吉:《卷施阁文甲集》卷九,《邵学士家传》,续修四库全书 1467 册,第 324 页。
③ 袁枚:《随园诗话》卷二,人民文学出版社 1982 年版,第 49 页。

编　后　记

"北方民族政权下的文学与文化",除去作为虚词的"下"、"的"、"与"之外,所有的实词都是引人入胜的话题,有着可以无限阐释的文化潜力。从某种意义上讲,将这样的题目略作延伸,便可以涵盖整个中国文化史。从某个角度来看,在这样宏大的文化叙事中,倒可更为清晰地标识出山右人文的特有面貌。

"表里山河,天下之固"大抵是古人对于山西形势的基本判断。所谓"其东则太行为之屏障,其西则大河为之襟带。于北则大漠、阴山为之外蔽,而勾注、雁门为之内险,于南则首阳、底柱、析城、王屋诸山,滨河而错峙,又南则孟津、潼关皆吾门户也。汾、浍萦流于右,漳、沁包络于左,则原隰可以灌注,漕粟可以转输矣。且夫越临晋,泝龙门,则泾、渭之间,可折箠而下也;出天井,下壶关,邯郸、井陉而东不可以惟吾所向乎？是故天下之形势,必有取于山西也。"[①]处既形便,势有地利,自为天下之重。千百年间,逐鹿争雄,攻守成败,风云变幻,战争与和平的交错叙事构织出山右文化的历史幕景,治乱更迭的历史群像中每每可觅得挑战与回应的深刻命题。

从尧舜故都到天下雄关,从胡服骑射到晋商足迹,无论是炎帝、蚩尤的古老神话,还是杨家忠烈的动人传说,无论是魏孝文帝的汉化改革,还是金元文学的别样风流,关于民族融合的的宏大母题始终是山西文化的清晰标识。古代北方少数民族与汉民族在文化领域由碰撞而交融,由异质共生而同质共存以至形成中华民族文化共同体的核心地域。在这一方土地上,曾经存在过数十个大大小小的由少数民族所建立的政权,在这些政权的管辖与治理之下,生活在这里的各族人民完成了一篇又一篇的文化杰作,谱写了一曲又一曲的辉煌乐章,为我们民族走向融合与统一做出了不可磨灭的历史贡献。在历史的

---

① 顾祖禹:《读史方舆纪要》卷三十九,中华书局,第1774—1777页

维度之下,去探研这些民族政权之下的文化存在状况,解读其中的内在涵义,阐释其对中华民族共同文化所产生的历史作用,是一个极为艰巨的宏大课题。

对于山西而言,文化的厚重毫不逊色于煤层的丰富,亟需细密的开发,认真的梳理,还以斑斓本色;对于山西大学而言,百年学统中始终深蕴着对地方文化的特殊关注,生于斯,张于斯,回报社会本是应有之义;对于山西大学中文学科而言,铁肩扛道义,妙手著文章,原是责无旁贷的人文使命,深植于三晋故土的学脉承传,自然有着格外的历史润泽。选择这样意义深远、视域宽宏的研究方向,当然需要相当的勇气、系统的设计、持续的建设,而藏于深处的却是深层的人文使命感与历史责任感。

从1983年山西大学成立古典文学研究所时开始,北方民族政权下的文学与文化就成为核心研究方向之一。此方向的所有研究,都在首任所长姚奠中先生的精心设计下展开。围绕着各项研究内容,古典所整合力量,规划研究方案,系统地对北朝和辽金元文学与文化的各个领域展开学术研究,并且纵深推进到上古先秦与清代,从而构建了贯通历史,兼综各代的宏大研究体系;并且形成了立足山西,辐射全国的宏阔研究视野。使得关于古代民族政权下的文学与文化研究能够从一开始就在点面结合与纵向打通方面做到了融会贯通与统筹布局,为学术总任务的高效推进奠定了学理的基础。与此同时,山西大学中文系古代文学硕士专业开设了辽金元研究方向,为该领域后备人才的培养打下了基础,有力地充实了研究任务所需要的人才储备。

三十年来,"北方民族政权下的文学与文化研究"已经形成了较为强大的学术规模,取得了丰硕的学术成果。目前已发表相关学术论文310余篇,出版专著16部,承担各级科研课题20项。学术成果的质量不断提高,许多研究已经居于国内前沿。1990年,姚奠中先生主编,李正民教授等参与校勘的《元好问全集》的出版,是这一方向的标志性的成果,为元好问研究做好了基本文献的准备。以相关文人文集的文本研究为重点,山西大学的北方民族政权下下的文学与文化开始了稳固发展的时期,成果不断涌现。1993年牛贵琥教授的《王褒集校注》出版,1999年李正民教授的《元好问研究论略》与《续夷坚志评注》出版,2000年康金声教授《温子昇集校笺全译》出版。这些成果,都反映出相关研究人员扎实的功底与勇于开拓的学术精神。进入新世纪的2001年,山西大学古典文学研究所与中文系合并成立文学院,随即又在原古典所的基础上整合力量,成立了国学研究院。这些重大举措,为统筹各方力量攻坚相关学术课题创造了更为便利的条件。此后研究工作便进入了快车道,产生了许多高水平的学术成果。2002年,具有里程碑意义的学术成果《全辽金诗》与《全辽金文》编纂完成并得以顺利出版,这是山西大学该领域研究人员全体参与并全力投入的学术成果,为我国此项研究进一步开掘推进提供了基本的文献依据与学术支撑,具有极大的学术价值。2004年康金声教授的《金元辞赋论略》出版,这是金元辞赋研究的一部专门著作,具有填补学术空白的意义。该年又在九十年代本基础上出版了《元好问全集》的增补本,使得元好问研究的文献依据更为详备扎实。2008年田同旭教授的《元杂剧通论》出版,该书以120万字的篇幅系统论述了元杂剧的产生与发展,为元杂剧研究领域提供了全新的研究思路与学术参考。2010年李正民教授又出版了《元好问集》,在解评方面又进行了深入的工作,使得元好问研究又向普及化迈进了一大步。在此期间,山西大学北方民族政权下的文学与文化研究开始以科研项目的形式确立学术根基进而扩大战果。2005年,牛贵琥教授申报的国家社科基金项目"金代文学编年史"获得立项,2009年顺利通过结项验收,其成果以一百多万字的著作形式于2011年出版,是学界第一部,也是迄今最详备的金代文学编年史著作。由牛贵琥教授和杨镰教授主持的高校古委会项目《金代人物传记资料索引》也于2012年出版。该著作也获得了广泛的赞誉,被认为是居于金代文学研究前沿的力作,为金代文学进一步的深入研究提供了颇有价值的参考。张建伟副教授申报的"元代北方文学家族研究"也获得2010年教育部人文社科规划项目立项,这也是目前该领域研究的前沿方向之一。2011年牛贵琥教授申报的"金元文人雅集现象研究"又获得教育部人文社科规划项目资助,将金元文学研究向更前沿的方向继续推进。其他如段友文教授、尚丽新副教授、郑伟副教授以及卫才华博士、侯淑慧博士、李雪梅博士的相关课题也获得了国家级项目资助,也以其艰深的学力与颇具前瞻性的研究成果壮大了该领域的研究方阵。一个学术思路成熟、研究阵容强大、学术潜力不断彰显的北方民族文学与文化的研究重镇出现在三晋大地的最高学府,必将以扎实严谨的学风和高质量的研究成果为该领域的研究提供强劲的助力。

"谁谓华高,企其齐而;谁谓德难,厉其庶而。"成就属于过去,未来尚须努力!我们深知,这一领域的研究是没有止境的;我们付出的心血与取得的成果，还远远不能将北方民族政权下的文学与文化本身的历史价值展示出来。但我们坚信，只要不避道路艰难，无畏坎壈迍邅，我们必将继续奋勇开掘，永不休止，以更多更好的学术成果为该领域的研究铺平道路，开启山林。

百岁鸿儒姚奠中先生，在山西大学从教治学六十余年，执妙笔幻化出的是精湛的学术成果，展开羽翼孵化出的是睿智的学术才俊。由姚先生和古典所元老筚路蓝缕开创的这条学术道路，历经几代学者不懈努力，终于走上了快速稳健发展的康庄大道。今特汇集反映不同发展时期研究成果的37篇论文成帙，以飨读者，藉以开创未来，一振风气。虽意在求全责备，仍不免有遗珠之憾。

本编所选论文凝聚了老中青几辈学者的心血，他们以不同的学术道路和精神气质，为我们勾勒出"北方民族政权下的文学与文化研究"的风景线，这既是对本方向已有学术成果的回顾与总结，也有意向社会各界和学术界推介和展示本方向的学术水平和奋斗目标。作为一家之选，我们不求人所共许，有分歧，有疑议在所难免。我们希望这些成果能成为进一步讨论的起点，倘能引起思考，引发争论，在思考和争论中深化对"北方民族政权下的文学与文化"这一课题的研究，拓宽研究领域，那倒不失为一件求之不得之好事。这也就达到了我们编选此文选的初衷。条条道路通罗马，学术研究亦如是。走哪一条路只是一种选择，一个方向。有所认定，有所追求，我们踏上征途。在路上，需要相互对话，更需要互相宽容。《隋书·文学传序》有云："河朔词义贞刚，重乎气质"，"贞刚"使我们无畏，尚气使我们悾诚。我们殷切希望本学科能继续得到社会各界尤其是学术界同仁的关注和支持，我们也将虚心听取各位专家学者和广大读者对本论集的批评指导，我们更愿与学界同道携手，用高水平的研究成果去装点我们伟大民族的文化，去完成前辈学者的人文使命。

本书在编选过程中，得到众多师友的关心和支持，他们提出了许多宝贵的意见和建议，在本选本即将成编付梓之际，我们谨此对各位表示衷心感谢！

本书得到山西省高等学校学校特色重点学科建设（中国语言文学）经费支持，特此致谢！

编　者

2013年6月15日